hänssler
VERLAG

FRANCKE
Verlag der Francke-Buchhandlung GmbH

Das Erbe von Shiloh
Band 2

# ICH LASSE EUCH NICHT

Roman

von
Bodie und Brock Thoene

Bodie Thoene machte Karriere als Mitarbeiterin von John Wayne, widmete sich aber dann der Arbeit an ihrer ersten Serie historischer Romane, den Chroniken von Zion. Von Anfang an war ihr Mann, Brock, intensiv am Entstehen jedes einzelnen Buches beteiligt.

Neben ihrem vollen Terminkalender als Schriftsteller widmen sich Bodie und Brock in ihrem Heim in den kalifornischen Sierras ihren halbwüchsigen Kindern.

Die Deutsche Bibliothek – CIP-Einheitsaufnahme

**Thoene, Bodie:**
Das Erbe von Shiloh / von Bodie und Brock Thoene. [Übers. von Laura Zimmermann]. – Neuhausen-Stuttgart : Hänssler ; Marburg an der Lahn : Francke

Bd. 2. Ich lasse euch nicht : Roman. – 1993
(Hänssler-Novelle ; 14)
ISBN 3-7751-1974-4 (Hänssler)
ISBN 3-86122-090-3 (Francke)
NE: GT

ISBN 3-7751-1974-4 (Hänssler-Verlag)
ISBN 3-86122-090-3 (Verlag der Francke-Buchhandlung)

Published by Bethany House Publishers, Minneapolis, Minnesota
Originaltitel: A Thousand Shall Fall
Übersetzt von Laura Zimmermann


Umschlaggestaltung: Sandra Schlichting
Titelbild: Dan Thornberg, Bethany House Publishers
Printed in Germany

# INHALTS-
# VERZEICHNIS

## Zweiter Teil

## SCHRECKEN IN DER NACHT



## Dritter Teil

## UND FIELEN TAUSENDE ZU DEINER RECHTEN ...

*»Gib Antwort den Klagen verwundeter Kinder*
*gestern, heute und morgen ...«*

# PROLOG

# SHILOH, ARKANSAS

## *24. September 1910*

Die alte Rockford-Taschenuhr lag mit offenem Deckel neben dem hohen Stapel von Manuskripten, die sich auf dem Schreibtisch des alten Mannes häuften. Das leise Ticken untermalte mit seinem sanften Rhythmus das eifrige Kratzen der Füllfeder auf dem Papier. Die zierlichen goldenen Uhrzeiger eilten über das elfenbeinerne Zifferblatt, als wollten sie den Schreiber daran erinnern, daß die Zeit knapp wurde. Seine Uhr lief ab. Erst tausend Seiten seiner Lebensgeschichte waren niedergeschrieben worden, und gewiß hätte es noch einmal zehntausend Seiten gebraucht, um die Geschichte ganz zu erzählen!

Er hielt inne und starrte seine Uhr an. Nein. Nicht der Zeitmesser war sein Feind, sondern *die Zeit* ... Der alte Mann zog eine buschige Augenbraue hoch und zupfte an seinem lang herabhängenden Schnurrbart, als er sich daran erinnerte, wie es dazu gekommen war, daß er diese Uhr trug und die massive goldene Uhrkette und den Anhänger, der aus einem in Kalifornien geprägten, goldenen Zehn-Dollar-Stück gemacht war. Es war eine Geschichte, die die Kinder immer wieder hören wollten. Es war eine ihrer Lieblingsgeschichten, und dennoch hatte der alte Mann sie noch nie zu Papier gebracht. Er schob es vor sich her, sie niederzuschreiben, als könnte er die Uhr bestechen und die ständige Vorwärtsbewegung ihrer Zeiger verlangsamen. »*Und wenn ich deine Geschichte niedergeschrieben habe, alter Freund*«, flüsterte er zuweilen der Uhr zu, *»dann werde ich deinen goldenen Deckel schließen und dich an Jim schicken, damit er dich in Zukunft trägt. Ich werde die Feder beiseitelegen, und du kannst die Stunde meines Hinscheidens anzeigen – die für dich nicht mehr sein wird als ein bloßes Vorwärtsrücken der Zeiger auf deinem Zifferblatt ...«*

Aber die Uhr gab ihm ihrerseits kein Versprechen, als sei es ihr ganz gleichgültig, ob die Geschichte der Uhr und der Kette und des Anhängers jemals niedergeschrieben wurde.

Aber andere Geschichten mußten erzählt werden. Die dunklen Augen des Alten glitten zu dem faustgroßen, schwarzen, steinernen Briefbeschwerer hinüber, der verhinderte, daß der Wind den Stapel Papiere vor ihm verwehte.

Es war die Geschichte dieses Steins, die sich der alte Mann nun zu erzählen bemühte. Die wichtigste Geschichte seiner sechsundachtzig Lebensjahre war in diesem Klumpen Eisen und Nickel enthalten! Er hatte ihm das Leben gerettet, als er sechsundzwanzig Jahre alt gewesen war. Er hatte ihm sechzig weitere Lebensjahre geschenkt. Er hatte es möglich gemacht, daß sich die Söhne und eine Tochter und die Enkelkinder an seinen Knien drängten und bettelten: »Erzähl uns die Geschichte von dem Stern, Opa Sinnickson! Erzähl sie uns noch einmal!«

Sechzig Jahre lang hatte er immer wieder den Stein in die Höhe gehoben und ausgerufen: *»Dann hört mir mal zu, Jungs! Hört mir gut zu! Das sieht für euch vielleicht wie ein gewöhnliches schwarzes Felsstück aus, aber es ist mehr als das! Es ist kein Gold, aber es ist mehr als Gold! Das ist kein gewöhnlicher Stein, nein, keineswegs! Dies ist ein Stern! Jawohl, Jungs, ob ihr's glaubt oder nicht! Ihr habt recht gehört! Ein Stern! Er kam schnurstracks vom Himmel runter und fuhr wie ein Feuerschweif über den Himmel, in der dunkelsten Nacht meines Lebens! Er hatte einen meilenlangen Feuerschweif, und er fuhr donnernd zur Erde und rettete mir auf die unglaublichste Art und Weise das Leben! Also sperrt die Ohren auf, Jungs, und ich werde euch die Geschichte erzählen. Denn das ist die reine Wahrheit, und ich stehe hier als Zeuge, daß es wirklich so geschehen ist!«* Dann würden sie den Stern von Hand zu Hand reichen. Die Augen von alt und jung wurden groß, wenn die Geschichte von Tod und Gefahr und dem Wunder des fallenden Sterns erzählt wurde.

Von all seinen Geschichten hatte er diese wohl öfter als jede andere wiederholt. Dies war die wichtigste Geschichte, die er niederschrieb, denn sie hatte den ganzen Rest seines Lebens erst möglich gemacht ...

Das hohe schrille Pfeifsignal des Zuges nach Hartford widerhallte im Tal von Shiloh und riß ihn aus seinen Träumen. Der Alte blickte einen Augenblick lang auf die Uhr.

»Bin schon wieder zu spät dran«, brummelte er, ergriff die Uhr und schritt zum Fenster seines Schlafzimmers hinüber, um die Vorhänge zu öffnen.

Genau über den goldenen Wipfeln der herbstlichen Bäume zeigte ein dunkelgrauer Rauchpilz an, welchen Weg die Lokomotive nahm. In weiter Ferne, jenseits des Tales, zitterte und schwankte die lange gerade Reihe der Birken, als verneigten sie sich vor dem Zug.

»Die Jungen spielen wieder einmal in den Bäumen«, murmelte der alte Mann. Er blickte von neuem auf seine Uhr und flüsterte eine Warnung. »Ihr seid spät dran, Jungs. Runter mit euch! Seht zu, daß ihr heimkommt, bevor euer Vater merkt, daß ihr euch amüsiert. Husch, nach Hause, Jungs!«

Als hätten sie seine fernen Gedanken vernommen, begannen die beiden kleinen Jungen aus den Birken hinabzuklettern. Die schlanken Stämme beugten sich tief, als sie in die Kronen kletterten und aufs Feld hinabsprangen.

Der alte Mann wischte sich erleichtert die Stirn, als er beobachtete, wie die beiden kleinen Gestalten in den roten Hemden den Hügel hinaufrannten, ihrem Vaterhaus zu. Vielleicht würde ihr Vater – der keine Uhr besaß – nicht merken, daß sie spät dran waren.

Lange Zeit stand der alte Mann am Fenster und starrte über die dämmrigen Felder zu den Birken hinüber. Er hatte diese Bäume mit eigenen Händen gepflanzt. Eine gerade Reihe schlanker Bäume, in denen seine Enkelsöhne herumklettern sollten. Zu schade, daß ihr Vater nicht einsehen wollte, daß kleine Jungen dazu geschaffen waren, zu klettern und zu jauchzen und zu lachen ...

Sam Tucker würde seinen Söhnen ein Erbe von Hartherzigkeit, Entfremdung und Grausamkeit hinterlassen. Das war der Grund, warum ihr Großvater, der alte Mann, Tag und Nacht daran arbeitete, die Geschichten seines Lebens zu erzählen.

Er schloß den Deckel des Uhrgehäuses, wandte sich vom Fenster ab und kehrte zu seiner Aufgabe zurück. Er füllte seine Feder mit Tinte und stupste damit auf das Löschpapier. Es war leichter, die Geschichte mit lauter Stimme zu erzählen, als sie auf das schweigende Papier niederzuschreiben, und so flüsterte er die Worte vor sich hin, während er oben auf den Papierbogen schrieb:

*AN DEN ENKEL BIRCH, VON GROSSVATER ANDREW JACKSON SINNICKSON*

*Ich habe bereits eintausend Seiten geschrieben, und dennoch sehe ich, daß ich erst bis zu meinem sechsundzwanzigsten Jahr gediehen bin. Dennoch mag dies der wichtigste Bericht meiner Hinterlassenschaft sein, denn in dieser Geschichte lernte ich durch das Wunder eines fallenden Sterns, wie Gott diejenigen bewahrt, die Ihm vertrauen. Lies weiter, Birch, denn mir will scheinen, daß du dich an dieser Geschichte nie satthören konntest. Vielleicht wirst du eines Tages selbst Söhne haben, denen du diese Geschichte vorlesen kannst. Dann bring ihnen frühzeitig bei, was ich so spät im Leben lernte: »Tausend mögen zu deiner Rechten fallen und zehntausend zu deiner Linken, aber dich soll es nicht treffen ...«*

# ERSTER TEIL

# DIE LEIMRUTE

## *24. September 1929*

*»In gleicher Weise, wie Kriege mit anderer Menschen Blut geführt werden, werden große Vermögen mit anderer Leute Geld gemacht.«*

*– Andre Suares, 1906*

# OLD GLORY

Heimlich gebrannter Schnaps und Hahnenkämpfe – die beiden Dinge bedeuteten GELD. So einfach war das. Die Prohibition hatte sich als eine recht einträgliche Sache erwiesen. Kein einziger Staat der USA blieb verschont vom Verkauf verbotenen Alkohols bei verbotenen Sportveranstaltungen, die tief im Wald auf verschwiegenen Lichtungen oder in einsamen Scheunen abgehalten wurden. Die Behörden wußten davon, aber bares Geld oder ein Anteil am Gewinn verschloß ihnen den Mund. Von fern und nah kamen Männer angereist, um den tödlichen Kampf zu sehen – manchmal einen Kampf zwischen Hähnen, denen man rasiermesserscharfe Sporen an die Füße geschnallt hatte, manchmal zwischen Pitbulls, die von frühester Jugend an darauf abgerichtet worden waren, einander eines Tages vor einer johlenden Menge im Kampf bis zum Tod zu zerfleischen.

Bei wieder anderen Gelegenheiten waren es Menschen, die einander in der Arena gegenüberstanden – Strafgefangene, die aus der Menge ihrer Haftgenossen speziell wegen ihrer Kraft, ihres Stehvermögens und ihrer Brutalität ausgewählt worden waren. Ihre Herren waren Gefängniswärter, die sie zum Kampf im Gefängnishof drängten; dem Sieger winkten extra Essensrationen und andere Privilegien.

Es gab keine Kampfregeln. Fußschellen, Fäuste und Zähne galten als Waffen gleich. Wie die Gladiatoren in alter Zeit kämpften sie, bis einer der beiden Männer bewußtlos im Lichtkreis der Taschenlampen lag. Manchmal überlebte der Verlierer. Manchmal auch nicht. Aber vom Sieger wurde erwartet, daß er irgendwann in der Zukunft wieder in den Ring stieg. Es war gar nicht notwendig, die Gesetzeshüter zu bestechen, denn sie selbst waren es ja, die Männer des Gesetzes, die die Oberaufsicht über die Kämpfe führten und sich an den Gewinnen erfreuten.

Sheriff Myron Ring hatte einen Champion unter dem Menschenmüll seiner Kettensträflinge in Oklahoma entdeckt. Ring hatte an einem stickig heißen Nachmittag zugesehen, wie er es mit drei weißen Männern zugleich im Gefängnishof aufnahm. Der Sheriff befahl seinen Beamten, zurückzutreten, und beobachtete, wie der Kampf seinen Lauf nahm. Zuletzt stand nur noch der Schwarze auf den Füßen, und Sheriff Ring wußte, daß er hier etwas gefunden hatte, das die Menschenmengen in Kansas, Missouri, Arkansas und Oklahoma anlocken würde.

Zweiundzwanzigmal in zwei Jahren hatte der Kämpfer, den man Cannibal nannte, seinen Gegner geschlagen und Sheriff Ring zu einer wohlgefüllten Brieftasche verholfen.

Cannibal hatte noch nie zuvor in diesem Teil des Landes gekämpft. An Händen und Füßen mit Ketten gefesselt wie ein gefährliches Raubtier, lag er hinten in dem Pick-Up, der den Karrenweg den Poteau-Berg hinaufratterte. Zwei Wärter begleiteten ihn. Ihre Gewehre zielten auf sein zernarbtes Gesicht und seinen vierschrötigen, muskulösen Körper. Sheriff Ring wollte nicht riskieren, daß Cannibal aus dem Wagen sprang und zu flüchten versuchte, wie er es schon früher getan hatte. In dieser Nacht würde er einen großen Fischzug machen. Der örtliche Champion war jung und unverbraucht. Er hatte bereits vierzehn Gegner geschlagen und drei davon getötet. Die Wetten standen gleich. Die Leute aus Arkansas waren überzeugt, ihr Kämpfer würde gewinnen, aber noch hatten sie Cannibal nicht gesehen.

Ein kleiner Lastwagen voll Justizbeamter aus Oklahoma folgte unmittelbar hinter dem Model T Ford des Sheriffs. Sie hatten ihre Hunde mitgebracht, wie sie es immer taten; falls irgendjemand unfreundliche Fragen stellte, was sie vorhätten, so konnten sie antworten, sie seien zur Jagd nach Arkansas gekommen. Aber hier, zwanzig Meilen in den Hügeln, hatte sie noch niemand gefragt. Sie tranken ihren sauren Maiswhisky ganz offen im Mondschein, bis sie in den holpernden Fahrzeugen betrunken hin und her schunkelten und einander in Feststimmung zubrüllten, was der Abend bringen würde. »*Cannibal wird's den Hinterwäldlern zeigen! Ihr Nigger ist nichts gegen unseren guten alten Cannibal!*« Eine Sternschnuppe zog eine feurige Spur über den Himmel; ein Zeichen, daß in dieser Nacht noch ein großer Sieg errungen werden sollte.

Sie hatten noch zehn Meilen bis zu der alten Scheune vor sich, und fast alle waren betrunken, außer Sheriff Ring und Deputy Bigger, der den zweiten Wagen fuhr ... und natürlich Cannibal.

Die Straße wurde zusehends enger und heimtückischer. Der Schotter prasselte unter den Reifen, die sich immer wieder leer durchdrehten. Es war offenkundig, daß Henry Ford seine Autos nicht für solche Straßen entworfen hatte. Hier war das Reich der Pferde und Maultiere.

Sheriff Ring lehnte sich aus dem Fenster und schrie zu den beiden bewaffneten Wachen hinüber: »Habt ihr die Schrotgewehre entsichert?«

»Klaaar, Sheriff, hamm' wir«, kam mit schwerer Zunge die Antwort.

»Dann sichert sie! Wenn wir hier in ein Schlagloch fahren, pustet ihr meinem Preisstier den Schädel weg!« Er hatte recht – wären die Gewehre, die auf Cannibals Schädel zielten, zufällig losgegangen, wäre der Kampf im Eimer gewesen.

Die Wärter sicherten die Gewehre, dann reichten sie die Whiskyflasche von neuem in die Runde. Whisky troff ihnen aus den Mundwinkeln, als der Lastwagen über ein Schlagloch holperte, und Flüche wurden laut. Noch nie hatten sie eine so schlimme Fahrt erlebt. Das zermalmte einem ja die Knochen im Leibe! Ein Glück, daß sie genug Schnaps an Bord hatten, um die Fahrt erträglich zu machen.

Die Straße erklomm einen steilen Anstieg linkerhand. Die Scheinwerfer glitten über die schattenverhangenen Karrenspuren und fegten über einen dunklen Straßenrand, hinter dem der Hügel steil und felsig abfiel. Stimmen erhoben sich in heiserem Gesang. Der Sheriff beugte sich von neuem aus dem Fenster, um sicherzugehen, daß sie seinen Befehlen gehorcht und die Gewehre gesichert hatten.

»Habt ihr Jungs getan, was ich euch gesagt –«

Im selben Augenblick zogen die Reifen des Pickup in ihrem Krieg mit der Straße entgültig den Kürzeren. Es gab ein Geräusch, als pfiffe Dampf aus einer Leitung, und der Lastwagen begann seitlich abzurutschen, auf die Straßenböschung und die Finsternis zu!

Sie hatten nicht einmal Zeit genug, um zu schreien, bevor der Wagen in die leere Luft hinausschoß. Die Schweinwerfer fegten in wildem Schwung über die Bäume auf der gegenüberliegenden Talseite und kippten dann vorwärts, so daß sie im Augenblick des Aufpralls den Boden erhellten.

Als die Staubwolke langsam niedersank und das Geschrei aufhörte, kroch der Sheriff, benommen, aber unverletzt, ins Freie, um den Schaden in Augenschein zu nehmen. Achsbruch. Kühlergrill und Trittbrett von einem Wagen abgerissen. Der Lauf eines Gewehrs abgeknickt. Der Arm eines Wärters gebrochen. Ein Wunder, daß niemand zu Tode gekommen war.

Aber Cannibal war nirgends zu finden!

* * *

Sie nannten das Ölfeld Old Glory, »Alte Herrlichkeit«, und für die reichen Ölbarone Oklahomas war es tatsächlich ein herrlicher Anblick.

Wie ein unfruchtbarer, blattloser Wald sproßten Hunderte mächtiger hölzerner Bohrtürme aus dem Boden und wuchsen sechzig Fuß hoch in die Luft. Von ihnen erntete man den dicken schwarzen Saft, der die Motoren der ratternden Ford-Automobile antrieb und den Kraftstoff für Amerikas Hochöfen und Fabriken lieferte.

Das Rattern der Maschinenhäuser und das Ächzen der Förderräder schwiegen niemals still. Aber das Klirren von Metallrohren und Laufkatzen und Greifzangen klang in den Ohren der frischgebackenen Industriekapitäne so lieblich wie der Gesang der Nachtigallen. Der Gestank von Schwefel und Öl erschien ihnen so süß wie die exotischen Parfüms, die ihre Frauen und Töchter auf ihren Reisen nach Paris und Wien kauften. Die Maschinen arbeiteten rund um die Uhr auf dem Ölfeld Old Glory, während die Ölbarone den Schlaf der Gerechten schliefen und wußten, daß sie am Morgen noch beträchtlich reicher aufwachen würden, als sie zu Bett gegangen waren. Während die Besitzer schliefen und träumten, arbeiteten ganze Scharen rauhbeiniger Burschen im Gestank und Dreck von Old Glory für ihr tägliches Brot. Sie rangen mit

Rohren und Gewinden und Förderrädern und entlockten der Erdkruste das schwarze Gold. Für diese Männer hielt das Ölfeld keine Herrlichkeit bereit. Aber wenigstens hatten sie Brot und Lohn, das war schon etwas. Einige von ihnen hatten sogar noch Träume. Träume, die sie weit weg vom Bohrloch Nummer 49 im Old Glory entführten ...

In dieser Nacht war das Bohrgerüst erleuchtet, so daß es wie ein riesiger Christbaum in der Dunkelheit erstrahlte. Lichter hingen an jeder Strebe und wurden von einem Generator mit Strom versorgt. Kein Zweifel, man konnte den Bohrturm von hier bis Tulsa sehen.

Von seinem Platz hoch oben im Gerüst konnte Birch Tucker mühelos die Lichter der Stadt ausmachen. Er konnte von hier oben Dinge sehen, die die Männer unten am Bohrgestänge nicht sehen konnten. Vielleicht hatte er deshalb keine Einwände dagegen, vierzig Fuß über der Erde zu arbeiten, wobei er obendrein auf einem schmalen Brett balancieren mußte. Manche Leute hätten seine Arbeit zweifellos als sehr gefährlich betrachtet, aber Birch war – wie er seiner Frau Trudy erklärte – in seinem Leben auf so viele Bäume geklettert, daß er sich längst an die schwindelnde Höhe gewöhnt hatte. Und er mochte die Aussicht, die sich von hier oben bot.

An diesem Abend war es jedoch nicht die Aussicht, die seine Aufmerksamkeit fesselte, sondern der Geruch kommenden Regens. Eine steife Brise hatte von Norden her zu wehen begonnen, so kräftig, daß die langen Rohre in ihrem Behältnis rasselten und der Wind durch Birchs dicke Arbeitsjacke biß.

Er kniff die Augen zusammen und spähte über die glühenden Lämpchen hinweg zum Himmel hinauf. Die Sterne waren noch deutlich zu sehen, aber dünne Wolkenfetzen jagten über den Himmel. Diesmal würde es dick kommen. Birch spürte es mehr, als er es sah. Und das Gerüst eines Ölbohrturms war kein günstiger Aufenthaltsort bei einem Unwetter.

Die Männer da unten im Lärm und Rauch und grellen Glanz würden nicht bemerken, was sich zusammenbraute, bis das Unheil über sie hereinbrach. Birch kannte sich mit dem Wetter aus; er wußte, daß in diesen Gegend Stürme ohne Vorwarnung losbrachen. Er wollte sich lieber in Sicherheit bringen, bevor dieser hier sein Ziel erreichte.

Aber Birch kam nicht dazu, sich lange Gedanken über das drohende Gewitter zu machen. Scheinwerfer kurvten von der Hauptstraße weg in die schmale Fahrstraße, die sich durch das Ölfeld Old Glory schlängelte. An der Geschwindigkeit des Wagens erkannte Birch augenblicklich, wer am Steuer saß.

Da kam, wie es aussah, noch eine andere Sorte Unwetter in Richtung Bohrloch 49 gezogen!

Einen Augenblick lang erwog Birch, irgendetwas hinunterfallen zu lassen, um Murray Hawkins, dem Mann am Bohrer, anzuzeigen, daß ein höchst unerfreulicher Besucher sich näherte. Da entdeckte Hawkins aber schon die Scheinwerfer, schüttelte den Kopf und warf Birch einen Blick zu. Er hob mit resignierter Geste die Hand und fuhr dann mit seiner Arbeit fort, während ein leuchtendroter Reo-Sportwagen mit kreischenden Reifen hielt. Damon Phelps, der Sohn des Ölbarons, stolperte aus dem Auto. Einen Augenblick später wand sich ein elegantes junges Mädchen in einem Fuchscape aus dem Beifahrersitz und trippelte auf Zehenspitzen durch die Ölpfützen. An der Seite ihres reichen jungen Verehrers blieb sie kichernd stehen.

Das Bohrloch Old Glory 49 gehörte zur Gänze dem jungen Damon. Er hatte es als Geschenk zum College-Abschluß von seinem Vater bekommen. Der Junge schleppte Tag und Nacht Besucher zum Bohrloch. Er hatte zu seinem Vater gesagt, er wollte persönlich dabeisein, wenn das Bohrloch schließlich fündig wurde. Dieses Bohrloch sollte der Grundstein seines eigenen Vermögens werden. Es gab reiche Männer, die ihren Söhnen Rennpferde schenkten, aber für den Jungen des alten Phelps mußte es eine Ölquelle sein!

Damon begann wie üblich das Gerüst zu inspizieren. Das Mädchen trottete ihm nach wie eine Katze im Schnee. Sie folgte ihm zum Maschinenhaus und steckte den Kopf hinein, als faszinierte sie die große, lärmende Maschine, die das Hebezeug betrieb. Damon zog den silbernen Flachmann aus der Tasche und brachte einen Trinkspruch auf die Ölquelle aus. Er nahm einen tiefen Zug und reichte die Flasche dem Mädchen, das ihr ebenso kräftig zusprach. Heute abend hielt Damon keine Rede an die Mannschaft – Birch wußte, daß das den Männern nur recht war. Was ihn selbst betraf, so war er froh, hoch oben auf dem Brett zu sitzen, wenn Damon Phelps am Bohrloch auftauchte. Aber heute nacht war es etwas anderes.

In der Ferne konnte Birch das Wetterleuchten sehen, das dem Unwetter voranging, wie es hinter den Wolken in Abständen aufblitzte wie silbernes Neon. Der Wind war stärker geworden und zerrte an Birchs Jacke. Wie das Wetterleuchten aussah, würde das Gewitter in wenigen Minuten losbrechen.

Sie konnten nichts anderes tun, als die Bohrarbeiten zu unterbrechen und Schutz zu suchen, bis das Schlimmste vorbei war. Vielleicht konnten sie später im Regen weiterarbeiten, aber bevor die Blitze nicht vorbeigezogen waren, war der Aufenthalt auf dem Bohrgerüst ein Wahnwitz.

Unten in der Tiefe sah Birch Damon nach oben deuten, auf die Stelle, wo Birch für gewöhnlich in seinem Ausguck saß. Damon pflegte vor seinen hübschen kleinen Gästen so zu tun, als hätte er den Bohrturm persönlich erbaut und die Mannschaft angeheuert. In Wirklichkeit litt der Junge an Höhenangst und hatte in seinem Leben noch keinen Tag gearbeitet.

Die Blitze flammten immer heller. Birch konnte deutlich sehen, wie das aufflammende Licht sich ein halbdutzendmal teilte, während es in die Erde fuhr.

»In fünf Minuten ist es da«, murmelte Birch. Er griff nach einem Schraubenzieher und ließ ihn fallen, als Signal für Hawkins, er sollte zu ihm hinaufsehen. *Irgend etwas war nicht in Ordnung ...*

Hawkins schob die Kontrollhebel der Maschinerie auf Leerlauf und spähte zu Birch hinauf, der sich von seinem Sitzbrett auf die hölzerne Leiter schwang. Birch deutete zum Himmel hinauf. Hawkins nickte und hob das Gesicht dem Wind entgegen. Jetzt roch er das drohende Gewitter auch.

Birch begann hinabzuklettern. Auf halber Höhe hielt er inne, als Damon Phelps' erbostes Geschrei das Rattern der leerlaufenden Maschinerie übertönte.

»Was glauben Sie denn, Mann, wer Sie sind? Heda! Sie werden nach Stunden bezahlt, und wenn Sie Ihren Job behalten wollen ...« Sein Zorn richtete sich gegen Hawkins, der eine Handbewegung in Richtung Birch machte und dann zum Himmel deutete.

Birch stieg eine weitere Sprosse hinab, als Damon zum Fuß der Leiter rannte und die Faust gegen Birch schüttelte. Er fluchte und schrie: »Sie werden nicht dafür bezahlt, daß Sie nach Lust und Laune Pause machen!«

Birch wölbte die Hände um den Mund und antwortete: »Mr. Phelps, ein Unwetter zieht hier herüber und wird in einer Minute hier sein!«

Als wollte es den Wahrheitsbeweis erbringen, flammte ein grellglühendes Licht hinter Birch auf und erhellte das ganze Ölfeld mit silbernem Glanz. Das Poltern des Donners folgte einen Augenblick später und übertönte, was Birch noch hatte sagen wollen.

Damon interessierte das Gewitter nicht. Er war den ganzen weiten Weg hier herausgefahren, um seiner Freundin *seine* Ölquelle zu zeigen, und kein dreckiger Tagelöhner würde ihm die Show vermasseln!

»Hören Sie! Wenn Sie Ihren Job behalten wollen, dann rauf mit Ihnen auf diese Leiter, und zwar sofort!« Er setzte einen Fuß auf die unterste Sprosse, als wollte er dort Wache stehen und Birch am Abstieg hindern. »Rauf mit Ihnen, oder Sie sind gefeuert! Und Sie können mir glauben, ich meine es ernst!«

Ein weiterer Blitz explodierte zur Rechten. Das Gerumpel des Donners schien das ganze riesige Bohrgerüst zu erschüttern. Birch klammerte sich in halber Höhe zwischen der Turmspitze und dem Boden an die Leiter. Er stieg weder hinauf noch hinunter. Sein ungehorsames Zögern erbitterte den jungen Ölbaron. Damon warf einen Seitenblick auf seine Freundin, die seine Zurschaustellung der Macht, die er über seine Untergebenen ausübte, offenkundig genoß. Dann deutete er auf Birch und schrie ihn an: »Sie haben zehn Sekunden Zeit, Mister! Zurück an die Arbeit, oder –«

Birch spürte, wie ihm das Haar zu Berge stand, so gewaltig war die Wirkung des Blitzes gewesen. Die Luft rund um das Bohrgerüst knisterte, als Birch sich gegen die hölzerne Leiter preßte und betete, daß er nirgends mit Metall in Kontakt kam. Der Donnerschlag war ohrenbetäubend laut, als hätte eine Bombe das Gerüst getroffen. Leuchtendblau und grellweiß schoß eine Welle von

Elektrizität durch die hölzerne Verschalung und zersplitterte das Holz. Die Glühbirnen zerbarsten, als der Blitz den sanften Stromkreis in tödliches Feuer verwandelte. Die Ladung sauste durch die Kabel, fuhr in den Rohrbehälter und jagte durch den Sockel des Bohrgerüsts, um irgendwo eine Erdung zu finden. Der junge Damon Phelps, der mit einem Fuß auf dem eisernen Gerüst und dem anderen auf dem Erdboden stand, bildete eine perfekte Brücke. Der Blitz fuhr geradewegs durch ihn hindurch.

Damon hatte nicht einmal Zeit zu schreien. Er war augenblicklich tot. Seine Freundin wurde zwanzig Meter weit weggeschleudert. Hawkins, der am Schaltpult der Maschinerie gestanden hatte, blieb unverletzt. Birch kletterte die Leiter hinab. Er hatte nicht einmal einen Kratzer davongetragen. Die silberne Hüftflasche in der Hand des jungen Mannes war geschwärzt, und ein dünner Dunstfaden stieg daraus auf, als der Alkohol verdunstete. Die andere Faust des Jungen war immer noch geballt und erhob sich mit trotziger Geste zum Himmel.

Das Mädchen lag stöhnend in der Ölpfütze, in der sie gelandet war. »DAAA-MOOON!« Hawkins rannte hin, um ihr zu helfen. Birch ließ den Blick über das Gelände schweifen. Er sah mit Erleichterung, daß weiter niemand von dem Blitz getroffen worden war.

Der Arbeiter Leo Johns stand hochaufgerichtet neben der Leiche des jungen Phelps und schüttelte feierlich den Kopf, während der Regen zu fallen begann. »Wenn ich die Zange nicht ein paar Sekunden früher weggelegt hätte ....« Die Stimme versagte ihm, als ihm eindringlich bewußt wurde, daß er um ein Haar ebenfalls gestorben wäre.

Hawkins blickte den Toten an. »Es hätte uns alle treffen können. Ausgerechnet der junge Phelps!« Er fluchte und schwieg dann plötzlich. Sein Blick wanderte angstvoll zum Himmel hinauf, als ihm einfiel, daß die letzten Worte des jungen Mannes ein Fluch gewesen waren.

»Er hat recht«, stimmte Leo ihm zu, während Birch seinen Mantel auszog und ihn über das Gesicht des einzigen Sohnes des Ölbarons breitete. »Wenn's irgendeinen anderen als den Jungen getroffen hätte, hätte der alte Herr nicht mit den Ohren gezuckt. Du weißt doch, wie es ist. Begrabt die Toten, aber schließt nicht das Bohrloch! Witwen und Waisen raus auf die Straße! Aber der alte Phelps wird uns die Schuld geben. Wir sollten uns lieber eine andere Arbeit suchen.«

Niemand mußte davonstürzen und einen Rettungswagen rufen. Der Lichtblitz war meilenweit im Umkreis zu sehen gewesen. Innerhalb weniger Minuten erschien eine Prozession von ein dutzend Autoscheinwerfern auf dem Schauplatz und schlängelte sich in Richtung Bohrloch Nummer 49, während sämtliche Arbeitsmannschaften des Ölfeldes herbeistürzten, um zu sehen, ob irgend jemand überlebt hatte.

Rund hundert Männer rannten dahin und dorthin auf der Unfallstelle und schüttelten die Köpfe, während sie mit offenem Mund das Bohrgerüst und dann den Leichnam ansahen und das schlammverschmierte, schluchzende Mädchen, das auf dem Trittbrett eines Mannschaftswagens saß.

Birch wußte nicht, wie der alte Phelps von dem Unfall erfahren hatte, aber plötzlich war er da. Er trug noch sein Dinnerjakkett. Augenblicklich breitete sich Schweigen über das gesamte Ölfeld. Irgendwo quietschten Gewinde, aber niemand sprach ein Wort, während Phelps lange und eindringlich erst den roten Sportwagen und dann das verstörte Mädchen anstarrte.

Und der alte Mann *wußte* ...

Die Menge machte ihm Platz, als er auf das Bohrgerüst zustolperte. Ein Pfad öffnete sich und führte ihn zu der reglosen Gestalt, die mit gespreizten Armen und Beinen im Schlamm lag. Seine Augen wurden groß, und einen Augenblick lang schwankte er, als wollte er zusammenbrechen. Birch streckte die Hand aus, um ihn zu stützen, wurde aber beiseitegestoßen. »Nein!« schrie er, dann tat er ein paar weitere Schritte durch den prasselnden Regen, bis er über seinen Sohn gebeugt stand.

Die Schultern des Alten sackten nach vorne. Er blickte zu der zersplitterten Verschalung des Bohrturms hinauf, als wollte er den Weg nachvollziehen, den der Blitz durch das Gerüst und durch Damon in die Erde genommen hatte. Lange Zeit war es still, bis Phelps schließlich in hellem Zorn auffuhr.

»Wer war oben auf dem Gerüst?« bellte er und fuhr herum, so daß er den Zuschauern ins Gesicht blickte.

»Ich.« Birch trat aus der Menge der Männer hervor.

»Haben Sie das Unwetter nicht kommen sehen?« Er machte eine Bewegung, als wollte er Birch schlagen. Hawkins trat zwischen die beiden Männer.

»Er hat es gesehen, Mr. Phelps«, sagte Hawkins. »Hat uns gesagt, wir sollten Schluß machen. Wir wollten's auch tun, aber der junge Herr sagte uns, wir würden rausgeschmissen, wenn wir's täten. Und dann ...«

Ja, natürlich. Es stimmte alles zusammen, nicht wahr? Phelps kannte ja wohl seinen eigenen Sohn, oder nicht? Er mußte wissen, daß so etwas dem jungen Damon ähnlich sah. Dummer Junge! Phelps hatte immer damit gerechnet, er würde eines Tages vernünftig werden ...

Phelps starrte Birch blinzelnd an, dann krampfte er sich zusammen. »Wo waren Sie, als der Blitz einschlug?«

»Auf der Leiter.« Birch blickte zu der Stelle hinauf.

»Mein ... Sohn ...« Phelps' Stimme drohte zu versagen, als er das Wort aussprach. »Hat er Ihnen gesagt, Sie sollten oben bleiben?«

»Ja, Sir.«

»Und dann kam er hierher ... an den Fuß der Leiter?« Seine Stimme klang gepreßt, als er die Worte aneinander fügte.

»So war's, Mr. Phelps.«

»Hätten Sie ihm gehorcht!« Phelps packte Birch an seinem triefnassen Hemd. »Hätten Sie ihm doch nur gehorcht!« Er schlug Birch hart auf die Wange. Birch zuckte, aber er machte keine Bewegung, um sich zu verteidigen. *»Sehen Sie denn nicht?«* Phelps schüttelte Birch, den er an der Hemdbrust gepackt hielt, und die Hemdknöpfe sprangen ab. »Wären Sie doch da oben geblieben, wie mein Junge es Ihnen befohlen hat! *Dann wäre er nicht tot! Verstanden? Sie wären tot, nicht er! Sie sind derjenige, der hier liegen sollte!«* Er stieß Birch von sich weg und stand mit geballten Fäusten vor ihm.

»Ich bin aber nicht tot«, antwortete Birch ruhig.

»Sie sind ... gefeuert! Verschwinden Sie von meinem Ölfeld! Runter von meinem Feld! Verstanden? Packen Sie sich! Morgen abend will ich Sie hier nicht mehr sehen!«

»Mister Phelps –« Hawkins wollte Birch zu Hilfe eilen, aber Birch legte ihm eine Hand auf den Arm und bedeutete ihm, zu schweigen.

»Ist schon gut. Ich hatte ohnehin vor, hier wegzugehen.« Birch sprach mit leiser, besänftigender Stimme.

»Holen Sie sich Ihren Lohn, Mister!« begann Phelps von neuem. Daß sein Befehl Birch nicht zu schmerzen schien, erbitterte ihn noch mehr. »Wenn Sie mir noch einmal unter die Augen kommen, werden Sie wünschen, der Blitz hätte Sie vorher erschlagen! Haben Sie gehört? Es wäre Ihr Tod!«

Die Schreie des alten Mannes folgten Birch, während er durch den heftig fallenden Regen zum Lohnbüro stolperte. Er warf einen Blick über die Schulter zurück und sah den angeschlagenen Bohrturm leicht zur Seite geneigt dastehen. Am Fuß des Gerüsts kniete der alte Phelps im Schlamm neben den Trümmern seiner Träume und weinte laut.

Birch hob das Gesicht dem Regen entgegen und ließ sich den Schmutz des Ölfeldes Old Glory vom Gesicht waschen. Die stechende Kälte auf seiner Haut tat ihm gut. Inzwischen hatte die Nachricht zweifellos schon die Runde gemacht und jede einzelne Familie im Camp aus dem Schlaf geweckt. Trudy hatte sicher schon gehört, daß das Bohrloch 49 vom Blitz getroffen worden war, und sie würde auf Nachricht warten. Nachricht, ob er noch am Leben war. Nachricht, ob alle ihre Träume ein jähes Ende gefunden hatten ...

*»Ich lebe, Trudy«*, rief er jubelnd in die Dunkelheit. *»Trudy! True! Wir fahren nach Hause!«*

# DER UNTERGANG VON CAMELOT

Goldenes Licht drang aus den Fenstern des St. Francis Hospitals. Dem neunjährigen David O'Halloran, der draußen auf dem Gehsteig stand, erschien das Gebäude viel eher wie ein Schloß als wie ein Spital. Die efeubewachsene rote Ziegelfassade nahm in seinen Augen die Gestalt von Türmen und Erkern an. Drinnen saßen Ritter und Hofdamen bei festlichen Banketten und tanzten und tranken Honigmet, genau wie in den Sagen, die seine Mutter ihm erzählt hatte. Der König und die Königin lachten über die Späße des Hofnarren; sie aßen ohne Gabel und Messer und warfen den Jagdhunden, die zu ihren Füßen lagen, Leckerbissen zu. Bei einem solchen Bankett galt es als unhöflich, nach dem Essen nicht laut zu rülpsen.

David gefiel der Gedanke. So oft seine Mutter ihm diesen Teil der Geschichte erzählt hatte, hatte er Luft geschluckt und ein gewaltiges, fürstliches Rülpsen hören lassen. Seine Mutter hatte gelächelt ...

Seine Augen folgten der Silhouette des Gebäudes, bis sie auf das Erkerzimmer im Westflügel trafen. Im dritten Stock war die Jalousie halb heruntergezogen, als wollte sie das Licht am Entfliehen hindern. Oder wollte sie die Finsternis der Nacht fernhalten? Davids Mutter, die Königin der Geschichtenerzähler, die in seinem imaginären Camelot die Rolle der Königin Ginevra spielte, lag dort oben in diesem Zimmer. David stellte sich vor, daß sie in einem Himmelbett mit einem Baldachin aus schweren roten Vorhängen lag, die mit goldenen Kordeln zurückgerafft waren. Sie brauchte nur an der Klingelschnur zu ziehen, wenn sie irgend etwas wünschte, und die Diener würden an ihr Bett eilen, um ihr goldenes Haar zu bürsten und ihre Kissen aufzuschütteln, um ihr Pudding und Eiscreme zu essen zu bringen und ihr die Flasche mit Honigmet an die Lippen zu halten.

»Königin Irene«, würden sie sagen, »wünschen Sie sonst noch irgend etwas, Königliche Hoheit?«

Dann würde sie gelassen lächeln. Wie schön sie war in diesem goldenen Licht! Sie würde nicken, wie er sich vorstellte, daß Königinnen nicken. »*Sendet Prinz David zu mir. Es ist Besuchszeit und ich möchte in allen Einzelheiten hören, was heute in der Schule geschehen ist. Er ist in der vierten Klasse, müßt ihr wissen. Früher habe ich die vierte Klasse unterrichtet ...*«

David meinte fast zu hören, wie seine Mutter das sagte. Wie er da in den Schatten vor St. Francis stand, konnte er alles, was im Erkerzimmer geschah, deutlich vor Augen sehen. Er hörte, wie sie nach ihm fragte. *Besuchszeit ...*

David warf sich seine Schultasche voll Bücher über die Schulter und nickte der halb herabgezogenen Jalousie zu, hinter der das Licht seiner Mutter leuchtete. Er schloß sich den Dutzenden anderer Pilger an, die die Treppen von St. Francis emporstiegen, wo jede Nacht Hoffnung und Verzweiflung an den Krankenbetten saßen.

Die lange, schmale Eingangshalle des Spitals war gesteckt voll mit Besuchern, Männern und Frauen. Es roch nach Zigarettenrauch, Desinfektionsmitteln und Kantinenessen. In der Halle unterhielten sich alle mit gedämpften Stimmen, als befänden sie sich in einer Kirche. Manchmal lächelten Gesichter einander über Davids Kopf hinweg zu, aber er bemerkte, daß die Augen der Besucher voll Sorge waren. Oder voll Zorn. Oder voll Geschäftigkeit. Die Augen der Erwachsenen, die zur Besuchszeit kamen, paßten niemals zu ihrem Lächeln.

Das Geklapper einer Schreibmaschine und das Schrillen eines Telefons tönten lauter als die Worte. »*Verzeihung ... Können Sie mir sagen, auf welcher Station ...*« Sorgenvolle Stimmen sprachen aus denen, die zum erstenmal nach einer Zimmernummer fragten. David erkannte diese erstmaligen Besucher bereits an der Stimme, noch bevor er sie am Aufnahmeschalter stehen sah. Die Leute, die zum erstenmal nach St. Francis kamen, klangen alle gleich. Sie hatten sich einfach noch nicht an den Ort gewöhnt, das war alles.

Aber David war daran gewöhnt. Das erste Mal, als sie ihm gesagt hatten, er könne seine Mutter besuchen kommen, hatte er Angst gehabt, aber jetzt hatte er keine Angst mehr. Er kannte den Weg. *Warte beim Aufzug, während alle ihre Zigaretten in dem sandgefüllten, metallenen Aschenbecher ausdrücken. Beobachte, wie der Zeiger auf der Skala über der Türe von vier auf drei schwingt und auf zwei und dann ... BONG! Die Messingtüren gleiten auseinander, und die Menschen drängeln ins Innere. Achte auf unvorsichtige Ellbogen, hochhackige Schuhe und scharfe Taschenkanten. Sieh zu, wie die Türen sich schließen und den Blick auf den gekreuzigten Jesus an der Wand versperren. Warte. Zweiter Stock. Die Türen öffnen sich und enthüllen ein weiteres Kruzifix. Menschen steigen aus. Niemand steigt ein. Die Türen schließen sich, und der Aufzug steigt summend höher, in das Stockwerk, in dem Königin Irene auf ihn wartet. Ein weiteres Kreuz an der Wand gegenüber dem Aufzug. Wende dich nach links, am Schwesternzimmer vorbei, und ...*

Die Schwestern hinter dem hohen Empfangstisch in der Mitte des Korridors blickten auf, als David vorbeieilte. Schwester Anne, die schwarzgekleidete Nonne neben ihnen, lächelte milde und reichte ein Krankenblatt weiter an Mrs. Noonan, die vierschrötige Schwester, die niemals lächelte.

»David?« Schwester Anne trat einen Schritt vor und versperrte ihm den Weg. Sie beugte sich nieder, bis sie einander Auge in Auge gegenüberstanden. Kleine Schweißtropfen standen auf ihrer Stirn und machten den Rand des Schleiers ein wenig feucht. Sie lächelte immer noch, während sie ihre weiche, fleischige Hand auf seine Schulter legte, als wollte sie ihm die Schultasche abnehmen. Ihre blaßblauen Augen hatten einen besorgten Ausdruck, wie die Augen der Erwachsenen in der Eingangshalle, derer, die zum ersten Mal kamen. David wußte, daß das Lächeln nicht echt war. Sie freute sich nicht, ihn zu sehen. Er ließ zu, daß sie ihm den Schulbeutel mit den Büchern abnahm.

»Hallo, Schwester Anne.« Er holte tief Atem und blickte über ihre Schulter hinweg zum Zimmer seiner Mutter hinüber. Die Türe war geschlossen. Warum war die Türe geschlossen?

»Hallo, David.« Ihre Augen huschten zu den drei Krankenschwestern hinüber, die einfach nur dastanden und ihn anstarrten. Weiße Häubchen. Weiße Kleider. Weiße Strümpfe. Weiße Schuhe. Alle drei standen sehr eng beisammen, als wären sie nicht drei einzelne Krankenschwestern, sondern eine einzige reglose Statue in einer Kirchennische, die David und Schwester Anne anstarrte.

»Warum ist die Türe zu?« fragte David.

Die Schultasche wurde auf den Boden gestellt, und wieder legte ihm Schwester Anne die Hand auf die Schulter, als müßte sie ihn festhalten.

»Pater Johannes ist bei deiner Mutter.«

David preßte die Lippen zusammen und nickte erleichtert. »Kann ich jetzt reingehen?«

Schwester Anne drückte kurz seine Schulter. »Deiner Mutter geht es heute ... nicht besonders gut.«

Ach. Wieder mal eine schlechte Phase. In letzter Zeit hatte es mehrere schlechte Phasen gegeben. Sie ließen David nicht zu ihr, wenn es ihr schlecht ging. Manchmal wartete er einfach auf der langen hölzernen Bank im Korridor, und dann ging es seiner Mutter wieder besser und er durfte ihr einen Gute-Nacht-Kuß geben.

Er warf einen Blick auf seine Schultasche. »Ich kann ja warten. Ich mache inzwischen meine Rechenaufgaben. Wenn ich warte, wird sie aufwachen und nach mir fragen, und ich kann ihr einen Gute-Nacht-Kuß geben.«

Schwester Anne und die drei Pflegerinnen wechselten gequälte Blicke. »David ...«

»Ich stehe sicher niemand im Weg ...«

»David ...«

»Ich störe sicher nicht ...«

»Natürlich nicht.« Schwester Annes Stimme klang, als sei sie am Ersticken. Ein verzweifelter Blick zu den Schwestern hinüber. »Versuchen Sie doch noch einmal, Davids Vater zu erreichen, bitte.«

Eine der Pflegerinnen löste sich aus der Dreiergruppe und eilte raschelnd zum Telefon hinüber. Er wußte, sie würde nur Mrs. Crowley erreichen.

Schwester Anne führte David zu der Bank, und sie setzten sich nieder. Die Schultasche stand wie ein Kartoffelsack auf dem

Boden des Flurs. »Hast du schon etwas von deinem Vater gehört, David?« fragte sie sanft.

»Er hat Mrs. Crowley ein Telegramm aus Cincinnati geschickt.« Mrs. Crowley war die Haushälterin, die für David gesorgt hatte, seit seine Mutter so schwer krank geworden war. Brian O'Halloran war zumeist auf Reisen, um Bürobedarfsartikel zu verkaufen.

»Hat er etwas gesagt, wann er zurück sein würde?«

»Ziemlich bald.« David starrte die geschlossene Türe an und bemühte sich nach Kräften, das Bild der Königin Irene in ihrem Himmelbett heraufzubeschwören. Aber die Wirklichkeit drang auf ihn ein und vertrieb die Fantasiebilder von goldenem Haar und klaren Augen und glatter, seidiger Haut. *Brustkrebs. Ihre Arme waren wie Zahnstocher, ihr schönes Haar so kurz geschoren wie das Haar eines Jungen. Ihre Wangen waren hohl und grau, ihre klaren Augen lagen tief in den Höhlen und waren voll Mitleid.* Kein Selbstmitleid, sondern Mitleid mit David – sie wußte doch, wie sehr er sie brauchte!

»Ich möchte meine Mutter sehen!« forderte er plötzlich. Er sprang auf die Füße und riß sich aus Schwester Annes Griff los.

Sie hatte ihn mit einem einzigen Schritt eingeholt und packte ihn von neuem am Arm. Sie wirbelte ihn herum. »Nicht jetzt! Du hast versprochen, nicht lästig zu sein ... erinnerst du dich?«

»Wann kann ich sie sehen?« Er weinte nicht, obwohl etwas Schreckliches ihm die Kehle zuschnürte und es ihm schwermachte, ruhig zu sprechen.

»*Nicht ... jetzt!*« Sie führte ihn zu der Bank zurück. Er widerstrebte ihr nicht.

Er setzte sich nieder und starrte angestrengt seine Schuhspitzen an. Die Schuhkappen waren immer das erste, was kaputtging, das lag an den Murmeln. David hatte eine Vorliebe dafür, sich im groben Kies des Spielplatzes hinzuknien und Murmeln zu schießen. Seine Mutter haßte das, weil es die Schuhkappen ruinierte. Jetzt wünschte er, sie wären nicht so abgeschabt, nicht so fast durchgerissen. Er wollte heute abend nichts tun, das seine Mutter unglücklich machen würde. *Nicht heute abend!* Irgend etwas lag in der Luft. Heute war alles anders als sonst. Etwas Ungewöhnliches, etwas Schreckliches ereignete sich hinter dieser geschlossenen Türe. Schwester Anne war noch nie so eng an seiner Seite geblieben, wie sie es jetzt tat. Ihre Hände waren gefaltet, als betete sie, aber ihre Augen waren weit offen. Sie blickte zu dem Kruzifix an der gegenüberliegenden Wand hinüber. Als blickte sie durch ein Fenster hinaus, dachte David.

»Vielleicht solltest du jetzt lieber deine Rechenaufgaben machen«, sagte Schwester Anne nach langer Zeit. »Du weißt doch, deine Mutter freut sich immer, wenn du deine Hausaufgaben schon gemacht hast.«

Er holte das Buch aus dem Beutel, ohne Antwort zu geben. Schwester Anne saß ganz still auf der Bank. Er nahm sein Heft heraus und schlug die Seite mit den Divisionen auf, die er von der Schultafel abgeschrieben hatte. Er hatte sich ausgemalt, seine Mutter würde ihm heute bei den Hausaufgaben helfen. Das tat sie manchmal, wenn er zu Besuch kam, und es schien ihr Freude zu machen. David ließ sich oft von ihr helfen, obwohl er die richtige Lösung längst wußte. Er wußte, es machte ihr Freude, also ließ er sie in dem Glauben. Alles hier war ein So-tun-als-ob. St. Francis war kein Königsschloß. Irene Dunlap O'Halloran war keine Königin. Sie war Davids Mutter und lag im Spital im Sterben.

Er bat Schwester Anne nicht, ihm bei seinen Rechenaufgaben zu helfen. Die Stunden vergingen. Die Besuchszeit war längst vorbei. Dennoch sagte ihm niemand, er sollte nach Hause gehen. Die Türe des Krankenzimmers blieb geschlossen.

Die vierschrötige Pflegerin eilte ein paarmal geschäftig an ihnen vorbei. Einmal blieb sie stehen und beugte sich dicht zu Schwester Anne herunter. »Mr. O'Halloran ist vom Bahnhof hierher unterwegs.«

Schwester Anne seufzte vor Erleichterung, als hätte sie lange Zeit nicht geatmet. »Gott sei Dank«, sagte sie. Sie wußte nicht, daß Brian O'Halloran Davids Stiefvater war und daß er David haßte und David ihn haßte. Davids wirklicher Vater war gestorben, und Irene hatte Brian geheiratet.

Das war keine gute Nachricht. *Brian kam hierher.* David nannte ihn niemals Papa, er nannte ihn Brian. Und Brian hatte eine ganze Menge Namen für David, aber keiner davon war nett anzuhören.

David beendete seine Rechenaufgaben und verstaute seine Bücher. »Kann ich meine Mutter jetzt sehen?« fragte er. Seine Stimme krächzte müde.

Schwester Anne tätschelte seine Hand und stand auf. »Ich werde Pater Johannes fragen.« Sie wandte sich an die Pflegerin. »Sein Vater wird bald hier sein. Meinen Sie, das geht in Ordnung?« Sie eilte raschelnd zu der geschlossenen Türe hinüber, öffnete sie einen Spalt weit und spähte hinein. Dann schlüpfte sie durch den Spalt und verschwand. Einen Augenblick später tauchte sie wieder auf. Ihr Gesicht war sehr blaß. Ihre Augen wanderten zur Uhr hinüber, zu dem Kruzifix, zurück zu David.

»Pater Johannes sagt, du kannst jetzt ans Bett deiner Mutter kommen«, flüsterte sie mit heilig klingender Stimme, derselben Art Stimme, mit der die Besucher unten an der Rezeption fragten, wo sie ihre kranken Angehörigen finden könnten. Besorgt. David wollte nicht nur ans Bett seiner Mutter treten, er wollte ihr seine Rechenaufgaben zeigen und ihr erzählen, daß er beim Murmelspiel eine Schleuder gewonnen hatte. Aber da war etwas ... *da war etwas* ... hinter dieser Türe. Sein Herz klopfte laut, und seine Knie zitterten. Dennoch ergriff er seinen Schulbeutel. Die Murmeln in ihrem Säckchen klapperten gegeneinander, als er über den gebohnerten Fußboden ging. Schwester Anne öffnete ihm die Türe und hielt sie fest. Er blieb davor stehen und konnte seine Beine nicht dazu zwingen, einen weiteren Schritt zu tun.

*Wer war die alte Frau, die da auf dem Bett lag? Doch nicht seine Mutter!* Der sanfte Schimmer der Lampe auf dem Nachttischchen ließ sie gelb aussehen. Ihr feuchtes Haar war verfilzt, von derselben Farbe wie ihre Haut. Ihre einst so geschäftigen Hände waren auf der Brust gefaltet, als läge sie bereits im Sarg!

Schwester Anne zuckte zusammen, als sie den Ausdruck auf Davids Gesicht sah und wollte die Türe schließen. Hatte er genug gesehen, um die Wahrheit zu erfassen? David drängte an ihr vorbei und umfaßte mit beiden Händen das weiße Eisengestänge am Fuß des Bettes. Pater Johannes erhob sich aus dem Sessel am Kopfende.

»Mama?« krächzte David.

»Sie steht unter Medikamenten«, antwortete Pater Johannes an Irenes Stelle. »Sie schläft jetzt.«

*Honigmet ... Sie hielten ihr die Flasche an die Lippen und ließen sie alles austrinken, damit sie keine Schmerzen litt. Morphium nannten sie es.* David wußte genau Bescheid darüber. Manchmal bekam sie Alpträume davon und dann schrie sie nach David und Davids Vater – seinem richtigen Vater, Max, der gestorben war, bevor David zur Welt gekommen war.

Sie atmete ganz flach, als hätte sie Schmerzen. »Tut ihr etwas weh?« fragte David. *Sie starb. Sie starb. Sie starb ...*

»Nein«, antwortete Pater Johannes, so aufrichtig, wie er konnte. »Ich glaube nicht.«

»Wird es wehtun?« *Sie starb. Starb. Starb ...*

»Sie hat Frieden.« Schwester Anne umschlang mit einem Arm seine Schultern. »Jetzt hat sie keine Schmerzen mehr, das siehst du doch.«

*Jetzt nicht mehr ... Hatten sie ihn deshalb zuvor nicht ins Zimmer gelassen?*

David betrachtete forschend ihr Gesicht. Es erleichterte ihn, daß er nach einem Augenblick die Reste ihrer früheren Schönheit darin erkannte. Wie stolz war er in der Schule auf seine wunderschöne Mutter gewesen! Alle seine Freunde hatten ihre Bemerkungen darüber gemacht, wie glücklich er sei, eine so schöne Mutter zu haben, die obendrein noch Lehrerin war – die Lieblingslehrerin aller Schüler in der öffentlichen Schule 129 in Baltimore.

Das war im Vorjahr gewesen. Jetzt wohnten sie in Philadelphia und niemand wußte, daß seine Mutter Lehrerin war. Niemand wußte, daß sie einst eine Schönheit gewesen war. Jetzt war sie einfach nur krank. Was an ihr schön gewesen war, schien mit jedem Tag zu schrumpfen und zu verblassen, bis David sehr genau hinsehen mußte, um noch zu erkennen, was einst dagewesen war.

»Mutter?« Er lehnte die Wange an die kühle Eisenstange und wünschte, sie würde wenigstens einen Augenblick lang die Augen öffnen oder die Hand nach der seinen ausstrecken, während er sanft auf sie einredete. »Bist du da, Mama?«

Keine Antwort. Flacher, flatternder Atem.

»Sie schläft jetzt sehr tief«, sagte Pater Johannes, während er sich wieder niedersetzte. Die Nachttischlampe spiegelte sich in seinen Brillengläsern und verbarg seine Augen vor David. Der weiße

Kragen des Priesters schien ihm um den Hals zu eng zu sein, und David fragte sich, ob dem Mann ebenfalls zumute war, als müßte er jeden Augenblick ersticken.

»Wird sie bald wieder aufwachen?« Warum stellte er diese Frage? Er wußte doch, daß sie nicht aufwachen würde. Er wußte es einfach. *Er wußte es.*

Die Türe hinter ihm öffnete sich. Der Geruch von saurem Whisky und Zigarettenrauch kündigte die Ankunft von Brian O'Halloran an. Ein gemurmelter Fluch ließ erkennen, daß er nicht erwartet hatte, Irene in diesem Zustand vorzufinden. Nicht so. Erst zwei Wochen waren vergangen, seit er wieder auf Handelsreise gefahren war. Konnte es ihr in nur zwei Wochen wirklich so viel schlechter gehen?

»Sehen Sie sie bloß an!« murmelte er mit schwerer Stimme, an den Priester gewandt. »Sie liegt im Sterben.«

David wandte das Gesicht nicht seinem Stiefvater zu. Brian O'Halloran war betrunken. Er schien gar nicht zu bemerken, daß David da zwischen ihm und Irene stand, als wäre David ein bloßes Einrichtungsstück, ein Teil des Bettes – ein Stück Irene, das sich an die Eisenstangen klammerte und langsam zusammen mit ihr starb.

»Wie konnte es ihr so schnell so schlecht gehen?« O'Hallorans massiver Schatten fiel über das Bett, als er einen Schritt vorwärts tat.

»Zwei Wochen sind eine lange Zeit, Mister O'Halloran«, sagte Pater Johannes sanft. Merkte er nicht den üblen Geruch des geschmuggelten Whiskys? Dachte er, O'Halloran schwankte und spreche mit schwerer Zunge, weil der Kummer ihn überwältigte? Pater Johannes sprach leise und sanft mit diesem Mann – als hätte Brian O'Halloran Irene und David jemals wirklich geliebt, als sei sein schwarzes Herz wirklich gebrochen, weil er seine arme Frau im Sterben liegen sah.

»Ich bin zurückgekommen, so schnell ich konnte«, verteidigte O'Halloran sich schnippisch. »Ich muß arbeiten, um das hier zu bezahlen, das sollten Sie wissen.« Der Schatten seines Armes fegte über den ganzen Raum und David fuhr zurück, als könnte O'Halloran ihn schlagen. »Arztrechnungen. Spital. Das alles wird einem nicht geschenkt, wissen Sie doch. Bin zurückgekommen, so schnell ich ...« Seine Stimme versandete. Er starrte Irene an. »Früher war sie so schön«, flüsterte er. »Meine Güte! Sehen Sie doch ...«

Pater Johannes erhob sich langsam. »Vielleicht sollten wir uns besser draußen im Flur unterhalten.« Er nahm Brian O'Hallorans Schatten mit sich aus dem Raum.

Schwester Anne kam herbei und trat neben David. Wiederum ruhte ihre Hand auf seiner Schulter. Er wollte ihr sagen, sie sollte ihn nicht berühren, denn dann würde er zu weinen anfangen. Die Nonne sprach kein Wort und er war froh, daß sie nicht versuchte, ihn zum Heimgehen zu bewegen. Ausnahmsweise war es David zugute gekommen, daß O'Halloran betrunken war. Pater Johannes und Schwester Anne wollten nicht zulassen, daß David mit seinem betrunkenen Stiefvater heimging.

Das Licht aus dem Flur draußen fiel in den Raum, als Pater Johannes zurückkehrte. »David, ich habe deinen ... deinen Vater ... in einem Taxi heimgeschickt. Vielleicht solltest du am besten mit Schwester Anne ins Kloster hinübergehen und dort übernachten. Ich bleibe bei deiner Mutter.«

David schüttelte langsam den Kopf. Er berührte die Hand seiner Mutter. Sie war überraschend warm. Immer noch weich. Eins der Dinge an ihr, die sich nicht geändert hatten.

»Ihre Hände sind noch wie früher«, murmelte David. Plötzlich ergriff er ihre Finger und zog ihre Hand an seine Wange. »Ich möchte bei ihr bleiben. Um sie zu verabschieden. Verstehen Sie mich?«

Ja. Sie verstanden. Er war jeden Abend zur Besuchszeit gekommen. Seit die Ärzte gesagt hatten, daß sie mit ihrer Kunst am Ende waren, hatten sie David erlaubt, zu Besuch zu kommen. Es machte nichts aus, daß er ein kleiner Junge war. Sie ließen ihn kommen und jeden Abend mit ihr verbringen, und das hatte dazu beigetragen, diese unvermeidliche Nacht leichter erträglich zu machen. Der Priester hatte ihr bereits die Sterbesakramente verabreicht.

»Nun, dann ...« Pater Johannes setzte sich wieder in seinen Sessel. Schwester Anne zog einen Sessel für David herbei. Er stützte die Stirn an das Bettgestänge und hielt die Hand seiner Mutter.

*Prinz Davey,* hatte Irene Dunlap O'Halloran ihren neunjährigen Sohn genannt. Er hielt Wache am Bett seiner Königin, bis sie am Morgen des 24. September 1929 dahinschied und ihn völlig allein in der Welt zurückließ.

* * *

Es war die Stunde der Wall Street.

Ein Meer von Bowler-Hüten und Nadelstreifenanzügen und teuren Kaschmirmänteln aus London strömte durch die Pforten des Zentrums der Finanzwelt. Die Menge war so dichtgedrängt, daß es aussah, als sei die Straße selbst in Bewegung geraten.

Am höchsten Punkt der Straße erhob sich der zierliche Kirchturm der Trinity Church, der sich immer noch gegen all die Wolkenkratzer behauptete, die sich über ihm auftürmten. Hier schien der Beweis zu sein, daß Amerika mit seinem Glauben recht hatte: Gott und der Mammon konnten sehr wohl in Frieden nebeneinander leben.

Die Tore der Trinity Church waren an diesem Tag geschlossen. Aber am Fuß der Wolkenkratzer aus Granit und Glas wirbelten die Drehtüren wie Ventilatorblätter, saugten menschliche Wesen an und spuckten sie in Banken, Büros und die New Yorker Börse. Unter dem Gehsteig, unter den Sohlen perfekt geputzter Schuhe, lagerten in tiefen Katakomben die größten Goldreserven der Welt. Banken brüteten auf den Tonnen von Goldbarren wie alte Hennen auf ihrem Gelege. Zwanzig Tonnen schwere Sperren aus Stahl, Tränengas und Düsen mit kochendem Wasser bewachten wie Drachen den goldenen Hort. Kein Zweifel, daß es dasselbe historische Gold war, zu dem man einst die Götzenbilder der Inkas eingeschmolzen und nach Spanien verschifft hatte. Dann war es in die Hände der Holländer geraten und danach in die der Engländer, und zuletzt war es ihm irgendwie gelungen, den Atlantik von neuem zu überqueren. Nun waren die Gesichter der alten Götter ausgelöscht, aber das Material selbst erfuhr immer noch abgöttische Verehrung. Hier in der Wall Street hatten die Götzenbilder eine andere Gestalt angenommen, aber die Reichen und die Armen beugten immer noch gleichermaßen die Knie vor ihnen. Die Augen und Herzen aller Amerikaner – und der ganzen Welt – waren der Wall Street, dem neuen Allerheiligsten, zugewandt.

Bankiers und Krämer und Straßenbahnschaffner lasen die täglichen Börsenberichte wie einen Orakelspruch über ihre Zukunft. Sie priesen die täglichen Gewinne und zahlten ihren Zehnten, um Aktien zu kaufen und vom Reichtum zu träumen.

Man schrieb das Jahr 1929. Amerika war berauscht vom Geist der Wall Street. Gott und der Mammon lebten in Frieden nebeneinander – aus dem einfachen Grund, weil der Mammon Gott geworden war.

An diesem Morgen fegte ein kalter Wind durch das Bankenviertel von Manhattan. Max Meyer schlug den Kragen seines in London maßgeschneiderten Mantels hoch, während er sich durch die Menge der Börsenmakler zu dem Schuhputzjungen durchkämpfte, der seinen Standplatz unter den Fenstern des Bankhauses Sisto & Co aufgeschlagen hatte. Hier, bei der Hausnummer 64 der Wall Street, hatte einst der Baum gestanden, unter dem die ersten Makler um 1700 eine Börse eröffnet hatten. In diesen Tagen war der Ort immer noch der Platz, wo man die neuesten Nachrichten des Börsenmarktes inoffiziell durchsprach und wo ein Finanzberichterstatter mit ein bißchen Glück da und dort Brocken von Geschwätz und Klatsch aufschnappen konnte, die eine Schlagzeile ergaben.

Max glaubte an das Glück. Ein Teil seines täglichen Nachrichtenfischzuges bestand darin, daß er sich am Schuhputzstand von Joey Fortuna die Schuhe auf Hochglanz polieren ließ. Er zahlte zehn Cents fürs Schuheputzen und einen Nickel für einen guten Tip, und dafür lieferte der zweiundzwanzigjährige Schuhputzer, der über eine lange Liste hochangesehener Kunden verfügte, Max den neuesten Klatsch. Auch Joey bekam Tips, wenn auch von anderer Art, von seinen reichen Klienten, und er spekulierte wie jeder andere im Land an der Börse.

»Wie geht's denn so an diesem schönen Morgen, Joey?« Max hob den Fuß auf die Schuhputzkiste.

»Morgen, Mr. Meyer.« Joey schmierte Schuhcreme auf ohnehin tadellos blankgeputzte Schuhe. »Ganz gut. Meine Nachbarin daheim hat ganz ordentlich abgeschöpft mit dem Tip, den Mr. Keenan mir wegen RCA gab.«

»Ach ja? Und wie ist's Ihnen ergangen?«

Joey zuckte die Achseln und runzelte die Stirn. »Ich hätte früher aufstehen müssen. Hätte kaufen sollen. Erst stieg's himmelhoch, und dann ging's runter, und ich hab zu lang gewartet, um die Sahne abzuschöpfen. Aber Mr. Morgan vom House of Morgan sagt, Kupfer sei ein ganz heißer Tip. Naja, jetzt hat die alte Mrs. Fernelli sich eine goldene Nase an RCA verdient, und ich putz' immer noch Schuhe.«

»Neuer Tag, neues Glück«, sagte Max und grinste, aber er glaubte selbst nicht daran. Was die RCA-Geschichte anging, so hatte eine große Gruppe reicher Käufer tausende Aktien gekauft, um die Kurse künstlich in die Höhe zu treiben. Dann, als die kleinen Investoren zu kaufen begonnen hatten, verkauften die Mitglieder des Käuferringes mit gewaltigem Profit, und die Kurse fielen in den Keller.

»Tja. Na, ich hätte doch RCA kaufen sollen. Hätte mich dumm und dämlich verdienen können.«

Max tätschelte ihm die Schulter. »War klug von Ihnen, daß Sie sich da nicht haben reinziehen lassen«, tröstete er. »Die Aktien waren längst nicht so viel wert, wie es aussah. Eine Menge armer Kerle haben ihr letztes Hemd bei dem Deal verloren.«

»Naja, die Großen haben alles abgeräumt ... und Mrs. Fernelli.« Er fuhr mit rhythmischen Bewegungen mit dem Poliertuch über den Schuh. »Wie stehts mit Consolidated Copper? Was halten Sie davon?«

»Lassen Sie da bloß die Hände davon«, riet ihm Max, und er wußte, was er sagte. »Sie wissen doch, wie man sagt ... was hoch steigt, kann tief fallen. Die Kurse stehen schon zu hoch.«

Joey schnitt ein mürrisches Gesicht. »Werden Sie das in der Zeitung schreiben?«

»Hab ich schon getan. Es steht heute morgen in meiner Kolumne.«

»Das wird den Jungs an der Spitze aber nicht gefallen ... daß Sie was gegen sie sagen.« Er schüttelte den Kopf im Rhythmus des Schuheputzens. »Man sagt hier schon, Sie wären der Sand im Getriebe.«

»Ach, da hat man mich schon Schlimmeres genannt«, lachte Max. Er hatte seinen Spaß daran, aus zweiter Hand zu hören, wie unbeliebt er bei gewissen großen Namen im Finanzviertel war.

Auch Joey lachte. »Das weiß ich nur zu gut! Ich hab schon gehört, was man Sie sonst noch alles genannt hat!«

Mit zweiunddreißig Jahren hatte Max Meyer einen weiten Weg seit seiner Kindheit in der Orchard Street zurückgelegt. Die Wall Street war Welten entfernt von der Armut und dem Schmutz der alten Nachbarschaft, und dennoch hatte Max Schmutz anderer Art fest verwurzelt in den Herzen und Sinnen der Menschen gefunden, die die Finanzen der ganzen Welt in Händen hielten. Manikürte Fingernägel und maßgeschneiderte Anzüge waren nur ein dünner Firnis, der Rücksichtslosigkeit und Egoismus verdeckte. Max war überzeugt, daß diese Männer imstande waren, die finanzielle Infrastruktur Amerikas – und anderer Länder – in Scherben zu schlagen. In vielen hochangesehenen Maklerfirmen war der Name Max Meyer verhaßt wie die Pest, aber dennoch lasen sie getreulich jeden Tag seine Kolumne.

Max hatte mit seiner Heirat einen guten Griff getan. Die Familie seiner Frau hatte Verbindungen zu Bankiers aus den höchsten Gesellschaftskreisen. Wohltätigkeitsbälle und gesellschaftliche Ereignisse waren seine Eintrittskarte zu den großen Namen der Finanzwelt gewesen. Zuerst hatte man ihn seiner Zeitungsartikel wegen verdächtigt, dann mit Argwohn betrachtet, zuletzt ihn angeklagt, ein Verräter und Betrüger zu sein, denn Max hatte nur zu häufig den reichen Leuten die Maske der Wohlanständigkeit vom Gesicht gerissen und ihre Manipulationen aufgedeckt. Unnötig zu sagen, daß seine Artikel bei den Familientreffen in Newport nicht gerade freudig beklatscht wurden. Zuletzt hatte seine Frau ihn verlassen und drei Wochen später bei einem Autounfall den Tod gefunden – so war Max, technisch gesehen, zum Witwer geworden, ohne den Makel einer Scheidung auf seinem Ruf.

Seine imposante Erscheinung veranlaßte so manches junge Mädchen, das im Ritz speiste, ihm bewundernd nachzusehen. Sein dunkles Haar und seine blitzenden braunen Augen waren die Ursache, daß man ihn insgeheim den Rudolfo Valentino der Wall Street nannte. Für die Schickeria der Frauen in Manhattan machte es keinen Unterschied, daß er kein arabischer Scheich war, sondern ein Sohn jüdischer Einwanderer, der in der Orchard Street aufgewachsen war. Unter den Töchtern der Reichen und Berühmten wurde es zur Mode, durch ein gemeinsames Essen mit Max Meyer ihrer Rebellion gegen ihre Väter Ausdruck zu verleihen. Und Max stellte fest, daß ihr Geplauder beim Dinner seinen Zwecken noch weitaus dienlicher war als ein Schwätzchen mit Joey Fortuna am Schuhputzkiosk.

»Sind Sie ganz sicher, was diese Aktien der Consolidated Copper Minen angeht?« Joey fuhr ein letztes Mal mit dem Putzlappen über den Schuh.

»Absolut sicher.« Max warf ihm fünfzehn Cent zu. »Bei der Sache sitzen alle auf einem Schleudersitz, Joey. Da wird sich jemand einen Span einziehen.« Max hatte das unbehagliche Vorgefühl, daß sich vielleicht *alle* am Börsenmarkt Beteiligten einen Span einziehen würden. Auf dem gesamten Aktienmarkt war es in letzter Zeit wie toll zugegangen. Die einen sagten, es gehe aufwärts wie in einem Expreßlift, die anderen murrten, so würde es nicht lange bleiben, und jeder verhielt sich entsprechend. Was Max anging, so hatte er nun den Finger am Puls der Wall Street. Er hatte eine zehnprozentige Kommission auf alle geschäftlichen Transaktionen der Cunard Line, das bedeutet, daß er auf jeden Fall Geld machte. Wenn die Kunden kauften, sahnte er ein paar Dollar ab. Wenn sie verkauften, gewann er ebenfalls ein paar Dollar. Egal, wer der Gewinner war, er schnitt sein Stückchen vom Kuchen ab. Er war noch kein reicher Mann, aber es sah ganz so aus, als sollte er bald einer werden.

Joey blickte seine Münzen an und runzelte die Stirn. »Schade, daß diese Kupfersache schiefläuft. Ich hatte gehofft, ich würde einen großen Fischzug machen und dann in Frühpension gehen.«

»Neuer Tag, neues Glück.« Max bewunderte sein Spiegelbild in den Schuhen.

»Das haben Sie aber nicht in Ihrer Kolumne geschrieben, Mr. Meyer. Und jetzt sagen Sie mir, ich hätte jede Menge Chancen, reich zu werden.« Er warf eine Münze in die Luft und fing sie wieder auf. »Also? Geben Sie mir doch einen einzigen Tip, Mr. Meyer, wie wär's damit? Ist irgendwo was in der Pfanne? Wo steigen die Kurse? Sagen Sie mir, was ich kaufen soll, und ich verhökere meine Schuhcreme, verkaufe meine Schuhputzkiste und versetze Mamas Hochzeitsring.« Der Junge grinste, aber offenkundig meinte er es ernst.

Max senkte den Blick zu den Dosen mit Schuhcreme und schüttelte den Kopf. »Wollen Sie wirklich einen Tip, Joey?«

»Und wie! Ich kenne keinen Kerl in ganz New York, der nicht sofort kaufen würde, wenn Sie ihm sagen, ›Kauf!‹, Mr. Meyer.«

»Okay. Hier haben Sie meinen Tip. Direkt aus der Presse. Geradewegs aus Max Meyers Finanzkolumne für das ganze Land. Und ich geb' ihn Ihnen direkt, Joey, weil Sie mir jeden Tag so schön die Schuhe putzen.«

Joey keuchte beinahe vor Erwartung, wie ein gieriges Hündchen, das einen Knochen erwartet. »He, danke schön, das ist toll, Mr. Meyer ...«

Max tätschelte ihm die Schulter. »Mein Rat ist –« Er deutete mit dem Daumen nach oben. »Der Himmel fällt uns auf den Kopf, Joey. Schneller als Sie glauben.«

»Heh?«

»Lassen Sie die Finger von Spekulationen. Behalten Sie Ihre Schuhputzkiste und Ihre Schuhcreme und Ihren gesunden Menschenverstand. Das ist um einiges mehr, als die großen Spekulanten in der Tasche haben werden, wenn ihr Kartenhaus einstürzt.«

Joey war ehrlich enttäuscht. Sein Gesicht sprach von Betrug, als wüßte Max Meyer wirklich, wo der Weg zum Reichtum führte, und weigerte sich einfach, ihm das Geheimnis zu verraten. »Wenn Sie sich's anders überlegen, geben Sie mir dann einen Tip? Machen Sie das, Mr. Meyer? Wenn Sie von einer wirklich sicheren Sache hören –«

»Dann komm ich her und laß mir die Schuhe putzen, das versprech ich Ihnen, Joey. Dann sind wir Partner.« Er hob das Gesicht in den Wind. »Das mach ich ganz sicher.«

Das schien Joey ein wenig aufzuheitern. Ein Regentropfen spritzte auf sein Kinn, und er sammelte sein Handwerkszeug auf und sauste unter einen Torbogen, während Max die Straße überquerte.

Max warf einen Blick zurück auf den jungen Mann und wünschte, er könnte Joey einen ehrlichen Tip geben. Aber alle Zeichen standen auf Sturm – und die Sturmflut, die über die Wall Street hinwegbrausen würde, konnte die Reichen und die Armen gleichermaßen davonschwemmen.

* * *

Die Jalousien hinter dem Glasportal, das in die First Petroleum Bank von Oklahoma führte, waren herabgezogen, und ebenso alle Jalousien an den Fenstern. Die Türen waren geschlossen, aber ein schwarzumrandetes Kärtchen war daran befestigt, auf dem stand *Wegen Begräbnis geschlossen.* Darunter war in kleinem Druck hinzugefügt *Wir bedauern eventuelle Unbequemlichkeiten.*

Damon Phelps senior starrte mißlaunig aus dem Fenster des Cord-Automobils und wünschte, sein Fahrer hätte eine andere Route gewählt. Nicht genug damit, daß er eben vom Grab seines einzigen Sohnes heimkehrte, mußte er auch noch daran erinnert werden, daß dieser offizielle Trauertag ihn bares Geld kostete? Phelps war klar, daß ihm als Geschäftsführer der Petroleum Bank und Vorsitzenden von Phelps Petroleum anständigerweise nichts anderes übrigblieb, als die Bank zu schließen und die Arbeit an den Bohrlöchern ruhen zu lassen. Allerdings nur einen halben Tag lang. *Inzwischen sollten die Mannschaften schon wieder an der Arbeit sein,* dachte er mit einiger Befriedigung.

Der Fahrer lenkte den Cord an Phelps privaten Eingang an der Rückseite der Bank heran und eilte voraus, um die Türe zu öffnen. Phelps setzte ein ingrimmiges Gesicht auf. Der Fahrer trug eine schwarze Trauerschleife am Ärmel. Alle hatten sich verschworen, ihn beständig an seinen Verlust zu erinnern! Alle! Nun, Damon Phelps senior war nicht der Mann dazu, sich einen ganzen Geschäftstag ruinieren zu lassen. Nachdem sie eine endlose Prozession von Trauergästen endlich losgeworden waren, hatte Phelps zu seiner erschöpften Frau gesagt, er mache eine Spazierfahrt, um einen klaren Kopf zu bekommen, aber er hatte die ganze Zeit geplant, ins Büro zu fahren.

Der Fahrer sperrte den Eingang auf, danach reichte er Phelps den Schlüssel zurück. Er hielt seinem Arbeitgeber die Türe auf, dann kehrte er zum Wagen zurück, um dort zu warten. Phelps schloß die Türe hinter sich und versperrte sie sorgfältig, ehe er sich umwandte und seinen beiden verblüfften Assistenten ins Gesicht blickte. »Mister Phelps«, sagte Senior-Vizepräsident Tell, »wir haben Sie heute gar nicht erwartet, Sir. Eine überaus berührende Grabrede, und die Blumen waren –«

»Wie sehen die Börsenberichte aus?« fragte Phelps und schnitt den Strom mitleidigen Gemurmels brüsk ab. Er drängte an Tell und dem Zweiten Vizepräsidenten Penner vorbei und eilte zu einem Tisch neben seinem eichenen Schreibtisch, wo auf einem Blatt Papier lange Zahlenkolonnen aufgelistet waren. Der hochgewachsene, hagere Tell warf dem kurzbeinigen, vierschrötigen Penner einen Blick zu und zog eine Augenbraue hoch, zögerte aber keinen Augenblick mit der Antwort.

»Alles steigt himmelhoch«, sagte er. »Consolidated Copper hat eine neue Firmenfusion in Chile angekündigt, und die Kurse sind bereits um zehn weitere Dollar gestiegen von den einhundertzehn, die wir letzte Woche bezahlt haben. RCA läuft ebenfalls zufriedenstellend.«

Phelps winkte ungeduldig ab. Die Details interessierten ihn nicht. »Wo stehen wir?« verlangte er zu wissen.

Penners war jetzt an der Reihe, zu antworten. »Im Augenblick haben wir einen Gewinn von zweihundertelftausend zu verzeichnen.«

Das war eine gute Nachricht, vor allem, weil nur fünfundzwanzigtausend von der ursprünglichen Investition von Phelps persönlichem Konto stammten. Tell und Penner hatten noch weniger eigenes Geld in die Sache gesteckt. Der Rest der ursprünglichen fünfundsiebzigtausend Dollar Investition stammte aus den Rücklagen der Bank. Daß die Kunden davon nichts wußten, war wohl selbstverständlich.

Das Ganze war Phelps vor einigen Monaten blitzartig in den Sinn gekommen. Der Aktienmarkt machte gewaltige Sprünge ... dreißig oder vierzig Prozent im Jahr, und den Sparern hatte man nur drei Prozent Zinsen für ihre Spareinlagen versprochen. Warum sollte die Petroleum Bank sich damit zufriedengeben, sieben oder acht Prozent an Krediten zu verdienen, wenn sie das große Geld machen konnte? Hätte nur der Vorstand zugestimmt, so wäre diese ganze Geheimnistuerei nicht notwendig gewesen.

Phelps zuckte die Achseln, während er die Blätter mit den Bilanzen inspizierte. Im Grunde interessierte ihn nichts davon.

Wenn die schwerfälligen Klötze bei dem Geschäft die Dummen waren, auch recht. Es gab niemals nur eine einzige Möglichkeit. Bislang hatten Phelps und seine beiden Assistenten vier verschiedene Methoden ausgetüftelt, um die Rücklagen der Petroleum Bank dazu zu benutzen, Aktien zu kaufen – ohne irgend jemand um Erlaubnis zu fragen. Und der Plan funktionierte!

# DER TEUFELS-RÜCKEN

## *Shiloh, Arkansas*

Es war schwierig, die Marke des Automobils unter all den Haushaltswaren zu erkennen, die auf jede nur verfügbare freie Fläche gepackt waren. Das Zelt und der Campingkocher befanden sich auf der Kühlerhaube, zusammen mit verschiedenem Gepäck und der Kinderwiege. Töpfe und Pfannen baumelten linkerhand über den Kühlergrill und klapperten warnend bei jedem Schlagloch in der Straße. Matratzen waren zusammengerollt und auf dem Leinendach festgeschnürt. Ein schlanker, hochgewachsener Mann mit einem Strohhut saß hinterm Lenkrad und spähte durch die mit toten Insekten bedeckte Windschutzscheibe auf dieselbe Straße hinaus, auf der er vor zehn Jahren seine Heimat verlassen hatte. Damals war er auf einem Pferd geritten. Jetzt saß seine Frau neben ihm, einen kleinen Jungen auf dem Schoß, zwei weitere Söhne saßen im Fond des Wagens, und all sein irdischer Besitz war auf dem 1925er Model T Ford festgeschnallt. Alles in allem betrachtet war seine Rückkehr eindrucksvoller als sein Auszug.

Der stechende Geruch von Holzrauch mischte sich mit dem süßen Duft der Fichten, die nah an die geschotterte Straße heranreichten.

Die Blätter der Bäume hatten sich früh in diesem Jahr verfärbt, was einen harten Winter erwarten ließ. Im Süden standen die Poteau-Berge einer neben dem anderen, in leuchtendes Rot und Purpur gehüllt. Die Hänge des »Zuckerkringel« genannten Berges glitzerten in bleichem Gelb und Gold zwischen Sykamoren, Birken und Walnußbäumen.

Auf den Feldern waren Baumwolle und Mais abgeerntet. Kürbisse bildeten leuchtend orange Flecken auf der mageren, steinigen Erde. Wilde Dattelpflaumen wucherten auf den ungepflügten Feldern. Opossums kletterten auf den Dattelpflaumenbüschen herum und schlugen sich den Bauch mit den reifen Früchten voll, und die kleinen Bauernjungen machten Jagd auf ihr Fleisch und ihre Pelze.

Alle diese freundlichen Erinnerungen hatten Birch Tuckers Herz heim nach Shiloh in Arkansas gerufen, um die Familienfarm zu übernehmen, die sein Vater bei seinem Tod im letzten Frühjahr unbewirtschaftet hinterlassen hatte. Er kehrte heim aus dem Wald der Bohrtürme, heim aus dem unablässigen Gestank von Schwefel und Rohöl – Rohöl auf den Straßen, auf den Kleidern, auf der Haut, in den Poren der Haut.

Ein Mann sollte seine Kinder nicht inmitten von Schlägereien und Nachtlokalen aufwachsen lassen. Also brachte Birch Tucker seine Frau Trudy nach Hause zurück. Er würde Klein Tommy und Bobby und Joe lehren, wie man Opossums jagt und wie man Mais pflanzt und wie man Kühe melkt. Zehn Jahre lang hatten Birch und Trudy auf diesen Tag gespart, von diesem Traum gelebt, sich darauf gefreut, diese Straße entlangzufahren und am Ende der Straße sagen zu können: »So, Jungs, wir sind zu Hause.«

Die Gleise der Rock Island-Linie liefen parallel zur Straße. Ein fernes Loksignal pfiff. Die Jungen fuhren auf, knieten auf der Sitzbank des Wagens und beugten sich weit zum Fenster hinaus, als die mächtige Lokomotive näher und näher kam.

»Schneller, Pa!« schrie Tommy. »Laß dich nicht überholen!«

»Komm schon, Pa!« stimmte Bobby mit ein. »Bis zum Wasserturm!«

Eine halbe Meile vor ihnen ragte der Wasserturm der Rock Island-Linie über den Baumwipfeln auf. Birch wußte, daß der Zug bereits die Geschwindigkeit drosselte, weil er am Wasserturm stehenblieb. Es war eine Kleinigkeit, den Zug zu überholen und den Jungen die Befriedigung zu verschaffen, ihren Vater als Helden zu sehen.

»Fahr doch nicht so schnell, Birch!« Trudy sah entsetzt aus, als Birch den Gashebel niedertrat und der Wagen über eine vom

Regen durchweichte Karrenspur holperte. Die Töpfe und Pfannen schwangen und rasselten wild. Das Baby sah verdutzt aus; dann kreischte es vor Lachen, als die Jungen auf den Ledersitzen auf und ab hopsten und ihren Vater anfeuerten, *schneller, schneller!*

»Er gibt auf, Pa!« schrie Tommy.

»Fahr sofort langsamer, Birch, oder ich schwör's dir, ich steige aus und gehe zu Fuß!« Trudys Gesicht war weiß vor Zorn. Birch grinste sie an und drückte noch einmal das Gaspedal nieder, als die Jungen vor Begeisterung schrien. »Du bringst uns alle um, Birch Tucker! Fahr langsamer, oder du bist der Mörder deiner Familie! Du bringst uns am glücklichsten Tag unseres Lebens um!«

»Ich wollte immer schon glücklich sterben, Trudy«, überschrie er den Lärm rasselnder Haushaltsgeräte, ächzender Räder und der brüllenden Jungen und der kreischenden Signalpfeife der Lok.

»Unsere Sachen! Unser Zeug!« Sie deutete auf den Koffer, der sich loszumachen drohte, und das flatternde Leinwandzelt. »Es wird alles runterfallen! Birch! Birch! Ich verlange, daß du – langsam –«

»Du zeigst es ihm, Dad! Gib's ihm!«

»Fahr! Fahr schneller! Schau! Jetzt holt er uns nicht mehr ein!«

Birch schwelgte in der Begeisterung seiner Söhne – und hier ging's nur um ein Wettrennen mit einer Lok! Warte nur, bis er sie auf ihre erste Opossum-Jagd mitnahm!

Er brüllte im Chor mit ihnen und ignorierte Trudy, die steif vor Mißbilligung auf ihrem Platz saß. Ihr hübsches Kinn war vorgeschoben, ihre Augen blickten geradeaus. So klammerte sie sich fest an das lachende Baby, als sie alle von ihren Sitzen gehoben wurden, um mit einem würdelosen Plumpser wieder zu landen. Ihr Mann und ihre Söhne waren in der Überzahl. Sie hatten zu lang in der Stadt gelebt, wo mindestens einmal am Tage eine Wettfahrt auf der Hauptstraße stattfand.

»Du hast es geschafft! Du hast ihn geschlagen! Der Zug fährt nicht mehr weiter! Sieh dir das an, Bobby! Schau, was Pa gemacht hat! Er hat den Zug kaputtgemacht! Er ist so schnell gefahren, daß der Zug kaputt wurde!«

Birch richtete sich im Fahrersitz auf. Er faßte das Lenkrad fester und spähte hinaus, um sicherzugehen, daß sie nicht eine lange Spur von Haushaltswaren auf der Straße hinterlassen hatten. Nichts dergleichen. Alles war in Ordnung, alles war gut – alles außer Trudy, deren Gesicht seinen freundlichen, melancholischen Wir-kommen-nach-Hause-Ausdruck verloren hatte. Egal. Sie würde drüber hinwegkommen, sobald sie das Haus zum erstenmal sah. Wenn sie nur erst einmal die Felder und die Scheunen und die Küche sah ... ja, dann würde Trudy die Wettfahrt mit der Lokomotive vergessen haben.

Schmutzige Kinderhände streckten sich aus, um Birch stolz auf den Rücken zu klopfen. Das Baby hüpfte auf dem Schoß seiner Mutter auf und ab, als wollte der Kleine klarmachen, daß er möglichst bald wieder über Schlaglöcher hopsen wollte.

Trudy zog ihm das blaue Strickhäubchen tiefer in die Stirn und legte den Handrücken prüfend an seine rosige Wange. »Eiskalt«, fuhr sie Birch an. »Und je schneller du fährst, desto kälter weht der Wind. Er wird Keuchhusten kriegen und dann –«

Birch fiel ihr ins Wort. »Schau mal dort rüber, True.« Er deutete auf eine Stelle, an der eine einzelne Rauchsäule über die Baumkronen aufstieg und anzeigte, daß dort, außer Sicht, jenseits der Straße eine menschliche Behausung lag. »Das ist das Haus meines Cousins. J.D.Froelich. Unsere Farm lag ... liegt ... nicht weit von seiner entfernt. Ein Stückchen hinter der kleinen Kirche und dann den Hügel hinauf.«

Die dunkle Wolke des Ärgers lichtete sich und verschwand. »So nahe schon?«

Es war lange her, seit Birch zum letzten Mal die Rauchsäulen aus den Hügeln um Shiloh aufsteigen gesehen hatte. Er erinnerte sich an den Namen jeder einzelnen Familie, die sich an diesen Feuern wärmte. Er wies mit dem Finger auf eine leere Stelle am Himmel, wo der Rauch aus dem Kamin der Familie Tucker einst aufgestiegen war, und wo er bald wieder aufsteigen würde.

Vor ihnen senkte sich die Straße, überquerte den James Fork-Bach und tauchte am gegenüberliegenden Ufer wieder auf. Birch fuhr langsamer und bog in einen von tiefen Karrenspuren zerfurchten Fahrweg ein. Den Weg säumten Stacheldrahtzäune und ausgebrannte Felder, auf denen noch Überreste der sommerlichen Baumwollernte standen. Eine Schar Gänse, die das Dröhnen des Motors aufgeschreckt hatte, eilte hastig über die Straße und verschwand im Buschwerk neben dem Bach. Hie und da verschwand die Straße völlig unter einer dicken Decke aus Herbstblättern. Die Räder wirbelten sie auf und spien sie hinter dem Ford in einer Wolke von Farben aus.

Rund um ein winziges Wäldchen öffnete sich linkerhand eine weite freie Fläche. Zur Rechten stand ein gut erhaltenes Bauernhaus aus der Zeit der Königin Viktoria. Seine Hintertreppe war nur ein paar Meter vom Ufer des James Fork-Bach entfernt. Die weiße Tünche war frisch und leuchtend hell. Die Fenster widerspiegelten die Weiden, die Bäume und den Himmel. Eine breite Veranda lief rings ums Haus. Trudy erkannte Schaukelstühle, die rund um einen kleinen Tisch standen. Zwei Hunde erhoben sich von ihrem Ruheplatz unter einer gewaltigen Ulme. Wie die Gänse zuvor, fühlten auch sie sich von dem lärmenden Blechkasten irritiert, der auf sie zubrauste. Sie sträubten die Haare und bellten und lärmten nach ihrem Herrn.

Einen Augenblick später tauchte die kurzbeinige, plumpe Gestalt von Cousin J.D. aus dem Haus auf. Er zog sich die Hosenträger über die langen roten Unterhosen und kniff die Augen zusammen, als er einen Berg Haushaltswaren auf Rädern die Straße entlangrumpeln sah.

»Es ist tatsächlich J.D., True«, lachte Birch. »Aber er hat mehr Bauchspeck und weniger Haar, als ich das letztemal an ihm gesehen habe.«

Die Kühe in der Weide muhten unglücklich über den störenden Lärm und galoppierten hügelaufwärts, um ihm zu entkommen. Birch lehnte sich weit aus dem Fenster und schrie hinüber: »Ich bins, alter Waschbär! He, J.D.! Ich bin's, Junge, *Birch!*«

Ein Schrei antwortete von der Veranda her. J.D. steckte den Kopf zur Türe hinein und rief irgend jemand zu sich. Er befahl seinen Hunden, sich zu legen, aber sie gehorchten nicht. In Socken eilte er in den Hof hinaus, und dort lachte er, schüttelte den Kopf und rief Birchs Namen, als könnte er nicht glauben, daß der Verlorene Sohn nach Shiloh heimgekehrt war!

Als Birch aus dem Wagen sprang und Cousin J.D. umarmte, saßen Trudy und die Jungen zum erstenmal, seit sie Oklahoma verlassen hatten, still und scheu da. Hier war ein Teil von Birchs Leben, an dem sie niemals Anteil gehabt hatten. Hatten sie ihn jemals einen Freund mit derselben innigen Freude umarmen gesehen, mit der er hier diesen Fremden umarmte?

»Maybelle! Maybelle! Mayy-beelle!« schrie Cousin J.D. über die Schulter zurück. »Heiliger Strohsack, Frau, jetzt komm schon! Birch ist wieder da! Birch ist nach Hause gekommen!«

Eine kurzbeinige, dickliche Frau kam eilig aus dem Haus gelaufen. Ihr Haar, das bereits ein wenig grau wurde, war auf ihrem Oberkopf zu einem unordentlichen Knoten gewunden. Es rutschte nach rechts, und Strähnen hingen über ihr vor Aufregung gerötetes Gesicht. Sie stürzte herbei, um sich ihrem Ehemann anzuschließen und Birch zu umarmen, und die ganze Zeit strömten Tränen der Freude über ihr Gesicht.

»Das ist ja wunderbar!« schrie sie.

Bobby und Tommy blieben im Fond des Wagens sitzen und betrachteten die Szene mit feierlichem Ernst. Die längste Zeit schon hatte ihr Daddy ihnen von Shiloh erzählt, Shiloh dies und Shiloh das, und sie würden mit Cousin J.D. auf Opossumjagd gehen. Aber bis zu diesem Augenblick hatten sie nie daran gedacht, daß Shiloh ein wirklicher Ort war, mit wirklichen Menschen, die Birch kannten. Cousin J.D. war immer nur der Held von Erzählungen gewesen, wie die Helden der Geschichten, die ihre Mutter ihnen erzählte. Konnte dieser kleine, kurzbeinige, glatzköpfige Mann wirklich der Cousin sein, der hohe Berge erklomm und reißende Flüsse durchschwamm und die dicksten Opossums abschoß und die listigsten Waschbären erjagte?

»Ich hatte mir vorgestellt, er sei ein Riese«, wisperte Tommy.

Trudy verzog den Mund zu einem schwachen Lächeln. Die Geschichten von Shiloh waren ihr wie Sagen erschienen. Wie das alte Kanaan war es von Riesen bevölkert und troff von Milch und Honig. So hatte Birch jedenfalls immer behauptet. Und eines Tages, so hatte er ihnen immer versprochen, würde er sie an der Hand nehmen und sie höchstpersönlich an diesen verzauberten Ort führen.

Im Augenblick freilich hatte Birch völlig vergessen, daß er eine Frau und Söhne hatte, die hinter ihm im Auto saßen und warteten. Auch J.D. und Maybelle schienen es nicht zu bemerken. Sie ergriffen ihn an den Armen und führten ihn die Stufen hinauf auf die Veranda. Sie waren schon fast im Haus drinnen, als Birch zur Besinnung kam und ihm wieder einfiel, daß er diesen Ort als Junggeselle verlassen hatte, aber als Gatte und Vater zurückkehrte.

»True!« schrie er und riß sich los. J.D. und Maybelle starrten ihn an, als sei er übergeschnappt.

»True?«

»Trudy! Meine Frau ... und meine Jungen.« Er fuhr herum und bedeutete ihnen, aus dem Wagen auszusteigen.

J.D. und Maybelle starrten mit höflicher Neugier die Leute an, die ihren lieben Birch aus dem Kreis der Familie fortgelockt hatten. Das war also die Frau ... mit der Birch gegen den Wunsch seines Vaters davongelaufen war. Nun ja. Was wußte man schon. Und die Kinder da waren das Produkt dieser Vereinigung. Hübsche Jungen. Jeder von ihnen. Wirklich hübsch. Großartig! Wie sie Birch im selben Alter ähnlich sahen! Das war erstaunlich. Drei kleine Abziehbilder von Birch – gertenschlank, schlaksig, mit blondem Haar und blauen Augen. Die drei hatten nicht die geringste Ähnlichkeit mit ihrer dunkelhaarigen, braunäugigen Mutter. Nicht das kleinste bißchen. Ja, ja, es war leicht zu sehen, daß diese drei zur Familie gehörten!

Und so wurden die Jungen in den Kreisen, die Birchs Leben in Shiloh repräsentierten, mit offenen Armen empfangen. Trudy jedoch blieb schüchtern abseits stehen. Ungewöhnlich still, stand sie mit einem höflichen Lächeln auf den Lippen da, als J.D. einen Jungen nach dem anderen hochhob und den Beweis erbrachte, daß er trotz seiner kurzen Beine und seinen dicken Bauches tatsächlich stark wie ein Stier war.

»Ich kann euch sagen – ein Jammer, daß euer Großvater euch Jungen niemals gesehen hat! Ein Blick nur, und er hätte gewußt, daß euer Daddy ihm einen Haufen kleine Tuckers gemacht hat!«

Maybelle neigte den Kopf und sprach Trudy an. »Möchten Sie nicht reinkommen und sich ein wenig aufwärmen? Es ist furchtbar kalt heute morgen, nicht wahr? Hatten Sie eine angenehme Reise von Oklahoma?«

* * *

Bei den alten Leuten war der Bergrücken als der »Teufelsrücken« bekannt. Die örtlichen Sagen erzählten, der Satan selbst habe versucht, sich dort aus der Erde zu erheben und sei nur durch die Gebete eines reisenden Methodistenpredigers wieder gebannt worden. Natürlich erzählten die Presbyterianer dieselbe Geschichte mit einer kleinen Abweichung, und die Baptisten ebenfalls.

In solchen Fällen war es das beste, keine genauere Bezeichnung der Konfession anzugeben. Tatsache blieb, daß der Teufelsrücken vom Nacken bis zum Steißbein zehn Meilen lang war. Felsspitzen ragten aus der mageren Erde und verliehen dem Bergrükken ein so unheimliches Aussehen, daß die kleinen Jungen beteten, der Teufel möge ruhig liegenbleiben, bis sie außer Reichweite waren. Die dichten Gebüsche boten wilden Truthähnen und Wachteln eine natürliche Heimat. Und für diejenigen Ortsbewohner, die erwachsen waren und keine Angst hatten, dem Satan persönlich auf die Wirbelsäule zu treten, war es ein ideales Jagdgebiet.

Sheriff Ring stand auf einem Felsvorsprung am östlichen Ende des Grats. Der Bergrücken fiel dort in eine bewaldete Senke ab, die ein kleiner, in wirren Zick-zack-Linien verlaufender Bach ausgewaschen hatte. Die Welt rundum war ein Wunder aus Scharlach und Gelb, aber dem Sheriff lag an diesem Morgen nichts an der schönen Aussicht. Sein doppelläufiges Gewehr, Marke A.J.Aubrey, deutete auf die riesenhafte Spur einer Bärentatze, während die Bluthunde den Boden beschnüffelten und die Fährte des entsprungenen Häftlings suchten, auf den sie seit über einer Woche Jagd machten.

»Ja, Sir, Sheriff Ring, Ihr Häftling reist gemeinsam mit dem alten Luzifer.« Red Watts, der örtliche Fährtensucher, stocherte mit seinem Stock im Tatzenabdruck des Bären. »Auf jeden Fall folgt er ihm auf den Fersen, so nahe er es nur wagt.« Er schüttelte verwundert den Kopf und deutete dann auf die Spur eines Männerfußes. Auch sie war ungewöhnlich groß. »Der Nigger hat auch ein Paar Riesentatzen, was?« Er kicherte gedämpft. »Muß ja ein schöner Brocken sein.«

Sheriff Ring nickte. »Kann man sagen. Ein Meter fünfundneunzig. Wir haben im Gefängnis nie Schuhe gefunden, die ihm paßten. Muß fast so groß sein wie der Bär da, den ihr Luzifer nennt.«

Red Watts schnaubte verächtlich. »Nichts auf der Welt ist so groß wie der. Das hier ist sein Reich. Der alte Bär betrachtet den Teufelsrücken als seinen Privatbesitz. Schleicht hier herum, als wär er der Teufel persönlich. Man weiß von ihm, daß er Leute umbringt, nur weil sie ihm auf die Nerven gehen.« Er warf einen weiteren Seitenblick auf die Fußspur des Mannes. »Der Nigger da, hinter dem Sie her sind, ist entweder unheimlich gerissen oder dumm wie Bohnenstroh. Niemand weiß, wann der alte Luzifer über ihn herfällt! Ich hab mit eigenen Augen gesehen, wie dieser Bär eine ganze Hundemeute in Stücke riß und dann über das Maultier herfiel. Ein unbewaffneter Mann in Ketten – den erledigt er mit einem Tatzenhieb.« Dann deutete er auf eine Stelle, wo das Gras zerdrückt war. »Der Nigger hat hier gesessen und einfach gewartet, bis der alte Luzifer mit seinem Frühstück fertig war. Sehen Sie da? Keiner von beiden hatte es eilig. Der Bär behielt den Mann im Auge. Der Mann behielt den Bären im Auge. Dann hat sich der alte Luzifer an der Eiche dort drüben den Rücken geschabt.« Er deutete auf Flocken von braunem Pelz, die an der Eichenrinde hingen. »Und als er mit seiner Morgentoilette fertig war, ist er abgehauen.« Red deutete auf den Bergrücken. »Und der Nigger ist ihm nachgegangen.« Er kratzte sich den Kopf. »Was meinen Sie wohl, was könnte Ihr Häftling vorhaben?«

»Vielleicht hofft er, daß der Bär bald die Schnauze voll hat und auf die Hunde losgeht. Vielleicht hofft er auch, uns in die Irre zu führen. Die Fährte zu verwirren, so daß die Hunde nicht weiter wissen. *Welche Fährte ist der Bär und welche ist der Mann?* Das hat er meiner Meinung nach vor.«

»Mein Hunde würden dem Bären bis an die Pforten der Hölle folgen. Ihr Häftling ist ihnen egal. Aber wenn der Schwarze hinter dem Bären bleibt, sind sie die ersten von allem, was vier Pfoten und eine Nase hat, die ihn finden werden! Dreimal in diesem Sommer waren sie schon hinter dem Bären her! Er wird langsamer – hat sich fettgefressen und macht sich bereit für den Winterschlaf. Wir könnten vielleicht eine Chance haben, ihn zu erwischen – und Ihren Nigger dazu.«

Sheriff Ring betrachtete Reds Hunde mit einigem Argwohn. Sie waren nicht darauf abgerichtet, Menschen zu jagen, wie es die Bluthunde des Gefängnisses waren. Wenn sie sich nun in die Irre führen ließen? Wenn sie die Bluthunde von der Spur abbrachten?

»Kennen Sie das Land ringsumher gut?« fragte Ring prüfend.

»Besser als jeder andere hier in der Gegend, würde ich sagen. Meine Familie ist seit vier Generationen in diesen Bergen hier auf die Jagd gegangen. Papa, Opa und alle vor ihnen – kamen mit Daniel Boone hierher und sind seither hier Jäger gewesen.« Er betrachtete stirnrunzelnd den Fußabdruck. »Ich hab allerdings noch nie Jagd auf einen Menschen gemacht. Das ist Ihre Angelegenheit. Hab keine Lust, einen Mann zu erschießen. Wenn es hart auf hart geht, müssen Sie ihn ohne meine Hilfe erledigen, da mach ich nicht mit. Brauchen werden Sie mich trotzdem. Der Ort ist mörderisch, wenn Sie sich hier verirren!«

Die Hunde des Sheriffs wirkten müde im Vergleich zu Red Watts' ausgeruhten Hunden. Schwarzbraun gefleckt, schnüffelten sie eifrig im Staub herum und wedelten mit dem Schwanz, wenn Red das Wort *Hund* aussprach. Eine Woche auf den Beinen hatte die Gefängnishunde erschöpft. Selbst der Führer der Meute, Old Grandee, zeigte an diesem Morgen keine Lust, die Fährte wieder aufzunehmen. Vielleicht war es wirklich besser, Red Watts' Hunden an diesem Morgen die Führung zu überlassen. *Das würde die Kerlchen in Rage bringen! Das würde dafür sorgen, daß Old Grandee eifersüchtig wurde und wieder in Schwung kam!* Aber wie sollte er es anstellen, seine Beamten wieder in Schwung zu bringen? Seit es kalt geworden war, hatte Ring sie mehr als einmal von *nach Hause zurückfahren* und *bringt doch ohnehin nichts mehr* brummen gehört!

»Sie übernehmen heute die Führung«, sagte Sheriff Ring. »Aber passen Sie auf, daß Ihre Hunde dem Mann ebenso wie dem Bären folgen! Dieser Nigger ist gerissen. Der ist gerissen vom

Kopf bis zu seinen großen Füßen! Er läuft diesem Bären nicht nur deshalb nach, weil er Gesellschaft sucht.«

Red streckte sich und pfiff den Hunden, die aufmerksam habtacht sprangen und ihn sofort umringten. Springend und kläffend erwarteten sie ihre Befehle. Red zog eine Rolle Kautabak aus seinem Lederbeutel und schnitt eine Portion für sich und eine für den Sheriff ab.

»Machen Sie sich mal keine Gedanken wegen meiner Hunde. Die lechzen schon den ganzen Sommer danach, dem alten Teufel die Zähne in die Flanken zu schlagen. Sie werden Luzifer finden – und Ihren Nigger als Draufgabe.«

# DIE RÜCKKEHR DES VERLORENEN SOHNES

Es gab keinen Tisch und kein Fenstersims in Maybelles Salon, die nicht mit Fotos vollgeräumt gewesen wären. Alte Daguerreotypien, auf Porzellantellern aufgezogen, zeigten die Gesichter von Birchs Großvätern und Urgroßvätern. Alte Teakholzrahmen umschlossen die Bildnisse von Birchs Vater und Mutter an ihrem Hochzeitstag. Und da war noch ein Foto von Birch, mit blonden Locken, der auf dem Schoß seiner Mutter wie ein Mädchen aussah. Da war auch sein Bruder, Robert.

»Nach ihm hier bist du benannt worden«, sagte J.D. stolz, während er dem kleinen Bobby das ernstblickende Foto reichte. »Wir haben immer gesagt, es sei eine gute Idee, Kinder nach jungverstorbenen Familienmitgliedern zu benennen. Hält den Namen lebendig, wenn ihr wißt, was ich meine.«

Jedermann im Raum verstand, was er meinte. Bobby blickte feierlich das Gesicht seines toten Onkels an und schauderte.

Tommy mischte sich mit seiner hohen Stimme ein: »Baby Joe heißt nach unserem Opa Joe, der in Toronto wohnt. Aber er ist überhaupt nicht tot. Er ist bloß aus Fort Smith ausgezogen, weil er sagte, die Leute dort seien bigotte Hinterwäldler, und er ist nach Norden gezogen, um ein neues Geschäft aufzumachen.«

Trudy errötete bei dieser unwillkommenen Enthüllung, was ihr Vater von Fort Smith hielt. Sie lächelte und zuckte die Achseln und stieß Tommy an, der das als Aufforderung zum Weiterreden betrachtete, obwohl es keineswegs so gemeint war. »Und was mich angeht, ich bin nach einem Helden benannt. Jawohl, Sir.«

J.D. schien interessiert. »Ach, das ist ja nett. Aber ich dachte immer, euer Pa würde eins von euch Kindern nach mir benennen.

J.D. Jefferson Davis. Ich bin nach dem Präsidenten der Konföderierten benannt. Aber sie nennen mich kurz J.D.«

»Ist das deswegen, weil du selber so kurz bist?« fragte Bobby.

Birch versetzte ihm einen Rippenstoß. »Nein, nicht deswegen«, brachte er ihn zum Schweigen.

Tommy strahlte. Er fühlte sich im Mittelpunkt der Aufmerksamkeit. »Ich heiße zum Teil auch Jefferson.«

»Na, sowas!« J.D. blies vor Stolz den Brustkasten auf. »Na, ich muß schon sagen, Birch! Das hört sich aber gut –«

»Aber ich bin nicht nach dem Präsidenten benannt, ich bin nach überhaupt niemand benannt, nur nach Thomas Jefferson Canfield. Mein Vater war im Krieg mit ihm befreundet, und er war der allergrößte Held. Er bekam die Medaille der französischen Ehrenlegion, und er war Prediger. Vielleicht ist er tot. Die Weißen haben ihn verjagt, sagt mein Papa –«

Maybelle quollen die Augen aus den Höhlen. »*Die Weißen?* Du willst doch nicht etwas sagen, er wäre ein ...«

J.D. runzelte die Stirn bei dem Gedanken, daß er – trotz des *Jefferson* in seinem eigenen Namen – bei der Namensgebung von Birchs Kindern übergangen worden war. »Du hast dieses Kind doch nicht etwa nach einem ... Neger benannt?« Das war ja kaum zu glauben! J.D. ließ seine Hosenträger schnalzen und schaukelte auf den Fersen. Maybelle hastete davon, um den Tee zuzubereiten, und Trudy schickte die Jungen in den Hof spielen.

Tommy steckte den Kopf von neuem zur Türe herein. »Ich hab auch ein Bild von ihm, wie er im Krieg seine Medaille bekommt. Er ist auch nicht so klein wie du, glaube ich. Er ist groß wie ein Bär.« Die Türe schloß sich hinter Tommys stolzem Gesicht.

J.D. rückte alle Familienfotos gerade und brachte es fertig, ein Lächeln auf seine Lippen zu zwingen, während der Teekessel draußen in der Küche pfiff.

* * *

Trudy hatte schon lange keine so hübsche Küche mehr gesehen – sie sah aus, als stammte sie geradewegs aus dem Versandhauskatalog von Sears & Roebuck. Über der Spüle blickte ein Fenster auf den James Fork-Bach hinaus. Durch die Glasscheibe klang das Rauschen des Wassers sanft und friedlich. *Als schlabberten Kätzchen in einer Milchschale,* dachte Trudy.

Die Männer schwatzten und redeten in einer ziemlich prahlerischen Art über dies und jenes. Sie redeten und lachten über die verschiedensten alten Erinnerungen. Birch fragte nach Geizkragen und Sonderlingen und krummrückigen alten Männern, die er in Erinnerung hatte, wie sie in die Kirche humpelten. Einige waren gestorben, aber erstaunlich viele humpelten noch immer durchs Leben, oder saßen wie angewurzelt in ihren Kirchenstühlen oder pflügten die Erde des Landes, auf dem sie einst so jung gewesen waren wie Birch.

Trudy gewann den Eindruck, daß die meisten Leute in Shiloh sehr alt wurden – es sei denn, daß sie als Kinder starben oder bei einem Unfall oder im Krieg umkamen.

Maybelle setzte den Kessel auf, um für Trudy Tee zu machen. Für Birch und J.D. brühte sie eine frische Kanne starken Kaffee auf. Maybelles richtiger Name war May-Belle, erklärte sie Trudy, während sie ihr den Tee einschenkte. Und dann wartete sie darauf, daß Trudy es ordentlich aussprach, nur damit es keine Mißverständnisse gab. Als Trudy den Namen wiederholte, zog Maybelle die Augenbrauen eine Spur weit hoch, als sie den Hauch eines fremden Akzents vernahm.

»Nun«, sagte sie, »das ist wohl egal, solange du es nur richtig schreibst. MAY, wie der Monat, aber mit Y. Und BELLE – wie Southern Belle.« An dieser Stelle kicherte sie und schob ihr strähniges Haar zurecht. »Südstaatenschönheit, das Wort kennst du ja.«

Nach dieser Ankündigung wandte Maybelle ihre Aufmerksamkeit augenblicklich wieder dem Gespräch der Männer zu.

»Der alte Potts? Was aus dem wurde? Großer Gott! Der sprang in einen Brunnen und brachte sich um.«

»Aber warum denn?«

»Wer weiß? Kriegte eine Wut auf seine Kinder wegen irgendwas und schrieb ihnen einen Brief, in dem er ihnen sagte, wo sie ihn finden könnten.«

Tommy und Bobby waren aus dem Haus gelaufen und hatten begonnen, den Bach zu erforschen. Trudy sah ihnen durchs Küchenfenster dabei zu. Die blauen Kaliko-Vorhänge des Küchenfensters umgaben sie wie ein Bilderrahmen, als sie vorsichtig zum Ufer des Flüßchens hinabstiegen, wo ein Damm aus Steinen erbaut und eine Wasserpumpe installiert worden war, um das Wasser hinauf ins Haus zu pumpen.

Trudy betrachtete voll Dankbarkeit ihre Söhne und stellte sich vor, wie sie im nächsten Sommer mit Angelruten über der Schulter herumlaufen würden. Baby Joe schlief tief und fest auf einer Flickendecke im Wohnzimmer. Die Wärme im Haus nach der langen, kalten Fahrt hatte das Kind augenblicklich in den Schlaf gewiegt.

Trudy trank also ihren Tee und paßte auf, daß sie sich nicht die Lippen verbrühte. Sie überhörte das rauhkehlige Gelächter des Familientreffens und war ganz zufrieden damit, in dieser wunderbaren Küche zu sitzen. Es war so lange her, seit sie auch nur einen Augenblick lang solchen Luxus genossen hatte.

Ihr Blick blieb an den blauen Porzellantassen hängen, die an kleinen Haken unter den Wandbrettern hingen, auf denen porzellanene Teller, Schüsseln und Untertassen aufbewahrt wurden. Solche Teller wurden gewöhnlich einer nach dem anderen beim Wanderhändler der Jewel Tea Company gekauft. Trudy hatte niemals so viele zueinanderpassende Stücke auf einem einzigen Regal gesehen. Maybelle kaufte wohl schon seit langer Zeit Tee bei Jewel.

Trudy hob die Tasse und atmete tief das dampfende Aroma ein. Vielleicht konnte sie jetzt, wo sie ein wirkliches Heim hatten, ihr eigenes Porzellanservice vom Teehändler kaufen. Vielleicht würde in zehn Jahren irgendeine junge Mutter zu Besuch in das Haus kommen, wo sie und Birch lebten, und mit ihnen Jewel-Tee trinken und Trudys Sammlung bewundern.

An der gegenüberliegenden Wand stand ein riesenhafter, holzbeheizter Kochherd. Er hatte einen Warmhalteofen am Oberteil und ein Warmwasser-Reservoir an der Seite. Wie alles in der Küche war er ein wunderschönes Exemplar. Trudy stellte sich vor, wie es sein mochte, an diesem Herd Marmeladen einzukochen und

Gemüse einzuwecken und alle sechs Brenner zur selben Zeit in Betrieb zu nehmen, um ein Fest zu gestalten, das alles andere übertraf.

Im selben Augenblick drang Birchs Stimme in ihren Tagtraum.

»Dieser Herd da ... Maybelle. Hast du es tatsächlich geschafft, diesen alten Geizkragen hier zu beschwatzen, daß er dir einen Herd wie Mutters Herd kauft?«

Ein nervöses Lachen wurde hörbar, dem ein unruhiges Herumrutschen in den eichenen Küchensesseln folgte.

»Nun ja ...« J.D.s Kichern klang, als hämmerte ein Specht an einem morschen Ast. »Du warst ja nicht hier, Birch ... ich meine, niemand war hier, der deinem Pa ein bißchen unter die Arme gegriffen hätte, als er gebrechlich wurde. Und deshalb ... du verstehst schon, Maybelle ... sie kümmerte sich um ihn, und er ... nun, er hat ihr die Kücheneinrichtung deiner Mama vermacht.« Er deutete auf den Herd. Und dann auf den Tisch und die Stühle. Und zuletzt auf die porzellanenen Teller und Tassen der Jewel Company.

Das Lächeln auf Birchs Gesicht blieb unverändert. Natürlich. Ganz in Ordnung. Schließlich hatte Maybelle den alten Mann wie ein Familienmitglied behandelt.

»Du meine Güte, Birch«, sagte sie, »niemals hat jemand so viele Teller und Tassen gesammelt wie deine Mama! Und hat sie nicht auf diesem Herd die Mahlzeiten für euch Jungen gekocht?«

Trudy entdeckte etwas in den Augen ihres Mannes, das Maybelle und J.D. nicht sehen konnten. Sein Blick hing an dem Wasserreservoir. Er blinzelte, als könnte er sich selbst als kleinen Jungen sehen, wie er es mit Wasser aus der Quelle anfüllte. Dann blickte er den Warmhalteofen an und starrte das nickelüberzogene Schnörkelwerk daran an.

»Sie war stolz auf diesen Herd«, sagte Birch. Er fragte nicht danach, was von der Küche in dem alten Haus eigentlich zurückgeblieben war. Trudy sah ihm an, daß er ein wenig überrascht war, aber es war ganz in Ordnung so, wie es war. Ja. Er straffte die Schultern und blickte durchs Fenster zu den Jungen hinaus und lächelte.

»Tja, weißt du«, fuhr J.D, der wieder Mut gefaßt hatte, fort.

»In eurem alten Haus sind die Dinge nicht mehr so wie früher, Birch. Du konntest auch nicht erwarten, daß alles beim alten bleibt.«

Das Lächeln aufs Birchs Lippen zitterte. »Nun ja. Ich war lange fort. Ich war im Hause meines Vaters nicht willkommen, wie du weißt. Zehn Jahre sind eine lange Zeit. Da ist viel Wasser den James Fork-Bach hinuntergeflossen.«

»Das Haus steht noch«, begann J.D. unbehaglich. Trudy nahm an, daß das die gute Nachricht war.

Maybelle mischte sich ein. »Dein Pa hat die Felder drei Jahre lang nicht mehr bearbeitet, seit er krank wurde. Und das Haus ... nun ja ... er hat es irgendwie vergammeln lassen. Verkaufte die Möblierung Stück für Stück. Die Maulesel und die Ausrüstung auch. Aber er hatte keine Schulden, als er starb. Das Begräbnis hat er im voraus bezahlt. War keinem Menschen auch nur einen Pfennig schuldig.«

Erneut tauschten sie Blicke. J.D. riß das Gespräch wieder an sich.

»Das Haus wird ein paar Reparaturen brauchen. Die Felder sind mit Dattelpflaumen und Zwergeichenschößlingen überwuchert. Du weißt ja, wie es ist.« Wieder ein Achselzucken. »Aber es gehört jetzt alles dir, Birch.«

»Delbert Simpson ist jetzt Bankdirektor. Vielleicht kannst du eine Hypothek aufnehmen, um Vieh und so weiter zu kaufen.« Maybelle sprach mit hoher schriller Stimme, die umzukippen drohte, bis sie sich räusperte. Es war deutlich zu merken, daß sie und J.D. Angst davor gehabt hatten, Birch die ganze Geschichte zu erzählen.

»Wir brauchen keine Hypothek«, sagte Trudy mit fester Stimme. Wiederum blinzelten Maybelle und J.D. überrascht, als sie den fremden Akzent in ihrer Stimme hörten.

»Ach ja?« fragten sie beide zugleich.

»Wir haben gespart«, sagte Birch stolz. »True hat gespart. Wir wollten ein Haus kaufen. Hätten es auch getan, wäre es nicht so gekommen, wie es kam ...« Birch warf Trudy einen stolzen Blick zu. »Zeig's ihnen, True«, sagte er. »Komm schon, zeig ihnen, was wir haben.«

Trudy zögerte. Sie blickte durch die blauen Vorhänge ins Freie und wünschte, sie wäre mit ihren Jungen draußen am Bach. »Birch ...«

»Komm schon«, beharrte Birch. »Hol es raus. Zeig ihnen, wieviel wir gespart haben. Sie gehören zur Familie ... genau wie die Jungen.«

Die Gesichter von Maybelle und J.D. erstarrten in einem eigentümlichen, harten Lächeln, als Trudy den Briefumschlag aus ihrer Handtasche nahm und ein in schwarzes Leder gebundenes Sparbuch hervorzog. Sie legte es neben ihrer Teetasse auf den Tisch. Sie schob es dem Paar nicht hin, obwohl sie sich dicht herandrängten, um die Summe, die in der letzten Zeile gedruckt stand, deutlich zu lesen.

»Wahnsinn! Birch! Birch, mein Junge!« rief J.D. aus. »Da habt ihr ja fast zweitausend Dollar!«

»Meine Güte!« hauchte Maybelle. Sie blickte Trudy mit einer Mischung aus Vorsicht und Ehrfurcht an. »Ich hab ja schon davon gehört, daß ihresgleichen ein besonderes Talent hat, mit Geld umzugehen, aber dies hier ist mehr, als ich erwartet habe.«

J.D. stieß sein brüllendes Gelächter aus. Er schlug mit beiden Händen auf den Tisch. »Jetzt sagt mir aber die Wahrheit! Habt ihr heimlich Whisky gebrannt?«

Trudy setzte sich sehr aufrecht in ihrem Sessel hin. »Davon kann keine Rede sein! *Er hat das Geld ehrlich verdient!* Zwölf Stunden am Tag auf den Ölfeldern. Und wir haben gespart.« Ihre Stimme war schwer vor Empörung, der ausländische Akzent war jetzt deutlich hörbar.

»Ach, komm schon.« J.D. lachte immer noch. »War nicht böse gemeint. Sag ihr, sie soll wieder lachen, Birch. Ich seh schon, du hast da eine ziemlich strenge Dame geheiratet.«

Trudy errötete. Sie wünschte jetzt, sie hätte Birchs Ehre nicht verteidigt. J.D. machte doch bloß Spaß. Kein Anlaß, gleich beleidigt zu sein. Schließlich gehörte er zur Familie. Er hatte Birchs Vater versorgt und sich um seine Geschäfte gekümmert. Kein Zweifel, daß er den Herd und das Porzellan verdiente.

»Nächsten Montag bringen wir das hier auf die National Bank in Hartford«, sagte Birch und beschwichtigte damit den jäh aufgeflammten Streit. »Und wir fangen ganz neu an. Vieh und Küchenherd und alles andere.«

»Ich hab von deinem Pa noch ein gutes Team. Die Grauen. Passen gut zusammen. Die haben noch eine Menge nützliche Jahre vor sich, falls du Lust hast, sie zu kaufen ...«

Jäher Ärger funkelte in Birchs Augen auf. Trudy beobachtete ihn sorgfältig. Er klopfte mit dem Finger auf die Tischplatte, ein deutliches Zeichen, daß er schlecht gelaunt war. J.D. und Maybelle wußten nichts davon. Sie kannten die Bedeutung dieses Klopfens nicht. Sie plauderten weiter über die Maultiere, ohne sich um die trommelnden Finger und die Fragen zu kümmern, die Birch jetzt – wie Trudy wußte – im Kopf herumgingen.

»Nein, also«, sagte Birch, »das glaube ich eher nicht. Die beiden waren schon ziemlich bejahrt, als ich damals von zu Hause fortgegangen bin. Inzwischen müssen sie ja längst lahm und blind sein.«

»Ich mach' dir einen guten Preis«, bot J.D. ihm an.

»Was hast du für sie bezahlt?«

»Nun ... ich hab sie genommen, damit sie deinem Pa nicht zur Last fallen ...hab sie all die Jahre umsonst gefüttert ... da erscheint es mir nur recht und billig ...«

Birch lächelte. »Ich zahl dir, was du meinem Pa bezahlt hast, sobald du mir die Rechnung zeigst. Ansonsten hab ich keine Lust, ein paar vergreiste Maultiere durchzufüttern, die inzwischen gut dreißig Jahre alt sein müssen.«

J.D. lachte von neuem. »Ich war einfach immer zu gutherzig. Wollte nicht zusehen, wie die Maultiere elend verkommen. Also hab ich sie hierher gebracht.«

»Ich will sie nicht.« Birch lachte. Er lachte und klopfte J.D. auf den Rücken, während sie zum Wagen zurückgingen, als wäre alles in bester Ordnung.

Trudy wußte, daß dem nicht so war. Sie hatte seine nervös trommelnden Finger gesehen. Die Leute da mochten ihn als Kind gekannt haben, aber sie hatten vergessen, was es bedeutete, wenn er mit den Fingern trommelte. Sie hatten vergessen, daß Birch imstande war, einem Gegner unentwegt weiter ins Gesicht zu lächeln bis zu dem Augenblick, in dem er den ersten Schlag führte. Trotz all der Schulterklopferei und des Händeschüttelns glühten seine Augen vor Zorn.

Trudy beobachtete ihn, wie sein Blick über die Felder glitt und das Vieh in Augenschein nahm und in die offene Scheune hinein nach den landwirtschaftlichen Maschinen spähte. Sie merkte, wie sein Blick an dem einen oder anderen Gegenstand hängenblieb und wußte, daß ihm diese Dinge vertraut waren.

Als der Wagen ratternd davonfuhr, winkten sie alle einander zu, als hätte nie ein Verlorener Sohn ein so warmherziges, vollkommenes *Willkommen daheim* erlebt.

Aber Trudy wußte, wie es in Wahrheit stand. Sie erkannte es an der Art, wie Birch den Kopf seitwärts neigte und wie er die Kiefer zusammenpreßte, als sie an dem Paar alter Maulesel auf der Weide seines Cousins vorbeifuhren. Sie legte ihm die Hand auf den Arm, als wollte sie sagen: *Bleib ruhig, Birch. Denk an die Jungen ...*

Er nickte zur Antwort und zuckte die Achseln, dankbar, daß sie ihn ohne Worte verstand. Dann legte er den Gang ein und deutete mit der Hand zu den Ufern des James Fork hinüber.

»Das ist der beste Angelplatz in ganz Arkansas, Jungs«, rief er den Kindern zu. »Da gibt es Fische, so groß wie unser Auto hier.«

Tommy und Bobby purzelten übereinander, um zu den Felsen hinüberzustarren, wo der Bach in einen großen Weiher hinabstürzte. »So große Fische gibt's gar nicht, Pa«, ermahnte Bobby seinen Vater.

»Als ich so alt war wie ihr, kamen sie mir so groß vor.« Und dann begann er eine lange Litanei, wie er eben hier an dieser Stelle mit Cousin J.D. und seinen Brüdern fischen gewesen war. »Und wir haben uns am Seil hinübergeschwungen und sind ins Wasser gesprungen!« Er deutete auf ein moosbewachsenes Seil, das an den Ästen einer Eiche am Bachufer hing. Tommy und Bobby stellten sich vor, wie es sein mußte, sich an diesem Seil weit übers Wasser hinauszuschwingen und dann am höchsten Punkt loszulassen. Sie waren ins Paradies gekommen, so schien es ihnen. Das Eden der Knabenjahre, in dem ihr Vater gelebt hatte und aufgewachsen war bis zu dem Tag, an dem er es verlassen hatte, um ihre Mutter zu heiraten.

Trudy blickte über die Schulter zurück in die verzückten Gesichter ihrer Söhne. Sie sahen nichts – konnten nichts sehen von dem Schmerz, der sich in die Freude dieser Heimkehr mischte. Der Verlorene Sohn war heimgekehrt, aber kein Vater wartete darauf, ihn in die Arme zu nehmen.

Die Straße machte einen sanften Bogen, der dem Anstieg des Hügels folgte. Unmittelbar vor ihnen und zur Linken befand sich ein kleines weißes Gebäude, um das herum Zweispänner und Ochsenwagen und ein paar Automobile geparkt standen. Der Klang singender Stimmen und einer asthmatischen Orgel schwebte über einem Wald von Grabsteinen in dem Friedhof neben der Kirche.

»Der Wanderprediger ist diese Woche da.« Er fuhr ein wenig langsamer, und einen Augenblick lang dachte Trudy, er würde stehen bleiben. Die Musik ging ihr ans Herz.

*Ich kam in den Garten al-leine,*
*dort lag auf den Rosen noch Tau ...*

Trudy beobachtete, wie Birchs Augen über die Grabsteine im Friedhof glitten und nach einem neuen Stein suchten, nach dem Ort, wo sein Vater begraben lag. Trudy wußte, daß er über diese Dinge nicht mit seinen Söhnen sprechen würde, aber einen Augenblick lang glitt ein Schatten von Traurigkeit über sein Gesicht. Nicht alle Geschichten haben ein Happy-End.

»Was ist das hier, Pa?« Tommys Augen wanderten über die Gestalten hinter den Kirchenfenstern, während Birch die schweigende Versammlung im Friedhof betrachtete.

»Eine Kirche.« Birch sprach davon, als sei es niemals *seine* Kirche gewesen. »Die Methodistenkirche von Shiloh.« Er hob den Arm und deutete über die Kirche hinaus zu der Stelle, wo sich die Straße gabelte. Es gab so viel, worüber er nicht sprechen konnte. Jetzt jedenfalls noch nicht. Aber Trudy wußte, was unausgesprochen im Herzen ihres Mannes verborgen lag.

Der Gesang folgte ihnen, als der Wagen vorbeituckerte. Gesichter blickten von den Gesangbüchern auf, um ihnen nachzusehen und sich zu fragen, wer da wohl vorbeifuhr. Trudy hob keine Hand, um ihnen zuzuwinken, obwohl sie einen starken Drang verspürte, es zu tun. Sie würde sie alle noch früh genug kennenlernen, und sie würden wissen, daß Birch Tucker seine Familie in seinen angestammten Heimatort zurückgebracht hatte. Sie würden zweifellos ihre Bemerkungen darüber machen, daß sie Zeugen dieser Heimkehr an einem Sonntagmorgen gewesen waren.

Birch lenkte den Wagen die rechte Straßengabelung entlang. Er hatte Trudy viel von diesem Ort erzählt. Auf dem Hügel oben lag linkerhand das Kaufhaus. In weiter Ferne, am anderen Ufer des James Fork, befand sich die Baptistenkirche von Shiloh. Die Wolken rissen einen Augenblick lang auf, und ein Sonnenstrahl fiel auf die weißen Schindelmauern und das spitzgiebelige grüne Schindeldach. Rund um diese Kirche waren keine Einspänner angebunden. Vermutlich hielt ihr Prediger, der die Runde in der ganzen Umgebung machte, an diesem Morgen in einer anderen kleinen Kirche den Gottesdienst ab. Als nächstes fuhren sie am roten Ziegelgebäude der Schule von Shiloh vorbei, und die Jungen starrten angespannt das leere Gebäude und den verlassenen Spielplatz an.

Das also war Shiloh. Kleine Farmen und adrette Häuschen. Ein Schulhaus. Zwei Kirchen, die einander Konkurrenz machten, und ein Kaufhaus, in dem zwischen Keksdosen und Sardinenbüchsen das Postamt eingezwängt war. Alles war genauso, wie Birch es beschrieben hatte, als hätte er das Bild der Einspänner vor der Kirche und das Bild des plötzlichen Sonnenscheins, als er die Straßengabelung passierte, in seinem Herzen getragen. Eine halbe Meile weiter, so wußte sie im voraus, würden sie zu einem kleinen Hügel kommen. Oben auf dem Hügel stand das Vaterhaus, das er geliebt hatte. Das Vaterhaus, das er verlassen hatte, weil er Trudy liebte.

Wieder warf er ihr einen Seitenblick zu, und sie las die ganze Wahrheit in seinen Augen. Es war zu spät für Birch und seinen Vater. Alle seine Hoffnungen auf eine Versöhnung lagen im Friedhof der Methodistenkirche von Shiloh begraben. Überall auf dem Fußboden billiger Wohnungen rund um die Ölfelder lagen zerknitterte Briefe, die niemals zur Post gebracht worden waren. Hätte sein Vater ihn jemals daheim willkommen geheißen, wenn er diese Briefe zur Post gebracht hätte? Jetzt würden sie es nie mehr erfahren.

*Zu spät,* schien der Motor des Ford zu sagen. *Zu spät. Zu spät. Zu spät.*

Vor ihnen stieg die Straße unerwartet steil an. Das Haus stand auf dem Scheitelpunkt dieses Hügels, knapp hinter der Biegung. Einen Augenblick lang fragte sich Trudy, ob er umkehren und den Ort verlassen würde, ohne die letzte steile Strecke bis zum Haus seiner Kindheit zurückzulegen.

Er schluckte schwer, dann bezwang er seine Gefühlsaufwallung. »Raus mit euch, Jungs«, sagte er. »Wir machen ein Wettrennen bis nach Hause.«

Bobby und Tommy purzelten hinaus und stellten sich an der imaginären Startlinie auf, während Birch den Wagen reversierte, sodaß er im Rückwartsgang den Hügel hinauffuhr. Anders kam man mit dem alten Ford nicht die Steigung hinauf. Der Benzintank war unter dem Vordersitz, und wenn man versuchte, mit dem Kühler voran einen steilen Hügel hinaufzufahren, floß der Treibstoff nicht in den Motor.

Birch lehnte sich aus dem Fenster und legte den Rückwärtsgang ein. Trudy gab mit einem lauten Zuruf das Startzeichen, und die Jungen verschwanden den Hügel hinauf und um die Kurve, bevor Birch auch nur den halben Weg zurückgelegt hatte.

Die Straße auf dem Scheitel des Hügels war zu schmal, um den Wagen zu wenden; Birch fuhr die letzten fünfzig Meter zum Haus im Rückwärtsgang.

Tommy und Bobby waren bereits auf der breiten Veranda des verlassenen Hauses angelangt, als Birch in die kiesbestreute Zufahrt einfuhr. Sie spähten zu den schmutzbedeckten Fenstern hinein und schrien erstaunt auf, als sie sahen, wie groß die Räume drinnen waren.

Birch saß schweigend da und sah ihnen zu. Trudy war dankbar, daß die Jungen auf der Veranda waren – jemand, der lebte, der innig vertraut war und der Birch von diesem verlassenen und ausgebrannten Ort aus strahlend zurief.

Birch zog die Bremse an und stellte den Motor ab. Er faltete die Hände auf dem Lenkrad und seufzte. »J.D. hatte recht«, murmelte er. »Es wird einiges an Reparaturen brauchen, das kann man sagen.« Er zuckte entschuldigend die Achseln. »Als ich ein Junge war, True, war hier alles ganz anders. Sieht so aus, als wär's kein einzigesmal frisch getüncht worden, seit ich hier weggegangen bin.«

Trudy nahm das Bild des alten Hauses mit einem einzigen Blick in sich auf. Viktorianisch – einstöckig, mit steilen Giebeln und einer breiten, überdachten Veranda rundum. Die Eingangstüre hing an einer einzigen Angel, und Unkraut wucherte, wo einst Blumen gepflanzt gewesen waren. Tote Blätter bedeckten das Dach und häuften sich in den Ecken der Veranda. Aber die Wände standen gerade. Der Dachfirst war nicht eingesunken. Kein einziges Fenster war zerschlagen.

Das Haus stand auf einem Hügel, dessen Flanken in ein weites Tal abfielen. Auf der gegenüberliegenden Talseite floß der James Fork-Bach. Aus dem Flußbett herauf kletterte ein dichter Wald über niedrige Hügelrücken und zog sich bis zu den scharlachfarbenen Bergen hinüber. Ein dichtes Birkenwäldchen kennzeichnete die südliche Grenze der Farm.

Während Birch verloren auf die große leere Scheune und das eingefallene Hühnerhaus starrte, blickte Trudy über die weiten Felder hinweg und zu den Wolken hinauf, die über den Bergspitzen dahinjagten. Gab es einen zweiten Ort auf der Welt, der so wunderschön war?

»Oh, Birch!« rief sie. »Es ist alles genauso, wie du es uns erzählt hast, nur noch schöner.«

Er krauste die Stirn. »Es ist völlig verwahrlost.«

»Wir haben ein wirkliches Heim! Unsere Jungen haben ein wirkliches Heim!« Dafür hatten sie all die Jahre gespart. Davon hatte sie in diesen zehn Jahren in den Ölstädten geträumt. Mit zweitausend Dollar konnten sie Mauerfarbe, Werkzeug, Dachschindeln, eine Milchkuh und Maultiere kaufen und einen Pflug, um das untere Feld mit Baumwolle zu bepflanzen! Sie konnten alles im Handumdrehen in Ordnung bringen!

Bobby und Tommy breiteten die Arme aus wie kleine Vögel im Flug und sprangen von der Veranda. »Sieh mal! Sieh mal da, Pa!« Sie rannten zu einer Schaukel hinüber, die vom niedrigen Ast eines Walnußbaums herabhing. Beide zugleich sprangen sie darauf und schaukelten hoch hinauf.

»Mein Pa hat die Schaukel dort aufgehängt, für mich und meinen Bruder Bobby«, sagte Birch und wandte keinen Augenblick lang den Blick von den Jungen. Endlich verzog sich sein Mund zu einem Lächeln voll freundlicher Erinnerungen. »Ach, Trudy«, sagte er. »Es war ein gutes Leben hier. Wirklich.«

»Und es wird wieder ein gutes Leben sein«, sagte sie. »Mach dir keine Sorgen, Birch. Wir sind heimgekehrt, wie du es immer schon wolltest.«

# BÄRENJAGD

Sheriff Ring und sein Aufgebot an Polizisten kamen nur langsam vorwärts. Der größte der Hunde, Old Grandee, schnüffelte zielbewußt im Staub, während die jüngeren Hunde heulten und durch das Unterholz wieselten, das jeden brackigen Teich hier umgab.

Früher oder später, das wußte Sheriff Ring genau, würde der entsprungene Häftling einen Fehler machen. Nur ein Fersenabdruck auf der weichen Erde der Uferböschung des ausgetrockneten Baches, ein zerbrochener Zweig oder ein Fetzchen Stoff an einem Dornbusch! Mehr würden sie nicht brauchen, um ihnen zu bestätigen, daß Cannibal hier vorbeigekommen war!

Aber es gab kein Zeichen. Keine Fährte. Keinen Hinweis. Nach einer Weile wurden die vereinzelten Wasserpfützen größer und vertieften sich zu einem wirklichen Bach. Old Grandee wußte nicht weiter; er zerrte den Sheriff mitten durch den Bach, während er die hervorstehenden Felsbrocken nach der Witterung des Häftlings abschnüffelte.

Der Sheriff hatte kalte und nasse Füße in den Stiefeln, aber er war nicht bereit aufzugeben. Er war ein Weißer in Fischerstiefeln, der einen Schwarzen mit bloßen Füßen jagte! Er würde es nicht dulden, daß man ihn übertölpelte oder ihm davonrannte! Er hatte die Geschichten seines Großvaters gehört, eines Kopfgeldjägers, der in der alten Zeit entflohene Sklaven aufgespürt hatte. Der alte Mann hatte ihm jeden gerissenen Trick und jedes Täuschungsmanöver aufgezählt, dessen sich die Vorväter des Mannes bedient hatten, dem Ring jetzt auf den Fersen war. Es hatte Zeiten gegeben, wo die Flüchtlinge rannten, bis sie tot umfielen. Der Kopfgeldjäger hielt durch bis zuletzt. Er pflegte dann dem toten Sklaven die Ohren abzuschneiden und sie dem Besitzer der Plantage mit den

Worten zurückzubringen: *»Der Nigger ließ sich nicht lebendig zurückbringen. Für Sie ist's ein Vorteil, daß er tot ist. Nageln Sie seine Ohren ans Scheunentor, damit die anderen Nigger sie sehen, dann rennt Ihnen keiner mehr weg.«*

Sechzig Jahre später arbeitete Sheriff Ring mit denselben Methoden, die einst sein Großpapa angewandt hatte. Geduld und Beharrlichkeit waren das Wichtigste. Früher oder später würde Cannibal einen falschen Schritt tun. Früher oder später würde er sich auf einen Baumstumpf hocken und aufgeben, oder er würde sterben. In jedem Fall würde Sheriff Ring die Tradition fortsetzen, die sein Großpapa begründet hatte. Zuletzt würde der Weiße in Stiefeln den Fuß auf den Nacken des barfüßigen Schwarzen setzen.

* * *

In dem Haus herrschte eine Atmosphäre, als hätte es hundert Jahre lang leergestanden.

Birch stand mitten im Vorderzimmer und starrte angestrengt die Spuren auf den nackten Bodenbrettern an, wo Tischbeine und Stühle gestanden hatten. Er hatte niemals von den Farben der Vorhänge oder der Sofas gesprochen, und dennoch standen sie in diesem Augenblick leuchtend vor seinem inneren Auge.

*Hier muß es einmal wunderhübsch gewesen sein,* dachte Trudy, während sie das blaue Blümchenmuster der rissigen Tapete betrachtete. *Es muß so hübsch gewesen sein wie in Maybelles Küche.* Es fiel ihr leicht, sich vorzustellen, wie der Tee in den blauen Porzellantassen serviert wurde und der süße Duft des Jewel-Tees durch den Raum zog.

Viereckige Flecken an den Wänden, wo die Bilder hingen, waren immer noch hell und sauber; sie hoben sich deutlich von der verblaßten Tapete ab.

Birch sprach kein Wort, während sein Blick von einem leeren Fleck zum anderen wanderte und dann in einen Winkel, wo vielleicht ein Bücherregal oder eine kleine Vitrine gestanden hatten.

»Hier muß es ganz entzückend ausgesehen haben, Birch«, sagte Trudy, während sie Baby Joe auf ihrem Arm zurechtrückte.

»Als Mama noch lebte ...« Er starrte stirnrunzelnd einen hellen

Fleck auf der Tapete an, wo sich ihr Bild befunden haben mußte. »Weißt du, ich dachte nie drüber nach. Achtete nie darauf, wo die Bilder hingen oder wo das Sofa stand. Wenn du mich gestern gefragt hättest, wo das oder jenes stand, hätte ich es dir gar nicht richtig sagen können. Aber jetzt ... Trudy ... Hier ist überhaupt nichts zurückgeblieben, und dennoch sehe ich alles so deutlich vor mir!«

Er schritt langsam zur Küche hinüber. Seine Stiefel hinterließen Abdrücke in dem dicken Staub, den ein Sommer des Unbewohntseins in dem Haus angehäuft hatte. Er verschränkte die Arme vor der Brust und blieb mitten im Türrahmen stehen, als könnte er keinen Schritt weitergehen. Seine Schultern sanken vornüber, als ein kalter Schauder seinen Körper durchlief. Er sah alles vor Augen, wie er es einst gekannt hatte.

Trudy trat neben ihn auf die Türschwelle. Der Anblick des verlassenen kleinen Raumes, in dem sich einst der grandiose Herd und das Teeservice von Jewel befunden hatte, traf sie hart.

»Ich habe mich gefreut, daß wir die Sachen wenigstens gesehen haben – dort drüben im Haus deines Cousins. Hat mir gut getan, zu sehen, wie es hier aussah ... früher.« Sie bemühte sich, fröhlich zu klingen, Birchs offenkundiger Betrübnis zum Trotz.

»Mein Bruder und ich haben diesen Herd für Mutter gekauft. Wir haben ihn direkt bei Sears & Roebuck bestellt. Er kam von St. Louis mit dem Schiff, und wir beide haben ihn hierhertransportiert, ganz allein, um die zwei Dollar Gebühren zu sparen.« Er lachte ein kurzes, bitteres Lachen. »Wir wuchteten ihn auf den Karren, und ... Das war 1916. Nur ein paar Jahre vor dem Krieg.«

Baby Joe regte sich und drohte aus dem Schlaf zu erwachen. Und wo sollte Trudy ihn hinlegen, wenn er aufwachte? Eine Minute auf diesem Fußboden, und er würde aussehen, als hätte man ihn im Schmutz gewälzt! »Wir müssen erstmal den Staub wegkehren, Birch«, sagte sie mit geschäftsmäßiger Stimme und riß ihn damit aus seiner beginnenden Schwermut. Es gab so viel zu tun.

Birch schien fast dankbar, daß sie ihn in die Gegenwart zurückgeholt hatte. »Jetzt bin ich froh, daß du darauf bestanden hast, daß wir alles einpacken. Ich hätte den Besen sicher nicht mitgenommen, und was hätten wir dann getan?«

Er wandte sich abrupt um und schritt auf die Veranda hinaus. Draußen standen Bobby und Tommy beim Brunnen und schrien in den Schacht hinunter. Birch rief ihnen zu, sie sollten nicht fortlaufen. Es gab eine Menge zu tun, bevor ihr neues Heim bewohnbar sein würde. Bevor sie die Matratzen und das Kinderbettchen hineintragen konnten, mußte das Haus erst einmal gründlich geputzt werden, teilte er ihnen mit väterlicher Stimme mit.

Sie antworteten beide mit einem höflichen: »Ja, Sir.« Und dann, während er im Wagen nach dem Besen suchte, schrien sie weiterhin ihre Namen in den Brunnenschacht.

Birch schulterte den Besen wie ein Soldat, als er zu seinen Söhnen zurückkehrte und zu den Poteau-Bergen auf der gegenüberliegenden Seite des Tales hinüberdeutete. »Jetzt hört euch das einmal an«, sagte er, als sei das Echo im Brunnen noch gar nichts. Er wölbte die Hände zu einem Schalltrichter um den Mund und schrie: »BIRCH! KOMM NACH HAU-AU-AUSE!« Und dann warfen die Berge den Ruf ein halbdutzendmal zurück: *Komm nach Hause, nach Hause, nach Hause ...*

Die Jungen blickten ihren Vater voll Ehrfurcht an. Wie er all die Geheimnisse dieses Ortes kannte!

Er zeigte mit der Hand, als das letzte Echo verklang: »Ihr müßt genau dort rüber schreien, Jungs. Genau in die kleine Felsbucht dort. Sie ruft zu euch zurück.«

Trudy saß auf der Vordertreppe und stillte Baby Joe, während Birch erst einmal den Fußboden fegte.

Die Jungen standen auf der Hügelkuppe neben dem verfallenen Hühnerstall und schrien ihre Namen und wetteiferten miteinander, wer von ihnen die meisten Echos auf seinen Ruf bekam. *Tom-my! Tom-my! Bob-by! Bob-by!*

Birch rief die Jungen kein einziges Mal von ihrem müßigen Spiel weg. Das war der Unterschied, wie Trudy wußte, zwischen Birch und seinem eigenen Vater. Die Knabenjahre ihres Mannes waren keine Kindheit gewesen. Kaum sieben Jahre alt, war Birch auf den Feldern beschäftigt gewesen und hatte die Maultiere geführt, während sein Vater mit dem Pflug folgte. Die Reihe der Birkenbäume war das Lineal gewesen, mit dessen Hilfe er gerade Furchen zog. Wenn er die Maultiere nur ein wenig schief führte, dann bezahlte er dafür, indem er selbst eine Birkenrute abschneiden und sich über einen Baumstumpf beugen mußte, um eine Tracht Prügel in Empfang zu nehmen. Wenn die Baumwollschoten weiß zur Ernte waren, schleppte Birch neben den krummrückigen Pflückern einen langen Baumwollsack die Pflanzung entlang.

Nein. Birch hatte niemals Kind sein dürfen, aber er war entschlossen, daß seine Söhne alles sein durften, was er selbst niemals hatte sein dürfen. Gemeinsam schrubbten er und Trudy den Fußboden mit Schmierseife und Reisbürsten, bis jedes kleinste Fleckchen weggebleicht war und das ganze Haus nach Desinfektionsmittel roch. Und die ganze Zeit lauschte Birch dem Lachen seiner Söhne draußen und schmunzelte vor sich hin, als wäre er dort draußen bei ihnen. Während er auf Händen und Knien neben dem Kübel mit Seifenwasser kauerte, stand der kleine Junge in ihm draußen auf dem Hügel und schrie Echos in die Felsbucht.

* * *

Lärm zerriß die Stille der Wälder.

Überall auf den Hängen des Poteau-Berges krachte das Unterholz und die trockenen Blätter raschelten, als die Schlachtreihe von Männern und Hunden anrückte. Drei Dutzend geifernde Hunde zerrten an ihren Leinen und schleppten ihre atemlosen, fluchenden Herren hinter sich her.

Die Witterung des Bären und des Häftlings verschmolzen zum Geruch einer einzigen Bestie, die es aufzuspüren und in Stükke zu reißen galt.

Red Watts Hunde hatten in diesen Wäldern schon gut hundert Mal gejagt. Wenn sie unter der Veranda lagen und ihre Hundeträume träumten, dann zuckten und winselten sie, von Visionen dieses Ortes erfüllt. Die Fantasmen von Opossums, Waschbären und Wild ließen sie im Schlaf knurren, aber wenn das Bild des mächtigen Bären auftauchte, dann fuhren sie aus dem Schlaf hoch und wollten sich in den Kampf stürzen. An diesem Morgen führten sie die Meute an, während ihnen die Hunde der Polizisten wie ein Rudel Touristen nachrannten.

Der Bär, der den ganzen Sommer über leichtfüßig und mager gewesen war, war jetzt langsamer. Fett und schläfrig trampelte er durchs Unterholz. Er konnte weder die Hunde noch die Männer riechen, denn der Wind wehte in die andere Richtung. Er blieb stehen, um die Zweige der wilden Kirsche zu seiner Schnauze herabzuziehen, dann ließ er den Zweig zurückschnellen, ohne etwas davon zu bemerken, daß ein anderes Wesen ihn beobachtete. Hinter seinem Rücken verhielt ein schwarzer, bärenartiger Mann in Ketten den Schritt, wenn Luzifer verhoffte, immer sorgsam darauf bedacht, daß der Wind seinen Geruch nicht zu dem alten Bären hinübertrug ...

Der Mann, nicht der Bär, merkte als erster etwas vom Nahen der Hunde. Während der Wind ihm noch ins Gesicht blies, drehte er sich um und blickte den Abhang hinunter, wo eine merkwürdige Unruhe im Wald herrschte. Vögel flogen auf, von etwas Unvertrautem aufgestört. Als der Mann in Ketten sicher war, was da auf ihn zukam, trat er auf den alten Luzifer zu, so daß dieser ihn wittern mußte. Er fuchtelte mit den Armen und schlug die Handfesseln gegeneinander, daß sie wie Zimbeln rasselten.

Luzifers mächtiger Schädel fuhr herum, seine kleinen dunklen Augen starrten böse bei dieser unwillkommenen Unterbrechung. *Ein Mann. Dunkelhäutig und abgerissen, hager und verwildert, der da wie eine Vogelscheuche in einem Garten herumwedelte. Sein Geruch war nur halb menschlich, als hätte er sich mit den Exkrementen eines Bären eingerieben ...*

Die Ketten rasselten lauter. *»Vorwärts! Vorwärts! Ho-ieee! Mach schon, alter Opa! Geh den Weg zurück, den du gekommen bist! Geh schon! Vorwärts! Geh den Weg zurück! Du witterst sie noch nicht, aber die Hunde sind dir auf der Spur! Geh schon, kämpf mit ihnen! Vorwärts!«*

Das Menschen-Ding stand Luzifer im Weg. *Woher war es so plötzlich aufgetaucht? Hatte es all die wilden Kirschen da vorne verdorben?* Der Bär brummte und knurrte und hob drohend beide Pranken. Das Menschen-Ding wich ein paar Schritte zurück. Sein Geruch beleidigte Luzifers Nase. Ein neuerliches Knurren. Der Bär setzte sich einen Augenblick lang aufs Hinterteil, dann wandte er dem stinkenden Menschen-Ding und seinen Ketten den Rücken zu. Es gab eine Unmenge Beerenbüsche entlang des Weges, den Luzifer heraufgekommen war. Genug zu essen, ohne daß diese lärmende Kreatur ihn dabei störte.

Luzifer schnüffelte und wandte sich ab. Während er schwerfällig den Weg, den er gekommen war, zurücktappte, konnte er immer noch den üblen Geruch des Menschen-Dings im Wind wittern. Der Gestank trieb ihn direkt in die Kette der heranrückenden Männer und Hunde ...

# SONNTAGSBESUCH

Es war Sonntag morgen, aber David war nicht zur Kirche gegangen. Immer noch im Pyjama lag er auf dem Boden seines Schlafzimmers und las die Comics in der Sonntagszeitung.

Er dachte einen Augenblick lang daran, an seiner Briefmarkensammlung weiterzuarbeiten. Seine Mutter hatte ihm beigebracht, wie man Briefmarken sortiert und etikettiert und richtig ins Briefmarkenalbum einklebt. Sie hatte ihm gezeigt, wie man Poststempel liest, und ihre Begeisterung für ausländische Briefmarken und die exotischen Länder, deren Bild sie heraufbeschworen, hatte sich auf ihn übertragen.

Dann schüttelte er den Kopf, als müßte er den unwillkommenen Gedanken abschütteln. Die Briefmarkensammlung repräsentierte das Leben seiner Mutter. Ihr Tod war noch zu nahe, zu schmerzlich spürbar. Vielleicht würde er sich später wieder an die Briefmarken machen. Eines Tages vielleicht. Aber nicht heute. Nicht jetzt.

Vielleicht war seine Mutter jetzt irgendwo weit weg und blickte mit strenger Miene zu ihm herab und zankte ihn mit stimmlosen Worten aus, weil er die Messe versäumte, aber er empfand keinerlei Schuldgefühle. Er hatte niemand, der ihn mit dem Auto zur Kirche fuhr. Brian O'Halloran schlief im Nebenzimmer seinen Rausch aus. Seit Mamas Tod war er keine Stunde nüchtern gewesen. David dachte, für seinen Stiefvater sei der Kummer nur eine willkommene Entschuldigung dafür, tagein, tagaus betrunken zu sein. Die wackeren irischen Polizisten, die Streife gingen, würden ihn niemals wegen Trunkenheit festnehmen. Sie sahen ihn mit mitleidigen Augen an und raunten einander zu, die Frau des armen Burschen sei vor kurzem gestorben, was konnte Brian da anderes tun, als seinen Kummer im Alkohol zu ertränken?

Sie hatten eine wunderschöne Totenwache für Irene gehalten. Man hatte Trinksprüche ausgebracht und das Glas auf ihr kurzes Leben und ihr Andenken erhoben. Aber David wußte, was wirklich dahintersteckte. Hier in Philadelphia gab es niemand, der sie wirklich kannte. Vielleicht war David überhaupt der einzige, der sie kannte. Wenigstens kannte er sie gut genug, um zu wissen, daß es ihr nicht gefiel, wenn er am Sonntagmorgen die Messe versäumte. Sie würde von ihm verlangt haben, daß er seinen Weg zur Kirche alleine fand, wenn Brian schon zu betrunken war, um ihn hinzubringen.

Das Gepfeife, Gewinsel und Gebrumme der Schnarchtöne, die Brian von sich gab, machten David klar, daß es noch ziemlich lange dauern würde, bis er erwachte. Bis dahin empfand David einen seltsamen Freudenrausch über seine Freiheit. Niemand war hier, um ihm zu sagen, was er tun sollte. Keine Mrs. Crowley, kein Pater Johannes ... nur er selbst und die sonntäglichen Witzblätter. Er schlürfte ein halbes Glas Milch und genehmigte sich einen riesigen Happen von dem Erdnußbutterbrot, das er sich zum Frühstück gerichtet hatte. Er kaute mit offenem Mund, einfach nur deshalb, weil er das konnte und niemand da war, der ihm befahl, damit aufzuhören.

So fühlte man sich also als Halbwaise. Er warf einen unfreundlichen Blick auf die Wand, die ihn von Brian trennte. Nachdem Brian nicht sein wirklicher Vater war, war er da nicht sogar eine richtige Waise, mit all den Rechten und Freiheiten eines Kindes, das keine wirklichen Eltern hatte, die es lieben und herumkommandieren konnten? Er wünschte, Brian wäre schon wieder auf Handelsreise, ja völlig aus seinem Leben verschwunden. Wenn David schon einsam sein mußte, dann wollte er es wenigstens nicht in Brians Gesellschaft sein. Es war besser, vollkommen allein zu sein, als die schreckliche Einsamkeit vor einem Mann verbergen zu müssen, der ihn dafür nur auslachen würde.

Aber jetzt grübelte er schon wieder, anstatt zu lesen. Er stand auf und trat ans Fenster. Alle Bäume in der Nachbarschaft hatten sich bereits herbstlich verfärbt. Orange und golden hoben sie sich vom schiefergrauen Himmel ab. Die Blätter regneten herab und bedeckten den Boden wie eine knotige braune Haut. Ein

Stück weiter die Straße hinauf konnte er Marty Davis und seine Schwestern sehen, wie sie gemeinsam mit ihrem Vater die Blätter zusammenrechten. Sie häuften sie zu einem hohen Haufen, dann rannten sie hindurch und quietschten und sprangen und zerstreuten die Blätter wieder. David beobachtete sie dabei, wie sie das ein ums andere Mal taten. Er lächelte, während er ihnen zusah, und stellte sich vor, wie es sein würde ... erinnerte sich, wie es noch im letzten Herbst mit seiner Mutter gewesen war.

Er wünschte, sie hätte mit dem Sterben wenigstens bis zum Winter gewartet. Im Winter war die Welt so etwas wie ein unbeschriebenes Blatt. Kalt und weiß. Da dachte ein Junge nicht über die Farben der Blätter nach, die zu einem Haufen zusammengefegt wurden. Sie hätte warten sollen, bis die Welt nicht mehr so schön war. Noch ein Monat, und die Welt wäre so kalt und still gewesen, wie sie es war. Er hatte darum gebetet, daß sie mit dem Sterben nur noch einen Monat abwartete, aber sie hatte nicht gewartet. Gott hatte sein Gebet nicht erhört, und er fühlte sich irgendwie betrogen. Warum war die Welt so schön, obwohl sie nicht mehr da war? Wie kam es, daß es immer noch Leute gab, die in den Herbstblättern spielten und zur Kirche gingen und taten, als wäre nichts geschehen?

David erhaschte einen Blick auf sein eigenes kleines Spiegelbild. Warum sah er immer noch genauso aus wie früher, obwohl er jetzt Halbwaise war? Er warf einen Blick auf die offene Zeitung und fühlte eine unbestimmte Verwunderung, daß er immer noch imstande war, die Comics zu lesen und sogar Spaß daran zu haben. Seine Mutter war erst vor wenigen kurzen Tagen begraben worden. *Hatte er tatsächlich gelächelt? War er so herzlos, daß er sich danach sehnen konnte, hinauszulaufen und durch die Blätter zu stürmen?* Er wußte nicht, was von ihm erwartet wurde; wie er sich verhalten oder was er eigentlich empfinden sollte. Er fühlte sich abwechselnd leer und voll Schmerz, genauso, wie seine Hände taub wurden, wenn er Schneebälle machte, und dann zu schmerzen begannen, wenn sie wieder warm wurden.

Nichts ergab einen Sinn. Er wünschte, seine Mutter wäre da, damit er sie fragen konnte, was man von ihm erwartete. Aber wenn sie hier wäre, hätte er ihr die Frage ja nicht zu stellen brauchen.

Brian stöhnte und hustete; ein sicheres Zeichen, daß er bald aufwachen würde. David zog sich in aller Eile an und legte die Comics sorgfältig in die Zeitung zurück, als hätte er sie nicht gelesen. Brian haßte es, wenn irgendjemand die Zeitung vor ihm las. Die Sonntagszeitung als erster zu lesen war der sicherste Weg, eine Tracht Prügel zu bekommen, wenn Brian ihn erwischte. David legte sie auf den Küchentisch. Dann holte er seinen Baseballschläger und den Handschuh und schlüpfte zur Hintertüre hinaus, wobei er sorgfältig darauf achtete, sie nicht zuzuschlagen. Lärm am Morgen war für Brian ein weiterer Grund, seinen Hosenriemen zu gebrauchen, besonders, wenn er vorher so viel gesoffen hatte.

David trabte vorsichtig durch die Blätter und achtete darauf, sie nicht unter seinen Schuhen zu zertreten. Es war erstaunlich, was Brian O'Halloran alles hörte, wenn er einen richtig schlimmen Kater hatte: lautes Atmen, das Knirschen von Cornflakes zwischen den Zähnen, das Schaben eines Sesselfußes auf dem Küchenboden. Die Liste war endlos, und zweifellos stand auch das Gehen über trockene Herbstblätter auf dem Rasen auf dieser Liste. David wußte, daß Brian froh gewesen wäre, ihn aus dem Haus zu haben.

Wie ein kleines Schiff, das auf einen Leuchtturm zuhält, steuerte David schnurstracks auf Marty Davis und den riesigen Haufen Ahornblätter zu. Ein Stück entfernt bog eben Ralph »Oink« Johnson um die Ecke und hob grüßend die Hand, als er David sah.

Dann zog ein Schatten über Oinks Gesicht, als ihm einfiel, daß Davids Mama gestorben war und es vielleicht unhöflich war, einem Jungen einen Gruß zuzuschreien, dessen Mama eben erst unter der Erde war.

Also schrie David, lauter als gewöhnlich: »Heda, Oink!« Als wäre letzte Woche gar nichts Ungewöhnliches geschehen.

Oink sah zuerst schockiert drein. Er kratzte sein großes Vollmondgesicht und lächelte in den Mundwinkeln. »Tja ... hallo ... David. Was machst du denn hier draußen?«

David blickte sehnsüchtig den Blätterhaufen an. »Heute ist keine Schule. Hast du was vor?«

Marty Davis stand da und starrte ihn an. Er hielt den Rechen reglos genau über den Blättern, als wäre David ein Gespenst, oder als wäre David anstelle seiner Mutter gestorben, als sollte David nicht so *normal* aussehen ...

»Hallo, Marty«, sagte David mit seiner fröhlichsten Stimme.

Marty antwortete mit einem kaum hörbaren »Hallo ...«

Martys Eltern steckten einen Moment lang die Köpfe zusammen. Sie sprachen mit traurigen, summenden Stimmen über David. Dann riefen sie beide zugleich mit betonter Munterkeit: »Guten Morgen, David! Möchtest du uns helfen, die Blätter zusammenzurechen?«

Brian O'Halloran schob kein einziges Mal den Kopf aus dem Fenster, um nachzusehen, wo David wohl steckte. Hätte er es getan, so hätte er gesehen, wie David schwatzte, jauchzte, herumsprang und Blätter zusammenrechte, genau wie die anderen Kinder. Und hätte Brian mit den Davis' auf der Veranda gesessen, so hätte er sie wispern hören, wie David sie wispern hörte: *»Armes Kind. Er begreift wohl noch gar nicht, was geschehen ist ... Versteht gar nicht, was mit seiner Mutter geschehen ist ... nun, er trägt es mit Fassung, das muß man zugeben ...«*

David johlte und lachte und tollte noch viel wilder herum als die anderen, und die ganze Zeit wünschte er, seine Mutter wäre da und könnte ihm sagen, wie er sich verhalten sollte und was er empfinden sollte. Manchmal sah er, wie die anderen Kinder ihm seltsame Blicke zuwarfen, *furchtsame* Blicke. Und obwohl er lächelte und lachte, haßte er den Tag, haßte die herbstlichen Farben, haßte die Kinder, die noch Mütter hatten, die zu Hause auf sie warteten.

* * *

Birch baute den kleinen Campingofen im Vorderzimmer auf und steckte das Ofenrohr in den Kamin. Das Prasseln des Feuers und der süße Duft von Holzrauch ließen das alte Haus gleich viel heimeliger aussehen – es schien sie willkommen zu heißen, von zehntausend neuen Erinnerungen erfüllt.

Birch fächelte das Feuer und betrachtete die Flammen. Der kleine Ofen hatte sie auf hunderten Zeltplätzen gewärmt, und er hätte es sich nicht im Traum einfallen lassen, daß sein Feuer eines Tages in diesem Raum brennen würde. An diesem Ort. Zuhause.

Das Feuer reichte aus, um den einen Raum für die Nacht zu erwärmen. Sie konnten alle zusammen hier schlafen, zusammengekuschelt unter den Flickendecken.

Er schloß die Augen und versuchte sich vorzustellen, was seine Mutter wohl gesagt hätte, hätte sie sie hier liegen sehen.

*»Ist ja wunderbar, Birch! Ich bin so stolz auf meine Enkelkinder! Du hast es recht gemacht, mein Sohn!«*

Wie hätte sie sich gefreut, sie hier alle zusammen in diesem Zimmer zu sehen! Was für ein Getue hätte sie um Trudy und die Jungen gemacht!

Bei dem Gedanken mußte er lächeln, und dann steckte ihm plötzlich ein Klumpen in der Kehle. In all den Jahren hatte er seine Mutter nicht so schmerzlich vermißt wie jetzt.

Als hätte sie seine Gedanken gelesen, kam Trudy leise an seine Seite und legte ihm die Hand auf die Schulter. Dann reichte sie ihm seine Bibel. Die Seiten fielen von selbst auseinander und gaben einen versiegelten Briefumschlag frei. Er enthielt den letzten Brief, den Birchs Mutter ihm geschrieben hatte. Zehn Jahre waren seit ihrem Tod vergangen, aber er hatte den Brief niemals geöffnet. Er lag in der Bibel, wo der 91. Psalm stand, ihr Lieblingstext. Rund ein Dutzendmal in all den Jahren, wenn alles dunkel und trostlos schien, hatte Birch seine Bibel mit der Absicht geöffnet, den Brief zu lesen. Statt dessen hatte er immer wieder den Psalm gelesen und dort Trost gefunden. Und so blieben die letzten Worte, die seine Mutter an ihn gerichtet hatte, versiegelt, wie Gold im Tresor einer Bank, das er nicht ausgeben wollte, bis er selbst mit seinem Glauben am Ende wäre.

»Wolltest du nicht einen Besuch machen?« Trudy sprach mit leiser Stimme, die sanft die wehen Stellen seines Herzens schonte.

»Ja, das sollte ich wohl.« Er berührte den Briefumschlag, der an den Soldaten Birch Tucker in den Schützengräben Frankreichs adressiert war. »Wie weißt du nur immer, was ich gerade denke?«

»Ich habe schon die ganze Zeit daran gedacht, seit wir hier durch die Türe getreten sind. Ich habe dran gedacht, was für eine wunderbare Frau sie gewesen sein muß, daß sie einen Sohn wie dich großgezogen hat.« Sie streichelte seine Schulter.

»Zehn Jahre, und das Beste, was ich dir und den Jungen jemals bieten konnte, war ein gemietetes Haus, Arbeitersiedlungen und –« Er wies auf den Campingofen. »Da gibt's nicht viel, worauf sie stolz sein könnte, würde ich sagen.«

»Oh, Birch!« Seine Worte taten ihr weh. »Ich rede nicht über *Dinge*. Ich rede über *dich*. Und sie wäre wirklich stolz auf dich! Und stolz auf unsere Söhne.« Sie kniete an seiner Seite nieder. »Zehn Jahre hat sie darauf gewartet, daß ihr Sohn heimkehrt. Und jetzt bist du hier, und horch nur ...« Sie schmiegte sich an ihn, während die Stimmen ihrer Jungen und das Knarren der Schaukel den Klang des Lebens ins Haus brachten.

»Zehn Jahre. Es scheint gar nicht so lange her zu sein, nicht wahr, True? Aber es ist ein großer Teil des Lebens. So viel kann geschehen. Es ist schwer zu glauben, daß sie starb, bevor die Jungen zur Welt kamen ... bevor ich dich überhaupt kennenlernte.«

»Hmmm. Das hätte ihr gefallen ... die Jungen da draußen im Hof«, sagte Trudy sehnsüchtig.

»Und du hättest ihr auch gefallen.« Er berührte ihre Wange. »Merkwürdig, ich hatte immer die Vorstellung, ihr wärt einander irgendwie begegnet. Daß sie meine Kinder im Arm hielt und solche Freude an meiner Familie hatte. Ich vergesse immer, wie lange sie schon tot ist. Ich glaube, ich wußte es wirklich nicht mehr, bis wir heute morgen hier ankamen. Jetzt sehe ich mich um und denke daran, wie es früher hier war ... in guten Zeiten, bevor Pa zu trinken anfing. Wir hatten es gut, als wir hier aufwuchsen. Du und ich und die Jungen, wir haben so viel verpaßt, weil wir immer von einem Ort zum anderen zogen. Und die ganze Zeit war unsere Heimat hier. Hätte Pa doch nur ...« Seine Stimme versandete. Er schob ein weiteres Scheit Holz ins Feuer und wartete, daß es aufflammte.

»Wir haben einander gehabt.« Ihre braunen Augen wärmten ihm das Herz und linderten seinen Kummer.

»Ich denke, wir werden einiges nachholen müssen.«

»Dein Herz muß einiges nachholen, Birch. Ich hab gesehen, wie du den Friedhof betrachtet und dich gefragt hast, wo wohl deine Mutter liegt. Geh jetzt hin. Es ist schon recht so. Finde sie und sitz ein Weilchen dort. Ich hab hier alle Hände voll zu tun. Geh und sag ihr, daß du an den Ort zurückgekehrt bist, den dein Herz niemals verlassen hat.«

Und so trabte Birch eine Meile weit die Straße zurück bis zu der einsamen Fahrstraße, die zu der Kirche von Shiloh führte. Ohne das lärmende Rattern des Automotors konnte er das sanfte Rauschen des James Fork-Bach's zu seiner Linken und den klingenden Schrei eines Wachtelschwarms im Unterholz zur Rechten hören. Die Gerüche und Klänge und der Anblick der Heimat umwirbelten ihn mit solcher Vertrautheit, daß es ihm schien, als hätte er Shiloh niemals verlassen, als wäre er eben aus einem Traum aufgewacht, in dem es um Ölbohrtürme und Zeltstädte und den Geruch von Schwefel und heißem Öl in der Luft ging. Er hatte sich tausende Male vorgestellt, wie Trudy hier lebte, hatte sich vorgestellt, wie seine Söhne dieselben Bäume erkletterten, die er einst erklettert hatte, wie sie lachten und sangen, wie er es gemeinsam mit seinem Bruder getan hatte. Jetzt fiel es ihm schwer, zu glauben, daß er sich das alles nur vorgestellt hatte!

Hatte er wirklich so viel nachzuholen? Oder hatte Shiloh ihm einfach die ganze Zeit über einen Platz freigehalten, den er nur einzunehmen brauchte, um wieder dort anzufangen, wo er einst aufgehört hatte?

Vor ihm brach der Sonnenschein durch die Wolken, und das Licht malte Sonnenflecken auf die grünen Dachschindeln der Kirche von Shiloh. Bis auf ein einzelnes Pferd und einen Wagen war der Ort jetzt verlassen. Die ganze Gemeinde war zum Sonntagsmittagessen aus gebratenem Huhn und Apfelkuchen heimgekehrt. Birch wußte im tiefsten Herzen, daß selbst das traditionelle Mittagessen unverändert geblieben war. Er ließ den Blick über die verlassene Umgebung der Kirche schweifen und erinnerte sich an Grillfeste und große Schüsseln mit eisgekühlter Wassermelone und lange, aus Brettern aufgebaute Tische, die sich unter dem Essen bogen. Wohin er auch blickte, er sah die Gesichter von Freunden vor sich, an die er jahrelang nicht gedacht hatte. Und die Frage quälte ihn: *Warum hatte er so lange gezögert, bis er endlich heimkehrte? Warum war er so lange und so weit vor der Bitterkeit seines Vaters geflohen?*

Trudy hatte recht; er hatte Shiloh die ganze Zeit über in seinem Herzen getragen und niemals erkannt, daß es immer noch da war. Immer noch derselbe Ort. Immer noch *Zuhause*...

Birch erreichte das Friedhofstor und blieb einen Augenblick lang davor stehen. Er berührte das verschnörkelte Schmiedeeisen und erinnerte sich daran, wie er als Kind hindurchgegangen war, als sein Großvater starb. Aus dem ganzen Land waren Menschen gekommen, um ihm die letzte Ehre zu erweisen. Der Friedhof war zum Bersten voll gewesen mit Männern in schwarzen Anzügen und Frauen in Sonntagskleidern, die schwarze Trauerschleifen trugen und breite Hüte zum Schutz vor der Sonne aufgesetzt hatten. Birch war müde geworden und hatte sich schwer an seine Mutter gelehnt, als der Prediger kein Ende fand. Der Fichtensarg war in die Grube gesenkt und mit Erde zugeschüttet worden. Ein Leichenschmaus hatte stattgefunden, und dann war das Leben wieder seinen gewohnten Gang gegangen. Shiloh war in seinen alltäglichen Rhythmus zurückgekehrt, als bemerkte es die Abwesenheit von Großvater Sinnickson nicht einmal ... *Zeitlos. Unveränderlich. Shiloh.*

Birch ließ den Blick über den Wald aus Grabsteinen schweifen. Er suchte den granitenen Engel, der die letzte Ruhestätte seines Großvaters kennzeichnete. Birchs Mutter würde wohl ganz in der Nähe begraben sein. Der Engel deutete zum Himmel, auf Großvaters ganz besonderen Stern, und schien ihm zu winken, er sollte näherkommen. Die Angeln des Tores kreischten, als er den umfriedeten Platz betrat und sich zwischen den Grabsteinen einen Weg suchte.

Er las im Vorübergehen die Inschriften auf den Steinen und sah überrascht, wie viele Menschen diese zehn Jahre dahingerafft hatten ... Menschen, die er lebendig und gesund in Erinnerung gehabt hatte. Er strich sie in Gedanken aus dem Register der Nachbarn und schüttelte den Kopf, als könnte er sich Shiloh ohne diesen alten Exzentriker oder jenen Jüngling nicht vorstellen.

Hier an diesem Ort befand sich der Maßstab aller Veränderungen in Shiloh. Jenseits der Tore jedoch lag das Rauschen des James Fork und der Ruf der Wachteln und die Baumwolle und der Mais und die Häuser und die jungen Leute, die neue Kinder zeugten, um die verstorbenen zu ersetzen. Eine neue Ernte an Kindern war in diesen zehn Jahren geboren worden, und keines von ihnen würde sich an die Alten erinnern, die hier auf dem Kirchhof begraben lagen. Verblaßte Fotos und alte Familiengeschichten würden die neuen Kinder niemals davon überzeugen, daß wirkliche Menschen hier begraben lagen ... Menschen, die einst ebenso lebendig gewesen waren, wie sie es jetzt waren. Wie die Kulissen eines Dramas blieb die Bühne immer gleich. Alte Schauspieler stahlen sich davon und nahmen ihre Plätze in der schweigenden Versammlung jenseits der Friedhofstore ein. Neue Schauspieler wurden jedes Jahr geboren, krabbelten und krähten und quiekten bei den sonntäglichen Picknicks, und so ging es immer und immer fort.

Die Worte des Psalmisten widerhallten in Birchs Gedanken:

*Denn alles Fleisch ist wie Gras, wie eine Blume auf dem Felde; wenn der Wind darüberstreicht, ist sie dahin, und ihre Stätte kennet sie nicht mehr.*

Was Birch Tucker und die Leute von Shiloh anging, so war dies kein morbider Gedanken, sondern schlicht eine Tatsache. Das Leben war schön, aber eben auch kurz. Wer anders dachte, war ein Narr. *Schlag dir den Bauch voll mit Brathuhn beim Sonntagsessen,* pflegten die weisen alten Leute zu wispern, *aber gedenke derer, die hinter der Friedhofsmauer schlafen!*

Die Landleute kannten das Gleichnis vom Pflanzen und Ernten; sie kannten guten Boden und steinige Erde aus eigener Erfahrung. Es war nur ein sehr kleiner Schritt von einem frischgepflügten Feld zu Gedanken über die Sterblichkeit des Menschen. Das Sterben gehörte zum Leben – unvermeidlich, unentrinnbar. Nichts, was man fürchten mußte, aber gewiß etwas, worauf man sich vorbereiten mußte! Birch wußte, seine Mutter hatte ihre geistlichen Koffer längst gepackt gehabt, bevor sie von diesem Ort in den Himmel hinüberging. *»Eines Tages werd' ich bei Jesus daheim sein, Birch! Mach dir keine Sorgen um mich! Meine Seele ist bereit für die Reise! Halleluja!«*

Zu Birchs Füßen bildeten drei schwarze granitene Grabsteine den einzigen greifbaren Beweis, daß seine Familie sich einst auf jener Seite des Zaunes befunden hatte, auf der die Sonntagspicknicks abgehalten wurden. *Vater ... Mutter ... Bruder ...*

SAMUEL CLARA ROBERT

Die Erde rund um Samuel Tuckers Grab trug noch die Narben von Hacke und Schaufel. Flecken vergilbten Grases kämpften darum, die aufgewühlte Erde wieder zu bedecken. Birch erinnerte sich daran, wie seine Mutter gesagt hatte, einem neuen Grab sähe man den Kummer an, aber nach einer Weile wächst das Gras wieder und die Erde sinkt ein – und etwa zur selben Zeit heilen die Herzen der Menschen. Birch bückte sich und zog einen Unkrautstengel aus dem Grab seines Vater. Ihrer beider Herzen konnten nicht mehr heilen, wie grün das Gras auch über diesen Ort wachsen mochte.

Birch wandte sich ab und richtete den Blick auf den Grabstein seiner Mutter. Er war schlicht, wie es zu ihrem schlichten Leben paßte.

CLARA TUCKER
geb. 19. Juni 1872
gest. 4. September 1918
GELIEBTE EHEFRAU UND MUTTER

Birch konnte sein eigenes Spiegelbild in der Oberfläche des Steins sehen. Den Hut in der Hand, strich er sein Haar glatt und stand da wie ein Schuljunge, der darauf wartet, daß seine Mama ihn zur Kenntnis nimmt und ihn prüfend betrachtet.

»Hallo, Mama«, flüsterte er. Die Brise raschelte in den trokkenen Blättern der Eichen, und es gab ein Geräusch wie fernen Applaus. »Ich bin heimgekehrt. Und diesmal bleibe ich hier.« Das spröde Klatschen der Eichenblätter machte ihm Mut, weiterzureden. »Hab meine Frau mitgebracht. Trudy. Meine drei Jungen auch. Ich hab einen von den Jungen Robert genannt. Wir nennen ihn Bobby ... nach unserem Bobby.« Er warf einen Seitenblick auf das Grab seines jüngeren Bruders und konnte sich zum ersten Mal vorstellen, wie es sein mußte, einen Sohn in so jungen Jahren zu verlieren. »Ich dachte, es würde dir gefallen, daß da immer noch ein Bobby Tucker durchs Leben läuft.« Eine Wachtel schrie und erhielt Antwort von einer anderen im Feld. »Hab das Baby nach Opa Joe benannt.« Er schwieg einen Augenblick lang. »Ich wette, du weißt das alles schon längst ... ich bring sie bald alle hierher, damit du sie kennenlernen kannst. Das Haus ist eine Ruine, aber True und ich kriegen es im Handumdrehen wieder hin.« Er blickte zur Kirche hinüber. »Der Ort hier hat mir so gefehlt, Mama. Ich hab nicht vor, hier jemals wieder wegzugehen. Ich wollte nur, daß du es weißt ... ich bin wirklich ein glücklicher Mann. Gott der Herr war gut zu mir und True. Ich denke, deine Gebete haben ihren Teil dazu beigetragen.«

Birch öffnete seine Bibel beim 91. Psalm und hielt den Umschlag hoch. »Siehst du? Ich hab immer noch deinen Brief. Hab ihn noch nicht gelesen. Ich hoffe, ich muß ihn nie lesen. Ich hoffe, daß ich nie so sehr am Boden zerstört bin, daß ich ihn aufmachen muß. Ich hab ihn nur aufbewahrt, als wär's ein Wort vom Himmel.« Er betrachtete den versiegelten Umschlag einen Augenblick lang, bevor er ihn zurücklegte. Dann begann er die Worte des Psalms mit gedämpfter Stimme zu lesen, während der sanfte Herbstwind von Shiloh wie ein Lied über ihm erklang.

Die Zeit verging. Birch bemerkte gar nicht, wie lang er hier gestanden hatte. Seltsam, wie ein Mann in seine Gedanken versinken kann, so daß er gar nicht bemerkt, wie die Minuten zu Stunden werden. Aber Birch Tucker hatte viel nachzuholen. Zehn Jahre waren eine lange Wanderzeit gewesen, eine lange Zeit für eine Mutter, die darauf wartete, alle Neuigkeiten zu hören.

# LEERE HERZEN

»Der ist ganz schön gerissen, dieser Cannibal, den Sie da haben«, sagte Red Watts. »Ich kenn' jeden Winkel in diesen Hügeln hier. Jeden Busch und jede Felsspalte und jedes Loch im Boden. Hätte nicht gedacht, daß ein Häftling hier so lange auf freiem Fuß bleiben kann.«

Sheriff Ring hob das Gesicht, als witterte er in den Wind. Irgendein Geruch, irgendein Zeichen, irgend etwas, das ihm einen Hinweis gab. »Der Nigger kam aus der Gegend hier. Mount Pisgah.«

Red Watts starrte mit zusammengekniffenen Augen über ein nebelverhangenes Tal hinweg. Ein baumbestandener Hügel erhob sich dort in sanftem Anstieg. »Pisgah ist dort drüben. Aber dort ist jetzt nicht mehr viel. Die Pächter wurden vor ein paar Jahren auf die Straße gesetzt. Wenn der Nigger dorthin zurück will, findet er nicht mehr viel vor.« Er wandte den Blick zurück zu den nackten Felsflächen des Teufelsrückens. »Aber das erklärt alles, nicht wahr? Ich nehme an, der Nigger kennt diese Hügel von vorn bis hinten, genau wie ich.«

Ring gab keine Antwort. Er starrte zu den dünnen Rauchsäulen hinüber, die sich über der scharlachfarbenen Landschaft erhoben. »Er ist nicht so klug, daß er sich nicht müde laufen würde! Und er hält nicht länger durch als wir, egal, was er sich einbildet!« Er blickte die eingesunkenen Flanken seiner Hunde und die unrasierten Gesichter des Dutzend Männer des Polizeiaufgebots an.

Watts drehte mit der Stiefelspitze einen Stein um. »Und so klein ist er nicht, daß er sich unter einem Stein versteken könnte. Sie werden ihn finden, Sheriff. Die Hunde kennen den Unterschied zwischen der Witterung eines Menschen und der des Raubzeugs, das stimmt schon. Cannibal ist diesem Bären nachgelaufen, um die Hunde zu verwirren, verstehen Sie?«

Die Hunde sahen tatsächlich verwirrt aus. Sie waren dem schwerfällig dahintrottenden Raubtier über Meilen hinweg gefolgt. Zuletzt hatte sich der alte Luzifer ihnen gestellt und gekämpft. Ein Hund war tot auf dem Kampfplatz geblieben. Drei andere leckten ihre Wunden und winselten, so oft sie den riesenhaften Kadaver des Braunbärs betrachteten. Ein halbes Dutzend Gewehre hatten ihn schließlich erschossen, und nun lag er in einem blutigen Haufen neben dem Felsbrocken, wo er seinen letzten Kampf gekämpft hatte.

Red kratzte sich nachdenklich den Kopf. »Das ist ja nun wirklich eine Schande, all das Fleisch verderben zu lassen. Ja, Sir. Mir ist es zuwider, ein Tier zu töten und dann verrotten zu lassen!«

»Wir jagen hier keinen Bären!« fuhr Ring ihn an. »Ich laufe nicht seit einer Woche im Wald herum, um einen Bären zu erlegen! *Lassen Sie ihn liegen!*«

Red schob seine Mütze mit dem Daumen aus der Stirn und schüttelte den Kopf. »Hier in den Hügeln gibt es nicht mehr so viele Bären, daß man sie verkommen lassen könnte. Eine Schande wäre das. Meine Frau hätte ihre Freude daran, wenn ich ihr beim Heimkommen wenigstens etwas mitbrächte, nach all der Arbeit und Mühe, die ich hier gehabt habe.«

Ring zog die Augen zu zornigen Schlitzen zusammen. Er war jetzt sicher, daß der Fährtensucher die auf Cannibals Kopf ausgesetzte Belohnung sausen lassen wollte, um eine handfestere Belohnung dafür einzutauschen. Frisches Bärenfleisch. »Kann nicht behaupten, daß Sie mir groß von Nutzen gewesen wären«, sagte der Sheriff. »Es waren Ihre Hunde, die meine von der Fährte des Mannes abgebracht haben.«

Red verteidigte seine Tiere. »Sie sind nicht darauf abgerichtet, Menschen zu jagen. Hier in der Gegend machen wir bloß auf Tiere Jagd. Sie sind die besten Jagdhunde im ganzen Logan County. Es ist nicht ihre Aufgabe, der Spur eines Menschen zu folgen. Aber ein Bär ... nun, das ist etwas ganz anderes.«

»Dann nehmen Sie sie mit! Und nehmen Sie *das hier* mit!« Er deutete wütend auf den braunen Pelzhaufen. »Und ersticken sollen Sie an all den Bleikugeln drin!«

Red Watts kümmerte sich nicht um den Zorn des Gesetzeshüters aus Oklahoma. Er hatte schon schlechter gelaunte Männer nach einem einwöchigen Jagdausflug gesehen. Der Mangel an Schlaf und die ergebnislose Suche nach einer Fährte stimmten die meisten Menschen ziemlich übellaunig.

»Mir soll's recht sein. Ein Bär in der Hand ist so viel wert wie zwei Bären im Busch, hätte mein alter Papa gesagt. Hierher, Jungs! Bei Fuß! Wenigstens kann meine Frau nicht meckern, daß ich mit leeren Händen zurückkäme.«

Sheriff Ring tat, als überhörte er die Freude in der Stimme des Deserteurs. »Wir müssen ein Stück hügelaufwärts gehen. Die Stelle finden, wo Cannibal und der Bär sich getrennt haben.«

»Die Fährte wird längst kalt sein.« Red schüttelte den Kopf, als wollte er sagen, sie stünden vor einer unlösbaren Aufgabe.

Ring fluchte und fuhr herum, wobei er einem Hund, der dem Fährtensucher gehörte, einen Tritt versetzte. »Hauen Sie ab hier mit Ihren Schoßhündchen! Nehmen Sie Ihren Kadaver mit und gehen Sie mir aus den Augen! Wenn es Ihnen nicht bloß um Ihre Bärenschinken gegangen wäre, hätten meine Hunde dem Nigger längst die Kehle herausgerissen!«

Red zuckte die Achseln, immer noch unbekümmert um den Wutausbruch des Sheriffs. »Ich hab's schon gesagt, sie sind nicht auf den Mann dressiert.«

»Nun, das ist das einzige Wild, das meine Hunde jagen. Die Witterung finden und töten, oder laufen, bis sie tot umfallen. Er hält das nicht durch. Der schwarze Nigger ist nichts weiter als ein Mensch – ein Mensch *in Ketten,* obendrein! Er kommt ans Ende seiner Kräfte, und dann packe ich ihn.« Er richtete den Blick auf das fast ausgetrocknete Bachbett unten in dem kleinen Tal. »Da unten!« sagte er. »Dorthin ist er verschwunden!«

»Da könnten Sie recht haben.« Der Fährtensucher rieb sich das stoppelige Kinn.

»Ich *könnte* recht haben ...?« brüllte der Sheriff, und das Echo seines Gebrülls widerhallte im Tal. Er packte den lakonischen Fährtensucher an der Hemdbrust und zog ihn so nahe an sich heran, als wollte er ihn schlagen. »Ich kann ihn riechen! Er ist da unten! Ich kann seine schwarze Haut riechen! Ich kann *sein Blut und seinen Schweiß riechen!*«

Red nickte angstvoll. Er mußte an die alte Sage denken ... mußte daran denken, daß seine Füße auf des Teufels Rückgrat standen ... und er hatte keinen Zweifel, daß er an diesem Morgen das Feuer der Hölle in Sheriff Myron Rings Augen lodern sah. »Tja, Sie wissen sicher, wovon Sie reden, Sheriff.« Er hing einen Augenblick lang im Griff des Sheriffs, dann befreite er sich mit einem sanften Stoß und pfiff seinen Hunden, die sich um ihn scharten. »Ich nehme an, Sie kennen den Geruch eines flüchtigen Mannes so gut wie die Hunde hier den Angstschweiß eines flüchtigen Tieres kennen.«

Seine Worte schienen den Sheriff zu beschwichtigen. Ring wandte sich von ihm ab und klatschte in die Hände, um die Aufmerksamkeit seiner Männer und Bluthunde zu erwecken. Er deutete in das kleine Tal hinab. »Dorthin ist er geflohen. Jetzt hat er keinen Bärengeruch mehr zur Verfügung, um seine Witterung zu verdekken. Old Grandee kann die Spur eines Mannes im Brackwasser aufnehmen. Jetzt haben wir ihn in die Ecke gedrängt, Jungs.«

Red kicherte gedämpft. »Wenn er sich hier so gut auskennt, wie Sie sagen, hat er vielleicht noch ein oder zwei Trümpfe im Ärmel.«

»Er hat keine Ärmel mehr«, knurrte Ring.

»Na, in dem Fall wird er höchstwahrscheinlich erfrieren, wenn er sich in den Poteau-Bergen verstecken will.« Das schien eine sehr wahrscheinliche Möglichkeit, denn in den letzten drei Nächten war das Wetter kalt geworden. »Wenn er sich an dieses Bachbett hält, dann landet er genau oben in der Wildnis, und Sie werden ihn steif wie ein Brett finden, nehme ich an.« Er tätschelte seine hechelnden Hunde und grinste den toten Bären an. »Tja dann. Sie brauchen meine Dienste nicht mehr.« Er tippte sich grüßend an den Mützenrand. »Dann mache ich mich auf den Heimweg.«

* * *

Der Häftling hatte kein Hundegebell mehr gehört, seit der Lärm eines Dutzend Gewehre ihm angezeigt hatte, daß der Bär sich den Hunden und Männern gestellt hatte. Jetzt war der Kampf vorbei. Es war nur noch eine Frage der Zeit, bis Sheriff Ring bei seiner Suche nach Cannibals Fährte die richtige Spur fand.

Es gab keine Ruhepause. Obwohl seine Lungen brannten, durfte er nicht stehenbleiben, um Atem zu holen. Vorsichtig suchte er sich einen Weg durch die schlammigen Pfützen des brackigen Baches. Die Kette der Fußeisen war in der ersten Nacht seiner Flucht zerbrochen. Seine Knöchel schmerzten unter den eisernen Ringen, aber wenigstens konnte er große Schritte machen, von einer Pfütze in die andere springen, um seinen Geruch vor den Bluthunden zu verbergen. Der Bär hatte ihm kostbare Zeit geschenkt. Während die Polizisten dastanden und sich verwirrt den Kopf kratzten, konnte er ein paar weitere Meilen zwischen sie und sich bringen. Und wenn er es bis zu den Poteau-Bergen schaffte ...

Dies hier war sein Heimatland. Er kannte jeden Bach und jede Senke wie das Gesicht seiner Mutter. Es schien ihm, als wäre er als Kind in diesen Bergen tausendmal auf die Jagd gegangen. Niemals hätte er sich träumen lassen, daß eines Tages er selbst derjenige sein würde, der gejagt wurde!

Das Gewicht der Fußeisen zog seine nackten Füße tief in das schlammige Bachbett und hielt ihn fest wie einen Ochsen im Sumpf. Männer mit Stiefeln und Gewehren verfolgten ihn auf dem festen Grund. Sie würden jede Pfütze sorgfältig betrachten, um die Spur seiner Füße darin zu finden. Sie würden die Hunde herbeirufen und sie an den Schlammlöchern schnüffeln lassen, und bald darauf würde Cannibal sie von neuem bellen hören!

Er bezwang die Panik, die ihn bei diesem Gedanken zu überwältigen drohte. Er kämpfte gegen seine Erschöpfung an, indem er sich zwang, an müde Hunde und Männer mit wunden Füßen zu denken, die nichts dringender wollten, als nach Hause zurückzukehren!

Wieviele Tage und Nächte war er schon auf der Flucht? Wie oft hatte er es bereits geschafft, sie von seiner Fährte abzubringen, und wie oft hatten sie sie bereits wenige Stunden später wiedergefunden? Cannibal konnte nicht mehr zählen, wie oft er schon zu hoffen gewagt hatte, sie würden es aufgeben und zurückkehren. Aber Sheriff Ring war ein harter und grausamer Mann. Er würde nicht so bald aufgeben. Entweder würde er mit seinem Häftling in

Fesseln und Ketten heimkehren, oder er würde sich vergewissern, daß der Mann, den man Cannibal nannte, tot war. Was der Sheriff nicht wissen konnte, war, daß seine Beute vom ersten Augenblick an entschlossen gewesen war, sich nicht mehr lebendig fangen zu lassen!

Diese Wälder waren seine Heimat! Er würde diesen Ort niemals wieder verlassen! Wie der große braune Bär würde er früher oder später kehrtmachen und sich zum Kampf stellen, und danach würde er niemals mehr kämpfen!

* * *

Draußen war es kalt. Der Wind pfiff von den Poteau-Bergen herunter und raschelte in den trockenen Blättern in den Dachtraufen und auf den Giebeln. Kleine erleuchtete Vierecke glänzten von fernen Häusern auf der anderen Seite des Tales herüber.

Birch hatte den Campingofen an der Stelle aufgestellt, wo früher der Ofen des Salons gestanden hatte. Das Leinwandzelt war zu einem provisorischen Teppich auf dem Boden ausgerollt und die Matratzen lagen darauf. Bis sie einen ordentlichen Ofen kaufen konnten, würden sie alle gemeinsam im Vorderzimmer schlafen, um sich gegenseitig warmzuhalten.

Trudy schloß die Schlafzimmertüren und breitete eine weitere Flickendecke über Bobby und Tommy. Baby Joe hatte es gemütlich in seiner Wiege am Fuß ihrer Matratze. Birch kam vor Kälte schaudernd aus der Küche herein und wärmte sich das Hinterteil an ihrem kleinen Ofen.

»Draußen muß es fast schon Minusgrade haben«, sagte er. »Würde mich nicht wundern, wenn wir heute nacht schon Schnee bekämen.«

Trudy schlüpfte unter die Decken und blickte ihn an, wie er da in seinen langen Unterhosen und mit dem Hut auf dem Kopf stand. »Es ist ein gut abgedichtetes kleines Haus, Birch«, sagte sie ruhig. »Hör dir an, wie der Wind draußen heult, und trotzdem haben wir es kuschelig warm hier drin. Kein Luftzug –«

»Wir müssen morgen als erstes einen richtigen Ofen kaufen. Und einen Kochherd.« Er kratzte sich den Kopf und überlegte laut, wie er das alles von Hartford herübertransportieren sollte. »Wir brauchen einen Wagen. Und Maultiere und ein Zuggeschirr.«

»Noch vor dem Ofen?«

»Vor allem anderen.« Er deutete mit dem Daumen zur Scheune hinüber, in der der alte Ford parkte. »Autos sind ganz in Ordnung, wenn man in der Stadt lebt, aber in Shiloh ist man ohne Maultier verloren.«

»Und nach dem Wagen und dem Maultier und den Öfen?« Trudy lächelte ihn an, während sie die Decken zurückschlug und sein Kissen glattstrich. Die Liste der Dinge, die sie brauchen würden, um den Ort hier bewohnbar zu machen, war schier endlos. So oft Birch eines dieser Dinge einfiel, fiel ihm sofort ein anderes ein, das er unbedingt noch vorher kaufen mußte.

Er schlüpfte unter die Decken und kuschelte sich an sie. Sie nahm ihm den Hut vom Kopf und stellte fest, daß er darunter eine Strickmütze trug. »Pflug. Egge. Vielleicht eine Milchschleuder für die Kuh.«

»Hast du denn die Kuh schon auf deiner Liste notiert?«

»Nein. Und Hühner. Rote Rhode Island-Hühner. Das sind die besten Leghennen.« Er schlang die Arme um sie und vergrub das Gesicht in ihrem Nacken. »Wir werden alles neu kaufen, True. Alles, was ich mir für dich und die Jungen gewünscht habe. Wir kaufen dir sogar ein Service. Wer braucht den Teehändler? Brandneue Tassen und Untertassen. Richtige Teller. Und einen hübschen Geschirrschrank, in dem du sie aufbewahren kannst.« Er küßte sie sanft. Das weiche Licht der Petroleumlampe beschien sein zerfurchtes Gesicht.

»Und ein Bett, Birch. Vielleicht ein richtiges Messingbett mit Knäufen an den Bettpfosten? Und Tapeten. Vorhänge brauchen wir auch. Ich kann die Vorhänge schneidern.« Sie blickte zu den frischgeputzten Fenstern hinüber. Sie waren hoch und schmal und reflektierten das Licht wie Spiegel. In diesen Spiegeln wirkte der Raum neu und sauber und wunderschön.

»Und was möchtest du sonst noch? Sag's mir, True.«

Sie schob sich an ihn heran und liebkoste mit den Fingerspitzen seinen Nacken. »Nur dich. Hier. Wo ich meine Kinder um mich habe. Mehr würde ich gar nicht fassen können. Ich würde platzen vor Freude.«

Birch betrachtete sie einen Augenblick lang im milden Licht. Sie konnte ihr Spiegelbild in seinen Augen sehen.

Er blies das Licht aus und küßte sie sanft, mit der freundlichen Leidenschaft, die sich nach langen Jahren der Liebe einstellt.

»Willkommen zu Hause, Birch«, flüsterte sie, als er den Kopf an ihre Schulter lehnte und einschlief.

* * *

Ein dünner Lichtstrahl drang unter Davids Schlafzimmertüre hindurch und trug die Stimme seines Stiefvaters durch die Finsternis wie ein Messer.

»Er ist nicht einmal mein eigenes Kind.«

David hörte die Gläser klirren, als der illegal gebrannte Whisky eingeschenkt wurde und die Flasche die Runde um den Pokertisch machte, an dem Brian O'Halloran mit fünf anderen Männern saß.

»Armes Kind«, sagte Mr. Ryans Stimme. »Armes kleines Kind. Seine Mutter ist noch kaum unter der Erde, und du –«

Brian lachte abschätzig über Ryans Mitgefühl. »Vergieß keine Träne um den Jungen. Der hat kein Herz in der Brust. Wenn du ihn auf seine Hühnerbrust klopfst, klingt es hohl, das kannst du mir glauben. Keine Träne hat er um seine alte Dame geweint. Keine einzige.«

»Wer gibt aus ... komm schon, du bist doch dran.«

Brian fuhr fort: »Überrascht mich auch nicht. Seine Mutter war eine ordentlich kaltschnäuzige Person, das kann ich euch sagen. Hat mich bloß geheiratet, um dem Kind einen Namen zu geben. Irgendein Judenjunge in der alten Nachbarschaft hat ihr einen dicken Bauch gemacht, und dann hat sie's auf mich abgesehen gehabt, als er sie sitzenließ.«

»Gibst du die Karten aus, Brian?«

»Also ... weil ich nun mal ein guter Kerl bin ... nun ja, ich war ein Saufkumpan ihrer Brüder, und da kommt sie daher. Sieht zum Anbeißen aus, sage ich mir ... also hab ich sie geheiratet. Dann hatte ich sie mitsamt dem Kind auf dem Hals.«

»Na, das hat dich aber nicht abgehalten, anderswo dein Vergnügen zu suchen, oder etwa nicht, Brian?« Lautes Gelächter folgte der Bemerkung.

»Warum auch nicht?« antwortete Brian. »Erst verstand sie genug von der Sache, um schwanger zu werden, und dann wußte sie plötzlich nicht mehr, was das heißt, einen Mann glücklich machen. Ich hätte die Ehe annullieren lassen können, aber ihr Bruder sagte, er würde mich umbringen. Kann ihm keinen Vorwurf draus machen; schließlich war das Kind da, und alle dachten, es sei von mir.«

Das Gespräch wandte sich ernsteren Dingen zu – wieviele Karten sollte man ausgeben, wie hoch sollte man wetten, wer bluffte? Der Whisky machte die Runde. Macht doch einer ein Fenster auf. Dreht doch einer das Radio an. Will hier jemand ein Sandwich?

David saß im Bett und schlang die Arme eng um die Knie. Er starrte das Licht unter der Türe an, als wäre es ein Feind, als wäre dieses Licht sein Stiefvater. Er hatte diesen Männern alles erzählt! Die dachten jetzt, Davids Mutter sei kaltherzig und gefühllos und es sei für alle besser, daß sie tot war ...

David klopfte sich auf die Brust, auf die Stelle, wo er sein Herz vermutete. Es klang keineswegs hohl. Er legte die Handfläche fest darauf und konnte es pochen fühlen. Er hatte ein Herz. Aber Brian hatte recht, David hatte nicht geweint, als seine Mutter gestorben war. Dort nicht. Nicht in der Aufbahrungshalle der Firma Mallory Brothers. Nicht am offenen Grab, als Pater Johannes das letzte Gebet sprach und Schwester Anne den Arm um seine Schultern legte. Nicht, daß er nicht hätte weinen wollen. Aber etwas in ihm war vertrocknet. David hatte keine Tränen zu weinen, obwohl er wußte, daß man Tränen von ihm erwartete.

Vielleicht war ein anderes Herz in David gestorben, als seine Mutter gestorben war. Vielleicht hatte Brian recht, was das anging. Aber Brian war im Unrecht, was Davids Mutter betraf! Sie war nicht kaltherzig – sie hatte oft und oft geweint! David hatte sie in den Nächten gehört, wenn Brian betrunken heimgekommen war. Er hatte geschrien und sie mit Schimpfnamen belegt. Er hatte sie verprügelt und war dann hereingekommen und hatte David mit dem Hosenriemen geschlagen, während sie mit ihm rang und schrie, er solle aufhören! Die Nachbarn hatten die Polizei gerufen, und danach war Brian heimgekommen und hatte gesagt, er sei nach Philadelphia versetzt worden und sie müßten umziehen. Da hatte David geweint, weil er seine Schule und seine Freunde nicht verlassen wollte.

Nun, das war das Ende seiner Tränen gewesen. Brian hatte ihn ein Baby genannt. Brian hatte gesagt, nur Babies weinten, und so hatte David damit aufgehört. Jetzt war er nur andauernd zornig. Es war, als hätte nichts anderes in ihm Platz. Als seine Mutter fortging, hatte sich das Loch in seinem Herzen mit Haß gegen Brian O'Halloran gefüllt. Das war viel besser, als seiner Mutter nachzuweinen, dachte David. Er fürchtete sich vor der Traurigkeit, die in allen Ecken lauerte. Er wußte, wenn er ihr jemals gestattete, hereinzukommen und den Zorn zu verdrängen, würde diese Traurigkeit nachts auf seiner Brust hocken und ihm den Atem abdrücken. Er wollte nicht leiden. Wollte nicht über seine Mutter nachdenken. Es war viel besser, hier im Dunkeln zu sitzen und Brian durch die Wände zu hassen.

»He, was haltet ihr davon, wenn ich den Jungen einsetze? Braucht einer von euch vielleicht einen süßen kleinen Jungen? Wer ihn will, kann ihn haben.«

Nervöses Gelächter.

»Du hast zu tief ins Glas geschaut, Brian O'Halloran. Hör auf mit dem Unsinn, okay?«

»Keiner will deinen Jungen, O'Halloran. Mach mit ihm, was du willst.«

Brian brüllte los. »Niemand will ihn, ach ja? So ist das also! Da könnte ich wieder Junggeselle sein und frei wie der Wind, bloß daß mir dieses Kind wie ein Stein am Hals hängt!«

»Halt's Maul. Er hört dich doch.«

»Wird ihm nichts Neues sein, was du da sagst«, bemerkte Mr. Ryan. Dann kratzten Sesselfüße über den Boden und die Spieler sagten, für diesmal hätten sie genug vom Kartenspielen. Brian sagte, sie sollten noch bleiben – er hätte doch nur Spaß gemacht, nur versucht, sich in seiner jämmerlichen Lage ein wenig aufzuheitern, nur mal Dampf abgelassen. Durfte man denn nicht einmal mehr ein wenig Dampf ablassen?

Dennoch, mit dem Pokern war es für diesen Abend Schluß. David freute sich, daß auch andere Leute, erwachsene Männer, einmal von Brian O'Hallorans Schandmaul die Schnauze voll hatten. Er weidete sich an Brians Katzenjammer, als er die Ginflasche gegen Brians Glas klirren hörte und wußte, daß er die Flasche dort im Vorderzimmer allein zur Neige trank.

David kuschelte sich behaglich in sein Bett und zog sich die Decke bis unters Kinn hoch. Er blinzelte schläfrig den Lichtstreifen an, der sich über den Boden breitete, während sein Stiefvater jämmerliche, murmelnde Bemerkungen über *arme Hunde, geborene Verlierer* und *Leute, die nicht mal einen Spaß verstehen* machte ... Zuletzt sank David in den Schlaf, und ein Gefühl rachsüchtiger Befriedigung füllte den Raum in seiner Brust, wo sich, wie Brian sagte, kein Herz befand.

Es war fast schon Morgen, als die Türe zu seinem Zimmer mit einem Tritt aufgesprengt wurde. Licht strömte herein und umfloß die massive Silhouette seines Stiefvaters. David fuhr mit einem Ruck im Bett hoch. Er schrie auf, ungewiß, ob er nicht einen Alptraum hatte. Brian O'Hallorans dicker Hosenriemen schwang vom Arm seines Schattens wie eine Schlange, die man am Schwanz hält. Der starke Geruch von selbstgebranntem Gin hing in der Luft. *Das war kein Traum!*

»Du kleines jüdisches Stinktier! Du hast mir nichts als Ärger gemacht seit dem Tag ...« Der Arm mit dem Gürtel hob sich und klatschte scharf auf den Bettrand nieder. David bedeckte den Kopf und rollte sich zu einer Kugel zusammen, als Brian mit einem Ruck die Decken zu Boden schleuderte.

*»Nicht, Brian! Bitte nicht!«*

»Wenn du nicht gewesen wärst!« Nun schlug er wirklich auf ihn los. *»Du!* Irene und ... ich ... wir ... hätten ein schönes Leben zusammen haben können! Dich bring ich dazu, daß du heulst! *Herzloser ... kleiner ... Judenjunge ... dich bring ich zum Weinen!«*

# VERSCHWÖRUNG

Das Treffen in Damon Phelps Privatbüro dauerte erst fünf Minuten lang, aber weder der Erste Vizepräsident Tell noch der Zweite Vizepräsident Penner erwarteten, daß es noch viel länger dauern würde. Phelps war nicht der Mann, der lange Überlegungen anstellte, bevor er seine Entscheidungen traf. Phelps verließ sich bei Investitionen ebenso wie bei neuen Versuchsbohrungen eher auf seinen Instinkt als auf irgendwelche sachlichen Informationen.

Keiner der beiden Assistenten war überrascht, als Phelps nur einen kurzen Blick auf seine eichenholzgetäfelten Wände warf und dann seinen Entschluß faßte. »Nein«, sagte er, »noch nicht. Ich weiß, daß ein Haufen alter Weiber ihr Geld in unseren Safebehältern hortet und uns die Schlüssel zur Aufbewahrung gegeben hat. Aber im Augenblick reicht es, wenn wir noch ein paar Bankrücklagen in Umlauf bringen, und es läßt sich leichter vertuschen.«

Tell und Penner stimmten ihm natürlich zu. Niemand widersprach Damon Phelps. Vielleicht hatten sie anfangs Gewissensbisse gehabt, was ihre Aktivitäten anging, aber jetzt steckten sie zu tief drin, um noch umkehren zu können. Tells Frau brauchte eine aufwendige medizinische Behandlung, und er rechtfertigte seine Mittäterschaft bei den Diebstählen mit dieser Notwendigkeit. Penner konnte sich sein Haus im Wert von sechzigtausend Dollar und seinen ganzen Lebensstil mit dem Gehalt eines Zweiten Bankdirektors einfach nicht leisten.

Phelps eigenes Motiv für das Treiben der drei war noch viel weniger komplex: Es machte ihm Spaß, und er hatte das Gefühl, dazu berechtigt zu sein. Phelps Ölgeschäfte hatten ihn bereits zum wohlhabenden Mann gemacht, aber er betrachtete die Finanzrücklagen der Bank in derselben Weise, wie er seine Ausrüstung auf den Ölfeldern und die Mannschaften betrachtete. Wenn Phelps ihnen befahl, sich an einen anderen Ort zu begeben, dann gingen sie. Phelps war der Meinung, daß dasselbe Prinzip auch für die Finanzdepots der Petroleum Bank zu gelten hatte.

Das schwarze Telefon mit Phelps Direktanschluß summte diskret. Penner hob ab. »Mr. Phelps Büro, Penner am Apparat. Wer? Ja, Mr. Riley. Was wünschen Sie? Einen Augenblick, bitte. Mr. Riley ist am Telefon, Mr. Keenans Assistent«, berichtete er Phelps. »Er sagt, der Kupfermarkt sei unruhig, und er brauche mehr Marge, bevor er kauft.«

Auf Marge kaufen ist etwa so, als kaufte man ein Haus auf Hypotheken. Phelps kaufte Aktien, für die er zehn Prozent bar auf den Tisch legte und neunzig Prozent vom Makler borgte, um den Handel abzuschließen. Keenan mußte der Ansicht sein, daß der Aktienpreis drastisch fallen würde, denn seine Forderung nach mehr Marge bedeutete, daß er sich absichern wollte, indem er eine höhere Barzahlung verlangte.

Phelps gab einen Strom von Schimpfworten von sich. »Sagen Sie dem kleinen Wichtigmacher, daß wir immer um zehn Prozent gekauft haben und keinen Pfennig mehr.«

Penner gab diese Antwort getreulich an den Assistenten des Maklers weiter und wurde nun anscheinend auch von der anderen Seite angebrüllt, denn er hielt den Hörer vom Ohr ab. »Mister Riley sagt, er muß Sie persönlich sprechen, Mr. Phelps.«

»Sagen Sie ihm, er soll sich zum – Nein«, verbesserte sich Phelps, »sagen Sie ihm, ich verhandle nur mit dem Schmied, nicht mit dem Schmiedel. Keenan soll mich selbst anrufen, wenn es so wichtig ist.«

Penner richtete die Botschaft aus und hängte das Telefon ein. Die drei Verschwörer besprachen eben ihre nächsten Transaktionspläne, als der Direktanschluß von neuem klingelte.

»Mr. Keenan für Sie, Mr. Phelps.«

»Keenan!« bellte Phelps ins Telefon, als ginge der Anruf von ihm aus. »Was soll das heißen, mehr Marge? Ja, ich weiß, die Bundesbehörden sind im Moment ziemlich zickig, was Käufe auf Kredit angeht, aber das gilt für die kleinen Krabbler, nicht für die Leute an den Schalthebeln – was?«

Tell und Penner beobachteten erschrocken, wie Phelps' Gesichtsfarbe von ihrem üblichen scharlachrot zu pflaumenblau wechselte. »Hören Sie mal, Sie, Sie sind ja nicht der einzige Makler, der – was? Was soll das heißen? Ein Käuferring im Kupfergeschäft? Wann ziehen die zurück?«

Das Wort *Ring* hatte Phelps' Aufmerksamkeit erweckt. Er war selbst Mitglied des RCA-Ringes gewesen, der geheimen Gruppe von Großinvestoren, die die Preise für RCA erfolgreich in schwindelnde Höhen getrieben hatten. Dann hatten sie Hals über Kopf verkauft, und die kleine Gruppe hatte halsabschneiderischen Profit auf Kosten der kleinen Leute gemacht, die übereinander gepurzelt waren, um die künstlich aufgewerteten Aktien zu kaufen.

Tell und Penner ließen beide erleichterte Seufzer hören, als Phelps sich zuletzt in seinen Schreibtischsessel setzte und seine Gesichtsfarbe sich normalisierte. »Ja, das ist sehr anständig von Ihnen«, sagte er schließlich. »Ja, verkaufen Sie an der Börse. Ja, ganz recht, zum aktuellen Kurs. Rufen Sie dann noch einmal an und erklären mir diese andere Sache? In Ordnung, ja, in Ordnung. Wir fangen sofort mit der Arbeit an. Guten Tag, Keenan.«

Phelps hängte den Hörer ein und saß schweigend da. Schließlich sagte er: »Da war ein Ring am Werk, der den Kupferpreis hochlizitiert hat, aber heute ziehen sie den Stöpsel raus. Keenan hat uns gewarnt, also sind wir den anderen eine Nasenlänge voraus. Tell«, sagte er dann zu seinem Ersten Vizepräsidenten, »da gehen große Dinge vor. Größer als alles, was wir bislang erlebt haben. Wir müssen herausfinden, wieviel wir zusammenkratzen können. Sie und Penner nehmen sich heute nacht die Aufstellung der Safebehälter vor. Ich will die Zahlen als erstes morgen früh.«

* * *

Der blubbernde Lärm in der Verkaufsetage der New Yorker Börse stieg und fiel, wie die Brecher an der Meeresküste aufbrüllen und dann zurückweichen. Hektische Aktivität rund um Platz Zwölf verriet gesteigertes Interesse an Radio-Aktien, den fashionabelsten Aktien der Zwanzigerjahre. Am Platz Zwei wurden Stahlaktien zu zweihundert Dollar das Stück gehandelt, während grau uniformierte Botenjungen in beherrschter Eile kamen und gingen ... und so ging es weiter an allen achtzehn Plätzen, an denen die Anteile an Amerikas großen Firmen gekauft und verkauft wurden, fünf Millionen Aktien pro Tag.

Droben in der Presseloge in der Besuchergalerie auf der Seite der Börse, die sich zur Broad Street hin öffnete, saß Max Meyer und beobachtete das Ebben und Fluten. Er mußte den Finger am Puls dieses Marktplatzes haben und seinen primitiven Rhythmus fühlen. Sonst wären seine Kolumnen bei aller sorgfältigen Recherche ohne wirklichen Durchblick geblieben. Man trug beständig von allen Seiten Informationen über diese oder jene Aktien an ihn heran, aber wirklich verstehen konnte man die Wall Street nur, wenn man dabei war und zusah, wie sich das Leben dort abspielte.

Andere Presseleute, die sich ebenfalls mit Finanzfragen beschäftigten, erkannten Max und grüßten ihn, aber er wehrte alle Gesprächsversuche ab. Schließlich war er hier, um Eindrücke zu sammeln, nicht um zu schwatzen.

Max' persönliches Aktionsprogramm begann damit, daß er die Halle nach Maklern absuchte, die er kannte. Der Zeitungsmann erkannte oft den Kurswert bestimmter Aktien allein daran, wie diese Spezialisten, die mit ihnen handelten, sich verhielten; ob sie aktiv wurden oder indifferent blieben.

Der erste, den Max entdeckte, war William Wadswort am Platz Fünf. Willie war immer leicht an seinem weißen Haarschopf zu erkennen. Willie war der älteste Makler in der Halle. Der über achtzigjährige Spezialist für Eisenbahnaktien nickte und machte sich Notizen und wippte auf den Fußballen ... ein sicheres Zeichen, daß die Rock Island-Linie oder eine andere Eisenbahngesellschaft für irgendeinen glücklichen Investor fette Gewinne erzielte.

Als nächstes entdeckte Max die runde, nachlässig gekleidete Gestalt von Max Keenan am Platz Eins. Bergwerks- und Ölaktien waren sein Spezialgebiet. Keenan galt in weiten Kreisen als einer der erfolgreichsten und rücksichtslosesten Makler weit und breit.

Am Platz Eins schien es irgendwelche Schwierigkeiten zu geben. Während Max zusah, winkte einer von Keenans rothaarigen irischen Assistenten zornig mit dem freien Arm und brüllte in einen Telefonhörer. Im nächsten Augenblick starrte der Mann den

Hörer an, dann knallte er ihn auf die Gabel. Eine hastige Beratung folgte, bei der Keenan von seinen Untergebenen umdrängt wurde.

Harry Beadle, eine weiterer Reporter, eilte herbei und folgte Max' Blick, der auf Platz Eins gerichtet war. »Ah«, sagte Harry, »da behalten Sie wohl Ihren neuen Partner im Auge, was?«

Max tat, als hätte er den spöttischen Seitenhieb nicht gehört. Keenan hatte eine von Max' Ideen interessant gefunden und das auch öffentlich gesagt, und nun kursierten die wildesten Gerüchte. Aber alle, die Max wirklich kannten, wußten, daß er nicht im Sinn hatte, sich an Spekulationen zu beteiligen; er nervte alle Leute mit seinen Bemerkungen über »künstlich hochgepuschte Kurse« und »Seifenblasen, die demnächst zerplatzen müssen«.

»Hallo, Harry«, sagte Max. »Ich überlege mir gerade, was bei der Irischen Brigade da unten los ist.«

Während die beiden Journalisten die Makler beobachteten, ergriff Keenan selbst das Telefon. Ein längeres Gespräch folgte. Noch während er sprach, nickte Keenan dem rothaarigen Assistenten zu, dann machte er eine Bewegung, als schlitzte er sich die Kehle auf – das Signal für eine Anordnung, zu verkaufen.

»Das muß der Kupfer-Ring sein«, murmelte Max. »Jetzt ziehen sie bei der Kupfersache den Stöpsel raus.«

»Tatsächlich?« fragte Beadle und grinste. »Kann ich Sie zitieren?«

Max stand auf. Die Idee für die morgige Kolumne nahm rapide Gestalt an. Die Vorspannzeilen schrieben sich wie von selbst in seinem Kopf und warteten nur noch auf die Bestätigung des Börsenanzeigers in seinem Büro im Gebäude der *New York Times.* »Ja, Harry«, antwortete Max, »und Sie können es gern drucken, wenn es Ihnen nichts ausmacht, daß *mein* Name in *Ihrer* Geschichte steht.«

Harry lachte. »Mann, in ein paar Tagen machen wir eine Luxuskreuzfahrt und lassen es uns gutgehen, und das verdanke ich Ihnen und Ihrem Partner da unten.« Er deutete mit dem Daumen über die Schulter hinweg auf Keenan. »Ich bin jetzt schon so dankbar, daß ich Ihnen verspreche, Sie mit Vor- und Nachnamen in meinem Artikel zu erwähnen – und sie auch beide richtig zu schreiben.«

* * *

»Heute sieht's nach Regen aus, David.« Mrs. Crowley wischte sich die Hände an ihrer Schürze ab und stellte eine Schüssel Weizencreme auf den Tisch, neben eine Tasse dampfender Ovomaltine. »David?« rief sie von neuem und wandte sich dann wieder dem Ausguß zu, um den Stapel Teller abzuwaschen, der ungewaschen geblieben war, solange Brian O'Halloran zu Hause gewesen war. Jetzt war er wieder auf Handelsreise, und Mrs. Crowley murmelte vor sich hin, während sie eine halbe durchweichte Zigarre aus dem Abgußsieb fischte: *»Er wird sich einfach eine neue Frau suchen müssen. Männer! Hausen wie die Schweine ...«*

David warf einen letzten Blick in den Spiegel. Wenn er seine Baseballmütze nach rechts rückte und tief in die Stirn zog, konnte er die Schramme auf seiner Stirn und sein blaues Auge verdecken.

»DA-VID! Dein Frühstück wird doch kalt!«

»Komme schon, Mrs. Crowley ...« Er senkte den Kopf und schlüpfte in die Küche, als sie gerade mit dem Rücken zu ihm stand, damit sie die Baseballmütze nicht bemerkte. Während sie mit Töpfen und Pfannen rasselte, stopfte er sein Frühstück hastig in sich hinein und hoffte, zur Türe hinaushuschen zu können, bevor sie ihn richtig in Augenschein nahm.

»Dein armer Pa ...« begann Mrs. Crowley. »Muß ganz allein einen Jungen aufziehen.« Natürlich wußte Mrs. Crowley nicht das geringste über Brian O'Halloran. Sie war zweiundsiebzig Jahre alt und stand selbst ganz allein in der Welt. Sie war als Haushaltshilfe engagiert worden, als Irene krank wurde. Später hatte die alte Frau einfach die ganze Wirtschaft selbst in die Hand genommen. Wäsche. Kochen. Einkaufen. Sie schusselte in dem Ziegelhaus mit seinen sechs Räumen herum, ohne David wirklich zur Kenntnis zu nehmen. Nicht, daß sie schlechte Augen gehabt hätte. Sie sah jedes Stäubchen auf dem Fensterbrett und entdeckte Fusselchen auf Davids Jacke oder einen Faden, der an seinem Ärmel hing. Sie konnte fabelhaft bügeln und Knöpfe annähen. Dennoch schien sie David nie richtig ins Gesicht zu sehen. Er fragte sich zuweilen, ob sie ihn erkennen würde, wenn sie einander auf der Straße begegneten. Wahrscheinlich würde sie einen Blick auf seine Kleidung werfen und eine Bemerkung darüber machen, daß er seine Kniehosen schneller dreckig machte als jeder andere Junge, den sie je gesehen hatte. Aber wußte sie, daß seine Augen blau waren? Sein Haar blond? Wußte sie, daß sein Gesicht in diesen Tagen sehr mager und bleich war?

Die Ovomaltine schmeckte gut. Er schmatzte, und die alte Dame bemerkte, daß er seine Baseballmütze im Hause trug. In Mrs. Crowleys Augen war das ein schweres Verbrechen.

»Was glaubst du denn, was du bist? Etwa ein Jude? Nur Juden tragen Hüte im Haus. Deine Mutter würde sich im Grabe umdrehen ...«

David fuhr mit der Hand an die Mütze und hielt sie fest, als sie sie ihm vom Kopf reißen wollte. »Nein! Es ist doch wegen des Weltcup! Wir tragen alle unsere Baseballmützen, zu Ehren von Philadelphia, damit sie Chicago in den Hintern treten! Es bringt Unglück, sie abzunehmen!«

Nun, das stoppte sie. Mrs. Crowley war eine begeisterte Anhängerin der Philadelphia Athletics und ihres Managers, Connie Mack. Natürlich wollte sie, daß ihr Team die Cubs schlug!

»Wer hat denn solchen Unsinn erfunden?« wollte sie wissen. Sie stemmte die Hände auf die breiten Hüften, und ein grimmiger Ausdruck breitete sich über ihr verwittertes Gesicht.

»Mister Mack selbst hat es gesagt.« David hob nicht den Kopf. Er sprach zwischen zwei Bissen und hoffte, sie würde nichts von dem Zittern der Lüge in seiner Stimme hören. »Ja. Da waren ein paar Jungs, die lungerten unten im Shibe Park Stadion rum, und Connie Macks selbst sagte, alle sollten ihre Mützen auf dem Kopf behalten, weil das Glück bringt.« Es war eine recht vergnügliche Lüge. David konnte sich vorstellen, wie der durchtrainierte Manager der Athletics im Shibe Park Stadion mit einem Grüppchen Burschen schwatzte.

»Ach nein? Connie Mack persönlich hat das gesagt? Was du nicht sagst!« Sie klang skeptisch, aber sie faßte nicht noch einmal nach seiner Mütze. Zurück zum Ausguß. Die Mütze im Haus war genehmigt. Schließlich hatte Connie Mack es gesagt.

»So haben sie mir's jedenfalls erzählt«, behauptete David, kratzte die Schüssel aus und schlürfte den letzten Schluck Ovomaltine lärmend hinunter. »Ich muß gehen ...«

Er rannte hinauf in sein Schlafzimmer, um die Schultasche mit den Büchern zu holen, dann war er zur Türe draußen, bevor sie ein weiteres Wort hervorbrachte. Sie hatte sein blaues Auge nicht bemerkt. Die Geschichte mit der Baseballmütze hatte bei ihr funktioniert, aber in der Schule würde sie nicht funktionieren. Aber das ging schon in Ordnung. Am Morgen hatte Brian O'Halloran einen Blick auf die Striemen und Beulen geworfen, die seine Fäuste und sein Gürtel hinterlassen hatten, und hatte David eine gute Lüge mit auf den Weg gegeben, die er in der Schule vorbringen konnte. *»Erzähl ihnen, du hättest den Mist rausgetragen und wärst gestolpert und die Hintertreppe runtergefallen ....«*

Das klang glaubwürdig genug. Aber Mrs. Crowley hätte natürlich gewußt, daß es eine Lüge war, weil der Mülleimer voll war und David ihn nicht hinausgetragen hatte. Es war wichtig, daß David eine plausible Geschichte vorbrachte, daß er eine vernünftige Begründung für die Schrammen auf seinem Gesicht und seinen Armen und seinem Rücken zu geben vermochte. Brian hatte ihn gewarnt: Wenn er jemals mit der Wahrheit herausrückte, würde man ihn einen Lügner nennen, und Brian würde dafür sorgen, daß es ihm leid tat, daß er jemals den Mund aufgemacht hatte. David glaubte der Drohung und fürchtete eine neue Tracht Prügel viel mehr, als er die Sünde des Lügens fürchtete.

Die Luft roch nach Regen. Klar und feucht raschelte der sanfte Wind in den Bäumen, während David den Gehsteig entlangeilte, um seinen Freund Ralph Johnson zu treffen. Man kannte ihn allseits als *Oink,* weil er einen so mächtigen Bauchumfang hatte wie Fatty Arbuckle im Kino.

Oink wartete gehorsam an der Ecke. David war eine Art Held für ihn, weil er schneller rennen konnte als jeder andere in der Schule und besser Murmeln spielte und mit einer solchen Leichtigkeit komplizierte Divisionen ausrechnete, daß die Lehrerin vor Vergnügen lächelte und David auf den Rücken klopfte.

»Hey, Davey!« Oink atmete schwer, als wäre er außer Atem, obwohl er ganz ruhig stand. »Was ... wie hast du dir denn das Veilchen geholt?«

Der Schatten der Baseballmütze hatte also nicht viel genützt. »Hab den Mülleimer für meinen alten Herrn rausgetragen und bin über die Stiegen runtergefallen. Sieht schlimm aus, was?«

»Ja, Mann.« Oink starrte die blau verfärbte Beule bewundernd an. »Sieht ja aus, als hättest du gekämpft. Wie Jack Dempsey oder so jemand.«

Ein dickes Veilchen war in dieser Nachbarschaft so gut wie eine Medaille, wenn es im Kampf erworben wurde. David wünschte, Brian hätte sich eine interessantere Lüge ausgedacht. *Mit dem Fahrrad gestürzt ... von einem Baum runtergefallen ... beim Baseballspiel ein Knie ins Gesicht gerammt ...*

»Ja. Ich wette, Dempsey trägt bei sich zuhause nicht den Müll raus«, antwortete David. Er blieb eisern bei der ursprünglichen Geschichte. Niemand würde etwas so Ödes und Alltägliches wie einen Sturz über die Stiegen bezweifeln. Jetzt würde Oink an seiner Stelle die Geschichte erzählen. Vielleicht würde David seine Erklärungen nicht den ganzen Tag lang wiederholen müssen.

Willie Faber gesellte sich ein paar Häuser weiter zu ihnen. »Hallo, Davey! He, Oink! Mann, Davey, was ist dir denn passiert?«

Oink antwortete schwer atmend: »Er ist die Stiegen runtergefallen, als er den Müll rausbrachte.«

»Oh.« Nicht der Rede wert.

Es gab Wichtigeres zu bereden. »He, unten im Shibe Park sind bereits die Vorverkaufsstellen für die Eintrittskarten geöffnet«, sagte Willie. »Mein Pa nimmt mich und Fred mit. Kommt ihr mit?«

Oink zuckte die Achseln. »Mein Pa sagt, ein anständiger Bursche, der nicht einen Haufen Geld in der Tasche hat, hat kaum Chancen auf eine Eintrittskarte.« Er keuchte und schnaufte. »Mein Pa sagt, man muß entweder schwerreich oder ganz schön flink auf den Beinen sein, um noch eine Karte zu kriegen.«

Das stimmte auch. Die Schwarzhändler machten es bereits überall bekannt, daß die weißen Papierbons, die einem Fan das Recht einräumten, zwei Eintrittskarten für $ 3.50 zu kaufen, inzwischen $ 25.00 wert waren – der Wochenlohn eines durchschnittlichen Bürgers. Willie Fabers Dad hatte glücklich mit Aktien spekuliert und sich ein schönes Stück vom Kuchen abgeschnitten, also konnte er sich solche Extravaganzen leisten. Oinks Vater war weder reich noch flink auf den Beinen. Und Davids Stiefvater?

Hätte Brian O'Halloran jemals das Glück gehabt, einen Bon für Eintrittskarten zum Weltcup zu ergattern, so hätte er ihn an den Meistbietenden verkauft und jeden einzelnen Pfennig seines Gewinns in der nächsten Flüsterkneipe versoffen.

David stupste Oink mit dem Ellbogen an. »Oink und ich, wir gehen hin. Stimmt's, Oink?«

Oinks Augenbrauen stiegen verblüfft in die Höhe. »Heh?«

David fuhr fort. »Ja. Oink und ich kommen umsonst rein.«

»Was?«

»Wir haben doch dieses Geheimversteck, von dem aus wir den ganzen Weltcup sehen können. Wir können uns was zum Knabbern mitnehmen. Und brauchen uns auch nicht den Hals verrenken, um über die Köpfe der Erwachsenen drüberzuschauen. Wo sitzt du denn, Willie?« Er blickte Willie aus schmalen Augen an. Mit seinem blauen Auge sah er einem Schlägertypen ähnlich. »Dort siehst du doch gar nichts. Das Netz ist bis oben gespannt. Miserable Plätze.«

Willie war beleidigt. »Immer noch besser als irgendein Astloch im Zaun. Die Polizeistreife wird dich erwischen und rausschmeißen.«

»Wer hat denn was von Astlöchern gesagt? Oder von Zäunen?« antwortete David und rempelte Oink an, der ein besorgtes Gesicht machte.

»Ach nein? Wo wirst du denn statt dessen sein?« wollte Willie wissen.

David zuckte die Achseln. Er hatte an diesem Tag schon eine Million Lügen erzählt. Warum sollte es da auf eine weitere ankommen? »Du kennst doch die Häuser an der Zwanzigsten Straße, genau gegenüber vom Shibe Park?«

»Ja? Und?«

»Wir haben Verbindungen.« David blickte zu einem Hausdach hinauf. Er hatte gehört, wie man über die Leute debattierte, die auf Hausdächer kletterten, um das Spiel zu sehen. »Wir schauen uns den ganzen Weltcup vom Dach aus an. Ha!«

Willie starrte Oink wütend an. Der dicke Junge war sichtlich nervös geworden bei dem Gedanken, daß man von ihm erwartete, auf ein Hausdach zu klettern und wie ein fliegendes Nilpferd dort oben herumzubalancieren.

»Wie willst du denn Oink da raufschaffen?« fuhr Willie ihn gereizt an. »Der bricht doch durchs Dach.«

»Nicht durch dieses Dach«, sagte David mit einer ruhigen Gewißheit, die Willie Faber den Mund schloß. Die Sache hörte sich großartig an, nicht wahr? Da hatten sie nun etwas, worüber sie sich den Mund zerreißen konnten bis zu dem Tag, an dem das Spiel begann. Und wer sollte schon draufkommen, ob David auch wirklich oben auf dem Dach gewesen war und zugesehen hatte? Oink würde ihn nicht verraten. Da war sich David ganz sicher.

Oink sah zweifelnd drein. »Ich weiß nicht recht ...«

»Klar doch. Wir nehmen ein Seil mit und binden ein Ende um den Kamin und das andere Ende um Oinks Bauch, dann kann er nicht abrutschen.«

Das klang beruhigend in Oinks Ohren und erschien Willie – der den Rest des Schulwegs in Schweigen gehüllt zurücklegte – als ein gut durchdachter Plan. David würde die Geschichte kein zweites Mal erzählen müssen. Willie und Oink würden sie an seiner Stelle erzählen.

Freunde würden im Schulhof zu ihm kommen und ihn fragen, ob sie auch mitkommen und aufs Dach klettern dürften, um den Weltcup zu sehen. Er würde den Kopf schütteln und sagen: »Tut mir leid. Nur ich und Oink.« Und alle in der Schule würden sie beide beneiden.

* * *

Die Felsen im Bachbett zerschrammten die bloßen Füße des Flüchtlings. Das Wasser reichte ihm bis über die Knie, und die Strömung war plötzlich reißend geworden. Er taumelte bei jedem Schritt. Seine Beine schmerzten von der bitteren Kälte. Seine Muskeln zitterten und seine Zähne schlugen gegeneinander, daß es ratterte wie der Schnabel eines Spechts an einem Baumstamm. Und er war müde. So müde. Wenn er sich nur am Ufer hinlegen und ein Weilchen schlafen könnte! Die Augen schließen und alles um sich herum vergessen!

Er blickte zum Ufer hinüber, wo die Haufen abgestorbener Blätter ein weiches Lager bildeten. Er konnte die Hunde nicht mehr hören. Hatte er es zuletzt doch geschafft, sie von seiner Fährte abzubringen? War es sicher, ein paar Minuten innezuhalten und sich auszuruhen, bevor er weiterlief?

Der Gedanke faszinierte ihn, und er stand einen Augenblick lang reglos. Das Wasser rauschte um seine Knie und schien ihn zum Ufer hinüberzudrängen. Über seinem Kopf raschelte der Wind in den Blättern und trug ihm den Geruch von Holzrauch zu. Er konnte sich nicht erinnern, daß er je im Leben so hungrig gewesen war. Der Hunger wühlte in seinen Eingeweiden und lenkte ihn von den Blätterhaufen ab. Wenn er schlief, würde er mit Sicherheit wieder eingefangen werden. Der Häftling kannte seinen Verfolger als einen geduldigen, systematisch vorgehenden Menschen. Früher oder später würde er an diesem Ort hier vorbeikommen. Früher oder später würde Old Grandees Schnauze an diesen Blättern schnüffeln! Ein Hauch von Cannibals Witterung, und alles war verloren! Dann würden sie mit Sicherheit wissen, daß er hier vorbeigekommen war! Sie würden in aller Eile weiter vorrücken und die Lücke schließen, die Cannibal zwischen sie und sich gebracht hatte, als der alte Bär umgekehrt war und für ihn mit den Polizisten gekämpft hatte!

Aber konnten sie ihm denn ewig auf den Fersen bleiben? Waren sie nicht Menschen wie er selbst? Brauchten sie nicht auch Schlaf und Nahrung? Bald würde es dunkel sein. Bald ... sie würden doch gewiß irgendwo kampieren und ihn eine Stunde oder zwei schlafen lassen, ihm eine Art inoffiziellen Waffenstillstand gewähren.

Er schüttelte sich, um wieder klare Gedanken zu fassen und rief sich in Erinnerung, daß die Versuchung zu schlafen ein Todesurteil bedeutete. Er trat einen Schritt vom Ufer zurück und wandte sich stromaufwärts.

Irgendwo weit hinter ihm klang der Knall eines Schusses und widerhallte in dem schmalen Tal bis weit in die Berge hinein. Der Klang traf sein Herz wie ein Peitschenhieb und zwang ihn, einen weiteren Schritt durch das eisige Wasser zu tun, und dann noch einen und noch einen.

* * *

Sabre-Öl! Phelps lebhafte Vorstellungskraft entzündete sich an dem Gedanken, sich an einem Ring zu beteiligen, um die Aktien einer Ölgesellschaft im Wert in die Höhe zu treiben. Gab es einen besseren Weg, die beiden Gebiete zu verbinden, in denen er nach seiner eigenen Einschätzung ein Experte war, als gleichzeitig vom Börsenmarkt und dem Ölgeschäft zu profitieren?

Der Makler Mike Keenan fand einen interessierten Zuhörer, als er Damon Phelps erklärte, wie der neue Ring funktionierte. »Sabre ist eine kleine Firma, deren Aktien erst seit kurzem an der New Yorker Börse gehandelt werden«, sagte er. »Die Ölfelder, die sie ausbeuten, liegen in Südamerika. Wer soll schon dort runterfahren und die Sache überprüfen? Wir beginnen zu kaufen. Dann lassen wir von Journalisten, die von uns bestochen werden, ein paar gut plazierte Artikel in die Zeitungen einrücken, und es wird nicht lange dauern, bis die kleinen Fische draufkommen, daß eine Aktie, die es um zehn Dollar zu kaufen gab, plötzlich das Doppelte wert ist. Wir lassen die Aktien bis zum fünffachen ihres Wertes steigen und ziehen dann den Stöpsel raus. Die kleinen Investoren werden keine Ahnung haben, wieso sie plötzlich im Hemd dastehen, und wir hauen ab, mit einem Profit von 400 Prozent in der Tasche. Wie gefällt Ihnen das?«

Phelps konnte nichts anderes antworten als Ja, und er konnte es kaum rasch genug herausbringen, daß er nicht vor Aufregung zu stottern anfing. »Wieviel brauchen wir, um uns in den Ring einzukaufen?« fragte er.

»Die Sache soll unter uns bleiben, und sie soll möglichst rasch ablaufen«, sagte Keenan. »Es sollen nicht zu viele Leute dabei mitmischen. Wir brauchen etwa drei Millionen Dollar, um die Dinge richtig in den Griff zu kriegen. Drei Millionen Dollar geteilt durch fünf ... was sagen Sie zu einer Beteiligung mit sechshunderttausend?«

Phelps schluckte schwer. Er brachte es nicht über sich, irgendwelche Zweifel anzumelden. Er dachte daran, daß die genannte Summe das dreifache dessen betrug, was die Verschwörer bislang mit ihren Transaktionen ergaunert hatten. Sie würden ihr gesamtes Kapital aus ihren sonstigen Investitionen abziehen müssen und würden immer noch um einiges mehr brauchen. An dem RCA-Ring hatte Phelps sich mit nur fünfzigtausend Dollar beteiligt – ein winziger Tropfen im Vergleich zu der Summe, die jetzt von ihm verlangt wurde. Auf der anderen Seite hatte er an dem Radio-Geschäft auch nur bescheidene hundert Prozent verdient. Nachdem er Keenan seine Maklergebühren bezahlt hatte, hatten die Unterschlagungen in der Petroleum Bank nur rund vierzigtausend Dollar Gewinn erbracht.

Was konnte er anderes sagen? »Ich bin dabei. Ja, sechshunderttausend geht klar, kein Problem.«

# DAS WETTRENNEN

Die Jungen hatten Trudy angebettelt, sie an diesem Tag noch nicht in der Schule einschreiben zu lassen. Konnte das nicht warten, bis sie die Fahrt nach Hartford hinter sich gebracht hatten? Sie gab nach, aber sie stellte eine Bedingung – Sonntagsanzüge und die guten Schuhe.

»Aber, Ma, 's is doch nichmal Sonntag«, protestierte Tommy.

»Es *ist doch nicht einmal* Sonntag«, korrigierte ihn Trudy und reichte ihm den frischgebügelten Sonntagsanzug.

»Hab ich doch gesagt«, schmollte er und starrte wütend das schwarze Jackett und die Kniehosen an. »Dabei is' doch nichmal Sonntag ...«

Trudy brachte ihn mit einem drohenden Blick zum Schweigen und fuhr dann herum, um auf Birch loszugehen, der ihr sorgfältig aus dem Weg gegangen war. »Siehst du jetzt, was für eine Redeweise er sich in dieser Schule angewöhnt hat ... 'is doch nichmal', sagte er! Ich hab dir gesagt, er würde sich das angewöhnen, wenn wir –«

Birch grinste breit. »Er wird hier in der Gegend *nu mal nichs* Besseres zu hören bekommen, Trudy!« Er duckte sich und schoß zur Türe hinaus, und sie rang nach Atem, als hätte sie ihn fluchen gehört.

»Und da habe ich nun meine Lehramtsprüfung gemacht!« Sie wandte sich wieder Tommy zu, der grinsend mitangehört hatte, wie sein Vater grammatikalische Verbrechen beging. »Das reicht jetzt, junger Mann! Zieh deinen Sonntagsanzug an. Wir fahren nach Hartford auf die Bank, und ich will nicht, daß meine Söhne wie Vogelscheuchen aussehen und wie Gassenjungen reden.«

Man merkte ihr an, daß sie an diesem Morgen schlecht aufgelegt war, also widersprach Tommy ihr nicht noch einmal, obwohl der Sonntagsanzug ihm unter den Ärmeln zu eng war und die Hosenbeine zu kurz waren. Er machte auch keine Bemerkung über Bobbys Anzug, den dieser von Tommy geerbt hatte und der ihm deshalb eine Nummer zu groß war. Die Ärmel hingen ihm bis zu den Fingerspitzen herab, und die Hosenbeine reichten bis zur halben Wade. Aber niemand wagte, solche Kleinigkeiten aufs Tapet zu bringen. Nicht an diesem Morgen.

Noch vor Sonnenaufgang hatte Trudy das Haus geputzt und gebügelt und die Schere herausgesucht, dann hatte sie sie alle zum Haareschneiden gerufen. Sie würde sich in der Bank von Hartford nicht blicken lassen, bevor nicht jeder einzelne von ihnen sich das Haar schneiden ließ, hatte sie erklärt. Das war noch vor dem Frühstück gewesen. Sie hatten im Nachthemd gefrühstückt und kleine, frisch abgeschnittene Haarbüschel in ihrem Haferbrei gefunden. Das reichte aus, daß sie dankbar waren, als sie sie nachher zu einem Bad in der Blechwanne auf der Hinterveranda vergatterte. Sogar Baby Joe wurde geschoren und in einem Kübel warmen Wassers abgeschrubbt.

Jeder Mann im Hause wußte, daß Trudy nervös war. Also: kein Streit. Keine Widerrede. Keine grammatikalischen Ausrutscher, nicht einmal im Spaß.

»Der erste Eindruck zählt am meisten«, sagte Trudy, während sie ihren marineblauen Wollrock mit der Fusselbürste glattstrich und sie dann Birch reichte, damit er ihren Rücken und ihre Schultern abbürstete. Ob vorne oder hinten, der erste Eindruck zählte am meisten. Sie würden den Rest ihres Lebens hier verbringen, nur fünf Kilometer von Hartford entfernt. Es wäre schlimm, mit Fusseln und zerlumpter Arbeitskleidung in Verbindung gebracht zu werden.

Sie standen in einer Reihe wie Soldaten, um sich von ihr inspizieren zu lassen – Augen geradeaus, Gesichter todernst. Sie wagten nicht, lästerliche Bemerkungen über steife Kragen und Sonntagsschuhe und Krawatten zu machen.

Ein loser Faden wurde entdeckt, der aus Tommys zu kurzem Ärmel hing. Sie hob seinen Arm und biß den Faden mit den Zähnen ab.

»Mensch«, sagte Bobby und sah ehrlich erleichtert aus, »ich dachte schon, sie wollte dich beißen!«

Daraufhin grinste Birch und salutierte dann. »Nun, General«, wandte er sich an Trudy, »willst du jemanden beißen, oder fahren wir heute doch noch in die Stadt?«

Bei dem Wort *fahren* quietschte Baby Joe und hüpfte auf dem Arm seines Vaters. Trudy nahm ihn kommentarlos an sich und hob hochmütig das Kinn, als hätte sie die Bemerkung nicht zur Kenntnis genommen. »Ich mach' noch ganz andere Sachen als beißen, wenn ihr Jungs euch nicht wie Gentlemen benehmt«, warnte sie. Dann sagte sie zu Birch: »Und das gilt doppelt und dreifach für dich, Birch Tucker! Du spuckst mir nicht auf den Bürgersteig! Du machst auch keine dummen Späße mit den Jungen!«

Er nickte und nickte. »Weißt du schon, was du alles brauchst?« fragte er, als sie mit der Liste all dessen, was Gentlemen in Banken *nicht* tun, zu Ende gekommen war.

»Birch! Die Liste all dessen, was wir brauchen, reicht sowieso schon von hier bis Hartford!«

Er legte die Hand an ihre Wange. »Du brauchst ein kleines Mädchen, das ist es. Mit dem kannst du dann herumschusseln und ihr die Haare richten und ihre Unterröcke stärken. Dann könnten ich und die Jungen hier einfach nur Jungen sein.«

Bobby und Tommy stimmten ihm feierlich nickend zu. Manchmal bekam ihre Mutter diese Anfälle, daß sie alle wie die Mannequins im Katalog von Sears & Roebuck auszusehen hätten. Für gewöhnlich bekam sie das jedesmal, wenn sie in eine neue Stadt zogen. Aber die Städte waren alle gleich. Die Männer kauten Tabak und spuckten auf den Gehsteig und sagten *»'is doch nichmal«*. Und die Damen hielten ihre Nähkränzchen ab und staffierten ihre kleinen Mädchen heraus wie Sofapuppen und kümmerten sich nicht darum, was die Männer taten.

Trudy ärgerte sich über die Bemerkung, sie brauche ein kleines Mädchen, um damit herumzuschusseln. Sie schob seine Hand weg und zerrte an Tommys Ärmel, als würde er davon länger. »Erzähl mir nicht, was ich brauche, Birch Tucker. Hol den Ford und laß es dir gesagt sein: Der erste Eindruck ist der wichtigste.«

Er zuckte ergeben die Achseln. Dann, während er und Tommy und Bobby sich zur Türe hinausdrängten, um den Ford zu holen, sagte er so laut, daß sie ihn hören mußte: »Wenn man die Leute zuerst zu sehr beeindruckt, sind sie hinterher nur enttäuscht.« Als er die Stufen hinunterstieg und den Hof betrat, sagte er noch lauter: »Was mich angeht, so hab ich immer meine Arbeitskleider angezogen, wenn ich irgendwo neu hinkam. Wenn mich die Leute dann im Sonntagsanzug sahen, waren sie total überrascht.« Er grinste sie über die Schulter hinweg an und äffte die helle Stimme einer Frau nach: »*Oh, schau, schau doch mal! Nicht zu glauben, wie süß Birch aussieht, wenn er so geschneuzt und geschniegelt ist!*«

Sie hatte nichts zur Hand, das sie nach ihm werfen konnte, ohne seinen Sonntagsanzug zu beschmutzen, also beschloß Trudy, sich zu beherrschen. Es blieb ihr nichts anderes übrig. Sie hatte ihre Untergebenen auf Hochglanz gebürstet. Jetzt sollte der Tag bringen, was er wollte. Sie hatte ihr Bestes getan.

Sie drehte sich einen Augenblick lang um und betrachtete ihr eigenes Spiegelbild im Fenster. Der Rock war altmodisch lang, aber hier war schließlich nicht New York. Wer sollte so etwas schon bemerken? Ihr schulterlanges kastanienbraunes Haar war im Nacken zusammengebunden und an der Seite gescheitelt. Es war dick und glänzend.

Mit zweiunddreißig war Trudys olivfarbene Haut immer noch glatt und jugendlich. Ihre braunen Augen waren klar und direkt – geschäftsmäßig. Heute war ein Tag geschäftlicher Verabredungen, und sie war dementsprechend gekleidet.

Der Ford kam in einer Wolke von blauem Rauch hustend und spuckend aus der Scheune getuckert. Birch fuhr ihn bis an die Vordertreppe heran, damit Trudy nicht den Hof überqueren und ihre Schuhe schmutzig machen mußte.

Er zog die Bremse an und tippte sich an die Hutkrempe, dann stieg er aus, um das Baby auf den Arm zu nehmen und ihr die Wagentüre zu öffnen. Der perfekte Kavalier.

Tommy und Bobby saßen steif und aufrecht im Fond. Sie hatten die Lippen fest zusammengepreßt und die Hände im Schoß gefaltet, als säßen sie in ihrer Kirchenbank. Sogar Baby Joe fühlte, wie bedeutsam diese Fahrt nach Hartford war. Seine runden Augen waren ganz ernst, als sie die Zufahrt entlangfuhren und in den Fahrweg einbogen, der zur Landstraße führte.

Birch warf keinen Blick auf die kleine Kirche, als sie daran vorbeifuhren. Er hupte, als sie Cousin J.D.s Haus passierten. Die grauen Maultiere auf der Weide und der Pflug in der Scheune und die Haken, an denen all die Geschirre und Zügel hingen, die einst Birchs Vater gehört hatten – vergessen waren sie. Heute gab es neue Zuggeschirre. Junge, starke Maultiere. Einen neuen, hochmodernen Pflug. Geschirr und Tische, Sessel und richtige Betten! Dieser Tag war der Höhepunkt ihres Lebenstraumes – der Höhepunkt von zehn Jahren, in denen sie sich nichts gegönnt hatten, um jeden Pfennig auf die Seite zu legen.

Der Wind schlüpfte durchs Fenster herein und fegte Trudys nervöse Anspannung hinweg. Freudige Erregung flog auf den Flügeln der Brise, und Träume erwachten zum Leben und jagten neben den Rädern des Ford einher.

Baby Joe begann auf ihrem Schoß auf und ab zu hüpfen. Tommy und Bobby hopsten auf den lederbezogenen Sitzen herum und schwatzten über eine neue Milchkuh und die Maultiere, auf denen sie reiten würden, und vielleicht gab es sogar einen Jagdhund, der ihnen helfen würde, die Eichhörnchen aufzuspüren, die sie jagen wollten! Ihr sorgfältig pomadisiertes und gescheiteltes Haar begann sich im Wind zu zerstrubbeln. Die Maschen an ihren Kragen rutschten zur Seite, und die Schuhbänder lösten sich. Aber solche kleine Abweichungen von der Perfektion ließen sich leicht in Ordnung bringen, wenn sie in Hartford ankamen. Trudy entspannte sich und beschäftigte sich in Gedanken mit einem Service, das noch viel schöner war als Maybelles Service.

Dann pfiff die Lokomotive der Rock Island-Linie mit hohem, klagendem Klang ihre Herausforderung hinter ihnen. Sie hatte frisches Wasser aufgenommen und fuhr nun mit Volldampf die kurze Strecke bis zur Station Hartford. Eine Doppelsäule aus Dampf und Rauch fuhr in den Himmel hinauf wie der Feuerhauch aus den Nüstern eines gigantischen Drachen, der dem kleinen Ford auf den Fersen war!

Bobby und Tommy schrien Birch unisono die Warnung zu: *»Laß dich nicht von ihm erwischen, Dad!«*

Im selben Augenblick, in dem Birch nach dem Gashebel griff, schrie Trudy auf: »Wage es nicht! Birch Tucker! Wage ... es .. ja .. nicht! Ich steige aus und gehe zu Fuß!«

Birch warf lachend den Kopf in den Nacken, als der kleine Ford über ein Schlagloch holperte und seine Geschwindigkeit verdoppelte, bis er mit atemberaubenden fünfunddreißig Meilen pro Stunde dahinbrauste. »Dann mußt du über Bord springen, True«, brüllte er, »denn jetzt bremse ich deinetwegen nicht mehr!« Das Feuer des Wettbewerbs brannte in seinen Augen. In Trudys Augen brannte schlicht und einfach die Wut.

Der Lokführer lehnte sich weit aus dem Fenster und winkte den Jungen zu, als die Lokomotive den Ford überholte. Die Signalpfeife kreischte von neuem.

»Schneller, Dad!«

»Sie überholt uns!«

»Schneller! Schneller!«

»Birch Tucker, wage es nicht, das noch einmal anzufassen. Wage es nicht, diesen Gashebel noch einmal anzufassen, oder ich –« Trudy fuhr herum und befahl den Jungen scharf, sie sollten die Köpfe vom Fenster zurückziehen. »Bobby! Tommy!« Baby Joe hopste entzückt auf ihrem Schoß. Der Wind peitschte die Maschen am Kragen der Jungen zu steifen Bändern, die hinter schlammbespritzten Kragen und Hemdbrusten hervorflatterten. Die offenen, jauchzenen Münder der Jungen schluckten das Wasser, das schmutzig aus den Regenpfützen spritzte. Nichts konnte Bobbies und Tommies Begeisterung dämpfen, als Birch den Gashebel noch weiter nach vorn drückte und die schlammige Straße zornig zurückspuckte. Der linke Ärmel von Birchs Sonntagsanzug bekam eine braune Dusche ab; er schien es nicht zu bemerken. Trudies Haarnadeln arbeiteten sich aus ihren Verstecken heraus, wie Zweiglein aus einem Vogelnest ragen.

*»Oh nein!«* schrie sie auf. *»Oh! Oh! Birrrch!«* Jetzt jammerte sie nicht mehr wegen aufgelöster Frisuren und schmutzbespritzer Anzüge. Sie schrie, weil genau vor ihnen die Straße steil absank und durch den James Fork-Bach führte! Zwanzig Fuß weit führte die Straße durchs Wasser und tauchte dann erst wieder auf der anderen Seite auf! Es gab keine Autobrücke. Dies war das Land der Maultiere. Hatte Birch das denn völlig vergessen?

Der Lokführer hatte seine Hand am Dampfventil. Auch er sah den James Fork vor sich, aber die Eisenbahnbrücke trug ihn schnurgerade übers Wasser, ohne daß er einen Augenblick zu zögern brauchte.

Auch Birch wurde nicht langsamer – bis es zu spät war. Einen Sekundenbruchteil lang flog der Ford durch die Luft, als er über den Straßenrand sprang.

Und dann, wie ein Schiff vom Stapel läuft, sauste das kleine Schiff in den Bach hinunter. Eine Welle schlug über dem Kühler zusammen und schoß zu den offenen Fenstern herein, wo sie die Passagiere durchtränkte, bevor der Motor dort mitten im Bach stotterte und gurgelte und schließlich abstarb.

Der Lokführer entlockte seiner Maschine ein schrilles Abschiedssignal und fuhr in gelassener Ruhe nach Hartford weiter. Die Fahrgäste im Zug starrten die kleine Familie an, die gestrandet mitten im James Fork-Bach saß. Trudy sah Männer wie Frauen mit den Fingern deuten und vor Lachen brüllen. Alle diese Passagiere fuhren nach Hartford. Ende der Strecke. Sie würden dort sein, wenn Trudy und ihre bis dahin so tadellos geschniegelte Nachkommenschaft ins Stadtzentrum fuhren. Das war nun der erste Eindruck, der so viel bedeutete!

Wasser tropfte von Birchs Hutkrempe. Die Jungen sahen aus, als wären sie die schlammige Uferböschung hinabgerollt und dann auf der anderen Seite wieder hinaufgekrochen. Baby Joe brüllte vor Jammer über das plötzliche eisige Bad. Und was Trudys fusselfreies blaues Kostüm anging ...

Birch saß da und umklammerte das Lenkrad. Er blickte weder Trudy an noch die tückische Schlange, den Zug, der ihn verführt und verlockt hatte, bis er einen so schrecklichen Fall tat. Die offene Plattform am Ende des Zuges war zum Bersten voll mit Passagieren, die sich dort drängten, um das im Bach sitzende Automobil anzustarren.

»Nächstesmal schlagen wir ihn«, sagte Tommy mit grimmiger Entschlossenheit, offenkundig darauf bedacht, seinen Vater aufzuheitern.

Trudy fuhr in ihrem Sitz herum und warf ihm einen nassen und wütenden Blick zu, der ihm klar zu verstehen gab, daß nichts dergleichen jemals wieder geschehen würde.

Tommys Augen wurden groß vor Angst. Er kroch in seinen

Sitz zurück und blinzelte sie an. Nie zuvor hatte er seine Mutter so naß und so wütend in ihren Sonntagskleidern gesehen. Der Ausdruck *nasse Henne* flitzte durch seine Gedanken, aber er sprach die Worte nicht laut aus. Bobby machte es seinem älteren Bruder nach und öffnete nicht den Mund, aus Angst, seine Mutter würde ihm den Hals umdrehen.

Wortlos zog Birch seine Stiefel aus und krempelte sich die Hosenbeine hoch und stieg aufs Trittbrett hinaus, um festzustellen, welche Schäden das Auto davongetragen hatte. Keine gebrochenen Räder. Intakte Speichen. Der Ford hatte überlebt. Ob Birch mit ebenso heiler Haut davonkommen würde, war fraglich.

Trudy starrte grimmig auf den Bach hinaus. Blätter trieben an ihnen vorbei und wirbelten davon. Birch murmelte vor sich hin, daß er ganz vergessen habe, daß da ja keine Brücke sei, und daß er jetzt wohl seine Lektion gelernt habe und niemals mehr Wettrennen mit dem Rock Island-Zug fahren würde, weil die Gleise glatt und gerade waren, die Landstraße dagegen nichts Besseres als ein geschotterter Pfad durch die Wildnis.

Der Motor des Ford sprang auch tatsächlich an, aber die Räder waren gerade so weit ins Bachbett eingesunken, daß sie alle ihre Schuhe ausziehen und durch eisig kaltes Wasser waten mußten, um ans Ufer zurückzukehren.

Erst als sich der Ford aus dem Wasser befreit hatte, hatte Trudy sich so weit unter Kontrolle, daß sie den Mund aufmachen konnte, ohne zu fluchen.

»Birch« – ihre Stimme zitterte und brach – »du nimmst wohl nicht an, daß wir heute noch nach Hartford fahren. Du wirst auf der Stelle wenden und uns nach Hause bringen ... sofort.«

Birch gehorchte ohne Widerrede.

* * *

Damon Phelps lauschte aufmerksam dem neuesten Plan, wie die drei Betrüger noch mehr Geld veruntreuen konnten. Hinter den runden Brillengläsern, die den ohnehin eulenhaften Eindruck, den Penner machte, noch verstärkten, glitzerten die Augen des kleinen Mannes vor Begeisterung.

»Zweihundertfünfzigtausend Dollar aus Kreditgeldern«, sagte Penner. »Das geht völlig glatt. Mr. Tell hat überaus wichtigen Leuten hier in der Umgebung Kredite gewährt. Bloß haben sie nie um irgendwelche Kredite angesucht, also wird ihnen auch nichts fehlen, wenn wir das Geld nehmen und es investieren.«

»Und außerdem«, erklärte Tell, »ahnen unsere Angestellten nicht das Geringste. Sie haben nur bemerkt, daß wir uns persönlich um einige überaus wichtige Kunden unserer Bank kümmern. Indem wir Leute in höchsten Positionen wählen«, fügte er hinzu, »schließen wir auch die Möglichkeit aus, daß irgendeine Andeutung über unsere Kredite die Runde macht.«

»Brillant«, gab Phelps zu. Tatsächlich: er kicherte. »Und wer sind die bedeutenden Herrschaften, die ohne ihr Wissen Kunden der Petroleum Bank sind?«

Penner zählte sie auf, wobei er sie an den Fingern abhakte und die Namen vor sich hinsang wie einen Abzählreim: »Der Bürgermeister, der Sheriff, fünf Stadträte, drei Richter und der Amtmann.«

»Wir haben für jeden von ihnen einen einfach verzinsten Kredit gewährt, der irgendwann zwischen dreißig und neunzig Tagen Frist fällig wird«, erklärte Tell, »auf die Art werden sie nicht alle zugleich fällig. Wir haben nichts weiter zu tun«, fuhr er fort, »als von unseren eigenen Gewinnen die Zinsen zu zahlen und die Kredite dann zu verlängern. Das bringt sogar unserer Bank noch Geld, Mr. Phelps.«

Phelps brüllte vor Entzücken. »Aber längst nicht so viel, wie es uns selber bringt! Aber jetzt sagt mir mal, wie steht es denn mit den Unterschriften auf den Dokumenten?«

Penner meldete sich mit bescheidenem Stolz zu Wort. »Ich habe mir die Freiheit herausgenommen, einige alte Grundbuchauszüge nachzusehen. Keiner der Herrschaften hat eine Unterschrift, die besonders schwierig nachzumachen wäre.«

»Und wenn die Bankprüfer die Anträge noch einmal überprüfen wollen?« fragte Phelps. »Was soll dann geschehen?«

Tell setzte das breiteste Lächeln auf, das ihm sein mageres und normalerweise säuerliches Gesicht erlaubte. »Da ist uns eine besonders überzeugende Antwort eingefallen. Wir haben angedeutet, daß alle diese führenden Bürger die Absicht haben, den Kredit für Spekulationen am Börsenmarkt zu verwenden!«

# DER FLÜCHTLING

Birch sah besorgt aus, als er den Jungen sagte, sie sollten schon vorauslaufen und ein Weilchen spielen. Trudy war ihm auf der Heimfahrt ein wenig *zu* schweigsam gewesen.

»Junge, Junge«, flüsterte Tommy kaum hörbar, »Pa kriegt ordentlichen Ärger!«

Der schmale Karrenweg folgte der Hügelböschung auf der vom Haus abgewandten Seite. Die Schwerkraft zwang Tommy und Bobby zum Laufen, als sie sich dem hysterischen Gekläff von Jagdhunden näherten, die sich auf das gegenüberliegende Ufer des James Fork zubewegten.

»Pa hat gesagt, wir dürften den Bach nicht überqueren«, warnte Bobby seinen älteren Bruder, als sie das flache Feld erreichten, das an den Bach angrenzte. Tommy verlangsamte seinen Schritt nicht. Während die Hunde ihrer Beute auf der Spur blieben, blieb Tommy den Hunden auf der Spur.

»Dort hinüber«, deutete er durch die Birkenbäume und über den Fluß hinweg. Die Stimmen der Hunde erhoben sich im Chor.

»Pa hat gesagt, wir dürften nicht –«

»Dann lauf zurück«, rief Tommy verächtlich über die Schulter zurück. »Ich möchte sie sehen. Wahrscheinlich haben sie einen Waschbären gestellt.«

Bobby hielt Schritt mit Tommy und dachte an die Geschichten, die ihnen ihr Vater erzählt hatte, Geschichten von Hunden, die mit Waschbären im Wasser auf Leben und Tod kämpften. »Okay. Wir können zusehen. Aber ich geh nicht auf die andere Bachseite.«

Tommy zwängte sich durch das Dickicht der Dattelpflaumenbüsche, als das Gekläff immer lauter wurde. »Die kommen direkt hier herüber!« rief er überglücklich. »Da kriegen wir ja jetzt was zu sehen!«

Der Stamm einer riesenhaften, vom Sturm niedergebrochenen Eiche bildete eine natürliche Brücke über den Bach. »Da schau nur!« schrie Tommy. »Das ist ja breit genug, daß ein Pferd darüberlaufen kann!«

»Na, aber ich – ich bin kein Pferd«, protestierte Bobby, als der Schlamm der Uferböschung in seine Schuhe troff. »Pa hat gesagt ...«

»Pa hat gesagt, *überquert nicht den Bach*«, gab Tommy zurück, während er auf eine in die Luft ragende Wurzel kletterte und dann eine andere Wurzel über seinem Kopf ergriff, um sich auf den mächtigen Stamm hinaufzuziehen. Durch das Wurzelgeflecht hindurch lächelte er Bobby an. »Auf die Art überqueren wir den Bach nicht. Wir bleiben einfach hier oben sitzen, wo es nicht schlammig ist, und warten, bis die die Hunde von der anderen Seite herüberkommen.« Er deutete mit der Hand bachaufwärts und dann zu der Stelle hinüber, wo klar und deutlich die Stimmen von ein Dutzend Hunden erklangen. »Ich hab hier einen Logenplatz. Du kannst dich ja in den Dreck setzen, wenn du willst. Wart nur ab, was Mutter dazu sagt.« Er balancierte mühelos zur Mitte des Baumstammes hinaus. Hoch über dem eilig dahinströmenden Bach setzte er sich hin und wartete ab.

Bobby blickte seine schlammigen Schuhe an und versuchte sich vorzustellen, was Mutter sagen würde, wenn er so nach Hause kam. Tommy hatte sich einen Platz auf dem Baumstamm gesucht, der dem diesseitigen Ufer näher war als dem jenseitigen. Auf die Art konnte er, falls er gefragt wurde, aufrichtigen Herzens antworten: »Nein, Ma. Wir sind auf unserer Seite geblieben.«

Bobby gesellte sich zu ihm. Er setzte sich rittlings auf den Baumstamm, als reite er ein Pferd. Seine Beine ragten zu beiden Seiten steif in die Luft. Er dachte, daß vielleicht sogar zwei Pferde nebeneinander ohne Mühe diesen alten Baumstamm überqueren konnten.

»Weißt du was –« Bobby wollte Tommy erzählen, was er dachte, aber Tommy stieß ihm den Ellbogen in die Rippen und starrte ihn an, er solle still sein.

»Willst du das Vieh verscheuchen?« flüsterte Tommy. Er stellte sich vor, der Waschbär würde genau auf diesen Baumstamm zueilen, um auf Tucker'schen Besitz überzuwechseln. Da kamen sie! Direkt hierher zum Bachufer! Vielleicht hatten sie die ganze Nacht lang in den Bergen gejagt, und nun waren Tommy und Bobby hier als Zeugen, wenn die Jagd zu Ende ging! Kein Tier konnte einer Meute Hunde entgegen, die so rasend bellten wie diese hier! Blut klang aus ihren Stimmen! Der James Fork war das Schlachtfeld, und Tommy und Bobby würden nun aus erster Hand miterleben, was ihnen ihr Vater über die Jagd hier in der Gegend erzählt hatte!

Die Stimmen der Jäger schrien einander zu, während schwere Stiefel durchs Unterholz brachen.

»Jetzt haben wir ihn, Ed!«

»Jetzt kann dieser Waschbär nirgends anders mehr hin als ins freie Feld!«

Bobby stieß Tommy vielsagend in die Rippen. Also war es ein Waschbär, hinter dem sie her waren! Tommy legte einen Finger auf die Lippen und bedeutete ihm, zu schweigen.

Einer der Männer stieß ein wildes Kriegsgeheul aus. »Wir haben ihn! Hört euch bloß die Hunde an!«

Eine weitere Stimme schrie: »Du bist ein toter Mann, Nigger! Niemand hat diese Hunde je abgeschüttelt!«

Ein halbes Dutzend weiterer wilder Zurufe widerhallte in dem kleinen Tal, bis es klang, als stürmte eine ganze Armee die Uferböschung des James Fork herunter.

»Was sagt er?« fragte Bobby und krallte die Finger in den Ärmel von Tommys Leinenjacke.

Tommy bedeutete ihm zu schweigen. Die Hunde waren jetzt ganz nahe. Ihr schrilles Geheul war vom Klang des Todes erfüllt. Die Stimmen ihrer Herren verrieten nicht weniger Blutgier als die der Hunde. Tommy war sich nicht mehr so sicher, daß ihm gefiel, was er da sah. Wieder und wieder verhöhnten die Jäger das gejagte Wild, verkündeten ihm seinen nahen Tod. Sie verspotteten es, als könnte es die Panik seiner Flucht in menschlichen Begriffen verstehen. Die Männer klangen grausamer als die Hunde. Die Hunde schienen bloße Anhängsel der Brutalität ihrer Herren zu sein.

»Komm, wir gehen.« Auf Bobbys Gesicht spiegelte sich dieselbe namenlose Furcht. Er wollte das Ende der Jagd nicht mitansehen, und dennoch blieb er wie angewurzelt auf dem Baumstamm sitzen.

Tommy gab keine Antwort. Das Unterholz auf der gegenüberliegenden Uferseite zitterte, als rollte eine unsichtbare Welle heran. Das Gebell der Hunde übertönte das friedliche Rauschen des Wassers unter dem Baumstamm. Insgeheim dachte er, er würde dem fliehenden Waschbären alles Gute für seine Flucht wünschen, wenn er durchs Unterholz brach! Er mochte die unsichtbaren Männer nicht, die zu so abscheulichen Worten gehörten! Er hatte solche Reden von den Männern in den Ölstädten gehört – wilde, wahnwitzige Reden voll Begierde, irgend jemand oder irgend etwas wehzutun. Die meisten dieser Männer waren betrunken gewesen. Aber diese Männer hier, die Jäger, waren auf andere Weise berauscht.

»Komm schon!« Bobby zog ihn von neuem am Ärmel. »Sie kommen hierher!« Plötzlich war ihnen zumute, als wären sie diejenigen, die gejagt wurden.

Welcher Mensch, welches Tier wäre nicht vor solchen Männern und Hunden geflohen?

»Ich muß es sehen.« Tommy wand sich aus Bobbys Griff los. »Ich muß sehen, was hier geschieht!«

»Bitte«, sagte Bobby. Seine Sommersprossen zeichneten sich scharf von seiner Haut ab. »Komm, wir laufen nach Hause! Komm, wir –«

Das Unterholz teilte sich an einem Dutzend verschiedener Stellen am Rand des Baches. Das wilde Gekläff dauerte an, während eine Meute Jagdhunde zum Wasser hinunterrannte und schnüffelte und heulte und im Kreis herumrannte und in die Höhe sprang, das alles nur ein Dutzend Meter von der Stelle entfernt, wo Tommy und Bobby mit aufgerissenen Augen saßen. Ein rostfarbener Hund sprang ins Wasser und steckte seine lange Schnauze in die Strömung, als könnte er irgendwie die Fährte aufnehmen. Einer nach dem anderen brachen sie in ein dünnes Gewinsel aus, als sie die Spur bis zum Ufer des James Fork verfolgten und dann auf den umgestürzten Baumstamm zustürzten, als wollten sie hinaufspringen und Tommy und Bobby anstelle der Beute, die ihnen entgangen war, zerreißen. Die Jungen sprangen auf die Füße, als sechs fluchende Männer aus dem Gebüsch auftauchten.

Sie trugen Gewehre aller Art bei sich. Ihre Mäntel waren schmutzig von der Jagd, die Hutkrempen hingen über grimmige Gesichter herab.

»Sie haben die Spur verloren ...«

»Der Nigger kann doch nirgends mehr hinrennen!«

»Die Hunde werden die Spur auf der anderen Bachseite wiederfinden!«

»Ich schieß diesem Nigger den Schädel von den Schultern, wenn ich ihn ...«

Sie riefen ihre Hunde beim Namen und kletterten die Uferböschung hinunter. Erst jetzt entdeckten sie Bobby und Tommy auf dem Baumstamm.

»Seht mal! Die beiden Jungen da!«

»He, ihr da! Jungs! Habt ihr ihn hier vorbeirennen sehen? Hat er den Bach hier überquert?«

Tommy entdeckte den Sheriffstern auf dem Mantel des größten Mannes in der Gruppe.

»Nein, Sir, wir haben keinen Waschbären gesehen«, antwortete er ernsthaft.

Der Sheriff wandte sich an ihn. »Wir reden von einem schwarzen Nigger, Jungs.« Die Hunde scharrten immer noch im Schlamm herum und suchten nach der Fährte. »Ist beim Straßenbau abgehauen. Hatte Fußeisen an den Beinen. Deshalb konnte er den Bach nicht durchschwimmen. Er muß ihn hier überquert haben.« Er deutete genau auf die Stelle, wo die Jungen standen. Bobby klammerte sich von neuem an den Mantel seines Bruders, aber Tommy kümmerte sich nicht um ihn. Der Sheriff rief einen großen roten Hund zu sich.

»Komm her da, Grandee. Rauf da.« Der Hund sprang auf die Baumstamm-Brücke und beschnüffelte die Jungen. Sie wichen vor der prüfenden Nase zurück und mußten acht haben, daß sie nicht ins Wasser fielen. Der Sheriff sprang auf den Baumstamm und ging mühelos bis zur Mitte hinaus. Er spähte hinunter in das tiefe, rasch fließende Wasser. »Habt ihr gehört, was ich euch gefragt habe, Jungs? Habt ihr einen Nigger hier vorbeirennen sehen?«

»Nein, Sir«, antwortete Tommy, während er den Hund argwöhnisch im Auge behielt. Das also hatten sie mit ihren Zurufen gemeint! Es war gar nicht von einem Waschbären die Rede gewesen, sondern von einem Mann! Einem schwarzen Mann in Fußeisen! Tommy war froh, daß sie nichts dergleichen gesehen hatten.

»Wo wohnt ihr Jungs denn?« Die Augen der Sheriffs waren so kalt und grau wie der Novemberhimmel. Die meisten Backenzähne fehlten ihm, so daß seine Wangen eingefallen waren. Er hatte einen Bart, wie Pa ihn gehabt hatte, als er einmal drei Tage krank gewesen war und sich nicht rasiert hatte. Und er roch nach ranzigem Schweiß und kaltem Tabakrauch.

»Dort drüben.« Tommy deutete auf die Birken hinter ihrem Rücken.

»Dann verschwindet wieder dorthin!« schnauzte er sie an. »Hier rennt ein Kannibale von einem Nigger frei herum! Hat sich in der ganzen Gegend herumgetrieben. Haut schon ab, bevor er euch sieht und auf die Idee kommt, euch zum Abendessen zu fressen! Vorwärts!«

Tommy kam aus seiner Benommenheit zu sich und riß den Blick von dem roten Hund los. Seine Augen wanderten zum Gesicht des Sheriffs hinüber und dann zu der Gruppe von Männern und Hunden, die die Uferböschung des Baches absuchten. Schaudernd stieß er Bobby an und bedeutete ihm, zu ihrem eigenen Ufer zurückzukehren.

»Grandee hätte seinen schwarzen Balg gerochen, wenn er hier den Bach überquert hätte«, rief der Sheriff seinen Männern zu. »Hier ist der nicht vorbeigekommen. An der Nase kommt keiner vorüber.«

»Wenn er durch den Fluß geschwommen ist, ist er tot! Niemand schafft es, den James Fork um diese Jahreszeit mit Eisen an den Knöcheln zu durchschwimmen!«

»Clem, du gehst mit deinen Hunden dort rauf!« befahl der Sheriff. »Jones, wir beide gehen flußabwärts und nehmen Grandee mit. Das ist doch ein gerissener schwarzer Bock! Vielleicht ist er ein Stück weit durch den Bach gewatet und dann wieder querfeldein gelaufen.«

Die zornigen, fluchenden Stimmen und das Gewinsel der Hunde folgten Bobby und Tommy auf ihrem Rückweg durch das

Dattelpflaumengebüsch und die Reihe der Birken, bis der Lärm schließlich zu Gesprächsfetzen verblaßte, die der Wind dann und wann herantrug.

Die Jungen rannten über Felder und Wiesen bis zu der Stelle, wo die Straße wieder zum Haus hinauf anstieg. Tommy schloß die Hand um eine Latte des Staketenzaunes und starrte zu der Stelle hinüber, wo die Jäger sich jetzt befanden. Bobby gegenüber wollte er es nicht zugeben, aber er empfand Mitleid mit dem Mann, den sie jagten. Den Männern machte das, was sie zu tun hatten, allzuviel Vergnügen, fand er.

»Wir sollten Pa und Ma lieber nicht erzählen, was wir gesehen haben«, sagte Bobby. »Sie würden uns nicht mehr erlauben, zum Bach runterzugehen, wenn sie es wüßten.«

Tommy biß sich auf die Lippen und bedachte, was sein Bruder da gesagt hatte. Manchmal hatte Bobby richtig gute Ideen, auch wenn er erst siebeneinhalb Jahre alt war. Die Entscheidungen mußte jedoch Tommy, mit seinen neun Jahren der Ältere, treffen.

»Sie werden es rausfinden.««

»Aber angenommen, dieser Häftling ist ein Kan ... ein Kani ...«

»Kannibale.«

»Was heißt das, Tommy?«

»Das heißt, daß er Menschen frißt.«

Bobby preßte die Hand an die Kehle und blickte sich um. »Das können wir Ma nie im Leben erzählen! Sie würde uns sofort ins Auto packen und wusch – wären wir schon wieder oben in Oklahoma und würden in einem Zelt leben. Ich bin dafür, daß wir kein Wort sagen.«

»Du hast den Sheriff doch gehört. Er ist tot. Hat versucht, den Fluß mit Eisenketten an den Füßen zu durchschwimmen.« Er hob das Kinn ein wenig an, als er sich diesen verzweifelten Todeskampf vorstellte. Kannibale oder nicht, der Mann tat ihm immer noch leid. Niemand kümmerte es, ob er tot war. Es schien sogar, als hofften sie darauf. Selbst wenn er nicht ertrunken war, war er so gut wie tot. Der Sheriff würde ihn erschießen, sobald er auch nur einen Blick auf ihn warf, und die Hunde würden ihn in Stücke reißen. Die Sache war erledigt. Hatte keinen Sinn, Ma furchtbar aufzuregen. »Wir sollten den Mund halten«, sagte Tommy entschlossen. Und sie gaben einander die Hand darauf.

* * *

»HEDA BIRCH!« Die Küchentüre flog auf und die Stimme von J.D.Froelich platzte ins Haus, ohne eine Einladung abzuwarten. »BIRCH, MEIN JUNGE!«

Trudy preßte die Lippen zu einer schmalen, zornigen Linie zusammen, während sie feuchte Kleidungsstücke auf Wäscheleinen hängte, die kreuz und quer durch das Vorderzimmer gespannt waren. Sie schloß die Augen einen Moment lang, als J.D. ins Haus stürmte, als gehörte es ihm. Trudy wußte, daß sie zu Birchs Cousin nicht nur höflich, sondern sogar liebenswürdig sein mußte. Ihr war weder nach dem einen noch nach dem anderen zumute.

»Ich bin im Vorderzimmer«, rief sie, während sie Tommys Jacke auf die Wäscheleine hängte.

»Vorderzimmer!« röhrte J.D. »Sieht mehr nach einer chinesischen Wäscherei aus! Du meine Güte! Bin bloß froh, daß Birchs Mama den Sauhaufen hier nicht mehr erleben mußte!« Er spähte an Bobbys langen Unterhosen vorbei zu Trudy herüber. »Die Frau, die konnte eine ordentliche Wirtschaft führen!«

Trudy schaffte es, das Gesicht zu einem geduldigen Lächeln zu verziehen. Sie widerstand dem Drang, einfach zu sagen, daß niemand eine ordentliche Wirtschaft führen konnte, wenn ein Schwarm Geier alles davonschleppte, was nicht niet- und nagelfest war. »Birch ist draußen ... in der Scheune.«

»Was macht er denn dort draußen? Hat er das Neueste schon gehört?« Dabei hielt er sein Gewehr in die Höhe, damit Trudy es sehen konnte.

»Er macht Inventur.«

»Inventur?« J.D. kratzte seine Knollennase und zupfte an seiner Strickmütze. »Wovon macht er denn Inventur?«

»Von *nichts*«, antwortete Trudy mit solcher Schärfe, daß J.D. überrascht die Augenbrauen hochzog.

»Nun ja, Mrs. Trudy ... nun ja ...« Er hob von neuem das Gewehr. »Da habt ihr ja vielleicht noch Glück gehabt, daß es da draußen nichts zu stehlen gibt, sonst wärt ihr vielleicht nach Hause gekommen und hättet feststellen müssen, daß die Scheune leer ist.«

»Die Scheune *ist* leer.« Sie langte um J.D. herum, um ein feuchtes Hemd aus dem Wäschekorb zu nehmen.

»Ich meinte, man könnte euch das letzte Hemd klauen.«

Trudy machte keine Bemerkung darüber, daß das offensichtlich schon vor ihrer Ankunft hier geschehen war. »Ja, ich verstehe.« Die Wäscheklammern schlossen sich um Wäscheleine und Tuch, während Trudy darüber nachdachte, wie gerne sie J.D. eine solche Wäscheklammer auf den Mund gesetzt hätte. »Birch macht eine Liste von allem, was uns *jetzt* niemand mehr klauen kann.« J.D. schwieg. Hatte er deutlich verstanden, was sie damit sagen wollte? »Er ist draußen in der Scheune.«

J.D. machte keine Anstalten, hinauszugehen. Er lehnte sein Gewehr an die Wand und wärmte sich die Hände am Campingofen. »Nun, ich bin vorbeigekommen, um ihn zu warnen.« Er rieb sich die Hände, als wasche er sie in der Wärme des Ofens.

»Warnen?« Es war zu spät, Birch vor skrupellosen Verwandten zu warnen, dachte Trudy. Aber sie hielt den Mund.

»Da ist ein Nigger, der vor ein paar Tagen aus dem Gefängnis entflohen ist. Sie nehmen an, er sei da unten im Bach ersoffen, aber bevor sie den Kadaver nicht gefunden haben, wissen sie's nicht mit Sicherheit.«

Trudy preßte ein Unterhöschen an die Brust, während sie über J.D.s Worte nachdachte und dann darüber, was für ein vulgäres kleines Mannsbild J.D. doch war. Kaum zu glauben, daß er mit Birch in irgendeiner Weise verwandt war! Sie würde die Schlösser an den Türen auswechseln lassen, nicht wegen eines entflohenen Häftlings, sondern weil sie es nicht ertragen konnte, daß J.D. jederzeit hereinmarschierte, ohne auch nur »Ist's gestattet?« zu fragen. »Was hat der Mann denn verbrochen?«

»Hab ich doch gesagt. Er ist aus dem Gefängnis entflohen.« J.D. sah verärgert aus.

»Ist er ein Mörder?« Sie wandte sich wieder ihrer Arbeit zu.

»Wenn er ein Mörder wäre, hätten sie ihn längst gehängt. Die lassen keinen Niggermörder bei den Kettensträflingen arbeiten.«

Er ärgerte sich über die Frage. Woher sollte er denn wissen, warum der Mann im Gefängnis gewesen war?

»Ist er gefährlich?«

»Verzweifelt, nehme ich an. Seit fast zehn Tagen ist er jetzt auf der Flucht. Halb verhungert vermutlich – das heißt, wenn er nicht doch im James Fork ersoffen ist. Habt ihr die Hunde nicht gehört?« Seine Augen glitzerten, als er davon erzählte. »Die Polizisten haben den Fluß auf beiden Seiten abgesucht. Sie sind ihm so nah gekommen wie nie zuvor, habe ich gehört. Seine Fußspuren haben direkt ins Wasser geführt. Sie haben Blut am Ufer gefunden. Und weder Fußtapfen noch Blutspuren sind irgendwo am Ufer wieder aufgetaucht.«

»Blut? War er denn verwundet?«

»Fußeisen. Mit denen kommt einer nicht weit, ohne daß sie ihm tief in die Knöchel schneiden. Das macht ihn langsam, so daß ihn die Hunde leicht zu fassen kriegen. Aber dieser Kerl ist im Wasser verschwunden, und die Hunde finden keine Spur mehr von ihm.« J.D. starrte stirnrunzelnd seine Waffe an. »Und der Kadaver wird auch nicht mehr hochkommen, nehme ich an. Die Fußeisen werden ihn unten am Grund des Flusses festhalten, wie die Schnapsschmuggler in Chicago, die sie mit einzementierten Füßen ins Wasser werfen.«

Trudy ging zur Türe und rief nach Birch. Sie wollte nichts mehr hören. Nicht heute. Sie hielt J.D. die Türe auf, aber er rührte sich nicht. Dann sagte sie mit leiser Stimme zu ihm: »Du findest das alles sehr erregend, J.D., nicht wahr?« Er hörte die Mißbilligung in ihrer Stimme nicht.

»Das ist es doch auch, oder etwa nicht?« Er lachte.

»Was willst du tun, wenn er nicht tot ist? Wenn er zu deinem Haus kommt?«

Er griff nach seinem Gewehr. »Dann haben sie einen Nigger weniger im Gefängnis, das kannst du mir glauben!« Er grinste voll Vorfreude, als er sich vorstellte, wie er sein Wild in die Enge trieb. »So was ist hier noch nie passiert. Sieh bloß zu, daß die Jungen nahe beim Haus bleiben! Birch hat doch ein Gewehr, oder?«

In diesem Augenblick betrat Birch das Haus und bückte sich unter der Wäscheleine. Sein Gesicht ließ noch erkennen, wie sehr ihn Trudys Mißvergnügen an diesem Morgen betroffen gemacht hatte. Er rang sich ein müdes Lächeln für seinen Cousin ab und warf Trudy dann einen Seitenblick zu. Ein Blick auf ihr Gesicht genügte, daß er J.D. den Arm um die Schulter legte und ihn auf die hintere Veranda hinausführte.

Trudy konnte Tommy und Bobby sehen, die Steine auf eine Zielscheibe in der Nähe des Hühnerhauses warfen. Ohne darüber nachzudenken, warum eigentlich, rief sie sie ins Haus, während Birch sich draußen mit leiser Stimme mit J.D. unterhielt. Erst als sie hereinkamen und vor ihr standen, wurde ihr plötzlich klar, daß sie weitaus weniger Angst vor einem entflohenen Häftling hatte als vor der Art und Weise, wie J.D.Froelich sprach und dachte. Sie wollte nicht, daß ihre Söhne mithörten, wie sehr er sich darauf freute, einen Menschen zu erschießen.

* * *

Die Nachricht, die Cousin J.D. gebracht hatte, machte dem Schweigeversprechen, das Tommy und Bobby einander gegeben hatten, ein Ende. In einem nicht enden wollenden Strom von Worten berichteten sie die ganze Geschichte von den Männern und den Hunden und dem flüchtigen Kannibalen. Wenigstens brauchten sie ihre Furcht jetzt nicht länger zu verbergen. Die Geschichte wurde ein ums andere Mal wiederholt, wie die Geschichten, die man sich am Lagerfeuer erzählt.

Die Türen des Hauses wurden in dieser Nacht fest verschlossen. Birch lag auf dem Rücken im Bett, seinen alten Colt-Revolver im Halfter an der Seite. Die Jungen waren längst eingeschlafen, nachdem sie sich einen Abend lang Gedanken über das Schicksal des Häftlings gemacht und sich angstvoll gefragt hatten, ob er nicht vielleicht aus den Gebüschen rund ums Haus hervorstürzen und sie als seine Geiseln davonschleppen würde. So oft sie an diesem Abend aufs Örtchen mußten, das sich hinter dem Haus im Freien befand, hatte Birch zu ihrem Schutz mitkommen müssen. »Wer nicht unbedingt muß, kommt unserem Kabäuschen sowieso nicht in die Nähe, Jungs«, sagte er, während er geduldig Wache stand. »Wenn er nicht im Bach ertrunken ist, wird er nicht hierherkommen, um am Gestank zu ersticken!« Trotzdem wollte niemand allein dort hinausgehen. Birch schauderte und stampfte vor Kälte mit den Füßen und fügte seiner Einkaufsliste in Gedanken einen Fünfzig-Pfund-Sack Löschkalk hinzu, den er in das hauseigene Plumpsklo hineinschütten wollte.

Birch hatte sich anscheinend keinerlei Gedanken über den entsprungenen Häfling gemacht. Bis zu dem Moment, wo er im Dunkeln neben Trudy im Bett lag.

»Bist du noch wach?« flüsterte Trudy.

»Mhm.«

»Warum?«

»Du stellst aber auch Fragen, Frau!«

»Er wird uns nichts tun.« Trudy tätschelte Birchs Brust.

»Ich hab meine Waffe.«

»Wir haben nichts, worauf irgend jemand aus sein könnte«, sagte Trudy entschieden. »Selbst wenn das Sparbuch gestohlen würde, kann niemand davon abheben außer dir.«

»Das macht mir keine Sorgen.«

»Was dann? Sie haben dich doch bereits bis aufs letzte Hemd ausgezogen – deine eigenen Verwandten.« Da! Jetzt hatte sie es laut und deutlich gesagt. »Wenn der Häftling hier vorbeikommt, sag ihm, er soll zu J.D. und Maybelle runterlaufen. Was er dann klaut, ist zweimal gestohlen worden, das ist alles.«

Birch lachte, als er über die Wahrheit in ihren Worten nachsann. »Ja. Und J.D würde obendrein seinen Spaß dran haben, auf jemand schießen zu dürfen.«

»Und das ist der Unterschied zwischen ihm und dir. J.D. lauert da drüben im Finstern und kann's nicht erwarten, daß der arme Kerl sich halbertrunken aus dem James Fork schleppt und ihm in die Nähe kommt, damit er ihn wie ein Sieb durchlöchern kann. Und du liegst da, hellwach, und betest, daß du nie in die Lage kommst, jemand erschießen zu müssen.«

»Da hast du wohl recht, True.« Er entspannte sich unter der Berührung ihrer sanften Hand. Sie küßte seine Wange, sein Ohr, seinen Nacken, und er wußte, daß sie ihm das Wettrennen mit der Rock Island-Lokomotive an diesem Morgen verziehen hatte. »Du hast immer recht.«

»Fast immer.« Ihre Lippen, die sich an sein Gesicht preßten, lächelten. »Außer wenn ich mal nicht recht habe.« Alles war vergeben. Er küßte sie und dachte nicht länger an seinen Cousin.

»Ich wüßte, was ich jetzt brauchen könnte, um besser einzuschlafen«, flüsterte er.

»Heiße Milch?«

»Wir haben doch keine Milchkuh.«

»Tja, dann müssen wir uns wohl etwas anderes einfallen lassen.«

# LETZTWILLIGE VERFÜGUNG

Mrs. Crowley hatte ihr Radio ins Haus gebracht, weil sie, wie sie sagte, öfter hier war als in ihrer eigenen winzigen Ein-Zimmer-Wohnung. In einem so hübschen Haus mußte es einfach ein Radio geben, sagte sie. Ohne Radio war es zu still darin.

David lag bäuchlings auf dem verschossenen, blumengemusterten Teppich vor dem riesigen altmodischen »Majestic«-Radio. Die Musik der Dixies Novelty Band machte ihm seine Rechenaufgaben leichter. Und Mrs. Crowley hatte recht; das Haus schien nicht so leer zu sein, wenn das Radio spielte. Die alte Haushälterin strickte und hing ihren eigenen Gedanken nach und lächelte zuweilen über eine längstvergangene Erinnerung.

Das alte Majestic-Gerät war längst nicht so nobel wie das Radio, das Davids Mutter letztes Jahr gekauft hatte. Nur drei Dollar in der Woche – soviel hatte seine Mutter dafür bezahlt, für ein brandneues Kellog Grid Radio mit perfekter Akustik!

Mrs. Crowleys Radio jaulte und winselte und verzerrte die Stimmen der Sänger und Komiker. Wenn atmosphärische Störungen auftraten, wackelte der Klang auf eine unbehagliche Weise. Aber es war immerhin etwas. Besser als die Stille, die die Abende erfüllte, seit Brian O'Halloran Mamas Radio verkauft hatte.

Warum sollte Brian auch Wert darauf legen, daß ein Radio im Hause war? Er war ohnehin kaum jemals zu Hause. Als David noch seine Mutter gehabt hatte, waren ihnen diese langen Perioden der Abwesenheit nur recht gewesen. Jeden Abend um sechs Uhr hatte sie den Börsenbericht im Radio aufgedreht und aufmerksam zugehört, während sie das Geschirr abwusch und David seine Hausaufgaben machte. Sie besaß keine Aktien, aber sie interessierte sich trotzdem dafür, was sich an der Börse tat. Ziemlich langweiliges Zeug, so erschien es jedenfalls David, aber sie hörte überaus aufmerksam zu, und manchmal hieß sie David ärgerlich, er solle still sein, wenn er sich in die neuesten Neuigkeiten über irgendeinen Ölbaron oder Konzernherrn einmischte. Waren ihre Lebensgeschichten nicht wie moderne Märchen? Arme Jungen wurden Millionäre und heirateten Mädchen aus fürstlichem Hause. Es war interessanter, als ins Kino zu gehen, sagte sie. Vermutlich die interessanteste Sendung im ganzen Radioprogramm.

David hörte nicht hin, bis um sieben Uhr die »Dixies Circus and Novelty Band« auf dem Programm stand. Dann lauschte er Harry und George und Littmanns Alleinunterhaltern ... Geschichten und Musik in einem durch, bis um Punkt neun Uhr die »Wahren Geschichten« an der Reihe waren. Das war immer das Zeichen gewesen, daß David ins Bett mußte. Er nahm sein Bad und schlüpfte ins Bett und wartete, bis die Wahren Geschichten vorbei waren. Dann kam seine Mutter herein und stopfte die Bettdecke um ihn fest und las ihm vor ... Sie war eine bessere Geschichtenerzählerin als das Radio. David sagte zu ihr, sie hätte leicht ein Star im Radio werden können, und sie hatte darüber gelacht und war rot geworden.

Es waren herrliche Tage gewesen, denn Brian war den Großteil der Zeit unterwegs gewesen. Selbst wenn Davids Stiefvater ein paar Tage lang nach Hause kam, um zu trinken und zu schlafen und Irene zu verprügeln, hatte David sich damit getröstet, daß alles bald wieder seinen normalen Gang gehen würde. Brian würde wieder fortfahren, und die Welt wäre wieder in Ordnung.

Dann wurde Irene O'Halloran krank, und Brian verkaufte das Radio. David hatte sich einen Teil seiner Lieblingsprogramme während der Besuchszeiten im Spital anhören können, aber die Abende zu Hause waren so still gewesen. Allzu still. Die alte Mrs. Crowley mußte dasselbe gedacht haben. Sie hatte sich Davids Leiterwagen ausgeborgt, und mit der Hilfe von David, Oink und Willie hatte sie das riesige alte Majestic eineinhalb Meilen hügelauf, hügelab gekarrt und es schließlich die Stiegen hinaufgeschleppt, ohne auch nur eine einzige Transmitterröhre zu zerbrechen! Selbst Brian O'Halloran war von dieser Leistung beeindruckt gewesen, als er heimkam. Wenn Mrs. Crowley außer Hörweite war, nannte er sie ein »klasse altes Mädchen«, aber wenn sie ihn hören konnte, nannte er sie »eine vernünftige Person«.

So standen die Dinge also. Dixies Novelty Band sandte ihre Saitenklänge über die Ätherwellen, obwohl ein Sturm im Anzug war. David konnte sich beinahe vorstellen, seine Mutter sei im Nebenzimmer. Beinahe.

Es klopfte an der Tür – im Rhythmus von »When the Saints go marching in«.

Mrs. Crowley blickte auf und spähte zu dem Spitzenvorhang hinüber, der die Glasscheiben der Haustüre bedeckte. David erkannte Pater Johannes' weißen Priesterkragen. Das unerwartete Auftauchen des Priesters erinnerte ihn daran, wie sehr sich die Dinge geändert hatten. Er machte seine Hausaufgaben, Musik spielte im Radio ... aber Davids Mutter war nicht da. Pater Johannes war bei David gewesen, als sie gestorben war, und nun brachte sein weißer Priesterkragen David mit einem Ruck in die nackte Wirklichkeit der Gegenwart zurück.

»Es ist der Geistliche.« Mrs. Crowley machte eine Bewegung, als wollte sie aufstehen, aber David war schneller.

»Ich gehe schon«, sagte er, als das Klopfen zum dritten Male erklang.

Pater Johannes lächelte, als David die Türe öffnete. Er berührte den Schirm von Davids Baseballmütze, zog sie spielerisch zur Seite und entblößte die dunkle Schwellung im Gesicht des Jungen.

»Guten Abend, David«, sagte er mit feierlicher Stimme. »Hast du dich herumgeprügelt?«

David schob verlegen seine Mütze zurecht und trat beiseite, damit der Priester eintreten konnte. »Nein, Sir«, antwortete er. Er wollte einen Priester nicht anlügen, aber er wußte nicht, ob er damit die Wahrheit sagte. Schließlich war Brian O'Halloran derjenige, der herumgeprügelt hatte, nicht David.

»Wo hast du dir denn das blaue Auge geholt?«

Mrs. Crowley stand auf und starrte David erstaunt an, »Ja! Wo denn?« Dann wandte sie sich an Pater Johannes. »Kommen Sie herein, Hochwürden. Ich ... wir haben eben Radio gehört.« Sie schaltete es ab und watschelte auf David zu, zog ihm die Mütze vom Kopf und betrachtete forschend sein Gesicht. »Und wann?«

»Ich bin von einem Baum runtergefallen«, log David. »Es ist nichts.« Er holte sich seine Mütze wieder und kehrte zu seinen Schulbüchern auf dem Boden zurück, während Mrs. Crowley sich mit Pater Johannes aufs netteste darüber unterhielt, wie schwierig es doch war, kleine Jungen zu beaufsichtigen und daß man sie nicht auf Schritt und Tritt im Auge behalten konnte, um aufzupassen, daß sie nichts anstellten.

Sie nahm den Hut des Priesters entgegen und eilte in die Küche, um den Teekessel aufzusetzen. Pater Johannes betrachtete neugierig das große alte Radio. »Deine Mutter erzählte mir, daß dein Stiefvater ... Brian heißt er doch, nicht wahr? daß er euer Radio verkaufte.«

»Dieses hier gehört Mrs. Crowley.« David nahm an, der Priester sei gekommen, um die alte Frau zu besuchen. Priester kamen schließlich nicht zu Kindern auf Besuch.

»Sie hat es hier ins Haus gebracht, nicht wahr?«

»Wir haben ihr geholfen, ich und Willie und Oink ... ich meine, Ralph Johnson. Brian sagt, Mrs. Crowley sei ein klasse altes Mädchen.«

Pater Johannes warf einen Blick zur Küchentüre hinüber. »Das ist sie auch. Du hast Glück, daß sie sich um dich kümmert.«

David gab keine Antwort. Er klopfte mit der Spitze der Füllfeder auf sein aufgeschlagenes Rechenbuch. Er hatte nicht das Gefühl, daß er Glück hatte. Absolut nicht. Manchmal dachte er sogar, daß er tadellos allein zurechtkäme. Sich selbst das Frühstück machte. Den Rest seines Lebens von Cornflakes und Erdnußbutter-Broten lebte. Mrs. Crowley war ganz okay, was alte Damen anging, aber das war auch schon alles.

»Kann sein, ja.« Er tat so, als studierte er aufmerksam die Multiplikationen. Mrs. Crowley klapperte mit den Tassen in der Küche. »Sie ist eine gute Haushälterin, hat meine Mutter gesagt.«

Pater Johannes räusperte sich. »Ja. Nun. Da dein Vater so viel unterwegs ist, ist es wohl schwierig für dich.«

David blickte zu dem Geistlichen auf. »Halb so schlimm.« Er wandte seine Aufmerksamkeit wieder dem Rechenbuch zu.

»Ich hab ja das Radio.« Wußte Pater Johannes, daß das Leben für David viel heiterer aussah, wenn Brian unterwegs war? Wußte er Bescheid, daß David gelogen hatte, wie er zu dem Veilchen am Auge gekommen war?

»David?« Pater Johannes beugte sich vor, und der Schaukelstuhl quietschte. »Komm einmal her, ja?«

David gehorchte. Er stand im Lichtkreis der Lampe. Er paßte sorgfältig auf, daß er nicht auf Mrs. Crowley's Strickkörbchen trat. Pater Johannes hob den Schirm der Baseballmütze an und blickte David in die Augen – blickte ihm lange und tief in die Augen. Nicht wie Mrs. Crowley, die den ganzen Tag herumgelaufen war, ohne den Bluterguß zu sehen. David wurde klar, daß Pater Johannes seine Lüge durchschaut hatte. Der Priester berührte Davids Wange mit dem Finger. »Sag mir, was geschehen ist.«

»Ich ...« David senkte den Kopf. Er wollte die Wahrheit nicht laut aussprechen. Es war, als könnte Brian O'Halloran ihn durch die Wände und über all die Meilen hinweg hören. »Ich hab mir das Gesicht angeschlagen ... als ich hingefallen bin.« Er log, wie er schon den ganzen Tag gelogen hatte. Nur daß diese Lüge ihm – anders als die Lüge, er würde aufs Dach klettern und sich von dort den Weltcup ansehen – keinen Spaß machte.

Pater Johannes nahm Davids kleine Hände in seine großen Hände. Er schob das Kinn ein wenig vor und verengte die Augen zu schmalen Schlitzen. Man sah ihm an, daß er nachdachte. Dann knöpfte er die Manschetten an Davids Hemd auf und schob den Ärmel hoch, bis die leuchtend violetten Striemen deutlich sichtbar wurden. Auf dem Unterarm zeichneten sich unverkennbar die Spuren von fünf Fingern ab, wo Brian David hochgerissen und zu Boden geschleudert hatte. Drei Striemen zogen sich kreuzweise über seinen Oberarm, und der kristallklare Abdruck einer Gürtelschnalle war unverkennbar.

»David ...« Pater Johannes zog den Ärmel rasch wieder herunter, als könnte er es nicht ertragen, noch mehr zu sehen. Er umarmte den Jungen, der unter seiner Berührung erstarrte.

»Er hat mich nicht zum Weinen gebracht.« David spie die Worte förmlich hervor. »Er hat es nicht geschafft! Ich hab ihm gesagt, er solle mich doch umbringen. Aber ich habe nicht geweint.«

Pater Johannes' Augen waren feucht hinter seinen Brillengläsern. Seine großen braunen Augen leuchteten traurig, als er ihn anblickte, wie Irene ihn in den letzten Stunden ihres Lebens angeblickt hatte.

»Das habe ich befürchtet. Deine Mutter ... sagte mir bereits, er sei ...«

»Das nützt mir jetzt nichts mehr, oder?« David wand sich aus der Umarmung los. Was hatte das alles für einen Sinn? »Wenn Sie ihm sagen, daß ich ihn verpfiffen habe, wird's das nächstemal doppelt schlimm, und dann wird er einfach umziehen. Wird mich irgendwo hin bringen, wo uns niemand kennt. Genauso, wie er's mit Mama gemacht hat.«

Pater Johannes atmete tief ein. »Ja, auch darüber weiß ich Bescheid. David? Deine Mutter hat Vorsorge für dich getroffen ... eine Bitte an die Kirche, um es genau zu sagen. Sie hat mich gebeten, daß die Kirche dich in ihre Obhut nimmt. Verstehst du mich?«

»Sie meinen, wie irgend so'ne Waise?« Davids Stimme war ausdruckslos. Er blickte auf seine Schuhspitzen nieder und dachte daran, wie er in der Schule Murmeln gespielt hatte. Er dachte an Oink und Willie und die anderen Jungen und daran, daß er eben erst Freunde gefunden hatte und nun wiederum ganz von vorne anfangen mußte.

»Ich habe bereits mit Mr. O'Halloran gesprochen.«

»Brian?«

»Er ist einverstanden.«

»Das hätte ich mir denken können.«

»Er findet auch, du wärst bei uns besser aufgehoben als bei ...« Er machte eine Handbewegung, die den fast leeren Raum umfaßte. Sein Blick blieb an dem Radio hängen.

David spürte, wie ihm die Angst die Kehle zuschnürte. »Ich komme gut aus mit Mrs. Crowley.«

»Mrs. Crowley ist mit der Entscheidung ebenfalls einverstanden ...«

»Sie weiß davon?« Kein Wunder, daß sie keinen Krach geschlagen hatte, weil er seine Mütze im Haus trug! Dieser alte Feigling! Sie hatte die ganze Zeit gewußt, daß sie ihn ins Waisenhaus sperren würden! Kein Wunder, daß sie den ganzen Tag kein Wort geredet hatte und sich jetzt in der Küche versteckte!

»Sie ist eine alte Frau. Sie ist nicht einmal verwandt mit dir. Welche Möglichkeiten gäbe es sonst noch? Du kannst nicht ewig in der Obhut einer Haushälterin leben.« Wieder hob sich der Finger und berührte den Rand des Blutergusses. »Und da ist das hier, David. Du möchtest doch nicht damit leben, David, oder?«

»Ich will meine Mama!« schrie David und wich gegen das Radio zurück. »Das ist alles, was ich will!«

Pater Johannes wischte sich den Schweiß von der Stirn und schüttelte langsam den Kopf. »Ja, Junge, das weiß ich. Und sie wußte es auch. Und sie hat dich den Händen der Kirche anvertraut, weil sie wußte, daß ihre eigenen Hände dich nicht mehr erreichen können. Sie kann dir jetzt nicht mehr helfen.«

Seine Stimme klang beruhigend, und David fühlte sich plötzlich sehr müde.

»Meine Freunde! Was soll aus der Schule werden? Mir geht's gut. Mir geht's richtig gut, das können Sie mir glauben. Ich falle auch niemandem zur Last.« Das Geklapper in der Küche schwieg still und David wußte, daß Mrs. Crowley lauschte. Würde sie später in der Nachbarschaft über ihn klatschen? Würde sie Willie und Oink auf dem Marktplatz begegnen und ihnen erzählen, wie er gebettelt hatte? Bei dem Gedanken rann es ihm kalt über den Rükken. Er blickte an Pater Johannes vorbei zur Küchentüre.

»Wann muß ich weg von hier?«

»Wir dachten, du könntest diese Woche noch in deiner alten Schule abschließen.« Pater Johannes schien erleichtert, als er sich so plötzlich in sein Schicksal ergab. »Sag deinen alten Schulfreunden Lebewohl. Sag ihnen, wo du in Zukunft wohnen wirst und schreib dir ihre Adressen auf, wenn du willst, damit du ihnen Briefe schreiben kannst.«

David nickte. Alles war längst vorbereitet. Alles war fix. »Ja, werd' ich machen. Okay.« Die Zeiger der Wanduhr rückten auf neun Uhr zu. Es war Zeit für die »Wahren Geschichten« im Radio. Zeit für David, ins Bett zu gehen und zu warten ... auf eine, die niemals mehr ins Zimmer treten würde, um ihm gute Nacht zu sagen.

* * *

Entscheidungen mußten getroffen werden. Schreckliche Entscheidungen. Was sollte er in das Kinderheim mitnehmen und was mußte zurückbleiben?

Was David anging, so mußten diese Entscheidungen danach getroffen werden, wieviel in die kleine Metallkassette paßte, die Pater Johannes im Haus zurückgelassen hatte. Jeder Junge im Heim hatte seine eigene Kassette, in der eine ganze Welt an persönlichen Besitztümern untergebracht werden mußte. Die Kassetten ließen sich mühelos unter die eisernen Bettgestelle in den Schlafsälen schieben, in denen je vierundzwanzig Jungen schliefen. Es gab keinen zusätzlichen Platz für unnützes Spielzeug oder die Erinnerungsstücke, die David sorgfältig auf seiner Kommode aufgereiht hatte. Sein Baseballschläger paßte gerade noch in die Kassette. Sein Baseballhandschuh und der Ball nahmen den Platz eines Pullovers ein, den seine Mutter für ihn gestrickt hatte. Und dann saß er auf dem Fußboden seines Schlafzimmers und hielt den Pullover in Händen, während er an die Bewegungen ihrer Hände und das Klappern der Stricknadeln dachte. Der Baseball-Handschuh mußte wieder hinaus, und der Pullover wurde sorgfältig eingepackt. Die Bücher, die sie ihm vorgelesen hatte, bedeckten den Boden der Kassette wie ein unebener Estrich. All die Bücher von L.Frank Baum über ein wunderbares Land namens Oz. Dorothy und der Feige Löwe und der Blechmann grinsten unter seinem kleinen Stapel von Schätzen. Er stellte sein gußeisernes Miniaturmodell eines Model T-Ford beiseite und packte statt dessen Mutters dickleibige Ausgabe von *Große Erwartungen* ein. Sie hatte versprochen, David das Buch vorzulesen, sobald sie wieder gesund war ... *Sie hatte es versprochen!*

Mrs. Crowley war auf den Markt gegangen. Sie wollte Bitterschokolade kaufen, um ihm einen Abschiedskuchen zu backen. David wußte, daß die alte Frau sich schuldig fühlte, weil sie die ganze Zeit über das Kinderheim und die kleinen Eisenbetten und die Kassetten Bescheid gewußt hatte. Sie hatte sich gestellt, als wäre alles in Ordnung, als würde David immerzu sein altes vertrautes Zimmer für sich haben und nichts würde sich ändern, obwohl seine Mutter gestorben war. Ihr Verhalten war eine einzige Lüge gewesen, aber David brachte es nicht fertig, ihr böse zu sein, war er doch selbst ein Lügner.

Er hatte den Jungen in der Schule noch immer nichts davon erzählt, daß er am kommenden Montag nicht mehr in die Schule kommen würde. Der arme Oink rannte immer noch schnaufend auf dem Spielplatz herum und schwatzte davon, wie er und David auf ein Dach klettern und sich den Weltcup von oben ansehen würden. David dachte, es wäre wohl das Beste, ihn in diesem Glauben zu lassen, bis David sich ganz plötzlich in Luft auflöste und der Traum mit ihm.

Er starrte seinen Baseballschläger an. Vielleicht sollte er einen Zettel darankleben. *Ich, David, hinterlasse diesen Schläger Ralph Johnson, auch als Oink bekannt ...*

Das war eine gute Idee. Seine Augen glitten über das Durcheinander seiner Besitztümer. Er wählte in Gedanken die besten Stücke aus und überlegte, welcher seiner Freunde sie wohl gerne haben würde. Das war wenigstens etwas, was er für sie tun konnte. Er konnte alle seine Automodelle, seine Drachen und seine Briefmarkensammlung in einer Reihe auflegen und einen Zettel darankleben, so daß jedes Stück in die Hände gelangen sollte, die er auswählte. Irgendwie fühlte er sich besser, nachdem er diese Entscheidung getroffen hatte.

Draußen wurde es langsam dunkel. Er schaltete die Lampe ein und ging dann in das Zimmer, das seiner Mutter gehört hatte. Niemand hatte hier drin geschlafen, seit sie gestorben war. Brian öffnete niemals die Türe; Brian schlief auf der Couch, wenn er im Hause war. Mrs. Crowley machte sich nicht einmal die Mühe, darin Staub zu wischen. Die Besitztümer seiner Mutter standen alle noch an ihrem ursprünglichen Ort, genau so, wie sie sie zurückgelassen hatte. Nur sie selbst hatte man in eine Kiste gestopft und in der Erde vergraben ...

David zog die oberste Lade der Kommode seiner Mutter auf und der Duft von Parfüm erfüllte den Raum ... süß und sauber duftend wie sie selbst.

Er schloß die Augen und legte seine Hand auf die säuberlich gefalteten Stapel von Slips und Unterhemdchen und pastellfarbenen Baumwollblusen, die sie den ganzen Sommer über getragen hatte. Fast hatte er den Eindruck, sie selbst zu berühren, und er fragte sich, warum er das nie zuvor getan hatte.

Auf dem Frisiertischchen lag ein gehäkeltes Zierdeckchen, das – wie sie sagte – ihre Großmutter in Irland angefertigt hatte. Sie hatte das kleine Ding geliebt. Es war das einzige, was sie von ihrer Großmutter geerbt hatte, und sie hatte ihre Freude daran gehabt. Auf dem Zierdeckchen lagen eine perlmutterne Bürste, ein Kamm und ein dazupassender Spiegel. Daneben stand ein kleines herzförmiges Parfümfläschchen aus Kristall, immer noch halb voll. David hob es auf und drückte auf den Zerstäuber, so daß ein Wölkchen des Parfüms seiner Mutter in den Raum schwebte. Der Duft, der so zart in ihren Kleidern gehangen hatte, umnebelte ihm jetzt die Sinne. »Mama«, hauchte er. Er schloß die Augen und atmete tief ihren Duft ein. Sanft stellte er das Fläschchen auf das Zierdeckchen zurück.

Waren da noch andere Schätze in der dunklen Mahagonikommode verborgen? David zog die zweite Lade auf: gefaltete Röcke. Die dritte: Pullover und drei Blusen mit langen Ärmeln, die sie getragen hatte, als sie noch Lehrerin und wunderschön gewesen war. Beim Anblick dieser Kleidungsstücke fiel David alles wieder ein, als säße er im Kino und sähe die Ereignisse auf der Leinwand ablaufen. Er schloß widerwillig die Lade und zog dann die unterste Lade heraus.

Ein Durcheinander von Fotoalben und mit Bändern verschnürter Schuhschachteln füllte diese Schublade. David ließ sich zu Boden sinken und saß mit untergeschlagenen Beinen vor all dem Kram. Er öffnete den abgegriffenen Deckel eines schweren schwarzen Fotoalbums und sah sein eigenes Babygesicht ihm entgegenlächeln, mit der Bildunterschrift *Davey – 9 Monate alt. Es muß eine Million von diesen Bildern geben,* dachte er, während er langsam die Seiten umblätterte. Seine Mutter hatte andauernd Schnappschüsse gemacht; ständig hatte sie ihm zugerufen, er sollte stillstehen und lächeln.

Hinter jedem Foto, das ihn zeigte, stand der Befehl seiner Mutter, zu lächeln. *Lächle, Davey* ..! Er lächelte, als er sich daran erinnerte. Das Album trug ihn zurück nach New Jersey – Atlantic

City, am Strand ... sie hatten Sandburgen gebaut ... er hatte sich einen Sonnenbrand geholt und die ganze Nacht geweint, so daß seine Mutter ihn mit Teesäckchen bepflasterte, um die Schmerzen zu lindern. Dann Baltimore, in Großmutters Wohnung, bevor sie vor zwei Jahren gestorben war ... Onkel Bob, bevor er mit der Handelsmarine zur See ging.

Und dann war da *die alte Nachbarschaft*, wie seine Mutter sie immer genannt hatte. Die Bilder glitten zurück in die Zeit vor seiner Geburt. Die Handschrift wechselte zu der von Davids Großmutter, und die Bildunterschriften begannen jetzt alle mit dem namen IRENE ... *Irene ... 19 Jahre alt ...* so jung und so hübsch in ihrem altmodischen Kleid mit dem hohen Kragen. Irene in Coney Island, wie sie einen Hot Dog aß! Ach, die Geschichten, die sie ihm von Coney Island erzählt hatte!

David bemerkte, daß stellenweise Fotos aus dem alten Album entfernt worden waren. Leere schwarze Vierecke, um die herum das Papier verblichen war. Das waren die Bilder, aus denen einst das Gesicht seines Vaters ... seines wirklichen Vaters ... lächelnd herausgeblickt hatte.

David hatte niemals ein Foto seines Vaters gesehen. Seine Mutter sagte ihm, Max sei gestorben. Aber Brian O'Halloran hatte gesagt, er hätte Irene einfach verlassen ... sie mit David alleingelassen.

Mit einem Schauder schloß David das Buch. Er zeichnete mit dem Finger die goldene Schrift auf dem Deckel nach. FAMILIEN-ERINNERUNGEN. Was würde jetzt aus diesem Buch werden? Es war keine Familie mehr da, der diese Gesichter irgend etwas bedeutet hätten. Nur noch David war da, um sie liebevoll zu betrachten. Er krauste die Stirn und legte das Buch beiseite. Er würde in seiner winzigen Kassette dafür Platz schaffen. Selbst wenn er seinen Louisville Slugger-Baseballschläger an Oink verschenken müßte – er würde es schaffen, das Fotoalbum in seiner Schachtel unterzubringen.

»Was sonst noch ...?« Er holte eine abgegriffene Schuhschachtel hervor und stellte sie auf seinen Schoß. Als er an der Verschnürung zog, fiel der Deckel herunter und enthüllte Briefe in Umschlägen, die vom Alter vergilbt und vom häufigen Lesen voll

Eselsohren waren. Im ersten Augenblick sog er scharf die Luft ein vor Entzücken, als er entdeckte, daß die Briefmarken nicht amerikanischen Ursprungs waren, sondern aus dem weit entfernten Frankreich stammten. Und mit Poststempeln aus Paris, Nizza und Marseilles. Ein jäher Schmerz durchfuhr ihn bei dem Gedanken daran, wie seine Mutter ihm beigebracht hatte, auf Dinge wie Poststempel und Datumsstempel zu achten, um ungewöhnliche Briefmarken für seine Sammlung ausfindig zu machen. Dann wanderten seine Augen von den Poststempeln zu dem sauber geschriebenen Namen des Absenders. MAX MEYER.

»Max ...« flüsterte David. Er berührte die Tinte, als wollte er sichergehen, daß er nicht einer Täuschung erlag. Sein Vater ... sein wirklicher Vater ... hatte Max geheißen. *Max Meyer.* David hatte den Namen gehört, aber jetzt sah er ihn zum erstenmal geschrieben. Vielleicht war er auch zum ersten Mal alt genug, ihn in lateinischer Schrift lesen zu können. Hatte er seine Mutter nicht in dieser Lade herumstöbern sehen? Das Briefbündel war die ganze Zeit hiergewesen! Ja! Aber bislang hatte es ihn nicht im geringsten interessiert. Und im Gegensatz zu ihren kostbaren Büchern hatte seine Mutter ihm nie angeboten, ihm die Briefe seines Vaters vorzulesen.

Dutzende von Briefen befanden sich in der Schuhschachtel. Dutzende von Briefumschlägen, von denen jeder etwas enthielt, das sein wirklicher Vater seiner Mutter geschrieben hatte. Wie sollte David nur den Platz schaffen, um sie alle mitzunehmen?

Die Hintertüre der Küche wurde aufgestoßen und dann wieder geschlossen. »DAVID!« rief Mrs. Crowley, noch außer Atem. *»Ich bin wieder da! Sie hatten keine Schokolade mehr, aber ich kann dir einen Vanillepudding machen, wenn du ...«* Sie trottete den Korridor entlang und spähte in sein Zimmer. »David? Wo steckst du?«

Er gab keine Antwort. Er stopfte die Briefe in die Schuhschachtel zurück und zwängte das Album in die Lade, die er rasch schloß, bevor die alte Frau den Kopf zur Türe hereinsteckte.

Sie schnüffelte. »Warst du am Parfüm deiner Mama dran?« Sie betrachtete ihn ohne jede Mißbilligung. In ihrer Stimme schwang Mitleid mit. »Naja dann.« Sie runzelte die Stirn und nickte. »Du hast wohl das Recht dazu. Sie war schließlich deine Mama.«

»Was ... was wird mit Mutters Sachen geschehen?« David blieb auf dem Fußboden sitzen.

»Ich nehme an ... Mr. O'Halloran wird irgend etwas mit ihnen machen. Mich geht das nichts an, solange er mich nicht bittet, ihm zu helfen.«

»Meine Kinderfotos?«

»Die gehören dir. Nimm sie dir, wenn's dir Spaß macht. Er wird sie kaum vermissen, nehme ich an.«

David hatte bereits geplant, das Album mitzunehmen. Und die Briefe. Und das Zierdeckchen, das seine Mutter so gern gehabt hatte, und vielleicht sogar ihr Frisierzeug und den Rest ihres Parfüms. Sein eigener Kram erschien ihm wenig bedeutungsvoll im Vergleich zu den Dingen, die seine Mutter als besondere Familienschätze betrachtet hatte. Vielleicht konnte er auf dem Weg zum Kinderheim zwei Paar Hosen übereinander anziehen, anstatt kostbaren Raum in seiner Kassette für Kleidungsstücke zu verschwenden. Und wahrscheinlich wäre es eine gute Idee, Oink seinen Baseballschläger zu hinterlassen. Sie würden ja doch nicht gemeinsam zum Weltcup gehen, nicht wahr?

* * *

Das Telefon neben Max' Ellbogen schrillte. Er schenkte ihm keine Beachtung, bis er den Satz fertiggetippt hatte, an dem er gerade arbeitete, dann klemmte er den Hörer zwischen Schulter und Kinn. »Meyer«, sagte er, während er den eben geschriebenen Text überflog.

»Maxie«, sagte die fröhliche Stimme Harry Beadles. »Wirst du heute beim Mittagessen der National Business Conference dabei sein?«

Max blickte zu einem Kalenderblatt hinüber, das mit Reißzwecken an der Wand über der Schreibmaschine befestigt war. »Um mir Roger Babson anzuhören, wie er jetzt das dritte Jahr hintereinander dieselbe Rede hält? Glaube ich nicht. Außerdem, Harry, warum kümmert dich das? Babson sieht die Zukunft ziemlich finster, genau wie ich. Kein blauäugiger Optimist wie du.«

»Ich und der Rest der Nation«, korrigierte Harry. »Aber ich weiß nicht recht, Max. Das Gerücht geht um, Babson hätte diesmal was Neues auf der Pfanne. Er hat seine Rede auch nicht im voraus ausgeschickt.«

Max hörte auf, seine Kolumne zu lesen, und hörte mit gesteigerter Aufmerksamkeit zu. Für gewöhnlich teilten die Redner mit beiden Händen Vorabdrucke ihrer Lieblingstheorien und abgedroschenen Kommentare aus. Wenn ein Wirtschaftsfachmann der Presse kein Redemanuskript schickte, dann bedeutete das, daß er seine Bemerkungen geheimhalten wollte, bis die von ihm ausgewählte Zielgruppe sie als erstes gehört hatte.

»Okay«, stimmte Max ihm zu. »Ich werde da sein.«

Babsons Rede war so langweilig, wie Max befürchtet hatte. Seine monotone Stimme belebte sich kein einziges Mal, während der kleine Professor von neuem die Gründe aufzählte, warum der Aktienboom nicht mehr viel länger anhalten konnte.

»Arbeiterfamilien verwenden ihr ganzes Einkommen darauf, Aktien zu kaufen, dann borgen sie mehr, als sie sich leisten können, und kaufen noch mehr Aktien. Die Leute im Ausland haben genau dasselbe getan. England, Frankreich, Deutschland ... nirgends kann die Wirtschaft dem ständigen Abfluß von Kapital auf den Aktienmarkt der Vereinigten Staaten durchstehen. Daher müssen – und werden – die Zinsen erhöht werden, und dann wird das Gold seine Bewegung umkehren und aus diesem Land und aus dem Börsenmarkt hinausfließen. Die Kurse werden fallen.«

Jemand in der Nähe von Max' Tisch ahmte ein Schnarchen nach. Max wußte, daß die Worte ihre Berechtigung hatten. Aber nachdem sich dieselben Äußerungen jetzt schon das dritte Jahr wiederholten, wurde weiterhin fleißig gekauft. Babson und diejenigen, die ihn ernst nahmen, standen wie Idioten da.

Die Rede ging weiter, wandte sich von den Ursachen des zu erwartenden Kursverfalls den Anzeichen für dessen baldiges Eintreten zu. »Die Stahlproduktion steigt weiter an, aber die Autokäufe stagnieren. Der Immobilienmarkt läuft auch nicht so recht. Die Leute kaufen nichts mehr. Was bedeutet das?«

»Es bedeutet«, knurrte ein Mann, dessen grauer Anzug sich nach allen Richtungen um seine verfettete Figur ausbeulte, »daß die Leute vernünftig sind. Sie benutzen ihre Lohntüten dazu, auf dem Börsenmarkt Geld zu machen, statt es zu verplempern.«

»Pst!« zischte Max.

Wenn Roger Babson die kritischen Bemerkungen gehört hatte, ließ er sich nichts davon anmerken; er fuhr in emotionslosem Tempo mit seinen Bemerkungen fort. »Wenn die Leute nichts mehr kaufen, worauf beruhen dann die Profite, auf denen die schrecklich überhöhten Aktienkurse aufbauen?«

»Unsinn«, murmelte der Stänkerer, lauter diesmal. »Die amerikanische Wirtschaft war niemals stärker als jetzt.« Ein allgemeines Gemurmel der Zustimmung durchsummte die Menge. Es war offenkundig, daß dieses Gerede von einem zaghaften Fehltritt auf dem Weg zu weltweitem Wohlstand nur wenig Unterstützung fand.

»Die Preise für landwirtschaftliche Produkte fallen.«

»Gut so«, rief der Stänkerer. »Dann kann ich wenigstens mehr Aktien kaufen, wenn ich bei Brot und Speck sparen kann.«

»Aber ...« Babson kam ins Stottern; er wußte nicht recht, wie er fortfahren sollte.

»Professor Babson?« rief Max plötzlich laut.

»Ja? Was gibt es?« Babson wirkte erleichtert, daß irgend jemand ihn mit Namen angesprochen hatte.

»Geben Sie uns etwas Handfestes. Wie tief werden die Aktien fallen?«

»Ja«, stimmte der Stänkerer zu. »Zeigen Sie doch mal Flagge, Mann. Wie schlimm wird es werden?« höhnte er.

Das Summen im Raum hielt an. Jedermann wußte, daß Wirtschaftsfachleute niemals klare Voraussagen machten. Babson würde zweifellos einen Weg finden, wie er sich der Verpflichtung entwinden konnte, sich festzulegen.

»Ich würde sagen, die Aktien werden um sechzig bis achtzig Punkte fallen.«

Eine Bewegung entstand vorne am Rednerpult und breitete sich nach allen Seiten aus. Anstelle einer Welle von Geräuschen breitete sich ein Vorhang des Schweigens über den Raum, als Babsons Worte den Zuhörern ins Bewußtsein drangen.

»Würden Sie das bitte noch einmal sagen?« drängte Max.

»Gewiß. Ein Verlust von fünfundzwanzig bis dreißig Prozent des Werts der führenden Aktien steht unmittelbar bevor.«

Max' Kolumne, die am folgenden Morgen in der *Times* erschien, war nur eine Stimme unter Hunderten. In der Associated Press erschien die Geschichte unter der Schlagzeile: *Führender Wirtschaftswissenschaftler sagt Kursverfall von sechzig bis achtzig Punkten voraus.*

# HOCHFINANZ

Der Text von Professor Babsons Rede wurde zwar im Radio gesendet und von Zeitungen im ganzen Land abgedruckt, aber in den Büroräumen der Petroleum Bank wurde er weitgehend ignoriert.

Die drei Betrüger waren viel zu beschäftigt damit, den Inhalt einer hochglänzenden, gläsernen Kuppel zu bewundern, die wie ein Altarschrein auf ihrem persönlichen Podest aus Eichenholz stand. Im Inneren der schimmernden Kugel befand sich ein frisch installierter Fernschreiber für die Börsennachrichten. Tell und Penner standen in ehrfürchtigem Schweigen neben dieser neuesten Neuigkeit auf dem Gebiet superschneller Börseninformationen, Anbeter vor dem Altar des Mammons.

Phelps inspizierte den aus Messing gefertigten Mechanismus im Inneren der Kugel und nickte dann Penner zu, ihn einzuschalten. Augenblicklich glitt ein dünnes weißes Papierband aus einem schmalen Schlitz in der Kugel, wand sich in Spiralen und bildete ein Häufchen auf dem dunklen Teppich.

»So!« sagte Phelps zufrieden. »Jetzt können wir die Entwicklung scharf im Auge behalten. Wir können Trends genauso schnell erkennen wie diese aalglatten New Yorker Spekulanten in ihren Modeanzügen!«

Penner hob das Ende des Papierstreifens vom Boden auf. »Sehen Sie hier, Mr. Phelps. Ein gutes Vorzeichen, Sir. Das erste, was unser Fernschreiber angezeigt hat, ist Sabre-Öl!«

Der Vorsitzende der Petroleum Bank zuckte die Achseln, als wollte er sagen, daß selbst Maschinen sich seiner finanziellen Weitsicht beugen mußten. »Wie stehen die Quoten?« fragte er, überzeugt, daß der Papierstreifen zusätzliche Gewinne für die Betreiber des Ringes ausweisen würde.

»Es ist –«, begann Penner. Dann hielt er inne. In fragendem Tonfall sagte er: »Mr. Phelps, mir scheint, dieses Ding hier funktioniert nicht richtig.«

»Warum? Was stimmt nicht damit?«

»Hier steht, daß der Kurs von Sabre-Öl gefallen ist, Sir! Die Aktien werden für fünf Dollar weniger als gestern gehandelt!«

Phelps rannte Tell fast über den Haufen, als er an ihm vorbeistürmte, um zum Telefon zu gelangen. »Verbinden Sie mich mit Keenan«, verlangte er, als die Zentrale der Börse sich meldete. »Was soll das heißen, er hätte keine Zeit, mit mir zu reden? Sagen Sie ihm, Damon Phelps möchte ihn sprechen, und zwar sofort! Jetzt! Sofort! Verstanden?«

In der darauf folgenden Pause wagte Penner, den Papierstreifen des Fernschreibers vom Boden aufzuheben. Alle Kurse schienen niedriger als am Vortag. Mit dem ganzen Markt ging es abwärts! Penner hätte fast eine Bemerkung darüber zu Phelps gemacht, aber der Zweite Vizepräsident erntete einen Blick so voll Zorn und Haß dafür, daß er den treulosen Papierstreifen überhaupt berührt hatte, daß er die Spirale voller Zahlen augenblicklich fallen ließ und an die Wand zurückwich.

Als der Makler sich meldete, schäumte Phelps buchstäblich vor Zorn. Er war so beschäftigt damit, zu fluchen und zu zetern, daß er kein Wort von allem verstand, was Keenan sagte, bis der Makler ihm drohte, er würde den Hörer auflegen und Phelps seiner Wut überlassen.

»Was wollen Sie damit sagen, ich sollte mich beruhigen? Wir sitzen bis an die Ohren in der Sch ....«, brüllte Phelps. »Wie sollen wir das jemals zurück-, ich meine, was sollen wir unseren Kunden sagen?«

Als er schließlich den Hörer auflegte, hatte Phelps seine Selbstbeherrschung wiedergefunden, aber er war längst nicht mehr so selbstbewußt wie gewöhnlich. Keenan behauptete, der Kursverfall sei nichts weiter als eine hysterische Reaktion des Marktes auf die Unkenrufe irgendeines Professors. Die Kurse stiegen weiter steil himmelan, und Phelps' Fernschreiber würde es ihm schon am nächsten Tag beweisen. Ja, Keenan hatte ihm sogar versichert, daß dieser plötzliche Abfall der Kurse die beste Zeit für die Teilhaber des Käuferringes sei, zusätzliche Sabre-Öl-Aktien zu kaufen, um noch höhere Profite zu machen, wenn die Zeit gekommen sei, sie wieder abzustoßen.

* * *

Endlich war Hartford erreicht! Die Straße hob und senkte sich in einer Reihe von meeresähnlichen Wellen. Auf jedem kleinen Hügel stand ein aus Ziegeln oder Fachwerk erbautes Häuschen und blickte zu einem ähnlichen Häuschen auf der anderen Straßenseite hinüber.

Die Eisenbahngleise wandten sich nach rechts, um auf ihrer eigenen Route ins Städtchen zu gelangen. Über die Wipfel der Bäume erhob sich ein riesenhafter Wasserturm, auf den der Ortsname HARTFORD gemalt war.

An diesem Morgen war die Familie Tucker, gekämmt, geschneuzt und geschniegelt, in Richtung Stadt aufgebrochen, als hätte es das gestrige Mißgeschick nie gegeben. Birch war in vernünftigem Tempo die Straße entlanggefahren. Sie waren eine Stunde später als am Vortrag aufgebrochen, damit sie nicht noch einmal dem Frühzug der Rock Island-Linie in die Quere kamen. Sie passierten die Furt durch den James Fork langsam und vorsichtig.

Bobbys übergroße Hosen waren in der Nacht ein wenig eingegangen, während sie auf der Wäscheleine trockneten, die im Wohnzimmer über dem Campingofen gespannt war. Sie paßten ihm jetzt vorzüglich. Tommys bereits zu enger Sonntagsanzug war ebenfalls eingegangen und klebte unbehaglich stramm wie eine zweite Haut an ihm. Aber er klagte ebensowenig wie sein Vater. Niemand gebrauchte an diesem Tag häßliche Wörter wie »'is nich«. Nicht einmal Birch, der das sonst gewohnheitsmäßig und ohne sich darum zu bekümmern tat. Trudy hatte es im allgemeinen aufgegeben, seine Redeweise zu beanstanden, aber nach dem gestrigen Tag sprach Birch wie ein Literaturprofessor. Es war beinahe ein Wunder, wie sittsam sich die Jungen nach einem einzigen ruchlosen Abenteuer und einer langen Nacht der Reue benehmen konnten. Trudy dachte bei sich, daß ihnen nun tatsächlich alle Dinge zum Besten gediehen, aber sie hütete sich, diesen Bibelvers vor den Ohren ihrer irrenden Nachkommenschaft zu zitieren, damit sie ihn ihr nicht etwa nach ihrer nächsten wilden Fahrt vorhalten konnten. Sie behielt ihn still und zufrieden bei sich, aber sie lächelte vor sich hin, als sie in die Hauptstraße von Hartford einbogen.

An der Ecke befand sich ein Kino mit einer großen Reklametafel, die Greta Garbo in *Das Fleisch und der Teufel* ankündigte. Trudy starrte entsetzt den schockierenden Titel an und lenkte die Aufmerksamkeit ihrer Söhne dann hastig auf Häckselmaschinen und Schaufenster und die steinernen Buchstaben, die in den aus Ziegeln gemauerten Gesimsen der Häuser eingelassen waren. Siemons Kurzwarenhandlung machte den Anfang, und danach trug jedes Gebäude an der linken Straßenseite einen Buchstaben aus dem Namen der Stadt, bis stolz und deutlich HARTFORD zu lesen war. Unter den Buchstaben standen die Daten, wann die Gebäude fertiggestellt worden waren. 1920. Hartford war eine erst kürzlich neu aufgebaute Stadt, und die Ziegel waren noch sauber und sahen neu aus.

»Na sowas«, sagte Birch verwundert. »Das hat mit dem Hartford, das ich als Kind gekannt habe, überhaupt keine Ähnlichkeit mehr. Es sieht aus, als hätten sie alles abgerissen und neu aufgebaut. Vielleicht hat es einen Tornado gegeben?« Er schniefte und nickte, absolut überzeugt, daß niemand auf den Gedanken gekommen wäre, das alte Hartford abzureißen und neu aufzubauen, es sei denn, ein Tornado oder eine Feuersbrunst hätte erst einen großen Hausputz veranstaltet. »Nun, jedenfalls sieht es jetzt sehr wohlhabend aus, wenn ihr mich fragt.«

Niemand fragte ihn, aber Trudy hatte denselben Eindruck. Eine Reihe von Autos standen entlang der zwei Fuß hohen Randsteine vor einem Dutzend Geschäften geparkt. Es gab ein Gebäude, in dem Möbel hergestellt wurden. Birch betrachtete das Gebäude genau und verkündete dann, sie würden höchstwahrscheinlich ihre Möbel hier kaufen, weil es besser war, den lokalen Handel zu unterstützen, als in Fort Smith zu bestellen. In einer Seitengasse gab es einen Viehhändler, und ein paar Maultiere und Pferde liefen in einer Koppel herum. Es gab zwei Cafés in Hartford. Birch erklärte, daß für gewöhnlich die Baptisten im einen und die Methodisten im anderen verkehrten. Es gab nicht genug Presbyterianer oder Katholiken, um ein drittes Café zu unterhalten, daher gingen diese Leute jeweils dorthin, wo ihnen das Mittagsmenü am meisten zusagte. Neben dem Café, das von den Baptisten frequentiert wurde, befand sich der Friseurladen. Dieser, im Besitz des alten Mr. Dee, war neutraler Boden. In seinem antiquierten Friseursessel wurden zwar viele politische Diskussionen geführt, aber ihre religiösen Differenzen behielten die Männer von Hartford für sich, wenn Friseurmeister Dee sein Rasiermesser am Lederstreifen abzog.

Birch teilte seiner Frau und seinen Söhnen diese Insider-Informationen mit, während sie langsam die Straße entlangfuhren. Die Ziegelfassaden an den Häusern mochten neu sein, aber Birch nahm an, daß die Leute im Inneren der Gebäude noch dieselben wie eh und je waren.

»Schade, daß wir den Jungen schon zu Hause die Haare geschnitten haben«, sagte Birch. »Ich hätte sie gerne dem alten Friseur Dee vorgestellt.«

Trudy antwortete in königlicher Haltung, ihre Söhne könnten ja trotzdem dem Friseur vorgestellt werden, auch ohne unnötige Geldverschwendung. Birch starrte einfach nur sehnsüchtig das Geschäftsschild des Friseurs und den Trupp alter Männer an, die im Inneren des Ladens lebhaft miteinander plauderten.

Und dann sah er die Bank vor sich – große runde Säulen, die ein breites Vordach stützten. Das Gebäude sah aus wie eines der alten Herrenhäuser aus der Vorkriegszeit, nur etwas kleiner. Der Namenszug HARTFORD FIRST NATIONAL BANK war in den Stein eingemeißelt und in goldener Schrift auf die Fenster gemalt und wiederholte sich noch einmal auf der Türe. Niemand hätte diese Einrichtung verfehlen können.

Trudy umklammerte ihre Handtasche. Ihr Herz schlug ein wenig schneller. Sie öffnete die Schließe gerade weit genug, um einen letzten Blick auf das Sparbuch zu werfen. Fast zwei Wochen lang hatte sie ihren Reichtum mit sich herumgetragen – hatte mit dem Briefumschlag unter dem Polster geschlafen, hatte ihn in ihrem Mieder versteckt, wenn sie an der Arbeit war. Sie hatte immer daran denken müssen, daß man sie zwar überfallen und ihnen all ihr Bargeld rauben konnte, aber dieses Geld konnte absolut niemand anderes als Birch Tucker abheben. Ihre einzige Sorge war es gewesen, daß sie das Sparbuch irgendwie verlegen könnte. Nun war sie dieser Sorge ledig. Birch und Trudy waren drauf und dran, angesehene Bürger und Bankkunden in Hartford, Arkansas zu werden!

Der Ford blieb hustend stehen, und Birch öffnete Trudy die Türe und half ihr, auf den festen Boden von Hartford hinauszusteigen. *Das war kein Traum!* Endlich war alles Wirklichkeit geworden! Selbst Bobby, Tommy und Baby Joe empfanden die historische Bedeutung dieses Augenblicks. Sie standen schweigend neben den Kolonnaden und starrten den Bogen goldener Lettern im Fenster an. Trudy hatte noch damit abgewartet, sie in der Schule einzuschreiben, damit sie an diesem großen Augenblick teilhaben konnten. Die ganze unglückselige Aufregung am Vortag war vergessen, als Birch die Türe der Bank öffnete und beiseite trat, damit seine Familie die Marmorhallen der Hochfinanz betreten konnte.

Die Decke des Innenraumes war hoch und ruhte auf noch mehr Säulen als draußen. Das untere Stockwerk wies eine Reihe von Kassenschaltern an der rückwärtigen Wand auf und eine Anzahl von Schreibtischen, die in der Nähe der Kassen von hüfthohen Trennwänden umgeben waren. Im Oberstock befand sich eine Galerie mit einem schmiedeeisernen Geländer, und dort saß der Präsident der First National Bank in Fleisch und Blut an seinem riesigen Schreibtisch. Von seinem luftigen Ausguck aus konnte er die kleine Herde seiner Angestellten mit Adleraugen beobachten. Er hatte eine ausgezeichnete Übersicht über die flinken Finger der Kassiere, wie sie Dollars und Cents in ihre Kassen zählten. Das Echo jedes einzelnen Gesprächs trug die Details aller geschäftlichen Transaktionen zu seinen scharfen Ohren hinauf. Mit einem Nicken konnte er seinen Angestellten seinen endgültigen Beschluß in der einen oder anderen Angelegenheit kundtun.

Birch erinnerte sich nur zu gut an den sauertöpfischen alten Geizkragen dort oben auf der Galerie. Sein Bauch war um einiges dicker geworden, und das Doppelkinn seines mißgünstigen Gesichts hing noch ein Stück weiter herab, aber Mr. Henry V. Smith war wie eh und je Bankpräsident. Niemand wußte, wofür das V in seinem Namen als Abkürzung diente, aber die meisten Leute in der Stadt nannten ihn König Heinrich V. Wenn der alte Mann über seinen Spitznamen Bescheid wußte, so schien er jedenfalls nichts dagegen zu haben. Aber niemand hatte jemals gewagt, ihn von Angesicht zu Angesicht bei seinem Spitznamen zu nennen.

King Henry beugte sich in seinem quietschenden Ledersessel vor, um die Familie in Augenschein zu nehmen, die seinen Hof betrat. Es mißfiel ihm, kleine Jungen in der Bank zu sehen. Er ließ ein leises *h-r-r-umph* hören, das die Kassiere veranlaßte, nervös aufzublicken.

Für Bobby und Tommy brauchte es keine weitere Ermahnung mehr, sich ja ordentlich zu benehmen. Der ganze Raum schien vor Spannung zu knistern und zu knacken wie die ratternden Schreibmaschinentasten unter den Fingern der Sekretärin.

Trudy nahm das Baby auf den anderen Arm und holte das Sparbuch der Petroleum Bank aus ihrer Handtasche, während Birch sich nach seinem alten Freund Delbert Simpson umsah, der nach Angaben von Cousin J.D. nun der Zweite Geschäftsführer der Bank war.

Simpson entdeckte Birch als erster und erhob sich hinter seinem Schreibtisch, um Birch zu begrüßen. Er tat es in der Weise, wie wohlerzogene Zweite Geschäftsführer einer Bank alte Freunde begrüßen.

»Nein, wenn das nicht Birch Tucker ist! Birch Tucker und seine bezaubernde Familie! Willkommen in der First National Bank in Hartford, Mr. Tucker!« Er lächelte Birch an, aber seine Augen glitten hastig zur Galerie hinauf.

»Bist du's wirklich, Delbert, alter Waschbär! Laß dich anschauen! Dein Kragen erwürgt dich ja halb! Sag bloß, du ziehst das Zeug jeden Tag an?«

Simpson lachte nervös. Keine Zweifel, daß es ihm am liebsten gewesen wäre, alle Leute glauben zu machen, daß er auch zu Hause im Anzug herumlief. Wenn es ihm schon sonst niemand glaubte, sollte ihm wenigstens King Henry glauben.

»Nun, Mr. Tucker. Da sind Sie also in die alte Heimat zurückgekehrt.« Und dann flüsterte er: »Und was für ein Willkommen, was, Birch? Entflohene Häftlinge ertrinken im James Fork-Bach, habe ich gehört.« Er hielt die hüfthohe Schwingtüre auf und komplimentierte sie zu seinem Schreibtisch. »Und Sie sind also Mrs. Tucker. Wie geht es Ihnen?«

Birch drückte seinem alten Freund das Sparbuch in die Hand. »Wir sind gekommen, um ein Konto zu eröffnen.« Er lächelte stolz, als ein Ausdruck der Verblüffung über Delberts Gesicht zog. Es war ganz unnötig, den unerfreulichen Zwischenfall vom Vortag vor den Ohren der Jungen zu wiederholen.

»Verstehe. Ja, ich verstehe. Nun ja. Das ist ja großartig.« Er blickte zum Oberstock hinauf und legte dann mit einer Gebärde, als kratzte er sich flüchtig am Kopf, zwei Finger auf seine Stirn. *Zweitausend Dollar,* signalisierte er King Henry.

Ein zufriedenes *h-r-umph* hallte von oben herunter. Delbert entspannte sich ein wenig. Er flüsterte gedämpft: »Mensch, Birch, du hast es zu was gebracht. Ich hab gehört, du wärst gestern mit dem Wagen im Fluß steckengeblieben. Bin froh, daß du heil und gesund rausgekommen bist.« Er blickte auf und hob die Stimme. »Wir von der Hartford First National Bank freuen uns, daß Sie zu uns gekommen sind. Ich würde Ihnen ein Sparkonto empfehlen.«

»Freut mich zu sehen, daß du durchgehalten hast, Delbert«, flüsterte Birch. »Als ich hier weggegangen bin, hast du in dem Laden die Fußböden gefegt.«

Delberts Gesichtsausdruck zeigte keine Veränderung, und Trudy fragte sich, ob es nicht vielleicht immer noch zu seinen Pflichten gehörte, die Fußböden zu fegen.

»Es wird natürlich dreißig Werktage dauern, bis Ihr Guthaben von der Petroleum Bank hierher transferiert wird. Vielleicht wollen Sie dann auch um Schecks ansuchen.«

Trudy beugte sich in ihrem Sessel vor. »Wir müssen aber sofort einige Einkäufe tätigen. Dreißig Tage?«

Ein weiteres *h-r-r-umph* hallte vom Oberstock herunter und machte Mr. Simpson klar, daß hier keine Wohltaten verteilt wurden.

»Es tut mir *sehr* leid, Mrs. Tucker. Aber unsere Geschäftsordnung schreibt es so vor. Dreißig Werktage, bis ein Guthaben übertragen werden kann. Vor allem über Staatsgrenzen hinweg.

Dies hier ist aus Oklahoma.« Er klopfte auf das Büchlein. »Die Welt ist heutzutage leider voll von Betrügern. Allgemeine übliche Geschäftsgebarung.«

»Ist schon in Ordnung, Trudy«, flüsterte Birch. »Wir können ja einen Kredit aufnehmen und das Sparbuch als Sicherheit vorlegen.«

»Nein. Man hat uns etwas anderes gesagt. In Tulsa haben sie uns gesagt, dieses Sparbuch sei so gut wie bares Geld. Nur viel sicherer aufzubewahren. Wir müssen nur die Formulare ausfüllen, sagten sie uns, und die Sache ließe sich ganz einfach regeln.«

Delberts Augen wurden groß vor Bestürzung. Die Kunden machten Schwierigkeiten. »Tja nun, Mrs. Tucker. Das mag ja für Oklahoma zutreffen, aber hier in Hartford ... Sie befinden sich hier in einem anderen Staat. Es wird seine Zeit dauern.«

Trudy blickte Birch voll in die Augen. »Shiloh liegt gerade in der Mitte zwischen Hartford und Mansfield. Ich schlage vor, wir gehen zu der Bank in Mansfield, wo sie unser Guthaben aus Tulsa ohne Schwierigkeiten transferieren werden.«

Sie erhob sich, während die Geräusche, die von der Galerie herabdrangen, Mr. Simpson eine wütende Botschaft sandten, daß er sich hüten sollte, der Bank in Mansfield zweitausend gute Dollar in den Rachen zu schmeißen.

Delbert Simpson preßte eine Hand auf den Magen. Sein Gesicht war sehr bleich. »Nur einen ... einen Augenblick ... ich werde mich ... ich kann das nicht allein entscheiden. Entschuldigen Sie mich einen Augenblick.« Er deutete auf den Schreibtisch des Königs und entlockte Trudy sanft das Sparbuch, das sie umklammert hielt. Dann hastete er davon. Seine Schuhe klangen lärmend auf den gußeisernen Treppenstufen, und seine Stimme wurde oben hörbar, wie er Henry V. mit nervöser Stimme erklärte, was dieser bereits wußte.

*Schweigen.* Kassierer, Büroangestellte und Kunden senkten ihrerseits die Stimme und hofften, den einen oder anderen Gesprächsfetzen aufzuschnappen, den man ins Café oder in den Friseurladen mitbringen und dort durchhecheln konnte.

Grimmiges Knurren wurde im Oberstock hörbar, aber niemand wußte, wie das endgültige Urteil lautete, bis Mr. Simpson auf Katzenpfoten ins Erdgeschoß zurückgeschlichen kam und sich den Schweiß von der Stirn wischte.

»Unser Bankpräsident, Mr. Henry V. Smith, hat darauf hingewiesen, daß wir Ihnen einen Kreditbrief ausstellen können, von dem Sie Gebrauch machen können, bis Ihr Bankguthaben auf die übliche Weise bestätigt wird. Falls irgend etwas nicht in Ordnung sein sollte ...«

»Alles ist in Ordnung«, sagte Trudy selbstbewußt. Simpson zog die Augen zu schmalen Schlitzen zusammen, als er den leisen ausländischen Akzent und das unerschütterliche Selbstvertrauen der Frau bemerkte. Höchst ungewöhnlich. Aufdringlich.

»Ja. Gut. Ich zweifle nicht an Ihren Worten, Mrs. Tucker, aber wir wären eine recht einfältige Bank, wenn wir einfach jedermanns Wort für bare Münze nähmen, nicht wahr?« Er zog es vor, sich nicht mehr an sie zu wenden. Sein Blick hing fest an Birch. »Sollte es sich herausstellen, daß irgend etwas an diesem Bankguthaben nicht in Ordnung ist, dann sind Sie verpflichtet, der Bank mit Zinsen die ganze Summe zurückzuzahlen, die Sie aufgrund dieses Kreditbriefes abheben, das ist Ihnen doch klar?« Er schlug mit der Hand auf den Schreibtisch, als sei sie der Hammer eines Auktionators. »Das ist unser letztes Angebot; akzeptieren Sie es oder lassen Sie es bleiben.«

»Es ist eine weite Fahrt nach Mansfield, Trudy«, wisperte Birch ihr ins Ohr. »Und wir bekommen dort vielleicht kein besseres Angebot.«

Trudy mochte weder diesen winselnden kleinen Assistenten noch seinen Herrn und Meister in seinem Adlerhorst auf der Galerie. Sie mochte auch die Bank nicht, aber es war wirklich ein weiter Weg nach Mansfield. Sie bekundete mit einem widerwilligen Nikken ihre Zustimmung.

»Gut«, sagte Birch und streckte Delbert die Hand hin. »Einverstanden.«

Aber Delbert war noch nicht völlig einverstanden. Ein weiteres Knurren aus dem Oberstock erinnerte ihn daran, daß er nicht einschlagen durfte, bevor die Bedingungen nicht ganz klar festgelegt waren. Er tat, als hätte er Birch nicht gesehen. Er wandte sich an die Jungen und sagte zuckersüß: »Habt ihr nicht schon Lust auf ein Soda-Himbeer, Jungs? Eure Mama geht doch sicher mit euch hinüber zum Drugstore und kauft euch ein Soda, während euer Papa und die Bank ihr Geschäft zu Ende bringen.«

»Sicher. Sicher.« Birch drängte Trudy und die Jungen zu gehen. »Das hier ist Männersache. Jetzt macht schon.« Es war viel eher ein Befehl als eine Bitte. Und schließlich lautete das Sparbuch ja auch ausschließlich auf den Namen Birch Tucker. Die Bank konnte nicht wissen, wie Trudy einen Pfennig auf den anderen gelegt und sich jeden einzelnen vom Mund abgespart hatte, um eine so beträchtliche Summe zustande zu bringen. Sie konnte auch nicht wissen, daß Birch das Geld bedenkenlos ausgegeben hätte.

Nein. Trudy gefiel die Haltung des kleinen Mr. Simpson und seines Königs absolut nicht. Aber es war eine Männerwelt, und so trieb sie ihre kleine Herde würdevoll aus den heiligen Hallen der Finanzwelt von Hartford und überließ es Birch, das Geschäft abzuschließen.

# AUF SCHATZSUCHE

Es war ein Morgen wie geschaffen für Wunder.

Die Sonne schien wieder, nachdem sich der Himmel drei Tage lang hinter drohenden Wolken versteckt hatte. Der Nachrichtensprecher im Radio berichtete, daß die Abdeckung aus geteerter Leinwand vom Spielfeld im Shibe Park entfernt würde und der Manager der Athletics, Connie Mack, mit seinem Team im Freien trainieren wollte.

David aß sein Frühstück aus kalter Milch und Cornflakes und dachte über die Neuigkeit nach. Er dachte an die strahlende Sonne. Er dachte daran, daß Philadelphia am Weltcup teilnahm und daß er vielleicht niemals wieder eine Chance haben würde, das berühmte Team live und aus nächster Nähe zu sehen, wenn er es heute nicht schaffte. Auch wenn sie nur trainierten – das war egal. Was machte es schon aus, wenn sie nur herumliefen und einander den Ball zuwarfen? Nachdem es sich nur um ein Übungsspiel handelte, würden wohl auch nicht so viele Polizisten aufpassen und die Kinder verjagen, die zuschauen wollten. Vielleicht konnte David Connie Mack ganz aus der Nähe sehen ... vielleicht konnte er um die Autogramme bedeutender Spieler bitten, wie des Veteranen Jack Quinn oder Eddie Collins, von dem jeder sagte, er habe seine besten Zeiten schon hinter sich – jeder außer David und Oink, genauer gesagt.

Und was machte es schon aus, wenn David die Schule schwänzte? Wen würde es kümmern, nachdem am Freitag ohnehin die Schulglocke zum letzten Mal für ihn schrillte? Er stach nach dem letzten Cornflake, das wie ein kleines Boot in seiner Milch schwamm. »Alle Mann von Bord!« rief er mit schriller Stimme, als die Flocke sank. »Hier kommt Moby Dick!« Er löffelte die Flocke auf und verschlang sie, wobei er den Mund aufriß wie das Maul eines Walfischs.

»Schau, daß du weiterkommst«, knurrte Mrs. Crowley hinter dem Bügelbrett hervor. Sie mochte es nicht, wenn Kinder mit ihrem Essen spielten. David leckte sich absichtlich schmatzend die Lippen, nachdem er das Cornflakes-Boot samt Mannschaft verschlungen hatte, und schlürfte dann seine Milch direkt aus der Schüssel.

»Du wirst zu spät kommen, David«, warnte sie ihn und knallte das Bügeleisen hart auf das Brett.

David wäre am liebsten aufgesprungen und hätte ihr gesagt, daß er ganz sicher zu spät in die Schule kommen würde. Er würde überhaupt nicht in die Schule gehen, um es genau zu sagen! Aber wenn er ihr seinen Plan verriet, würde sie vielleicht Pater Johannes anrufen, und er würde kommen und ihn gleich heute ins Kinderheim schleppen, anstatt noch zu warten.

»Ich sehe Sie dann nach der Schule, Mrs. Crowley«, sagte er höflich. Er nahm seinen Handschuh und seinen Baseball mit, als er zur Türe hinausging. Draußen versteckte er seinen Bücherbeutel im Oleanderbusch; nur sein Lunchpaket und zwei Münzen nahm er mit, als er zur Straßenecke hastete, um Oink zu treffen.

Was David anging, so mochte es ganz in Ordnung sein, wenn er die Schule schwänzte, nachdem er ja ohnehin fortging. Aber Oink zog nicht um. Er wurde nicht in ein katholisches Kinderheim geschleppt. Er konnte sein Leben lang an der Öffentlichen Schule 219 bleiben. Und da gab es Leute, denen es sehr wohl etwas ausmachen würde, wenn er die Schule schwänzte – Leute wie seine Lehrerin und seine Eltern und der Schuldirektor. Sie alle würden ihm Schreckliches zu sagen haben, wenn er schließlich auftauchte, nachdem er den ganzen Tag mit David im Shibe Park gewesen war.

Als er und Oink dem Straßenbahnschaffner ihren Nickel bezahlten, dachte David daran, daß er Oink vielleicht nicht dazu hätte verführen sollen, mit ihm zu kommen. Jedermann wußte, daß es da eine Sache gab, der Oink nicht widerstehen konnte – *Versuchung!* Er hatte sich schon gut tausendmal vorgenommen, abzuspecken, aber halte ihm einer einen Schokoriegel unter die Nase! Dann konnte er einfach nicht anders! Schon war die Schokolade verschluckt, und es endete damit, daß Oinks Mutter die Knöpfe an seinen Hosen wieder einmal ein Stückchen versetzte.

»Sie erwischen uns, du wirst sehen«, schnaufte Oink, als sie sich setzten.

»Halt's Maul, ja?« fuhr David seinen Gefährten an. »Benimm dich normal, und niemand wird etwas auffallen.«

Das war auch eines der Probleme, mit denen der arme Oink zu kämpfen hatte. Sobald er der Versuchung nachgegeben hatte, überkamen ihn augenblicklich Furcht und Schuldbewußtsein – Schuldbewußtsein, weil er ja tatsächlich schuldig war, und Furcht, weil er unweigerlich erwischt wurde.

»Der Fahrer schaut uns an«, flüsterte Oink aus dem Mundwinkel.

»Halt's Maul«, warnte David. »Er schaut dich an, weil du ihn anschaust. Schluß jetzt damit. Wir werden nicht erwischt.«

Das war eine Lüge. Oink würde es kalt und warm kriegen, sobald die Eskapade vorbei war. David wußte das. Oink wußte es auch. Aber Oink wollte belogen werden; er wollte daran glauben, daß sie nicht beim Schuleschwänzen erwischt wurden und daß der Tag genau so verlaufen würde, wie David es gesagt hatte.

»Meinst du wirklich, wir kommen in den Park rein?« Oink wischte sich die schweißnassen Handflächen an seinen ausgefransten Hosenbeinen ab.

»Na klar.« David hatte noch keine Ahnung, wie er das bewerkstelligen wollte. Es war ganz klar, daß sein Freund weder über den Zaun klettern noch einen Laternenpfahl erklimmen konnte. Sie würden gezwungen sein, erst ein äußeres Tor und dann ein inneres Tor zu passieren und auf ganz normalem, turnerisch anspruchslosem Weg ins Stadion zu gelangen.

»Wie denn?«

David blickte lässig zum Fenster hinaus und betrachtete das massive Standbild William Penns auf der Kuppel des Rathauses. Man sagte, Penn habe nie im Leben gelogen. Deswegen stand er auch dort hoch droben, in Bronze gegossen, und David war zu einem Leben im Waisenhaus verurteilt. Aber jetzt war es zu spät für David, mit dem Lügen aufzuhören.

»Ich hab schon alles geplant«, versicherte er seinem Kameraden.

»Du willst mich doch nicht zwingen, über einen Zaun zu klettern oder sowas?«

»Entspann dich. Ich hab dir doch schon gesagt, ich habe alles geplant.«

Oinks Wangen waren leuchtend rot. »Bist du ganz sicher, daß wir nicht verhaftet werden oder sowas?«

»Pah!« David lachte verächtlich über die Vorstellung. Sein Freund fühlte sich sogleich besser. Es tat gut, wenn jemand über Ängste lachte und Katastrophen nicht ernst nahm.

Oink aß ein Sandwich, während die Straßenbahn langsam dahinratterte. Er hob das belegte Brot hoch und inspizierte das Fleisch, das Essiggemüse und die Mayonnaise, und dann stopfte er es sich in den Mund, mit demselbem Schwung, mit dem David das letzte Cornflake auf seinem Teller verschlungen hatte.

Vielleicht würde es wirklich ein perfekter Tag werden. Wie oft hatte Ralph »Oink« Johnson schließlich schon Gelegenheit, seinen Lunch zu verzehren, nur zwanzig Minuten, nachdem er mit seinem Frühstück fertiggeworden war? Er schien sich sofort besser zu fühlen, nachdem er sein Sandwich gegessen hatte. Er lächelte liebenswürdig, und seine Augenbrauen hoben sich interessiert, als er den anderen, unglücklichen Schulkindern zusah, wie sie in die Schule trotteten. Die Lebenswege der guten, ehrlichen und gehorsamen kleinen Kinder hielten keinem Vergleich mit den Freuden dieser beiden ruchlosen Strolche stand! Für einen kurzen Augenblick lang empfand er die Sünde des Schuleschwänzens als Freude und Freiheit, und sie schien es ihm wert, alles zu vergessen, was die Zukunft für sie beide bereithalten mochte.

»Junge!« Oink sah richtiggehend glücklich aus. »Das macht wirklich Spaß.«

* * *

Der neue Fernschreiber mit den Börsennachrichten ratterte immer noch vor sich hin, aber der Vorsitzende von Phelps Petroleum kümmerte sich nicht mehr um die Papierschlaufen, die sich nun auf dem Fußboden häuften. Er hatte sich in seinem Privatbüro verbarrikadiert, sobald die Glocke die Eröffnung der New Yorker Börse angezeigt hatte. Tell und Penner hatten den Versuch gemacht, ihm in sein Allerheiligstes zu folgen, aber er hatte sie brüsk hinausgewiesen und die Türe abgeschlossen.

Drei Stunden lang hatte Phelps im Verlauf des dreihundert Minuten dauernden Handelstages jede einzelne Branche aufs sorgfältigste erkundet und einen ganzen Notizblock mit seinen privaten Notizen über die Veränderungen der Aktienkurse vollgeschrieben.

Das allererste Blatt trug in Blockbuchstaben die Überschrift SABRE. Die ersten paar Eintragungen auf dieser Seite waren tiefe Schrammen, wo der Stift sich ins Papier gegraben hatte, als Sabre-Aktien weit unter dem erwarteten Kurs notierten. Im Verlauf des Tages hatte sich Sabre allmählich wieder erholt. In kleinen Schritten stiegen die Aktien der Ölgesellschaft wieder im Kurs, parallel zu der gesamten Marktlage.

Nach hundertachtzig Minuten ringelte Phelps den Namen der Ölgesellschaft mit einigen vergnügten Kringeln ein und rückte seinen Stuhl von der klappernden Maschine ab. Sabre-Öl hatte alle Punkte zurückgewonnen, die die Gesellschaft am Vortag verloren hatte und sogar noch einige Dollar pro Aktie zugelegt. Es war offenkundig, daß Keenan recht gehabt hatte. Der sogenannte Babson-Aktiensturz war nur ein kurzfristiges Absacken gewesen, verursacht von diesem idiotischen Schwarzseher und ein paar verrückten Journalisten, die seine Worte in alle Welt hinaustrompetet hatten.

Phelps stand auf und ging hinüber, um die Türe zu öffnen, die in den übrigen Bankbereich führte. Tell und Penner hatten sich in der Nähe der Türe herumgedrückt, wie er deutlich an ihrer räumlichen Nähe und dem schuldbewußten Ausdruck auf ihren Gesichtern erkannte. »Kommen Sie rein«, sagte er barsch. Er bot ihnen weder Platz an, noch setzte er selbst sich nieder. Statt dessen begann er augenblicklich, seine Schlußfolgerungen und Befehle hervorzubellen. »Der Markt zieht wieder an«, sagte er. Penner versuchte, einen lässigen Eindruck zu erwecken, während er sich die Stirn mit einem Taschentuch trocknete. »Aber«, fuhr Phelps fort, und Penner erstarrte mitten in der Bewegung, das Taschentuch an die Stirn gepreßt wie die verzweifelte Heldin eines Melodrams, »ich muß unbedingt nach New York.«

Phelps erinnerte die beiden anderen Gauner daran, daß sie sozusagen alle Eier in einem einzigen Körbchen hatten. Die gefälschten Kredite würden demnächst fällig werden, und bei all den anderen komplizierten Unterschleifen, die sie gestartet hatten, war es von entscheidender Bedeutung, daß jetzt nichts schiefging. Sie mußten den Profit aus dem Sabre-Geschäft einstreichen. Der Ring mußte sich rasch und erfolgreich vom Markt zurückziehen. »Selbst dieser Klapparatismus da ist nicht gut genug«, beschwerte Phelps sich über den Fernschreiber. »Ich bin immer noch zu weit weg. Also fahre ich selbst hinunter nach New York und sehe mir die Sache aus der Nähe an ... um mich zu vergewissern, daß alles seine Richtigkeit hat. In der Zwischenzeit«, instruierte er sie, »fangen wir nichts Neues mehr an. Wenn irgendeine von diesen Omas in ihre Schuhschachtel reingucken will, dann sagt ihr, der Tresorraum sei eben erst gegen Ungeziefer ausgeräuchert worden, und es würde noch eine Woche oder länger dauern, bis man ihn wieder betreten kann. Oder brecht meinetwegen den Schlüssel im Schloß ab. Haltet sie hin, bis ihr das Geld wieder zurückgelegt habt.«

»Sollen wir verhindern, daß die Leute von ihren Sparbüchern abheben?« wollte Penner wissen.

»Nein, ihr Vollidioten!« brüllte Phelps. »Wollen Sie, daß die Leute zu munkeln beginnen? Wer Bargeld verlangt, dem zahlt es ohne ein weiteres Wort aus.«

»Und wie sollen wir es mit der Übertragung von Guthaben von einem Staat in den anderen halten?« fragte Tell.

»Verzögert alle, bei denen es leicht möglich ist«, befahl er. »Es kann doch immer vorkommen, daß irgend etwas nicht richtig ausgefüllt wurde oder wir vergessen haben, irgendein Formular mitzuschicken. Wenn einer von den Ortsansässigen etwas will, gebt es ihm. Aber die anderen könnt ihr ruhig eine Weile auf Eis legen.«

* * *

Harry Beadle steckte den Kopf zu Max' Bürotüre herein. »Der Dow-Jones-Index ist um fünf Prozent *gestiegen*, Max. Wer hat da von Kursverfall geredet, he?«

»Laß mich in Ruhe, Harry, ja? Du brauchst mich nicht noch extra daran zu erinnern, daß ich es war, der das gesagt hat. Fremde Leute lachen mir auf der Straße ins Gesicht. Leute, die ich seit zehn Jahren nicht mehr gesehen habe, tauchen in meinem Büro auf und beschuldigen mich, ich hätte den Kurssturz *verursacht.*«

»Sag bloß nicht, niemand hätte dich gewarnt«, sagte Harry. »Und sei froh, daß die Nachrichtenagenturen sich genauso zum Narren halten ließen wie du.«

»Aber alle scheinen zu denken, ich hätte die Lawine losgetreten. Irgendein Witzbold hat dem armen alten Babson den Spitznamen ›Prophet des Verlusts‹ angehängt, und heute muß ich feststellen, daß jemand diesen Titel an meine Türe geheftet hat.«

»Nun«, tröstete ihn Harry, »sieh es einmal von der Sonnenseite an. Wenn wir erst einmal an Bord der *Berengaria* sind, kann dir niemand mehr ans Leder.«

»Ja«, sagte Max düster. »Ich hoffe bloß, daß ich meinen Job noch habe, wenn ich zurückkomme. Und Leute, die ich nicht kenne, sollten lieber aufhören, auf mich loszuhacken.«

* * *

Selbst wenn David und Oink überhaupt nichts anderes getan hätten, als mit der Straßenbahn durch Philadelphia zu fahren, wäre es immer noch ein wundervoller Tag gewesen. Der Anblick des Shibe Park Stadions jedoch, das sich hinter der Zwanzigsten Straße erhob, war wie die Ankunft im Paradies.

Da waren die berühmten Häuser mit den Dächern, die David hatte erklettern wollen, um den Weltcup von oben zu sehen. Sie sahen wie ganz gewöhnliche Häuser aus – rote Ziegel, drei Stockwerke hoch. Normale Häuser mit Türschwellen, Stufen und Fenstern mit Vorhängen. Man brauchte nur diese Stufen hinaufzusteigen und zu diesen Fenstern hinauszuschauen, und man sah die Rückseite von Shibe Park! Man brauchte nur ein Stückchen höher zu klettern, um am Dach oben herauszukommen, und man konnte klar und deutlich das ganze Spielfeld sehen! Das war nicht nur das Paradies, das war, wie es Ralph »Oink« Johnson erschien, der Himmel! Er drehte den Kopf auf seinem stämmigen Nacken rückwärts und deutete die Häuserreihe entlang. »Welches meinst du, Davey? Hm? In welches gehen wir, wenn wir uns das Spiel ansehen?«

David ließ den Blick über die Wohnhäuser gleiten, um ein geeignetes Dach ausfindig zu machen, während die Straßenbahn davonratterte. Er wies auf das höchste Haus in der Reihe. Es sah aus, als hätte man dort den besten Überblick über das Spielfeld. Sooft Oink es sich in den nächsten Tagen vor Augen malte, schoß ihm das Blut in die Wangen, und seine Augenbrauen hoben sich über einem verzückten Gesicht.

»Dieses dort.«

Oink öffnete in fassungslosem Entzücken den Mund. »Ja? Meinst du wirklich? Mann, Davey! Von dort oben kannst du das ganze Spielfeld überblicken, da wette ich drauf!«

»Die reinste Presseloge«, versicherte David ihm kühl, während sie auf das Stadion zutrabten. »Und obendrein niemand, der dir auf die Füße trampelt.«

Weiße Vorverkaufskioske waren außerhalb des Shibe Parks aufgestellt. Fans standen in langer Reihe geduldig Schlange, um den Bon vorzuweisen, der ihnen die Berechtigung zum Kauf von zwei Karten auf der Zuschauertribüne gab.

Oink betrachtete sie verächtlich. »Willies Pa mußte fündundzwanzig Dollar pro Stück zahlen, nur um den Bon mit der Erlaubnis zum Erwerb der Karten zu kriegen! Hah! Und dann mußte er hier noch Schlange stehen, um die Karten zu kaufen! Und wir sehen uns das Spiel umsonst an!« fügte er stolz hinzu. »Daß er reich ist, heißt noch lange nicht, daß er auch Hirn hätte. Das sagt mein Pa auch. Mein Pa sagt, ein paar der ärgsten Dummköpfe, die er kennt, wären reiche Leute. Man muß schon Hirn haben, um arm zu sein. Schließlich muß man sich andauernd neue Tricks ausdenken, um Spaß zu haben.« Er klopfte David auf den Rücken, um ihm zu seinem brillanten Einfall zu gratulieren – für den Logenplatz auf dem Dachfirst, die Straßenbahnfahrt für einen Nickel und das Schuleschwänzen. Sie hatten keinen Cent mehr, aber, Junge, was war das für ein Tag!

»Ja«, stimmte David ihm zu. »Ich bin lieber klug als reich.« Er warf einen Blick auf die Männer, die Schlange standen. »Obwohl es wahrscheinlich einfacher ist, reich zu sein.«

»Nee! Ist es nicht!« widersprach Oink. »Das ist überhaupt nicht einfacher! Wir brauchen uns nirgends anzustellen! Schau sie doch bloß an, Davey! Du machst es richtig. Du hast Hirn im Schädel.« Er deutete stolz mit dem Daumen nach hinten, zu den Häusern hinüber. »Und ich hab ein Seil. Hab ich im Gartenschuppen gefunden.« Er wandte sich um und ging rückwärts, um den Dachfirst und den Kamin im Auge behalten zu können. »Wie du gesagt hast. Wir binden ein Ende um den Kamin und das andere um mich.« Er tätschelte seine umfangreiche Leibesmitte. »Genau wie die Fensterputzer im Rathaus.«

David wünschte, Oink würde endlich die Schnauze halten. Es würde ja doch nie so weit kommen. Es war dasselbe wie damals, als sie sich einen Schatz zusammenfantasiert hatten, der in dem alten, verlassenen Witley-Haus vergraben lag. Sie hatten einen Tag lang nach Hinweisen gesucht. Ein Tag, an dem sie das Haus vom Dach bis zum Keller durchstreiften. Ein Tag, an dem sie Werkzeug und Proviant sammelten: Schaufeln und Krampen und Eßwaren. Und dann waren sie nachts heimlich hinausgeschlichen und hatten gegraben und gegraben und gegraben, bis sie schließlich ein riesengroßes Loch im Boden und eine Menge lose Erde hatten.

Als er dem armen Oink so zuhörte, wie er da von dem Seil und dem Dach und den dummen reichen Leuten, die sich für Karten anstellten, daherfaselte, begann David sich schuldig zu fühlen.

»Halt's Maul, Ralph«, sagte er, als sein Freund weiterplapperte, wie er einen Ball abfangen würde, indem er vom Dach sprang, und David könnte ihn danach wieder hinaufziehen wie einen Fisch an der Angel.

»Heh? Wieso denn?«

David deutete mit dem Kopf auf den blau uniformierten Cop, der am Eingang des Shibe Parks stand. »Er könnte dich hören.«

Oink dämpfte sofort die Stimme mit einem schuldbewußten: »Oh. Ja, klar.« Dann flüsterte er: »Wie kommen wir denn heute rein? Wie kommen wir an ihm vorbei? Meinst du wirklich, wir können mit Connie Mack reden?«

»Sei still, hörst du nicht?« warnte David, als hätte er tatsächlich einen Plan. Als könnte Oinks loses Mundwerk diesen Plan zunichte machen.

»Oh«, sagte Oink mit aufrichtigem Schuldbewußtsein. Er hörte auf zu plappern und schlenderte einfach neben David her, von stillem Vertrauen erfüllt, daß David alles tun würde, was er gesagt hatte. David würde sie heute in das Stadion schleusen, und sie würden das grandiose Team von Philadelphia beim Training sehen. David würde ihnen Autogramme von Connie Mack und Jack Quinn besorgen; sie würden sie ihm auf den Baseball schreiben, den er in der Hand trug. David würde sie beide nachher mit der Straßenbahn nach Hause zurückbringen, und niemand würde jemals erfahren, daß sie die Schule geschwänzt hatten. Ach, David war ein Wundertäter, der das alles ohne den geringsten Mucks über die Bühne brachte!

Die Jungen näherten sich der längsten Schlange der Kartenkäufer. Männer in Nadelstreifenanzügen und glänzend geputzten Schuhen standen neben Fabrikarbeitern, die es geschafft hatten, sich frühzeitig und billig ihre Bons zu besorgen. Die Menschenschlange reichte um die Biegung des Stadions herum. Das Gesumm der Gespräche erfüllte die Luft mit Gesprächsfetzen über den bevorstehenden Weltcup oder Geschäfte oder den Aktienmarkt oder die Beträge, die die Schwarzmarkthändler in diesen Tagen für eine Eintrittskarte einstrichen.

David quetschte sich zwischen zwei Männern in Bürokleidung durch die Reihe der Wartenden.

»Solltet ihr Kids nicht in der Schule sein?« Die Stimme klang amüsiert und keineswegs feindlich. »Ihr schwänzt wohl, ihr beiden, was?«

David antwortete selbstbewußt: »Ich such' meinen Pa.« Er zerrte Oink energisch am Arm und schleppte ihn mit sich am Zaun entlang. Oink war selbst bei dieser unbedeutenden Frage beinahe in Ohnmacht gefallen. Seine Augen waren riesengroß und plötzlich glasig vor Furcht und Schuldbewußtsein, seine Wangen glühten. Er schnaufte und keuchte, als jagte sie jemand.

»Davey!« Seine Stimme zitterte. »Davey! Sie haben uns entdeckt!«

»Halt's Maul!« zischte David und riß ihn neuerlich hart am Arm. »Du machst ein Gesicht, als hätten wir eine Bank ausgeraubt. Glaubst du, die merken es nicht, wenn du solchen Schiß hast, daß du dir in die Hosen machst? *Lächle!*«

Oink zeigte die Zähne. Seine Augen quollen aus den Höhlen. »Wie siezzzaus?« stieß er zwischen zusammengepreßten Zähnen hervor.

Es sah lausig aus – weit eher ein gräßliches Grinsen als ein Lächeln. »Halt einfach den Rand und schau niemand an«, ermahnte ihn David, als sie an einem weiteren Eingang vorbeimußten, der von einem Polizisten bewacht wurde.

»He, ihr da!« rief der Cop und trat einen Schritt vor.

»Geh weiter«, warnte David Oink, der laut durch die Nase schnaufte.

»Ihr da, Jungs!« rief der Cop von neuem.

»Geh weiter«, krächzte David. Oinks schweres Atmen ging in entsetztes Stöhnen über. David stopfte seinen Baseball-Handschuh und den Ball in sein Hemd.

»Davey!« quiekte Oink.

Der Polizist hatte sie am Schlafittchen. Er packte Oink am Kragen und erwürgte ihn halb, während er jammerte und sich an David klammerte, der wild um sich schlug, um sich zu befreien.

»He, ihr da! Ihr schwänzt wohl die Schule, was?«

»Renn, was du kannst!« David riß sich aus Oinks krallenden Fingern los und stürmte durch die Menge der Kartenkäufer davon.

David hörte das Gelächter der Erwachsenen, als er über den Parkplatz hetzte und auf die Häuser der Zwanzigsten Straße und die Gebüsche zustrebte. Er hörte auch Oinks gräßliche Schreie, wie er nach David brüllte, er solle ihn retten, und kreischte: »Er hat mich angestiftet! Er hat mich angestiftet zu schwänzen! Ich wollte es gar nicht! Er hat mich dazu überredet!«

David hechtete über einen Zaun und kauerte sich hinter den rauhen Brettern nieder. Er spähte durch die Ritzen. Ralph »Oink« Johnson wurde abgeführt wie ein Verbrecher. Der Cop hielt ihn fest an der Jacke gepackt und stieß ihn vor sich her wie einen riesigen jammernden Wasserball auf zwei Beinen. Niemand schien daran interessiert zu sein, David zu verfolgen. Sie brauchten ihn auch gar nicht zu jagen. Oink würde alles ausplaudern. Inzwischen hatte der Cop bereits Davids Namen, seine Adresse und seine Telefonnummer. Oink legte zweifellos gerade ein Geständnis ab, daß sie die Schule geschwänzt hatten, daß es Davids Idee gewesen war und daß sie sich ins Stadion hatten einschleichen wollen, um Connie Mack zu sehen.

Als wollte er Davids Verdacht bestätigen, hob Oink den Arm und und deutete auf den Dachfirst des Hauses in der Zwanzigsten Straße. Also erzählte er dem Polizisten sogar von ihrem Plan, sich den Weltcup von einem Dachfirst aus anzusehen! *Diese Ratte!*

Einen Augenblick lang glaubte David halb und halb, daß Oink tatsächlich ihre großartigen Pläne, das Spiel anzusehen, zum Scheitern gebracht hatte. Dann fiel ihm ein, daß alles ohnehin nur ein Hirngespinst gewesen war. Oinks Geständnis entband David von allen Verpflichtungen. Jetzt konnte er ja wohl kaum mehr erwarten, daß David ihn auf einen Dachfirst hinauf begleiten und ihn dort an einem Kamin anseilen würde! Er würde annehmen, er hätte die Sache selber vermasselt, weil er gesungen hatte, und würde David nicht die Schuld daran geben, wenn nichts zustande kam.

Mit einer gewissen Erleichterung wandte David sich um und lehnte sich rücklings gegen den Zaun, um abzuwarten, bis es sicher war, sein Versteck zu verlassen. Er holte den Baseball-Handschuh aus seinem Hemd und starrte die zerschrammte Hülle des Baseballs an.

Es wäre toll gewesen, wirklich ein Autogramm von Connie Mack auf diesen Ball geschrieben zu bekommen, dachte er. Oder vielleicht auch eines von Jack Quinn.

Er warf den Ball in die Luft und fing ihn wieder auf. Die ganze Zeit über hatte er auf ein Wunder gehofft.. Hatte gehofft, daß alles, was er Oink erzählt hatte, sich tatsächlich ereignen würde. Seltsam, wie enttäuscht er sich jetzt fühlte, daß nichts davon wahr geworden war. Es war gerade so, als wenn man nach einem vergrabenen Schatz buddelte und zum Schluß nichts zustande kam als ein großes Loch.

# GLÜCK

Es war kein brandneues Fuhrwerk, das Bruder Williams hinter der Scheune zum Verkauf anbot, aber es war neu genug. Es roch noch nach Leinöl, und die grüne Farbe auf dem Wagenkasten wies kaum einen Kratzer auf. Der Name FAMOUS war in roten Lettern auf einer Seite des Wagenkastens aufgemalt. Für Birch sah das Gefährt aus, als hätte man es bei Sears & Roebuck bestellt, aus dem Zug ausgeladen und dann eine gute Weile lang hinter dem Viehstall vergessen.

Bruder Williams, der Besitzer der Stalles und des Fuhrwerks, spuckte Tabaksaft und beäugte die Ware, als sähe er den Wagen zum ersten Mal. Er umkreiste ihn, spähte unter die Achse und begutachtete die leuchtendrote Federung.

»Schau ihn dir doch selbst an, Birch«, schnüffelte Bruder Williams. »Hat noch kaum einen Kratzer. Gut abgelegenes Walnußholz, Eschenholzbretter am Wagenkasten und geölte Kiefer an allen unteren Teilen. Extra Bremse. Drei Zoll dicke Reifen und gebogene Randleisten.« Er tätschelte das Wort FAMOUS und spuckte von neuem aus. »Du wirst hier nichts Besseres finden. Stand in der Scheune des alten Fred Pickett von dem Tag, an dem er den Karren kaufte, bis zu dem Tag, an dem er starb. Das einzige, was je damit transportiert wurde, war der Leichnam des alten Fred, als sie ihn rüberschafften ins Leichen-schauuu-hauuus.«

Tommy schnitt ein Gesicht und Bobbys Augen wurden groß, als sie sich vorstellten, im selben Wagenkasten zu reisen, in dem der Leichnam des alten Mr. Pickett gelegen hatte. Danach waren sie nicht mehr so besonders begierig darauf, das Fuhrwerk zu kaufen, ganz gleich, wie hübsch es aussah.

Birch schien jedoch gänzlich unberührt von diesem Bericht über die unglückselige Fracht des FAMOUS-Fuhrwerks. Er schien auch von dem Gefährt selbst keineswegs beeindruckt zu sein, obwohl der Preis nur die Hälfte dessen betrug, was es in neuem Zustand gekostet hätte. Er schob die Hände in die Gesäßtaschen und umkreiste es langsam. Seine Augen waren ganz schmal, und er kaute auf seiner Unterlippe herum. Tommy hatte seinem Vater schon oft genug beim Handeln zugesehen, um zu wissen, daß das zumindest teilweise nur Show war. Birch wollte nicht, daß Bruder Williams dachte, er sei ganz wild auf den Wagen. Es gab noch eine Menge zu feilschen.

»Na, wie sieht's aus, Birch Tucker? Dein alter Herr hat ein günstiges Geschäft auf Anhieb erkannt.« Er lachte ausgiebig, als wirbelten tausend Erinnerungen an Birchs Pa durch seinen Kopf.

Bobby folgte seinem Vater auf den Fersen, als sie den Wagen ein weiteres Mal umkreisten und sich dann niederkauerten, um ihn von unten zu besehen. Tommy spähte über die Seiten des Wagenkastens und stellte sich den Toten vor, wie er von Kopf bis Fuß in Leinwand gewickelt darin lag. Er hoffte, sein Vater würde den Wagen nicht kaufen. Erst hatten sie daheim einen toten Häftling auf dem Grund ihres Flusses, und nun waren sie drauf und dran, ein Fuhrwerk zu erwerben, dessen bislang einziger Zweck es gewesen war, als provisorischer Leichenwagen zu dienen! Aber Tommy ließ nichts von seinen Überlegungen laut werden, um die Verhandlungstaktik seines Vaters nicht zu stören.

»Hinter dem Wagen hier sind noch ein paar andere Burschen her«, warnte Bruder Williams. »Wenn du ihn nicht kaufst, findet sich sicher ein anderer.«

Birch zog sein Taschenmesser hervor und kniete nieder, um die Farbe am unteren Wagengestell abzukratzen. Tommy wußte, daß sein Vater auf diese Weise überprüfte, ob der Wagen wirklich neu oder bloß frisch gestrichen war.

»Wie's beliebt«, sagte Bruder Williams achselzuckend. »Ich habe nichts zu verbergen.«

Birch sah ein bißchen verwirrt drein. Das Holz unter der Lackierung war neu und sauber. Es war offensichtlich nicht überpinselt worden. War es möglich, daß Bruder Williams sich von seinem alten Wandel abgewandt hatte und tatsächlich ehrlich geworden war? Wenn das der Fall war, dann hatte sich in den letzten zehn Jahren hier wirklich einiges verändert.

Birch stand langsam auf und klopfte mit den Fingern auf den Metallrand eines Rades. »Ich kapier' bloß eines nicht, Bruder Williams«, sagte Birch. »Wie kommt's, daß du den Wagen so billig verkaufst?«

Bruder Williams lachte. »Na, wenn's daran liegt, Birch, mein Junge, dann kann ich den Preis gern verdoppeln. Mir erschien er ganz angemessen.«

»Wie lange steht der Wagen schon hier hinten?«

»Nicht besonders lange ...«

»Und wieso hast du ihn nicht schon längst verkauft?«

Oben auf dem Heuboden der Scheune erklang ein gedämpftes Lachen. Es kam von Boomer Hugo, dem schwachsinnigen Stallburschen, der hier schon länger arbeitete, als Birch sich erinnern konnte.

»Hab eben auf die richtige Zeit gewartet.« Bruder Williams kümmerte sich nicht um das immer lauter werdende Lachen auf dem Heuboden über ihren Köpfen. »Hab sogar schon überlegt, ob ich ihn nicht ... ihn nicht selber behalte.«

Boomer Hugos Kichern wurde zu brüllendem Gelächter.

Birch blickte trotzig Bruder Williams an, der seinerseits grimmig zum Heuboden emporstarrte. Sogar Bobby war klar, daß dieser Wagen etwas an sich hatte, worüber man nicht gerne sprach.

Birch trat einen Schritt zurück und schrie zur Luke des Heubodens hinauf: »Boomer! Boomer Hugo! Komm mal her und laß dich ansehen!«

»Boomer, mach mit deiner Arbeit weiter!« konterte Bruder Williams.

Birch schenkte Williams ein langsames Lächeln. »Dir kauf ich diesen Wagen nicht ab, aber vielleicht kaufe ich ihn Boomer ab.« Dann wölbte er die Hände um den Mund und brüllte von neuem hinauf: »Boomer! Komm her, laß dich ansehen!«

Auf dem Heuboden oben war es totenstill geworden. Boomer hatte einen Fehler gemacht, und er wußte es.

Bruder Williams stieß zornig hervor: »Komm sofort hierher, Boomer, bevor ich dir den Hintern versohle.«

Eine ängstliche Stimme wurde vom Heuboden herab hörbar, aber niemand ließ sich blicken. »Versohlst du mir nicht auf jeden Fall den Hintern, Bruder Williams?«

Birch antwortete mit einem warnenden Seitenblick auf den Händler: »Niemand wird dich verprügeln, Boomer, solange du die Wahrheit sagst.«

»Stimmt das, Bruder Williams?« Immer noch ließ sich nur Boomers Stimme vernehmen.

»Jetzt ist's ohnehin schon egal«, murmelte Williams. Dann schrie er zu dem unsichtbaren Boomer hinauf: »Sag's ihm.«

Birch fragte: »Warum hat noch niemand dieses hübsche Fuhrwerk gekauft, Boomer?«

Schweigen. Boomer mochte bereit sein, zu reden, aber er wollte nicht ans Licht kommen. »Soll ich's ihm sagen, Bruder Williams?«

»Sag's ihm schon! Sag's ihm!« knurrte Williams zwischen den Zähnen. »Das hat man nun davon, daß man einen heimatlosen Halbidioten barmherzig aufnimmt!«

»Sag mir, warum niemand dieses Fuhrwerk kaufen will«, forschte Birch von neuem.

»Weil es ein Unglückswagen ist«, sagte Boomer mit seiner gruseligsten Stimme. »Ein Totenwagen. Erst hat sich Mr. Pickett aufgehängt und kam in diesen Wagen. Dann haben die Alkoholschmuggler ihn gekauft und wurden von den FBI-Beamten erschossen und in diesem Wagen ins Leichenschauhaus gefahren ... genau wie der alte Pickett. Und kein Mensch will einen Unglückswagen kaufen.«

Daraufhin nahm Bruder Williams seinen Hut ab und warf ihn nach dem Fuhrwerk. »Ich bring den Karren nie wieder los! Ich hab ihn bis nach Fort Smith geschleppt, um ihn dort loszuschlagen, aber die Geschichte war schneller dort als ich. Kein Mensch wollte ihn kaufen. Ich hab noch nie ein Fuhrwerk gesehen, das so neu war und schon so viel Geschichte gemacht hat.«

Birch verschränkte die Arme über der Brust und betrachtete das Unglücksvehikel. »Vielleicht bin ich immer noch interessiert.«

»Was? Im Ernst?« Bruder Williams war fassungslos. Er holte seinen Hut zurück und tätschelte den Wagen. Bobby und Tommy wichen weit zurück und beteten insgeheim, sie möchten ihren Vater mißverstanden haben.

»Stimmt schon. Aber erst muß ich mir deine Maultiere ansehen. Ich brauch ein gutes Gespann, um den Wagen zu ziehen, wenn ich ihn schon nehme.«

»Aber ja, liebend gerne! Aber ja, mein Junge! Ich hab's doch immer gesagt, du hast deinen Verstand beisammen, Birch Tucker!«

Birch nickte zustimmend. »Aber ich möchte, daß Boomer mir deine Tiere zeigt. Ist nicht böse gemeint, Bruder Williams. Es ist bloß, weil ich mit Boomer immer bestens ausgekommen bin. Er hat einen guten Blick für Maultiere, hab ich schon immer gedacht.«

* * *

*»Wie die alten Hebräer Ägypten verließen und ihre Herden vor sich her trieben, so verläßt Birch Tucker Hartford«,* murmelte Bruder Williams, während er beobachtete, wie sein Unglückswagen und zwei seiner besten Maultiere an der Spitze einer Karawane dahinzogen – drei zusätzlich angemieteten Wagen, die mit der Beute aus der kleinen Stadt beladen waren. Die Geschichte von Boomer und dem Unglückswagen hatte bereits in der ganzen Stadt die Runde gemacht und wurde im Friseurgeschäft lang und breit durchdiskutiert.

*»Das ist ein kluges Köpfchen, dieser Birch! Hat den beiden Jungen gesagt, er würde ihnen die Hosen ordentlich strammziehen, wenn sie ihrer Mutter verklickerten, was mit dem Karren los ist!«* Gelächter erfüllte Dees Friseurladen. Jedermann wußte, daß Bruder Williams auch Boomer eingeschärft hatte, niemandem etwas zu sagen, aber die Wahrheit würde ans Licht kommen, so oder so. Irgendwann würde Trudy herausfinden, daß die Leichen zuhauf in diesem Fuhrwerk gelegen hatten, und dann konnte sich Birch auf was gefaßt machen! Um ganz sicherzugehen, daß der Wagen nicht schon demnächst wieder hinter dem Viehstall stand, hatte Bruder Williams Birch gezwungen, eine Vereinbarung zu unterschreiben, die besagte: *Kein Rückgaberecht.*

Die Hälfte aller Gewerbetreibenden von Hartford standen an diesem Nachmittag vor den Bankschaltern King Henry V. und ließen sich Geld auf den Kreditbrief auszahlen. Es war ein guter Tag fürs Geschäft gewesen. Man fand es erfreulich, daß Birch wieder im Lande war. Seine Jungen waren im großen und ganzen wohlerzogen, und auch seine Frau war erträglich, obwohl sie wie eine Ausländerin sprach und die Nase ein bißchen hoch trug für eine einfache Farmersfrau.

Auch anderes Gerede über Trudy machte im Verlauf des Tages die Runde. Jedermann in der Stadt wärmte das alte Geschwätz wieder auf, wie Birch damals seine Heimat wegen dieser Frau verlassen hatte. Man konnte deutlich sehen, daß sie hübsch genug war, um einen Mann aus seinem Vaterhaus wegzulocken. Aber jetzt war die Frage, ob Birch wirklich glücklich war in seiner Ehe mit einer Frau, die so stur und hartnäckig war, wenn es ums Geschäft ging. Nachdem man alle Unterlagen verglichen hatte, stellte man fest, daß Trudy nirgendwo den vollen Preis für ihre Einkäufe bezahlt hatte – überall hatte sie etwas heruntergehandelt!

Augenbrauen hoben sich, als diese Information die Runde machte. Nun, das bewies nur, aus welchem Blut sie stammte, nicht wahr?

* * *

Durch das staubige Fenster über der rostfleckigen Küchenspüle konnte Trudy die weiße Linie der Birken vor dem Hintergrund hochgewachsener dunkler Fichten sehen. Sie beobachtete, wie die Birken sich von links nach rechts bogen – kein Wind bewegte sie, es sei denn das Schnaufen zweier kleiner Jungen hoch oben im Geäst. Bobby saß rittlings auf einem Ast und schaukelte den ganzen Baum wie ein riesiges Schaukelpferd. Tommy, der seinem Vater am ähnlichsten war, kletterte noch ein Stück höher hinauf und beugte den geschmeidigen Stamm zum Boden hinunter, um ihn danach wieder hoch und schlank emporschnellen zu lassen. Die ganze Zeit schallte ihr Jauchzen über das Feld und vervielfachte sich in der Felsbucht, bis es da unten im Feld wie das Lachen von zwei Dutzend kleiner Jungen klang – ein ganzes Baseball-Team, das schrie und jubelte und sich gegenseitig Herausforderungen zuschrie! Aber es waren nur die beiden, die sich mit erfundenen Abenteuern die Zeit vertrieben, bis ein wirkliches Baseballteam aufzutreiben war. Auch die Birkenbäume zitterten vor Lachen. Hatten diese alten Bäume, die Opa Sinnickson in Birchs Geburtsjahr gepflanzt hatte, feierlich darauf gewartet, daß Birch seine eigenen Söhne zurück nach Hause brachte, damit sie auf ihnen herumklettern konnten?

Trudy war immer noch im Mantel. Es war kalt im Haus, aber schon bald würde es warm sein. Zwei stämmige junge Männer aus der Eisenhandlung halfen Birch, den Koch- und Heizherd zu transportieren. Er war längst nicht so grandios wie der Kochherd, der sich früher hier befunden hatte. Er war nur ein Acme Charm-Fabrikat, hatte weniger Chrom an sich und nur ein kleineres Heißwasser-Reservoir, aber er war genau das, was Trudy sich immer gewünscht hatte.

Sie wandte sich nicht um, obwohl sie ihr Kratzen und Klappern hörte.

»Da, sehen Sie mal, Mr. Birch! Ihr Ofenrohr paßt tadellos!«

»Es bringt Glück, wenn das Ofenrohr auf Anhieb paßt, wußten Sie das?«

Dann hörte man, wie der metallene Warmhalteofen mit dem Rolladendeckel geöffnet und geschlossen wurde, und danach die Feuertüre, und danach jeder einzelne runde, acht Zoll im Durchmesser große Deckel über den Brennern!

Birchs Stimme klang zufrieden. »Sieht ganz ordentlich aus!« Und dann: »Du kannst ihn dir jetzt anschauen kommen, True!«

Erst jetzt wandte sie den Blick von den festlich gestimmten Birken ab. »Oh«, seufzte sie und streckte die Arme aus, um mit den Händen über das kalte Gußeisen zu fahren, das ihre Familie wärmen und ihre Mahlzeiten kochen würde. »Oh! Sieh ihn nur an! Oh ...«

Das war nun eine Geschichte, die man im Friseurladen erzählen mußte! Mrs. Trudy Tucker vergoß tatsächlich Tränen wegen eines Küchenherds! Keiner der Männer, die für den Möbeltransport angeheuert worden waren, hatte je dergleichen gesehen! Die Frau hatte gefeilscht und gehandelt, um den Preis dieses Kochherds um drei schäbige Dollar zu drücken und den Transport kostenlos dazu zu bekommen. Sie hatte lauthals kundgetan, daß es absolut kein besonderer Herd sei, daß sie zwanzig von der Sorte billiger bekommen könnte, und dann hatte sie doch glatt Anstalten gemacht, einfach aus dem Geschäft hinauszumarschieren! Als wäre ihr der Acme Charm-Kochherd schnurzpiepegal! Und jetzt stand sie und schniefte und rotzte vor Glück, weil das Ofenrohr auf Anhieb paßte und weil das Ding hohe Füßchen hatte, so daß sie darunter den Boden fegen konnte! Die Frau mußte man erlebt haben!

Die Arbeiter mit ihren schmutzigen, rußgeschwärzten Gesichtern betrachteten peinlich berührt ihren Gefühlsausbruch. Sie nahmen die Mützen ab und knitterten sie in ihren fleischigen Pfoten. Sie senkten die Stimmen.

»Wo sollen wir diese Kommode hinstellen, Mr. Birch?«

»Was machen wir mit dem Sofa und dem Sessel und dem Wohnzimmerofen? Das Rohr paßt nicht zum Wohnzimmerofen, Mr. Birch.«

Birch überließ Trudy der Gesellschaft ihres Acme Charm-Herdes und eilte dann hinaus, um Ordnung ins Chaos zu bringen. Die Schlafzimmermöbel, der Eßtisch und die Sessel stapelten sich im Zentrum des Raumes. Stühle standen umgestürzt auf anderen Stühlen, Bettgestelle lehnten an der Wand. Die Scheune war ein einziges Durcheinander aus Pflügen, Futter und Saatgut und all dem Zeugs, das in eine Scheune gehört. Es würde Tage dauern, bis jedes Ding an seinem Platz stand.

Birch blickte zum Himmel auf. Im November wurde es früh dunkel, und mit dem Maultierkarren brauchte man mehr als eine Stunde zurück nach Hartford.

»Haben Sie alles unter Dach und Fach gebracht?«

»Ja, Sir, Mr. Birch. Sie werden noch ein zusätzliches Stück Ofenrohr für das Wohnzimmer kaufen müssen.« Der riesenhafte Ire warf einen besorgten Blick in Richtung des fortdauernden Geschnüffels aus der Küche. »Aber wir haben die Öfen für Sie genau an die richtige Stelle gerückt.«

»Na, dann solltet ihr euch besser auf den Rückweg in die Stadt machen, Burschen, damit euch nicht die Finsternis überrascht.« Er bezahlte jedem von ihnen einen Dollar für die gute Arbeit und verabschiedete sie dann.

Der Arbeiter schnappte zufrieden nach der Dollarnote und sagte: »Selbst wenn wir in die Nacht hineingeraten, fahren wir wenigstens nicht in diesem Unglücksfuhrwerk!«

Birch räusperte sich unnötig laut – eine Warnung, daß der Wagen in so unmittelbarer Nähe Mrs. Tuckers keinesfalls erwähnt werden durfte.

Der Ire warf einen Blick zur Küche hinüber, nickte und zwinkerte. »Oh ... sicher«, flüsterte er. »Ist vielleicht zuviel für die kleine Frau, besonders, nachdem eben erst dieser entsprungene Häftling im Fluß ertrunken ist!«

Birch packte ihn an den Ellbogen und beförderte ihn zur Türe hinaus und die Stufen hinunter. »Schönen Dank noch, Leute!« schrie er ihnen mit übertriebener Fröhlichkeit nach. Der Möbelpacker hatte recht. Es war viel besser, wenn Trudy sich darauf konzentrierte, vor Freude über ihren neuen Kochherd zu schluchzen, als wenn sie eine weitere Nacht damit zubrachte, über die Ereignisse des vergangenen Tages und die blutige Vorgeschichte des Fuhrwerks in der Scheune nachzugrübeln.

Er war erleichtert, als er wieder ins Haus trat und sie immer noch glückselig in der Küche vor sich hinschniefen hörte.

* * *

Von seinem Versteck hinter dem Zaun aus hatte David neidisch beobachtet, wie die Kartenkäufer den ganzen Tag über kamen und gingen. Die Menschenschlange rückte langsam vorwärts, schien aber um nichts kürzer zu werden. Der Zustrom der Baseballfans würde nicht aufhören, das wußte David, bis jeder einzelne Platz auf der Zuschauertribüne für jedes einzelne Spiel in Philadelphia belegt war.

Später am Nachmittag kam Wind auf und trieb eine Schicht grauer Wolken über den Himmel, so daß es aussah, als bedeckte ein riesiges graues Zeltdach das Blau des Firmaments. Vielleicht würde es regnen, aber nach wie vor stellten sich die Glückspilze vor den Kartenkiosken an, um ihre Gutscheine gegen Karten einzutauschen. Der erste Regentropfen klatschte auf Davids Wange, und im selben Augenblick öffneten sich in der Schlange der Leute, die um Karten anstanden, Dutzende schwarzer Regenschirme.

Der Regen trieb David schließlich aus seinem Versteck. Der Cop auf der gegenüberliegenden Straßenseite mochte ihn entdeckt haben, aber vielleicht war er der Ansicht, daß es sich nicht lohnte, wegen eines so geringen Fanges naß zu werden. Er blieb auf seinem Posten neben dem Eingang und rührte keinen Finger, als David die Straßenbahn bestieg und im Verein mit zwei Dutzend frischgebackenen Besitzern von Weltcupkarten seinen Nickel Fahrgeld bezahlte.

Jeder einzelne der Männer, die in dieser Straßenbahn fuhren, hatte seinen weißen Briefumschlag zur Hand genommen, um die Platznummern auf der Tribüne zu vergleichen und darüber zu debattieren, welche Sitze gut und welche weniger gut waren. David hätte sich mühelos an einem Gespräch über Schlagtechniken oder Klassespieler beteiligen können, aber niemand redete über Baseball – alle redeten nur über Sitze und Schwarzmarktpreise und die Tatsache, daß im Augenblick zwei Logenplätze mehr wert waren als ein Bankkonto. David gab vor, nicht interessiert zu sein. Er zog seinen Handschuh hervor und warf ihn in die Luft.

»Na, Kleiner«, sagte ein grau in grau gekleideter Mann, der wie ein Bankbeamter aussah. »Wo wirst du denn sitzen?!

»Sie machen wohl Spaß?« rief ein anderer, der einen Arbeitsoverall trug. »Der Kleine spielt doch mit, nicht wahr?«

Rundum erhob sich freundliches Gelächter, und jemand fuhr ihm durchs Haar und warf seine Mütze auf den Boden der Straßenbahn. »Ich sitze ...« David bückte sich, um seine Mütze aufzuheben. Er blinzelte, als er einen kleinen weißen Umschlag auf dem schwarzem Kunststoffboden liegen sah. *Ein Umschlag mit Karten für den Weltcup!* Er griff nach seiner Mütze, und im selben Augenblick hob der Bankangestellte den Umschlag auf.

»Da, Kleiner«, sagte der Mann und streckte ihm den Schatz entgegen. »Das ist dir runtergefallen.« Er warf den Umschlag in Davids umgedrehte Mütze.

David glotzte fassungslos und wollte schon protestieren, als die Straßenbahn mit laut schellendem Signal anhielt und der Bankangestellte zusammen mit einem Halbdutzend anderer Männern ausstieg, die alle ihre Eintrittskarten für den Weltcup in die Tasche steckten.

Die Glocke schellte zweimal hintereinander, und die Straßenbahn ruckelte weiter. Neue Passagiere suchten sich einen Platz, während David dasaß und darauf wartete, daß irgend jemand ihm den Umschlag aus der Hand riß und ihn einen Dieb nannte. Niemand tat etwas dergleichen. Passagiere stiegen zu und Passagiere stiegen aus. David starrte das weiße Stückchen Papier in seinem Hut an und begriff ...

*Es war zweifellos leer.*

Nur dieser Gedanke verlieh ihm den Mut, hinzufassen und den Umschlag zu öffnen. *GÜLTIG FÜR EINE PERSON. SHIBE PARK – SITZ F, LOGE 15.* David stöhnte leise und berührte die obere der beiden Eintrittskarten, um sicherzugehen, daß er nicht träumte. *Logensitze? Konnte die Aufschrift tatsächlich Logensitze bedeuten? Loge Nummer 15?*

Er blickte alarmiert auf, überzeugt, daß irgend jemand mit einem schmerzlichen und wild erregten Gesichtsausdruck in der Straßenbahn mitfuhr. Irgend jemand hatte diese Karten verloren, davon war David überzeugt, aber vielleicht war dieser Jemand bereits aus der Straßenbahn ausgestiegen. *Achtlos! Sorglos! Stinksauer!* Der Vorbesitzer dieser Logenplätze würde seine Taschen zerreißen und den Weg bis zum Shibe Park Schritt für Schritt absuchen!

David zog die Eintrittskarten heraus und hielt sie fest umklammert, wie eine Trumpfkarte beim Poker. Wenn der Jemand, der sie verloren hatte, sich noch in der Straßenbahn befand, würde er sie zweifellos entdecken.

»Hallo, Kleiner!« lächelte ihn ein junger Fabrikarbeiter an. »Du hast also auch Karten für den Weltcup, ja?«

»Ja.« David lächelte nicht. Er wartete darauf, daß der Besitzer der Karten sich brüllend auf ihn stürzte.

»Wo sitzt du denn?«

David ließ den Blick hastig über eine ganze Anzahl interessierter Gesichter schweifen, dann zeigte er die Papierstreifen her. »Loge Nummer 15. Sehen Sie? Sitze F und G.«

Der Fabrikarbeiter pfiff leise. Andere Männer, die sich auskannten, nickten voll Bewunderung. »Bessere Karten kriegst du nirgends, Kleiner. Es sei denn, du sitzt Connie Mack auf den Schultern.«

Niemand stürzte sich auf David. Niemand brüllte. David rauschte das Blut in den Ohren, während er die Eintrittskarten in den Umschlag zurückschob und sie in seine Hemdtasche schob, direkt über dem Herzen. Er ließ die Hand darauf liegen. Er fühlte, wie heftig es pochte. Kein Zweifel, er hatte ein Herz, was immer Brian O'Halloran auch sagen mochte!

* * *

Es war schon beinahe dunkel, als David schließlich nach Hause rannte. Berauscht vor Aufregung, stürmte er die Treppen hinauf, wobei er zwei Stufen auf einmal nahm, und riß lärmend die Haustüre auf. Er hatte seine früheren Übertretungen ganz vergessen. Vergessen, daß er die Schule geschwänzt hatte, vergessen, daß Ralph »Oink« Johnson von der Polizei geschnappt worden war ... Er hatte sogar vergessen, daß seine Mutter nicht zu Hause sein würde, um von seinem Glück zu hören.

»Mama?« schrie er, während er in den Salon stürzte. »He, MAMA!«

Ein rascher Blick glitt über den Raum. Mrs. Crowleys Radio stand im Winkel. Die Uhr tickte in der schweigenden Leere. Jetzt erst brach die Wahrheit mit voller Wucht über ihn herein.

Er stand keuchend mitten im Zimmer, als Mrs. Crowley mit grimmigem Blick im Rahmen der Küchentüre auftauchte.

»Da bist du ja!« schnauzte sie ihn an. »Ich dachte, du kämst vielleicht überhaupt nicht mehr nach Hause.« Sie beäugte ihn zornig. »Mrs. Johnson hat angerufen.«

»Mrs. Johnson ....« Oinks Mutter. Sie war auf dem Kriegspfad, soviel war klar. Jetzt fiel David alles wieder ganz deutlich ein.

»Die Schule hat auch angerufen ...«

»Ja, klar.«

»Ich hab ihnen gesagt, du würdest nicht mehr kommen; und ganz offen gesagt, nachdem du den kleinen Ralph heute dazu angestiftet hast, die Schule zu schwänzen, waren sie nicht gerade enttäuscht, zu wissen, daß du gehst. Erspart ihnen die Mühe, dir eine Tracht Prügel zu verabreichen, würde ich sagen!«

David senkte den Blick auf seine Schuhspitzen. Vielleicht war es den Lehrern egal, wenn er fortging, aber Oink würde ihn vermissen. Und Willie und all die anderen Jungen. Keine Chance mehr, die Murmeln zurückzugewinnen, die er an sie verloren hatte. »Hat Oink ... ich meine Ralph ... hat er zu Hause Ärger gehabt?«

Die alte Frau blinzelte hinter ihren Brillengläsern. »Was glaubst du wohl?« Sie schniefte empört und trat einen Schritt weit in den Raum – David nahm an, sie wollte ihn an den Ohren packen und in sein Zimmer zerren, aber sie tat nichts dergleichen. Wozu auch? Was hätte es noch für einen Sinn gehabt?

»Ich nehme an, er hat Saures gekriegt«, sagte David.

Sie riß ihm die Mütze vom Kopf und drückte sie ihm in die Hand. »Glaub bloß nicht, daß sie dir im Kinderheim solche Faxen durchgehen lassen! Nein, mein Lieber! Und bei mir kommst du auch nicht mehr durch damit. Ich habe Pater Johannes schon angerufen. Er ist bereits unterwegs, um dich abzuholen.« Sie schäumte vor Zorn. »Ich weiß nicht, wie sich die Leute das vorstellen, daß ich Tag und Nacht auf dich aufpassen soll. Ich kann dir doch nicht jeden Morgen bis zum Schultor nachlaufen, oder? Nun, du bist sicher in einem Heim besser aufgehoben, mehr kann ich dazu nicht sagen. Irgendwo, wo sie dich im Auge behalten können.«

»Ja, Ma'am«, sagte David leise. Er hatte ganz vergessen, warum er noch einen Augenblick vorher so glücklich gewesen war. *Was war los? Was war geschehen?* Seine Hand berührte den steifen Umschlag in seiner Tasche und die Erinnerung kehrte zurück. Alles kam zurück, außer dem Glücksgefühl. Das war völlig verschwunden. Wenn er noch heute nacht ins Kinderheim mußte, was konnte er dann mit den Karten anfangen?

»Er wird dir eine Standpauke verpassen, und wahrscheinlich noch mehr als das.« Die alte Mrs. Crowley schien sich daran zu weiden, daß er in der Tinte saß.

»Kann ich den Jungen nicht wenigstens Lebwohl sagen?«

»Das hättest du heute tun können. Und morgen. Nun, jetzt will dich die Schule nicht mehr zurückhaben, und du bist selbst dran schuld.« Sie starrte ihn mit stählernem Blick an. »Du solltest lieber fertigpacken, wenn du es noch nicht getan hast.«

»Ist alles erledigt.«

»Na dann?« Die Hände auf die Hüften gestemmt, wartete sie darauf, daß er den Raum verließ.

Er drehte sich um und sah, wie sie den Korridor entlangstarrte. »Mrs. Crowley?«

»Ja? Was willst du noch?«

Er blickte in sein Zimmer, blickte die säuberlich etikettierten Besitztümer an, die oben auf seiner Kommode lagen. »Ich hab den Kram da für die Jungs beiseite gelegt ... meine besten Sachen, verstehen Sie? Um sie Oink und Beany und Willie zu schenken. Ich hab Zettel mit ihren Namen daraufgeklebt. Könnten Sie ihnen sagen, sie sollen kommen und sich die Sachen holen?«

Einen Augenblick lang flackerte eine weichere Regung über ihr Gesicht, und dann kehrte die Kühle zurück. Sie nickte kurz angebunden, um ihre Zustimmung zu seiner Bitte auszudrücken. »Ein Haufen Trödel, wenn du mich fragst«, sagte sie. »Ihre Mütter werden keine Freude haben, wenn sie den Kram nach Hause schleppen. Aber ich werde ihnen trotzdem sagen, daß es hier ist.«

»Danke.« David schloß die Türe hinter sich. Er ließ sich schwer auf sein ächzendes Bett sinken und nahm die Karten für den Weltcup heraus. Was sollte er jetzt mit ihnen anfangen? Wenn er nur noch eine einzige Woche in Freiheit verbringen könnte ... ja, wenn. Dann hätte er Oink zu dem Spiel mitgenommen, und dann hätte er vielleicht sogar wirklich ein Autogramm von Connie Mack bekommen. Was hatte es also für einen Sinn gehabt, einen so wunderbaren Schatz zu finden?

# DIE HOHLE EICHE

In weiter Ferne hallte die Signalpfeife der Rock Island-Lokomotive über die Baumwipfel und die Kuppen der Hügel.

»Das ist der Nachmittagszug zurück nach Fort Smith«, rief Tommy seinem Bruder Bobby zu. Die Pfeife schrillte von neuem. Tommy warf den Kopf zurück und ahmte den Klang nach, dann lachte er laut vor Freude, weil er über den Zug schon so gut Bescheid wußte. Sie hatten bereits zweimal eine Wettfahrt mit der großen Dampflok gemacht. Jetzt war sie schon wie eine alte, vertraute Freundin. Durch die Zweige seiner Birke konnte Tommy gerade noch die Rauchwolke erkennen, wie sie aufstieg und sich mit den Wolken am Himmel vermischte. »Jetzt hält die Lok an, um Wasser aufzunehmen«, erklärte er Bobby mit der ganzen Autorität des Älteren.

Bobby krähte sein eigenes Zugsignal und schaukelte seinen Baum, als wäre er ein Rennpferd, das neben dem Zug hergaloppierte.

Tommy konnte sich nicht erinnern, daß er sich je zuvor so großartig gefühlt hatte. Er hatte Züge immer nur als schwarze, rauchende Ungeheuer betrachtet, die Menschen und Dinge in weite Ferne entführten. Aber Shiloh hatte seinen eigenen Zug. Wahrscheinlich hatte er alles transportiert, was Mama und Pa in Hartford eingekauft hatten. Er war hier vorbeigetuckert, vollbeladen mit Kochherden, Betten und Pflügen und hatte alles in Hartford abgeladen, wo es auf den Tag wartete, an dem Mama und Pa das alles nach Shiloh heimbringen würden.

Dieser Zug würde zweimal täglich an der Farm vorbeifahren und ihnen *»haa-loo-hooo«* zurufen, von nun an bis in Ewigkeit! Tommy kam zu dem Entschluß, daß er sich an dem Zug und dem Signalpfiff, der über das Tal schwebte, niemals sattsehen und satthören würde.

Der Nachmittagsnebel lichtete sich im Westen. Die Sonne schien hindurch. Tief am Himmel stehend, ähnelte sie dem großen kupfernen Gong im chinesischen Restaurant in Tulsa. Die meisten Familien der Ölarbeiter gingen am Zahltag dorthin essen. Tommy hatte oftmals diesen Gong betrachtet und sich im stillen über seine Mutter geärgert, weil sie Pa nie erlaubte, die Spendierhosen anzuziehen und sie dorthin zum Essen auszuführen. Sie mußten sparen, sagte sie mit fester Stimme, und wenn sie jemals ein eigenes Haus haben wollten, dann waren die chinesischen Restaurants gestrichen! Heute war Tommy froh, daß er niemals eine der Frühlingsrollen gekostet hatte, von denen seine Schulkameraden Wunderdinge zu erzählen wußten. Das Leben da oben im Haus war es wert, daß man seinetwegen auf alle Glückskuchen der Welt verzichtete!

Er stellte sich vor, wie seine Freunde in langer Reihe an dem Gong vorüberzogen und ein merkwürdig schmeckendes Essen hinunterschlangen, um nachher in die Arbeiterbaracken zurückzukehren, in denen alle Leute in den Ölstädten wohnten. Er hätte Shiloh nicht für alle chinesischen Gongs der Welt eingetauscht!

Tommy saß still auf seinem Ast und lauschte dem friedlichen Rauschen des James Fork-Baches. Er rutschte ein Stück hinab, um nicht in die Sonne schauen zu müssen. Durch die Bäume hindurch konnte er gerade noch die Stelle des Flußufers sehen, wo der Häftling ertrunken war. Die brüllenden Männer und kläffenden Hunde hatten die sanften Geräusche des Wassers mit ihren Flüchen übertönt. Heute jedoch schien es ein völlig anderer Ort zu sein.

Die weiche Stimme des James Fork rief Tommy oben in seinem Krähennest zu. Wollte er nicht kommen und sehen, ob Pfotenabdrücke und Stiefelspuren im Schlamm waren? War es tatsächlich wahr, daß ein Kannibale frei herumlief? Wenn er und Bobby sich ganz nahe zum Wasser hinunterbeugten, würden sie dann vielleicht etwas Dunkles und Unheimliches unter seiner Oberfläche entdecken?

Die Stimme des James Fork war jetzt beinahe hörbar. Auch Bobby vernahm sie. Die Augen der beiden Jungen trafen sich in schweigender Zustimmung zu dem unausgesprochenen Gedanken. Gemeinsam rutschten sie an der glatten, weißen Rinde der Birken hinab und eilten den Pfad durchs Dattelpflaumengebüsch entlang auf die umgestürzte Eiche zu, die eine Brücke über das Wasser bildete.

Die Ufer des tiefen, vom Regen angeschwollenen Baches waren von einem Durcheinander wirrer Spuren gezeichnet. Tommy kauerte sich nieder, um sie zu betrachten, wie er seinen Vater bei einem Jagdausflug die Spuren von Wild betrachten sehen hatte. Aber hier war nichts so Zierliches wie der Abdruck eines Rehhufs zu sehen. Die großen Abdrücke von Stiefeln mit Profilsohlen trampelten über die Eindrücke von Hundepfoten hinweg; Hunderte von Pfotenabdrücken tüpfelten den Schlamm. Die Meute hatte nur aus etwa einem Dutzend Hunde bestanden, wie Tommy wußte, aber jetzt, wo sie weitergezogen waren, schienen es viel mehr zu sein.

Bobby zögerte. Er hielt sich vom schlammigen Ufer fern und schlang die Arme um einen Baum, als könnte er dort Schutz finden vor dem Ding, das sich zweifellos unter dem dunklen Gewässer befand.

»Komm schon«, drängte ihn Tommy, während er auf die umgestürzte Eiche kletterte.

»Ich mag nicht.« Bobby blieb neben seinem Baum stehen.

»Komm schon.« Tommy blieb hartnäckig. Fordernd. Er forderte Bobby heraus, den Fuß dorthin zu setzen, wo die Männer und die Hunde gegangen waren, den Abdruck seines kleinen Stiefels über ihre Abdrücke zu setzen.

»Mama sagte, wir dürfen nicht über den Bach ...«

»Das war gestern. Hast du die Hosen voll?«

»Nein!«

»Oh doch! Du hast Angst, hier rauszukommen und mit mir runterzuschauen!«

»Hab ich nicht!« schrie Bobby.

»Angsthase! Kleines Mädchen!«

»Nein!« Bobby ließ seinen Anker fahren und stolperte vorwärts auf das schlüpfrige Ufer. »Sag das nicht nochmal, Tommy Tucker, oder ich reiß' dir den Arsch auf!«

Tommy hatte den Zweikampf gewonnen. Er grinste überlegen und trabte zur Mitte des mächtigen Baumstamms hinaus. Er setzte sich nieder und ließ die Beine auf der Seite, die stromaufwärts wies, hinunterhängen. Bobby gesellte sich einen Augenblick später zu ihm und setzte sich neben ihn.

»Na?« murmelte Bobby. »Jetzt siehst du, daß ich kein kleines Mädchen bin.«

Tommy gab keine Antwort. Er war viel zu beschäftigt damit, eindringlich ins Wasser zu starren. Dunkle Schatten bewegten sich und wechselten mit der Strömung den Ort. Oder war das hier vielleicht etwas anderes? Ein Teil eines in Eisen gelegten Mannes? Ein Arm? Ein Bein? Das Wasser war hier tief genug, daß drei Männer übereinander nicht vom Boden bis zur Oberfläche gereicht hätten. Kein Wunder, daß der Häftling außer Sicht gesunken war.

»Siehst du es?« Tommy deutete auf ein im Wasser versunkenes Bein. Oder war es ein Arm?

»Heh?« Bobby neigte sich vor, um das Ding genauer in Augenschein zu nehmen. Es war tatsächlich lang und dunkel. Schaukelte in einer kleinen Ausbuchtung des Ufers hin und her, als winkte ein Arm aus dem Grab. »Komm, wir holen Pa.« Bobby brachte es nicht fertig, den Blick abzuwenden.

»Meinst du, das ist *er*?«

Bobby schauderte und schluckte schwer. »Komm schon. Wir holen Pa!«

»Sieht doch ganz so aus, meinst du nicht, Bobby? Meinst du, es gibt eine Belohnung, wenn man den Leichnam findet?«

Bobby hob zornig die Stimme. »Ich will Pa holen!«

»Dann lauf und hol ihn«, sagte Tommy. »Ich bleibe hier und behalte es im Auge, nur für den Fall, daß es unter dem Baumstamm hindurch und flußabwärts weggetrieben wird. Obwohl ich's kaum glaube, ich wette, es hängt an irgend etwas fest.«

»Komm mit.« Bobby blickte zum dunkelnden Himmel auf. Er wollte den langen Weg über den Hügel bis zum Haus nicht allein zurücklegen. Vor allem nicht, wenn das dunkle Ding da unten wirklich ein Mensch war.

»Ich muß hierbleiben und drauf aufpassen«, sagte Tommy. »Jetzt mach schon!«

Bobby schwang die Beine hoch und zog die Füße an, um auf dem Baumstrunk aufzustehen. Dann geschah das Undenkbare.

Der Schlamm auf der Unterseite seiner glattbesohlten Stiefel rutschte auf der Rinde aus. Splitter und Rindenreste gruben sich in seine Hände, als er verzweifelt versuchte, sich an den Baum zu klammern. »Tommy!« kreischte er, als er an dem durchhängenden Baumstamm entlangrutschte und genau über dem schattenverhangenen Ort in das eisige Wasser des James Fork stürzte!

»Bobby! Bobby! Pa!« schrie Tommy wieder und wieder. Er lag auf dem Bauch und versuchte Bobbys ausgestreckte Fingerspitzen zu erreichen.

Bobby keuchte vor Anstrengung in der beißenden Kälte und schrie dann, er könnte Tommys Hand nicht erreichen. Das Wasser umklammerte ihn, zog ihn in die Tiefe, riß an seinen Beinen wie eisige Finger.

»Halt dich fest! Halt dich fest!« schrie Tommy, während er seinen Gürtel losmachte und ihn seitlich über den Baumstamm hinabhängen ließ. »Pack ihn!«

Mit einem verzweifelten Sprung streckte Bobby sich nach dem Gürtel aus und verfehlte ihn um wenige Zentimeter. »Tommy, hilf mir!« brüllte er, und dann schwemmte ihn das Wasser fort, unter dem riesigen Baumstamm hindurch, in die Strömung hinein. In heller Panik wandte Tommy sich zur anderen, flußabwärts gewandten Seite des Baumstamms, in der Erwartung, Bobby aus den Wellen auftauchen zu sehen. Schrecken und Kummer überwältigten ihn. Sekunden vergingen. Bobby tauchte nicht wieder auf.

»Bobby!« schluchzte er. »Bitte stirb nicht! Oh, Bobby! Tu's nicht! Komm rauf! Bitte!« Die schwarzen Fluten des Flusses glitten schweigend vorbei. Tommy wandte sich wieder flußaufwärts. Hing sein Bruder an irgend etwas fest? War er unter dem Baumstamm gefangen? *»Wo bist du?«* Niemand konnte so lange unter der Wasseroberfläche bleiben, ohne Atem zu holen. *Es war schon viel zu lange!* Tommy hielt den Atem an, als könnte das Bobby irgendwie helfen. Seine Lungen brannten vor Anstrengung. Die Luft entwich in einem heftigen Stoß aus seinem Mund. »Pa!« Tommy sank auf dem Baumstamm hin und vergrub das Gesicht in den Händen. *»Hilfe! Jemand muß uns helfen! Oh, Bobby!«*

Dann antwortete eine gedämpfte Stimme aus der Eiche – eine

tiefe und sonore Stimme, die zwischen der Eiche und dem Wasser hervorzudringen schien: *»He, du da, Junge! Bist du da, Junge?«*

»He? Wer spricht da?« Tommy spähte von neuem über den Rand des Stammes. Nur das Wasser war da und der dunkle Schatten. Aber es war eine menschliche Stimme, die zu ihm gesprochen hatte. »Mein Bruder ist hineingefallen! Er ist ertrunken!«

»Er ist nicht ertrunken. Ich hab ihn rechtzeitig erwischt. Aber ich kann ihn nicht mehr lange halten.«

»Wo bist du?« Tommy konnte nichts erkennen, als er hinunterspähte.

»Im Bauch von diesem Baum hier! Hol deinen Pa, Junge!«

»Bobby? Bist du da unten?«

Die Stimme des Mannes schrie zornig auf. »Mach, was ich dir sage! Hol deinen Pa! Sag ihm, er soll einen festen Strick mitbringen, bevor ich das Kind hier verliere!«

»Ich gehe schon!« Tommy kroch aufs Ufer zu. »Tun Sie meinem Bruder nichts, Mister!« Tommy war ganz sicher, wer da unter dem Eichenstamm steckte. Jetzt wußte er, wie der Mann den Hunden entflohen war!

»Ich tue ihm nichts! Aber ich kann ihn auch nicht mehr lange halten! Verflixt! Sag deinem Vater, er soll sich beeilen!«

* * *

»Wenn ich *drei* sage, heb an deinem Ende hoch«, gab Birch Anweisungen von seinem Ende des schweren Eichentischs. Baby Joe saß mitten auf dem Tisch und wartete darauf, aus der Mitte des Vorderzimmers ins Eßzimmer transportiert zu werden, wo eine Reihe Fenster über das Tal hinausblickte. »Fertig?«

Trudy nickte. »Fertig.«

»Okay dann. Eins ...«

*»Paa – paaa!«* Tommys Stimme erhob sich klagend und verklang wieder.

»Zwei ...«

*»Pa – paaa! Hiiilf miiir!«*

Trudy erstarrte. Das war kein gewöhnlicher Hilferuf. »Birch?« Sie stürzte ans Fenster. War jemand von einem Baum gefallen?

*»Hiiilf miiir, Pa!«*

Birch stürzte auf die Vordertreppe hinaus und ließ den Blick auf der Suche nach seinen Söhnen über die Felder gleiten. Trudy riß Klein Joe an sich und rannte hinaus in den Hof.

»Tommy?« rief sie zurück.

*»Mama! Bobby ist reingefallen ... in den Bach! Er ertrinkt!«* Sein Stimme steigerte sich zu einem Klageschrei und erstickte in einem verzweifelten Schluchzen.

Trudy begann den Karrenweg entlangzurennen, der am Feld vorbei und zu den Ufern des James Fork hinunterführte. *»Oh Gott!«* schluchzte sie laut. *»Lieber Jesus, hilf ihm!«*

Einen Augenblick später galoppierte Birch auf dem bloßen Rücken eines Maulesels an ihr vorbei. Über die Schulter hatte er eine Rolle Seil geschlungen, und er trieb das Maultier mit Gertenhieben zu jagender Eile an, dem Bach zu.

* * *

In weiter Ferne hallte Tommys Stimme durchs Tal. Bobby erschien das alles wie ein Traum. *Undeutliche Stimmen und die schwarze Höhle im Bauch der Eiche, nur sechs Zoll von seinem Gesicht entfernt.*

Starke Hände griffen aus der Schwärze, hielten seinen Kopf und packten seine Jacke. Er konnte das Klirren von Ketten wie eine Melodie hören und eine tiefe, hallende Stimme aus dem Herzen des Baumes.

*»Halt durch, Junge, es dauert nicht lange. Ich halt' dich fest. Ich laß dich nicht mehr los. Dein Bruder ist schon zum Haus gelaufen, um deinen Papi zu holen. Halt nur durch, Junge.«*

Bobby versuchte seine gefühllosen Lippen zu bewegen. Er versuchte, den Händen und dem Baum danke zu sagen. Kälte und Erschöpfung machten ihm sogar das unmöglich. Er wollte nur noch schlafen – auf dem Wasser treiben, an den Händen der freundlichen Eiche hängend dahinschweben. Sein Dank kam ihm nur als Stöhnen über die Lippen.

*»Du schaffst es schon, Junge ... ich laß dich nicht ertrinken. Dein Papi kommt schon ...«*

Bobby dachte, wie angenehm es wäre, zu schlafen. Er konnte seine schweren Stiefel nicht mehr fühlen, auch nicht den wassergetränkten Mantel, der ihn unter Wasser gezogen hatte. Das Zerren des Wassers war immer noch spürbar; es versuchte ihn aus den Händen der Eiche zu reißen. Es war, als hielte ihn nur noch die Stimme der Eiche über Wasser. Nur die Stimme.

*»Strampel mit den Beinen, Junge!«* Die Stimme klang streng, wie Mamas Stimme, wenn sie etwas auf der Stelle getan haben wollte. *»Beweg deine Beine! Laß dich nicht von der Kälte überwältigen! Sofort jetzt!«*

Bobby war müde, so schrecklich müde. Er versuchte der Eiche zu gehorchen, aber seine Beine waren klein und müde im Vergleich zur Strömung des James Fork. Das Wasser brauste weiter. Wie konnte er dagegen ankämpfen? Bobby stöhnte von neuem. Er wollte der Eiche sagen, wie leid es ihm tat, daß er nicht mehr kämpfen konnte. Seine Stiefel waren voll Wasser, seine Kleider vollgesogen und schwerer als er selbst. Konnte die Eiche ihn festhalten, bis Pa kam? Bobby öffnete die Augen und versuchte, das Gesicht zu erkennen, das über ihm schwebte. Nur ein Schatten von Bewegung war zu sehen, ein weißes Funkeln und wiederum die Musik der Ketten.

Und die Stimme. *»Hast du einen Namen, Junge?«*

Bobby kannte seinen Namen. Er stand ihm ganz klar vor Augen, aber er brachte seine Lippen nicht dazu, ihn auszusprechen. *Bobby.*

»Hab gehört, wie dein Bruder deinen Namen schrie«, sagte die Eiche. *»Bobby, nicht wahr? Du mußt mit den Beinen strampeln, Bobby, sonst holt dich die Kälte.«*

Bobby brachte es fertig, eine schwach zuckende Bewegung mit den Beinen zu machen. Aber es war zu schwierig. Was wußte eine alte Eiche schon davon, wie es war, mit wassergefüllten Stiefeln gegen die Strömung anzukämpfen? Wieder ein Stöhnen. Bobbys Augenlider öffneten sich flatternd, um der Eiche Vorhaltungen zu machen.

*»Halt nur noch eine Minute durch, Junge! Ich hab sie schon kommen gehört. Halt durch! Ich werde nicht zulassen, daß das Wasser dich holt!«*

Schwach, als käme sie aus weiter Ferne, hörte Bobby die angstvolle Stimme seines Vaters. »*Bobby! Bobby! Mein Gott! Wo ist er, Tommy?*«

Die Eiche brüllte: »*Hier unten, Mister! Ich konnt'n grad noch schnappen! Hier hab ich ihn! Wir brauchen einen Strick, und zwar schnell!*«

Die Hände schüttelten Bobby kräftig durch. »*Heda, weilst du noch unter den Lebenden?*«

Pa schrie, der Strick sei an einem Baum festgebunden, sie brauchten nur zuzupacken. Er würde sie beide zusammen an Land ziehen.

»Herr Jesus«, murmelte die Stimme, und dann schlangen sich kraftvolle Arme um Bobby. Das Gewicht seiner Kleider und Schuhe schien plötzlich ein Nichts. Es war dunkel, als Bobby auf dem Rücken eines Schattens durch das Wasser getragen wurde.

Pa zog ihn ans Ufer, und Mama kam herbei und kniete weinend neben ihm nieder. Auch Tommy weinte.

Ketten klirrten neben Bobbys Ohr, und dann brach der Schatten aus dem Eichenbaum am Ufer zusammen und lag als regloser Haufen da. Bobby schloß die Augen und schlief.

# ENTHÜLLUNG

Das Telefon klingelte dreimal hintereinander, ehe Mrs. Crowley sich meldete. Der Ton ihrer Stimme wechselte von erfreut zu enttäuscht und wurde dann bittend. »Aber *wann* wird er denn hier sein können? ... Also, was soll ich jetzt machen? ... Soll ich ihm zu essen geben?«

Durch die dünnen Wände hindurch konnte David das gesamte Gespräch mit anhören. Pater Johannes würde also nicht so rasch kommen, wie die alte Frau gehofft hatte. Er war zu einem dringenden Termin gerufen worden. David wußte, was die dringenden Termine des guten Priesters zu bedeuten hatten. Vielleicht starb jetzt jemand anderes im St. Francis-Krankenhaus. Nun, auch gut. Daß irgendeine arme Seele das Sterbesakrament brauchte, bedeutete, daß die Urteilsvollstreckung an David fürs erste aufgeschoben war. Es würde vielleicht noch ein paar Stunden dauern, bevor er weggebracht wurde.

Mrs. Crowley brachte ein Sandwich auf einem Tablett, ein Glas Milch und ein extra großes Stück Kuchen. Sie stellte das Tablett auf Davids Kommode ab und schob seine Besitztümer mit dem Ellbogen aus dem Weg.

»Du kannst genausogut noch etwas essen«, sagte sie mit trotziger Stimme. »Da, schau nur. Ich hab einen Kuchen für dich gebacken, wie ich es dir versprochen habe. Nachdem du früher weggehst, kannst du genausogut jetzt ein Stückchen essen.« Sie wagte nicht, ihm ins Gesicht zu blicken. Ihre Stimme klang allmählich weicher, als täte ihr alles leid, was David widerfahren war und was ihm noch widerfahren sollte. Vielleicht konnte der Kuchen alles wieder gut machen? Sie trommelte mit den Fingern auf das Tablett. Sie ließ den Blick über die säuberliche Reihe von Geschenken gleiten, die David seinen Freunden hinterlassen wollte. »Das ist sehr lieb von dir, daß du ...« Ihre Stimme versandete. »Ich meine ... ich hab das zuerst nicht so gemeint, wie ich es gesagt habe. Deine Freunde werden sich freuen, daß du an sie gedacht hast.«

»Ja.« David starrte angestrengt das gußeiserne Automodell an und den großen Socken voll Murmeln, auf dem Ralph Johnsons Name stand. »Vielleicht ist Oink dann nicht mehr gar so böse auf mich.« Er blickte den Kuchen an. »Danke für den Kuchen, Mrs. Crowley.« Er merkte, daß sie nicht mehr böse war, nur außer Fassung geraten. »Sieht ja toll aus.«

Sie antwortete mit einer ruckartigen Kopfbewegung, atmete dann tief durch und schlüpfte aus dem Zimmer, ohne noch ein Wort zu sagen. Sie war ganz anständig zu ihm gewesen, entschied David, während er erst den Kuchen aß und dann die Milch trank. Sie hatte ihr Bestes getan. Er war nicht mehr zornig auf sie, weil sie Pater Johannes angerufen hatte, er sollte früher kommen. Was hatte er erwartet, daß sie anderes tun würde, nachdem die Lehrer ihm böse waren und Mrs. Johnson vor Wut schäumte? Arme alte Mrs. Crowley. Sie hatte den Priester angerufen, daß er ihn am Kragen packen und fortschleppen sollte, und jetzt war ihr gar nicht wohl in ihrer Haut.

»Danke, Mrs. Crowley!« schrie er zu ihr hinüber. Sie mußte ihn gehört haben, aber sie gab keine Antwort, und einen Augenblick später wurde das Radio angestellt. Sein Lieblingsprogramm: *The Dixie Circus and Novelty Band.* Er fragte sich, ob er wohl im Kinderheim Radio hören durfte. Oder war der Ort so still wie ein Gefängnis? Licht aus, sobald die Sonne unterging, und Wachen, die auf den Gängen patrouillierten. Nun, dachte er, er würde das bald genug herausgefunden haben.

David setzte sich mit untergeschlagenen Beinen auf den Boden und öffnete seine Kassette, um den Inhalt ein letztes Mal zu überprüfen. Unter dem Pullover, den seine Mutter ihm gestrickt hatte, lagen das Fotoalbum und die Schachtel mit den Briefen, Kamm, Bürste und Spiegel seiner Mutter und das kleine runde Spitzendeckchen, das ihr so viel bedeutet hatte. Und die Bücher. Für anderes war kaum noch Platz. Aber es gab auch nicht mehr viel anderes, was ihm etwas bedeutet hätte.

Er lehnte sich ans Bettgestell und öffnete die Schachtel mit den Briefen. Er nahm den ersten Brief heraus, den sein Vater ... sein wirklicher Vater ... aus Frankreich geschrieben hatte. Er öffnete ihn und las, wie sehr Max Irene geliebt hatte. In dem Brief erwachte alles wieder zum Leben, was sie miteinander gesprochen hatten, damals, als sie nach dem großen Ball ihren letzten Spaziergang durch das Gelände der Universität Columbia machten.

Es war eine Menge Herz und Schmerz, aber irgendwie fühlte David sich besser, wenn er an Max dachte. Es überraschte ihn, daß ein Mann solche Dinge schreiben konnte. Sie war schließlich seine Mutter gewesen. Aber eines wurde dadurch bewiesen – Brian hatte ganz falsch gelegen, was Davids Vater anging. Er hatte Irene wirklich geliebt. Ein Bursche, der so bis über beide Ohren verliebt war, hätte sie und David doch nicht sitzenlassen, oder? David nahm an, daß seine Mutter ihm die ganze Geschichte so erzählt hatte, wie sie sich tatsächlich abgespielt hatte. Max war vermutlich tot. Er mußte doch gestorben sein – wieso wäre er sonst nicht dagewesen, als David geboren wurde?

Er blätterte den Stoß Briefe durch, wobei er automatisch die Briefmarken betrachtete. Das ganze Jahr 1918 und ein Teil von 1919. Eine kurze Unterbrechung während dieses Sommers, und dann begannen die Briefe von neuem. Er nahm einen der jüngsten Briefe aus der Schachtel und hielt ihn ans Licht. Eine englische Briefmarke. Der Poststempel stammte eindeutig aus London. 20. September 1919. Kein Zweifel, daß Max gestorben war, kurz nachdem er diesen Brief geschrieben hatte, denn ...

David sog tief den Atem ein, als er den Brief in Händen hielt. Er war immer noch verschlossen. *Er war niemals geöffnet worden!* Er starrte angestrengt den Briefumschlag an und versuchte zu begreifen, warum Irene diesen Brief nie gelesen hatte. Er zog ein halbdutzend der jüngsten Briefe aus der Schuhschachtel und fächerte sie auf dem Fußboden auf. Keiner dieser Briefe aus England war geöffnet worden.

*»Warum?«* flüsterte er hörbar. Plötzlich war er zornig auf seine Mutter, daß sie sich nicht einmal die Mühe gemacht hatte, zu lesen, was Max ihr geschrieben hatte.

Er leerte alle seine Taschen aus, bis er schließlich sein Taschenmesser fand. Vorsichtig schlitzte er den letzten Brief auf und entnahm ihm das dünne Luftpostpapier. Es sah nach zehn Jahren immer noch ganz neu aus – das Papier hell und weiß, die Tinte schwarz und frisch, als wäre der Brief eben erst geschrieben worden. Und die Worte waren kraftvoll, voll Zorn und Schmerz.

> *Ein Brief, den ich von Deiner Mutter erhalten habe, teilt mir mit, daß Du einen anderen heiraten willst! Bitte, meine geliebte Irene! Antworte mir bald! Deine Mutter schreibt, daß Du von mir nichts mehr wissen willst. Daß Du einen Mann gefunden hast, der für Dich und das Kind sorgen wird! Aber wird er Dich auch lieben, wie ich Dich lieben würde? Wie ich Dich liebe! Wird er nur dem Namen nach Dein Gatte sein? Ich flehe Dich an! Warte auf mich! Ich werde arbeiten, um meine Überfahrt zurück in die Staaten zu verdienen oder Dich mit dem Baby hierher zu holen ... Du mußt mir nur ein wenig Zeit gewähren, und ich werde alles zwischen uns in Ordnung bringen! Unser Kind wird einen Namen haben ... meinen Namen ... Meyer!*

David war übel. Das also war die Wahrheit. Es war nicht so gewesen, wie seine Mutter es ihm erzählt hatte. *Max Meyer war nicht gestorben.* Es war auch nicht so gewesen, wie Brian behauptet hatte. *Max Meyer hatte David und seine Mutter nicht im Stich gelassen! Nein!* Die Wahrheit war viel schlimmer als jede der beiden Geschichten!

Seine Mutter hatte Max verlassen! *Sie* hatte *ihn* verlassen! Sie hatte seine Briefe weder aufgemacht noch beantwortet. Sie hatte ihn einfach damit bestraft, daß sie einen Mann wie Brian O'Halloran heiratete!

David faltete den Brief und schob ihn in den Umschlag zurück. Er starrte das halbvolle Glas Milch an und das Sandwich, das er noch nicht einmal angebissen hatte. Seine Mutter war schuld daran, daß er hier saß und ihm das Herz blutete, nicht wahr? Wenn sie Max' Briefe geöffnet hätte ... wenn sie nur ein wenig gewartet hätte ... wenn sie David die Wahrheit gesagt hätte!

Er blickte auf die geöffnete Schachtel nieder. Ein dicker brauner Umschlag war seitlich hineingestopft worden. Er sah anders aus als die anderen. David zog ihn heraus und öffnete ihn. Er mußte sich näher zum Licht beugen, um zu sehen, was er enthielt. Er war vollgestopft mit Zeitungsausschnitten!

Er schüttete sie neben dem Bett auf den Boden und hob dann einen nach dem anderen auf, um sie zu lesen. Sie alle betrafen Max Meyer! Jeder einzelne enthielt eine andere Geschichte über Davids Vater! Der erste war ein verblaßter Bericht über sein Publizistik-Stipendium in Oxford. David verglich das Datum des Zeitungsausschnittes mit dem der Briefe aus England. *Herbst 1919!* Max war fortgefahren, um zu studieren, nicht, um sich aus dem Staub zu machen! *Nicht, um ihr wehzutun.* Das nächste Datum war zwei Jahre später – Oktober 1921. Hier war ein Bild eines dunkeläugigen, gutaussehenden jungen Mannes, der neben einer wunderschönen jungen Dame in einem Hochzeitskleid stand.

*»Max Meyer, Mitarbeiter der New York Times, heiratete letzte Woche in London eine junge Dame der Gesellschaft, Deborah Rothman. Die Braut ist die Tochter des prominenten New Yorker Finanzmannes ...«* David las die Worte unter dem Bild laut vor. Er starrte die Frau an, die neben dem Vater stand, den er nie zuvor gesehen hatte. Er schauderte bei dem Gedanken, daß diese Frau Max Meyer weitaus besser kannte als David!

Der Haufen Zeitungsausschnitte enthielt vor allem Berichte über gesellschaftliche Ereignisse, bei denen die beiden zu Gast gewesen waren. Manchmal folgten dem Zeitungsbericht über irgendeine Wohltätigkeitsgala lange Listen von Gästen, und auf der Liste waren die Worte *Mr. und Mrs. Max Meyer* eingeringelt ... Und dann waren da Berichte, die Max geschrieben hatte. Sie waren aus dem Börsenteil einer New Yorker Zeitung ausgeschnitten. Es gab viele davon, und auf allen war der Name Max Meyer mit Tinte eingekreist. Schließlich berichtete ein kurzer Zeitungsartikel von Mrs. Meyers Tod bei einem Autounfall in Connecticut. David runzelte die Stirn. Irgendwie war er froh, daß die Frau tot war. Obwohl er ihr niemals begegnet war, haßte er sie. Sie hatte *alles* mit Max gehabt. Und was hatten David und seine Mutter gehabt? *Brian O'Halloran!*

All diese Jahre hatte seine Mutter Zeitungsartikel über und von Max gesammelt! Sie hatte es gewußt, als seine Frau gestorben war! Sie wußte, daß David einen *wirklichen Vater und einen wirk-*

*lichen Namen* hatte! Warum hatte sie ihm nichts davon erzählt? Warum hatte sie arrangiert, daß David in ein katholisches Kinderheim gebracht werden sollte? Sie war gestorben, ohne ihm *irgend etwas* zu sagen, ohne ihm auch nur einen Hoffnungsschimmer zu hinterlassen!

»*Warum?*« schrie David. Er preßte die Hand an die Wange und merkte jetzt erst, daß sie naß war. Er weinte. Nach allem, was geschehen war, weinte er endlich!

Er legte die Zeitungsausschnitte und die Briefe an ihren Platz zurück, packte die Schuhschachtel in seinen Rucksack, und dann Socken und saubere Unterwäsche und den Pullover, den seine Mutter ihm letzte Weihnachten gestrickt hatte. Er schloß den Dekkel der Kassette und schrieb in sorgfältig hingemalten Buchstaben eine Nachricht an Pater Johannes.

LIEBER PATER JOHANNES,
ICH REISSE AUS. BITTE BEWAHREN SIE DIESE KASSETTE MIT SACHEN FÜR MICH AUF. ALLE MEINE WICHTIGSTEN SACHEN SIND DA DRIN. ICH LASSE MEINE SACHEN ABHOLEN, WENN ICH ANGEKOMMEN BIN. HOCHACHTUNGSVOLL
DAVID O'HALLORAN

Er starrte die Unterschrift einen Moment lang an und strich sie dann aus, bis keine Spur davon übrigblieb. Statt dessen unterschrieb er DAVID MEYER.

Er schnappte seinen Rucksack und seinen Baseball-Handschuh und schlüpfte zum Fenster hinaus. David wußte nicht genau, wo er eigentlich hinwollte, aber er hoffte, der Priester würde seine Kassette sorgsam aufbewahren, bis er sein Ziel erreicht hatte! In der Zwischenzeit mußte er sich beeilen. Und er mußte sich einen Plan zurechtlegen.

* * *

Alle sechs Brenner des neuen Kochherdes rasselten und zischten wie die Dampflok der Rock Island-Linie. Kessel und

Töpfe waren mit siedendem Wasser gefüllt, das Trudy in die Blechbadewanne goß, in der Bobby eingeweicht wurde. Tommy füllte die Eimer an der Quelle nach und goß immer noch mehr Wasser in das Heißwasser-Reservoir, um es für die große Badewanne zu erhitzen, in der Birch den großen schwarzen Mann auf der Hinterveranda badete.

»So viele Bäder in einer einzigen Woche, das ist zuviel!« klagte Bobby, und Trudy wußte, daß er wieder gesund werden würde.

Der Mann jedoch, der ihn gerettet hatte, hatte kein Wort gesprochen, seit sie ihn auf dem Maultier ins Haus geschleppt hatten. Es war, als hätte er seine Kraft bis zum letzten verbraucht, als er Bobby festhielt und ihn zum Ufer trug.

Die rechte Schulter des Mannes war verrenkt. Birch richtete sie wieder ein, solange er noch bewußtlos im Schlamm des James Fork lag. Sein Körper war so zernarbt, wie Trudy es noch nie zuvor gesehen hatte. Er trug zerlumpte, gestreifte Baumwollhosen und kein Hemd. Sein Rücken war von vernarbten Striemen gestreift wie der Stoff seiner Hose. Seine Haut war eiskalt, und die Blässe des Schocks schimmerte als bläulich-grauer Farbton durch seine ebenholzschwarze Haut. Sein Zahnfleisch war ganz weiß, wie Trudy es einmal bei einem Pferd gesehen hatte, das an Koliken starb.

Trudy hob einen Heißwassertopf vom Brenner. »Bring das deinem Pa«, wies sie Tommy an. »Wir dürfen ihn nicht zu rasch aufwärmen, sonst stirbt er an Schock.«

Tommy hielt den Topf einen Augenblick lang vor sich hin und starrte den Dampf an. »Was machen wir denn, wenn er aufwacht? Er hat Bobby gerettet.« Der Junge runzelte die Stirn. »Wird Pa ihn dem Sheriff ausliefern?«

Trudy sah die angstvolle Sorge in seinen Augen. Wie konnten sie den Mann seinen Verfolgern überantworten, nachdem er Bobby das Leben gerettet hatte? »Geh jetzt, geh schon«, drängte sie Tommy, ohne seine Frage zu beantworten.

Der Junge schlurfte davon. Er hielt den Wassertopf sorgfältig gerade, damit er kein Wasser verschüttete. Er ließ die Gittertüre krachend zufallen.

Birch hatte den Campingofen neben die Badewanne gestellt, und auf der geschlossenen Veranda war es warm genug. Wenn der Häftling wieder zu Bewußtsein kam, würden sie zusehen, daß für ihn gesorgt wurde, bis er sich wieder erholt hatte. Was danach sein sollte, daran wollte Trudy jetzt nicht denken.

»Er hat mich an den Haaren hochgezogen«, sagte Bobby mit fester Stimme und preßte die Hand an den Kopf. »Ich dachte die ganze Zeit, der Baum redete mit mir. Den Menschenfresser hatte ich ganz vergessen.«

Trudy stupste ihn an, er sollte sich vorbeugen, und goß ihm warmes Wasser über den Kopf. »Er ist kein Menschenfresser«, antwortete Trudy leise. »Bloß ein gewöhnlicher Mann.« Wie sollte sie ihrem Sohn erklären, daß das Gesetz in den Südstaaten für einen Farbigen etwas ganz anderes bedeutete? Sie hatte diese schreckliche Wahrheit vor zehn Jahren aus eigener Anschauung kennengelernt und hatte sie niemals aus ihrer Erinnerung löschen können.

»Wieso haben sie ihn dann mit Hunden gejagt?« fragte Bobby. »Als wäre er ein Fuchs, auf den sie Jagd machen.«

»Es gehört nicht viel dazu, daß die Leute hier jemand mit Hunden hetzen, wenn er eine andere Hautfarbe hat, Bobby. Die Leute hier haben es seit den Tagen der Sklaverei so gehalten, und manchmal tun sie es bloß, weil der Bursche davongerannt ist.« Sie schrubbte ihm den Kopf, und er krümmte sich abwehrend. »Ich weiß nur, daß er dir das Leben gerettet hat. Das sollte alles andere wettmachen.«

Die Gittertüre öffnete sich von neuem, und Tommy kam in die Küche, einen grimmigen Ausdruck auf dem Gesicht. »Mama, du solltest ihn sehen, wenn der ganze Schlamm runtergewaschen ist«, flüsterte er. »Er hat keine Stelle am Körper, die nicht voll Narben wäre.« Er warf einen hastigen Blick zur Veranda hinüber. »Pa sagt, es sieht aus, als wäre er nicht ein Kettensträfling gewesen, sondern eine Art Sklave. Mißhandeln sie die Kettensträflinge so grausam, Mama?«

Trudy schüttelte bestürzt den Kopf und wandte sich wieder dem Herd zu. Sie suchte den größten Kessel aus, den Tommy zu Birch hinausbringen sollte, und wies ihn an: »Bring mir noch Wasser aus der Quelle.«

Bobby blickte nachdenklich hinter seinem Bruder her und sagte mit feierlicher Stimme: »Tommy versuchte mich zu retten. Aber mein Leben wär keinen Pfifferling mehr wert gewesen, wenn der Kerl mich nicht gepackt und gehalten hätte. Und die ganze Zeit redete er mit mir, richtig lieb. Sagte, ich sollte nicht aufgeben und so Sachen. Sagte, er wüßte, wie unglücklich meine Mama und mein Papa sein würden, wenn ich jetzt aufgäbe.« Er runzelte die Stirn und spritzte Wasser über seine mageren Schultern. »Was geschieht jetzt mit ihm?«

Tommy tauchte wieder auf. »Pa hat gesagt, ich solle ihm seinen großen Vorschlaghammer und den schweren Meißel holen, damit er die Ketten abmachen kann. Drunter ist die Haut ganz blutig gerieben. Pa sagt, er kann sich nicht vorstellen, wie der Mann es geschafft hat, Bobby festzuhalten – mit seiner verrenkten Schulter und diesen Ketten. Kann sich's einfach nicht vorstellen.«

»Wir rufen doch nicht den Sheriff an, oder?« fragte Bobby, als Tommy mit dem Hammer verschwand. Bald darauf hallte das gleichmäßige Klirren von Metall auf Metall von der Hinterveranda herüber.

Trudy gab keine Antwort. Sie beschäftigte sich mit der Zubereitung des Abendessen, als wäre weiter nichts Ungewöhnliches passiert, als wäre der Klang des Hammers auf den Hand- und Fußeisen nur der Klang eines Gongs, der zum Essen rief.

* * *

Einen Augenblick lang schien es, als blitzte neues Leben in den Augen des schwarzen Mannes auf, als er im warmen Wasser gebadet wurde und Birch ihm eine Tasse mit Suppe an die aufgesprungenen Lippen hielt. Er sprach nicht mit Birch, als die eisernen Ketten zerbrochen und in einem Haufen neben der Hintertüre abgelegt wurden. Tommy stieß das Eisen mit seiner Schuhspitze an. Die gewaltigen Kettenglieder rührten sich nicht, sondern lagen schwer und verdreht auf dem Boden.

Wie hatte dieser Mann sie tragen können? Wie hatte er mit dieser Last am Leibe den Hunden davonlaufen und den Hochwasser führenden Fluß durchschwimmen können?

Der Mann bot einen erschreckenden Anblick, aber Tommy empfand keine Furcht vor ihm. Unter dem schwieligen Fleisch von hunderten Narben verbargen sich dicke Knochen und Muskeln, eine Brust wie ein Faß und ein Stiernacken. Seine Ohren waren verdickt und verwachsen von Schlägen. Seine rechte Augenbraue wurde von einer Narbe gespalten, die quer über seine Stirn fast bis auf seine Kopfhaut verlief. Sein Gesicht wies Schnitte und Schrammen und Narbenkrater von zahllosen Kämpfen auf, und dennoch folgten die tief in den Höhlen liegenden braunen Augen jeder Bewegung Birch Tuckers mit sanfter Dankbarkeit.

Tommy stieß die Ketten von neuem verächtlich an. Die Ketten waren es, die ihm Angst machten, nicht der Mann. In eine Flickendecke gewickelt, lag er geduldig da, während Birch seine Hand- und Fußgelenke mit einer scharfriechenden Salbe behandelte, die als Eutersalbe bekannt war. Eigentlich war es eine Arznei für die entzündeten Euter von Milchkühen, aber Birch schwor darauf als sein Allheilmittel für jede menschliche Schramme und Wunde. Der Flüchtling atmete den starken Geruch des Kampfers ein und blickte die Blechdose an, als kenne er das Zeug gut. War er selbst einmal Farmer gewesen? Seine gütigen Augen beobachteten Birch und sahen den Jungen dann mit tiefem Blick an. Er öffnete den Mund, um zu sprechen, aber nur ein rasselndes Krächzen drang aus seiner Kehle. Er biß sich auf die Lippen und schien den Kopf zu schütteln; dann schloß er die Augen, als hätte ein schrecklicher Schmerz ihn durchzuckt. Eine Träne löste sich aus seinem Auge und rollte die Wange hinab.

»Sie haben meinem Jungen das Leben gerettet«, sagte Birch als Antwort auf seine stumme Gefühlsbewegung. »Ich bin Ihnen überaus dankbar dafür, Mister.«

Der Häftling lag reglos und schlaff auf seinem Lager. Hörte er Birchs Dankesworte? Konnte er ihn verstehen? Mit zitternder Hand wischte er sich die Wange ab und öffnete dann die Augen. Sein schmerzerfüllter Blick heftete sich auf Birch. Wieder versuchte er zu sprechen. Seine Kehle verkrampfte sich, und er krümmte sich in einem grausamen Husten.

Birch warf Tommy einen Blick zu. »Sag deiner Mama, sie soll eine heiße Packung zubereiten. Es wäre ein Wunder, wenn er keine Lungenentzündung hat.« Er legte den Handrücken an die Stirn des Häftlings. »Glüht vor Fieber.«

Tommy zögerte; er stieß mit der Stiefelkappe gegen den Bretterboden. Sein junges Gesicht war von scharfen Linien des Mitgefühls und der Sorge gezeichnet. Der schwarze Mann schien vor ihren Augen immer schwächer zu werden. »Pa?«

»Ja, Sohn?« Birch zwängte den Arm des Mannes in ein langes weißes Nachthemd.

»Er wird doch nicht sterben?«

Birch beantwortete seine Frage nicht. »Sag deiner Mama, sie soll diese Packung machen und ihm ein Bett beim Ofen richten.«

# AUF DER FLUCHT

*Orchard Street. Die alte Nachbarschaft. Finkels Essiggemüse-Laden. New York City. Seine Mutter, die lächelnd vor dem Schild NATHAN'S FAMOUS in Coney Island stand ...*

Ein wildes Durcheinander von sepiafarbenen Bildern überflutete Davids Gedanken, als er aus dem letzten Straßenbahnzug in dieser Nacht stieg und durch den Regen auf das massive Gebäude des Hauptbahnhofs von Philadelphia zustürmte.

Er würde nach New York fahren – er würde mit dem Baltimore-Ohio-Expreß bis mitten in den Grand Central Bahnhof fahren, wie seine Mutter es sich tausende Male erträumt hatte. *»Wir fahren nach Hause, Davey«*, pflegte sie zu sagen. *»Du wirst begeistert sein von New York ...«* Und dann hatte sie all die Dinge aufgezählt, die ihn dort begeistern würden.

Merkwürdig, daß sie in dieser Liste Max Meyer niemals mit aufgezählt hatte.

David wollte in der großen Stadt weder die Freiheitsstatue sehen noch das Sears-Gebäude, noch Coney Island oder Nathan's Famous Hot Dogs. Auch nicht die alte Nachbarschaft. Nicht Finkels Essiggemüse-Laden. Nicht die Universität, an der seine Mutter studiert hatte, oder die kleine Schule, an der sie unterrichtet hatte. Nein. Es gab nur eines, was er in New York sehen wollte, und das war eben jene Person, die seine Mutter kein einziges Mal erwähnt hatte, wenn sie mit David gesprochen hatte.

»Wohin willst du denn, Kleiner?« fragte der Mann hinter dem Fahrkartenschalter.

»New York.« David legte seinen Baseball-Handschuh auf den Sims des Schalters und stellte den Rucksack zwischen seine Füße.

»Und wohin in New York?« Die Augen des Mannes zwinkerten hinter seinen Brillengläsern, als wollte er sagen, daß er Spaß verstand und ihm nicht die Laune verderben würde.

»Innenstadt ... Grand Central«, antwortete David mit Bestimmtheit.

»Oh? Sieh einer an. Du weißt ja ganz genau, wo du hinwillst.«

»Ich möchte eine Fahrkarte«, sagte David entschieden. Das Lächeln auf dem Gesicht des Mannes gefiel ihm nicht.

»Tour – retour?«

David verstand die Frage nicht. Er zögerte und zuckte die Achseln. »Weiß nicht.«

Das Lächeln wurde breiter. »Ich meine, wirst du auch wieder zurückkommen? Oder fährst du nur nach New York?«

»Ich komme nicht zurück.«

Der Fahrkartenverkäufer hielt inne und runzelte mitfühlend die Stirn. »Aha. Verstehe. Na, dann wird es nicht so viel kosten.«

»Gut. Wieviel?«

»Zweiundzwanzig fünfzig.« Der Tonfall seiner Stimme verriet David, daß der Mann am Fahrkartenschalter überzeugt war, er würde niemals imstande sein, den Fahrpreis bis New York zu bezahlen. »Erste Klasse Pullman.«

David trommelte mit den Fingern auf den Sims. Der Fahrpreis war längst nicht so hoch, wie er befürchtet hatte. Er nickte. »Okay.«

Der Angestellte kicherte. »Das sind zweiundzwanzig Dollar und fünfzig Cent, junger Mann.« Die Augenbrauen des Mannes hoben sich, und er runzelte die Stirn, als er sich zu den Gitterstäben des Schalterkäfigs vorbeugte, um David genauer in Augenschein zu nehmen. Er betrachtete mit strengem Blick die regendurchweichte, abgetragene Jacke, die abgestoßenen Ärmelränder des roten Flanellhemdes, die schäbigen Kniehosen und die Schuhe, bei denen die Kappen beinahe durchgestoßen waren.

»Erste Klasse Pullman«, wiederholte David, wie es ihm gesagt worden war. »Recht so.«

»Und wie willst du dafür bezahlen?« lächelte der Mann geduldig. Niemand stand Schlange hinter David. Der gesamte B&C-

Bahnhof, außer David und dem Fahrkartenverkäufer, schien in tiefem Schlaf zu liegen.

David kramte in seiner Tasche und zog ein einziges der unbezahlbaren Logenbilletts für den Weltcup heraus. »Sehen Sie sich den Weltcup an?« fragte David.

Der Mann richtete sich auf. »Nun, ja ... ich hatte Glück und konnte mir rechtzeitig einen Bon besorgen ...«

»Wo werden Sie denn sitzen?«

»Nun, schau mal ... ich weiß wirklich nicht, was das soll ... wir reden hier über den Fahrpreis nach New York ...«

David bog das Billett halb um, so daß die Platz- und Sitznummer deutlich zu erkennen war. Er hatte aufmerksam zugesehen, wie die Schwarzmarkthändler an eben diesem Tag beim Shibe Park die interessierten Käufer angelockt hatten. »Ich hab zwei davon«, sagte er.

»*Logenplätze!*«

»Ich wollte Connie Mack ganz aus der Nähe sehen, aber jetzt muß ich nach New York und meinen Vater besuchen.«

»Aber du bist noch ein Kind! Wie bist du an solche Sitze gekommen?«

»Glück gehabt, nehme ich an. Bin eben besser dran als gewisse andere Leute, die irgendwo ganz hinten hocken.«

»Die hier sind ein Vermögen wert.«

»Ich fahre nach New York«, sagte David mit fester Stimme. »Aber zuerst muß ich meine Karten für den Weltcup verkaufen.«

»Du meine Güte!« rief der erstaunte Angestellte aus. »Wie alt bist du denn? Du bist ja kein Kind, du bist ein Miniaturkrösus!«

»Ja«, stimmte David ihm zu. Er hatte Brian O'Halloran für seinen keimenden Geschäftssinn zu danken. »Also dann. Ich schau mal wieder vorbei.«

»He, warte!« Der Angestellte duckte sich und blickte hastig nach allen Seiten. »Vielleicht kommen wir ins Geschäft.«

»Ja?« David klopfte mit den Fingerspitzen auf den Sims und dachte von neuem an den armen Oink. »Vielleicht.«

»Ich geb dir fünfzig Dollar für deine beiden Karten.« Der Angestellte schwitzte vor Aufregung.

»Wahrscheinlich kriege ich mehr dafür. Höchstwahrscheinlich.«

»Okay, schon gut. Fünfundsiebzig.«

»Fünfundsiebzig und Ihre eigenen schäbigen Tickets. Und einen Briefumschlag und eine Marke, ich muß nämlich jemandem etwas mit der Post schicken.«

Ohne noch einen Augenblick zu zögern, streckte der Fahrkartenverkäufer seine magere Hand durch die Gitterstäbe. »Einverstanden.«

Und so erwarb David einen Schlafwagenplatz Erster Klasse nach New York und hatte sogar noch ein wenig Kleingeld übrig. Sorgfältig adressierte er den Umschlag an RALPH »OINK« JOHNSON und schob die beiden Tribünenkarten des Angestellten hinein. Er leckte die Klappe ab, klebte sie sorgfältig zu und schrieb dann seinen neuen Namen als Absender hin:

DAVID MEYER
ehemals O'Halloran
NEW YORK CITY

David fand es schlimm, daß er »O'Halloran« auf den Umschlag schreiben mußte, aber er nahm an, daß Oink sonst nicht verstehen würde, wer ihm die Karten geschickt hatte.

Eine Ankündigung hallte über Lautsprecher und rief die Passagiere dazu auf, in den B&O New York Flyer auf Gleis Sieben einzusteigen. David ließ Oinks Karten in den Briefkasten fallen und beeilte sich, den Zug zu erreichen.

* * *

Das Knirschen von Wagenrädern wurde in der Zufahrt laut. Trudy spähte eben durchs Fenster in den dunklen Hof hinaus, als J.D.s Stimme dröhnte: *»Heda! Heda, ihr Leute! Birch? Wir kommen zu Besuch!«*

Trudy stürzte in Panik zur Küchentüre. Hatte J.D. sein Gewehr mitgebracht?

»Birch! Es ist dein Cousin! Lauf hinaus und bring ihn zur Vordertür herein, bevor er über das alles hier stolpert!« Ihr Blick schweifte über die Veranda. Die Fußketten lagen in einem Haufen an der Hintertüre. Der bewußtlose schwarze Riese lag, in eine Flickendecke gehüllt, neben dem Campingofen. »Oh Gott, hilf uns«, murmelte sie, und für einen Augenblick öffneten sich die Augen des Flüchtlings. Er schien zu nicken und schloß dann von neuem die Augen.

Trudy konnte hören, wie Birch ums Haus rannte, um J.D. abzufangen, bevor er auf seinem gewohnten Wege hereinkam. Konnten sie ihn von der Hinterveranda fernhalten? Von der Küche? Wenn J.D. den schlaffen Körper da liegen sah, würde er sein Gewehr holen und behaupten, daß er den Häftling überwältigt und die ganze Familie vor ihm gerettet hatte.

»Versuchen Sie, nicht zu husten«, flüsterte Trudy dem Mann zu. Sie legte die Hand auf seine glühende Stirn. »Können Sie mich hören, Mister?«

Wieder öffneten sich flatternd die Lider. Ein Nicken. Ein rasselnder Versuch, Antwort zu geben.

»Die Verwandten meines Ehemannes sind hier aufgetaucht. Sie werden es nicht dulden, wenn sie Sie hier finden. Sie müssen versuchen, ganz still zu sein.« Sie stand auf und murmelte: »Hilf uns, oh Gott.« Sie ließ ihn da auf der Hinterveranda und kehrte in die Küche zurück, wo die beiden Jungen standen, beide bleich und mit aufgerissenen Augen über die unerwartete Entwicklung.

Trudy konnte hören, wie Birch lauter als gewöhnlich sprach. »Kommt schon rein! Die Vordertür ist offen! Na sowas, Maybelle! Was hast du denn da mitgebracht?«

»Apfelkuchen. Dein Lieblingskuchen, Birch, mein Junge. Ein Willkommen-zu-Hause-Kuchen!« Ihre hohe Stimme schien die Fensterscheiben zum Klirren zu bringen und bewirkte, daß die Augen der Jungen noch größer wurden. Würde der Besuch lang dauern? Was sollte mit dem großen schwarzen Mann werden, der auf der hinteren Veranda lag?

Trudy beugte sich nieder und flüsterte eine Warnung. »Kein Wort davon! Und schaut nicht so schuldbewußt drein! *Lächelt!*«

In Wahrheit war Trudy selbst ganz deutlich anzusehen, wie sehr sie sich über den unerwarteten Besuch ärgerte. Sie mochte Apfelkuchen sehr gern, aber so kurz nach dem Umzug sah es im

Haus aus wie nach einer Explosion, und auf der Hinterveranda befanden sich ein Flüchtling und ein paar Fußeisen.

»Trudy!« rief Maybelle aus dem Vorderzimmer, »Trudy! Du meine Güte! Das sieht ja furchtbar aus hier!«

»True?« Birchs Stimme zitterte ein wenig. »Kommst du schon mal rüber?«

Trudy warf ihre Schürze auf den Tisch und strich ihr Haar glatt. Sie trug immer noch das Kleid, das sie unten am Fluß getragen hatte. Die Vorderseite war schlammbespritzt, also legte sie ihre Schürze wieder an. »Komme schon!«

Tommy wisperte ihr ihren eigenen Ratschlag zu. »Lächle!«

Einen Augenblick lang machte sie ein Gesicht, als wollte sie ihn ohrfeigen; dann holte sie tief Atem, lächelte und verließ die Küche.

Maybelle und J.D. standen mitten in dem Chaos aus Tischen, Sesseln und aufgestapelten Möbeln. Maybelle hatte diesen informationshungrigen Blick in den Augen, eine Art gefrorenes Grinsen, als stünde sie vor einer Kamera und müßte schon zu lange ein Lächeln aufsetzen. Trudy wußte, daß Maybelle in Gedanken Fotos des Raumes anfertigte, um sie an ihre ebenso neugierigen Nachbarn weiterzureichen.

»Wie reizend, euch beide zu sehen.« Trudy wies auf die Sessel, die immer noch kopfunter auf dem Tisch standen. »Ihr seht wohl, daß wir auf Besucher noch nicht eingerichtet sind.«

»Macht nichts«, rief J.D. fröhlich. Er schnappte sich zwei Sessel aus dem Haufen und stellte sie mitten ins Zimmer neben den Ofen. »Wir sind keine Besucher. Wir sind Verwandte, Mädchen! Maybelle hat Apfelkuchen mitgebracht. Wo sind die Jungen?«

»In der Küche. Beim Abendessen.« Trudys Herz klopfte wie ein Schmiedehammer. Sie hoffte nur, daß man ihr die Panik nicht ansah.

Maybelle sagte bewundernd: »Nein, wie diese Miz Trudy doch vornehm reden kann!« Sie sagte es, als wäre Trudy gar nicht im Zimmer. »Dieser kleine Akzent. Ist die Sprache nicht etwas Hochinteressantes? Da spricht die Mutter fast wie eine Deutsche, und bei den Jungen merkt man keine Spur davon.«

Die Bemerkung war keineswegs als Kompliment gemeint. Trudy wußte das, und dennoch lächelte sie weiterhin liebenswürdig und nahm den Apfelkuchen aus Maybelles Patschhändchen entgegen.

Birch räusperte sich unbehaglich. »Ihr wißt doch, daß Trudy aus der deutschen Gemeinde drüben in Fort Smith stammt. Sie wurde hier geboren, genau wie du, Maybelle.«

»Das stimmt«, mischte J.D. sich ein. »Die Deutschen dort sprachen ja alle ihre eigene Sprache, bis der Krieg ausbrach und niemand Lust hatte, die Sprache des Kaisers hier in der Gegend zu hören.«

Zuletzt wandte Maybelle sich direkt an Trudy. »Aber du bist doch keine richtige Deutsche, oder?« Das war es also, worauf sie mit ihrem leeren Geschwätz hinauswollte.

»Nein, ich bin Amerikanerin«, antwortete Trudy. Sie sog den Duft des Apfelkuchens ein. »Sollen wir ihn gleich anschneiden? Wie reizend von euch, ihn mitzubringen. Ich bin in einer Minute wieder da.« Sie schlüpfte in die Küche hinaus und schloß die Türe. Mit einem Seufzer lehnte sie sich an die Wand und preßte eine Hand an die Stirn, während sie um Fassung rang. Bobby, Tommy und Baby Joe saßen alle drei da und starrten sie feierlich an. Sie hielten die Gabel zwischen Teller und Mund, als wäre jede Bewegung im Raum in dem Augenblick erstarrt, in dem J.D.s erster Zuruf im Hof laut wurde.

Das Surren von Maybelles Kettensägen-Stimme schnitt durch die Türe.

»Sie kommt doch nicht hier rein, nicht wahr, Mama?« fragte Tommy, als Schritte sich näherten und Möbel aus dem Weg gestoßen wurden.

Trudy schloß die Augen. »Oh Gott.« Mehr Zeit als für dieses Stoßgebet blieb ihr nicht. Die Tür wurde aufgerissen und Cousine Maybelle stürzte sich auf die Jungen.

»Na, da sieh mal einer die kleinen Gentlemen an! Eure Mama hat euch wohl gesagt, daß ihr in der Küche bleiben sollt, wenn Besuch kommt, aber wir gehören zur Familie! Braucht euch nicht vor uns zu verstecken!«

»Hallo, Cousine Maybelle«, sagte Tommy töricht. Er brachte es nicht fertig, ihr in die Augen zu sehen. »Wir essen nur unser Abendbrot auf.« Er hielt ein Plätzchen in die Höhe.

»Und ich habe euch den Nachtisch gebracht! Apfelkuchen!« verkündete sie zum vierten Mal hintereinander mit voller Lautstärke. »Der Lieblingskuchen eures Papa's! Mögt ihr Apfelkuchen?« Sie umarmte jeden der Jungen, während Trudy ihre emaillierten Blechteller hervorholte und den Kuchen auftischte. Eine schlimmere Feuerprobe hatte sie niemals zu bestehen gehabt.

»Ja, Ma'am«, sagten Bobby und Tommy nacheinander. Baby Joe mümmelte auf seinem Plätzchen herum und trommelte fröhlich mit dem Löffel auf den Teller.

Maybelle wirbelte herum und hob die Hände, um den neuen Kochherd zu lobpreisen. Dann entdeckte sie den schlammigen Waschzuber auf dem Boden und bemerkte, daß hier offensichtlich jemand ein gründliches Bad gebraucht hatte. Daraufhin blökte Bobby los: »Das war ich. Ich bin in den Fluß gefallen.«

»Gott erbarme sich! In den Fluß gefallen? Seit zwanzig Jahren ging das Wasser nicht mehr so hoch! Es ist ja eine richtige Überflutung! Und du bist in den Fluß gefallen!«

Tommy versetzte Bobby unter dem Tisch einen Tritt.

»Bloß ganz am Rand«, sagte Bobby. Hatte Mama ihnen nicht gesagt, daß Lügner nicht in den Himmel kommen? Und jetzt saßen sie da und tischten Lügen auf, daß sich die Balken bogen.

J.D. zwängte sich gerade noch rechtzeitig in die Küche, um den Rest zu hören. Birch folgte ihm. Er sah sehr bleich und unglücklich aus.

»Da bist du also in den Fluß gefallen!« trompetete J.D. »Ich wette, ich weiß, was du da unten zu tun gehabt hast!«

Tommys Augen wurden groß. Nur Baby Joe machte einen vollkommen glücklichen Eindruck. Niemand blickte zu der Türe hinüber, die zur Hinterveranda führte. War *er* immer noch dort draußen?

»Ja, Sir«, antwortete Bobby schuldbewußt.

J.D. ließ ein herzhaftes Lachen hören. »Ich wette, ihr habt da unten nach diesem Häftling gesucht, he?« Er schlug die Jungen klatschend auf den Rücken. »Ich wette, ihr habt euch Hoffnungen auf die Belohnung gemacht!«

»Zahlen sie denn eine Belohnung für den Leichnam?« fragte Birch.

»Nein. Die Justizbehörden in Oklahoma wollen ihn lebend zurück.«

»Na dann«, sagte Birch achselzuckend, »dann wird wohl niemand diese Belohnung einstreichen ... Trudy? Hast du den Apfelkuchen fertig?«

Aber es erwies sich als sinnlos, das Thema wechseln zu wollen. J.D. war eisern entschlossen, die Sache in allen Einzelheiten zu diskutieren. »Sie haben aufgegeben und sind nach Oklahoma zurückgefahren. Sie sagten, wenn er hier auftaucht wie ein Fuchs, der hinter den Eiern im Hühnerhaus her ist, dann sollen wir ihn in einen Schuppen sperren und sie anrufen. Sie sagen, er sei überhaupt keine Gefahr. Kleiner Dieb oder sowas, nehme ich an. Er ist aus einem Wagen gesprungen und in die Hügel entflohen. Mit den Fußeisen kommt er sowieso nicht weit.«

Bei dem Wort *Fußeisen* mußte Trudy sich mit aller Kraft an den Küchentisch klammern. *Fußeisen!* Selbst wenn der Mann es noch geschafft hätte, in die Büsche hinauszuschlüpfen, so wären immer noch seine Fußeisen als deutlich sichtbarer Beweis seiner Gegenwart dagewesen.

Birch schob sich zwischen die Hintertüre und seinen Cousin. Er hatte dieselbe Katastrophe vor Augen. *J.D. öffnet die Türe und ...*

»Kommt schon, Jungs«, sagte Trudy mit gequälter Freundlichkeit. »Wir gehen rüber in den Salon und essen dort Cousine Maybelles Apfelkuchen.«

Sie wurden alle wie Schafe aus der Küche ins Nebenzimmer getrieben, wo J.D. und Maybelle gut eine Stunde lang höchst einseitig Konversation machten. Zwei Portionen Apfelkuchen später rülpste Cousin J.D. ausgiebig und kündigte an, daß er nach Hause zurückwollte, weil er immer noch nicht sicher war, ob nicht irgendwo ein entsprungener Häftling in den Büschen lauerte.

Als sie die Zufahrt entlangratterten, starrte Birch ihnen in der Dunkelheit nach. »Wir müssen uns einen bissigen Hund zulegen. Bissig genug, daß sogar J.D. um Erlaubnis bitten muß, bevor er unsere Veranda betritt. Aber inzwischen ...«

Ein Schrei aus der Küche unterbrach seine Gedanken.

*»Mama! Er ist weg! Unser Häftling ist weg!«*

Die Pritsche auf der Hinterveranda war leer. Die Außentüre stand weit offen. Wie ein verwundeter Bär hatte der Mann es irgendwie fertiggebracht, sich aus dem Licht hinauszuschleppen in die kalte, dunkle Nacht, um sich zu verstecken. Er war freilich nicht weit gekommen.

Wäre J.D. rund ums Haus gegangen, so wäre er über den Häftling gestolpert, der nur vier Schritte vom Haus entfernt mit gespreizten Armen und Beinen auf der Erde lag. Er atmete noch und war glühendheiß, obwohl seine Temperatur inzwischen unter vierzig Grad gesunken war.

Trudy und Birch trugen ihn ins Haus und legten ihn in das Bett, das für Tommy und Bobby vorgesehen gewesen war. Birch bastelte aus den Leintüchern eine Art Inhalationszelt, während Trudy eine heiße Packung für seine Brust bereitete und den Kessel auf den Herd setzte. Sie fügte dem Wasser ein paar Tropfen Kampferöl zu, um die Verschleimung zu lösen. Nicht einmal der alte Dr. Brown in Hartford konnte Besseres tun, wenn es um Lungenentzündung ging, erklärte Birch den Jungen, als sie ihn fragten, ob der schwarze Mann am Leben bleiben würde. Es blieb nichts weiter zu tun, als zu warten und zu beten.

* * *

ZWEITER TEIL

# SCHRECKEN IN DER NACHT

*»Obwohl die Welt voll Leidens ist,*
*ist sie doch auch voll von der Überwindung des Leidens..«*
*– Helen Keller*

# HOCHFINANZ AUF HOHER SEE

Die hochwandigen Karren waren gehäuft voll mit Baumwolle, die im Sternenlicht wie frischer Schnee schimmerte. Am nächsten Morgen würde der Baumwollmarkt an der Grenze zwischen dem südwestlichen Arkansas und Oklahoma eröffnet werden, und die Ernte des Jahres 1929 würde für 4 Cent das Pfund verkauft werden. Der Markthändler würde den Bauern bezahlen, der Baumwollfarmer würde den weißen Ernteaufseher bezahlen, der Aufseher würde seine Armee von Pflückern bezahlen – nachdem er den Anteil für Kost und Transport und seine Kommission für den Erntekontrakt abgezogen hatte. Man schrieb das Jahr 1929, aber in den letzten hundert Jahren hatte sich nichts Nennenswertes verändert. Die Söhne und Enkel der Sklaven in den Südstaaten waren immer noch König Baumwolle untertan. Letzten Endes arbeiteten sie für ihr tägliches Brot, und das war auch alles, was ihnen ihre Arbeit einbrachte. Dann zogen sie in den nächsten Bezirk weiter, zum nächsten Feld, zur nächsten Staudenreihe, und alles begann wieder von vorne.

In dieser Nacht gab es eine kurze Ruhepause. Bohnensuppe blubberte über dem offenen Feuer, um das die Pflücker lagerten. Ganze Familien schliefen unter den vollbeladenen Wagen oder unter den Sternen. Die Nachtinsekten klickten und summten die Hintergrundmusik zu den müden Stimmen, die Jahr um Jahr auf dieses Feld zurückkehrten. Dieselben Gesichter. Dieselben Stimmen. Dieselben Lieder. Rücken, die sich über die niedrigen, mageren Baumwollstauden bückten. Hände, zerschnitten und blutig von den scharfen Rändern der Baumwollkapseln. Sieben Fuß lange Säcke, die hinterher geschleppt wurden. Und dann diese letzte

Nacht der Ruhe, bevor sie weiterzogen. Es war immer schon so gewesen und würde immer so sein. Männer und Frauen taten ihre Arbeit, ohne zu klagen, oder der Aufseher jagte sie fort. Jeder, der irgendwo Ärger machte, wurde aus der wandernden Armee ausgestoßen. Keine Arbeit bedeutete auch kein Essen. Es gab keinen anderen Weg. Folge der Arbeit von einem Ort zum andern, oder stirb vor Hunger ...

Voll Furcht betrachtete die junge Frau den hageren, sonnenverbrannten Ernteaufseher, wie er auf sie zuschlenderte. Sie saß mitten unter den Kindern am Feuer. Seine hohen Stiefel knirschten auf dem trockenen Boden. Das Licht der Flammen spiegelte sich in seinen farblosen Augen, als er sie geradewegs anblickte. Er klopfte sich mit der Reitpeitsche, die er bei immer bei sich trug, gegen die Wade.

»Wo ist die Mulattin?« fragte er, als die Gespräche rundum verstummten. Er wußte, wo sie war. Er sah sie. Er wollte einfach, daß alle die Köpfe wandten und die Lektion, die er ihnen jetzt erteilen wollte, genau beobachteten.

Das Kind neben ihr wisperte: »Mister Mills sucht dich, Lily.«

Lily Jones nickte und stand auf. Sie war hoch und gerade gewachsen, obwohl sie alle ihre neunzehn Lebensjahre lang auf den Baumwollfeldern gearbeitet hatte. Ihre Haut hatte die sanfte Farbtönung von Kaffee mit Schlagsahne, das Erbe irgendeines weißen Sklavenhalters und ihrer Urgroßmutter. Und sie war schön. Männer beider Hautfarben bemerkten es, und da lag das Problem.

Mr. Mills schniefte und schritt forsch auf sie zu. »Du hast deine Quote nicht mehr geschafft, seit dein Mann letzten Monat gestorben ist.«

Sie blickte zu Boden, in schlimmer Vorahnung des Kommenden. »Ich hab mir Mühe gegeben, Sir.«

»Mühe geben genügt nicht. Sieh dich doch an.« Er deutete auf ihren Bauch, hochgewölbt von der Last des Ungeborenen. »Ich hab dich so lang behalten, wie dein Alter für euch beide gearbeitet hat, aber er ist tot. Machen wir uns doch nichts vor! Du pflückst nicht mal so viel wie ein kleines Kind. Das ist nicht in Ordnung. Ich zahl dir dein Fressen und schlepp dich in der Gegend herum, und hundert Männer warten drauf, deinen Platz einzunehmen. Ich schlepp keine unnützen Esser herum.«

»Aber wenn das Kind erst mal da ist ...«

»Wann wird das sein? Dann ist die Erntezeit längst vorbei. Die Baumwolle wird zu der Zeit, wo du dein Junges wirfst, längst in Ballen gepackt sein. Ich sag dir, ich schlepp keinen Klotz am Bein im Land herum!«

Im Lichtkreis anderer Lagerfeuer sah Lily die Frauen nicken, während ihre Männer nervös beiseiteblickten. Das war auch so ein Problem ... die Art und Weise, wie Ehemänner und Söhne sie ansahen, wenn sie vorbeiging, und die Art, wie die Frauen sie *hochnäsig* und *feine Dame* nannten, weil sie eine so lichte Hautfarbe hatte. Aber hier ausgestoßen zu werden bedeutete, daß sie überhaupt nirgends mehr Zuflucht finden würde.

Hinter ihr spöttelte die Stimme einer Frau: *»Feine Dame, ja! Wenn sie erst ihr Kind gekriegt hat, kann sie ja im Bordell Arbeit finden.«* Leises, zwitscherndes Gelächter war wie ein Echo ihrer Worte zu hören.

»Bitte, Mister Mills. Ich mach auch wirklich keinen Ärger. Ich werde wirklich schwer arbeiten! Es ist bloß, weil die Sonne hier so grausam heiß brennt! Und die Baumwollsträucher sind so niedrig! Es tut mir weh, mich so tief zu bücken.«

»Das sag ich ja, Mädel. Hier gibt's haufenweise Männer, denen es ganz egal ist, wie tief sie sich bücken müssen und wie schwer der Baumwollsack ist! Ich hab hier keinen Platz für dich, Mädel. Und zwing mich nicht, grob zu werden! *Du hast keinen Kerl mehr!* Du machst mir nichts als Ärger. Wir ziehen am Morgen nach Süden weiter, und ich erwarte, daß du in Richtung Norden abhaust, sonst ruf ich den Sheriff an und sag ihm, daß du hier Ärger machst.«

»Aber wo soll ich denn hingehen, Mister Mills? Jetzt, wo mein Mann tot ist, bei wem soll ich denn da bleiben?«

»Ist mir doch egal.« Er schob das Kinn vor und warf einen Blick in die Runde. »Jeder hier wird dir bestätigen, daß er oder sie froh ist, Arbeit zu haben. Ich hab zehn Männer zur Hand, die deinen Platz einnehmen wollen, Männer, die vierhundert Pfund Baumwolle an einem Tag pflücken können, anstatt nur zwei, wie du es tust. Du bist dein Futter nicht wert, da beißt die Maus keinen Faden ab.«

Er machte auf dem Absatz kehrt und ging mit langen Schritten davon, auf seinen Wohnwagen zu. Lily blieb vor dem Feuer stehen. Sie streckte die Hände aus, um sie zu wärmen, obwohl es in dieser Nacht nicht wirklich kalt war. Rundum breitete sich Schweigen aus. Keine menschlichen Stimmen. Nur das Surren und Summen der Insekten. Als sie sich schließlich wieder hinsetzte, war sie allein. Die Kinder waren verschwunden und hatten sich zu ihren Familien gesellt, die rund um andere Lagerfeuer im Feld saßen. Es tat nicht gut, noch mit ihr zu reden, nachdem sie nun nicht länger zu ihnen gehörte.

* * *

Der Lichtschein aus tausend Bullaugen schimmerte vor dem Hintergrund des schwarzen Atlantik. Es sah aus, als sei ein riesiger Brocken New York City in den Hafen gestürzt und kreuzte nun auf hoher See.

Das war auch genau das Image, das die Betreiber der Cunard-Schiffahrtslinie bei ihren reichen Kunden aufbauen wollten. *Dieses Schiff ist nur eine Erweiterung von Manhattan, es verbindet Amerika und Europa wie ein schwimmendes Luxushotel!*

Vier riesige Schiffsschrauben wühlten das gläsern grüne Wasser auf. Drei leuchtendrote Schornsteine stießen Rauchwolken aus, während das Schiff eilends seinem Bestimmungsort entgegenglitt. Jeder nur erdenkliche Luxus stand zur Verfügung, jede Bequemlichkeit. Aber bei dieser Überfahrt stand obendrein etwas ganz Neues und Aufregendes auf dem Programm des Schiffes. Jetzt mußten die Reisenden nur die Treppen zum Promenadendeck hinuntergehen, um das erste Maklerbüro auf See vorzufinden! Es war so simpel: Man brauchte nur ein Formular auszufüllen, und jede gewünschte Transaktion konnte sofort via Telegraf an der New Yorker Börse durchgeführt werden. Das war nun tatsächlich etwas Neues!

Drei Stunden nach der Ausfahrt aus dem New Yorker Hafen fielen an Bord der *Berengaria* – die zum Zielhafen Cherbourg unterwegs war – die Fesseln der Prohibition, und eine rauschende Party begann an Bord des mächtigen Cunard-Dampfers. Champagnerkorken knallten wie Sperrfeuer. Gläser wurden erhoben und klirrten in endlosen Trinksprüchen, während die Passagiere den echten Sekt schlürften. Das Gesöff, das sie in Amerika getrunken hatten, war selbstgebrannter Schnaps gewesen, in der rostigen Badewanne irgendeines Alkoholschmugglers zusammengebraut. Nach ein paar kurzen Wochen der Freiheit würden die New Yorker Zollbehörden ihr Gepäck durchwühlen, um geschmuggelte Kostproben der Getränke, die sie jetzt so reichlich genossen, zu konfiszieren. Vielleicht war es dieses Wissen, das die Mehrheit der Passagiere der *Berengaria* dazu trieb, sich in echtem Champagner, echtem schottischem Whisky, starkem Bourbon und einer breiten Palette von Schnäpsen verschiedener Geschmacksrichtungen förmlich zu ersäufen.

In dieser Nacht hatte niemand Interesse an gebratenen Putenfilets oder Räucherlachs in Dillsauce. Die Mannschaft war allgemein der Ansicht, daß es den meisten Passagieren nicht weiter aufgefallen wäre, hätte die *Berengaria* einen Eisberg gerammt und dasselbe Schicksal wie die *Titanic* erlitten. »Noch mehr Champagner ... Whiskey, einen doppelten auf Eis bitte ... Glaubst du, sie werden es merken, wenn ich diesen Aprikosenschnaps in meine Medizinflasche fülle?« Was sie von Gesetzes wegen nicht in Flaschen von Bord tragen konnten, wollten sie wenigstens in schnapsgetränkten Körperzellen und deftigen Brummschädeln mitnehmen.

Das Leben an Bord des Cunard-Linienschiffes sollte eine berauschende Erfahrung sein – milde ausgedrückt. Nirgends an Bord der mächtigen schwimmenden Stadt traf das deutlicher zu als in dem kleinen privaten Speisesaal auf der Hinterseite des Promenadendecks. In diesem Raum waren 69 hochgeschätzte Mitglieder der internationalen Journalistenvereinigung um einen großen, hufeisenförmigen Tisch versammelt. Kellner in weißen Jacken eilten geschäftig hin und her, schenkten mit beiden Händen Champagner ein, während Fresken griechischer Götter mit finsterem Blick von der hohen Decke auf die Gruppe hinabstarrten.

Harry Beadle vom New Yorker *Globe* stand auf dem Podium. Sein rundes, rotes Gesicht glühte vor Dankbarkeit, als er sein Glas zu Ehren Max Meyers, der neben ihm stand, erhob.

»*Hochverschwätzte* Herren Kollegen«, begann er und bemühte sich nach Kräften, nicht zu lallen.

Daraufhin begann die ganze Versammlung wie ein Mann zu brüllen: »Presse! Presse! Presse!« Schon in dem Augenblick, als sie an Bord des Cunard-Linienschiffes gegangen waren, hatte das Presse-Korps die Entdeckung gemacht, daß die Wasserspülung der Toiletten an Bord kleine Hebel mit der Aufschrift *Presse*[1] hatten. Gab es ein besseres Abzeichen für diese Mitglieder des Pressekorps?

Als inspirierte sie derselbe Gedanke im selben Augenblick, griffen alle in ihre Taschen und zogen die gestohlenen Spülkastenhebel hervor, die sie hoch über die Köpfe hielten. »PRESSE! PRESSE! PRESSE!« skandierten sie. Ihr Jauchzen galt vor allem Max Meyer, der der einzige nüchterne Mensch im ganzen Raum war.

Max hob die Hände, um ihnen seine Dankbarkeit für diese Ovation zu bezeugen, während Harry Beadle sich bemühte, sie zum Schweigen zu bringen, damit er seine Rede zu Ende bringen konnte, bevor er betrunken umfiel.

Zuletzt hörte das rhythmische Gebrüll auf, und die Presse-Abzeichen wurden wieder in den Taschen verstaut, während Harry Beadle von neuem begann, diesmal mit viel lauterer Stimme.

»Meine Herren von der Presse! Wir sind HIER ... um einem der UNSEREN ... EHRE zu erweisen ... einem Burschen, der ein typisches Beispiel dafür ist, wie aus'm Tellerwäscher ein Millionär wird!« Harry wagte nicht, Max' Name jetzt schon zu nennen, damit der wilde Jubel der Zuneigung nicht sofort von neuem wieder ausbrach. Harry beugte sich jedoch vor, um Max auf die Schulter zu klopfen, damit er in seinem Rausch nicht vergaß, von wem er eigentlich redete. »Obwohl er Mitarbeiter eines gewissen Käseblättchens ist, das lieber ungenannt bleiben soll ... und obwohl er es geschafft hat, daß unsere Leser über seinen täglichen Finanzkolumnen und sauertöpfischen Ankündigungen künftiger Katastrophen graue Haare bekommen ... WIR VERGEBEN IHM!«

---

1 Wortspiel: »Press Corps« – Journalistenverband, »press« – drücken.

Wieder wurden die wilden Schreie inniger Kameradschaft laut: »PRESSE! PRESSE! PRESSE!«

Harry überschrie sie: »Und *warum* verzeihen wir ihm? Weil er die Enterbten dieser Erde nicht vergessen hat! Keineswegs! Er hat diejenigen von uns nicht vergessen, die sich die Hacken ablaufen, um eine Story zu ergattern – irgendeine Story! Er ganz allein hat die KUMPELS von der Cunard-Dampfschifflinie überzeugt, daß sie uns Jungs einfach mitfahren lassen mußten! Denn vielleicht würden wir ja imstande sein, ihnen bei der Publicity für ihr tolles neues Maklerbürosystem ein wenig unter die Arme zu greifen!« Er hob die Hand, um seine Worte zu unterstreichen. »Und was sagen wir alle dazu, meine Herren von der Presse?«

Sie standen auf bis zum letzten Mann und reckten ihre Toilettenhebel in die Höhe. »PRESSE! PRESSE!«

»Ja!« brüllte Harry glücklich. Seine Augen waren blutunterlaufen. »Wir haben das Privileg, Zuschauer zu sein, wie Geschichte gemacht wird, meine Herren Mitbürger! Dieses schwimmende Maklerbüro ist das erste seiner Art auf hoher See. Beliebter als Wettpinkeln, aufregender als ein Mühlespiel auf der Luftmatratze! Wir sind Zeugen, wie die Passagiere der hochgeschätzten *Berengaria* auf ihre Erholung und ihre Deckstühle und ihr Bridgespiel verzichten und Schlange stehen, um an der New Yorker Börse zu kaufen und zu verkaufen! Amerika ist giersüchtig, das ist es! Und weil unser sehr *gescherter* Kollege dabei die Hand im Spiel hat, haben auch wir das Privileg, ein paar Dollarchen aufzureißen, bevor wir den nächsten Artikel in die Maschine hämmern! Andersrum gesagt, diese ganze Fahrt ist KOSTENLOS, Herrschaften! Der Alk! Das Essen! Alles absolut KOSTENLOS!«

Ein dröhnendes Jubelgeschrei widerhallte im Raum, während die Kellner einander amüsiert und entsetzt zugleich anstarrten. Was würde passieren, wenn die Verantwortlichen der Cunard-Linie diese Rede hörten?

»Jaja«, beharrte Harry. »Bei Cunard sitzen vielleicht ein paar Schafsköpfe, aber *wir* sind jedenfalls keine!« Weiteres Jubelgebrüll. »Und wir haben dieses ganze kuschelige Rundfahrtarrangement umsonst bekommen, dank eines einzigen Mannes ...« Wieder tauchten die PRESSE-Hebelchen auf. »Trommelwirbel bitte!« Die

Hebel wurden dröhnend auf den Tisch geschlagen. »MITGLIEDER DER PRESSE! HIER IST ER ... MAX MEYER!«

Max stand da und nahm ihre Bewunderung und ihren überschwenglichen Applaus mit einer bescheidenen Verbeugung entgegen. In diesem Raum waren Korrespondenten jeder größeren Nachrichtenagentur vertreten, und auch ein paar Journalisten aus Europa hatten sich der Reise angeschlossen. Das Hearst-Zeitungsimperium war vertreten. McCormick aus Chicago. Ochs hatte einen Mann geschickt. Trump und das *Wall Street Journal* saßen am Tisch. Achtundsechzig Korrespondenten standen Gewehr bei Fuß, um den Telegrafisten in den nächsten Tagen Arbeit zu verschaffen und alle Welt wissen zu lassen, daß Amerikas süchtige Gier nach dem Börsenmarkt nicht an der Küstenlinie zu Ende war! Der Geschäftsmann, der das nervöse Zittern bekam, wenn er nicht stündlich über alle Vorgänge an der Börse informiert wurde, konnte jetzt unbesorgt reisen. Die Anordnung, zu kaufen oder zu verkaufen, war nur zwei Minuten und das Niederdrücken einer Telegrafentaste entfernt! Und der ganze listige Plan war von Max Meyer entworfen, geplant und in die Tat umgesetzt worden – Max Meyer, der behauptete, er hasse Seereisen mehr als Hunger und Pest! Dank der unerwarteten Unterstützung der Maklerfirma Keenan und der Cunard-Schiffahrtslinie war die Idee von der Kommission gebilligt worden, und dies hier war das Resultat.

In dieser Nacht war Max vielleicht der einzige vollständig nüchterne Passagier auf dem Schiff. Das lag nicht daran, daß er eine Aversion gegen Alkohol gehabt hätte, sondern an seiner Abneigung gegen das Schiff und den Wellengang. Er hatte einmal eine ganze Schiffsreise damit verbracht, daß er über die Reling hing, weil er zuviel Champagner getrunken hatte. Und er hatte geschworen, diesen Fehler kein zweites Mal zu machen.

Seine Nüchternheit an Bord hatte dazu beigetragen, seinen guten Ruf bei den Offizieren des Schiffes und schließlich auch bei den Leuten von der Cunard-Linie zu festigen. Ein Dutzend Überfahrten im Lauf der Jahre hatten dazu geführt, daß er Bekanntschaft mit den Männern schloß, die ihm helfen konnten, seinen Plan von dem schwimmenden Maklerbüro zu verwirklichen. Diese Jungfernfahrt war der Beweis, daß das Konzept funktionierte. Das

Experiment war ein Erfolg, wie ihn sich niemand zu erträumen gewagt hatte. Max Meyer hatte aus zynischen Journalisten Gläubige gemacht, die auch in der Lage waren, die entsprechenden Berichte zu schreiben. Selbst das wilde Fest dieser Nacht gehörte zu Max' Plan. Vielleicht waren diese hartgesottenen Zeitungsleute heute alle sternhagelvoll, aber wenn sie in ihre Büros zurückkehrten, würden sie sich erinnern ... ihre Börsenberichte, die auf die Minute up to date waren, würden keine Billigware sein wie der heimische Fusel! Max hatte dafür gesorgt, daß ihnen jeder Wunsch auf der Stelle erfüllt wurde. Das war die Art von Publicity, die man nicht mit Geld kaufen konnte.

Als er den Blick über die strahlenden Gesichter der Elite des Journalismus gleiten ließ, zweifelte er keinen Augenblick daran, daß sie pflichtschuldigst darüber berichten würden, was es Neues und Wunderbares auf den Wogen der Hochfinanz gab. Und für jede Transaktion, die an Bord des Schiffes durchgeführt wurde, strich Max zehn Prozent von der Kommission der Maklerfirma Keenan ein.

Max Meyer machte Geld – möglicherweise würde er bald Geld *scheffeln* – und seine Kollegen liebten ihn dafür! PRESSE! PRESSE! PRESSE! PRESSE!

# FLUCHT NACH NEW YORK

Das hohe, schrille Klagen der Signalpfeife des Zuges weckte David im selben Augenblick, in dem ein farbiger Dienstmann eine sanfte Hand auf seine Schulter legte.

»Entschuldige mal, junger Mann.« Sein Blick huschte über Davids abgetragene Schuhe und dann zurück zu seinem Gesicht. »Wir kommen in Kürze in der Grand Central Station an. Du hast die ganze Fahrt von Philadelphia bis hierher geschlafen. Du hast sogar das Frühstück verschlafen.« Er hielt David eine braune Papiertüte hin. »Ich hab Obst hier – falls du hungrig bist. Eine Banane und zwei Orangen, direkt aus Florida. Ist doch eine Schande, da fährt ein junger Mann wie du Erster Klasse und dann verpaßt du diese Orangen!«

David strich sein zerknittertes Hemd glatt und schob den Hemdzipfel in seine Kniehose. Er hatte ordentlichen Hunger, das stimmte. Er krächzte ein Dankeschön und ergriff die Papiertüte, aber der Dienstmann machte keine Anstalten, ihm von der Seite zu weichen.

»Holt dich deine Familie ab?« fragte er. Seine feuchten braunen Augen verrieten freundliche Sorge.

»Ich besuche ... meinen Pa.« David schälte die Banane und biß ab.

»Dann weiß dein Pa also, daß du kommst?«

»Nein. Soll eine Überraschung sein«, sagte David, den Mund voll Banane.

Das schien den Dienstmann zufriedenzustellen, denn er nickte und schlenderte auf den blau-uniformierten Schaffner zu, der am entfernten Ende des Wagens wartete. Die beiden steckten die Köpfe zusammen und sprachen in gedämpftem Ton miteinander, wobei jeder der beiden David beobachtete, wie er seine Banane zu Ende aß.

Irgend etwas lag in der Luft.

Der Schaffner warf einen Blick auf seine Uhr und dann auf David. Er schob nachdenklich die Unterlippe vor und flüsterte dem Dienstmann dann wiederum etwas zu. David gab vor, ihre Blicke nicht zu spüren. Er blickte zum Fenster hinaus und betrachtete die himmelhoch ragenden Gebäude der großen Stadt. Die höchsten Zinnen wurden bereits vom ersten Dämmerlicht des Tages erhellt, das sie in Pastellfarben erglühen ließ ... New York war ein gewaltiger Ort. Ein beträchtliches Stück größer als Philadelphia, wo nichts höher zum Himmel aufragte als die riesenhafte Statue William Penns auf dem Rathaus. Im Vergleich mit New York war William Penn ein Liliputaner und das Rathaus eine Puppenstube. An einem so riesigen Ort konnte man vermutlich ganz leicht verschwinden, überlegte sich David. Allerdings nur, wenn es dem Betreffenden gelang, den Zug zu verlassen, ohne von der Eisenbahnpolizei hopsgenommen zu werden.

Der Schaffner verschränkte die Arme vor der Brust und starrte David unverhohlen an, als wollte er sagen: »Wage es nur, an mir vorbeischlüpfen zu wollen!« Die Banane blieb David im Hals stecken. Der Dienstmann sah ihn irgendwie mitleidig an. Er ging wieder an ihm vorbei und fragte: »Schmeckt dir die Banane, junger Mann?«

David nickte. Er war ganz sicher, daß der Schaffner und der Dienstmann wußten, daß er auf der Flucht war. *Wußten sie, daß er das wußte?*

»Du sagst, du willst deinen Pa überraschen? Dann weiß dein Pa gar nicht, daß du kommst?«

»Doch. Weiß er. Er arbeitet bei einer Zeitung. Arbeitet rund um die Uhr. Er hat einfach keine Zeit, zum Bahnhof zu kommen und mich abzuholen. Also werde ich direkt in sein Büro bei der Zeitung gehen und ihn überraschen.«

»Für welche Zeitung arbeitet er denn, Junge?« Leuchtete Argwohn auf in den dunklen, feuchten Augen?

»Die New Yorker Zeitung.«

»Hmmm.« Der Dienstmann zog eine Auswahl von Zeitungen unter dem Arm hervor. *New York Herald Tribune. New York World. New York American. New York Evening Post. New York Evening World ...*

»Sag mir welche, und ich rufe für dich dort an und sage ihm, daß du da bist.«

David starrte mit gerunzelter Stirn die Zeitung an. *Ja, welche?* David hatte sich eingebildet, es gäbe nur eine einzige Zeitung in New York. Wie sollte er Max finden, wenn es so viele Zeitungen gab? Er atmete tief durch und deutete auf die Ausgabe der *New York World.* »Diese hier.«

Wenigstens schien der Dienstmann zufriedengestellt. Er lächelte und richtete sich auf. »Naja. Das ist nett. Ich rufe deinen Pa an und sage ihm, er soll kommen und dich abholen. Wie heißt er denn?«

»Max. Max Meyer.«

»Es freut mich, das zu wissen, junger Mann. Ehrlich gesagt, wir dachten schon, du wärst vielleicht der Ausreißer, von dem wir gehört haben. Ein Junge, der droben in Philadelphia einfach von Zuhause abgehauen ist. Eine Menge Leute machen sich Sorgen um ihn.«

»Na, ich bin es nicht«, sagte David hitzig, obwohl es sich natürlich um ihn handelte. Und sie wußten es. Und er wußte, daß sie es wußten ...

Aber er war nicht so weit gereist, um jetzt wieder zurückgeschickt zu werden. Was erwartete ihn denn schon daheim? Ein Eisenbett im Waisenhaus? Pater Johannes? Die Klosterschule? Hier in New York ... *irgendwo* hier in New York hatte David einen richtigen Vater. Er würde sich nicht von einem schweinsäugigen Zugschaffner und einem Dienstmann mit weißen Handschuhen aufhalten lassen.

»Ich muß aufs Klosett.« Der Zug wurde bereits langsamer, die Bremsen quietschten, als die Grand Central Station unmittelbar vor ihnen auftauchte.

»Nun, nun, junger Mann. Wir sind in ein paar Minuten im Bahnhof. Kann das nicht warten?«

»Nein.« Davids Blick glitt an dem breitschultrigen Schaffner vorbei. Er plante seinen Fluchtweg. Der Dienstmann begleitete ihn zu der winzigen Toilettenkabine. David schob den Riegel vor und starrte sein eigenes Bild im Spiegel an. Das Rattern der Räder wurde langsamer – *tack, tack, tack* – und schwieg dann völlig.

Draußen im engen Korridor pochte der Dienstmann mit den Knöcheln an die Türe. *»Bist du bald fertig, junger Mann?«*

»Nein, bin ich nicht!« schrie David zurück. Er zog die Augen zu schmalen Schlitzen zusammen und wartete, bis er das Rumpeln und Drängeln der aussteigenden Fahrgäste vor der Toilettentüre hörte. Erst dann entriegelte er die Türe und setzte sich in Bewegung.

Während Dienstmann und Schaffner von den aussteigenden Passagieren blockiert wurden, wieselte David durch den Strom von Gepäckstücken und Anzügen und Röcken, duckte sich und wich aus und drängelte sich zuletzt zum Ausstieg am entgegengesetzten Ende des Wagens hinaus. Hinter seinem Rücken konnte er den Schaffner hören, der ihm nachschrie, er solle zurückkommen, und den Dienstmann, der ihn daran erinnerte, daß er seinen Rucksack zurückgelassen hatte.

Was machte das schon! David legte keinen Wert auf die Unterwäsche oder die frischen Socken in seinem Gepäck. Er hatte den kostbaren Briefumschlag mit den Zeitungsausschnitten in seine Jackentasche gesteckt. Vielleicht würde er zu neuen Kleidungsstücken kommen, sobald er seinen Vater gefunden hatte. Neue Schuhe. Eine Jacke, die ihm paßte, und einen brandneuen Beutel Murmeln.

Er sauste durch die summende und drängende Menschenmenge in der Grand Central Station, und die Stimmen der Männer, die ihn hatten einfangen wollen, verloren sich in dem allgemeinen Lärm.

* * *

David war kein solcher Dummkopf, daß er sich hätte verlokken lassen, eine der Telefonkabinen in der riesigen Ankunftshalle des Grand Central zu benützen. Er blieb auch nicht stehen, um die vielen Zeitungen zu betrachten, die am Kiosk des Zeitungsverkäufers neben den Kartenschaltern ausgestellt waren. Beides hätte bedeutet, daß die Eisenbahnpolizei ihn geschnappt und in den Gepäckwagen gesperrt hätte, um ihn wie Frachtgut zurück nach Philadelphia zu transportieren. Er war in der vierten Klasse, fast zehn Jahre alt. Das war bei weitem alt genug, um zu wissen, was er tat.

Er tauchte aus dem riesigen Eisenbahnpalast auf und fand sich mitten in der Kakophonie des New Yorker Morgens. Die hohen Gebäude versperrten dem Sonnenlicht den Weg, und der Wind heulte die Fifth Avenue entlang, so daß Damen und Herren gleichermaßen ihre Hüte und Schirme festhielten, während sie sich straßauf, straßab die Gehsteige entlangschoben.

Die Menschenmenge war gewaltig, sie strömte dahin wie ein Fluß. David reichte einem ausgewachsenen Mann nur bis zum Ellbogen, und so schritt er unbeachtet durch das Menschengewühl der morgendlichen rush hour. Niemand sah sich nach ihm um. Er war unsichtbar, wie er sich da mit der Strömung der Menge treiben ließ.

Er wußte nicht, wohin er ging, aber das war im Augenblick gleichgültig. Je größer die Entfernung, die er zwischen sich und die Cops im Grand Central brachte, desto besser für ihn. Er hatte bereits einen Plan, was er sagen würde, wenn irgend jemand ihn fragte, wo er hinwollte. *Orchard Street.* Und wenn sie das nicht zufriedenstellte, würde er sagen: *Ich will mir bei Nathans einen Hot Dog kaufen.* Alle New Yorker taten das, hatte seine Mutter ihm erzählt. Wenn er einen Hot Dog in der Hand hielt, würde niemand Verdacht schöpfen, daß er aus Philadelphia gekommen sei, oder? Aber niemand fragte ihn. Er trabte lange Zeit dahin, und die Menschenmenge schien sich niemals zu lichten. Dann und wann lösten einzelne Grüppchen sich aus der Menge und betraten eines der hohen Gebäude, aber im selben Augenblick spie irgendeine Drehtüre eine andere Gruppe auf den Gehsteig hinaus.

Nach einer Weile entdeckte David, daß er beim Gehen den Kopf so weit in den Nacken legte, daß es aussah, als hätte er sich den Hals gebrochen. Er hatte zu den Zinnen der Wolkenkratzer hinaufgestarrt. Seine Mutter hatte ihm auch gesagt, daß man die Touristen leicht daran erkannte, wie sie herumliefen und mit offenem Mund zu den Gebäuden hinaufstarrten. David besann sich hastig eines Besseren. Sein Blick glitt eilends über den Eingang von Macys Kaufhaus, um herauszufinden, ob der wachhabende Cop bemerkt hatte, daß er sich wie ein Tourist benahm. Glücklicherweise starrte der Polizist vor sich hin ins Leere, als schliefe er mit offenen Augen. Vielleicht war der Bursche ja auch bloß eine Wachsfigur, die auf kleinen Rädern hinausgerollt wurde wie die Figuren im Wachsmuseum in Atlantic City. David stellte sich vor, wie er den wächsernen Polizisten in die Nasenspitze kniff, aber gerade da blinzelte der Kerl und kratzte sich die Wange und gähnte. David senkte hastig den Kopf und schlängelte sich zum äußeren Rand des Gehsteigs hin, so weit, daß er zur anderen Straßenseite hinübersehen konnte.

An der Ecke befand sich ein kleiner Laden mit bogenförmigen Schaufenstern. TABAK stand auf der Glasscheibe, genau über riesigen goldenen Lettern, die verkündeten HIER DIE NEUESTEN NACHRICHTEN! Das war genau der Ort, den David zu finden gehofft hatte. Und es gab auch eine Telefonkabine genau neben dem Eingang.

David würde herausfinden, für welche Zeitung Max arbeitete, und dann würde er ihn anrufen. *Hallo, Max Meyer, erinnerst du dich noch an Irene? Hier spricht dein Sohn, den du so lange vermißt hast* ... Er hatte sich noch nicht viele Gedanken darüber gemacht, was er im einzelnen sagen würde. Immer eins nach dem anderen!

Ein Glöckchen über der Türe schellte, als David den Tabakladen betrat. Der Laden war klein und warm und roch wie der Pfeifentabak, den Pater Johannes in seiner alten Wurzelpfeife rauchte. Es war ein erfreulicher Duft, und David fühlte sich wohl. Auf endlosen Reihen von Ständern waren die neuesten Ausgaben der Zeitungen zum Verkauf ausgestellt. An der rückwärtigen Wand befanden sich Zeitschriften in seltsamen Sprachen, die David nicht verstand. Er verschränkte die Hände auf dem Rücken und bemühte sich, sehr aufrecht zu stehen und größer und älter zu wirken, als der bebrillte alte Mann hinter dem Ladentisch von der Zeitung aufblickte, die er hinter der zerschrammten Theke las, und an seiner Pfeife nuckelte.

»Ich wüßte gerne, für welche New Yorker Zeitung Max Meyer arbeitet«, sagte David mit fester Stimme, als wäre er ein Stammkunde, der mit gutem Recht Fragen stellt.

»Max wärr?«

»Max Meyer.«

»Hob ich noch nie gehärrt.« Er fuchtelte mit seiner Pfeife in der Luft herum. »Ist er vielleicht Lieferfahrer, jo? Bringt er mir Zeitungen zum Geschäft?«

Das war eine schlimme Nachricht. »Nein«, sagte David verunsichert. »Er schreibt. Er schreibt ... Sachen.«

»Wos fir Sochen?«

»Geschichten ... über Geld.«

»Hob ich nie gehärrt von dem Monn.« Er kratzte sich mit dem Pfeifenstiel den Kopf und blätterte seine Zeitung um. David konnte erkennen, daß die Zeitung nicht auf Englisch geschrieben war.

David stand vor den Regalen und starrte die Vielzahl von New Yorker Zeitungen an. Hier gab es noch viel mehr davon, als der alte schwarze Dienstmann im Zug mit sich herumgeschleppt hatte. Wie konnte David da die richtige Wahl treffen und die Zeitung herausfinden, in der innen der Name seines Vaters stand?

Jedes Blatt trug eine andere Schlagzeile.

NOCH KEINE SPUR VON VERMISSTEM FLUGZEUG.

LINDBERGH UNTERSTÜTZT DIE SUCHE NACH DEM FLUGZEUG.

GROSSBRITANNIEN UNTERBREITET ABRÜSTUNGSVORSCHLAG.

BANKIER WEGEN DIEBSTAHLS VON $ 500,000 POLIZEILICH GESUCHT.

David fiel die Geschichte von dem Bankier auf, weil Max ja schließlich über Geld schrieb. Also die NEW YORK WORLD.

Die Augen des alten Verkäufers blinzelten argwöhnisch, als David die Zeitung aufschlug und nach dem Namen Max Meyer suchte.

»Wann du willst lesen, mußt du kaufen.« Der Alte blickte ihn grimmig an. »Drei Cent.«

David nickte und zählte drei Pfennige ab, die er ihm über die Theke schob. »In Ordnung?«

»Lies draußen«, beharrte der alte Mann. »Hob ich keine Leihbücherei für kleine Kindär da.«

David nahm die Zeitung mit in die Kälte hinaus. Der Wind zerrte an den Seiten und drohte sie ihm aus der Hand zu reißen. Er schlüpfte in die Telefonzelle, schloß die Glastür und setzte sich auf dem hölzernen Bänkchen nieder, um die Zeitung Seite für Seite zu durchsuchen. *Kein Max.* Aber auf der Innenseite der Titelseite stand, zusammen mit den Namen der Herausgeber und Redakteure, eine Telefonnummer. David fischte einen Nickel aus der Tasche und wählte die Nummer.

Eine hohe Frauenstimme antwortete: *»New York World. Wen wünschen Sie zu sprechen?«*

David atmete tief durch und hielt sich selbst die Daumen, während er sich streckte, um den Mund nahe an den Schalltrichter zu bringen. »Arbeitet Max Meyer für diese Zeitung?«

*»Tut mir leid, wir haben keinen Max Meyer im Redaktionsstab der WORLD.«*

David strich die WORLD von seiner Liste und kehrte um, um dem alten Tabakhändler von neuem mit drei Cent in der Hand unter die Augen zu treten. Er kaufte den New York HERALD und dann den New York AMERICAN und so weiter und so fort, bis auf dem Boden der Telefonzelle ein ganzer Stapel Zeitungen lag, hoch genug, daß David seine Anrufe tätigen konnte, ohne sich nach der Wählscheibe oder dem Mundstück strecken zu müssen.

Immer dieselbe Frage: *»Arbeitet dort ein Max Meyer?«*

Immer dieselbe Antwort: *»Tut mir leid, ich finde hier keine Klappennummer eines Max Meyer ...«*

Er konnte nicht mehr zählen, wie viele Cents er dem alten Mann im Lauf der Stunden in die Hand gedrückt hatte. Seine Auswahl war weitaus geringer geworden, es gab nur noch knapp ein halbes Dutzend Möglichkeiten, als David eine Ausgabe der NEW YORK TIMES zur Hand nahm. Er las aufmerksam die Schlagzeilen, in der Hoffnung, einen Hinweis zu finden. Und dann hörte er die flüsternde Stimme des Alten ...

»Das ist der Junge, Officer Dooley ...«

David blickte auf und stellte fest, daß der Wachspolizist, der erst vor Macys Kaufhaus gestanden hatte, ihn mit strengem und forschendem Blick betrachtete. Er wandte den Blick ab und legte drei Cent auf den Ladentisch, wie er es bisher getan hatte.

»Du liest wohl gerne, Junge, was?« fragte der Beamte.

»Ich suche jemand.« David hob mit furchtloser Gebärde das Kinn, obwohl er innerlich wie Espenlaub zitterte.

»Suchst jemand, aha! Vielleicht in den Bekanntschaftsanzeigen oder was?«

»Ich weiß nicht.« Er war so nahe dran. Würde er jetzt verhaftet und in der Grünen Minna abtransportiert werden, wie Brian damals, als er sich besoffen und die Fenster des Krämerladens eingeschmissen hatte? »Ich muß jemand anrufen.«

David schlüpfte hinaus. Das vertraute Glöckchen schellte hinter seinem Rücken. Er verbarrikadierte sich in der Telefonzelle, stellte die Zeitung an der Glastüre auf, während er sich niederkauerte, um das Blatt zu durchforsten. Kein Max. Keine Story. Gar nichts.

David wählte die Nummer der NEW YORK TIMES und wartete auf die näselnde Stimme des Telefonfräuleins.

*»Times. Wen möchten Sie sprechen?«*

»Arbeitet bei Ihnen ein Max Meyer?«

*»Einen Au-gen-blick bitte. Ich verbinde.«*

Konnte es wirklich wahr sein? David hüpfte auf den Zeitungen auf und nieder und lachte laut. Die ganze Arbeit war doch nicht umsonst gewesen! Max arbeitete für die New York Times! Natürlich mußte es die New York Times sein! Sie war dicker als jede andere Zeitung in der Stadt. Sie sah auch viel vornehmer aus als die anderen. Es war nur recht und billig, daß sein Vater für die *wirklich bedeutende New Yorker Zeitung* arbeitete! David kam sich wie ein Narr vor, daß er nicht am anderen Ende des Regals zu suchen begonnen hatte.

»Wirtschaftsredaktion ... Missus Morgan am Apparat.«

»Hei! Ich möchte gerne mit Max Meyer sprechen.«

»Max?« Ihre Stimme klang sehr beschäftigt. »Tut mir leid. Er ist nicht da.«

»Nicht da?«

»Genau. Nicht da. Fort. Alles klar?«

»Aber wo ist er?«

»Na, wenn du's unbedingt wissen willst, der liebe Max ist in 'ropa.«

»Ropa? Aber wo ist Ropa?« David war verzweifelt. Hatte er seinen Vater nur wiedergefunden, um ihn einen Augenblick später bereits wieder zu verlieren?

»Lernst du keine Geografie in der Schule? Er ist nach Frankreich gefahren, und das is' in 'ropa. Gestern nacht an Bord der *Ber'n-ga-ria* gegangen. Tut mir leid.« Die Leitung wurde mit scharfem Klicken unterbrochen.

David stand wie erstarrt in der kleinen Glaskabine. Er ließ sein Exemplar der New York Times auf den Stapel Zeitungen fallen. Er hängte den Hörer ein und setzte sich hin, um nachzudenken, was er als nächstes tun sollte. Die Glocke des kleinen Zeitungsladen schellte und der Macy-Polizist kam heraus. Er rauchte eine Zigarette und sah sich um, ob er irgendwo einen Verdächtigen erspähte, den er hopsnehmen konnte. Natürlich fiel sein Blick auf den Jungen in der Telefonzelle, der genug Zeitungen gekauft hatte, um seinen eigenen Kiosk aufzumachen.

Officer Dooley setzte seine Plattfüße in Bewegung und marschierte in amtlicher Haltung zur Telefonzelle. Er spähte durch das Glas zu David hinein, der die abgetretenen Kappen seiner Schuhe anstarrte.

»Was treibst du da drinnen, Junge?« brüllte der Officer durchs Glas.

David stieß die Türe auf und trat in die Kälte hinaus. Was hatte das alles jetzt noch für einen Sinn? Max war längst nach Frankreich-Ropa gefahren. Was sollte David jetzt nur tun?

»Wo wohnst du, Junge?«

»Orchard Street.«

»Da bist du aber weit weg von zu Hause.«

»Ja, kann schon sein.« Bloß gut, daß der Offizier nicht wußte, wie weit weg von zu Hause er tatsächlich war.

»Was willst du denn mit all den Zeitungen?«

»Ich hab sie gekauft. Sie gehören mir.« David hob trotzig das Kinn.

Der Polizist blickte auf seine Taschenuhr und hob sich unauffällig auf die Zehenspitzen. »Kann schon sein, daß sie dir gehören. Was hast du denn vor mit ihnen? Willst du einen Zeitungsstand aufmachen?« Er lachte, und dann streckte er die Hand aus, um David an der Jacke zu packen. »Du kleiner Mistkerl! Die Schule schwänzt du, das ist es! Du kleiner zerlumpter Strolch! Wissen deine Eltern, was du hier treibst? Warte nur, ich bring dich aufs Wachzimmer, und dann –«

David trat ihn kräftig gegen das Schienbein und riß sich dann aus den fleischigen Händen frei. Seine Jacke blieb dem Polizisten in den Fingern. Während der Polizist ihm noch sein *Halt, stehenbleiben, halt!* nachschrie, stürzte David sich in das drängelnde und stoßende Gewühl der Menge und verschwand.

# IM SCHATTEN SEINER FLÜGEL

Die Morgensonne kannte kein Ansehen der Person. Die Dämmerung breitete sich über die Hügel und Täler von Arkansas, so hell und klar wie am ersten Schöpfungstag. Sie schimmerte durch die mit Papier bespannten Fenster der armen Farmer und drang durch die gläsernen Fensterscheiben der reichen Leute. Sie wärmte Trudys Schultern, wie sie in ihrem Schaukelstuhl zu Füßen des Bettes, in dem der Flüchtling lag, döste. Es fiel auf die offenen Seiten der Bibel in ihrem Schoß.

In der Ferne pfiff das Signal des Morgenzuges, der nach Hartford unterwegs war. Die Vögel sangen, und die Kühe muhten auf der Weide. Trudy öffnete die Augen und sog den starken Kampfergeruch ein. Das röchelnde Atmen des entflohenen Sträflings war nicht mehr zu hören.

Er lag reglos. Frieden breitete sich über sein Gesicht, wie er den starren Blick an ihr vorbei auf den Strom von Licht und Farbe jenseits des Fensters richtete. Sie konnte seinen Atem nicht mehr hören, und ein eisiger Schauder durchrieselte sie. *War er tot? War seine Seele mit Tagesanbruch heimgegangen?*

Sie öffnete schon den Mund, um nach Birch zu rufen, als die Augen des Mannes sich auf ihr Gesicht hefteten und dann auf die offene Bibel auf ihrem Schoß.

»Morgen, Ma'am«, stieß er heiser vor.

Einen Augenblick lang brachte sie keine Antwort über die Lippen. Erleichterung durchströmte sie. Sie nickte. »Geht es Ihnen schon ... besser?«

Ein langer Blick auf die Bibel. »Denke, der Herr ist noch nicht fertig mit mir.« Er sprach jedes Wort langsam und sorgfältig aus, als hätte er lange Zeit mit keinem Menschen mehr gesprochen.

»Wir waren uns nicht sicher. Sie waren bewußtlos.« Trudy blickte auf die gebrochene Boxernase und die narbenbedeckten Hände, die auf der Flickendecke gefaltet lagen. »Ich bin dankbar, daß es Ihm gefallen hat, Sie am Leben zu erhalten ... und auch dafür, was Sie für meinen Sohn getan haben.«

Er antwortete nicht auf ihren Dank, sondern starrte weiterhin das Buch an. »Er weiß es, wenn ein Spatz vom Dach fällt, sagt die Heilige Schrift. Ich denke, er wußte die ganze Zeit schon, daß der Junge da unten am Fluß in Schwierigkeiten geraten würde. Vielleicht hat der Herr mich am Leben erhalten, damit ich dieses Kind rette. Und vielleicht hat er dieses Kind um meinetwillen gerettet. So ist Jesus eben, ja, so ist er. Als Mensch versteht man sowas einfach nicht. Kann nur vertrauen.« Er streckte die Hand nach der Bibel aus. »Darf ich's mal halten, Ma'am? 's ist so lange her. Hab neun oder zehn Jahre lang keine Bibel mehr in der Hand gehalten.«

Trudy stand auf und legte ihre Bibel in seine Hände. Er hielt sie wie ein verirrtes Kind, seine Handfläche bedeckte die ganze Seite, als er sie wie einen alten Freund umfaßte. »Er hat mich nicht vergessen«, flüsterte er. »Ihr alle habt mich vergessen, aber der Herr hat mich in seiner Hand gehalten. Er hat nichts vergessen.« Tränen strömten ihm über die Wangen, als er zu Trudy aufblickte. »Rufen Sie Birch Tucker, Mrs. Trudy. Ich hab ihm viel zu erzählen.«

Trudy sog tief die Luft ein und trat einen Schritt zurück. Sie wollte nicht glauben, was ihre Erinnerung ihr jetzt vor Augen hielt. *»Wer sind Sie?«* stammelte sie.

Birch stand in der Türe. Er war Zeuge des Gesprächs geworden.

Birch räusperte sich. »Ich hab einmal einen Mann gekannt. Bin mit ihm im Zug von New York hierher gefahren. Ein heimwehkranker Soldat. Er wollte Prediger werden. Ich hab von Shiloh erzählt, und er hat von Mount Pisgah und seiner Familie erzählt. Er hatte in den Poteau-Bergen gejagt. Hat die Birkenbäume unserer Farm oft von dort oben gesehen ...«

Der Schwarze schloß seine Augen und nickte. »So klar waren sie zu sehen, diese Bäume. Wie ein weißer Staketenzaun da unten an der Biegung des James Fork ...«

Trudy preßte die Hand an den Mund. Sie keuchte vor ungläubigem Staunen. *Ein Wunder!*

Birch hatte keinen Zweifel daran. »Er hielt mir eine Predigt und kämpfte an meiner Seite. Hat mir das Leben gerettet, nehme ich an. Später hat er die Seele meiner Frau gerettet, die ihn durch die Fenster seiner kleinen Kirche predigen hörte. *Und jetzt ... bist du heimgekehrt, Jefferson Canfield!* Du hast das Leben meines Kindes gerettet! Wir fürchteten, du wärst vor Jahren gestorben!«

»Es gibt einen Gott«, sagte Jefferson unter Tränen. »Er hat mir die ganze Zeit zur Seite gestanden. Hat mich durch die Wildnis geführt. Ließ das Licht auf die Birken in deinem Feld scheinen. *Birch!* sagte der Herr zu mir, als ich mich schon verloren geben wollte. Und da wußte ich, daß meine Zeit zu sterben noch nicht gekommen war.«

»Jefferson Canfield!« Trudy taumelte zurück und ließ sich in den Schaukelstuhl fallen. Ihre Beine versagten ihr den Dienst. Er war so merklich verändert, daß sie ihn auf der Straße nicht erkannt hätte. *Was hatten sie mit ihm angestellt?* Und dennoch, seine Seele war unverändert geblieben, seine Liebe zu Gott unvermindert. Ja. Das konnte sie deutlich in seinen Augen sehen.

Jefferson hob die Bibel in das Morgenlicht und begann zu lesen.

»Wer unter dem Schirm des Höchsten sitzt und unter dem Schatten des Allmächtigen bleibt,

der spricht zu dem HERRN: Meine Zuversicht und meine Burg, mein Gott, auf den ich hoffe.

Denn er errettet dich vom Strick des Jägers und von der verderblichen Pest.

Er wird dich unter seinen Fittichen decken, und Zuflucht wirst du haben unter seinen Flügeln. Seine Wahrheit ist Schirm und Schild,

daß du nicht erschrecken mußt vor dem Grauen der Nacht, vor den Pfeilen, die des Tages fliegen,

vor der Pest, die im Finstern schleicht, vor der Seuche, die am Mittag Verderben bringt.

Wenn auch tausend fallen zu deiner Seite und zehntausend zu deiner Rechten, so wird es dich doch nicht treffen.«

Er hielt inne und blickte Birch an. »Ich denke, er ist noch nicht fertig mit mir.«

»Glaub ich auch nicht«, stimmte Birch ihm zu.

»Zehn Jahre lang hat mich dieser Gedanke am Leben erhalten, wenn ich lieber sterben und bei meiner lieben Frau Tisha sein wollte. Es ist zehn Jahre her, seit irgend jemand meinen richtigen Namen genannt hat.«

»Naja, ganz so ist es nicht«, sagte Birch. Er drehte sich um und rief Tommy ins Zimmer.

Der Junge war so blond wie Birch. Sein blondes Haar hing ihm über die Stirne herab. Er strich es zurück und grinste Jefferson an. »Da sind Sie ja doch noch aufgewacht.«

Jefferson betrachtete das Kind eindringlich. »Du siehst deinem Pa sehr ähnlich«, sagte er mit trauriger, sehnsuchtsvoller Stimme. Wenn die Dinge einen anderen Lauf genommen hätten, dann hätten Jefferson und Latisha inzwischen auch schon eine Stube voll Kinder gehabt ... ein paar hätten Jeff ähnlich gesehen, und ein paar Tisha. Es war ein so süßer Traum gewesen. Nichts konnte ihn mehr zurückrufen.

Birch räusperte sich und riß ihn damit aus seinen Träumen. »Tommy, sag mal unserem Freund, wie du heißt.«

»Ja«, stimmte Trudy zu.

Tommy blickte erst seinen Vater, dann seine Mutter an und dann den Mann, dessen Füße über den Rand des Bettes hinausragten. »Ich heiße Tommy«, sagte der Junge.

Birch drängte ihn, weiterzureden. »Sag ihm deinen ganzen Namen, und wie du dazu gekommen bist.«

Tommy richtete sich stolz zu seiner vollen Höhe auf, wie er es immer tat, wenn die Rede auf seinen Namen kam. »Thomas Jefferson Tucker. Ich heiße nach einem richtigen Helden. Einem Mann, den mein Pa im Krieg gekannt hat. Der hat die Armee des Kaisers geschlagen – praktisch allein. Und er hat von den Franzmännern eine große, furchtbar wichtige Medaille dafür bekommen, hat Pa gesagt. Dann kam er heim und heiratete und der Klan ...« Tommy blieb das Wort im Halse stecken, als er merkte, daß der schwarze Mann das Gesicht in den Händen verborgen hatte. *Weinte er?*

»Hab ich was Falsches gesagt?« fragte Tommy seine Mutter, die ebenfalls weinte.

»Nein, Sohn.« Birch legte einen Arm um Tommys Schulter. Dann sagte er zu Jefferson: »Wir haben unseren Erstgeborenen nach dir genannt, Jeff. Sooft wir für unseren Jungen gebetet haben, haben wir auch für dich gebetet. Wir wußten nicht, wo du bist oder wie es dir ergangen ist, aber jeden Tag ... *jeden Tag* ... haben wir für dich gebetet. Es ist nicht zehn lange Jahre her, seit irgend jemand deinen Namen in den Mund genommen hat. Ich und True, wir haben jeden Tag mit Jesus über dich geredet. Hörst du, Jeff?«

Tommy blickte seinen Vater erstaunt an. War dieser Mann der Held? War das der Mann auf dem Foto? Das hier war derselbe Riese, der alle die Radaubrüder in Missouri kurz und klein geschlagen und das Leben seines Vaters gerettet hatte?

»Ja.« Birch beantwortete Tommys Frage, bevor der Junge sie stellte.

Tommys Lächeln kehrte zurück. Er hatte so viel über den Prediger gehört! Und jetzt war er hier, in Fleisch und Blut! Hier in diesem Zimmer, in seinem Bett! Wenn er aufrecht stand, mußte Jefferson Canfield der größte Mann sein, den Tommy jemals gesehen hatte, denn seine großen Füße ragten über das Fußende des Bettes hinaus, und sein Kopf berührte beinahe das eiserne Kopfende. Das war tatsächlich ein Wunder!

Tommy trat neben das Bett und blickte auf die Hände nieder, die das zernarbte Gesicht bedeckten. Jefferson fühlte die Nähe des Jungen und blickte zwischen den Fingern zu ihm auf, dann ließ er langsam die Hände sinken.

»Ich hab ein Foto von Ihnen«, sagte Tommy mit vor Ehrfurcht bebender Stimme.

»Sieht mir wohl nicht mehr sehr ähnlich, was?« Jefferson wischte sich mit dem Handrücken die tränennassen Wangen ab.

Tommy beugte sich näher zu ihm herab und betrachtete eindringlich die dunklen Augen und die breite Stirn. Ja. Das war das Gesicht auf dem Foto, nur war es jetzt so voll Narben, daß es aussah, als sei es wie ein Puzzle zusammengesetzt. Ein paar Puzzleteilchen fehlten. Die Zähne des Mannes waren alle ausgeschlagen, und an einer Stelle war sein Ohr eingerissen. »Ja, Mann! Sie sind's wirklich!« strahlte er. »Junge! Ein echter Held in meinem Schlafzimmer!«

Jefferson umfaßte Tommys Hand mit seiner riesigen Rechten. Seine Finger schienen den Arm des Jungen zu verschlingen, als sie einander die Hand schüttelten. Tommy fuhr fort: »Wie geht's?« sagte er, wie es die erwachsenen Männer zu tun pflegten. »Ich hab die ganze Zeit gehofft, Sie kämen noch mal zurück!«

»Ich auch«, antwortete Jefferson. »Ich denke, Jesus hat das alles schon seit langem geplant.«

* * *

Als sie nach Hartford fuhren, um Vorräte einzukaufen, wurden Tommy und Bobby ermahnt, kein Wort über Jefferson Canfield oder den Vorfall am Fluß verlauten zu lassen. *»Haltet euch an die Schule, die neuen Maultiere und das Wetter.«*

Bobby und Tommy interessierten sich jedoch weder für die Schule noch für die Maultiere, sondern für die magere Jagdhündin, die aus Bruder Williams Viehhandlung herausgetrottet kam. Sie hatte erst kürzlich Junge geworfen. Ihre Zitzen hingen schlaff herunter, sie hatte Schlappohren und ihr Schwanz hing auf Halbmast, so daß sie jämmerlich verfallen aussah.

Tommy schnalzte mit der Zunge, und sie wedelte halbherzig mit dem Schwanz, bevor sie sich erschöpft auf ein sonnenbeschienenes Fleckchen hinplumpsen ließ.

»Man möchte es nicht glauben, wenn man sie so sieht«, sagte Bruder Williams stolz, »aber sie ist so ziemlich die beste Jagdhündin, die man sich nur wünschen kann. Die Jungen haben sie fast umgebracht. Vierzehn Stück.«

Birch pfiff leise und warf einen Blick auf die eingesunkenen Flanken. »Die haben sie halb aufgefressen, wie's aussieht.«

»Ja, Mann.« Bruder Williams rief ihr mit besänftigender Stimme zu: »Stimmt's nicht, Emmaline? Deine Jungen haben dich so ausgesoffen, daß du nur mehr ein Schatten deiner selbst bist.« Er wandte sich vertraulich an Birch: »Sie hat schließlich einen Ruf zu verlieren. Ich hab sie von Lucius Worth's großem altem Jagdhund decken lassen. Ich schwör dir, ihre Welpen sind so groß wie sie selber. Die meisten sind schon vergeben.« Er wandte sich den Jungen zu. »Guckt sie euch an, Jungs. Sie sind in der letzten Box.«

Tommy spürte die neugierigen Augen des Stallknechts Boomer, der aus der Luke des Heubodens spähte, als sie in die Scheune rannten. »Was wollt ihr denn?« fragte Boomer.

»Gucken uns Emmalines Welpen an«, antwortete Bobby.

»Die besten Welpen im ganzen County«, erklärte Boomer. Es mußte wahr sein, denn Boomer hatte sich bereits einmal als wahrheitsliebender Bursche erwiesen. »Faßt sie nicht an! Bruder Williams mag's nicht, wenn Kinder die Welpen anfassen.« Er kehrte zu seiner Arbeit zurück und warf haufenweise Heu in die Futtertröge der Pferde und Maultiere in den Boxen unten.

Das Türchen der letzten Box war verschlossen und hielt das Trüppchen vierzehn winziger Jagdhundwelpen gefangen. Tommy spähte durch die Ritzen zu ihnen hinein. Sie waren ebenso fett, wie ihre Mama mager war; so voll Saft und Kraft, wie sie erschöpft war. Sie alle hatten dieselbe Farbe wie ihre Mutter, mit einer einzigen Ausnahme – einem helläugigen Weibchen mit rotem Fell, das sich mit kühnem, herausforderndem Schritt inmitten ihrer spielerisch raufenden Brüder bewegte, einen abgerissenen Fetzen zwischen den Zähnen. Die anderen erkannten die Herausforderung zum Seilziehen und der Kampf begann. Knurren und Kindergequieke erfüllten die Box, als die Welpen sich einer nach dem anderen in den Kampf stürzten.

Boomer schrie vom Heuboden herunter: »Auf die Art üben sie die Jagd«, erklärte er in wissendem Tonfall. »Als wär' der Fetzen da ein Waschbär, seht ihr? Sie reißen ihn ordentlich in Stücke! Das werden mal die besten Hunde im ganzen County. Denen entkommt kein Waschbär und kein Opossum!«

Tommy hielt den Blick starr auf das rote Weibchen gerichtet. Sie hatte eine breite Brust, ihre langen Ohren zogen die Gesichtshaut faltig herab, was ihr einen weisen, trübseligen Ausdruck verlieh. Sie war auch hart im Nehmen. Sie zerrte an dem Fetzen mit einer Kraft, daß sie es gleich mit zweien ihrer Brüder aufnahm; riß ein größeres Männchen um und stürzte sich auf ihn, als er sich überkugelte. Das Ohr des männlichen Welpen erwies sich als weitaus einladenderes Ziel als der Fetzen. Sie packte zu und knurrte, zerrte ihn hin und her, bis er jaulte und vor Schmerz den Schwanz zwischen die Hinterbeine klemmte.

»Sie ist die beste«, flüsterte Tommy. Es war Liebe auf den ersten Blick. »Die kleine Rote. Die gehört mir.«

Birch und Bruder Williams standen hinter den Jungen und beobachteten die allumfassende Liebe, die zwischen kleinen Jungen und kleinen Hunden erblüht.

»Wie sieht's aus – Interesse an einem guten Jagdhund?« Bruder Williams strich sich das Stoppelkinn und freute sich bereits auf ein paar weitere Dollar in seiner Tasche. »Die besten Jagdhunde weit und breit.«

Birch lachte. Er rief zu Boomer hinauf: »Sagt Bruder Williams die Wahrheit über diese Welpen?«

»Ja, Sir, das tut er. Bruder Williams erzählt vielleicht 'n Haufen Lügen, aber was die Hunde angeht, da sagt er die Wahrheit.«

»Nun, wieviel bezahlen die Leute denn so für sie, Boomer?« Birch manövrierte sich um Bruder Williams herum, dem die Geldgier in den Augen glitzerte.

»Homer Goodfellow hat ihm zwanzig Dollar bezahlt«, berichtete Boomer, während er eine weitere Forke Heu hinunterwarf. »Mal nachdenken. Ha! Und Henry Peebles hat fünfundzwanzig für den Dicken dort bezahlt – den das kleine rote Mädchen grade so wacker verprügelt hat.«

»Ich möchte die kleine Rote, Pa«, sagte Tommy eifrig.

Bruder Williams schniefte befriedigt. Vielleicht war Boomer gar kein so schlechter Einfluß auf seine Kunden. »Tja, die Kleine, die wird aber teuer. Die ist was wert. Hat soviel Hirn wie ihre Mama und ist zäh wie Leder! Geborene Anführerin. Fünfundzwanzig Dollar.«

Birch schnaubte verächtlich. »Nur ein Narr würde soviel für den kleinen Köter bezahlen.«

»Wie's beliebt ...« Bruder Williams schien ungerührt. »Weißt doch, was ein guter Hund wert ist. Mehr wert als'n Maultier. Und meine Emmaline hat den Welpen alles mitgegeben, was sie hatte. Die verschleudere ich doch nicht billig wie Suppenhühner! Du kriegst einen guten Hund, und nächstes Jahr um die Zeit hast du alles, was du ausgegeben hast, in Waschbär- und Opossumfellen wieder drin – dafür kannst du die Hand ins Feuer legen.«

Boomer stimmte in den Lobgesang für Emmalines Junge ein. »Ja, Mister Birch! Bruder Williams ist zwar ein Lügner, aber die gute alte Emmaline –«

»Halt's Maul, du Dummkopf!« schrie Bruder Williams.

Stille breitete sich auf dem Heuboden aus. Das Heu kam mit verdoppeltem Schwung herabgeflogen.

Birch warf einen Blick auf die sehnsüchtigen Gesichter seiner Söhne. »Wenn ihr Jungs arbeitet und die Hälfte bezahlt, dann kauf' ich dir die kleine Rote für zweiundzwanzig Dollar ab.«

»Vierundzwanzig.«

»Zweiundzwanzig.«

»Dreiundzwanzig fünfzig.«

»Zweiundzwanzig.«

»Herr du meine Güte, Birch Tucker! Du bist ein harter Mann! Ein harter Mann, laß dir das gesagt sein! Das ist doch keine Art zu handeln! Das ist nicht fair! Gib ein bißchen nach!«

»Zweiundzwanzig und zwei Cent.«

»Einverstanden.« Bruder Williams sah so erschöpft aus wie die alte Emmaline. Sein Gesicht war schlaff, und sein Hut saß auf dem Hinterkopf. Er schwitzte trotz der Kälte. »Schlag ein! Du kannst den Welpen aber erst in etwa vier Wochen haben. Ich reservier' sie euch. Dann könnt ihr bezahlen – du und die Jungs.«

Tommy und Bobby stießen ein Freudengeheul aus. Emmaline trottete in die Scheune und blieb in der Türe stehen, um nachzusehen, was los war, und um sich zu vergewissern, daß kein Menschenwelpe ihrem kleinen Wurf nahe kam. Melancholisch und weise, wie sie war, wedelte sie ein- oder zweimal mit dem Schwanz, als Birch Tucker und Bruder Williams den Handel mit Handschlag besiegelten. Vier Wochen waren noch eine lange Zeit, und wenn sie erst verflossen waren, würde sie ihrem Wurf keine Träne mehr nachweinen!

* * *

Es war kalt geworden. Lily saß auf der hinteren Veranda des adretten weißen Farmhauses und stellte sich vor, wie es sein mochte, in einem solchen Haus zu wohnen.

Sie wußte, daß die Hausfrau sie durch das Küchenfenster beobachtete, aber sie ärgerte sich nicht über den Argwohn der Frau. Schließlich hatte sie Lily einen Teller Essen gegeben und ihr erlaubt, sich auf der Hintertreppe auszuruhen. Bohnen und Speck und heiße Maisfladen. In den letzten sechs Tagen war das erst die dritte Mahlzeit, die Lily gegessen hatte. Sie tunkte das Fett mit dem Brot auf, bis der Blechteller blitzsauber war, und leckte sich dann die Finger ab. Ihr geschrumpfter Magen schmerzte selbst nach der mageren Portion, aber sie ließ keinen Tropfen Nahrung verkommen. Schließlich hatte sie für das kostbare Kleine in ihrem Leib zu sorgen, und sie wußte nicht, wie lange es dauern würde, bis sie wieder zu essen bekam.

Die Ledersohle an Lilys Schuh hatte sich gelöst. Sie riß einen Streifen Tuch von ihrem braunen Baumwollkleid ab und wickelte ihn eng um Sohle und Schuh, um die beiden zusammenzuhalten.

Seit Tagen folgte sie in groben Zügen derselben Route in Richtung Norden, auf der die Wanderarmee der Baumwollpflükker in Richtung Süden gezogen war. Sie erinnerte sich an Namen wie Gillham, Grannis, Wickes, Hatton, Cove und Hatfield. Sie konnte die Namen der Städte, die auf den Hinweisschildern geschrieben standen, nicht lesen, aber sie erkannte die Landschaft und die Farmen wieder.

Städte mit roten Ziegelgebäuden und weiße Fachwerkhäuser inmitten ausgelaugter Felder. Seit sechs Tagen war sie unterwegs, und Lily hatte in Heuhaufen und verlassenen Scheunen geschlafen und alte Äpfel gegessen, die unter den Bäumen verfaulten. Obwohl die Frau des Hauses sie offensichtlich für eine schlechte Person hielt, segnete Lily sie für ihr Essen.

Die Gittertüre öffnete sich quietschend. Nervös und unsicher trat die Farmersfrau ins Freie. Sie warf einen Blick auf Lilys Schuhe und dann auf die dünne Baumwolle ihres Kleides und ihren hochgewölbten Leib.

»Wo willst du denn hin, Mädchen?« fragte die Bäuerin, während sie ihr den Teller aus der Hand nahm.

»Danke schön, Ma'am ... ich war schon sehr hungrig. Ich denke, der Herr hat gesehen, wie hungrig ich bin, und mich hierhergesandt. Gott segne Sie, Ma'am.«

Die Frau schien sich unbehaglich zu fühlen bei diesem Dank, als wollte sie nicht daran erinnert werden, daß eine solche Kleinigkeit wie ein Teller Essen einem Menschen so viel bedeuten konnte. »Ich hab gefragt, wo du hinwillst.«

Lily schüttelte den Kopf und biß sich auf die Lippen. »Nach Norden.«

»Einfach nur nach Norden?«

»Weiß nicht recht. Mein Mann ist vor kurzem gestorben, nördlich von hier. Ich denke, meine Füße gehen einfach dorthin zurück, denn das ist der letzte Ort, wo ich glücklich war.« Ein rasches, verlegenes Lächeln spielte um ihren Mund. Lily hatte nicht vorgehabt, so viel von sich preiszugeben. »Aber kümmern Sie sich nicht darum. Ich danke Ihnen herzlich für all Ihre Güte.«

Die Bäuerin blickte an ihr vorbei die Straße entlang. »Die Bäume sind alle schon herbstlich. Es wird richtig kalt um diese Jahreszeit. Hast du keinen Mantel?«

»Nein, Ma'am. Weiter südlich war es noch warm.«

Sie hielt einen Finger in die Höhe und bedeutete Lily, sie sollte einen Augenblick warten. Sie kehrte ins Haus zurück und tauchte einen Augenblick später mit einem dicken roten Flanellhemd wieder auf. »Meinem Sohn ist es zu klein geworden. Zieh es an.«

Lily streichelte das Geschenk. Freundlichkeit war etwas, das man selten fand. »Sie sind eine richtige Christin, Ma'am.«

»Nicht der Rede wert. Jetzt mach schon.« Das Gesicht zeigte keine Spur eines Lächelns, als wollte sie insgeheim ein weiteres tun.

Ob es sich wohl lohnte zu fragen? Lily zögerte. »Sie brauchen nicht vielleicht jemand, der Ihnen ein bißchen zur Hand geht? Ich kann fabelhaft saubermachen. Töpfe und Pfannen schrubben. Sogar Feuerholz hacken.«

Die Frau blickte ihr voll ins Gesicht. »Wir brauchen keine Hilfe.« Aus irgendeinem Grund war sie zornig auf Lily geworden.

»Du bist hochschwanger. Ich hab meine Christenpflicht getan, aber du bist weder weiß noch schwarz, und du siehst aus, als bekäme man nichts als Ärger mit dir. Ich hab dir zu essen gegeben. Jetzt hau schon ab. Wir können deinesgleichen hier nicht gebrauchen.«

Mit diesen Worten machte die Frau ihr gutes Werk zunichte. Lilys hoffnungsvolles Lächeln verblaßte. Sie legte das rote Flanellhemd auf die oberste Treppenstufe und trat einen Schritt zurück. »Trotzdem vielen Dank, Ma'am.«

»Jetzt nimm das Hemd schon! Was? Bist dir wohl zu gut für Almosen?« grunzte sie und nahm das Geschenk wieder an sich, das sie im Namen der Pflicht so widerwillig angeboten hatte.

Lily hörte die Gittertüre hinter sich zufallen, während sie auf die geschotterte Landstraße hinausschritt.

# DIE SCHNAPSFLOTTE

Als David seine Jacke verlor, verlor er alles. *Die Zeitungsausschnitte. Das Bild seiner Mutter. Geld. Hoffnung.* Er hatte den ganzen Tag lang noch nichts gegessen.

Er trottete die Straße entlang, den Blick auf den Gehsteig geheftet, ob vielleicht irgend jemand eine Münze verloren hatte. Einmal, als er acht Jahre alt gewesen war, hatte er einen Silberdollar gefunden, der in einer Ritze des Gehsteigs vor Mr. Hebers Supermarkt steckte. Und da waren die Eintrittskarten zum Weltcup, die er in der Straßenbahn gefunden hatte. War es nicht möglich, daß gerade jetzt, wo er es am meisten brauchte, ein weiteres Wunder geschah?

Er hatte keine Lust mehr, zu den Wolkenkratzern hinaufzustarren oder die riesige Ausdehnung von Manhattan zu bestaunen. Es war schlimm genug, daß er deutlich fühlen konnte, wie groß die Stadt war und wie klein er selbst. In der vierten Klasse zu sein, erschien David plötzlich längst nicht mehr als ein so beachtlicher Reifegrad wie daheim in Philadelphia. Ja, zu Hause hatte er die Schule geschwänzt und war in der Straßenbahn in ganz Philadelphia herumgefahren, und es war ihm ganz selbstverständlich erschienen. Damals hatte er einen Frühstücksbeutel und einen Nikkel für die Straßenbahn in der Tasche gehabt. Jetzt hatte er keinen Frühstücksbeutel, keinen Nickel und keine Jacke. Noch weitaus schlimmer war freilich, daß er auch keinen Max hatte. Die ganze Zeit hatte David gedacht, er würde Max finden, würde ihm die Nachricht überbringen, daß sein Sohn lebte, und sie würden gemeinsam einen Hot Dog essen. Vielleicht würden sie sich auch gemeinsam ein Spiel der Brooklyn Dodgers ansehen. Aber Max war auf einem großen Schiff nach Ropa gefahren und hatte David allein zurückgelassen. Das Ganze war eine lausige Idee gewesen, dachte

David niedergeschlagen, während er nach einer verlorenen Münze suchte. *Lausig und besch...euert!*

Die hohen Gebäude sperrten das Sonnenlicht aus und schufen ein künstliches Zwielicht in der Straße. War es schon Essenszeit? David tat der Magen weh, als sei die Essenszeit schon sehr lange vorbei. Er hatte den ganzen Tag lang nur eine Banane gegessen, und er hatte seinen Mantel verloren. Jetzt würde er gleich an seinem ersten Tag in New York verhungern. Wenn er nicht erfror, bevor er verhungerte. Ein Stück vor ihm spielte jemand die Melodie von »East Side, West Side«.

Ein Drehorgelmann drehte die Kurbel seines Leierkastens, während sein dressiertes Äffchen an einer Brezel kaute und den Passanten die Zähne entgegenfletschte. Er beäugte die Brezel mit hungrigen Augen und überschlug in Gedanken, was passieren würde, wenn er sie dem kleinen Geschöpf aus der Hand riß und die Straße entlang davonsauste. Der Leierkastenmann würde es nicht leicht haben, ihn zu verfolgen, wenn er dabei seinen Kasten und seinen Affen hinter sich herschleppen mußte! Das Äffchen lächelte David an. Mehr eine Grimasse als ein Lächeln. Brezelkrümel fielen aus seinem Maul und gingen auf dem Gehsteig verloren.

»Kleines Scheusal«, murmelte David und wandte sich ab.

Als hätte es seine Beleidigung verstanden, schnatterte das Äffchen und legte mit einer fast menschlichen Geste der Verachtung den Daumen an die Nase. *Willkommen in New York, kleiner Dummkopf!*

David schleppte sich, wie es ihm schien, stundenlang so dahin. Das künstliche Zwielicht dunkelte ein wenig zu einer violetten Dämmerung. Die Menschen gingen in Gebäude hinein und kamen aus Gebäuden heraus, und kein einziger, Mann oder Frau, blieb stehen und fragte, was ein Kind ohne Jacke hier an einem so kalten Tag zu suchen hatte. Niemand fragte, warum er tief gebückt den Gehsteig absuchte. Vor allem fragte niemand, ob er hungrig oder obdachlos war – und er war mit Sicherheit beides.

Als er schließlich den Blick hob, hatte David keine Ahnung, wo er war oder wie er hierhergelangt war. Eine rote elektrische Straßenbahn fuhr knisternd und ratternd um die Ecke, an der David stand. Warenspeicher aus roten Ziegeln mit schmiedeeisernen Feuertreppen erstreckten sich über die ganze Straße. Am Ende der Straße ragte ein ungeheuer großer Frachtdampfer mit weißem Schiffsrumpf über die verwahrlosten Bauten der Docks auf. Ein Warenspeicher aus Ziegelsteinen mit flachem Dach trug ein weißes Schild mit roten Buchstaben, dasselbe, das auch auf dem Frachtschiff zu sehen war: AMERICAN FRUIT COMPANY.

Ein offener Lastwagen fuhr soeben weg, vollbeladen mit riesigen Bündeln Bananen, mehr Bananen, als David je im Leben gesehen hatte. Die Luft roch nach reifen Früchten, faulenden Grapefruits und dem Rauch des Feuers, das in einer alten Tonne brannte und an dem die Stauer sich die Hände wärmten. Dem Schiff gegenüber stand ein grüner Eisenbahnwagen, der zu einem Imbißstand umgebaut worden war.

*Essen und Feuer!*

David drehte der Hunger den Magen um. Er zögerte nur einen Augenblick lang an dem niedrigen Randstein, dann stopfte er die vor Kälte gefühllosen Hände tief in die Taschen und eilte auf die Feuertonne zu, wo zwei Dutzend Männer sich wie Kinder um ein Lagerfeuer drängten. Eine Flasche weißer Haiti-Rum machte die Runde und wurde gleichmäßig in den Kaffeetassen verteilt. David erkannte das Etikett auf der Flasche – es war eine von Brian O'Hallorans Lieblingsmarken. Die Dockarbeiter lachten und schwatzten laut, als hätte die Rumflasche schon mehr als einmal die Runde gemacht. Das war der Grund, warum David einen Augenblick lang zögerte, ehe er sich der Gruppe näherte. Von Brian hatte er eine Menge darüber gelernt, wie unberechenbar alkoholisierte Menschen sind, aber Hunger und Kälte erwiesen sich als stärker als seine Vorsicht. Der lange Arm der Prohibition galt nichts hier in den Docks.

Unbemerkte quetschte David sich zwischen Gummistiefeln, schmutzigen Hosen und schweren Mänteln hindurch, um näher an das Feuer heranzukommen.

Ein halbes Dutzend ausländischer Akzente erfüllte die Luft mit heiseren Flüchen.

»Gieß mal'n bißchen Rum auf's Feuer, sieht aus, als ging's gleich aus.« Dieser Bemerkung, die ein kleingewachsener, muskulöser Jamaikaner gemacht hatte, folgte das Aufklatschen von Rum im Faß. Das Feuer prasselte und schoß hoch, und in der Hitze begann ein neues Scheit Holz zu brennen.

»Verdammich, Trevor!« knurrte ein vierschrötiger Cockney. »Was schütt'ste denn'n guten Rum weg?«

»'s wird saukalt hier draußen, deshalb! Wollte das Feuer nicht ausgehen lassen, deshalb!«

»Brauchen kein Feuer zum Warmhalten. Laß die Flasche noch mal rumgehen, dann hauchen wir in die Tonne, und da wirst du sehen, wie's aufflammt!«

Der Jamaikaner hielt die Flasche in die Höhe. »Da gibt's noch mehr, wo das hier herkommt!« Er nahm einen langen Zug und wischte sich die Lippen ab, dann blies er ins Feuer. Tatsächlich flammte es ein Stückchen höher auf, und alle rundum lachten.

Auch David lachte. Er streckte seine kältestarren Hände aus und trat näher an die Tonne heran. Zum ersten Mal, seit er seine Jacke und sein Geld und seinen Vater verloren hatte, fühlte er sich wieder ein wenig besser. Die Flasche wurde über seinen Kopf hinweg weitergereicht, und dann entdeckte ihn der Cockney.

»Verdammich, Gus! Was ist denn das? Ein kleiner Elf?«

Ein riesenhafter Schwede blickte aus voller Höhe auf David herab. Er beäugte ihn verblüfft. »Nee! Dat is de größte Maus, wat ik jemals gesehn hab!«

Ein zweiter Schwede blickte durch den Flammenschein zu David herüber. »Nee so wat! Dat et so große Mäuse in Amerika gibt!« Allgemeines Gelächter.

»Ist doch keine Maus, Olaf!« schrie ein Amerikaner mit leuchtendrotem Haarbusch unter seiner Strickmütze. »Das ist die größte Wasserratte, die ich je gesehen habe! He, kleine Ratte! Was treibst du denn hier?«

Es war das erste Mal, daß jemand David wirklich freundlich ansah, seit er Pater Johannes verlassen hatte. Und es war das erste Mal, daß ein Erwachsener ihn wirklich anlächelte. Das letzte Mal war lange vor dem Tod seiner Mutter gewesen. Das Feuer war angenehm. David fühlte, wie ihm innerlich warm wurde. Er setzte zu einer Antwort an und wollte diesen rauhbeinigen Männern erklären, wie es dazu gekommen war, daß er heimatlos herumlief und warum er überhaupt nach New York gekommen war, aber sie redeten alle durcheinander und rätselten, was der Grund sein mochte, daß ein Junge in Kniehosen ohne Mantel in den Docks herumlief.

»Er will hier Bananen kaufen, stimmt's, Kleiner?«

»Nee! Seine Mama hat ihn Rum kaufen geschickt!«

»Nee! Seine Mama hat ihn hergeschickt, damit er seinen Papa sucht!«

»He, Kleiner.« Der Schwede klopfte ihm freundlich auf den Rücken. »Wat sagt denn deine Mama, wenn'se erfährt, daß du hier bist?«

David begriff, daß man von ihm erwartete, diese Frage zu beantworten. »Sie wird's nicht erfahren«, sagte er.

»Na, Mamas finden so wat schnell heraus! Wo is'n deine Mama?«

Der Kreis von Gesichtern lächelte auf ihn herab. Alle erwarteten, daß Gus' Warnung über die Allwissenheit von Müttern ihn so erschrecken würde, daß er zitternd heimrannte.

David's Lächeln wurde schief vor Verlegenheit. Seine Augen wurden feucht. Es widerstrebte ihm, die Worte auszusprechen. Er wollte sich selbst nicht zuhören, wie er sie aussprach.

»Meine Mama ist tot«, sagte er mit sehr leiser Stimme. Er flüsterte so leise, daß es ein Wunder war, daß alle es hörten, aber plötzlich wurde es still ringsum, so still, daß David das Getriebe eines Ladekrans hören konnte, der ein ganzes Dock entfernt stand. Die Stille schien sehr lange zu dauern. Und niemand lächelte mehr.

»Keine Mama?« fragte Olaf.

Der Jamaikaner stieß den Schweden grob in die Rippen. »Halt's Maul, Kerl. Hast du den Jungen nicht gehört?«

Gus beugte sich näher zu ihm herab. »Wo ist dann dein Papa, Junge?«

»Weg. Ich bin nach New York gekommen, um ihn zu finden, aber sie haben mir gesagt, er ist nach Ropa gefahren. Ich hab ihn vorher nie gekannt, also hab ich ihn irgendwie gar nicht verloren.«

Das Feuer prasselte in der Tonne. Wettergegerbte Gesichter blickten einander sorgenvoll an; dann begann die Fragerei ganz plötzlich von neuem.

»Wo ist deine Jacke?«
»Wann hast du denn zum letzten Mal gegessen?«
»Weißt du schon, wo du schlafen wirst?«

* * *

Die Männer, denen David da über den Weg gelaufen war, waren keine gewöhnlichen Stauer, keine alltäglichen Hafenarbeiter, die sich zu einem gemütlichen Schwätzchen in den Docks der Lower East Side trafen.

»Und Pfadfindertruppe sind wir auch keine!« knurrte ein massig gebauter Seemann, der unter dem Spitznamen *Jumbo* bekannt war. »Und wenn ihr mich fragt, wird der Boß keine Freude dran haben, wenn da ein dahergelaufenes Kind in der Umgebung der ›Schnapsflotte‹ rumlungert. Kleine Kerle haben große Ohren, pflegte meine Mutter zu sagen. Wenn er nun was hört, was nicht für seine Ohren bestimmt ist?«

David sagte nichts davon, daß er schon viel über die legendäre *Rum Row*, die Schnapsflotte, gehört hatte. Das Thema war eines von Brian O'Hallorans Lieblingsthemen gewesen, wenn er mit seinen Pokerfreunden beim Schnaps saß.

Die Burschen auf dem Dock waren bis zum letzten Mann Handlanger der gewaltigen, auf hoher See kreuzenden Armada, der *Rum Row.* Diese Flotte von Schiffen lag genau außerhalb der amerikanischen Hoheitsgewässer vor Anker und diente nur dem einzigen Zweck, illegalen Scotch, Brandy, Bourbon, Rum und Malzwhisky für die durstigen amerikanischen Bürger herbeizuschaffen. Die Schiffe kamen von allen Enden der Erde und fuhren unter den Flaggen eines halben Dutzend Nationen. Rostfleckige Trampdampfer brachten erstklassigen Champagner aus Frankreich. Uralte Kanonenboote aus England füllten ihre Laderäume mit dem besten Scotch, den es für Geld zu kaufen gab. Trawler, Schoner und Fischdampfer brachten ihre Ladung aus fernen Ländern und ankerten so knapp vor der amerikanischen Küste, wie die Küstenwache es nur zuließ. Ihre Lichter strahlten so hell, daß es aussah, als sei Coney Island auf See hinaus übersiedelt. Die *Rum Runner,* wie man die Lieferanten nannte, warteten ständig darauf, daß kleine Schiffe von der Küste aus losbrausten und ihre Ladung im Schutz der Dunkelheit zum Hafen zurücktransportierten. Sobald sie gelandet waren, wurde das Schmuggelgut unter dem Schutz schwerbewaffneter Leibwächter auf ganze Flotten von Lastwagen verladen. Dann brauste der Konvoi der Lastwagen voll geschmuggelten Alkohols mit dröhnenden Motoren davon, um die Städte der Ostküste zu beliefern – Jersey City, Newark, Philadelphia.

Dort übernahmen die lokalen Alkoholschmuggler die Ware. Der hochwertige Alkohol wurde mit Billigbränden und destilliertem Wasser verdünnt. Ein Spritzer Pflaumensaft wurde beigefügt, um die Farbe aufzubessern. Die Waren wurde in neue Flaschen abgefüllt, neue Etiketten wurden aufgeklebt. Dann wurden die Flaschen mit Sand beschmiert, mit Seegras dekoriert und als Markenware verkauft. Eine Kiste Scotch, die jenseits des Atlantik für acht Dollar gehandelt wurde, brachte auf diese Art dem Alkoholschmuggler am Ende der Lieferkette gut und gern vierhundert Dollar ein. Es blieb also genug Profit übrig, um die Cops zu bestechen und das Schutzgeld an die örtlichen Magistratsbehörden zu bezahlen. So hatte die Prohibition letzten Endes den Grundstein für ein blühendes Geschäftsleben gelegt.

Das alles hatte David längst gewußt. Nachdem die Männer beständig von Schiffen und der bevorstehenden Jagd am Abend redeten, dauerte es nicht lange, bis ihm klar wurde, daß sie die Steuerleute und Matrosen der Küstenschiffe waren, die der großen Flotte auf hoher See als Verbindungsleute dienten.

David trug eine gewaltig große Teerjacke und speiste aufs üppigste in Big Nels Dockside Diner, während die Männer sich über seinen Kopf hinweg unterhielten.

»Also, was machen wir jetzt mit dem Kerlchen?«

»Im Lagerhaus kann er nicht schlafen. Die Ratten würden ihn auffressen.«

»Dann nehmen wir ihn also mit? Und vielleicht reden wir morgen mit dem Boß. Der könnte dem Jungen ja was zu tun geben – könnte ihn zusammen mit den anderen Jungs in die Flüsterkneipen schicken, was meint ihr?«

Little Pete, der Cockney, Kapitän eines vierzig Fuß langen

Jersey-Schnellboots, erklärte, er könnte den Jungen heute nacht keinesfalls mitnehmen. Sein Boot war größtenteils ungedeckt, und der Junge brauchte einen warmen Ort zum Schlafen.

Einer nach dem anderen erklärten sich auch die übrigen Mitglieder der Küstenboot-Truppe für unzuständig. Es sah ganz so aus, als würde David doch noch in einem Warenspeicher schlafen müssen – in Gesellschaft kaninchengroßer Ratten.

Die beiden Schweden warfen einander schuldbewußte Blicke zu. »Armes kleines Ding. Wat machen wir nu bloß mit ihm? Keine Mama? Kein Papa?« bemerkte Gus betrübt.

Olaf strahlte plötzlich. »Aber klar! Wir können das kleine Mäuslein mitnehmen, Gus!« Olaf schlug David freundschaftlich auf den Rücken, als er ihn so auf den neuen Namen *Mice,* Mäuslein, taufte.

Gus gefiel die Idee ebenso gut wie Davids neuer Name. »Wat meinste, Mice? Wir nehmen dich mit auf'n großes Abenteuer. Magst du zur See fahren?«

Die warme Glut der Müdigkeit, die David durchschauerte, machte keimender Erregung Platz. Er nickte eifrig. Es war ganz so, als säße er plötzlich mitten unter den Piraten der »Schatzinsel«, die seine Mutter ihm schon zweimal vorgelesen hatte.

Gus und Olaf blieb es also überlassen, die Gastgeber zu spielen. Die beiden Schweden waren Brüder, ehemalige Fischer, die früher routinemäßig bei der Schnapsflotte Zwischenstopp gemacht und ihren Fischfang mit hundert oder mehr Kisten Scotch abgerundet hatten. Dann hatte ihnen irgend jemand erklärt, daß ihr altertümlicher Fischkutter ohne Fische im Laderaum weitaus mehr Scotch aufnehmen könnte, was bedeutete, daß sie ihren Familien daheim weitaus mehr Geld schicken konnten. Der Fischmarkt in Fulton würde sie kaum vermissen. Olaf und Gus Svenson war daraufhin ein Licht aufgegangen. Sie hatten ihre Fischnetze verkauft und von dem Geld zwei doppelläufige Gewehre gekauft, um etwaige Piraten abzuwehren, die an Bord stürmen und ihnen ihre Fracht klauen wollten.

Sie erklärten das alles ihrem neuen Gast in allen Einzelheiten, während sie an den Docks entlang auf ihren Kutter zumarschierten. Das Schiff hieß *Jazz Baby,* aber mit seinem rostfleckigen

Rumpf sah es für David eher so aus, als sollte es *Mrs. Crowley* heißen. Er sagte jedoch nichts dergleichen, denn die Svenson-Brüder waren stolz auf ihr Schiff. Es war das langsamste aller Küstenboote der Rum Row, aber ohne Fische im Laderaum konnte es zweimal so viel Kisten an Bord nehmen wie jedes andere Boot.

Die *Jazz Baby* hatte eine komfortable Kajüte – zwei Schlafkojen und einen Campingofen. Gus und Olaf wohnten tagein, tagaus an Bord des kleinen Schiffes, zusammen mit einem ungeheuer großen schwarzen Hund namens *Kabeljau.* Der Hund roch nach Kabeljau, aber das war nicht der Grund, warum man ihn so genannt hatte. Gus erzählte David, daß das Tier ein Neufundländer war. Das sagte David aufs erste nichts, aber dann erklärte ihm Olaf, daß diese Hunderasse extra dazu gezüchtet wurde, in eisigen Gewässern zu schwimmen, genau wie ein Kabeljau! Der Hund sah zum Fürchten wild aus. Er stand im Bug des Schiffes und bellte und knurrte, als sie sich näherten.

»Sieht doch aus wie der Teufel persönlich, was«, sagte Gus.

»Aber dat is bloß seine Art, Guten Tach zu sagen.« Olaf stieß David in die Rippen. »Aber wir sagen dat niemand, daß er gar nich so böse is, wie er tut. Der verjagt die Piraten besser als'n Gewehr.«

Und so kam es, daß David an Bord der *Jazz Baby* wohnte – zusammen mit Gus, Olaf und Kabeljau. Er kam gut aus mit Kabeljau, machte belegte Brote für Gus und Olaf und entdeckte sogar eine Patrouille der Küstenwache in der ersten Nacht, in der sie ausfuhren. Alles in allem erwies sich Mice als ein sehr nützliches Kind. Er wurde niemals offiziell eingeladen, an Bord zu bleiben, aber als der Morgen dämmerte, brachte ihn niemand an Land, um ihn in die Armee minderjähriger Botenjungen einzureihen, die Karren mit doppeltem Boden an die Hintertüren der Flüsterkneipen schoben.

Wie seine Gastgeber auch, schlief David bei Tag und stand als Ausguck im Bug, wenn das Schiff seine nächtlichen Fahrten zur Rum Row hinaus machte. Keine Schule. Keine Mrs. Crowley. Kein Brian O'Halloran. Es war wirklich ein Leben wie in der »Schatzinsel«.

# DER HANDEL DES LEPRECHAUN

Ein Schwarm von Schleppern, winzig im Vergleich zur *Berengaria,* schob und zog den riesigen Liniendampfer vorsichtig auf die Docks von Pier 54 der Stadt New York zu. Der Kai wimmelte von Geschäftigkeit wie ein Ameisenhaufen. Zollbeamte, Gepäckträger, Marschmusikkapellen und Hafenarbeiter mischten sich unter die große Menge der Gratulanten, die zur Begrüßung der Ankömmlinge erschienen waren.

Harry Beadle roch nach Bourbon und war käsebleich, so verkatert war er. Er drängte sich neben Max an die Reling. Bei dem Lärm schienen seine großen blauen Augen hinter den Brillengläsern noch viel größer zu werden. Er stieß Max den Ellbogen in die Rippen und deutete auf zwei streng dreinblickende Männer in Straßenanzügen.

»Die halten mich nicht zum Narren. Das sind Bullen in Zivil. FBI-Beamte. Die werden jeden Tropfen Alk beschlagnahmen, den wir aus dieser Badewanne rauszuschmuggeln versuchen, und ihn dann auf eigene Rechnung verkaufen.« Er stieß seinen Hut mit dem Daumen zurück. »Ist einfach nicht anständig.«

Max beäugte ihn mit scherzhafter Mißbilligung. »Ihr Kerle habt genug Alk gesoffen, daß die *Berengaria* während der Überfahrt drin hätte schwimmen können. Ich hätte gedacht, du könntest ein Jahr lang keinen Bourbon mehr sehen.«

Harry rieb sich die Stirn. »Meinst du, davon kommen meine Kopfschmerzen?« Er hob den Blick, und dann richtete er sich plötzlich auf und deutete mit einer Kopfbewegung zu einer kleinen Menschengruppe am Fuß der Gangway hinunter. »Da wir gerade von Kopfschmerzen sprechen ...« Er stieß Max grob in die

Rippen. »Da unten wartet dein neuer Partner auf dich, um dir ein dickes Schmätzchen auf die Wange zu drücken, wetten? Und sein Partner und der Partner seines Partners.« Er schnaubte ärgerlich durch die Nase. »Mike Keenan hat die halbe Wall Street hier angeschleppt. Und –« Wieder deutete er mit dem Daumen. »Da schau mal. Er hat ein Team Radioreporter mitgebracht, um uns die Story unterm Hintern wegzuklauen!«

Max konnte die Truppe der RCA-Leute, die sich um Keenan scharten und Fragen ins Mikrofon brüllten, deutlich erkennen. Keenan war ein Meister der Eigenwerbung. Er nutzte alle nur verfügbaren Möglichkeiten, seine Maklerfirma hochzupuschen, einschließlich riesiger Inserate auf den Wirtschaftsseiten der *New York Times.*

Alteingesessene Firmen wie J.P. Morgan und Fischer Brothers betrachteten Keenan als Emporkömmling, als Marktschreier. Keenan trug die Wall Street zu jedem Kaufhausangestellten und U-Bahn-Fahrer und Kellner, als hielten Keenan und Company die Schlüssel zu all ihren goldenen Träumen in der Hand. Wie Max auch, war Keenan in den Slums in der Umgebung der Orchard Street aufgewachsen und wußte bestens Bescheid, wie die Träume der kleinen Leute aussehen. Er wußte genau, wie man ein Angebot formulieren mußte, wie man mit einem armen Schlucker, der gerade einmal hundert Dollar besaß, ins Geschäft kam. Mike Keenans Erfolgsstory hatte noch andere Seiten, aber die Kleinanleger, die er *Kleinvieh* nannte, hatten ihn an die Spitze gebracht. Dort hatte er sich mit David Sarnoff zusammengetan, einem weiteren Jungen aus der alten Nachbarschaft, der in ein paar Monaten Direktor der Rundfunkstation RCA sein würde. Gemeinsam hatten sie Millionen mit dem RCA Radio-Käuferring gescheffelt und waren dicke Freunde geworden.

Harry Beadle betrachtete Keenan mit Abscheu. »Warum bist du mit dieser Idee eines schwimmenden Maklerbüros ausgerechnet zu Keenan gegangen, Max?« Er sprach seine Gedanken laut aus, schon um Max wissen zu lassen, daß er keine hohe Meinung von Mike Keenan hatte.

»Er hat das Hirn dazu. Und er hat gute Freunde in den obersten Etagen von RCA, die dafür gesorgt haben, daß die Funkanlage auf dem Schiff entsprechend ausgebaut wird.« Max zuckte die Achseln. »Außerdem war er von der Idee begeistert.«

Harry nickte kurz angebunden. Seine Lippen waren so fest zusammengepreßt, als müßte er sich mit Gewalt zwingen, den Mund zu halten. »Ja. Das kann ich mir vorstellen.« Er runzelte die Stirn. »Nun, und jetzt ist RCA hier und klaut uns unsere Geschichte. Wahrscheinlich werden sie dich fürs Radio interviewen wollen, was meinst du?« Harry warf Max einen Blick zu, als wäre jedes Wort, das er im Radio sprach, ein Verrat am Zeitungsjournalismus.

»Keenan hat die Burschen nicht hierhergebracht, um mich zu interviewen«, verteidigte sich Max. Er deutete auf die Gangway, auf der eben eine Reihe Erste-Klasse-Passagiere das Schiff verließ. »Die Leute dort interessieren ihn.«

Harry Beadle gab widerwillig zu, daß Max vielleicht recht hatte. Keenan begrüßte den Präsidenten von General Motors und deutete auf das Mikrofon. *Würde GM wohl so freundlich sein, den Zuhörern eine Minute seiner Zeit zu schenken?*

Der behäbige Autofabrikant räusperte sich und drängte sich durch die Scharen von Teenagern, die die Prominenz umschwärmten. Er bewegte sich auf die Radiotechniker zu wie eine Motte aufs Lampenlicht. Kostenlose Reklame. Das gefiel ihm. Das gefiel auch der Firma. Und das gefiel auch Cunard. Und natürlich Mike Keenan, der genau die richtigen Fragen stellte. Hier erlebte er den Höhepunkt seines Rachefeldzugs gegen die versnobten Makler der Wall Street, die alteingesessenen Geldsäcke! Der Präsident von General Motors mochte zwar sein Bankkonto bei J.P. Morgan & Company haben, solange er an Land war, aber Mike Keenan gehörten die Ozeane und die Lüfte!

»*Wenn man eine Seereise macht, ist man doch eine ziemlich lange Zeit weg von den Fernschreibern mit den Börsennachrichten, vor allem, wenn Minuten darüber entscheiden können, ob man reich wird oder pleite geht. Haben Sie es hilfreich gefunden, daß Ihnen die schwimmende Maklerfirma Cunard-Keenan zur Verfügung stand?*« Was für die Millionäre Amerikas gut genug war, war doch wohl auch gut genug für die lange Liste von Ladenmädchen, Straßenkehrern und Schuhverkäufern, die auf Keenans Kundenliste standen!

Max konnte sich alles lebhaft ausmalen. In irgendeiner kleinen Küche eines kleinen Häuschens in einer ganz gewöhnlichen Gegend saß eine Hausfrau lauschend beim Radio und rief ihrer Nachbarin zu, der Präsident von General Motors habe denselben Makler wie sie selbst. Es war ganz einfach. Die Idee mochte Max Meyers Hirn entsprungen sein, aber Mike Keenan spielte das Spiel nach seinen eigenen Regeln und gewann!

»Ich hab schon als Junge mit Keenan gespielt«, murmelte Max. »Ich weiß nicht recht. Kann ja sein, daß er mit gezinkten Karten spielte, aber er war immer der Typ des Gewinners. Das verdient Bewunderung.«

»Pah!« schnaubte Harry Beadle. »Ich fühle mich überhaupt nicht verpflichtet, diesen Kerl zu bewundern. Eines allerdings spricht zu seinen Gunsten. Im Unterschied zu den anderen Neureichen zieht er sich wenigstens nicht an, als wäre er eben in einen Topf Gold gefallen. Er sieht viel eher aus wie ein fetter Leprechaun[1], der in einem Distelbusch hängengeblieben ist.«

Das stimmte tatsächlich. Keenan war ein zutiefst abergläubischer Mensch. Er hatte seine erste Million an einem Tag gemacht, an dem er eine grüne Krawatte mit gelben Tupfen trug, erinnerte sich Max jetzt. Einmal, als er die Krawatte nicht getragen hatte, war es mit seinem Glück bergab gegangen. *Trägt er diese Krawatte auch in der Badewanne? Im Bett?* fragte sich Max. Keenans Glatzkopf war nie von einem Hut bedeckt, ob es regnete oder die Sonne schien. Max wußte nicht, was hinter dieser Schrulle steckte, und er wußte auch nicht, wieso Keenans Socken nicht zusammenpaßten. *Niemals.* Sein Anzug war in London, in der berühmten Savile Row, maßgeschneidert worden, aber er war immer zerknittert. Sein Bierbauch dehnte den unteren Rand seiner Weste aus und spannte die Uhrkette, die in einem goldenen Bogen über seinen Bauch hing. Alles an seiner Erscheinung hatte mit irgendeinem Aberglauben zu tun, von dem unbedeckten Kopf angefangen bis zu den Socken, die nicht zusammenpaßten. Und hinter dieser sorglosen, schlampigen Fassade verbarg sich ein rücksichtsloser Ge-

---

1 Leprechaun: im irischen Volksmärchen ein listiger Kobold, der verborgene Schätze hütet.

schäftsmann mit einem rasiermesserscharfen Verstand. Mike Keenan war keineswegs der harmlose Exzentriker, für den man ihn seiner äußeren Erscheinung nach halten konnte. Er warf seine Würfel und gewann. Er spekulierte auf dem Börsenmarkt und gewann. Er hatte eine beträchtliche Anzahl seiner Mitspieler zu reichen Leuten gemacht, wenn sie ihre Dollars auf dieselben Karten setzten wie er. Mike Keenan war mehr als ein fetter Leprechaun, er war ein Genie, und Max empfand so etwas wie argwöhnische Bewunderung für ihn.

»Kerle wie dein neuer Partner sollten von Gesetzes wegen verboten werden.« Beadle schüttelte langsam den Kopf. »Und du solltest gut auf dich aufpassen, wenn du dich mit ihm abgibst, Max, denn in Wirklichkeit ist Mike Keenan kein Leprechaun. Er ist ein Vampir, der dir das Blut aussaugen wird.«

Max legte freundschaftlich den Arm um Beadles hängende Schultern und schob ihn vor sich her auf die Gangway zu. »Wir reden einmal darüber, wenn du vollkommen nüchtern bist.« Er warf einen Blick auf den Polizisten, der unten Posten stand, um die Passagiere, die von Bord gingen, auf Übertretungen der Prohibitionsgesetze hin zu überprüfen.

»Merkt man es denn?« Beadle roch seinen eigenen Atem und krümmte sich. »War nur ein kleiner Morgenbrandy. Zum Aufwachen.«

»Mann, du riechst, als würdest du nie wieder aufwachen. Du hast einen Hauch, als wärst du zwei oder drei Wochen tot. Hast du eine Flasche bei dir?« Max klopfte Beadles Taschen ab und entdeckte einen verdächtigen Klumpen in seinem Mantel. »Komm schon, Beadle. Die stecken dich ins Loch, wenn du das von Bord bringst.« Er zerrte die Flasche Danziger Goldwasser aus Harrys Manteltasche und drückte sie einem dankbaren Schiffsstewart in die Hand. »Als Trinkgeld für Sie«, sagte Max, als sie die Gangway hinunterstiegen.

»Ich würde lieber an Bord bleiben«, murmelte Beadle. Er richtete sich hoch auf, in einer trunkenen Anstrengung, nüchtern zu wirken. »Aber du hast mir fürs Leben die Freude an Kreuzfahrten verdorben. Wall Street am Promenadendeck! Ich habe vor, das in meiner Kolumne zu schreiben, sobald ich wieder nüchtern bin.«

»Das wird noch ein oder zwei Wochen dauern, schätze ich. Bis dahin ist die *Berengaria* vielleicht schon auf einen Eisberg aufgelaufen.«

»Oder Mike Keenan hat ein Hindernis gerammt«, sagte Harry allzu laut und deutlich, als sie das feste Land betraten, wo die Prohibition die Alkoholschmuggler so reich wie die Herren der Wall Street gemacht hatte.

Ein Polizist erwartete Max am Ende der Gangway. »Mister Keenan sagt, Sie seien ein V.I.P und ich sollte Sie ohne Formalitäten durchlassen.«

Gefolgt von Harry Beadle, ging Max an dem Polizisten vorbei, der sofort eine große Hand auf Beadles Arm legte. »Sie nicht.« Er hielt Beadle an und deutete auf die Menschenschlange, die sich durch die Zollkontrolle drängte. »Dort lang.«

Beadle zuckte die Achseln und bedeutete Max, weiterzugehen.

Ein junger Mann im Nadelstreifenanzug beugte sich zu Keenan hinüber und flüsterte ihm zu, daß Max angekommen sei. Einen Augenblick später sah sich Max von Keenan und seinem jugendlichen weiblichen Aufputz umgeben und wurde in ein kleines Nebenzimmer geführt, das bereits jenseits der Zollstelle lag, wo die Beamten Gepäck und Mantelfutter und Passagiere nach Schmuggelware absuchten.

»Hallo, Max! Na so was!« Keenan schlug Max auf den Rükken, als wären sie nicht vorsichtige Geschäftspartner, sondern dikke Freunde. »So! Ein Riesenerfolg, was? Hunderttausend Aktien allein auf der Jungfernfahrt verkauft! Die Sache ist in aller Munde! Man bezeichnet dich allgemein als Genie.« Keenan hob den Arm, als wollte er mit seinem Bizeps prahlen. »Und ich bin der starke Mann. Fabelhafte Partnerschaft, das höre ich von allen Seiten. Die Journalisten, die du ausgesucht hast, um von dem Ereignis zu berichten, haben alle höchst imposante Geschichten abgeliefert. Die Telegrafen sind voll davon.« Er beugte sich nahe zu Max. »Und zugleich haben sich die üblichen Geschäfte meiner Firma verdoppelt.«

»Das Kleinvieh macht kräftig Mist!« jubelte der junge Mann im Nadelstreifenanzug.

»Und wir verdanken es deiner Idee, Max, daß wir auch gleich ein paar große Fische an Land gezogen haben!« Keenan schlug ihn von neuem grob auf den Rücken. »Und bei zehn Prozent Kommission wirst du bald ein reicher Mann sein.«

Keenan schwatzte weiter in seiner marktschreierischen Art, ohne Max Gelegenheit zu geben, mehr als nur »Hallo« zu sagen. Kein einziger Zollbeamter blickte auf, als Keenan ihn auf die Straße hinausführte. Max fragte sich, wie hoch wohl das Bestechungsgeld gewesen war, das Keenan bezahlt hatte, um so an den Zöllnern vorbeimarschieren zu können, aber er hatte nichts dagegen, daß ihm der Behördenkram erspart blieb. Das helle Sonnenlicht schien ihm ins Gesicht, als er den Präsidenten von General Motors entdeckte, der eben in eine am Straßenrand parkende Limousine stieg.

Keenan bemerkte seine Neugier. »Das Geld spricht seine eigene Sprache«, sagte er. »Wirst gleich sehen, was ich meine.« Damit hob er die Hand und schnalzte mit den Fingern. Sofort kam ein langer, schnittiger Stutz-Weyland-Sedan angefahren, den ein Chauffeur lenkte.

»Mein Gepäck?« fragte Max und dachte daran, daß es für einige andere Passagiere noch rund zwei Stunden dauern würde, bis sie auf diese Seite des Cunard-Gebäudes gelangten.

»Dafür ist gesorgt«, versicherte ihm Keenan, während der uniformierte Chauffeur die hintere Türe des Sedan öffnete und beiseite trat, damit Max und Keenan einsteigen konnten. »Für alles ist gesorgt.« Keenan lehnte sich mit einem Seufzer in die burgunderroten Ledersitze zurück.

Das Leder roch neu und frisch. Kein Aschenflöckchen beschmutzte die silbernen Aschenbecher, und die Walnußleisten des glänzenden Wagens sahen aus, als seien sie eben erst frisch gewachst worden. Als der Sedan losfuhr, fiel Max auf, daß Keenans Hofstaat am Straßenrand zurückblieb und keine andere Wahl hatte, als ein Taxi zu rufen, nachdem ihr Herr und Meister sie stehengelassen hatte. Es war offenkundig, daß Keenan mit seinem bereits vereinbarten Arbeitstreffen mit Max nicht bis morgen warten wollte.

»Wenn man bedenkt, daß wir in der Orchard Street angefangen haben, haben wir es ganz schön weit gebracht, was, Max?« Er seufzte zufrieden. »Zwei gerissene Gassenjungen, die Karten spielen und sich mit den Mädchen amüsieren.« Er lachte kurz auf. »Ich hatte damals immer heimliche Rendezvous mit einem jüdischen Mädchen aus deiner Gegend, während du dieser süßen kleinen Lehrerin am irischen Ende der Cherry Street ins Fenster gestiegen bist ... wie hieß sie doch noch?«

Max gab keine Antwort, als Keenan das Gespräch auf Irene Dunlap brachte. Keenan wußte ganz genau, wie sie hieß. Er hatte im selben Mietshaus wie die Familie Dunlap gewohnt. Er hatte Max oft angestänkert, wenn er auf dem Gehsteig vorbeigeschlendert war.

Keenan rieb sich die Wange, als versuchte er die Erinnerung zurückzurufen. »Wie hieß sie noch? Iris? Irene ... *Irgendwas,* so hieß sie doch, nicht wahr?« Er betrachtete Max mit wissenden Augen. »Ihre Brüder hatten keine hohe Meinung von dir, das kann ich dir flüstern. In Clarys Saloon redeten sie andauernd davon, wie sie dir den Hals abschneiden würden, wenn du jemals wagtest, sie anzufassen.« Wieder kicherte er amüsiert. »Das waren noch Zeiten, eh? Sie hat dann einen anderen geheiratet, wenn ich mich recht erinnere?«

»Ich hab sie aus den Augen verloren«, sagte Max in gleichgültigem Ton – als schnitte ihm die Erinnerung an Irene Dunlap nicht immer noch tief ins Herz.

»Na, die alte Nachbarschaft ist auch nicht mehr, was sie einmal war. Aber wir haben sie ja hinter uns gelassen. Kommen von verschiedenen Seiten der Straße ... aber wir hatten dieselben Träume, nicht wahr, Kumpel?«

»Wir haben sie auf verschiedenen Wegen verlassen.« Max zuckte die Achseln. Es gefiel ihm nicht, wie Keenan das Band zwischen ihnen fester zu knüpfen versuchte.

Keenan seufzte von neuem. »Ich erinnere mich an dich, als du ungefähr so groß warst.« Er hielt seine Hand in Höhe der Sitzfläche. »Du hast damals kandierte Äpfel auf der Cherry Street verkauft. Erinnerst du dich?«

»Natürlich erinnere ich mich. Es überrascht mich nur, daß du dich auch erinnerst ...« Max entspannte sich ein wenig. Irgendwie schmeichelte es ihm, daß Mike Keenan sich noch an sein erstes geschäftliches Unternehmen (das er als Siebenjähriger gestartet hatte) erinnerte. »Ich hab zwei für einen Cent gekauft und sie dann auf die andere Seite der Manhatten Bridge rübergetragen und den Italienern für einen Cent pro Stück verkauft.«

Keenan kicherte und schüttelte den Kopf. »Ein tapferes Kind. Du hast Glück gehabt, daß dich niemand erschlagen hat.«

»Tapfer war ich nicht. Bloß zu dumm, um den Unterschied zu verstehen.«

»Jedenfalls warst du gerissen genug, einen Gewinn von hundert Prozent zu riechen. Ich war sechzehn, vielleicht siebzehn Jahre alt. Und du warst ungefähr ...«

»Sieben.«

»Stimmt. Und da warst du also, der minderjährige jüdische Geschäftsmann, und hast uns Micks beigebracht, was wirtschaftlich denken heißt.«

»Ich hab dir sicher nichts beibringen können, was du nicht schon gewußt hättest.«

Kennan schüttelte den Kopf, um anzudeuten, daß er nicht dieser Meinung war. »Nein. Ich rede hier nicht nur vom Kaufen und Verkaufen. Ich meine folgendes: Du hattest den Mut, aus deinem Hinterhof rauszugucken und das große Geschäft zu riskieren.«

»Kandierte Äpfel um einen Cent würde ich nicht gerade das große Geschäft nennen.«

»Aber wenn du *viele* Cents hast, hast du schon einiges in der Hand, nicht wahr, Max, mein Junge? Es ist alles hier.« Er deutete auf die Wolkenkratzer von Manhattan. »Die alten Namen in der Wall Street haben vergessen, daß es viel mehr Leute gibt, die Hot Dogs bei Nathans essen, als Feinspitze, die im Plaza Hotel Kaviar speisen.«

»Worauf willst du hinaus?«

»Ich hab mein Vermögen damit gemacht, daß ich billige Aktien verkauft habe. Große Mengen davon. Jetzt schau dir mal diesen Handel mit der Maklerfirma bei Cunard an ... dadurch bin ich mit dem großen Geld in Berührung gekommen. Das verbessert mein Image, das verstehst du doch? Jetzt verkauft unser kleiner Hot Dog-Stand auch an die feinen Leute.« Er nickte. »Die kleinen

Aktionäre mögen das. Sie mögen das Image. Dafür bin ich dir Dank schuldig. Ich hab ein paar große Pläne. Ein Käuferring, in dem die Großen und die Kleinen gemeinsam vertreten sind. Du erwähnst die Sache in deiner Kolumne ... du hast ja einen guten Ruf ... die Leute hören auf dich, wenn du vorschlägst ...«

Max hob die Hand und gebot ihm Schweigen. »Ich möchte nichts davon hören«, sagte Max mit müder Stimme. Er wußte, daß Keenan die Hälfte aller Wirtschaftsjournalisten Amerikas bestochen hatte, damit sie bei seinen Plänen mitspielten. Max wollte nicht zu dieser Hälfte gehören. »Es ist ein Unterschied, ob man ein legitimes gemeinsames Unternehmen hat ... wie Cunards Seagoing Brokerage eines ist ... niemand kann mir vorwerfen, ich hätte meine Seele verkauft, solange ich mich nur daran beteilige.«

»Gewiß, gewiß.« Keenan bemühte sich hastig, Max zu beschwichtigen. »Gewiß. Du willst nichts davon hören. Ich hab verstanden. Je weniger du weißt, wie es funktioniert und wer alles die Finger drin hat, um so besser.« Er räusperte sich, als wollte er das Thema wechseln, lächelte nervös und machte dann eine Handbewegung, die das Innere des Wagens umfaßte. »So. Wie gefällt dir das Auto?«

»Ein Prunkstück«, sagte Max. Er war dankbar für die Gelegenheit, über etwas anderes zu reden als Keenans Transaktionen und zwielichtige Pläne.

»Nun, ich hab dir gesagt ... es ist einfach meine Art, danke zu sagen. Willkommen also in der Maklerfirma Keenan, okay?« Er zog ein Schränkchen aus Walnußholz auf und enthüllte eine kleine Bar, komplett ausgestattet, mit Gläsern und Flaschen mit den Etiketten europäischer Alkoholika. »Bequemlichkeit, wie man sie nur zu Hause findet.«

»In meinem Zimmer wirst du nichts dergleichen finden«, lachte Max. Der Anblick des illegalen Alkohols überraschte ihn. »Nicht in dieser Qualität.«

»Nun, das alles gehört jetzt dir, Max.« Er ließ die Bar zuschnappen und machte eine allumfassende Geste. »Gehört alles dir. Der ganze Kram. Der Alk. Der Stutz. Und Cueball, der von mir bezahlt wird, wird dein Fahrer sein.«

»Nein, danke«, antwortete Max, während der Chauffeur in

den Wagenpark des Plaza Hotels einfuhr. »Ich brauche keinen Wagen. Hab nur zwei Blocks weit bis zum Büro. Eine kurze Fahrt zur Wall Street ...«

Keenan senkte kriegerisch das Kinn. »Du brauchst es nicht? Natürlich brauchst du es. Alle Welt weiß doch, daß dir kein Cent geblieben ist, nachdem deine vornehme Schickeria-Schickse dich an die Luft gesetzt hat ... nicht einmal das Auto, was? Sie hat dein Auto zu Schrott gefahren, stimmt's? Du hast nicht einmal eine Garnitur Bettwäsche gekriegt, und deswegen wohnst du im Plaza Hotel.«

»Es gefällt mir dort.« Max gefiel es nicht, wie genau Keenan über seine Lebensumstände Bescheid wußte.

»Einer Menge Hochstapler gefällt dieses Hotel. Es ist ein Hotel für reiche Leute, solange man in den sechs Räumen im obersten Stockwerk wohnt. Aber du hast nur ein einziges Zimmer dort, habe ich mir sagen lassen. Keinen Wagen und keinen Fahrer. Und ich kann dir sagen, es ist nicht gerade gut fürs Geschäft, wenn du bei Cunard Brokerage beteiligt bist und dabei ein Leben führst wie ein Ladenschwengel auf Sommerurlaub. Nimm das Auto. Und Cueball ...«

»Nein, danke.«

Die Knopfaugen des Fahrers warfen einen flüchtigen Blick in den Rückspiegel, alarmiert und verblüfft über Max' Weigerung.

»Der äußere Anschein erfordert –«

»Der äußere Anschein sieht gerade so aus, als würde ich Bestechungen annehmen, Keenan.« Max stieg aus dem Fahrzeug. »Ich laß mich nicht bestechen.«

»Gewiß, gewiß.« Keenan winkte Max mit weitausholenden Gesten nach, als hätte er plötzlich verstanden. Vielleicht wollte er bloß nicht, daß Cueball die Transaktion mitbekam? Er ließ die Reserveschlüssel in Max' Tasche fallen. »Dann *benützt* du das Auto eben nur, hm? Der Hoteldiener kann es hier parken. Wir können nicht zulassen, daß du im Taxi in der Stadt herumgondelst. Das sieht einfach nicht gut aus – jetzt, wo du in einem großen Team mitspielst. Die großen Klienten denken sonst vielleicht noch, daß es mit dem Geschäft bergab geht, wenn du in einem Taxi in der Stadt rumfährst. Benütz' den Wagen, wann immer du willst. Ruf im Büro an, und Cueball fährt dich, wohin du ...«

Keenan schob seinen massigen Körper aus dem Auto und rasselte eine Liste von Befehlen herunter, wie der Torwart des Plaza den Stutz zu parken hatte. Dann schlug er Max freundschaftlich auf den Rücken und schüttelte kräftig seine Hand, während Cueball einem Taxi winkte.

Max war es nie recht gewesen, wenn andere Leute sein Leben managen wollten. Keenan war immer noch ein billiger kleiner Typ aus der Orchard Street, der alles unter Kontrolle haben mußte. Mit einem kurzen, schmallippigen Nicken ließ Max ihn in sein Taxi steigen. *Äußerer Anschein!* Wie konnte ein Mann, der eine grüne, getupfte Krawatte und zwei verschiedene Socken trug, das Wort auch nur in den Mund zu nehmen wagen?

Als hätte Keenan seine Gedanken gelesen, bemerkte er zum Fenster hinaus: »Du bist jetzt meine Galionsfigur für dieses Unternehmen, Max. Die feinen Damen werden die Ledersitze des Stutz doch wohl genauso zu schätzen wissen, wie sie deine Anzüge schätzen, eh?«

Damit glitt das Taxi davon.

# PARTNERSCHAFT

Der Worldcup 1929 ging vorbei, und David bemerkte es kaum. Er hatte es sich bei den Rumschmuggelnden Brüdern Svenson gemütlich gemacht.

»He, Mice«, rief Olaf David eines Tages mit schmerzverzerrtem Gesicht zu. »Ich hab Bauchweh – zuviel polnische Würste und Sauerkraut. Lauf mal und hol mir eine Ananas aus dem Lagerhaus.«

Frische Früchte waren Olaf Svensons Hausrezept gegen alle innerlichen Beschwerden, von Durchfall angefangen, den er mit Bananen heilte, bis hin zu Verstopfung, die er damit heilte, daß er dutzendweise Ananas aß, bis er wiederum Bananen brauchte.

Gus gestand David ein, daß die Leute in ihrem Heimatland noch nie eine Ananas gesehen hatten, es sei denn Ananasscheibchen in Dosen. Bananen waren eine Seltenheit. Orangen waren ein solcher Leckerbissen, daß man sie als Geschenke zu Geburtstagen und anderen Feiertagen mitbrachte und ungegessen ließ, bis sie zu faulen drohten. Daß sie in nächster Nachbarschaft eines Warenspeichers der AMERICAN FRUIT COMPANY wohnten, war für die Svenson-Brüder also etwas Ähnliches, als wohnten sie neben einem Süßwarenladen. In diesem Fall gab es die Süßigkeiten kostenlos für alle Mitglieder von Boß Quinns Mannschaften. Dennoch konnte Olaf es nicht über sich bringen, in solchen Köstlichkeiten zu schwelgen, wenn er nicht einen guten Grund dafür hatte.

David hastete den Kai entlang, auf den riesigen, aus Ziegelsteinen erbauten Speicher zu. Heute war der Ort ruhig. Lastwagen, die mit Bananen, Orangen und geschmuggeltem Scotch vollgepackt waren, waren bereits früh am Morgen vom Ladedock weggefahren. Zwei lange, glänzende schwarze Limousinen parkten neben den Stufen, die zum Büro hinaufführten. Heute hielt der Boß

Hof, wußte David. Die Chauffeure und Leibwächter waren nirgends zu sehen. Angelo Guarducci, der geistig zurückgebliebene Wächter des Lagerhauses, saß nicht auf seinem üblichen Platz neben der Türe. David entschied, daß er einfach einen Armvoll Ananas holen und sich auf diese Weise einen zweiten Weg ersparen würde, wenn Olaf beschloß, daß eine einzige Frucht niemals ausreichen würde, um seine Krankheit zu heilen.

Das schwere Metalltor des Ladedocks war geschlossen, aber die Männer hatten David einen zweiten Weg ins Innere des Gebäudes gezeigt. In dem schmalen Gang zwischen den Gebäuden hatte man ein Milchglasfenster offen gelassen, um den Arbeitern Luft zu verschaffen, die das Unglück hatten, den winzigen, schmutzigen Raum benützen zu müssen, der sich als Toilette bezeichnete. Das Fenster war so klein, daß ein Größerer als David niemals durchgekommen wäre. Wenn er sich auf eine Mülltonne stellte, konnte er sich hochziehen und durch die winzige Öffnung schlüpfen.

Er sog noch einmal seine Lungen voll Luft und duckte sich hinein. Er hatte entdeckt, daß er gerade lang genug den Atem anhalten konnte, um dem Gestank der Toilettenkabine zu entkommen. Aber heute war es anders. Als er sich vom Fenstersims auf den Boden des Raumes fallen ließ, hörte er eine Stimme, tief und rauh vor Wut. David hatte solche Wut gesehen und gehört, wenn Brian betrunken war. Die Stimme war so voll Gewalttätigkeit, daß er wie angewurzelt unter dem Fenster stand.

»Nein, Boß! Nicht! Ich schwöre, ich hab nichts Böses vorgehabt! Wollte bloß ein paar Dollar extra für meine Kinder verdienen –«

Die Bitte erstickte im Geräusch von Schlägen und einem gurgelnden Schrei.

Die zornige Stimme ertönte von neuem: »*Genug!* Wir wollen ihn nicht umbringen ... *jetzt noch nicht!*«

Schluchzen drang durch das dünne Holz der Türe. »Bitte ... Boß ... ich hab's nicht böse gemeint.«

»In Ordnung.« Die zornige Stimme wurde sanfter und klang fast beschwichtigend. »Du brauchst mir nur zu sagen, wer sonst noch mit dabei war. Du verstehst doch, Joey, ich mag es nicht, wenn meine eigenen Leute mich bestehlen. Ich bin ein großzügiger Mann. Du möchtest vielleicht eine Flasche Whisky, dann bitte darum, und ich gebe sie dir gerne. Oder willst du vielleicht eine Staude Bananen? Oder möchtest du deiner alten Dame eine Kiste Ananas mitbringen ...«

*Ananas!* David bekam den Gestank des Raumes in die Lungen und begann zu husten. Er war gekommen, um Ananas zu holen und war mitten in die Szene hineingestolpert, wie der Boß Joey The Book fertigmachte – vielleicht sogar umbrachte.

»Was ist da los?« fragte der Boß.

David konnte die Augen des Mannes durch die Türe hindurch fühlen. Er wich einen Schritt zurück und kletterte hastig auf die Toilettenmuschel hinauf, um wieder aus dem Fenster zu steigen.

*»Hattest du nicht gesagt, es wäre niemand mehr im Haus?«*

Als David aufs Fensterbrett gelangte, stieß er gegen den Stock, der das Fenster offenhielt. Es fiel mit einem lauten Krach herab, im selben Augenblick, als die Türe der Toilette aufgebrochen wurde. Holzsplitter flogen gegen die Ziegelwand und trafen David in den Rücken. Starke Hände griffen nach ihm, zogen ihn herab, wirbelten ihn herum, stießen ihn zur Türe hinaus und auf den kalten Betonboden des Warenspeichers neben dem hingestreckten Körper von Joey The Book.

Ein Kreis von Schuhen schloß sich um David und Joey. Joey blutete jämmerlich. Seine Augen waren zugeschwollen, und sein rechtes Ohr schien halb abgerissen zu sein. Er keuchte schwer.

»Joey!« sagte David. Nie im Leben hatte er solche Angst gehabt.

»Hallo, Kleiner«, quetschte Joey mühsam heraus.

»Was hast du hier zu suchen, Junge?« verlangte einer der hochgestiefelten Chauffeure zu wissen, die Boß Quinn gleichzeitig als Leibwächter und bezahlte Killer dienten.

David blickte zu dem Boß auf, der auf einem hohen Stuhl saß und ruhig auf ihn herunterlächelte. Selbst wenn er lächelte, hatte Boß Quinn nicht die geringste Ähnlichkeit mit Davids Lieblingsbaseballspieler, obwohl sie denselben Nachnamen trugen. Jeder einzelne des Halbdutzend weiterer Männer im Raum war bleich und zitterte – jeder sah verängstigt aus, als hätte David etwas gehört, was ihnen Angst machte.

David dachte daran, was der Boß gerade über das Stehlen gesagt hatte. Er blickte Joey The Book mit seinem zerschlagenen Gesicht an. Hatte Joey dem Boß etwas gestohlen, ohne zu fragen? Eine Schachtel Ananas? Vielleicht einen Sack Orangen?

Der Chauffeur versetzte David einen groben Schubs mit der Spitze seines Stiefels. »Ich hab dich gefragt, was du hier zu suchen hast, Junge.«

Würde der Boß David dafür verprügeln lassen, daß er Ananas gestohlen hatte? »Ich war auf der Toilette«, sagte David. Der Boß lächelte immer noch. Die anderen, Angelo eingeschlossen, sahen einander ungläubig an. Niemand benutzte diese Toilette, wenn er nicht unbedingt mußte.

»Ich rate dir gut, Junge, sag mir, was du hier zu suchen hast.« Der Chauffeur nahm eine drohende Haltung an.

»Ich habe Angelo gesucht«, antwortete David ehrlich.

Der Chauffeur warf Angelo einen harten Blick zu. »Kennst du den Jungen?«

Angelo sah besorgt aus. Er legte seine Hand auf den obersten Knopf seines Hemdes, als hätte er Angst, daß man ihm die Kehle abschneiden wollte. »Er gehört zu den Schweden«, krächzte Angelo.

»Warum sucht er dich?« Der Chauffeur trat einen Schritt auf Angelo zu, der angstvoll zurückwich.

»Ich weiß es nicht! Ehrlich.« Er blickte bittend den Boß an, der steinern aus den Schatten herablächelte.

Der Boß wandte seinen Blick David zu. »Sag die Wahrheit, Kind«, sagte der Boß. Es klang freundlich. Wie der alte Grover daheim auf dem Markt, wenn David dabei erwischt worden war, wie er Beemans Fruchtgummi klaute.

»Das ist die Wahrheit«, antwortete David mit schwacher Stimme. Joey The Book schloß die Augen und stieß einen langen, zitternden Seufzer aus. David setzte sich auf und beeilte sich, aus Joeys Nähe wegzugelangen. Joey sah aus, als würde er sterben, und David wollte nicht direkt neben ihm sitzen, wenn er starb.

»Warum hast du Angelo gesucht?« fragte der Boß, der sich jetzt überhaupt nicht mehr für Joey The Book zu interessieren schien.

»Ich wollte ein paar Ananas.«

»Ananas«, wiederholte der Boß.

»Olaf hat wieder mal Bauchweh. Ananas helfen ihm, also hat er mich losgeschickt, ihm eine Ananas zu holen. Ich wollte nicht stehlen, ich wollte um Ananas bitten.«

Angelo sah wieder hoffnungsvoll drein. »Wahrscheinlich sagt er die Wahrheit, Boß. Dieser Schwede hat andauernd Schwierigkeiten mit seinen Gedärmen ...«

Der Boß hob kaum merklich das Kinn, und auf dieses Signal hin schlug der Chauffeur Angelo grob auf den Mund und brachte ihn zum Schweigen. Alles war still, außer der Toilette, die die ganze Zeit lief ... und Joey The Book, der ganz flach atmete.

»Ich rede mit dir, Kind. Verstanden?«

»Ja, Sir.« Davids Antwort gefiel Boß Quinn. Er verlagerte sein Gewicht auf dem Sessel und winkte David mit gekrümmtem Finger zu sich her.

»Gut. Komm mal her, Junge.«

David stand rasch auf und trat vor den Boß hin. Seine dunklen Augen glitzerten unter der Krempe seines Hutes. Seine Nase war schief, als hätte ihn jemand mit einem Baseballschläger ins Gesicht getroffen. Seine Lippen waren schmal und sein Gesicht rund und voll. Die Zähne in seinem Unterkiefer waren schief, und David konnte sie sehen, wenn der Mann redete.

Der Boß legte David eine Hand auf die Schulter. »So. Du möchtest nicht so enden wie Joey The Book hier, nicht wahr. Weißt du, warum er so viel Ärger hat?«

David schüttelte den Kopf. »Nein, Sir.«

»Gut so. Will sagen, du hast nette Manieren. Hast du einen Namen, Kleiner?«

»Sie nennen mich Mice.«

Der Boß lachte. »Weil du durch die kleinsten Löcher raus und rein schlüpfen kannst?«

»Vermutlich, ja«, antwortete David. »Ich weiß eigentlich nicht genau, warum.«

»Hast du auch einen richtigen Namen?« Der Boß klang beinahe freundlich.

»David.«

»Ja? David. David – und weiter?«

Einen Augenblick lang hätte David fast gesagt: *O'Halloran.* »David Meyer«, antwortete er mit fester Stimme.

»Verstehe. Aber du wohnst bei den Schweden.« Der Boß zog eine silberne Zigarettenschachtel heraus, öffnete sie und bot David eine Zigarette an.

»Nein, danke«, sagte David. Er fühlte sich verlegen.

»Du rauchst nicht, eh?«

»Nein, Sir.«

»Hast du Angst, daß dich deine Mama erwischt?«

Angelo machte ein Gesicht, als wollte er damit herausplatzen, daß Davids Mama tot sei, aber dann tat er es doch nicht.

»Ich hab keine Mama«, sagte David. Es war eine nüchterne Feststellung, ohne Selbstmitleid.

»Wie alt bist du?«

»Neun.«

»Haben dich die Schweden geschickt, damit du herausfindest, was mit Joey The Book passiert ist?«

»Nein, Sir. Olaf wollte eine Ananas.«

»Weißt du, warum Joey The Book in einem so erbärmlichen Zustand ist?«

»Ich denke, er hat sich mit jemand rumgeprügelt.«

Der Boß schüttelte den Kopf. »Das ist es nicht.« Seine Finger umfaßten Davids Schulter und preßten sie hart. »Es ist, weil er gelogen hat. Verstehst du? Erst gestohlen und dann auch noch gelogen.« Die Finger bohrten sich in Davids Schulter, bis er am liebsten aufgeschrien hätte. Aber er schwieg. Brian hatte ihm da eine gute Lektion erteilt. Der Boß stieß David zu Boden, bis er vor dem hölzernen Stuhl kniete. Dann lockerte er seinen Griff.

»Du hast gute Nerven, Kind.« Er wischte ein Stäubchen von Davids Schultern. »Und jetzt verrate ich dir ein kleines Geheimnis, ja? Ich mag es nicht, wenn meine eigenen Leute mich bestehlen und anlügen. Du lügst doch nicht, was diese Ananas angeht, oder?«

»Nein, Sir«, antwortete David. »Olaf sagt, er sei aufgebläht wie ein alter Blasebalg.«

Der Boß hob die Hand und gebot ihm Schweigen. »In Ordnung. Dann verrate ich dir noch ein weiteres Geheimnis.« Er versetzte David einen sanften Schlag auf die Wange. »Paß gut auf. Wenn du irgend jemand erzählst, was du hier gesehen hast, dann komme ich in der Nacht an dein Bett und nehme das hier heraus ...« Er bewegte das Handgelenk, und ein Springmesser klickte aus seinem Ärmel hervor. Er packte David am Haar und zog seinen Kopf zurück, bis er seine Kehle entblößt hatte, dann fuhr er leicht mit der kalten Stahlklinge über Davids Kehle. Davids Herz schlug wie ein Schmiedehammer. Jetzt mußte er wirklich auf die Toilette. Er wünschte, er wäre nicht durchs Fenster eingestiegen und hätte das alles hier niemals gehört und niemals gesehen, wie Joey The Book auf dem Boden lag.

»Sicher nicht.« Davids Stimme zitterte beim Sprechen. Der Boß hielt den Kopf des Jungen noch einen Augenblick lang nach hinten.

»Ich glaube, du sagst die Wahrheit, Junge.« Er ließ Davids Haar los und klappte das Messer wieder zusammen. Er schenkte Angelo ein rasches Lächeln. »Besorg dem Jungen seine Ananas und sieh zu, daß er von hier verschwindet.«

* * *

*Äußerer Anschein.*

Keenan hatte wirklich an alles gedacht, als er seinen Plan entwarf, für Max einen äußeren Anschein zu schaffen, der dem gewünschten Image des Cunard-Keenan-Brokerage Projekts entsprach.

»Das sind nicht meine Zimmer«, sagte Max leise zu Derby, dem Manager des Plaza, der ihn persönlich im Aufzug zu dem Penthouse mit seiner Sechs-Zimmer-Suite begleitete.

Derby sah erfreut aus, als er Max' unverhüllte Verblüffung bemerkte. Hatte der Manager Max' Schock für freudige Überraschung gehalten? »Tut mir leid, Ihnen widersprechen zu müssen, Mr. Meyer. Ihre Miete ist auf ein Jahr im voraus bezahlt.« Dabei hielt er Max eine Rechnung über $ 40.000, bis zum letzten Cent bezahlt und auf das Konto von Mr. Max Meyer ausgestellt, unter die Nase.

PER SCHECK BEZAHLT

MAKLERUNTERNEHMEN CUNARD-KEENAN-MEYER

Max öffnete den Mund, um zu protestieren, und schloß ihn dann wieder. *Vierzigtausend Dollar?* Seit seine Frau ihn verlassen hatte, hatte er wie ein Geizhals gelebt und jeden Cent zweimal umgedreht. Und jetzt das hier! Aber das war etwas, worüber er mit Derby nicht sprechen konnte – Derby, der grinste und in seinem grauen Morgenmantel im Hauptsalon herumschusselte. Das war etwas, was er mit Keenan in Ordnung bringen mußte, der offensichtlich Max' Gewinne und ein paar Tausender extra dazu verwendet hatte, um seines beruflichen Image willen diese opulente Suite zu mieten!

Derby zog eine Augenbraue hoch und rückte die roten Rosen in einer großen Vase zurecht. Dann wandte er seine Aufmerksamkeit einem Körbchen mit Früchten zu, das auf einem massiven weißen Marmortischchen zwischen dem cremefarbenen Sofa und einem großen, bleichen Marmorkamin – komplett mit loderndem Feuer – stand.

»Natürlich hat Ihre Agentin sich ausbedungen, daß in diesem Preis jeden Morgen ein komplettes Frühstück inbegriffen ist.« Er zupfte stolz an seiner Weste, aber sein Stolz wandelte sich in vorsichtige Beunruhigung, als Max weiterhin mit offenem Mund die Rechnung anstarrte.

»Meine Agentin?«

»Ihre Immobilienmaklerin. Miß Rutger.«

»Miß ...«

»*Rutger.*« Der Mann lächelte nervös. »Sie hat hier alles neu einrichten lassen, um Ihren Wünschen zu entsprechen. Sie sagte ... Sie würden entzückt sein ...«

»Ist das im Preis inbegriffen?«

Völlige Verblüffung und helles Entsetzen zeichneten sich auf dem Gesicht des Managers ab. »Nun ... lieber Himmel, nein! Ich dachte, Sie hätten das alles mit Miß Rutger und dem Innenarchitekten im voraus arrangiert. Du meine Güte, sie haben hier alles zerlegt, haben alles neu machen lassen, vom Stuck an der Decke bis zu den Teppichen! Sind Sie zufrieden?« Er biß sich auf die Lippen. Was würde bloß passieren, wenn Mr. Meyer nicht zufrieden war? Würde er alles wieder herausreißen lassen? Würden dann neuerlich Scharen von Malern und Tapezierern mit ihrem Handwerkszeug durch die Halle rennen?

»Ich fürchte, ich habe Miß Rutgers Telefonnummer gerade nicht zur Hand.« Max' Hände zitterten ein wenig. »Hätten Sie zufällig ...«

Derby zog augenblicklich die Visitenkarte der Agentin aus der Westentasche. »Diese Pastellfarben ... treffen sie Ihren Geschmack? Sie bestand auf Pastellfarben. Ich sagte ihr, Sie würden wahrscheinlich schwere Walnußtäfelung bevorzugen, wie in der Bibliothek. Wenigstens hat sie, was die Bibliothek betrifft, auf meinen Rat gehört. Ein Mann wie Sie würde sicher lieber eine Bibliothek in einem eher männlichen Stil haben wollen, sagte ich ihr. Außerdem hätte es die Regale aus Walnußbrettern ruiniert, und wenn Sie jemals hier ausziehen wollten, hätten Sie die Kosten dafür tragen müssen, neue Walnuß-«

Max drängte an ihm vorbei, auf eine cremefarbene Türe zu, und zog sie auf. Dahinter wurde ein dunkler, üppig eingerichteter Raum sichtbar, mit Bücherregalen, die vom Boden bis zur Decke reichten und einem weiteren lodernden Kaminfeuer. Zwei burgunderrote, ledertapezierte Ohrenstühle standen am Kamin und erzeugten die Illusion, man befinde sich im Lesezimmer eines englischen Gentleman.

»Vor dem Kamin sollte ein Hund liegen«, sagte er. »Wo ist der Hund?«

»Oh du meine Güte!« japste Derby. »Der *Hund*? Oh du liebes Lieschen! Hier in der Suite ist ein Hund? Ich habe keinen Hund gesehen. Was für eine Rasse ist es denn, Mr. Meyer?«

Max dachte an Keenan. »Ein irischer Wolfshund.«

Derby sah aus, als wollte er jeden Augenblick in Ohnmacht fallen. »Oh du meine Güte! Nein, so etwas! Wolfshund, sagten Sie?«

»Und wo sind die ausgestopften Schädel?«

»Schädel?«

»Für die Wände. Schädel und Geweihe. Trophäen.«

»Da muß sie wohl einfach vergessen haben, die anbringen zu lassen. Was für Schädel waren es denn?«

Max wischte die Frage beiseite. Er schritt langsam zu den Bücherregalen und berührte das frische Leder der Buchrücken. Klassiker – Dickens, Scott – und daneben die modernsten Autoren, sogar der letzte Woche erst erschienene neue Roman Hemingways. Brandneue Bücher. Er zog *Oliver Twist* aus der Reihe. Die goldgeschnittenen Seiten glitzerten im Feuerschein. Er öffnete den Band mit knisterndem Geräusch und atmete den süßen Duft der frischen Druckerschwärze ein. *Noch nie geöffnet!*

Während Derby auf der Suche nach dem nicht vorhandenen Hund pfiff und herumlief, stellte Max das Buch zurück und öffnete dann eine weitere schwere Walnußtüre, die ins Schlafzimmer führte. Ein gewaltiges Himmelbett stand an der Wand, einem großen Fenster gegenüber, das auf den Central Park hinausging. Zu seiner Überraschung sah Max, daß seine Seekiste offen und leer daneben stand. War seine Garderobe bereits ausgepackt worden?

Er starrte die Geschäftskarte von *Miß Edith Rutger, Immobilien-Management* an. Sie hatte an alles gedacht. Eine Schreibmaschine stand auf einem kleinen Tisch beim Fenster. Ein sauberer Stapel weißes Papier lag daneben auf seinem Platz, ein Behälter mit gespitzten Bleistiften stand griffbereit ...

Aus dem Salon rief Derby zu ihm herüber: »Ach du meine Güte, Mister Meyer. Haben Sie den Hund schon gefunden? Vielleicht sollten Sie Miß Rutger anrufen. Sie scheint doch an alles gedacht zu haben. Vielleicht hat sie ihn irgendwo in Pflege gegeben? Sie hatten ihn doch hoffentlich nicht in Ihrem kleinen Zimmer im dritten Stock, oder? Da unten waren Haustiere nicht erlaubt ... zu wenig Platz.«

Er schwatzte weiter und wanderte von einem Zimmer ins andere, wo er unter die Möbel und hinter die Vorhänge spähte.

Max schüttelte sich. Er steckte die Karte ein und begleitete Derby zur Türe. »Ich nehme an, Trinkgelder sind in meiner Rechnung nicht inbegriffen«, sagte er und lächelte mit zusammengebissenen Zähnen.

»Nei-ei-ein.« Derby rieb sich die Hände. »Telefongebühren auch nicht. Aber täglicher Zimmerservice und frische Bettwäsche und –«

»Frühstück. Ein Jahr lang jeden Tag.« Er drückte eine schwere Silbermünze in die weiche Hand des kleinen Mannes und schloß die Türe hinter ihm.

Durch die Türe konnte er den Manager rufen hören: »Aber Sie haben die drei anderen Räume ja noch gar nicht gesehen!«

Max stürzte zum Telefon und wählte die Vermittlung. Erst jetzt bemerkte er, daß alle seine Familienfotos hübsch säuberlich auf dem Marmorsims des Kamins arrangiert waren. Seine Augen wurden schmal, als ihm plötzlich bewußt wurde, daß diese Frau Rutger seine intimsten Besitztümer durchwühlt haben mußte, um die Fotos zu finden. Er wurde rot vor Zorn und ein wenig Scham, während er der Vermittlung die Telefonnummer wiederholte und darauf wartete, daß durchgestellt wurde.

# DER DUFT DES GELDES

Die Auffahrt, die in kühnem Bogen zu Mike Keenans Residenz in Forest Hills hinaufführte, war von Marmorstatuen und beschnittenen Hecken gesäumt. Damon Phelps, der im Fond von Keenans Limousine saß, pfiff leise. Er zog an der Schnur, die die lederne Jalousie zwischen ihm und dem Fahrer öffnete. »Sagen Sie mal«, bemerkte er zu dem Chauffeur, »das sieht ja toll aus. Was kostet denn sowas?«

»Mister Keenan pflegt seine persönlichen Ausgaben nicht mit mir zu besprechen«, antwortete der uniformierte Chauffeur mit einem Hauch von Frost in der Stimme.

»Oh, klar«, sagte Phelps. Dann kam ihm ein anderer Gedanken. »Keenan – ein irischer Name, stimmts?«

»Nennen Sie ihn bloß nicht einen Mick. Mr. Keenan mag das gar nicht«, warnte der Fahrer.

»Hab ich mir gedacht«, beschloß Phelps das Gespräch. Er lehnte sich zurück und schloß die Trennwand wieder. »Die Micks schmeißen alle mit dem Geld herum, aber der hier hat's zu was gebracht.«

Der Chauffeur reichte Phelps an einen Butler weiter, dessen gestärkte Hemdbrust so steif wie sein Gesichtsausdruck aussah. Der Butler führte den Ölbaron in ein von Bücherwänden gesäumtes Studierzimmer, in dem sich ein Globus von vier Fuß Durchmesser auf einem Mahagonigestell befand.

»Wünschen Sie einen Drink, Mister Phelps?« erkundigte sich der Butler.

»Ja, gerne«, stimmte Phelps zu. »Haben Sie Bourbon?«

»Natürlich«, sagte der Butler und hob die nördliche

Hemisphäre der Weltkugel ab. Eine Reihe kristallener Karaffen kam zum Vorschein.

Nachdem er Phelps ein schweres Kristallglas gereicht hatte, entfernte sich der Butler unter Verbeugungen aus dem Studierzimmer, mit den Worten: »Mr. Keenan wird sich in Kürze bei Ihnen einfinden.«

Phelps trank in kleinen Schlucken und genoß den Alkohol, während er sich im Raum umsah. Hätte er genauer hingesehen, so hätte er vielleicht bemerkt, daß die ledergebundenen Bücher mit Goldschnitt noch niemals aufgeschlagen worden waren und daß die Möbel im Tudorstil modernes Fabrikat waren. Aber Phelps bemerkte nur, wie teuer das alles gewesen war. »Wow!« murmelte er und ließ das Eis im Glas klingeln. »Hier riecht's nach Geld.«

Die Türe öffnete sich von neuem und Keenan betrat das Studierzimmer. »Freut mich, Sie zu sehen, Phelps«, sagte der Makler und schüttelte ihm die Hand. »Darf ich Ihnen nachschenken?«

Das war ein guter Anfang. Keenans Ton hatte nichts Herablassendes an sich. Ein geschäftliches Gespräch unter Gleichgestellten. »Hab nichts dagegen«, sagte Phelps und streckte ihm das Kristallglas entgegen. »Ich würde gerne mal Ihren Alkoholschmuggler kennenlernen. Das Zeug ist erstklassig.«

»Merkwürdig, daß Sie das sagen«, bemerkte Keenan. »Der Gentleman, der mich mit meinen privaten Vorräten versorgt, ist tatsächlich ein Klient und ein weiterer Teilhaber des Sabre-Öl-Ringes.«

Bei der Erwähnung von Sabre-Öl wandte Phelps seine Aufmerksamkeit wieder dem wirklichen Grund dieses Treffens zu. Der Whisky in seinem Mund schmeckte plötzlich sauer. »Jetzt sagen Sie mal, Keenan«, knurrte Phelps, »ist mit dieser Sabre-Sache wirklich alles in Ordnung? Ich meine, ich weiß schon, der Kursverfall in den letzten Tagen war nur ein kurzer Durchhänger, aber ich dachte, wir würden uns schnell reinlassen und schnell wieder verschwinden. Meine, äh, Klienten werden ein bißchen nervös.«

Keenan kicherte gedämpft und schenkte sich einen Gin Tonic ein. »Machen Sie sich mal keine Sorgen«, sagte er leichtherzig. »Alles blinder Alarm. Dieser übergeschnappte Babson ... nichts weiter dahinter.«

»Wer war denn der Kerl, der die Nachricht unter die Leute gebracht hat? Jüdischer Name, glaube ich.«

»Max Meyer«, nickte Keenan. »Das ist alles erledigt. Wir haben ihn in die Tasche gesteckt. Tatsächlich ist Meyer zumindest teilweise der Grund, warum der Sabre-Käuferring sogar noch größer werden kann.«

»Was soll das heißen, noch größer?« fragte Phelps argwöhnisch. »Ich dachte, wir wären drauf und dran, einzupacken.«

»Und die größte Gelegenheit sollten wir links liegenlassen? Phelps, Sie und ich sind nicht umsonst dorthin gekommen, wo wir heute sind. Wir haben doch immer den letzten Tropfen aus einem Unternehmen herausgepreßt. Stimmt's nicht?«

Phelps nickte.

»Also, da habe ich nun meinen Draht zur Zeitung und das Extrakapital, das alle in die Sache hineinstecken –«

Phelps spuckte in seinen Drink. »Welches Extrakapital?«

»Das ist so. Mein Klient, der Alkoholschmuggler, möchte groß in den Ring einsteigen, aber nur, wenn die restlichen Ringmitglieder ebenfalls entsprechend zulegen. Ich denke, jeder von uns – ich bin nämlich auch dabei – müßte noch einmal eine halbe Million in die Sache hineinstecken. Was halten Sie davon?«

»Was ist denn mit der halben Million und mehr, die Sie schon kassiert haben?« wollte Phelps wissen.

»Nicht der Rede wert«, sagte Keenan obenhin. »Ich meine, wir zahlen Sie heute noch aus, wenn Sie wollen. Aber wollen Sie fünfzig Prozent an einer halben Million verdienen oder die Sache bis zum Ende durchstehen? Eine Million bringt Ihnen zehn Millionen.«

Vorsicht kämpfte mit Geldgier – und verlor die Schlacht. »Ich möchte diesen Meyer-Typen aber erst mal kennenlernen«, beharrte Phelps. »Ich möchte mich selbst überzeugen, daß er auch wirklich mitspielt.«

»Das ist schon alles arrangiert. Ich lade euch beide zu einer Dinnerparty ein. Dort können Sie ihn dann kennenlernen.«

* * *

*»Nein, Miß Rutger ist nicht daheim. Das Büro ist geschlossen. Sie ist über das Wochenende aufs Land gefahren ...«*

Max gab dem Mädchen, das den Anruf beantwortet hatte, die strikte Anweisung, Miß Rutger solle ihn augenblicklich zurückrufen, sobald sie den Fuß über die Schwelle setzte. Nein, die Bürostunden am nächsten Tag waren nicht früh genug für ihn! Er war unzufrieden und wollte sie sofort sprechen!

Max konnte beinahe hören, wie das Mädchen bei seinen Worten schauderte. Es würde unerfreulich werden, eine solche Botschaft auszurichten, daran bestand kein Zweifel.

Er hatte noch weniger Glück, als er versuchte, Mike Keenan in seiner Wohnung in der Park Avenue zu erreichen. Dort meldete sich überhaupt niemand. Keenan besaß ein großes Haus auf dem Land, in dem er seine Frau und seine Kinder untergebracht hatte. Während der Arbeitswoche wohnte er allein in der Park Avenue und eilte dann zurück nach Forest Hills, um am Wochenende wie ein wohlhabender irischer Gutsbesitzer zu leben. Heute konnte Max ihn nicht mehr erreichen. Er würde einfach abwarten müssen, bis er seine Wut an der ahnungslosen Managerin auslassen konnte, die seinetwegen eine ganze Bibliothek voll Bücher gekauft hatte, die er alle bereits gelesen hatte!

Erschöpft vor Zorn, daß sein Leben kurzerhand umorganisiert wurde, ohne daß er es wußte oder damit einverstanden war, kehrte Max dem Wohnzimmer den Rücken und starrte aus dem Fenster die schöne Aussicht an, um die er nicht gebeten hatte.

Die Fifth Avenue – zur Linken vom Central Park gesäumt, zur Rechten von den riesenhaften Prunkbauten, die man die »Millionärszeile« nannte – erstreckte sich nordwärts in Richtung Bronx und Harlem. Max kannte diese bescheidenen Bezirke nur zu gut und mußte zugeben, daß der Anblick des diesseitigen Endes der Fifth Avenue weitaus ansprechender war.

An dieser Straße bauten die Vornehmsten Amerikas ihre Häuser und spiegelten die Eleganz der alten Aristokratie Europas wieder. Von hier aus dirigierten die Monarchen der Industrie ihre Imperien. Max kannte den Besitzer jedes kleinen Palastes zu seinen

Füßen. *Morgan. Astor. Vanderbilt. DeForest. Stuyvesant. Roosevelt* – alles Namen, die mit gedämpftem Flüstern von der berühmten Liste der Vierhundert vorgelesen wurden. Max sah einen Doppeldecker-Bus langsam an den imposanten Heimstätten vorbeifahren. Jeder Name wurde über Lautsprecher verkündet, und eine Liste gewaltiger Vermögen wurde den mit offenem Mund gaffenden Touristen vorgetragen.

In Amerika war ein fettes Bankkonto so gut wie eine adelige Geburt. Die Zucker-, Stahl-, Öl- und Gummikönige bereiteten ihre Kronprinzen darauf vor, die Familienkönigreiche zu übernehmen. Und die Töchter dieser amerikanischen Geldmagnaten sprachen französisch miteinander, gingen zur selben Schneiderin und schickten einander Dienerschaft als Spione und Zuträger ins Haus. Was sie verband, waren Vergnügen, Drinks, Schulen, Sport, Wohltätigkeitsvereine und Reisen, und nur wenige von ihnen – vielleicht gar keine von ihnen – wußte, daß die Fifth Avenue sich im Norden in eine ganz andere Stadt, eine Stadt der Verzweiflung und Armut erstreckte.

Aber Max wußte es. Er war aus diesem fremden Land gekommen, und so war er ein Eindringling in ihrer Welt der Selbsttäuschung. Schon allein seine Gegenwart auf den Bällen und Parties der Superreichen gab diesen Festivitäten einen unbehaglichen Anstrich. Max hatte sich oft gefragt, ob es daran lag, daß er einst arm gewesen war, bitter arm. Oder lag es daran, daß er Jude war? Seine Frau behauptete, seine Herkunft hätte nicht das Geringste mit dem steifen Lächeln und den harten Augen der älteren Generation zu tun. Es liege einzig und allein an seinen Ansichten in Finanzangelegenheiten, erklärte sie. Sein hartnäckiges Beharren darauf, Warnungen zu veröffentlichen, die so *negativ* klangen ... so geradezu *unamerikanisch!* Zuerst war er eine interessante Kuriosität gewesen, aber späterhin eine Bedrohung und ein Ärgernis. Max hatte winzige Löcher in ihre geschlossene Gesellschaft gebohrt. Er hatte über die Wohnungen in der Orchard Street und die dunklen Keller von Harlem gesprochen. Zuletzt war er aus der Gemeinschaft der Superreichen exkommuniziert worden. Das hatte ihn freilich nicht davon abgehalten, gelegentlich im Stork Club mit ihren rebellischen Töchtern zu speisen. Diese Frauen, in die Kreationen von Modeschöpfern und in Pelzcapes verpackt, waren hohlköpfig und frivol ... *»Papa wäre außer sich vor Wut, wenn er wüßte, daß ich mit Ihnen ausgehe!«*

Max lächelte, als er auf die Reihe der Villen hinunterblickte und sich vorstellte, wie unglücklich die Gemeinschaft der Vierhundert wäre, wenn sie wüßte, daß er ihnen mit einem guten Fernglas genau in die Fenster gucken könnte.

Er rieb sich nachdenklich das Kinn, als er sich den Gesichtsausdruck von Mrs. Vanderbilt vorstellte, die ihn einmal öffentlich heruntergeputzt hatte, weil er sich vor einem Wohltätigkeitsball auf Jiddisch mit dem alten Zeitungsverkäufer vor dem Ritz Tower unterhalten hatte ...

*»Es gehört sich einfach nicht, in einer fremden Sprache zu sprechen, die andere Leute nicht verstehen ...«*

»Ach, Sie verstehen kein Jiddisch, Mrs. Vanderbilt?«

»Natürlich nicht. Was für eine vulgäre Sprache!«

»Dann werde ich mich das nächste Mal mit meinem alten Freund Sam auf französisch unterhalten, damit Sie mithören können, was die Armen über die Wohltätigkeitsbälle der Reichen sagen.«

Das hatte dem Faß den Boden ausgeschlagen. Die Geschichte seines Wortwechsels mit DER Mrs. Vanderbilt war von einer Villa auf der Fifth Avenue zur anderen gereicht und in jedem Salon und jedem Tea-Room diskutiert worden. Schließlich war die Bombe explodiert – mitten in einem wohlerzogenen Abendessen in der Newporter Residenz von Max' Schwiegereltern.

*»Beleidigend!«*

»Ungehörig!«

»Warum sagst du uns eigentlich nicht, was die Armen von unseren Wohltätigkeitsbällen halten, Max?«

Max hatte es ihnen gesagt. Und dann war er ausgezogen und hatte sich hier im Plaza einquartiert. Mike Keenan hatte recht gehabt. Max hatte nichts anderes mitgenommen als seine Kleider und persönlichen Besitztümer. Ein Hotel mit frischer Bettwäsche, einem Stubenmädchen, das aufräumte, und einem exquisiten Mittagessen schien ihm der beste Weg, ein Junggesellenleben zu führen. Zurück auf Feld Eins, pflegte er zu sagen. Seine Finanzkolumne war seine Frau und seine Freundin, Die Leute in der Redaktion waren seine Familie, und in Manhattan herrschte kein Mangel an schönen Frauen. Max war kein einsamer Mann – solange er nicht allzu intensiv nachdachte oder seinen Erinnerungen gestattete, ihn allzu weit in die Vergangenheit zurückzutragen.

Unwillkürlich wandte er der Aussicht auf den Central Park und Millionaires Row den Rücken zu. Er ließ den Blick über den geräumigen Salon der Suite gleiten. Er wirkte zu groß. Leer. Ohne menschliche Gesellschaft. In seinem winzigen Zimmer im dritten Stock des Hotels hatte er sich nicht so allein gefühlt.

Das Feuer war am Erlöschen. Max warf ein weiteres Holzscheit aufs Feuer und wartete, bis die Flammen an der Rinde leckten und dann prasselnd wieder zum Leben erwachten. Er seufzte und sank auf das cremefarbene Sofa nieder. Das Feuer wirkte angenehm und entspannend auf ihn. Max lehnte sich in die Kissen zurück und ließ den Blick über die hübsch angeordneten Fotos gleiten, die Miß Rutger in Silberrahmen auf dem Sims aufgestellt hatte – Bilder, die einen Mann tatsächlich veranlassen konnten, sich einsam zu fühlen. Hatte die Frau sie in der Absicht dorthin gestellt, daß sie ihn in seiner stillen Sechs-Zimmer-Suite trösten sollten?

»Ich fühle mich nicht getröstet, Miß Rutger«, sagte er laut. »Du neugierige, wichtigtuerische Gewitterziege!« Er übte sich darin, Dinge zu sagen, die er voraussichtlich niemals sagen würde, aber im Augenblick tat es gut.

Irgendwie hatte Miß Rutger es fertiggebracht, die Familienfotos in chronologischer Ordnung aufzustellen, so daß sie von links nach rechts die Geschichte seines Lebens erzählten. *Mama und Papa auf einem Foto, auf dem sie aussahen wie Einwanderer, die gerade aus dem Schiff gestiegen waren – was sie auch tatsächlich waren. Mama, wie sie Baby Max auf dem Schoß hielt. Bubbe und Zeyde Fritz in Krämerschürzen vor dem alten Geschäft in der Orchard Street. Max im Alter von fünf Jahren. Max bei seiner Bar Mizwa. Max als Abiturient. Max in der Armee mit Birch Tucker und Ellis Warne. Max mit Irene Dunlap. IRENE. IRENE. IRENE. Cousine Trudy bei ihrer Heirat mit Birch Tucker. Birch und Trudy und ihre Söhne. Max mit Doktorhut und Talar in Oxford. Max im Nadelstreifenanzug beim Händeschütteln mit*

*Präsident Warren G. Harding. Max mit Präsident Hoover auf der Konferenz für Europäische Finanzfragen.*

Imposantes Zeug. Ja, Max hatte einen langen Weg von der Orchard Street zurückgelegt. Aber das bedeutete nicht, daß er jetzt glücklicher war als damals.

Er schloß die Augen und lauschte dem Knacken des Feuers. Wie beneidete er Trudy und Birch! *Geld? Eine Suite im Plaza, Frühstück im Preis inbegriffen? Ein Foto, das ihn neben dem Präsidenten der Vereinigten Staaten zeigte? Was bedeutete das alles schon?* Er hätte jederzeit darauf verzichtet, hätte er dafür haben können, was Trudy und Birch hatten ... *einander, die Kinder, Liebe ...*

»Denk nicht dran«, sagte Max laut. Er setzte sich auf und nahm die Fotos eines nach dem anderen vom Kaminsims – diejenigen, die ihm am meisten wehtaten, zuerst. Zuletzt ließ er nur das Foto von Trudy und Birch und ihren Söhnen stehen.

Die Fotos, die ihn selbst und Oxford und ihn mit den beiden Präsidenten zeigten, verteilten sich nun gleichmäßig über den Kaminsims. Diese Bilder waren die einzig zutreffenden Spiegelbilder des Lebens, das er jetzt führte, nicht wahr?

Er trat einen Schritt zurück und betrachtete, was übriggeblieben war, dann verstaute er den Rest der Fotos, die auf dem Kaminsims gestanden hatten, in dem leeren Schrank des Gästeschlafzimmers. Aus den Augen, aus dem Sinn.

# EIN ORT, DEN MAN ZUHAUSE NENNEN KANN

Trudy und Birch schleppten Decken und Kissen in den Schuppen neben der Scheune hinaus. Die Laterne drinnen schimmerte durch die Ritzen zwischen den Brettern. Sie konnten die tiefe Stimme Jefferson Canfields eine leise, vertraute Hymne summen hören. Der Gesang erinnerte sie an jenen süßen Sonntagmorgen, als die kleine Kirche von Mount Pisgah das Land mit dem Lob Gottes erfüllt hatte. Zehn Jahre. So viel hatte sich seit damals verändert!

Birch klopfte an die Wand des Schuppens.

Jeff öffnete die Türe. Er füllte den ganzen Türrahmen aus; den Kopf mußte er ducken, um nicht an die niedrige Decke zu stoßen. Er trug Birchs Overall und sein Hemd. Seine langen Arme ragten aus den zu kurzen Ärmeln hervor. An den Füßen jedoch trug er ein Paar brandneue Stiefel, Größe dreizehn. Trudy hatte sie in der vergangenen Woche in Siemons Kaufhaus in Hartford gekauft und sie Jefferson an dem Morgen überreicht, als er zum ersten Mal das Bett verlassen konnte. Er schwor, daß er keine so feinen Stiefel mehr getragen hätte, seit er in der Armee gewesen war. Er wußte nicht, wie er es ihr vergelten sollte, und so versprach er, dafür zu beten, daß Jesus ihr ihre Freundlichkeit mit seinem Segen belohnen möge.

Heute hatte er verkündet, er fühle sich gesund genug, in den Schuppen zu ziehen, und hatte den ganzen Nachmittag damit verbracht, ihn in Ordnung zu bringen.

»'n Abend.« Er trat beiseite, um ihnen zu zeigen, wie er den Campingofen und das Bett hinter einer Barrikade von Futtersäcken arrangiert hatte, um die Zugluft abzuhalten. »Hab schon lange keinen so hübschen Ort mehr mein Zuhause genannt.«

Er nahm die Decke entgegen und fuhr mit der Hand über die Farben der Flickendecke, als erkenne er die Muster wieder. Er lächelte. »Richtig hübsch«, sagte er sanft.

»Deine Mutter hat sie mir gegeben, Jefferson. Als Hochzeitsgeschenk. Ich möchte, daß sie wieder dir gehört.«

Er blickte die gemusterten Flicken an, als könnte er deutlich unter den Farben ein Kleid erkennen, das Klein Nettie getragen hatte, oder ein Hemd, das Hock gehört hatte oder Big Hattie oder Rosa. Sein Blick umwölkte sich. »Ich hab nicht erwartet, daß ich jemals wieder unter einer der Flickendecken meiner Mama schlafen würde, Miz Trudy. Das ist riesig nett von euch. Ich werde sie heute nacht verwenden, aber meine Mama würde mir die Haut abziehen, wenn ich euch alle eure Hochzeitsgeschenke wieder wegnähme.«

»Willa-Mae würde wünschen, daß du sie hast, Jefferson. Ich hab sie nie benutzt. Es ist beinahe, als hätte ich sie für dich aufgehoben, in der Hoffnung, daß du eines Tages ... und jetzt bis du hier. Recht so.«

Er hielt sie in die Höhe und grinste, wobei er seine abgesplitterten Zähne bleckte. Die Flickendecke zeigte das Muster eines Blumengartens – ein Kunstwerk, das groß genug war, um sogar einen Mann wie Jefferson zuzudecken. »Meine Mama hat sie immer ordentlich groß gemacht. Sie hatte ja auch ein paar große Kinder.«

»Ich glaube, sie wollte sie dir geben, Jeff. Sie hoffte, wir würden dich in Oklahoma finden. Sie hat dafür gebetet, daß es uns gelingt. Also. Behalt sie.«

Jeff nickte verlegen. »Ich hab mich so lange allein an der Barmherzigkeit des Herrn gewärmt, daß ich ganz vergessen habe, daß auch Menschen seine Barmherzigkeit erkennen lassen können. Ich bin euch sehr dankbar, daß ihr mir diese Decke aufgehoben habt, die meine Mama genäht hat. Es erinnert mich an sie. Ja, Leute ... das bringt sie richtig zu mir zurück.« Er tippte sich, zu Trudy gewandt, an eine imaginäre Hutkrempe. »Meine Schwestern haben immer gesagt, du wärst eine gute Frau. Ich hab Klein Nettie ein

Puppenkind aus Paris, Frankreich, heimgebracht, und sie nannte diese Puppe Miz Trudy. Diese Puppe mußte die anderen Puppenkinder in ihrer Puppenschule unterrichten.« Er schüttelte den Kopf. »Ja, so war's. Jetzt fällt mir alles wieder ein, als wäre es gestern gewesen.«

Er drückte die Flickendecke an die Wange. Fragmente von Sonntagshemden und Kleidern, Erinnerungen, mit einer Liebe zusammengenäht, die einem warm ums Herz werden ließ. Erinnerungen, unter denen man träumen konnte ...

Trudy dachte an Jeffersons Mutter. Sie und Birch hatten Willa-Mae und Hock aus den Augen verloren, nachdem die Familie Canfield von ihrer Farm vertrieben worden war. Und nun hatte Willa-Mae Canfields Sohn seinen Weg zurückgefunden aus einer Hölle auf Erden und schlief in einem Schuppen unter der Flickendecke seiner Mutter. Aber wo war Willa-Mae selbst?

»Der Herr wird euch alle segnen. Ich bete darum, daß er euch alle mit einem gewaltigen Segen segnet!«

Birch ergriff Jeffs große schwielige Hand, die Hand, die Bobby aus dem James Fork gerettet hatte. »Wir freuen uns, daß du hier bist, Jeff.«

Irgend etwas in den Augen des großen Mannes – vielleicht ein unausgesprochener Gedanke – verriet, daß er wohl nicht lange hierbleiben würde, so willkommen er ihnen auch war. Er würde schließlich versuchen müssen, seine eigene Familie zu finden.

»Ich dank euch allen von Herzen.« Er schloß langsam die Türe und nahm seine leise Melodie wieder auf, während er sein Lager richtete.

Vom Fenster des dunklen Hauses aus beobachtete Trudy das Licht, das im Schuppen schimmerte. Sie sah seinen massigen Schatten sich vor der Lampe hin und her bewegen, als tanzte er einen Freiheitstanz. Wie Josef in der Bibel hatte er seine Ketten eine lange Zeit getragen. Zehn Jahre lang hatte er auf Gottes Erbarmen gewartet. Heute nacht konnte sie sich in ihrem Herzen mit ihm zusammen freuen.

* * *

Jefferson träumte von neuem. Er wußte, daß es ein Traum war, und dennoch waren die Geräusche, Gerüche und Stimmen *so wirklich* ... Er lächelte im Schlaf. Er spielte seine Rolle, wie er es in den gut dreitausend Nächten getan hatte, die verstrichen waren, seit der wirkliche Traum für ihn zu Ende gegangen war.

*Da, genau vor seinem Gesicht, war die handbehauene Holzwand der Blockhütte der Canfields, die vertrauten Kerben, wo die Axt seines Großvaters den Baum umgehauen und dann geglättet hatte. Rund um sich hörte er die Stimmen seiner Familie – das Kichern seiner Schwestern, während sie Wäsche wuschen und sie zum Trocknen im Hof aufhängten; das Klack-klack-klack von Hocks Hammer auf den Brettern; Mama, die nach Klein Nettie rief. Die Geräusche der Heimat!*

*Er spürte, wie Klein Nettie ihm auf die Schulter klopfte, während er schlafend in der Hütte lag. »Was hast du mir mitgebracht, Jeff?«*

*»Ich schlafe, Nettie. Mama haut dir den Hintern voll, Nettie, wenn du mich aufweckst. Sieh zu, daß du rauskommst, und ich komme bald nach.«*

*»Bist du wach?«*

*»Nein. Und ich will auch nicht wach sein. Mir gefällt dieser Traum. Mama haut dich durch, wenn du mich aufweckst.«*

*»Redest du im Schlaf?«*

*»Ja.«*

*»Sagst du mir, was du mir mitgebracht hast?«*

*»Ich weiß nicht mehr, was es war, Klein Nettie. Es ist so lange her. Kann mich nicht erinnern, was ich dir mitgebracht habe.«*

*»Oh, gemein.«*

*»Raus mit dir, Klein Nettie. Latisha kommt.« Die Gegenwart seiner kleinen Schwester verblaßte. Der Klang des Hammers dröhnte, als Latishas Schritt auf dem Boden der Hütte erklang. Und dann berührten ihre Hände seinen Rücken. Ihre Finger liebkosten sein Gesicht. Er konnte sie sehen, aber die Vision war schwach und verschwommen, als hinge ein Nebel zwischen ihnen.*

*»Ich komme zurück, Latisha«, flüsterte er, aber jetzt wußte er nicht mehr genau, ob er träumte. Er wollte nicht, daß es nur ein Traum war. Der Hammer dröhnte im Hof. Latisha blickte ihn liebevoll an, aber sie sprach kein Wort. Sie beugte sich vor, um ihn zu küssen, und er stöhnte. »Kann ich nach Hause kommen, Tish?« seufzte er. »Es ist so lange her. So lange ...«*

*Sie schüttelte den Kopf und legte einen Finger auf seine Lippen. Er konnte den süßen Duft ihrer Haut riechen und das Rauschen des Wassers im Fluß hören.*

*»Laß mich nach Hause kommen, Tisha. Ich habe genug für zehn Leben gelitten. Läßt du mich nicht nach Hause kommen?«*

*Sie schüttelte den Kopf und legte seine Hand auf ihren Leib. »Du mußt an das Kind denken, Jeff. Er braucht dich. Er muß zu einem Ebenbild seines Vaters erzogen werden. Er wird dir ähnlich sehen, Jeff. Wird reden wie du.«*

*Jefferson runzelte die Stirn. Er konnte spüren, wie schwer Latishas Leib war. »Aber ... wir haben kein Kind, Tisha ...« Er wandte den Blick zur Türe der Blockhütte und blickte hinaus, wo sein Vater im Hof hämmerte. Was machte er da? Ganz gerade Bretter, frische Fichtenbretter. Hock hämmerte vor sich hin. Und dann fiel es ihm wieder ein. Hock zimmerte den Sarg. Latishas Sarg.*

*Hocks Blick hielt Jefferson fest. Er schüttelte den Kopf, so traurig, daß alles Leid der Welt in seinen Augen lag. Hock hob den Deckel der Kiste hoch. Latisha lag darin.*

»Laß mich sie halten, Pa! Siehst du? Sie ist noch nicht kalt!« schrie Jefferson und setzte sich auf seinem Lager auf. Er schwitzte, obwohl das Feuer in dem kleinen Campingofen erloschen war. Er setzte die Füße auf den kalten Bretterboden und barg das Gesicht in den Händen.

»Ich will heimgehen, Herr!« weinte er. »Laß mich doch nicht länger in dieser Welt bleiben, so ganz allein!« Er war jetzt wach. Völlig wach. Er war frei und sicher auf der Farm der Tuckers, und dennoch war er noch immer ein Gefangener.

* * *

Während der ganzen zwölftägigen Überfahrt von New York nach Calais und wieder zurück nach New York hatten die mächtigen Maschinen der *Berengaria* Max mit ihrem Dröhnen in den Schlaf gewiegt.

Nun widerhallte ein winziges, kratzendes Geräusch in der Dunkelheit des unvertrauten Raumes und weckte Max soweit, daß er in eine Art benommenen Wachzustand geriet. *Warum schwiegen die Maschinen? Hatte er das Dinner mit dem Kapitän verpaßt?*

Einen Augenblick lang schien es ihm, als könnte er die sanfte Bewegung des Schiffes spüren. Er hustete und drehte den Kopf zur Seite, sah die erlöschende Glut des Feuers und erinnerte sich. Kein Schiff. Manhattan. Das Plaza Hotel. Und das kratzende Geräusch war ein Schlüssel im Schloß.

Die Tür schwang auf, und ein rechteckiger Lichtfleck fiel in den dunklen Raum.

Max blieb auf dem Sofa liegen, mit dem merkwürdigen Gefühl, daß ihn das alles nichts anginge.

Dies hier war schließlich ein Hotel. Zimmermädchen und Portiere hatten Generalschlüssel, und Max hatte festgestellt, daß im vorderen Badezimmer die Handtücher fehlten ...

Dann fing er einen Hauch von Parfüm auf. Nicht das billige Zeug aus dem Kaufhaus, das ein Stubenmädchen verwenden mochte, sondern Chanel, direkt aus Paris. Erstklassig, und mit einem Schlüssel zu seinem Zimmer! Mike Keenan hatte wirklich an alles gedacht. Kein Zweifel, die Dame, wer sie auch sein mochte, war in der Rechnung inbegriffen!

Einen Augenblick zögerte der Eindringling; dann schloß sie die Türe und tastete im Dunkeln nach dem Lichtschalter.

Max war schneller. Er streckte die Hand aus, knipste die Lampe an und sprang auf die Füße, als sich das Licht in den Raum ergoß. Ein Entsetzensschrei gellte auf, und Porzellan brach krachend in Scherben, als die Frau im Foyer eine große orientalische Vase voll Orchideen fallen ließ.

Dann herrschte Stille. Im Foyer stand eine hochgewachsene, gut gekleidete junge Frau. Sie starrte ihn mit offenem Mund an und blickte dann auf die zerschmetterte Vase und den Haufen Blumen zu ihren Füßen nieder. Sie klammerte eine Hand in den Fuchspelzkragen ihres Mantels und stammelte: »Sie ... sind ... Max ... Meyer?«

»Hat Keenan Sie geschickt?« fragte er mürrisch.

»So kann man es sagen, ja.«

Sie trat ins Licht, wobei sie vorsichtig über die Scherben stieg. Ihre dunkelbraunen Augen waren groß vor Schrecken, daß sie ihn hier angetroffen hatte, aber sie brachte ein Lächeln zustande. Eine sehr hübsche Dame, hätten die Burschen in seinem Büro vermerkt. Aber Max war nicht interessiert.

»Lassen Sie die Kleider an, Schwester.« Max kam nicht hinter dem Sofa hervor.

»Wie *bitte?*«

»Sagen Sie Keenan, ich hätte keine Lust gehabt.«

»Keine *Lust* gehabt?« Sie trat einen Schritt zurück und zerbröselte die Porzellanscherben unter dem Schuh. »Wovon reden Sie ... was ...?«

»Sagen Sie Keenan, es reicht mir allmählich.« Max knurrte sie an, ohne den verblüfften Ausdruck auf ihrem Gesicht zu bemerken. »Erst das Auto ... gut, ich gebe zu, ein Stutz ist ein erstklassiger Wagen. Und dann die Suite hier ...«

»Was ist nicht in Ordnung mit der Suite hier?« Sie hob die Augenbrauen, als sie die Frage stellte. Ihr Kinn hob sich ein wenig und enthüllte einen schlanken Nacken. Ihr Kopf war von einem engen schwarzen Hütchen bedeckt. Max fragte sich, welche Farbe ihr Haar wohl hatte.

»Ich sag nicht, daß irgendwas damit nicht in Ordnung wäre.« Er behielt sein ärgerliches Gehabe bei, obwohl ihm innerlich ein wenig weicher zumute wurde. »Nichts, außer daß Keenan alles ausgesucht hat, mit meinem Geld dafür bezahlt hat und irgendeine Zimtziege angeheuert hat, um es für mich einzurichten, und ich hab kein Wort mitzureden gehabt.«

»Ich finde, es sieht hier ganz großartig aus.« Sie ließ den Mantel los, und er klaffte ein Stückchen auf und enthüllte ein rotes Abendkleid mit tiefem Ausschnitt.

*Perfekt.* »Ja. Großartig. Bloß daß mich keiner nach meiner

Meinung gefragt hat, Schwester. Und was Sie angeht, hat mich auch keiner gefragt. Sagen Sie Keenan, ich such's mir gern selber aus, welche Bücher ich lese. Welche Sessel ich in mein Wohnzimmer stelle, und –« Er warf ihr einen harten Blick zu. »Mit welchen Damen ich meine Zeit verbringe. Also seien Sie so freundlich und legen Sie den Schlüssel auf den Tisch, wenn Sie hier verschwinden. Ich hab Ihren Zimmerservice nicht bestellt.«

Sie warf den Kopf zurück, als wäre sie ein kleines Mädchen mit langen Zöpfen anstatt eine elegante junge Dame mit einem Bubikopf. *Braunes Haar, höchstwahrscheinlich. So dunkel wie ihre Augen,* schätzte Max. Zu dumm, daß heutzutage alle Frauen ihr Haar kurz schneiden ließen. Er stellte sich vor, wie hübsch ihr Haar ausgesehen haben mußte, als es noch lang gewesen war.

»Ich habe Ihnen Orchideen gebracht. Aber wie Sie sehen ...« Sie stieß die Blumen mit der Zehenspitze an. »Sie sollten nach dem Zimmermädchen klingeln, damit sie das hier saubermacht. Wasser ist schädlich für den Parkettboden.« Ihr kühles Lächeln blieb unverändert. Sie schätzte Max ab, als wüßte sie über irgendein Geheimnis Bescheid, das ihn betraf. »Sie haben ja eine schöne Stange Geld für diesen Fußboden bezahlt.« Sie griff in ihre Handtasche und zog einen langen weißen Briefumschlag hervor.

»Hier ist die Rechnung als Beweis.«

»Was?«

»Sie sollten wirklich nach dem Mädchen klingeln, Mr. Meyer. Das Wasser sickert bereits ein. Sie sollte Bodenwachs mitbringen.«

»*Sie!*« hauchte Max.

Mit geschäftsmäßigem Gehabe legte sie den Briefumschlag und den Schlüssel auf das Tischchen im Foyer. »Ja. *Edith Rutger.* Sie haben meine Karte, nehme ich an? Ich dachte, Sie kämen erst nach Mitternacht.« Sie hatte die Hand bereits auf der Türklinke.

»Warten Sie.«

»Wenn die Möblierung nicht Ihren Geschmack trifft –«

»Die Möbel sind in Ordnung.« Er machte einen unsicheren Schritt auf sie zu.

»Sie können den Innenarchitekten kontaktieren, mit dem ich zusammengearbeitet habe. Die Nummer steht auf der Rechnung.

Man hat mir versichert, es würde keinerlei Schwierigkeiten bereiten, wenn Sie –«

»Nein! Es ist alles in Ordnung.« Max stieg die Schamröte ins Gesicht, als die Worte und Andeutungen der letzten paar Minuten in seinem Gedächtnis widerhallten. »Ich wollte einfach nur –«

»Sie wollten einfach nur was?« Das Lächeln war verschwunden. Seine Beleidigungen hatten schließlich den Panzer ihrer eigenen unbehaglichen Verwirrung durchdrungen. Ihre Stimme klang unmißverständlich scharf.

»Ich dachte, Sie wären ... Keenan hätte vielleicht ... ich bin überhaupt nicht der Typ Mann, der ... ich dachte, Sie wären –«

»Und ich bin nicht diese Art Frau. Zimtziege, nicht wahr? So haben Sie mich doch genannt?«

Die zerbrochene Vase lag zwischen ihnen auf der Erde.

Ihr Blick warnte ihn, nicht einen Schritt näher zu kommen. Er schob die Hände in die Taschen und blieb wie angewurzelt stehen.

»Ich wollte nicht ...«

»Und ob Sie wollten!«

»Okay, ja. Vielleicht. Ja. Ich hab wirklich gedacht, Sie wären ... Sie seien hierher gekommen, um –« Er zuckte die Achseln. Er fühlte sich dumm und unbeholfen. »Seit ich von Bord gegangen bin, hat Keenan mein Leben in allen Einzelheiten arrangiert, verstehen Sie das nicht?«

»Und es gefällt Ihnen nicht?« Ihr Blick schweifte über das Apartment. Sie fragte ihn, was er von der Suite hielt. Den Möbeln. Allem, was sie hier geschaffen hatte.

»Nein. Ich meine – ja! Ja, es gefällt mir. Wunderschön.« Er sah sie an. Sie war wirklich schön. Es tat ihm leid, daß er mit voller Absicht grob zu ihr gewesen war.

»Sehr gut. Dann brauchen Sie ja meine Dienste nicht länger.«

»Oh doch!« platzte er heraus. »Ich brauche Sie. Ich meine ... ich würde es gern wieder gutmachen.« Er deutete hilflos auf den Raum rundum und dann auf die zerbrochene Vase.

»Nicht notwendig. Ich habe Klienten, die noch ärgere Rüpel sind als Sie, Mr. Meyer, obwohl man das fast nicht glauben möchte.«

»Hören Sie, können wir noch einmal von vorne anfangen, Miß Rutger? Ich habe nicht mit Ihrem Besuch gerechnet.«

»Das habe ich gemerkt.« Sie starrte an ihm vorbei. »Zimtziege.«

»Das ist doch bloß so ein Ausdruck. Eine Redewendung aus dem Zeitungsjargon. Ich dachte, Sie wären ... ich habe nicht erwartet, daß Sie so ...«

»Und was *haben* Sie erwartet, Mr. Meyer? Lassen Sie es mich doch bitte wissen.«

Es war unmöglich, die Sache wegzuerklären. Sie wußten beide, was er gedacht hatte. Max preßte eine Hand auf den Magen. Er blickte auf seine Uhr. Zehn Uhr, und er hatte noch kein Abendessen gehabt.

»Haben Sie schon zu Abend gegessen?« fragte er. Er fühlte sich scheußlich.

»Schon vor Stunden.« Ihre Hand drückte die Klinke hinunter und öffnete die Türe einen Spalt breit, um sich den Fluchtweg offen zu halten.

»Könnten Sie noch mal essen?«

»Ich hoffe doch.«

»Ich meine, könnten Sie heute nochmals zu Abend essen? Mit mir?«

Ein mitleidiges, verächtliches Lächeln. Sie schüttelte den Kopf und schlüpfte zur Türe hinaus, die sie – ohne ihm Antwort zu geben – hinter sich zuknallte.

»Da hast du deine Antwort, Max, alter Junge.«

Draußen im Korridor wurde ein Trompetenstoß laut, und ein halbdutzend anzüglicher Pfiffe signalisierte den hastigen Rückzug von Miß Edith Rutger. Max stellte fest, daß Kumpanei im Anzug war.

Er öffnete die Tür und sah sich Harry Beadle und einem halben Dutzend weiterer unverehelichter Mitglieder des Journalistenstandes gegenüber. Sie zwängten sich alle zugleich durch den Eingang und stießen Max rückwärts fort, eben als er einen letzten Blick auf Miß Rutger erhaschte, die über die Treppen entfloh. Die Türen des Aufzugs öffneten sich und spieen eine weitere Horde unerwarteter Besucher aus.

»He, Max!« schrie Harry, der sich anscheinend von seinem Brummschädel erholt hatte. »Wer war denn die Wunderfrau?« Er stieß Max in die Rippen. »Wir haben dich doch nicht bei etwas Wichtigem gestört?«

»So gut geht's mir nicht«, antwortete Max trocken. »Immobilienmaklerin.«

Ungläubige Ausrufe wurden laut, als immer mehr Männer und der übliche weibliche Aufputz an kichernden Backfischen die Räume erfüllten.

»Eine Willkommen-zu-Hause-Party!« kündigte Beadle an. »Laßt die Festlichkeiten beginnen!«

»Hier sieht's ja toll aus!« flötete ein großäugiges junges Mädchen. »Wer, hat er gesagt, wohnt hier?«

»Weiß nicht genau«, antwortete Max. »Ich wollte grade gehen.«

Max schätzte, daß sich ungefähr fünfundsiebzig Fremde in seinem Apartment befanden, bevor er noch seinen Hut und seinen Mantel gefunden hatte und zur Türe hinausgeschlüpft war. Niemand bemerkte es, als er ging. Der Aufzug war leer, als er hinunterfuhr, aber unten in der Lobby wartete ein fröhliches Völkchen darauf, zu der Party hinaufzufahren. Max kämpfte sich durch die Menge hindurch und eilte zum Haupteingang des Plaza, dann auf den Gehsteig hinaus, wo er sich nach Edith Rutger umsah. Sie hatte es geschafft, ihm zu entschlüpfen.

»Soll ich Ihr Auto holen lassen, Mister Meyer?« fragte Sam, der Portier. Er streckte die offene Hand aus, als wollte er einen Regentropfen einfangen. »Wir kriegen ein ordentliches Gewitter. Ich kann es in der Luft riechen.«

»Nein. Kein Auto.«

»Soll ich Ihnen ein Taxi rufen?«

»Nein, danke«, sagte er und gab sich keine Mühe, seine Enttäuschung zu verbergen. »Sie haben nicht zufällig eine toll aussehende Dame hier herauskommen sehen? Hochgewachsen. Braune Augen. Hübsche Beine. Rotes Kleid.«

»Nein, Sir. Hab einen ganzen Haufen reingehen sehen. Sie sagten, oben bei Ihnen finde eine Party statt.«

»Hat man mir auch gesagt.« Er starrte intensiv einem Taxi nach, das die Fifth Avenue entlangglitt. »Vielleicht ist sie vorbeigeschlüpft, als Sie grade in die andere Richtung geschaut haben? Rotes Kleid. Braune Augen und ein Paar wirklich tolle –« Er blickte auf und sah, daß Edith Rutger vor ihm stand und über diese Beschreibung ihrer selbst lächelte.

»Ja, Mister Meyer? Ein paar wirklich tolle -?« Sie schlenderte auf ihn zu.

»Augen.«

»Das sagten Sie schon.«

»Ja, hab ich wohl gesagt.« Max rieb sich nachdenklich das Kinn. Hatte Miß Rutger es übers Herz gebracht, ihm irgendwo auf dem Weg zwischen der obersten Etage und der Eingangshalle zu verzeihen? »Ich würde gern nochmal von vorn anfangen, wenn es Ihnen recht ist.«

Keine Chance. »Sie haben sich offensichtlich meine Rechnung noch nicht angesehen, Mr. Meyer. Sonst wären Sie vermutlich ganz froh, mich von hinten zu sehen.«

Sam, der Portier, machte große Augen, als er das hörte. Er mußte mit Gewalt ein Lächeln unterdrücken. Sie blickte ihn an und schnappte: »Was glotzen Sie denn? Ich hätte gerne ein Taxi.« Sie warf Max einen vernichtenden Blick zu.

Der Portier blies mit besonderem Nachdruck in seine Trillerpfeife, winkte ein Taxi herbei und stand dann stramm habtacht, während die Frau in den Fond stieg ... allein. Kein Trinkgeld.

»War nett, Sie kennenzulernen«, sagte Max zynisch.

»Eines wollte ich noch sagen«, fügte sie gewissermaßen als letzten Tritt hinzu. »Ich habe zwar Klienten, die noch größere Rüpel sind als Sie, aber keiner wäre so eingebildet, daß er glaubt, er könnte mich erst beleidigen und dann erwarten, daß ich mit ihm essen gehe.«

Max hob zum Zeichen der Ergebung beide Hände. »Ein Hot Dog bei Nathans. Nicht mehr. Ich wollte es einfach wiedergutmachen.«

Sie wandte ihren stählernen Blick dem Taxifahrer zu, der schon den Fuß auf den Gashebel drückte, bevor sie ihm noch das Fahrtziel genannt hatte.

Max sah zu, wie die Schlußlichter um die Straßenecke verschwanden. »Zimtziege«, bemerkte er.

»Ja«, stimmte der Portier, der kein Trinkgeld bekommen hatte, ihm zu. »Aber Sie haben recht gehabt, was ihre ... Augen betrifft.«

Max lachte. »Ich gehe jetzt im Ernst einen Hot Dog essen. Auf einer Kreuzfahrt kriegt man alles, was das Herz begehrt, bloß keinen guten Hot Dog. Wollen Sie auch einen?«

Der Portier blickte hastig über die Schulter, ob irgendwo ein Vorgesetzter lauerte. »An einem solchen Abend ist das was Besseres als ein Nickel Trinkgeld. Mit Senf und Zwiebeln.«

»Kaffee?«

»Warum nicht.« Das mußte man Mister Meyer lassen. Er war immer noch ein guter Kumpel für jeden hart arbeitenden Kerl am Ort.

»Wir haben vielleicht 'n lausigen Geschmack, was Weiber angeht, aber wir wissen, was feine amerikanische Küche ist, was, Sam?«

Er marschierte flott die drei Blocks weit zum nächsten Kiosk, der Hot Dogs verkaufte. Sein Magen knurrte mittlerweile vor Hunger. Er winkte einem Taxi und ließ den Fahrer vor dem Plaza anhalten, um Sams Hot Dog und Kaffee durchs Fenster abzuliefern.

»He, vielen Dank, Mr. Meyer.« Der dankbare Portier nahm seinen mit Zwiebeln überhäuften Hot Dog entgegen. »Wo fahren Sie denn hin?«

»Ich kann da oben sowieso kein Auge zutun, solange die Party andauert«, erklärte Max. »Ich fahre ins Büro und verbringe dort die Nacht. Ich weiß, daß es leer ist – das gesamte Redaktionsteam ist nämlich hier.«

Max bewahrte für solche Notfälle ein Hemd und einen Anzug zum Wechseln in einem Schrank seines Büros im Gebäude der *New York Times* auf. Ursprünglich hatte er das komfortable Ledersofa in seinem Büro aufstellen lassen, um die Nächte dort zu verbringen, wenn seine Frau ihn aus dem Haus gewiesen hatte. Auch eine Zimtziege.

Vielleicht hatte es mit seiner Jugend in einem Mietshaus in der Orchard Street zu tun oder mit all den Monaten, in denen er in Frankreich an der Front im Schützengraben geschlafen hatte – wie auch immer, Max schlief in seinem engen Kämmerchen besser als überall anders. Seine Gewohnheit, im Büro zu schlafen, hatte ihm den Ruf eingetragen, ein fleißiger Arbeiter zu sein, ein Mann, der seine Arbeit über alles liebte. Einige Leute im Redaktionsstab hatten sich sogar dahingehend geäußert, daß es Mr. Meyers Liebe zu seiner Arbeit sei, die ihn so unbestechlich machte, so entschlossen, die Wahrheit, wie er sie sah, in seinen Artikeln zu schreiben.

Max freilich kannte die Wahrheit über sich selber. Es war Einsamkeit, die ihn trieb, lange Stunden mit Recherchen zu verbringen und forschend in den finanziellen Irrgarten der Wall Street einzudringen, um herauszufinden, ob er sich sinnvoll interpretieren ließ.

In dieser Nacht war es Einsamkeit, die ihn trieb, sein vertrautes Nest aufzusuchen. Er schleuderte die Schuhe von den Füßen und verschlang drei Hot Dogs bis zum letzten Zwiebelstückchen. Er schaltete sein Radio ein und hörte sich ein Konzert von Rudy Vallee an, das aus dem Algonquin Ballroom übertragen wurde. Hier fühlte er sich zu Hause.

# HANDLANGER

Das Sonnenlicht des frühen Morgens fiel auf den Hügel und beleuchtete die obersten Zweige der Bäume, während der Rest der Welt noch im Schatten lag. In der Ferne bellte hartnäckig ein Hund. Kühe muhten auf der Weide. Der Schlag eines Hammers auf Nägeln widerhallte im Tal.

Tommy konnte den Speck riechen, der auf dem neuen Küchenherd briet. Er setzte sich auf und zog die Flickendecke eng ums Kinn zusammen, während er auf die erwachende Welt hinausblickte. Irgend etwas Wichtiges war gestern geschehen, aber er konnte sich nicht erinnern, was es war. Auch heute würde etwas Wichtiges geschehen. Er runzelte die Stirn und verzog nachdenklich das Gesicht. *Was war es nur gewesen?*

Er stieß Bobby an, bis er aufwachte, und dann fiel es ihm wieder ein, so klar wie das Sonnenlicht, das durchs Geäst der Bäume drang.

Tommy kletterte aus dem Bett und zog seinen Overall über seine langen Unterhosen, während er auf dem kalten Boden hin und her hüpfte.

»Steh schon auf, Bobby.«

Sein kleiner Bruder hob den Kopf und stöhnte. »Zeit, in die Schule zu gehen?«

Tommy schnitt ein Gesicht. Das war es, was er vergessen hatte – heute begann die Schule für sie. Nicht halb so aufregend, wie der gestrige Tag gewesen war.

»Mama?« rief Tommy in die Küche hinaus. »Wo ist Jefferson?«

Trudy stach mit der Gabel nach den Speckstreifen, die sich in der Pfanne ringelten. »Fort. Schon vor Tagesanbruch. Dein Vater hat ihm Speck und Buchweizenkuchen hinausgebracht. Aber er war schon fort.«

Tommy war enttäuscht.

»Wo geht er denn hin?« Tommy stand neben seiner Mutter und beobachtete den Speck, der in der Pfanne brutzelte.

»Geh weg da. Das Fett spritzt dich sonst an.«

»Wo geht er hin, Mama?«

»So weit fort, wie er nur kann, nehme ich an.« Trudy fertigte ihn ab, als sei ihr die Antwort gleichgültig. »Jetzt geh schon und wasch dir das Gesicht. Ruf deinen Vater aus der Scheune herein.«

Sie rief Bobby zu, er solle aufstehen. »Bobby!« Sie klang gereizt. »Aufstehen, hab ich gesagt! Heute ist Schule!«

Tommy sah vom Fenster aus zu, wie sein Vater einen Futtersack von einer Seite der Scheune zur anderen schleppte. Er hoffte, ihr Vater würde ihnen mehr über ihren seltsamen Besucher erzählen. Vielleicht später, wenn Mama irgendwo anders beschäftigt war.

Ein kalter Luftzug schlug Tommy ins Gesicht, als er die Türe öffnete, um seinen Vater zu rufen. »Frühstück, Pa! Mama sagt, du sollst dich beeilen und dich waschen!«

Birch wandte sich um, um ihm zuzuwinken, statt dessen aber blickte er am Haus vorbei und den Fahrweg entlang. Irgend jemand näherte sich von dort. Tommy hörte die Hufschläge auf dem Weg.

Birch runzelte die Stirn und biß sich auf die Lippen. Er wischte die Hände an seinem Arbeitsanzug ab und ging langsam aus der Scheune und auf den Weg zu. Tommy wich nicht vom Fenster, obwohl Trudy mit ihm schimpfte.

»Ich glaube, da kommt jemand, Mama«, sagte er.

Das Baby auf einem Arm, die Fleischgabel in der anderen Hand, murmelte sie: »Was denn noch alles? Die Jungen müssen in die Schule, die Plätzchen backen im Ofen und jetzt – was denn noch?« Sie spähte über Tommys Schulter hinweg. Jefferson Canfield tauchte in ihrem Blickfeld auf, die Hände hoch über den Kopf erhoben. Trudy rang nach Atem. »Oh Gott!« Sie drückte Tommy das Baby in die Arme und legte die Fleischgabel auf die Wärmeplatte am Herd, bevor sie hinausstürzte.

Unmittelbar hinter Jefferson ritt Cousin J.D. auf einem großen rehfarbenen Pferd. J.D. hielt ein doppelläufiges Gewehr in Händen, mit dem er auf Jeffersons Rücken zielte.

»Nein!« sagte Tommy. Dann drückte er Bobby das Baby in die Arme und folgte seiner Mutter auf die Veranda hinaus.

J.D. schien sehr zufrieden mit sich selbst. »Morgen allerseits!« schrie er ihnen zu, während Trudy, Tommy und Birch jeder für sich dastanden und ihn grimmig anblickten. »Schaut mal her, was ich gefangen habe!«

»Was soll denn das heißen, J.D. Froelich?« Birch sah zornig aus, als er auf ihn zuschritt.

»Nun ja, der Nigger hier sagt, er gehöre zu euch! Sagt, er arbeitet für dich, Birch. Ich sage, ich hab mir soeben hundert Dollar Belohnung verdient!« J.D. verlagerte seine Gewicht im Sattel. »Hab ihn erwischt, wie er grade über mein Feld schlich.«

Trudy schluckte schwer und stieg von der Veranda hinunter. »Jefferson! Was soll das heißen, daß du einfach über Mister J.D.s Feld trampelst! Ich hab dir doch gesagt, du sollst nicht dort drübergehen!«

Cousin J.D. sah schockiert aus. Unglücklich. Sein Traum von einer Belohnung war im Nu verpufft. »Soll das heißen, ihr kennt den Neger da?«

Birch kam seiner Frau zu Hilfe. »Er ist unser Tagelöhner. Wir ... ich ... haben ihn in Oklahoma angeheuert. Stimmt's nicht, Jefferson? Und jetzt komm, geh weg von dem Gewehr da und sieh zu, daß du mit deiner Arbeit weitermachst.«

Der Schwarze ließ die Hände sinken und schritt wortlos zur Scheune.

»Puh!« J.D. ließ die Sicherung des Gewehrs vorsichtig einschnappen und legte es quer über den Sattel. »Warum habt ihr mir nichts davon gesagt? Und wieso laßt ihr ihn überhaupt in der Gegend herumlaufen? Irgendwer wird ihn über den Haufen schießen und ein Ende mit ihm machen.« Er wischte sich die Nase am Jackenärmel ab und spuckte Tabaksaft in den Hof vor der Scheune.

Trudy hob trotzig das Kinn. »Wir haben ihn losgeschickt, Butter und Eier zu kaufen. Unsere eigenen Hennen legen noch nicht ...« Sie sah Birch hilfesuchend an.

»J.D., du warst immer schon schießwütig. Willst du mit uns frühstücken, oder willst du heute morgen noch irgendwas erschießen?« Er lachte, aber sein Lachen klang gekünstelt in Tommys Ohren.

»Hab schon gegessen. Muß weiter. Und haltet diesen Nigger an einer kurzen Leine, oder irgend jemand wird ihn erschießen.«

»Jefferson ist ein guter Arbeiter«, sagte Birch. »Ich wäre stinksauer, wenn ihn irgend jemand erschießen würde, bevor ich diese Baumstrünke hier gerodet und die Zwergeichen rausgerissen habe.« Er hieb J.D.s Pferd fest auf den Schenkel und verabschiedete ihn damit. Das Lächeln blieb auf seinem Gesicht, bis J.D. die Wegbiegung hinter sich gebracht hatte.

Dann tauschten Trudy und Birch müde Blicke. Trudy wandte sich um und zankte Tommy aus, weil er ohne Jacke hinausgelaufen war, und folgte Birch dann über den Hof und in die Scheune, wo Jefferson mit grimmigem Gesicht auf einem Heuballen vor dem Maultierstall saß. Unbeeindruckt von dem Schelten seiner Mutter folgte Tommy seinen Eltern. Sein Wunsch war erfüllt worden. Er bekam noch einmal Gelegenheit, mit dem Riesen zu sprechen. Der Tag war voll neuer Aufregung – und dabei hatte er gerade erst begonnen.

»Ich konnte nicht einmal eine Meile weit gehen, bevor einer daherkam und nach einem Farbigen Ausschau hielt, den er niederschießen konnte«, sagte Jefferson mit gerunzelter Stirn. »Ich hatte vor, nach Mount Pisgah zu gehen und nachzusehen, ob vielleicht noch ein paar von den alten Nachbarn da sind, die mir helfen könnten, meine Familie zu finden.«

»Das ist zu gefährlich, Jefferson«, sagte Birch besorgt. »Und es wird noch eine ganze Weile zu gefährlich für dich sein, nach Mount Pisgah zu gehen. Du bleibst am besten hier.« Er blickte Trudy an. »Und wir können wirklich einen Knecht brauchen. Ich zahl' dir Lohn dafür. Ich hab gesehen, wie du deine eigenen Felder gerodet hast und hab gehört, wie du vom Baumwollpflanzen gesprochen hast. Ich lasse dich hier, damit du mit dem Roden anfangen kannst, und ich selbst mache mich auf den Weg nach Mount Pisgah. Ich werde mich dort nach deiner Familie erkundigen. Aber du riskierst dein Leben, wenn du unterwegs bist.«

Jefferson nickte grimmig. »Das ist vermutlich wahr.« Er zuckte zusammen. »Es ist bloß ... letzte Nacht ... ich hatte solche

Sehnsucht, das alte Haus wiederzusehen. Ich sah, wie eine Motte in die Laterne flog, ihre Flügel verbrannte und tot zu Boden fiel. Und mein Herz sagte: *Jefferson, mach's nicht wie diese Motte. Wenn du nach Hause gehen willst, versengst du dir die Flügel.* Ich denke, es war der Heilige Geist, der mich gewarnt hat. Aber ich habe nicht auf ihn gehört. Und jetzt muß ich fürchten, daß ich euch alle in Schwierigkeiten gebracht habe.«

»Mit J.D. werde ich schon fertig«, sagte Birch.

Trudy war sich da keineswegs sicher.

* * *

Das Telefon im Büro weckte Max mit seinem Schrillen, als die Redaktion jenseits der Milchglaswände seines Büros eben langsam zum Leben erwachte.

»Meyer«, brummte er.

»Hallöchen, Max!« Mike Keenans Stimme war zu fröhlich und vor allem viel zu laut. Max hielt den Hörer auf Armeslänge von sich ab und konnte trotzdem jedes Wort ganz deutlich hören.

»Keenan«, murmelte Max. Er rieb sich den Schlaf aus den Augen und tastete sich am Schreibtisch entlang zu seinem Sessel.

»Hab gehört, du hättest mich gestern zu erreichen versucht.« Keenan schien nicht zu interessieren, was Max eigentlich von ihm gewollt hatte. »Ich hab in deiner Suite angerufen ... hübsches kleines Kabäuschen, was? Wie gefällt sie dir?« Ohne eine Antwort abzuwarten, fuhr er fort: »Irgendein Mädel war am Telefon. Sagte, sie hätte noch nie von dir gehört, aber in der vergangenen Nacht sei hier eine tolle Fete gestiegen, und vielleicht läge ein Max Meyer noch irgendwo in dem Sauhaufen rum. Sie brüllte ein paarmal deinen Namen und sagte dann, du wärst entweder sinnlos besoffen oder tot oder nicht daheim.«

»Nicht daheim«, antwortete Max. Er war froh, daß es im Plaza Stubenmädchen gab, und fragte sich, ob an diesem Morgen ein ganzer Putztrupp aufmarschieren mußte.

»Freut mich, daß du's überlebt hast.« Keenan wechselte abrupt das Thema und kam aufs Geschäftliche zu sprechen. »Ich hoffe, du bist fit genug für das, was ich morgen abend vorhabe. Reine

Geschäftssache. Hol deinen Smoking aus dem Mottensack. Ein paar wichtige Burschen wollen das Genie kennenlernen, das die *Berengaria*-Sache ausgeheckt hat.«

»Nein danke«, sagte Max. Sein Kopf dröhnte. Er blickte dankbar auf, als seine Sekretärin Phyllis Morgan, eine mütterliche Person, ins Büro schlüpfte und eine dampfende Tasse Kaffee genau unter seiner Nase hinstellte. Sie öffnete lautlos seinen Terminkalender und ließ ihren knochigen Finger eine Seite entlanggleiten, die von acht Uhr morgens bis acht Uhr abends mit Terminen vollgestopft war. *Und da war auch Keenans Eintragung ...*

»Was soll das heißen, *nein danke?*« Keenan klang empört. »Wir haben das schon vor Wochen geplant. Schau mal in deinem Kalender nach.«

Max zuckte zusammen und las mit nur einem Auge die letzte Eintragung für den folgenden Tag. MAKLERBÜRO KEENAN, DINNER PARTY – GESELLSCHAFTSKLEIDUNG.

»In Ordnung. Du hast recht, Keenan«, gab Max müde zu. »Ich hab's einfach vergessen. Hab vergessen, welchen Tag wir heute haben.«

»Na, eines solltest du lieber nicht vergessen ... zu der Party kommen ein paar der wichtigsten Leute dieses Landes. Das Geschäft wartet nicht, bis wir unsere Brummschädel auskuriert haben, alter Freund. Geh ins Dampfbad. Und eine Menge Kaffee.«

Max machte sich gar nicht die Mühe, Keenan mitzuteilen, daß er nicht verkatert war. Ein Besuch im Dampfbad hörte sich trotzdem gut an. »In Ordnung. Ich komme.«

»Und außerdem –« Der Humor kehrte in Keenans Stimme zurück. »Eine gewisse Miß Edith Rutger wird auch anwesend sein, falls dich das zufällig interessiert.«

# MOUNT PISGAH

Mount Pisgah, der Ort, den Jefferson Canfield einst sein Zuhause genannt hatte, existierte nicht mehr. Zweifellos waren die Hügel noch immer dieselben, und auf den ersten Blick schien das Tal unverändert. Birch saß auf seinem Maultier und überblickte von der Hügelkuppe aus die ganze Gegend. Aber selbst aus der Entfernung konnte er sehen, daß die alten Häuser und Scheunen der Pächter abgerissen worden waren.

Wo einst die Kinder im Hof gespielt oder im Schatten Dutzender Veranden gesessen hatten, erstreckten sich nun in einem durch die Baumwollfelder. Die abgeernteten Baumwollstauden, die noch nicht untergepflügt worden waren, sahen leer und zerzaust aus. Birch fröstelte, als er den Blick über die einstige Howard-Plantage schweifen ließ. Jetzt, wo keine Menschen mehr hier waren, wirkte alles leblos und freudlos, wie ein abgeräumter und in den Hof geworfener Christbaum. Das einst so geliebte Land war nun jener Menschen beraubt, die es geliebt hatten.

Es war nur gut, dachte Birch, daß Jefferson nicht hier war und ansehen mußte, wie sehr sich seine Heimat verändert hatte.

Das Kaufhaus von Mount Pisgah war jedoch noch geöffnet. Die Farbe blätterte von den Mauern, aber das Reklameschild war noch erkennbar. Die Türe wurde von einem Steinbrocken offengehalten, und aus dem Rohr eines Kanonenöfchens stieg Rauch auf. Birch band sein Maultier fest und überlegte, was er wohl sagen konnte, um seine Anwesenheit an diesem hinterwäldlerischen Ort zu erklären.

Das Innere des Ladens war schäbig und trübsinnig. Eine Rauchwolke breitete sich im Inneren aus und lieferte die Erklärung, warum an einem so kalten Tag die Türe offenstand. Rauch entwich aus dem rotglühenden Ofen. Zwei ältere Frauen standen nebeneinander in einem Winkel des Raumes, wo leere Postfächer hinter einem Metallgitter gähnten.

Sie blickten erschrocken auf, als sie Birch's Schritte hörten.

»Wie geht's.« Er tippte an die Hutkrempe. »Hab den Rauch Ihres Ofens gesehen und dachte, ich komme auf einen Sprung herein, um mich rasch ein bißchen aufzuwärmen, bevor ich weiterreite.«

»Hab Sie gar nicht kommen gehört«, zirpte eine der beiden alten Damen. »Du meine Güte! Nach der Erntezeit haben wir keine Kunden mehr.«

»Kann ich mir vorstellen. Ich bin seit Jahren nicht mehr hier in der Gegend gewesen. Nein, Ma'am, schon seit Jahren nicht mehr. Hier hat sich's ja mächtig verändert.«

»Oh ja, das kann man sagen«, sagte die Frau. Man merkte sofort, daß sie auch für ihre Begleiterin zu sprechen pflegte. »Jetzt ist es hier furchtbar öde. Alles wird von Maschinen gemacht, außer den paar Arbeiten, für die sie Wanderarbeiter anheuern. Es ist eine der modernsten Farmen im ganzen Staat, aber mir gefällt sie nicht, das kann ich Ihnen sagen, Sir! Wie tot ist die Gegend jetzt. Niemand traut diesen wandernden Schwarzen, die die Baumwolle pflücken kommen, über den Weg. Man weiß gar nicht, mit wem man es zu tun hat. Früher war das anders, da kannten wir sie alle mit Namen.«

Birch schnalzte mit den Fingern, als versuchte er sich etwas in Erinnerung zu rufen. »Hier gehörte doch alles dem alten Mr. Howard, nicht wahr?«

»Oh ja, das stimmt. Aber er ist gestorben, und sein Neffe übernahm alles. Der junge Herr kommt nicht öfter als einmal im Jahr hier vorbei. Er verwaltet alles von Kansas City aus. Mein Gott, wie sich alles hier verändert hat! Stimmt's nicht, Emma-Jean?«

»Stimmt ganz genau«, bemerkte die schweigsame Frau und schüttelte ihren weißhaarigen Kopf.

»Und die Pächter?« fragte Birch. »Von denen hat wohl niemand mehr etwas gehört? Hier wimmelte es doch von Pächtern, wenn ich mich recht erinnere.«

Eine unschuldig klingende Frage, aber sie gab den Startschuß zu einer lebhaften Debatte, wo sie wohl alle hingeraten waren.

Birch hoffte, er würde irgendeinen Hinweis auf die Canfields bekommen, ohne direkt fragen zu müssen. Er kam jedoch zu dem Schluß, daß diese Überlebenden von Mount Pisgah von keinem der farbigen Pächter mehr etwas gehört hatten, mit Ausnahme von Mrs. Youngs Sohn, der drüben in Little Rock als Koch in Jemimas Imbißstube arbeitete. Die erste der beiden Frauen hatte ihn dort gesehen und wiedererkannt, als sie auf Besuch zu ihrer Schwester gefahren war. Aber, so erklärte sie Birch, das war vor zwei Jahren gewesen, und man wußte doch, wie diese Leute kamen und gingen. Keine Ahnung, wo Mrs. Youngs Sohn jetzt sein könnte.

Birch verfolgte das Thema nicht weiter; er machte nur eine kurze Bemerkung darüber, daß *diese Leute* seines Wissens so lange hier ansässig gewesen waren, wie die Howard-Plantage bestand, und daß ihr Leben erst unruhig und unsicher geworden war, als man sie von ihrem Land verjagt hatte. Die Frau starrte Birch nur ausdruckslos an, als hätte sie nicht verstanden, was er sagte.

»Die Neger, die hier durchkommen und Baumwolle pflükken, von denen kennen wir keinen einzigen beim Namen, nein, keinen einzigen. Kommen und gehen. Pflücken Baumwolle und gehen dann anderswohin. Man weiß gar nicht, woher sie kommen und wohin sie gehen. Heimatloses Volk, diese Neger ...«

Als er das Kaufhaus verließ, waren seine Hände warm, aber sein Herz war eisig kalt und ohne Hoffnung, jemals eine Spur von Jeffersons Familie zu finden.

* * *

»Mrs. Youngs Junge? In Little Rock drüben?« Jefferson lächelte melancholisch, als Birch ihm von seinem Ausflug nach Mount Pisgah erzählte. Die Hände des großen Mannes umfaßten seine Kaffeetasse, als wäre sie ein Fingerhut. Sein massiger Körper balancierte auf eine Weise auf dem Sessel im Wohnzimmer, daß der Sessel und der Tisch und der ganze Raum winzig klein wirkten. Trudy erkannte an seinem Gesichtsausdruck, daß er in Gedanken über die weiten, hügeligen Felder von Mount Pisgah schlenderte, wie er es vor zehn Jahren getan hatte.

»Er war der einzige, von dem die beiden Damen jemals wieder gehört hatten. Das Kaufhaus stand noch, aber sonst, fürchte ich, steht nicht mehr viel.«

Jefferson sah in Gedanken den Laden vor sich. *Der existierte also noch!* »Ich wette, die beiden alten Frauen im Laden waren Miß Moss und Miß Truelove.« Er schüttelte den Kopf. »Kann gar niemand anderes gewesen sein. Sie standen immer wie angewurzelt in derselben Ecke des Ladens.«

Trudy lachte, so ernst das Thema auch war. »Ich erinnere mich noch gut an sie«, stimmte sie ihm zu. »Und sie haben Mrs. Youngs Jungen sicherlich gekannt.«

»Stimmt. Dieses spindeldürre kleine Kerlchen ... seine Mutter arbeitete als Wirtschafterin und Köchin für den alten Mr. Howard.«

»Er hieß Washington, nicht wahr?« erinnerte sich Trudy.

»Stimmt, ja. Hieß nach einem Präsidenten, genau wie ich. Wir dachten alle, Mrs. Young wünschte, daß aus dem Jungen einmal *etwas Besonderes würde.* Sollte mit Gottes und Mr. Howards Hilfe einmal das Tuskegee-Institut besuchen. Aber Washington hatte kein Interesse an Bildung.«

Trudy lachte von neuem. »Er kam hin und wieder in die Schule, ein paar Wochen lang, aber ich glaube, das tat er nur, weil deine Schwester Lula in die Schule ging.«

»Stimmt. Er wollte nichts weiter vom Leben, als ein guter Koch werden – wie seine Mama. Diese Mrs. Young konnte einen Napfkuchen backen, daß man vor Entzücken hätte sterben können. Ich wette, das war es, was den alten Mr. Howard letztlich unter die Erde gebracht hat. Er aß diesen Napfkuchen mindestens zweimal in der Woche. Jeden Tag schickte er den kleinen Washington zum Laden runter, Zutaten kaufen, damit Mrs. Young noch einen Kuchen backen konnte. Hin und wieder schwor er sich, er würde sich jetzt wirklich zurückhalten. Das hielt er so ein, zwei Tage lang durch, dann überkam ihn die Gier wieder, und er schickte Washington von neuem los.« Jeff schüttelte vergnügt den Kopf, als er dieses winzige Bruchstück Erinnerung aus den Erinnerungen eines ganzen Lebens hervorkramte. »Damals war das Leben schön. Schwer, aber schön, das muß man schon sagen.« Sein Blick wanderte zu Birch hinüber. »Ich dachte nie daran, daß es auch anders sein könnte. Dachte, ich würde nach Pisgah heimkehren, würde

Latisha heiraten und einen Stall voll Kinder aufziehen, die mir alle ähnlich sähen. » Der Vorhang der Wirklichkeit senkte sich wieder und löschte den Traum aus. »Aber es sollte nicht sein. Gott der Herr hatte anderes vor. Vor allem erinnert er mich immer wieder daran, daß es nichts und niemand auf der Welt gibt, auf das man wirklich seine Hoffnung setzen könnte außer auf den Herrn.« Er klopfte mit dem Finger an die Kaffeetasse. »*Vertraue auf den Herrn, Jeff,* sagt der Heilige Geist in meinem Herzen. *Dann wirst du niemals enttäuscht sein.*«

Schweigen senkte sich über sie alle, als seine Worte ihnen ins Herz drangen. Birch wußte, daß es die Wahrheit war, und Trudy wußte es auch. Dennoch war es eine Lektion, die immer wieder von neuem gelernt werden mußte. *Vertraue allein auf Gott ... nichts anderes ist wirklich zuverlässig!*

Birch schob Jefferson über den Tisch hinweg einen Zettel zu. »Ich hab's aufgeschrieben. Weiß nicht, ob es was nützt.« *Mrs. Youngs Sohn. Zuletzt gesehen in Jemimas Imbißstube in Little Rock. 1927.*

»Viel ist es nicht. Aber immerhin etwas. Der kleine Washington Young macht das, was er immer machen wollte – er kocht. Tja. Du meine Güte. Wenn seine Mutter noch am Leben ist, dann weiß sie vielleicht, wo meine Mama ist. Oder vielleicht meine Schwestern.« Jefferson starrte eindringlich das Papier an. »Wenn er immer noch dort ist. Naja, es ist immerhin etwas, nicht wahr?«

Der Gedanke ernüchterte sie. Wagten sie es, auf ein solches Wunder zu hoffen? Trudy holte ihr bestes Leinen-Briefpapier aus der Schachtel und legte Tinte und Feder vor ihn hin, als servierte sie ihm eine Mahlzeit. Und tatsächlich war es für Jefferson Canfield so etwas wie ein Festmahl der Hoffnung, diesen Brief an Mrs. Youngs Sohn in Little Rock zu schreiben.

* * *

Die Fußeisen nahmen das Ende, das sie verdienten. Die Ketten, die Jefferson Canfield gefesselt hatten, wurden in das Loch des Plumpsklos geworfen, um für alle Zeit in der Jauchegrube zu versinken.

Tommy und Bobby diskutierten die Angelegenheit gründlich durch, während sie auf der zweisitzigen Toilette hockten. Ganz egal, wie gründlich dieser Sheriff aus Oklahoma war und wie wild sein alter Bluthund auch sein mochte, sie würden diese Ketten niemals mehr finden!

Birch machte den Jungen jedoch mit großem Ernst klar, daß sie Jefferson Canfields Leben in Händen hielten, wie er Bobby an jenem Tag über dem James Fork gehalten hatte. Ein einziges unbedachtes Wort, und Sheriff Ring würde zurückkehren. Ein loses Wort gegenüber irgend jemand in Shiloh war weitaus gefährlicher, als wenn sie diese Fußeisen auf die Straße gelegt hätten, mit einem Pfeil daneben, der zur Farm der Tuckers wies! Shiloh war proppenvoll mit neugierigen Nasen, die dann sicherlich Fragen stellen würden. Also übten Tommy und Bobby die Antworten ein.

*»Jeff? Mein Pa und meine Mama kennen den alten Jeff seit mindestens zehn Jahren! Da waren wir noch gar nicht auf der Welt! Jeff? Der ist den ganzen weiten Weg von Oklahoma gekommen, um meinem Pa zu helfen. Er arbeitet als Knecht für uns. Pa sagt, wir brauchen ihn dringend, denn die Farm ist ein richtiger Sauhaufen.«*

Das war sogar die reine Wahrheit. Die Jungen hatten nur Anweisung bekommen, die interessantesten Teile der Geschichte auszulassen. Zum Beispiel, wie der Klan Jeff verfolgt hatte, wie seine frisch angetraute Frau ermordet worden war und wie er nach Oklahoma geflohen war, dort verhaftet wurde und zehn Jahre lang im Gefängnis saß. Diese Ereignisse – und die Details seiner Flucht vor Sheriff Ring und den Bluthunden – hörten sich an wie Geschichten aus den billigen Horror-Romanen, die ihre Mutter ihnen zu lesen verboten hatte. Sie lasen sie trotzdem, und der einzige Unterschied zwischen Jefferson Canfield und den Helden der Groschenheftchen war, daß Big Jeff kein Weißer war. Trotzdem, Jefferson war ein Held. Er war *ihr Held,* und sie schworen einander in die Hand: Niemals würden sie Jefferson Canfields Geheimnis verraten, und wer es doch täte, sollte wie die Fußeisen ins Plumpsklo geworfen werden und im Rachen eines grausigen Todes verschwinden! Wenn die Kinder in der Schule darüber redeten, wie der schreckliche Häftling, den man Cannibal nannte, im James

Fork ertrunken war, dann hielten sie wacker mit. Tommy schmückte die Geschichte noch ordentlich aus, indem er schilderte, wie die Bluthunde am Blut des Entflohenen schnüffelten und erklärte, er warte darauf, daß der Leichnam eines Tages hochkommen und direkt am Schulhaus im Fluß vorbeitreiben würde. Seine Fähigkeit, solche morbiden Szenen zu schildern, machte ihn sofort ungemein beliebt bei den Jungen, während die Mädchen erst entsetzt aufquiekten und sich dann schweigend und voll Entsetzen das schauerliche Ereignis ausmalten.

Von da war es nur mehr ein kleiner Schritt bis zu dem Thema, ob es wohl Gespenster und schauerliche Erscheinungen auf dem Grund des Flusses gäbe. Und so lebte die Sage von Cannibal weiter, nun völlig getrennt von der Person des Tagelöhners aus Oklahoma.

Die Diskussion über Sheriff Rings Bluthunde leitete dann wie von selbst zu einem anderen Thema über, nämlich dem kleinen roten Hündchen in der Box in Bruder Williams Viehstall.

»Wieviel ist eigentlich genau die Hälfte von zweiundzwanzig Dollar und zwei Zwölfeinhalb-Cent-Stücken?« fragte Bobby.

Tommy kniff die Augen zusammen und rechnete im Kopf. »Elf Dollar und ein Zwölfeinhalb-Cent-Stück.«

»Wo sollen wir denn so viel Geld herkriegen?« sorgte sich Bobby, während sie eine leere Konservendose mit Fußtritten gegen die Scheunenwand schleuderten. »*Kein Mensch* hat soviel Geld! Ich hab noch nie so viel Geld *auch nur gesehen!*«

»Wenn wir die Hündin schon hätten, könnten wir Opossums jagen. Pa sagt, wir kriegen zwei Zwölfeinhalb-Cent-Stücke für jedes Fell.«

»Aber wir haben sie noch nicht, also können wir nicht mit ihr auf die Jagd gehen, und wenn wir nicht jagen können, haben wir auch nicht genug Geld, sie zu kaufen.«

Das Problem sah ziemlich kompliziert aus. »Wir werden wohl arbeiten müssen, würde ich sagen.«

»Wir arbeiten ja schon. Wir kriegen aber nicht mehr als zweimal Zwölfeinhalb Cent für unsere Arbeit. Die Welpen sind in weniger als vier Wochen soweit, daß man sie ihrer Mama wegnehmen kann. Bis dahin hätten wir –«

»Zwei Dollar«, addierte Tommy im Kopf. »Ich hab's schon ausgerechnet.«

»Ich hab Großmutter Amos gefragt, ob ich jeden Tag nach der Schule ihren Laden ausfegen kann. Die alte Dame ist so alt, daß sie kaum noch einen Besen halten kann.«

Tommy lachte. »Ich würde sagen, sie sollte lieber auf einem Besen reiten, als damit aufkehren.« Dann wurde sein Gesicht plötzlich nachdenklich, als sie die Scheune betraten. Er versetzte der Konservendose einen gewaltigen Tritt, und sie flog hoch und landete laut scheppernd im Wagenkasten des berüchtigten Unglücksfuhrwerks.

»Sag sowas nicht von ihr. Mir wird ganz unheimlich. Sie sagte, sie zahlt mir einen Nickel am Tag, wenn ich den Laden für sie saubermache. Aber ich mach's nicht, wenn du mir Angst einjagst und mir einredest, sie wäre eine –«

Tommy brachte ihn zum Schweigen, indem er ihn hart auf den Arm schlug. »Was ist das?« flüsterte Tommy und starrte angestrengt die Stelle genau über dem Fuhrwerk an, wo das Sonnenlicht durch die fehlenden Dachschindeln strahlte.

Bobby japste vor Furcht. Er sah überhaupt nichts, aber Tommy hatte eine so überzeugende Art, seine Stimme gruselig und unheimlich klingen zu lassen, bis Bobby nur mehr kehrtmachen und davonlaufen wollte.

»Wenn du mir Angst machst, sag ich's Pa. Dann haut dir Mama den Hintern voll, Tommy Tucker, das sag ich –«

*»Hu-usch!«* Tommy preßte die Hand auf Bobbys Mund. Bobbys Augen wurden riesengroß vor Schreck.

Aber was sah Tommy da? Die Leichen der illegalen Schnapsbrenner? Einen Wagen voll Gespenster? Bobby zitterte, obwohl nicht das geringste zu sehen war. Er stieß Tommys Hand beiseite und blickte grimmig tapfer drein, obwohl er am liebsten auf dem Absatz kehrtgemacht hätte und mit Höchstgeschwindigkeit zum Haus zurückgerannt wäre.

»Siehst du es denn nicht?« rief Tommy und trat einen Schritt auf den Unglückskarren zu.

»Mama weiß nichts von all den schrecklichen Dingen, die in diesem Wagen passiert sind!« fuhr Bobby ihn an. »Und Pa hat gesagt, wir sollen ihr nichts davon sagen. Aber wenn du nicht aufhörst, mir Angst zu machen, dann sag ich ihr alles, und dann wart nur, was sie dir erzählt!«

»Nein!« Tommy hatte keine Sekunde lang die Augen von dem Karren abgewandt. »Halt den Mund, du kleiner Esel! Es ist genau hier! Mitten in unserer Scheune!«

»Heh?«

»Unser *Reichtum!*«

»Was?«

»*Terror plus Mord plus Alkoholschmuggler-Schießereien plus Berge von Leichen, und zu all dem der alte Mister Wie-hieß-er-noch, wie er an einem Strick von den Deckenbalken hängt!* Oh, Bobby! Das ist besser als Zirkus, glaub mir! Das rote Hündchen gehört praktisch schon uns! Elf Dollar und zwölfeinhalb Cent liegen hier herum und warten nur drauf, daß wir sie aufheben!«

Bobby fragte sich schon, ob nicht die Aufregungen der letzten Tage den Verstand seines Bruders verwirrt hatten. Er starrte und starrte, konnte aber kein Geld sehen. Aber er konnte sich sehr lebhaft all die schaurigen Dinge vorstellen, die sich rund um den berühmten Unglückswagen abgespielt hatten. Und bei diesem Auffunkeln der Fantasie wurde ihm plötzlich klar, was Tommy gemeint hatte ...

* * *

Lily kannte den Ort. Er wurde Shiloh genannt. Ihr junger Ehemann lag in den Wäldern ein wenig südlich der Straße begraben. Er war in einer einzigen Nacht an Lungenentzündung gestorben, und da es in der Nähe keinen Friedhof für Farbige gab, hatte man ihn auf einem Brett in eine Grube im Walde hinabgelassen und ihn so beerdigt.

Sie hatten gerade noch Zeit gehabt, ein hölzernes Kreuz zurechtzuschneiden und in die Erde zu rammen, dann hatte der Aufseher sie bereits angebellt, daß der Tag anbreche. Das Herumlungern bringe den Bock nun auch nicht mehr zurück. So hatten sie Lilys Mann zurückgelassen. Ihr geliebter William lag kalt und tot in der Erde, und sie waren weitergezogen zum nächsten Feld ...

Lily erreichte die Wälder am frühen Morgen. Herbstblätter hatten das Grab bedeckt, und irgendein wildes Tier hatte das hölzerne Kreuz umgestoßen, so daß es schwierig war, den Ort wiederzufinden. Sie watete durch die Haufen von Blättern, bis ihr Fuß an das umgestürzte Kreuz stieß, und dann setzte sie sich neben Williams Grab nieder, um zu warten. Darauf zu warten, daß sie selber starb.

Die Sonne stieg am Himmel hoch und schien geradewegs auf sie hinunter. Sie rührte sich nicht, obwohl das Kind in ihrem Leib sich heftig bewegte und um sich stieß. Ein Teil ihres lieben William war noch am Leben und lebte weiter, obwohl Lily immer dünner und dünner wurde.

Die Nacht kam, und die Wälder knarrten in der Kälte. Sie drang durch die alte Pferdedecke, die Lily an der Straße gefunden und um ihre Schultern gewickelt hatte. Die ganze Nacht hindurch war es kalt, aber Lily Turner starb immer noch nicht. Sie blieb die ganze Nacht an Williams Seite. Sie schlief neben seinem Grab und durfte nun um ihn klagen, was man ihr zuvor verboten hatte. Als sie am nächsten Morgen erwachte, war sie immer noch am Leben. Das Kind bewegte sich. Das Sonnenlicht fiel in einem hellen Fleck auf eine einzelne kleine Lilie, die das Köpfchen aus den Blättern streckte.

»Du läßt mich nicht gehen, Herr, nicht wahr?« fragte Lily. »Ich überlege ... ja, Herr ... ich höre. Ich bin nur eine kleine Lilie auf dem Felde. Du mußt mir zeigen, wo ich hingehen soll. Was soll ich tun, Herr?«

Sie erhob sich langsam. Ihr Rücken war steif, als hätte sie die ganze Nacht lang Baumwolle gepflückt. Das Kind strampelte glücklich, als sie wieder aufrecht stand.

Sie hörte Hunde in einem benachbarten Feld bellen und wandte sich diesem Geräusch und dem Sonnenlicht zu. Sie mußte jetzt dringend irgend etwas zu essen finden.

# DER TRAUM

Als Edith Rutger in das Speisezimmer der Familie Keenan geführt wurde und man ihr einen Platz am entgegengesetzten Ende des langen Tisches zuwies, war Max vollkommen überzeugt, daß er selbst der Hauptgang dieser Mahlzeit sein würde. Das Gefühl, ein Stück erstklassiges Rippenfleisch in einem Löwenkäfig zu sein, war immer stärker geworden, schon bevor Max am Tisch Platz genommen hatte. Er saß einem grauhaarigen Mann mit einem schlecht sitzenden Frack und gedehnter Sprechweise gegenüber. Wie hieß er doch? Phipps? Nein, Phelps, das war es. Irgendein Ölbaron aus Oklahoma.

Der Mann hatte Max ins Gesicht gestarrt, als sie einander vorgestellt wurden, als versuchte er irgendeine verborgene Botschaft darin zu lesen. Und jetzt, wo sie bei gefüllten Tomaten und Krabbensalat saßen, stellte Max, so oft er den Blick hob, fest, daß Phelps ihn forschend betrachtete.

Es nützte auch nicht viel, wenn er den Blick abwandte, denn Edith Rutger saß unmittelbar neben Keenan, und die beiden beobachteten Max ebenfalls. Ein Mädchen in schwarzem Kleid entfernte die Salatteller, während ein Butler mit weißen Handschuhen das mit einer silbernen Kuppel bedeckte Servierwägelchen in den Raum rollte.

Der Diener blieb neben Mrs. Keenan stehen, um zu sehen, ob sie das Essen billigte. »Gebratene Rippchen«, kündigte der Butler an.

»Mister Keenan sagte mir, Sie seien Journalist, Mr. Meyer«, sagte Keenans Frau in freundlichem Ton.

»Nicht einfach nur Journalist, Gladys«, korrigierte Keenan. »Wirtschaftsjournalist bei der *New York Times.* Sehr einflußreich.«

»Wirtschaftsjournalist!« rief Gladys Keenan. Der perlenbestickte Saum ihres reichgeschmückten Abendkleides raschelte. »Das ist ja wunderbar! Finanzen sind doch ein so aufregendes Thema, nicht wahr? Für mich ist das natürlich viel zu schwierig, aber ihr Männer seid da einfach fabelhaft. Sehen Sie nur, wie wohlhabend wir sind, und das verdanken wir nur Mr. Keenans Finanzgenie.«

Von der anderen Seite des Tisches kam eine scharfe Frage, die sich anhörte, als hätte der Frager sie seit längerem vorbereitet und nur einen günstigen Augenblick abgewartet, um sie zu stellen: »Wie kam es eigentlich, daß die Aktienkurse so in den A .... ich meine, so tief gefallen sind, bloß wegen dieses kleinen Schwätzers von einem Professor?«

»Das hat weniger damit zu tun, was Babson sagte«, versuchte Max zu erklären. »Schließlich äußert er dieselben Warnungen schon seit drei –«

Wieder übernahm es Keenan, zu antworten. »Das stimmt. Seit drei Jahren sagt er dasselbe. Aber diesmal haben es die Nachrichtenagenturen aufgeschnappt und einen Propheten aus ihm gemacht. Die Macht der Presse, die hat es bewerkstelligt.«

»Tatsächlich?« fragte Phelps, aber er beobachtete Max und wartete seine Antwort ab.

»Ich bin überzeugt, daß die plötzliche Aufmerksamkeit der Presse für einige der Panikverkäufe verantwortlich war, aber die gesamte Situation des Marktes –«

»Da sehen Sie, Phelps! Sind Sie jetzt zufrieden?«

Phelps sah keineswegs völlig zufriedengestellt aus, aber er widmete sich seinen gebratenen Rippchen und Kartoffeln und ließ Max fürs erste in Frieden.

Max fragte sich, was da am Kochen war. Aber keine Erklärung folgte. Der Rest des Gesprächs beim Abendessen drehte sich um Keenans Golfspiel und die Schwierigkeiten, eine passende Gouvernante für die sechs Keenan-Kinder zu finden. Edith Rutger trug zur Unterhaltung bei, indem sie eine Geschichte erzählte, wie eine ihrer Klientinnen, eine würdige ältere Dame aus alter reicher Familie, sich überzeugen ließ, daß Rosa die Modefarbe des Jahres sei und ihr gesamtes Wohnzimmer in diesem Farbton einrichten ließ. Aber der einzige Farbton, der Max' Aufmerksamkeit fesselte, war Miß Rutgers blondes Haar. Max mußte daran denken, wie sehr er sich mit seiner ursprünglichen Vorstellung geirrt hatte. Er hatte erwartet, ihr Haar sei dunkel.

Nach dem Abendessen drängte Phelps Max gegen den großen Konzertflügel. »Okay, genug von Babson«, sagte der angriffslustige Ölbaron. »Wie siehts aus mit Sabre-Öl? Und mit dem Käuferring?«

Max brauchte eine gute Minute, um eine Antwort zu formulieren, in der deutlich zum Ausdruck kam, daß er Käuferringe nicht schätzte, ohne seinen Gastgeber dabei allzusehr zu beleidigen. »Was soll damit sein?« fragte Max, um Zeit zum Nachdenken zu gewinnen.

»Ich meine, finden Sie nicht auch, wir hätten die Sache bereits auf die Spitze getrieben? Will sagen, die Aktienkurse stehen ja bereits in überhaupt keinem Verhältnis mehr zum wirklichen Wert eines kleinen südamerikanischen Unternehmens.«

Max war völlig seiner Meinung, aber er war absolut nicht darauf vorbereitet, daß eine solche Ansicht in Mike Keenans Haus geäußert wurde. »Nein«, antwortete er wahrheitsgemäß, wobei er sich über die Schulter sah, um festzustellen, ob irgend jemand in Hörweite war. »Nein, wenn der Ring genug Aktien manipulieren kann und weiterhin eine gute Presse hat, dann werden die kleinen Investoren, denen die Sache eben erst zu dämmern beginnt, sich darauf stürzen.«

Phelps schüttelte Max die Hand. »Das ist ein Wort«, sagte er und marschierte davon, ein breites Grinsen auf dem Gesicht, um sein Glas Bourbon nachzufüllen.

Max kam zu dem Entschluß, daß der Augenblick für einen guten Abgang günstig war und verabschiedete sich von seinen Gastgebern. Wie Phelps, schüttelte auch Keenan ihm liebenswürdig die Hand und dankte ihm für sein Kommen.

Während er ihm Foyer darauf wartete, daß ihm sein Mantel gebracht wurde, hörte er eine Stimme hinter sich schnurren: »Wie sieht's aus, Mr. Meyer, könnten Sie mich vielleicht in Ihrem Wagen bis in die Stadt mitnehmen?«

Edith Rutgers schlichtes schwarzes Kleid unterstrich die

Länge ihrer Beine und den warmen Schimmer ihres strohblonden Haares. Unwillkürlich wanderten Max' Augen an ihrer Erscheinung auf und ab, während sie ihren Mantel entgegennahm und mit einer wirbelnden, seidenschimmernden Bewegung hineinschlüpfte.

»Aber sicher, Miß Rutger«, sagte Max, der sich bei dieser plötzlichen Freundlichkeit unbeholfen und um Worte verlegen fühlte. »Das heißt«, sagte er, während er seinen Mantel an sich nahm, »wenn es Ihnen nicht allzu riskant erscheint, mit mir gesehen zu werden.«

»Puh«, neckte sie ihn, »Sicherheit ist so langweilig, finden Sie nicht?«

* * *

Max fragte sich nicht, wieso Edith Rutger solches Interesse an seinen vergangenen, seinen gegenwärtigen und seinen Zukunftsträumen hegte. Er nahm es einfach als gegeben hin, wie er auch ihre Verzeihung für das Mißverständnis betreffs ihres wirklichen Gewerbes angenommen hatte. Er stellte ihr auch nicht die Standardfrage: *»Wie kommt ein nettes Mädchen wie Sie dazu, sich mit einem Kerl wie Mike Keenan abzugeben?«*

Edith hatte es ihm erklärt. Keenan war ein Klient. Sie hatte seinen Landsitz für ihn ausfindig gemacht. Jetzt war sie Klientin in seinem Maklerbüro. Reine Geschäftssache – Immobilien und Aktien. Keenan hatte einer Menge Leute geholfen, ein Vermögen zu machen, und die Neureichen wollten alle in Häusern wohnen, denen man diesen Reichtum ansah, nicht wahr? Und so stand Edith Rutger, bildschön, neunundzwanzig Jahre alt, geschieden und eine Karrierefrau mit Köpfchen, für gewöhnlich gern zur Verfügung, um den überzähligen Sitz bei Keenans Dinnerpartys einzunehmen.

Nachdem sie das alles gesagt hatte, wandte sie ihre Aufmerksamkeit Max zu. Sie begann mit der Reihe alter Fotos, die sie auf sein Kaminsims gestellt hatte, und machte sich daran, Informationen zu jedem einzelnen Bild auszugraben. Um drei Uhr morgens war sie soweit, daß sie einzelne Bruchstücke von Informationen zu einem deutlicheren Bild des Mannes zusammensetzen konnte, wie aus einem Knäuel Strickwolle etwas Nützliches gestrickt wird.

Max kam plötzlich wieder zur Vernunft, als ihm bewußt wurde, wie viel er ihr schon erzählt hatte. »Machen wir einen Spaziergang«, schlug er vor, in der Hoffnung, seine unbehagliche Verwirrung in der Dunkelheit besser verbergen zu können. Hand in Hand gingen sie den Fußweg entlang, der über die Brooklyn Bridge führte. Der zitternde Rhythmus der Brücke pulste herauf von den Straßen und Schienen, wo die Nachtzüge und Straßenbahnen über den trägen dunklen Fluten des Flusses rasselten und Funken sprühten.

Der Wind blies, aber Max bemerkte die Kälte kaum. Edith schob einen Arm unter den seinen und lehnte den Kopf an seine Schulter.

Sie spähte über das Geländer der Brücke und blickte auf das dunkle Wasser hinunter. »Gestern nacht hätte ich noch gedacht, du wolltest mich da runterstoßen.« Sie lächelte zu ihm hoch.

»Das zeigt nur, daß sich selbst eine so kluge Geschäftsfrau wie du irren kann.«

»Warum hast du mich dann hierhergebracht?«

»Sie gehört mir.« Er machte eine Handbewegung, die den stählernen Bogen umfaßte.

»Dir?« Sie lachte. »Also weißt du, du bist wirklich verrückt.«

»Ich bin der Mann, der die Brooklyn Bridge gekauft hat, verstehst du? Ich hab mir das alles aufschwatzen lassen. Diesen ganzen Amerikanischen Traum.« Er blickte zu den Lichtern von Manhattan zurück und dann hinüber nach Brooklyn. »Ich und ein paar Millionen andere Leute. Frag meine Großeltern, was sie von Amerika halten, und sie werden dir sagen, es sei das *goldeneh medina*, das goldene Land. Sie glauben daran. Ich glaube daran. Ich schaue mich um und glaube immer noch an Wunder. Jeder hier, selbst ein jüdischer Junge aus der Orchard Street, kann es vom Tellerwäscher zum Millionär bringen.«

»Du bist ein Dichter, Max.« Ihre Stimme klang sanft, bewundernd.

»Ein Idealist. Bis ins Herz hinein. Aber es ist auch noch genug Orchard Street in mir, daß ich auch Realist sein kann. Und ehrlich gesagt – was ich am Horizont zusammenbrauen sehe, macht mir Angst.« Er blickte zu den Stahlstreben auf und durch sie hindurch zu den Sternen. »Vielleicht stürzt die Brücke ein, an die ich glaube. Und dann stürzt alles in Trümmer.«

»Das ist aber ein trübsinniger Gedanke«, schmollte Edith. »Und das in einem so bezaubernden Augenblick.«

»Schreib's auf das Konto meines jüdischen Temperaments, einverstanden? Hinter jedem Lachen glänzt eine Träne. Das hält das Leben im Gleichgewicht, wenn man es richtig macht. Genieße den Augenblick ...« Er zog sie eng an sich. »Der morgige Tag ist immer ungewiß.«

Er küßte sie, erst zart, dann entflammte ihre Leidenschaft, und sie erwiderte den Kuß mit einer Wildheit, die ihn überraschte.

»Manche Dinge sind weitaus weniger ungewiß als andere, Max«, flüsterte sie.

# LILIE AUF DEM FELDE

Ein halbes Dutzend Hunde hinderten Lily am Weitergehen, als sie das Ende der Zufahrt erreichte. Das kleine viktorianische Haus machte einen wohlhabenden Eindruck. Die Fassade war rundum frisch getüncht. Nicht eine Latte fehlte im Staketenzaun. Die Fenster leuchteten hell und rein und widerspiegelten den klaren Himmel. Holzrauch stieg so reichlich aus dem ziegelgemauerten Kamin, daß Lily wußte: Die Leute hier hatten reichlich Holz zum Heizen.

Die Hunde knurrten und kläfften ihre Warnung. Sie setzte keinen Fuß auf ihr Territorium, sondern wartete, bis irgend jemand im Haus ihre Anwesenheit bemerkte. Eine Frau mit Vollmondgesicht und zottigem Haar stierte durchs Fenster zu Lily hinüber und begann dann zu schreien: *»J.D.! J.D.! Sieh mal draußen nach! J.D.! Da steht 'ne schwangere Negerin ... eine Mulattin, und die Hunde werden sie gleich aufgefressen haben! J.D! Kümmer dich doch mal drum!«*

Es dauerte lange, und die Frau mußte noch eine Weile schreien, bis ein kurzbeiniger, stiernackiger Mann mit einem runden roten Gesicht auf die Veranda herausschlenderte. Er lehnte sich aufs Geländer und blinzelte Lily auf eine unangenehme Weise an. Er ließ die Hunde noch eine Weile weitertoben, dann rief er sie an seine Seite.

»Was willst du?« fragte der Mann.

Von drinnen scholl es heraus: *»Was will sie denn, die Negerin, J.D?«*

»Halt's Maul, Frau!« schrie er über die Schulter zurück. Dann wandte er seine Aufmerksamkeit wieder Lily zu. »Was willst du?«

»Guten Tag, Mister.« Sie bemühte sich, ruhig und gelassen zu klingen, obwohl ihr vor Hunger übel und schwindlig war. »Ich

... ich suche Arbeit. Vielleicht kann ich irgendeine Arbeit für Sie erledigen und dafür einen Bissen zu essen bekommen? Es ist schon eine Weile her, seit ich zuletzt etwas gegessen habe.«

Er tätschelte seinen Bierbauch und glotzte sie an. Er sah aus, als wollte er ihr ins Gesicht lachen, aber er sagte eine gute Minute lang überhaupt nichts, bis die Frau im Haus von neuem seinen Namen kreischte.

*»J.D.! Was ist denn los da draußen!«*

Ohne sich von der Veranda wegzubewegen, blickte er die Straße entlang und deutete mit der Hand. »Dort oben. Keine halbe Meile von hier. Dort oben gibt's Leute, die Negerarbeiter anheuern. Ja, genau. Dort gehst du hin, Mädchen. Die geben dir Arbeit. Und da kriegst du auch'n Schlafplatz. Und so viel zu essen, wie du nur willst.« Er lächelte, als er den hoffnungsvollen Ausdruck auf Lilys Gesicht sah. »Das hörst du gerne, was, Mädchen? Sag ihnen einfach, der gute alte J.D. hätte dich zu ihnen geschickt.«

* * *

Trudy hatte den Morgen für sich allein. Jefferson und Birch waren draußen auf dem Feld. Tommy und Bobby waren in der Schule. Baby Joe machte sein Nickerchen. Die Arbeit war erledigt, die Betten gemacht, das Brot backte im Ofen und die Hühnersuppe köchelte auf dem Feuer.

Trudy setzte sich hin, um Briefe an Mama und Papa in Toronto zu schreiben, an Cousine Mina in Kalifornien und an Max in New York. Jeder dieser Briefe enthielt Mitteilungen über die Farm und die Jungen und Birch und das Wunder, das Jefferson Canfield widerfahren war. Worüber sie in Shiloh mit niemand sprechen konnte, das konnte sie sich wenigstens in diesen Briefen von der Seele schreiben! Und das war wirklich eine Erleichterung, denn Trudy hatte allmählich das Gefühl, sie müßte zerplatzen, wenn sie nicht bald jemand die Neuigkeit mitteilen konnte! *»Zehn Jahre später sah Jeff diese Birkenbäume und ...«* Es hörte sich an wie ein Roman. Vielleicht würde Trudy eines Tages ihre Drohung wahrmachen und ein Buch schreiben, aber in der Zwischenzeit war der Briefwechsel mit ihrer Familie ein willkommenes Ventil.

Sie war so vertieft in ihren Bericht, daß sie das leise Klopfen an der hinteren Verandatüre kaum hörte. Der Deckel des Suppenkessels ratterte, und einen Augenblick lang meinte Trudy, was sie gehört hatte, sei nur der entweichende Dampf. Dann hörte sie das Geräusch von neuem, lauter diesmal.

Es war mit Sicherheit weder J.D. noch Maybelle, die sich beide noch nie die Mühe gemacht hatten, anzuklopfen. Vielleicht kam eine Nachbarin zu Besuch. *Aber warum an der Hintertüre?* Trudy schob die Briefe in die Lade ihrer Kommode und spähte zum Fenster hinaus. Keine Nachbarin. Jedenfalls keine, die Trudy je zuvor in der Gegend gesehen hatte. Es war ein junges, erschreckend mageres farbiges Mädchen. Sie trug keinen Mantel, nur eine Pferdedecke, die sie um die Schultern gewickelt hatte. Als sie einen Schritt vorwärts machte, klaffte die Decke auf, und Trudy konnte sehen, daß die junge Frau hochschwanger war. Um ihr Haar war ein dunkelblauer Fetzen geknotet, und auch ihre ausgetretenen Schuhe waren mit Lumpen umwunden. Ihre großen Augen blickten hoffnungsvoll die Türe an. Man sah ihr ganz deutlich ihre verzweifelte Armut an.

Die junge Frau sah nicht, daß Trudy sie durchs Fenster beobachtete. Sie wollte sich eben abwenden, als Trudy die Türe öffnete.

»Ich habe Sie klopfen gehört«, sagte Trudy, und die Frau wandte sich überrascht um.

Sie klammerte die Finger in die Decke, die sie um die Schultern trug. »Guten Tag, Ma'am.«

»Guten Morgen.« Nahrung. Die junge Frau brauchte Nahrung. Trudy blickte an ihr vorbei, als könnte sie feststellen, woher sie gekommen war. Wie kam es, daß sie in einem so jammervollen Zustand war?

Eine unbehagliche Pause trat ein. »Guten Tag«, sagte sie noch einmal. Dann: »Ich will Sie nicht belästigen, Ma'am, aber der Gentleman da unten an der Straße sagte mir, Sie suchten eine Haushaltshilfe.«

»Haushaltshilfe?«

»Ja, Ma'am.« Sie machte einen hoffnungsvollen Schritt auf Trudy zu. »Er sagte, ich sollte Ihnen einfach sagen, J.D. hätte mich geschickt. Er sagte, Sie nähmen noch Leute auf ... ich brauche kein Geld. Geld nützt mir nichts. Nur etwas zu essen ...«

Als der Name J.D. fiel, zog Trudy unwillkürlich die Augen zu Schlitzen zusammen. »J.D!« stieß sie angewidert hervor. Und im selben Augenblick erlosch das Licht der Hoffnung auf dem Gesicht der jungen Bettlerin.

»Er sagte mir ... Sie suchten ... noch Tagelöhner ... oh, Ma'am! Das sagte er mir wirklich. Er schickte mich hierher.«

»Das glaube ich gerne«, sagte Trudy mit sanfter Stimme. Sie hatte Angst, die Frau würde an Ort und Stelle in Tränen ausbrechen. Die Haut an ihren Händen war zerschrammt vom Baumwollpflücken, ihre Lippen schrumplig vor Kälte. Ihre Füße ragten aus den Lederfetzen und Stofflumpen hervor, und ihre Arme wirkten doppelt dünn und abgezehrt im Vergleich zu ihrem mächtig vorgewölbten Leib.

»Ich kann arbeiten!« flehte sie. Jetzt begriff sie, daß sie das Opfer eines bösen Scherzes geworden war. »Ich kann jede Arbeit machen, die Sie wollen! Ich kann Holz hacken. Wasser tragen, putzen und kochen! Oh, Ma'am! ich brauche ... ich hoffte so sehr ...« Sie schloß in heller Verzweiflung die Augen, als sie ihre letzte Hoffnung dahinschwinden sah.

»Ich wollte mir gerade eine Tasse Tee machen.« Trudy trat einen Schritt beiseite, als wollte sie die junge Frau hereinbitten.

»Dann will ich Sie nicht länger stören.« Sie wandte sich zum Gehen.

»Nein, ich meinte ... wollen Sie nicht mithalten?«

»Mithalten?«

»Es ist so kalt hier draußen. Möchten Sie nicht hereinkommen und eine Tasse Tee mit mir trinken? Und frisches Brot? Es müßte gerade fertig sein.«

»Drinnen?« Sie zog die Decke enger um sich und trat einen unsicheren Schritt zurück. Zweifellos hatte sie sich verhört.

»Ja.« Trudy neigte den Kopf und lächelte. »Kommen Sie herein. In der Küche ist es warm.«

»Nein, Ma'am. Das kann ich nicht. Zeigen Sie mir nur meine Arbeit und bringen Sie mir nachher ein bißchen Essen heraus.« Sie blickte sich im Hof um, ob irgendwo eine Arbeit zu sehen sei, mit der sie sich ihre Mahlzeit verdienen könnte. Tee und frisches Brot.

»Bitte.« Trudy rührte sich nicht von der Stelle. »Kommen Sie nur herein.« Ihr Blick hing länger als nötig an dem hochschwangeren Bauch.

Die junge Frau senkte den Blick auf ihre Schuhe. »Ich bin nicht sauber genug, Ma'am. Es ist so lange her, seit ich meine Sachen waschen konnte. Das gehört sich nicht, daß ich so in Ihre Küche komme, wo Sie doch eine Weiße sind.«

Trudys Lächeln wurde breiter. »Ich bin keine Weiße. Ich bin Jüdin. Fragen Sie J.D., wenn Sie wollen. Aber erst kommen Sie mal rein und wärmen sich auf. Wir lassen sonst die ganze kalte Luft rein.«

Lily hatte ihren Namen nicht nur deshalb bekommen, weil ihre Haut im Vergleich zu ihren Brüdern und Schwestern sehr hell war, sondern weil ihre Mama an die Heilige Schrift glaubte. Sie hatte das Licht zu der Welt zu einem Zeitpunkt erblickt, als ihr Papa bereits gestorben war und es im Vorratskeller kein Essen mehr für neun Kinder gegeben hatte.

*»Seht die Lilien auf dem Felde: Sie arbeiten nicht, auch spinnen sie nicht, und dennoch sage ich euch: Salomon in all seiner Pracht war nicht gekleidet wie eine von ihnen …«*

Sie war ein schönes Kind, als müßte sie die Wahrheit des Bibelverses beweisen, den ihre Mutter für den Tag ihrer Geburt ausgesucht hatte. Aber im Unterschied zu den Lilien auf Gottes Feldern hatte Lily ein Leben harter Arbeit geführt. Sie hatte auf dem Feld gearbeitet, seit sie alt genug war, auf eigenen Beinen zu laufen. Sie war nie zur Schule gegangen. Mit fünfzehn Jahren hatte man sie an William verheiratet, und sie hatte ihm ein Mädchen geboren, das im ersten Winter gestorben war, und danach einen Jungen, der tot zur Welt gekommen war. Vielleicht war dieser Verlust Gottes Gnade gewesen. Die Welt war ein Jammertal: mager und hungrig. Jetzt, mit neunzehn, war Lily Witwe und stand allein in der Welt. Sie trug das Kind unter ihrem Herzen, aber insgeheim war sie überzeugt, daß es auch nicht überleben würde.

An diesem Tag war Lily die Zielscheibe eines grausamen Scherzes geworden. Der Mann namens J.D. hatte sein Vergnügen an ihrer Hoffnungslosigkeit gehabt. Niemand brauchte eine Tagelöhnerin auf der Tucker-Farm. Dennoch war Lily dankbar für das Brot und die heiße Hühnersuppe. Sie weinte vor Dankbarkeit, als Trudy ihr saubere Kleider und warmes Wasser zum Baden anbot und ihr später den Vorschlag machte, über Nacht zu bleiben. »Sie können auf der geschlossenen Veranda neben dem Petroleumöfchen schlafen, wenn Sie wollen.«

*Wenn Sie wollen?* In ihrem ganzen Leben hatte Lily noch niemand solche Freundlichkeit angeboten. Sie dachte, daß es vermutlich bedeutete, daß sie bald sterben würde. Der Herr schenkte ihr eine Nacht der Wärme und des Trostes und gutes Essen und Leute, die mit ihr redeten wie mit einem Menschen, und dann, morgen, würde der Herr sie zu sich heimholen!

Die Jungen sprachen höflich mit ihr und sagten »Ja, Ma'am« und »Nein, Ma'am«, als sie sie fragte, ob sie zur Schule gingen und ob es ihnen dort gefiele.

Mister Birch war freundlich, als er sie fragte, wie lange sie schon unterwegs war, von wo sie kam und wie es um die Baumwollernte unten im Süden stand.

Jefferson, der Knecht, sagte fast gar nichts, aber er blickte sie mit wissenden Augen an ...

Und Miz Trudy redete die ganze Zeit mit ihr über Kinder. Wie wunderbar es war, Kinder zu haben und daß man keine Angst vor der Geburt haben müßte, weil es eine leichte und natürliche Sache sei.

Miz Trudy wußte natürlich nichts von den anderen zwei Babies, die Lily in fernen Feldern in Louisiana und Texas begraben hatte. Das machte aber nichts. Es tat gut, so liebe Worte zu hören. Es tat gut, sich wenigstens eine Nacht lang einbilden zu können, solche Dinge könnten wirklich wahr sein, sogar für jemand wie Lily. In dieser Nacht dachte sie an die Heilige Schrift, als sie zu Bett ging. An diesem Tag waren die Worte für sie Wahrheit geworden. Salomon in all seiner Pracht war nicht so freundlich behandelt worden wie Lily.

Daher dachte Lily, daß sogar J.D., der sich hinter ihrem Rükken ins Fäustchen gelacht hatte, ein Werkzeug in der Hand des Herrn gewesen war. Der Mann hatte Böses im Sinn gehabt, aber der Herr hatte es in Gutes verwandelt. Da war sich Lily ganz sicher.

Warm und sauber und satt, schloß sie die Augen und sank in den Schlaf. Ihr Herz war bei Jesus. Vielleicht würde sie im Himmel aufwachen. Es wäre ihr nur recht gewesen. William war dort. Ihre Mama und ihr Papa und die beiden kleinen Babies ... es würde wunderbar sein, im Himmel aufzuwachen. Die Lilien auf dem Felde mußten sich im Himmel nicht abrackern.

Lily hatte nicht erwartet, daß man sie am nächsten Morgen auffordern würde, zu bleiben.

Als der Morgen kam, sah Lily sich um, sie sah das Haus an und die Felder und die Scheune und die Leute dazu, und sie dachte, sie wäre vielleicht wirklich in der Nacht gestorben! Vielleicht war diese kleine Farm in Shiloh wirklich der Himmel!

Ja, es mußte der Himmel sein, denn Mister Birch und Miz Trudy baten sie, weiter bei ihnen zu bleiben! Jefferson zog aus seinem Quartier neben der Scheune aus und machte sich an die Arbeit, den Heuschuppen auf der Weide herzurichten, damit er dort wohnen konnte.

Und diese Flickendecke, die wie ein Blumengarten aussah, von der er sagte, daß seine Mama sie angefertigt hatte ... die ließ er zusammengefaltet auf ihrem Lager liegen und sagte, sie könnte sie gerne benützen, wenn sie wollte ...

# AM ALTAR DES MAMMON

Das schüchterne Pochen an der Milchglastüre von Max' Büro war über dem Geklapper der Schreibmaschine kaum zu hören.

»Sie haben Besuch«, sagte die verblüffte Stimme seiner Sekretärin, als ein Priester, ein Detektiv in Zivil und ein blau uniformierter Cop sich in den mit Kram vollgestopften Raum vor seinem Schreibtisch drängten. Nicht gerade die Art Leute, die man üblicherweise in der Wirtschaftsredaktion der *New York Times* anzutreffen gewohnt war. Die Burschen sahen aus, als gehörten sie zwei Türen weiter, in die Klatschspalten-Redaktion, um einen Beitrag über den Wohltätigkeitsball der Polizisten oder den Flohmarkt eines Kinderheims zu erbetteln.

Max unterbrach sein Tippen nicht. Mit einem Seitenblick knurrte er: »Falsches Büro, Freunde. Hier ist die Wall Street. Wohltätigkeitsbasare erledigt Marian Winters.«

Sie rührten sich keinen Zoll. Der Polizist räusperte sich, um seine Aufmerksamkeit auf sich zu lenken. »Sie sind Max Meyer?«

»Das stimmt. Finanzangelegenheiten.« Er beendete den Absatz und drehte gereizt die Walze weiter. Er fragte nicht, wer sie eigentlich waren.

»Können wir Sie einen Augenblick sprechen?« begann der Priester.

Was wollten sie bloß von ihm? Tips für Aktienkäufe? Jeder wollte heutzutage mitspielen. Max wiederholte die Worte, die er tippte: *»Bei dermaßen ... überbewerteten Aktien ... wird ... der kluge Investor ... es sich zweimal überlegen ...«*

Der Detektiv wurde ungeduldig und warf ein kleines Päckchen genau auf die Tastatur, um Max' demonstrativ zur Schau getragener Unhöflichkeit ein Ende zu machen.

»Was soll das?« Max stellte die Haare auf. Jetzt erst unterbrach er seine Arbeit lange genug, um dieses Komitee von Eindringlingen mit zornigen Blicken zu mustern. »Wenn Sie nicht Polizisten wären, würde ich die Polizei rufen –«

Der Priester trat einen Schritt vor. »Mr. Meyer, was ich Ihnen zu sagen habe, wird Sie vielleicht schockieren ...«

Das war nicht die richtige Sorte Geistlicher, um Max Meyer persönliche Nachrichten zu bringen. Einen Rabbi hätte er als weitaus passender empfunden. Er wollte schon eine Bemerkung in dieser Richtung machen, aber der ernste Blick in den Augen des Priesters gebot ihm Schweigen. »Ich muß diesen Artikel in fünfunddreißig Minuten in die Setzerei bringen. Schockieren Sie mich also möglichst rasch und hauen Sie ab.«

»Haben Sie das Zeug da geschrieben?« Der Kriminalbeamte deutete auf das Päckchen.

Max öffnete den Umschlag und fand darin, sorgfältig zusammengelegt, Dutzende seiner Kolumnen. »Offensichtlich ja. Ich bin Max Meyer. Das sind Zeitungsausschnitte meiner Artikel. Also, was ist damit?« Er warf einen raschen Blick auf seine Armbanduhr.

»Sagen Sie Mr. Meyer, wie Sie zu den Sachen gekommen sind.« Der Kriminalbeamte stieß den Uniformierten an.

»Vor ein paar Wochen hab ich einen Jungen entdeckt, der in einer mit Zeitungen vollgestopften Telefonzelle hockte – sah aus, als sei er von zu Hause abgehauen. Der alte Gruenig im Tabakladen sagte, das Kind hätte jede Zeitung gekauft, die's nur zu kaufen gab, und in jeder nach einer Kolumne von Max Meyer gesucht. Er verlangte die New Yorker Zeitungen, eine nach der anderen, und suchte Ihren Namen.«

»Ich höre.« Max lehnte sich in seinem Sessel zurück. »Also? Jetzt rücken Sie schon raus damit, was Sie eigentlich sagen wollen.«

»Also. Ich wollte ihn befragen, packte ihn. Ich hab nur seinen Mantel erwischt ...« Der Polizist legte die braune Jacke eines Knaben auf den Schreibtisch. »Name und Adresse des Jungen stehen hier auf einem Schildchen im Kragen geschrieben. D. O'Halloran. Philadelphia. Eine Wohnung an der Third Avenue.«

»Sagt mir überhaupt nichts.« Max trommelte ungeduldig mit den Fingern auf den Schreibtisch. »Ich kenne niemand namens O'Halloran. Bin auch nicht aus Philadelphia.«

»Mister Meyer ...« unterbrach der Priester ihn sanft, als sei er nicht sicher, ob Max ihn verstehen konnte. »Ich muß Sie fragen, ob Sie sich an eine junge Frau erinnern, die Sie ... äh, sehr gut kannten ... vor zehn Jahren ...«

»Vor zehn Jahren? Was soll das heißen?«

»Sagt Ihnen der Namen *Irene Dunlap* etwas?«

* * *

Max übergab die Kolumne seinem Kollegen John Murphy, der sie fertigschreiben sollte, und schloß sich mit Pater Johannes O'Hara, Officer Dooley und dem Kriminalbeamten Kerry in seinem Büro ein, nachdem er strikte Anordnung erteilt hatte, ihn keinesfalls zu stören.

*Irene war tot. Und ein neunjähriger Sohn namens David war nach New York gekommen, um den Vater zu suchen, den er nie gekannt hatte* ... Es war beinahe mehr, als Max auf einmal verkraften konnte.

Pater Johannes fuhr fort. »Natürlich sind Sie für die Obsorge für den Jungen nicht verantwortlich. Irene machte mir nachdrücklich klar, daß sie nicht wünschte, daß ich nach ihrem Tod mit Ihnen Kontakt aufnehme. Der Stiefvater des Jungen ist nicht gerade der Typ, den man sich als Erziehungsberechtigten für David wünschen möchte, und so hat Irene mit mir abgesprochen, daß er in das katholische Kinderheim in Philadelphia gebracht werden soll.« Er hob die Zeitungsausschnitte auf und zog eine verblaßte Fotografie Irenes aus dem Briefumschlag. »Anscheinend hat der Junge den persönlichen Besitz seiner Mutter durchstöbert und die Zeitungsausschnitte gefunden.« Er nahm ein paar Dutzend Briefe aus seiner Tasche und legte sie auf den Schreibtisch. »Und das hier ebenfalls.«

Max starrte seine eigene Handschrift an und die Zwei-Penny-Briefmarke, auf der der Londoner Poststempel nach all den Jahren immer noch klar und deutlich lesbar war. »All die lange

Zeit«, flüsterte er heiser. Dann riß er sich zusammen, bevor seine Gefühle ihn verraten konnten.

»Sie haben nichts von ihm gehört, seit er von zu Hause fortgelaufen ist?«

»Ich war in Europa.« Max deutete auf seine Arbeitsunterlagen. »Wenn er versucht hat, mich hier zu erreichen ...«

»Das haben wir uns bereits gedacht«, sagte der Priester.

»Nun, damit wäre die Sache erledigt.« Detektiv Kerry hob die kleine Knabenjacke auf. Sie war viel zu dünn für den eisigen Sturm, der durch die Stadt heulte.

»Also, wo ist er?« Max konnte den Blick nicht von der Jacke losreißen. So klein. Sein Sohn war klein und lief draußen in den Straßen ohne Jacke herum.

»Wenn wir das wüßten, wären wir nicht hier«, sagte Kerry.

»Haben Sie ein Bild von ihm?« fragte Max. »Falls er sich irgendwo hier herumtreibt ... damit ich ihn erkenne.«

Der Priester nickte und zog eine Fotografie des Jungen aus der Tasche, die er neben das Foto von Irene legte. David sah seiner Mutter ähnlich – blondes Haar, gerade Nase, blaue Augen. Und dennoch ... die Form seines Mundes, sein Lächeln ... Max erkannte sein Ebenbild in ihm wieder! Und das Grübchen im Kinn ... seit Jahren mußte Max auf dieses Grübchen im Kinn aufpassen, wenn er sich rasierte!

Er streckte die Hand aus, um das zweidimensionale Bild zu berühren. »Ja«, sagte er mit sanfter Stimme. »Ich erinnere mich.«

»Er sieht Ihnen ein bißchen ähnlich, Mister Meyer«, sagte der Polizist munter. »Ich hab die Ähnlichkeit gleich bemerkt, als wir hier hereinkamen. War nicht zu übersehen. Das Kind hat genau Ihren Mund und Ihr Kinn. Bloß daß Sie dunkelhaarig sind und er blond ist.«

»Wie seine Mutter«, fügte Pater Johannes hinzu.

Max schluckte krampfhaft, als seine innere Bewegung ihm die Kehle zuschnürte und es ihm unmöglich machte, ein Wort hervorzubringen. »Was soll ich jetzt tun?«

»Wenn er hier auftaucht ...« Der Kriminalbeamte kramte nach einer Visitenkarte. »Rufen Sie mich an. Halten Sie ihn hin. Nageln Sie ihn hier fest, bis ich kommen und Sie von ihm erlösen kann.«

Pater Johannes beendete das Gespräch. »Detektiv Kerry wird mir dann ein Telegramm schicken, und ich übernehme die Angelegenheit.« Eine Pause. »Irene wollte sichergehen, daß der Junge in einer katholischen Umgebung aufwächst. Aber darüber brauchen Sie sich keine Sorgen zu machen. Der Junge wird gut versorgt werden. Wir sind ganz sicher, daß er versuchen wird, Kontakt mit Ihnen aufzunehmen. Sie sind zur Zeit unsere größte Hoffnung, daß wir ihn erwischen und dorthin zurückbringen, wo seine Mutter ihn aufgehoben wissen wollte.«

Was konnte Max zu all dem sagen? Er hatte keinen Anspruch auf den Jungen. Er war ihm niemals begegnet. Max wußte, daß Irene mit seinem Kind schwanger gewesen war, aber er hatte niemals erfahren, ob das Kind ein Junge oder ein Mädchen war, ob es lebte oder gestorben war. Nach all den Jahren hatte Max auch aufgehört, sich darüber Gedanken zu machen. Bis jetzt. *Er hat meinen Mund. Mein Kinn. Irenes blaue Augen. Und er hat mich gesucht!*

»Wir möchten Ihnen das alles so leicht wie möglich machen, Mister Meyer«, fügte Kerry hinzu. Er warf dem Priester einen Seitenblick zu. »Wir haben alle unsere kleinen Sünden begangen, als wir jung waren. Der Pater weiß da Bescheid. Bloß daß eine Ihrer kleinen Sünden Sie jetzt heimsucht, könnte man sagen.«

Kerrys Versuch, Max zu beruhigen, nützte nicht viel. Max nickte nur und starrte schweigend Davids Foto an. Also. Es war ein Junge gewesen. Nach neun Jahren war Max nicht gerade in der Stimmung, zur Feier des Tages Zigarren zu verteilen, aber er war trotzdem erleichtert, die Wahrheit zu wissen.

»Kann ich das behalten?« fragte Max heiser und griff nach der Fotografie.

»Aber sicher.« Der Priester sah finster drein. Er öffnete den Mund, als gäbe es noch viel, das er sagen wollte. Er hatte den Ausdruck auf Max' Gesicht gesehen und kannte die Antwort auf all die unausgesprochenen Fragen ...

*Hatte der Junge ein gutes Leben gehabt? War Irene mit dem Mann, den sie geheiratet hatte, glücklich gewesen? Hatte Davids Stiefvater ihn gut behandelt, hatte er mit ihm Baseball gespielt und war mit ihm fischen gegangen?*

Zehn Jahre bedeuteten, daß das alles Max nichts anging. Er steckte den Schnappschuß ein und legte dann Detektiv Kerrys Visitenkarte unter die Kante seiner Schreibunterlage. Er versprach, anzurufen. Versprach, den Jungen festzuhalten, bis irgend jemand kommen und ihn abholen konnte. Was sollte er schon anderes tun – nach zehn Jahren?

* * *

Die Flasche edlen französischen Champagners lag gut versteckt unter den dicken Roastbeef-Sandwiches, der Packung Kartoffelsalat und den sorgfältig eingepackten Schnitten Käsekuchen in dem Picknickkörbchen.

Edith Rutger hatte nichts dem Zufall überlassen. Sie hatte Miß Morgan, Max' ältliche Sekretärin, angerufen und ihr die Frage gestellt: »*Was pflegt Mister Meyer zu essen, wenn er seinen Lunch im Büro einnimmt?*« Bewaffnet mit der Liste der Grundnahrungsmittel, hatte sie aus eigenem Antrieb den Champagner hinzugefügt.

Als die Schlußglocke in der Börse erklang, wartete sie bereits in der Halle auf Max. Das Körbchen trug sie in der Hand.

Ernüchtert und benommen, wie er von den Nachrichten über seinen Sohn und Irene war, hatte Max ihre Verabredung völlig vergessen. Er schickte eine Nachricht an sein Büro und ergriff dann Edith am Arm. Er schob sie ins Freie hinaus, wo er frische Luft atmen und nachdenken konnte.

»Trinity Church hast du gesagt?« Ihre Stimme klang fröhlich, trotz seiner gedankenverlorenen und düsteren Stimmung.

Er nickte schweigend, als sie sich unter die Menge mischten, die in Richtung Trinity dahineilte.

»Schlechten Tag gehabt?« fragte sie und schwatzte dann weiter. »Mike Keenan sagt, die Kursstürze sind nichts weiter als das Werk von ein paar Angsthasen, die Zeitungsartikel gelesen haben –«

»Solche wie meine?« Er blickte sie amüsiert an.

»Solche, wie du früher geschrieben hast.« Sie schob den Arm unter seinen. »Keenan sagt, du weißt jetzt, auf welcher Seite das Brot gebuttert ist.«

»Ach, das sagt er?«

»Er sagt auch, du wirst zur Vernunft kommen, wenn du erstmal weißt, was bei diesem Sabre-Käuferring auf dem Spiel steht.«

»Zu wem sagt er das?«

»Zu allen. Zu Quinn, meinem Alkoholschmuggler. Zu Phelps. Zu mir ...« Sie lächelte ihn kokett an. »Ich hab auch jeden Cent, den ich besitze, da reingesteckt. Die Leute hören auf dich.«

Max ging langsamer. »Ja, das tun sie, Edith. Kleine Anleger, die alles verlieren könnten, wenn ich ihnen empfehlen würde, zu solchen überhöhten Preisen Sabre-Öl zu kaufen. Dann zieht Keenan den Stöpsel raus, und die Sache ist gelaufen.«

»Du bist so ernst.« Sie zuckte die Achseln und zog die Hand weg. »Ich weiß nur, was Keenan sagt.«

»Du solltest meine Kolumne lesen, Edith. Du würdest diese Käuferringe mit ganz neuen Augen sehen – wer dabei gewinnt und wer verliert.«

»Du bist so reizbar heute.«

Er blieb vor der Trinity Church stehen, wo sie ihr spätes Mittagessen einnehmen wollten. Die Glasscheiben des Tores reflektierten die Straße, so daß das Innere der Kirche voll hastender Menschen und Straßenbahnen zu sein schien. Max starrte das Spiegelbild an und kehrte dem Gebäude dann den Rücken zu, um die Wall Street hinunter zu blicken. Die Gehsteige waren zum Brechen voll mit Leuten – Maklern, Bankiers, die Hohepriester des Götzen Mammon. Max kannte sie alle vom Sehen und war nun überzeugt, daß das Opfer, das diese Priester am Altar ihres Gottes darbrachten, die Millionen kleiner Anleger waren, die ihr Vertrauen auf sie gesetzt hatten.

»Edith ...« Er wußte nicht, was er zu ihr sagen sollte. Sie wollte von ihm hören, daß er Keenans Wünschen entsprach. Daß er Sabre-Öl als den Kauf des Jahrhunderts empfahl.

»Geht es dir gut, Max? Du zitterst ja.«

Er senkte den Blick, als ihm klar wurde, daß er wie ein Verrückter die Wall Street entlangstierte. »Ich hab heute eine Nachricht bekommen ... nein, nichts Geschäftliches.« Er runzelte die Stirn und schüttelte den Kopf. Das stimmte auch nicht so ganz. Er hatte Irene um dieses Ortes willen verlassen. In einer Weise hatte auch er alles der Wall Street geopfert.

»Was ist los, Max?«

»Ich dachte an meinen ... meinen Sohn.«

Sie lächelte neugierig. »Du hast mir nichts von einem Sohn erzählt.«

»Er ist neun. Erst neun Jahre. Sein Name ist David.« Er blickte zur Börse hinüber. »Ich dachte gerade, daß alles Gold in der Gewölben der Wall Street dieses Kind nicht aufwiegt.«

»Dann bist du also auch ein Vater«, sagte sie mit übertriebener Fröhlichkeit. »Du bist gar nicht der Typ dazu, Max.« Sie versuchte ihn zu necken, um ihn aus seiner düsteren Stimmung zu reißen. Sie verstand die Gefühle nicht, die durch ihn hindurchjagten wie das Papierband durch einen Fernschreiber. »Wann kann ich ihn kennenlernen?«

Er gab keine Antwort. Wie konnte er ihr erzählen, was er heute gehört hatte? Daß er nicht einmal wußte, wo der Junge sich aufhielt?

»Er lebt nicht bei mir.«

»Schlimm. Dann lebt er wohl bei seiner Mutter, was? Für Kinder ist eine Scheidung immer am schlimmsten, heißt es. Ich war immer so dankbar, daß Frank und ich keine Kinder hatten, die in eine Scheidung hineingezogen worden wären.«

»Ich würde alles dafür geben ... *alles* ... wenn er hier wäre«, sagte Max, und ihm war bewußt, daß er das auch wirklich meinte.

»Aber bis dahin, bitte, *Cheri*, sollten wir den exquisiten Champagner nicht verkommen lassen. Jetzt komm schon, Max. Väterliche Gefühlsduselei paßt nicht zu dir. Wenigstens nicht heute, denn heute möchte ich dich ganz für mich haben.«

# DIE HÜNDCHEN-VERSCHWÖRUNG

*Besser als ein Liederabend, einfacher als Limonadenverkauf, einträglicher, als für die alte Oma Amos den Boden des Kaufhauses von Shiloh zu fegen ...*

Vierzig Eintrittskarten wurden ausgestellt, alle sorgfältig mit der Hand auf Trudys besonderem Briefpapier geschrieben:

25 Cent SEHT MORD UND MISSTERIUM!
DAS SCHRÖCKLICHE
TODESFURWERG!
SAMSTAG MITTERNACHT!

Trudy wußte nicht, daß Tommy und Bobby ihr bestes Briefpapier entführt hatten. Sie wußte auch nichts von der Spuk-Show, die sie in der Scheune planten. Tatsächlich hatte sie bislang noch überhaupt nichts von der schauerlichen Geschichte des FAMOUS-Unglücksfuhrwerks gehört. Hätte sie es gewußt, so hätte sie Tommy und Bobby eine Tracht Prügel verabreicht und der ganzen Sache ein Ende gemacht.

So aber wurden die Einzelheiten der Show vor allen Erwachsenen in Shiloh geheimgehalten, obwohl sie vermutlich ein paar zusätzliche Karten verkauft hätten, hätten die Jungen auch diesem Publikum ein Angebot gemacht. Dennoch: Jedes Kind, das zwei Bits auftreiben konnte, hatte eine Karte gekauft. Sechsunddreißig Karten waren insgesamt verkauft worden. Das bedeutete, daß der Hündchen-Fond auf die großartige Summe von neun Dollar angewachsen war!

»Jetzt müssen wir ihnen aber auch etwas bieten«, sagte Tommy mit strenger Stimme, als sie die Nickel und Cents zählten, die sie bei ihren Klassenkameraden eingesammelt hatten.

»Elva Burns möchte wissen, ob sie ihr Geld zurückkriegt, wenn sie's nicht schafft, heimlich aus dem Fenster zu steigen.«

»Ich hoffe, du hast es ihr gesagt – kein Geld zurück. Wir arrangieren die Show, aber es ist nicht unsere Sache, wie sie es schaffen, dort hinzukommen. Wir machen es so, wie wir gesagt haben. Wir treffen sie alle unten beim Schulhaus, Samstag nacht um elf Uhr dreißig. Wir kommen hierher zurück, und die Show beginnt genau zur Geisterstunde. *Mitternacht!*« Tommy hatte sich wieder seine Gruselstimme zugelegt. Obwohl sie im hellen Sonnenschein auf einem Futtersack in der Scheune saßen, bekam Bobby Gänsehaut.

»Sag das nicht so.« Bobby warf einen Blick über die Schulter auf das Unglücksfuhrwerk.

»Wie denn?«

»Du machst mir angst. Das meine ich.«

»Was? Du kannst doch nicht jetzt schon Angst haben. Wir haben doch noch gar nichts vorbereitet. Wenn du jetzt schon Angst hast, obwohl wir noch gar keinen Leichenhaufen im Wagen liegen haben und der alte Wie-hieß-er-noch an einem Strick vom Dachbalken hängt –«

Bobby schauderte. »Halt die Schnauze.« Er versetzte dem leeren Overall einen Tritt, der demnächst, mit Stroh gestopft, die Leichen der Schnapsbrenner im Wagen darstellen sollte. »Mir gefällt das nicht besonders.« Er schnitt ein finsteres Gesicht.

Tommy hielt das Einweckglas mit dem Geld in die Höhe. »Denk an das Hündchen. Das gefällt dir auch nicht?«

»Warum machen wir es denn nicht bei Tageslicht?«

»Weil wir ihnen ordentlich Angst einjagen wollen, deshalb. Niemand fürchtet sich bei Tageslicht.«

Bobby blickte zum Scheunentor hinaus in den Sonnenschein. »Ich schon.«

»Na, dann erzähl ich dir etwas, was dir wirklich Angst machen wird.« Tommy packte seinen Bruder am Hosenträger und zog ihn nahe an sich heran. »Hör mir gut zu! Du kennst doch Fred Woods?«

Natürlich kannte Bobby Fred Woods. Er war der größte Junge in der vierten Klasse, denn eigentlich hätte er schon in der sechsten Klasse sein sollen, war aber zweimal sitzengeblieben. Außerdem war er ein Ekel. »Was ist mit Fred Woods?«

»Als ich Fred Woods seine Eintrittskarte verkauft habe, sagte er, er hoffe nur, die Show sei auch wirklich gut, sonst würde er dir den Arm brechen –«

»*Mir* den Arm brechen?«

»Du bist sozusagen eine Geisel. Er sagte, er würde meinem kleinen Bruder den Arm brechen – genau so.«

»Warum bricht er denn nicht *dir* den Arm? *Du* hast ihm doch die Eintrittskarte verkauft!«

»Du weißt doch, Fred ist mit allem ein bißchen hintennach. Deswegen sitzt er ja auch noch in der vierten Klasse.« Tommy schüttelte feierlich den Kopf. »Verstehst du jetzt? Die Show muß echt super werden. Deshalb muß es genau um Mitternacht sein. Hier muß es so gruselig aussehen wie in der Schreckenskammer eines Wachsfigurenkabinetts. Wir werden sie richtig weichkochen. Wenn wir vom Schulhaus weggehen, nehmen wir den Weg durch den Friedhof –«

»Friedhof!« stöhnte Bobby und rieb sich den Arm, als überlegte er, ob nicht vielleicht ein gebrochener Arm weniger schlimm sei, als durch den Friedhof zu gehen.

Tommy rieb sich feixend die Hände. »Ich hab schon alles geplant, verstehst du? Die Mädchen werden sich in die Hosen machen, noch bevor sie überhaupt hier sind! Sie werden kreischend vor Angst nach Hause rennen, wart's ab! Das wird das Unheimlichste, was sie je erlebt haben.«

»Wenn sie kreischen, wecken sie Mama und Papa auf. Dann sind wir dran.«

Tommy schüttelte das Glas mit dem Geld. »Denk an das Hündchen.«

»Dann findet Mama raus, daß wir die Eintrittskarten aus ihrem Briefpapier gemacht haben.«

»Du hast doch vor allem Angst.«

»Es wird ihr gar nicht gefallen, wenn sie das rausfindet.«

»Sie wird's nicht rausfinden.«

»Onkel Max hat ihr dieses Schreibpapier zu Weihnachten aus New York geschickt. Es kommt aus England. In Hartford kriegt man es nicht zu kaufen.«

»Woher weißt du das?« forderte ihn Tommy heraus.

»Weil sie sagte, man bekäme es in Tulsa nicht zu kaufen. Und wenn man es in einer Großstadt wie Tulsa nicht bekommt, dann erst recht nicht in Hartford.«

»Wir mußten es aber verwenden. Sonst hätte jeder Hinz und Kunz unsere Eintrittskarten auf irgendeinem Blatt Papier kopieren und uns um zwei Bits betrügen können. Und Mama wird es überhaupt nicht vermissen. Wenn wir erst einmal das rote Hündchen haben und auf die Jagd gehen können, haben wir Pelze zu verkaufen, und dann können wir Mama stapelweise Briefpapier kaufen. Das ganze Jahr über.«

»Nicht in Hartford. Und ganz sicher nicht in Shiloh. Hier gibt's so etwas nicht.«

Tommy, den diese Gewissensbisse seines jüngeren Bruder ungeduldig machten, schnaubte und starrte ihn ingrimmig an. »Du hast überhaupt keine Fantasie, das ist es! Wir müssen in großen Dimensionen denken. Wir schicken Onkel Max Geld, und er kauft es für uns. Und jetzt hör auf zu greinen und schleich dich ins Haus und schmuggel den neuen Overall hier raus.«

»Wieso muß denn ich schon wieder –«

»Weil ich der Ältere bin und weil ich's gesagt habe.«

»Und wenn Mama mich erwischt?« Das war der schlimmste Schrecken von allen.

Tommy knurrte ihn an. »Dann laß dich eben nicht erwischen. Benimm dich ganz natürlich. Roll den Overall zusammen und stopf ihn dir ins Hemd, das ist alles.« Er deutete auf die Kleidungsstücke, die eins nach dem anderen von der Wäscheleine gestohlen worden waren. »Mach's genauso, wie du es mit dem hier gemacht hast.«

»Ja? Mama war stinksauer wegen dieser Kleider. Sie sagte, irgendein Mistkerl von einem Dieb hätte einfach Pa's Arbeitskleider von der Wäscheleine geklaut. Dann hat sie den neuen Overall gekauft und jetzt zwingst du mich, daß ich den auch noch stehle. Ich sag dir, Tommy, am Ende von all dem gibt's die Rute.«

Tommy schüttelte das Geldglas kräftiger. »Nein. Da gibt's ein rotes Hündchen ... oder einen gebrochenen Arm.«

* * *

Beim Abendessen war es am Tisch der Tuckers stiller als gewöhnlich. Tommy und Bobby schlangen ihr Essen hinunter, stießen dann einander an und tauschten Blicke, bevor sie fragten: »Pa? Macht's dir was aus, wenn wir heute nacht auf dem Heuboden schlafen? Wie beim Camping?«

Birch zog eine Augenbraue hoch und sah Trudy an, um ihr zu bedeuten, daß es recht angenehm sein mochte, eine Nacht lang allein im Haus zu sein und sich nur über Baby Joe Gedanken machen zu müssen. »Warum nicht«, antwortete er, als Trudy seinen Blick ebenso bedeutungsvoll zurückgab. »Aber wenn ihr erst einmal draußen seid, gibt's kein Hin- und Herrennen ins Haus hinein und hinaus die ganze Nacht. Dann bleibt ihr, wo ihr seid. Und macht keinen Krach und stört Lily nicht ...«

Die beiden Jungen – zwei unschuldige kleine Engel – nickten im Chor mit den Köpfen, baten, vom Tisch aufstehen zu dürfen und stürmten dann los, um ihr Bettzeug und ein Körbchen mit Proviant für die Nacht zu holen. Als Lily später mit Jefferson allein in der Küche war, erklärte sie ihm, daß sie von ihrem Kämmerchen aus die ganze Sache mitgehört hatte. Sie trocknete sich die Hände am Geschirrtuch ab und fischte dann aus ihrer Schürzentasche ein steifes, cremefarbenes Stück Briefpapier, das sie Jefferson reichte.

»Ich hab das hier zwischen den Futtersäcken gefunden«, flüsterte sie. »Ich kann nicht lesen, was draufsteht, aber die Jungen hecken was aus. Das hier ist Miz Trudys gutes Briefpapier. Das weiß ich, weil ich für sie schon einmal Briefe zur Post getragen habe. Was haben die Jungs nur auf Miz Trudys gutem Briefpapier zu schreiben?«

Jefferson rieb sich das Kinn und grinste, als er den Text der Eintrittskarte zu der BERÜHMTEN UNGLÜCKSFUHRWERK-SPUK-SHOW las. Er lachte, faltete das Papierstückchen wieder zusammen und schob es in die Tasche seines Overalls. »Wenn mich nicht alles täuscht, Miz Lily, dann schrecken die Jungs vor nichts zurück, um sich ihr rotes Hündchen zu beschaffen.«

»Wirst du es dem Mister sagen?«

Er bedachte die Frage eine Weile lang. »Nein. Hast du nicht bemerkt, wie sie einander angesehen haben, als die Jungen drum baten, in der Scheune schlafen zu dürfen? Ich nehme an, Miz True und Mister Birch wollen heute nacht nicht gestört werden. Und ich nehme an, die Jungen würden mich bis in alle Ewigkeit hassen, wenn ich sie heute nacht verpfiffe. Morgen ist immer noch Zeit genug, alles ans Licht zu bringen.«

»Was sollen wir denn tun?«

»Ich weiß nicht, wie's bei dir aussieht, Miz Lily, aber was mich angeht, so werde ich mir die Show nicht entgehen lassen.«

# HAVANNA BETSY UND DIE SHANGHAI GIRLS

Die Rumflotte war wie eine kleine Stadt, die auf den Gewässern vor Manhattan dümpelte. Jeden Abend wurden den Mannschaften neue Vorräte hinausgebracht. Die Tageszeitungen standen all jenen Bürgern zur Verfügung, die sich für Pferderennen oder die Ergebnisse des Weltcups interessierten. Es gab Gemüse, frisches Fleisch, Milch und Butter für all jene, die es satt hatten, sich von Alkohol und täglich frisch gefangenem Fisch zu ernähren. Die größeren Schiffe veranstalteten Gesellschaftsabende und engagierten Alleinunterhalter aus den New Yorker Flüsterkneipen. Aber die bei weitem wertvollste Fracht, die jemals zur Schnapsflotte hinaustransportiert wurde, waren die Damen, die man unter dem Namen *Havanna Betsy und die Shanghai Girls Band* kannte und schätzte.

Das Wetter war noch kälter als gewöhnlich, und die Damen der Damenkapelle hatten absolut keine Freude daran, auf einem offenen Boot zur Rumflotte hinausgefahren zu werden. Das sorgfältig frisierte Haar neigte dazu, sich in den dahinbrausenden Jersey-Booten kläglich aufzulösen. So manches Samtkleid sah am Ende aus wie ein nasser Futtersack. Und Netzstrümpfe, die der salzigen Gischt ausgesetzt waren, sahen bald genauso aus, wie sie hießen – wie Fischnetze.

An diesem eisigen Samstagabend im Oktober stand ein Dutzend vor Kälte zitternder Shanghai Girls neben einen Berg von Musikinstrumenten am Dock und weigerte sich strikt, mit Little Pete und dem Jamaikaner zur Schnapsflotte hinauszufahren.

»Meuterei«, sagte Little Pete. »Die Kerle da draußen werden uns am Mast aufhängen, wenn wir die Ware nicht abliefern! Es ist Samstagabend, Betsy, mein Mädchen! Die Kunden sind schon bei der Rumflotte abgesetzt worden. Wenn ihr nicht geht, haben die Jungen keine Musik zum Tanzen.«

Havanna Betsy schien das ganz gleichgültig zu sein. Sie setzte ihren massigen Fuß aufs Dock und rührte sich keinen Fingerbreit. »Euer Boß hat mir versprochen, ich könnte meine Mädels diese Woche auf einem anständigen Boot da rausbringen! Schluß mit Gischt, die über die Reling spritzt! Diesmal kommen wir nicht daher, als wären wir eben unter den Niagara-Fällen durchgefahren! Extrabezahlung – wie versprochen. Und eine warme Kabine steht für die Überfahrt zur Verfügung, oder wir fahren nicht! Dann wirst du da draußen erleben, was eine Meuterei ist!«

Jumbos Gesicht verzerrte sich zu einer drohenden Grimasse. David hörte den finsteren Matrosen vor sich hinmurmeln: »Laßt mich mal eine Minute mit den Damen hier allein. Vielleicht überlegen sie sich's, ob sie weiter Zicken machen wollen, wenn sie erst ein blaues Auge oder eine geplatzte Lippe haben.«

Little Pete hörte ebenfalls, was Jumbo vor sich hinbrummte, und er zweifelte keinen Augenblick, daß der üble Schläger mit seiner Drohung ernstmachen würde, wenn man ihm seinen Willen ließ. Der kleine Pete, nur halb so groß wie Jumbo, sprang ihm in den Weg und stieß ein paar Flüche aus, dann bat er die Damen höflich um Verzeihung für seine ungehobelte Sprache. Er schüttelte die Faust vor Jumbos grimmiger Visage und sagte ihm, wenn er noch ein Wort höre, würde er ihm Betonschuhe verpassen und ihn zu den Fischen auf Besuch schicken. Dann wandte er sich chevaleresk an Havanna Betsy.

»Kümmer dich gar nicht um den Gorilla, Betsy. Der Kerl hat keine Erziehung. Kann sich bei Damen nicht benehmen.«

Er nickte und verbeugte sich ein wenig und brachte es allmählich fertig, Havanna Betsy zu beschwichtigen. Gus und Olaf sagten oft über Little Pete, an ihm sei ein Diplomat verloren gegangen. Wäre Pete Amerikaner, so hätte er als Präsident kandidieren können. Und wären Gus und Olaf amerikanische Staatsbürger gewesen, so hätten sie ihn gewählt.

David wußte, daß Little Pete niemals als Präsident kandidieren würde, aber er hatte die Stimmen aller Leute auf dem Dock, Havanna Betsy und ihre Shanghai Girls Band mit eingeschlossen. Jede verzweifelte Prinzessin brauchte einen Märchenprinzen, der sie rettete. David stellte fest, daß die Rolle Little Pete wie auf den Leib geschrieben war. Ein Sir Lancelot mit Cockney-Akzent ...

»Nun ja, Little Pete ...« Havanna Betsy verlagerte ihr Gewicht von einem ihrer hochhackigen Schuhe auf den anderen, und ihre roten Lippen öffneten sich zu einer Entschuldigung. »Ich will nicht stur sein, aber ich muß wirklich an den Schaden denken, der mir entsteht. Lillith hat das letztemal beinahe Lungenentzündung gekriegt. Sie konnte wochenlang nicht Posaune blasen.«

Lillith blinkte mit ihren großen Kuhaugen und nickte zustimmend. Sie hob eine zierliche Hand und gab ein diskretes Hüsteln von sich, um Havanna Betsys Worte zu bestätigen.

»Da, seht ihr?« Havanna Betsy schüttelte ihr wasserstoffblondes Haupt. »Ihr müßt euch etwas anderes einfallen lassen, wie ihr mich und meine Musikerinnen heute nacht da rausbringt.«

Sie sagte das alles auf eine sehr nette Art – nicht mehr drohend, aber entschieden. Little Pete sah, daß die Zeit reif war für Verhandlungen. Er zog seine ohnehin schmalen Augen zu Schlitzen zusammen und kaute mit den unteren Schneidezähnen an der Oberlippe.

Einen Augenblick dachte David, die Sache sei erledigt. Dann hob Little Pete seinen runden Kopf, als ein Gedanke in seinem Hirn hochstieg wie ein Luftballon. Er wandte sich mit breitem Lächeln an Olaf und Gus, die in der Nähe standen – nicht als Teilnehmer, sondern als bloße Zuschauer.

»Ich hab's! Sie ist ja ein bißchen langsam und ein bißchen schwerfällig, aber die Kabine ist erstklassig! Warm! Ihr seid dort fabelhaft vor dem Wetter geschützt, Betsy!«

»Wundervoll!« Havanna Betsy klopfte Little Pete auf den mageren Rücken. »Du bist ein feiner Kerl, Little Pete. Wir sollten dich wirklich zum Präsidenten machen. Das Land würde aufblühen!«

Sie sagte aber nicht, was da blühen würde.

Little Pete schritt selbstbewußt auf Olaf und Gus zu. Gus wich ein paar Schritte zurück. Olaf hob die Hände, als fürchtete er, erschossen zu werden. Jedermann wußte, daß die Svenson-Brüder sofort Gehirnverstopfung bekamen, wenn eine Frau sie auch nur anschaute! Wollte Little Pete etwa sagen, daß die *Jazz Baby* die Shanghai Girls Band bis zur Schnapsflotte hinaus transportieren sollte? Und am Ende auch wieder zurück?

Der Gedanke war unbeschreiblich schrecklich.

»Wir können die Damen nich' mitnehmen!« rief Olaf. »Wir haben das Schiff voll mit Gemüse und sauberer Wäsche für Crazy Vinny Vaters! Ihr wißt doch, daß Vinny verrückt spielt, wenn er seine Unterhosen nicht rechtzeitig aus der Wäscherei zurückbekommt!«

»Ich kümmere mich schon um Crazy Vinny Vaters«, sagte Pete unbesorgt. »Ich bring ihm seine Unterhosen auf meinem Schiffchen.« Er deutete auf sein offenes Boot.

»Oh nein!« rief Gus. »Wenn du seine Sachen auf deinem Boot rausbringst, werden sie naß, und wir kriegen die Schuld! Crazy Vinny schneidet uns den Hals ab!«

Havanna Betsy trat einen Schritt vor und machte dem Streit ein Ende. »Ich regle das persönlich mit Crazy Vinny. Er ist ein alter Freund von mir.«

Gus suchte verzweifelt nach einem guten Grund, warum diese Horde weiblicher Wesen keinesfalls den Fuß auf die *Jazz Baby* setzen durfte. »Sicher, Mrs. Havanna Betsy, aber dat is nich' der einzige Grund, warum wir uns Sorgen machen.«

»Oh?«

»Nu sehen Sie, wir haben diesen riesigen bissigen Hund namens Kabeljau –«

Jumbo, der Kabeljau haßte, nützte die Gelegenheit, um seine Meinung zu sagen. »SCHIEßT DEN KÖTER ÜBERN HAUFEN! ERSCHIEßT IHN! ODER ICH KNALL IHN PERSÖNLICH AB!«

Havanna Betsy lachte und hob ihre fleischigen Hände. »Ich und die Mädchen haben eine gute Hand mit Tieren. Uns tun auch die bissigen nichts, stimmt's, Mädchen? Musik betört die Bestien, so sagt man doch.«

Die Shanghai Girls schnatterten alle zugleich ihre Zustimmung.

Immer noch standen Olaf und Gus mit jämmerlichen Mienen im Kreis. Warum hatten sie ihr Schiff nicht schnell beladen und waren abgehauen, bevor sie in diese Sache hineingezogen wurden?

»Also?« fragte Havanna Betsy. »Gibt's sonst noch Probleme?«

Gus und Olaf blickten unglücklich die Planken des Docks an. »Nu, da is noch eins. Besser: zwei ...« Gus warf Olaf einen Blick zu, dann fuhr er fort. »Ich und Olaf ... wir sin' verheiratet. Und wir haben unseren Frauen versprochen, wir fangen uns nich's mit anderen Frauen an.«

»Ehrbare Männer.« Havanna Betsy schüttelte den Kopf in respektvollem Staunen. »Eine Seltenheit heutzutage, Jungs, das kann ich euch sagen! Nun, wenn die Sache so steht, dann werde ich jetzt eine Regel erlassen! Sperrt die Ohren auf, Mädels! Wenn diese Herren hier so freundlich sind, uns in unserer Not zu Hilfe zu kommen, dann hört mir zu! Keine von euch soll es wagen, auch nur zu blinzeln oder sie anzukichern! Diese Schweden hier sind kein Freiwild. Sie gehören euch ebensowenig, wie ihr eine Haarbürste stehlen dürft oder ein Kleid ausleihen, ohne vorher zu fragen! So steht es in der Hausordnung, und an die halten wir uns!« Sie schüttelte zur Warnung ihren fleischigen Zeigefinger wie einen Dirigentenstab vor den Nasen der Shanghai Girls; dann wandte sie sich an Gus und Olaf. »So, das war's. Wir werden uns so wohlerzogen benehmen, als wären eure Frauen mit an Bord; ihr habt in dieser Sache das Wort von Havanna Betsy, und jeder hier wird euch bestätigen, was ich verspreche, das halte ich auch.«

Gus und Olaf standen einen langen Augenblick lang da und rieben sich das Kinn. Beide waren gleichermaßen verblüfft. Dann nickten sie, ebenfalls gleichzeitig, ihre Zustimmung.

Gus stülpte sich den Hut auf den Kopf, als wären die Shanghai Girls gebrechliche alte Damen, die er auf dem Weg zum Markt mitnahm. »Na dann mal los«, sagte er. »Wir sin' nämlich Gentlemen, also helfen wir euch Damen gern, an euern Arbeitsplatz zu kommen.«

* * *

»Nein sieh einer an, das ist ja ein kleiner Junge!« schrie Havanna Betsy auf, als sie ihre Röcke hochraffte und an Bord der *Jazz Baby* kletterte.

Sie hatte David noch nie gesehen, und bei der plötzlichen Aufmerksamkeit, die zwölf Frauen ihm zuwandten, wurde er knallrot.

»Er heißt Mice«, erklärte Olaf und deutete David mit Handbewegungen, er solle seine Strickmütze abnehmen und einen feinen Diener machen.

David tat wie geheißen, nicht weil Olaf es wünschte, sondern weil eine Erinnerung sich in ihm regte und er das Gesicht seiner Mutter vor sich zu sehen glaubte, wie sie ihm befahl, sich gut zu benehmen.

»Nein, das ist ja ein richtiger kleiner Kavalier!« schrie Lillith mit den Kuhaugen. »Der hier ist doch zu jung, um schon verheiratet zu sein, Havanna Betsy. Ist es auch gegen die Regeln, wenn ich ihm zuzwinkere?«

»Aber natürlich nicht.« Havanna Betsy streckte die Hand aus und kniff David in die Wange. »Er soll neben mir sitzen, während wir zur Rumflotte hinausfahren!« rief Betsy.

Gus bemerkte das qualvolle Erröten, das auf Davids Gesicht weiterglühte, als hätte er einen Sonnenbrand. »Tut mir leid«, sagte Gus entschlossen, »aber Mice ist unser Ausguck! Ein nützliches Kind, das sage ich euch! Wir brauchen ihn bei uns auf der Brücke oben.«

David nickte kurz und dankbar, dann packte er Kabeljau am Halsband und zerrte ihn mit sich nach vorne zum Bug, wo der Junge und der Hund mit ernsten Mienen zwischen Stapeln von Musikinstrumenten saßen und auf die See hinausblickten, obwohl das Schiff immer noch am Kai vertäut lag.

»Sie gackern wie Hennen«, wisperte Gus.

Obwohl sie in der Kabine der *Jazz Baby* eingeschlossen waren, hörte sich die Shanghai Girls Band an wie ein Schwarm Vögel, die David einmal in den Käfigen des Vogelhauses in Philadelphia gehört hatte. Er war dankbar, daß er etwas zu tun hatte. Froh, daß *sie* alle unten eingeschlossen waren, während er und Kabeljau draußen bei den Männern waren.

Die Dieselmotoren begannen dröhnend zu laufen, so daß der Fischkutter leise brummte und erzitterte. Dann erwachte wieder der Zauber, den David so liebte. Die Leinen waren los, das kleine Schiff glitt aufs Wasser hinaus und schwamm frei. Der Wind wehte kalt, aber die Luft wurde frischer, als sie Tempo zulegten. Er fegte den Geruch von zu viel Parfüm und den Gestank des Kais hinweg.

Lichter brannten überall in Manhattan. Die festen Formen und Linien verschwanden – keine Wände, keine festen Formen – wie Sterne, die in einem riesigen Schachbrettmuster kerzengerade vom Boden aufstiegen. Auch die Brücken waren verzaubert. Die Brooklyn-Brücke war David am liebsten, sie war die älteste Brükke der Stadt und von all den Geschichten von Manhattan, die seine Mutter ihm erzählt hatte, war sie ihm am besten vertraut: »*Zitadellen in der unteren Madison Street ragen auf wie mittelalterliche Türme. Plötzlich schießt ein einziger Bogen aus dem Wasser hervor und trägt auf seinem Rücken zwei Straßen nach Brooklyn! Diese Straßen trennt ein doppelter Gleiskörper, der Züge und Straßenbahnen trägt. Und über all dem, hundert Fuß hoch in der Luft, verläuft ein breiter Fußgängerweg. Oh, David, ich träume davon, eines Tages mit dir über diese Brücke zu gehen! Früher ging ich oft dorthin und warf einen Cent ins Wasser hinunter, damit sich ein Wunsch erfüllte ...*«

»*Was hast du dir gewünscht, Mutter?*« *fragte David dann.*

»*Ich war noch ein junges Mädchen ... ach, was für bezaubernde Wünsche ich damals hatte! Und nun ... nein, ich kann es dir nicht sagen. Sonst erfüllen sie sich nicht.*«

Ihr würde nie wieder ein Wunsch erfüllt werden.

David blickte zum hellerleuchteten Bogen der Brücke seiner Mutter auf. Er war noch nie oben auf dem Fußgängerübergang gewesen, aber eines Tages würde er es tun. Und er würde Cents in die Tasche stecken und sie einen nach dem anderen ins Wasser werfen und sich tausend Dinge wünschen. *Was sollte er sich wünschen?*

Nebel zog von der See her zur Küste. Der erhobene Arm der Freiheitsstatue sah aus, als winkte sie einem Taxi. David sog den

Anblick in sich auf, das Herz von dem Bewußtsein erfüllt, wie vertraut das alles seines Mutter gewesen war. Wie lieb ihr das alles gewesen war. *Wenn doch alles anders wäre ... wenn doch Wünsche sich wirklich erfüllten!*

Wie Olaf und Gus ihren fernen Ehefrauen die Treue hielten, so hielt David seiner Mutter die Treue. Ihm lag nichts an der Aufmerksamkeit der aufgeputzten Frauen in der Kabine der *Jazz Baby.* Es wäre ein Verrat an der Erinnerung an seine Mutter gewesen, sich von ihrer Aufmerksamkeit geschmeichelt zu fühlen. All diese Gedanken empfand er im Herzen, aber er fand nicht die Worte, auszusprechen, was er fühlte.

Und so gab er sich damit zufrieden, sich in ihrer Gegenwart unbehaglich zu fühlen.

»Wir Männer müssen zusammenhalten, wat, Mice?« schrie Gus vom Steuerrad herüber.

David nickte entschieden, als wäre das eine Erklärung für alles, was er empfand.

»Paß bloß gut auf heute nacht«, ermahnte ihn Olaf. »Da kommt 'n dicker Nebel auf uns zu. Ich mach mir keine Sorgen wegen der Küstenwache, aber ich hab keine Lust, 'n anderes Schnapsschiff da draußen zu rammen!«

Alle Küstenschiffe fuhren zwischen Küste und Schnapsflotte ohne Positionslichter, um den Patrouillen der Küstenwache auszuweichen. Selbst in klaren Nächten gab es gelegentlich Unfälle.

»Heute nacht mußt du dich mehr auf deine Ohren als auf deine Augen verlassen, Mice!« bekräftigte Gus. »Sperr die Ohren gut auf, ob du die Motoren eines anderen Schiffes hörst. Du weißt doch, wir müssen die Damen da unten heil und ganz abliefern.«

* * *

Die Nebelhörner lärmten, ein Chor von Pfiffen, Geheul, Gedröhn, Glockengeläute und Muhen. Oben auf der Kommandobrücke der *Jazz Baby* zog Olaf alle sechzig Sekunden am Glockenstrang, so daß das kleine Schiff eine akustische Spur durch den Nebel zog.

»Wir haben haufenweise *Pickets* heute nacht«, stellte Gus

fest. Er hob den Kopf, als ein hoher Glockenton dem Summen eines einzelnen Benzinmotors zur Rechten folgte und ein weiterer ihm von links her antwortete.

*Pickets* wurden die kleinen, nur sechsunddreißig Fuß langen Boote der Küstenwache genannt, die an der Küste entlang patrouillierten. Sie brachten es bei ruhiger See auf bis zu fünfundzwanzig Knoten, und ihre Mannschaften waren mit Maschinengewehren, automatischen Gewehren und Flinten bewaffnet. Sie bildeten die letzte Phalanx der Verteidiger gegen Schnapsschiffe, die die Küste anfuhren, und dank ihrer Geschwindigkeit und Beweglichkeit bedeuteten sie eine gefährliche Bedrohung der Schmuggelaktionen.

Eine Stufe höher im Arsenal der Küstenwache rangierten die fünfundsiebzig Fuß langen Patrouillenboote, die *Six-Bitter* genannt wurden. Sie hatten einen holzverkleideten Rumpf und fuhren mit doppelten Dieselmotoren. Diese Schiffe brachten es auf höchsten dreizehn Knoten. Jedes war mit acht Leuten bemannt und mit einer Bordkanone und zwei schweren Maschinengewehren Marke Lewis ausgerüstet. Der Feind betrachtete sie als Hans-Dampf-in-allen-Gassen, und so wurden die *Six-Bitter* gefürchtet und gehaßt wie kein anderes Schiff der Küstenwache. Sie waren imstande – und durchaus dazu fähig – ein Schmugglerboot in Stükke zu schießen. Das tiefere Gedröhn ihrer Nebelhörner kündigte an, daß sie in dieser Nacht unterwegs waren.

»Zwei *Six-Bitter*«, verkündete David und deutete auf die Stelle, von der ihre Schiffssirenen erklangen.

»Und ein *Tollar*-Schiff!« fügte Gus hinzu, als ein tiefkehliges Heulen in regelmäßigen Abständen von der offenen See her erklang.

Damit meinte Gus eines der stahlgepanzerten, hundert Fuß langen Schiffe der Küstenwache, denen der harte Job zufiel, die großen Mutterschiffe der Schnapsflotte aufzuhalten und zu verfolgen. Im Bug waren sie mit einer Schnellfeuerkanone Kaliber fünfundzwanzig und einem Maschinengewehr Marke Lewis bestückt. Ihre Mannschaften waren mit einem eindrucksvollen Arsenal kleinerer Maschinengewehre bewaffnet, und das Schiff war imstande, ein Schnapsschiff über einen Zeitraum bis zu dreißig Tagen zu verfolgen. Die Svensons nannten diese Fahrzeuge *Tollar*-Schiffe, aber eigentlich wurden sie *Dollar* bzw. die größeren *Dollar-und-ein-Quarter-Schiffe* genannt. Diese Namen wurden von den Mannschaften der Rumboote mit Respekt ausgesprochen. Die Dollarschiffe waren ehrfurchtgebietende Gegner für alle mit Ausnahme der schnellsten Mutterschiffe.

Die Schnaps-Armada hatte freilich einen großen Vorteil gegenüber der Prohibitionsflotte. Die Schmuggler waren den Schiffen der Küstenwache zahlenmäßig fünfzig zu eins überlegen. Und solange die Mutterschiffe außerhalb der amerikanischen Hoheitsgewässer vor Anker lagen, durfte die Küstenwache nicht an Bord eines Alkoholschiffes gehen – es sei denn, die Kapitäne und Mannschaften der U.S. Navy wünschten eine Kiste Scotch oder ähnliches zu erwerben!

Es war ein offenes Geheimnis, daß die Mannschaften dieser offiziellen Schiffe selbst einem guten Schluck nicht abgeneigt waren. Mehr als einmal war ein Rumboot aufgebracht, die Mannschaft verhaftet und die Ladung beschlagnahmt worden, und wenn die Mannschaft der Küstenwache dann in den Hafen zurückkehrte, mußte man feststellen, daß ein großer Teil des Beweismaterials bereits fehlte. Sie waren vielleicht keine Anhänger der Prohibition, aber jedenfalls hatten die Mannschaften der Küstenschiffe jetzt alle Hände voll zu tun. Für die Männer an Bord dieser Schiffe war die Jagd auf die Alkoholschmuggler etwas Ähnliches wie Versteckspielen oder Abschlagen. Die Rumboote mußten zusehen, daß sie es bis nach Hause schafften, ohne »abgeschlagen« zu werden.

In diesem Spiel gab es jedoch noch einen zusätzlichen Mitspieler, den die Küstenwache und die Schiffe der Schnapsflotte gleichermaßen fürchteten. Auf See waren Piraten in eigener Sache unterwegs. Sie traten als angebliche Käufer auf oder täuschten einen Maschinenschaden vor. So gelangten die Mannschaften dieser Schiffe an Bord der Schnapsboote, schnitten allen an Bord die Kehle durch und stahlen die Ladung. Diese Piraten, Mörder und Halsabschneider ohne eine Spur von Gewissen, waren der Grund, warum Olaf und Gus Gewehre bei sich trugen. Wenn die Küstenwache sie festnahm, würde Boß Quinn sie binnen weniger Stunden aus dem Gefängnis geholt haben. Aber wenn Hijacker an Bord der

*Jazz Baby* kamen, wäre das das Ende ihrer Tage gewesen. Mehr als einmal waren in den letzten Monaten die Leichen ihrer Gefährten an den Küsten von Coney Island angeschwemmt worden, eine grimmige Warnung, daß es da draußen Leute gab, die das Spiel mit blutigem Ernst spielten. David hatte schon öfter solche Geschichten gehört, und die gesichtslosen Schemen dieser seefahrenden Gangster verfolgten ihn in seinen finstersten Träumen. Sie waren heute nacht da draußen im Nebel und warteten, bis die Küstenschiffe ihre Fracht geladen hatten und zum Hafen zurückfuhren ...

Über all dem Lärm erklang das tiefe, widerhallende Brüllen der Schiffssirene eines Ozeandampfers weit draußen auf See.

»Da kommt ein großes Passagierschiff durch, Mice«, warnte Olaf. »Es kommt genau unsere Fahrstraße entlang. Paß gut auf! Es wird wie ein Berg aussehen. Unmengen Lichter, die durch die Waschküche durchscheinen, wenn es auftaucht. Paß nur ja auf, Junge!«

David hob die Hand zum Zeichen, daß er verstanden hatte. Nach dem Klang der Schiffsirene zu urteilen, war der Dampfer tatsächlich groß wie ein Berg. Der Kapitän dieses Riesenschiffes wußte, daß die Gewässer hier von Schnapsschiffen, Küstenwache und Piraten wimmelten. Es war ihm gleichgültig, ob er sie mit dem Kiel unterpflügte. Sein Schiff würde es nicht bemerken, so wenig, wie die Windschutzscheibe eines Ford ein unglückseliges Insekt bemerkte. Die kleinen Boote mußten selbst zusehen, wie sie dem seetüchtigen Monolithen aus dem Weg gingen, der sich in rascher Fahrt auf sie zubewegte.

* * *

Woher war es nur so plötzlich gekommen? Nicht ein Berg, nein, eine senkrechte weiße Klippe erhob sich urplötzlich vor der *Jazz Baby.* Gus und Olaf schrien in ihrer Muttersprache auf. Gus kurbelte wie wild am Steuerrad, während Olaf sich an die Schiffssirene hängte und die riesige Wand, die das Wasser teilte, direkt auf die *Jazz Baby* zufuhr.

Kabeljau bellte wild, als versuchte er den Leviathan, der sie zu rammen drohte, mit seinem Gekläff in die Flucht zu schlagen.

David schrie auf, aber seine Stimme verlor sich im Lärm der Pfeifen und Sirenen, die die Dunkelheit zerrissen. Drinnen in der Kabine kreischten die Shanghai Girls im Chor. Die Kabinentüre flog auf, und die Shanghai Girls stürzten ans Deck, als wollten sie sich ins Wasser stürzen, bevor die *Jazz Baby* mittschiffs entzweigeschnitten wurde!

»Zurück!« schrie Olaf ihnen zu. »Frauen! Zurück mit euch!«

Sie hörten ihn nicht, denn in diesem Augenblick schwang die *Jazz Baby* scharf nach achtern, und die Shanghai Girls purzelten im Heck übereinander, ein wirbelnder Haufen Beine und Kleider und Hüte zwischen den Taurollen.

Instinktiv hielt David die Arme über den Kopf und preßte sich an die Kabinenwand, als ein Zusammenstoß unvermeidlich erschien. Sogar Kabeljau duckte sich angstvoll, den Schwanz zwischen die Beine geklemmt, die Schnauze in einer Art Hunde-Verblüffung halb geöffnet!

Flüche, Schreie, Sirenengeheul und Hundegekläff, und dazwischen erklang die Musik der Bordkapelle eines Mutterschiffs der Rum-Armada in nächster Nähe.

Havanna Betsy überhäufte die beiden Schweden mit Flüchen und Verwünschungen, und dann tat sie dasselbe mit der Cunard-Linie und zuletzt mit Boß Quinn, der ihnen keine vernünftige Transportmöglichkeit zur Rumflotte besorgt hatte. »Wenn ich hier lebend rauskomme, bringe ich jemand um! Ich bin fast gestorben vor Angst!« verkündete sie laut.

Auf fünfzig Yard Entfernung konnte David ganz deutlich die Anker des Schiffes erkennen. Die erleuchteten Bullaugen glänzten. Das seefahrende Monster schien drauf und dran, sie zu verschlingen, ohne deshalb seine Fahrt zu verlangsamen.

»Dat kommt nu davon, dat wir nich' Wort gehalten haben!« Gus schüttelte die Faust gegen den Ozeandampfer und dann gegen das Knäuel von Frauen, die immer noch mühsam versuchten, wieder auf die Beine zu kommen. »Dat kommt nu davon, dat wir dat Weibervolk an Bord gelassen haben!«

Auf fünfundzwanzig Yards konnte David die Gesichter von Menschen hinter den Bullaugen erkennen. Konnten sie ihn ebenfalls sehen? Konnten sie die kleine *Jazz Baby* sehen, als sie von der Bugwelle des riesigen Linienschiffes in die Höhe gehoben wurde?

Eine ungeheure Gischtwelle schoß über das Dollbord der *Jazz Baby*, durchnäßte die Instrumente und die jammernden Frauen mit eiskaltem Salzwasser. David japste und schluckte einen Mundvoll salziges Wasser. Die Welle schleuderte die *Jazz Baby* beiseite, viel schneller, als sie selbst hätte manövrieren können. Das Steuerrad drehte sich wild, während Gus und Olaf mit aller Kraft versuchten, das Schiff unter Kontrolle zu bringen.

David blickte auf und sah die rote Linie am Rumpf des Linienschiffes. Er hätte die winzigen Rostflecken zählen können, die die dicke weiße Bleifarbe auf dem Rumpf durchlöcherten. Die *Jazz Baby* hüpfte und kreiselte wie ein Korken und beendete ihre wilden Pirouetten schließlich damit, daß ihr Bug in dieselbe Richtung wies wie der des Ozeandampfers. Der Rumpf des großen Schiffes rumpelte ein einziges Mal gegen die Seite der *Jazz Baby,* ein sanftes Anrempeln, bevor der Dampfer so nahe vorbeifuhr, daß David ihn hätte berühren können.

Olaf hing an der Schiffsirene, die ein Dauergeheul heller Empörung hören ließ, als das Schiff vorbeiglitt wie ein riesiger Eisberg. Endlich wagte David wieder aufzublicken. Selbst der Nebel schien vor diesem Schiff zu fliehen. Er konnte ganz deutlich die Leute auf den oberen Decks sehen, wie sie lächelten und der *Jazz Baby* zuwinkten. Sie deuteten auf die durchnäßten Shanghai Girls und winkten ihnen zu. An ihrem letzten Abend an Bord hatten die Passagiere des großen Schiffes noch ein kleines Extravergnügen erlebt.

* * *

Vor Kälte zitternd, durchnäßt und außer sich vor Empörung nahmen die Shanghai Girls ihre Instrumente huckepack und folgten Havanna Betsy an Bord des gewaltigen Drei-Mast-Schoners *China Doll.* Das Rumschiff, das unter der Flagge von Nassau auf den Bahamas fuhr, war mit einem Tanzsaal ausgestattet, mit luxuriösen Gästekabinen und einem kleinen, aber gut geführten Spielsalon.

Crazy Vinny schrie Gus und Olaf entgegen: »Da habt ihr noch mal Glück gehabt, daß wenigstens Little Pete meine Wäsche sauber und trocken abgeliefert hat!« Er grinste Havanna Betsy an, als sie mißlaunig an ihm vorbeischlurfte. »Euer Pech, daß ihr's mit den Mädels nicht genauso gut geschafft habt!« Auf diese Bemerkung hin schlug Havanna Betsy ihn mit ihrem Stöckelschuh über den Schädel und drohte, die Shanghai Girls würden nicht auftreten, wenn er seine Zunge nicht im Zaum hielte.

Olaf schrie: »Verrückte Weiber! Fast wär'n wir umgekommen! Unglücksweiber!«

Darauf antwortete Crazy Vinny: »Das hängt davon ab, was ihr Polacken Glück nennt.«

»Wir sind keine Polacken!« brüllte Gus. »Wir sin' Schweden!«

Crazy Vinny zuckte die Achseln. »Na, wenn schon. Auch egal. Jedenfalls ist euch Burschen heute nacht das Glück hold. Der Boß ist an Bord. In seinem Büro. Er sagt, ihr Jungs sollt an Bord der *China Doll* kommen, während wir die *Jazzy Baby* beladen. Er möchte mit euch über ein kleines Geschäft auf den Bahamas reden.« Crazy Vinny lächelte. Er wackelte mit den schmalen Hüften. »Winterurlaub im Süden. Niedliche Dämchen da unten, hab ich gehört. *Caramba!*«

»Wir sin' keine Dänen nich'!« schrie Gus.

»Wir sin' Schweden!«

Crazy Vinny verstand den Einwand nicht. »Der Boß sagt, ihr sollt auch den Jungen an Bord bringen. Und zwar flink.«

Das war ja toll! David war es noch nie erlaubt worden, an Bord der luxuriösen *China Doll* zu kommen. Er hatte Erzählungen über den Tanzsaal und die Kabinen gehört und über die eleganten Anzüge der New Yorker Börsenmakler und Finanzkönige, die hierher kamen, um einen Abend bei Musik und Drinks zu verbringen. Aber kein kleiner Junge hatte jemals dieses elegante Reich betreten.

Kabeljau kläffte wie rasend, als die drei an Bord der *China Doll* gingen. Sein Geheul ging im Geplärr der Jazzmusik und dem Gesumm von Stimmen unter. Crazy Vinny führte das Trio durch die Deckluke nach unten und durch weniger opulente Quartiere, wo die frisch gewaschenen Socken und Unterhemden der Mannschaft auf Wäscheleinen hingen, die zwischen den Kojen gespannt waren. Pin-ups waren über den Spinden angeheftet. Ein Chinese saß im Winkel und putzte eine Reihe von Stiefeln. *So toll ist es hier gar nicht,* dachte David, während er den Blick über die engen Quartiere gleiten ließ.

Sie passierten die Küche und gingen einen engen Korridor entlang, dessen kleine, messinggerahmte Bullaugen offenstanden und die feuchte Nachtluft einließen. Schließlich hielten sie vor einer Jalousietüre aus Kirschholz. Licht schimmerte durch die Ritzen.

»Wir warten hier«, sagte Crazy Vinny. »Der Boß hat Besuch. Geschäfte. Und ganz legal obendrein.«

Gus, Olaf und David lehnten an der Wand des Korridors und warteten, während Boß Quinns tiefe Stimme durch die Spalten zwischen den Jalousien drang. David horchte und spürte, wie ein Schauder der Angst ihn durchrann. Die Stimme, die Worte, die Türe, die sich zwischen ihm und dem Boß befand, erinnerten ihn an das zerschlagene Gesicht Joey The Books auf dem Fußboden des Lagerhauses der American Fruit Company.

»... Ich sage dir, Keenan, die Sache wird von Tag zu Tag gefährlicher. Erst heute morgen habe ich die Nachricht erhalten, daß einer meiner besten Männer tot an der Küste von Coney Island angeschwemmt worden ist. Joey The Book. Er war so lange tot, daß die Cops den Leichnam wohl nicht identifizieren können. Aber wer weiß? Das Hemd des Kerls trug ein Wäschezeichen der Chin-Wu-Wäscherei, und dort haben sie den Polizisten erzählt, daß das Joey The Books Wäschezeichen ist ...«

»Schrecklich, schrecklich«, antwortete der unsichtbare Keenan mit einem Schauder in der Stimme.

Gus und Olaf schüttelten die Köpfe. »Armer Joey The Book«, sagte Olaf. »Vielleicht haben ihn die Piraten erwischt?«

David war übel. Er hatte Joey gesehen. *Das waren keine Piraten,* hätte er am liebsten gesagt. Aber wenn er jemals irgend jemand erzählt hätte, was er gesehen hatte ...

Boß Quinn fuhr fort. »Also. Auf der einen Seite habe ich Ärger mit der Küstenwache und dem FBI. Aber diese Piraten. Diese

Hijacker. Ich sage dir, Keenan ... erinnerst du dich noch, wie es war, als wir Kinder waren?«

Keenan antwortete mit einem Fluch. »Diese Spaghettifresser ...«

»Jetzt sind sie alle erwachsen und zweimal so schlimm wie damals. Sie überfallen meine Boote. Sie stehlen meine Ware. Sie bringen meine Leute um.«

»Schrecklich«, sagte Keenan mit leiser Stimme, in der deutlicher Ärger mitschwang. Es war ganz offenkundig, daß er die Italiener genau so wenig mochte wie Boß Quinn.

»Was ich sagen wollte, Keenan – der Lack ist ab. Es macht keinen Spaß mehr. Und so hab ich mich umgesehen, wie's die wirklich klugen Jungen machen, alles sauberzukriegen. Guck dir doch mal Kennedy an. Der hat genug Rum verkauft, um sich ein Haus in Palm Beach leisten zu können, und jetzt plant er, eines Tages als Präsident zu kandidieren. Schickt seine Kinder auf Eliteschulen und spaziert in New York herum wie ein feiner, anständiger Herr.« Boß Quinn stieß ein scharfes, bitteres Lachen aus. »Als wollte er in den protestantischen Freizeitclub aufgenommen werden.« Er zögerte einen Augenblick. »Oder schau dich selbst an, Keenan. Du hast dein Vermögen damit gemacht, daß du das Geld anderer Leute aufs Spiel gesetzt hast. Dreckiges Geld obendrein. Jetzt ist alles blitzsauber gewaschen und schwimmt auf der Wall Street herum ... und ich möchte, daß du dasselbe mit all dem hier machst.«

»Das ist keine Kunst. Der Sabre-Öl-Käuferring bringt immer mehr ein.«

»Ein paar Leute in der Presse haben sich ziemlich pessimistisch über die Sache geäußert. Das macht mir Sorgen.«

»Alles in Butter. Ich hab den schlimmsten Meckerer in die Tasche gesteckt. Er wird über die Sache nichts anderes mehr schreiben, als ich ihm vorsage. Und wenn er etwas schreibt, dann glauben ihm die kleinen Fische und beißen an ...«

Sessel scharrten über den Fußboden. Schatten bewegten sich zwischen dem Lampenlicht und der Jalousietüre.

»Dein Wort war immer schon Gold wert, Keenan«, sagte der Boß.

Die Türe wurde aufgestoßen, und der behäbige, rotgesichtige Keenan zwängte sich an dem Trio vorbei durch den Korridor, als sähe er sie gar nicht, wie sie da wartend Schlange standen.

Crazy Vinny klopfte leise an die Tür. »Boß? Ich hab die Polacken und den Jungen von der *Jazz Baby* gebracht, wie Sie's haben wollten.«

»Kommt rein.« Der Boß schien guter Laune zu sein, trotz allem, was er Keenan soeben über Joey The Book erzählt hatte. Seine dünnen Lippen waren zu einem schwachen Lächeln verzogen. Er trug keinen Hut, und das Lampenlicht in der Kabine schimmerte auf seinem rostfarbenen Haar und glitzerte in seinen tiefliegenden, braunen Augen. Er blickte von Gus zu Olaf hinüber und schickte Crazy Vinny dann mit einer Handbewegung weg. »So. Ihr Jungs habt gute Arbeit geleistet. Seid fast jede Nacht ausgefahren und noch nie von der Küstenwache oder den Hijackern erwischt worden.«

»Haben Glück gehabt, Boß.« Gus knüllte seine Mütze zwischen den Fingern und sprach mit großem Ernst. Er war der Meinung, daß man so hohes Lob nicht ohne Bescheidenheit annehmen durfte.

»Glück?« Der Boß lehnte sich in seinen Sessel zurück und rieb sich das Kinn, als glaubte er nicht an das Wort. »Vielleicht.« Er hielt inne und blickte David an, während er weitersprach. »Ich nehme an, ihr habt gehört, was Joey The Book zugestoßen ist.«

Davids Augen wurden groß. Sah der Boß ihm an, daß er Angst hatte?

Gus räusperte sich. Sollte er zugeben, daß sie gelauscht hatten? »Wir haben 'n bißchen wat gehört. Wurde tot auf Coney Island gefunden.«

Der Boß wandte noch immer nicht den Blick von David ab, der unter dem durchdringenden Blick des Iren errötete. »Steif wie ein Brett. Halb von Fischen aufgefressen. In Seetang gewickelt. Ein glücklicher Zufall, daß die Polizisten die Wäschemarke in seinem Hemd fanden.« Er räusperte sich. »Nein, das war auch kein Glück – das war Dummheit. Jemand hat die Sache vermasselt. Wer immer ihn umgenietet hat, hätte dafür sorgen sollen, daß er nicht an Land geschwemmt wurde.« Sein Mund zuckte auf eine Weise, daß David erbleichte. »Was hältst du davon, Junge? Was meinst du wohl, wer Joey kaltgemacht hat?«

»Piraten«, antwortete David mit rauher Stimme. »Hijacker.« Das war die richtige Antwort, obwohl David überzeugt war, daß es absolut nicht die Wahrheit war.

Boß Quinn gefiel seine Antwort. »Du bist ein kluger Junge. Wie, sagtest du, heißt du?«

»Wir nennen ihn Mice«, platzte Gus heraus.

Der Boß warf ihm einen Blick zu, unter dem er sich krümmte. »Ich möchte den richtigen Namen des Jungen wissen. Seinen Taufnamen.«

»David Meyer.«

»Du siehst irisch aus. Mayo, sagtest du?«

»Meyer«, korrigierte David.

»Gehst du zur Kirche, David?«

»Früher bin ich gegangen.«

»Sagst du deine Gebete? Betest du den Rosenkranz?«

»Manchmal.«

Der Boß breitete die Hände aus, als sei das eine offenkundige Tatsache. »Nun, jetzt seht ihr, woher euer Glück kommt, Jungs. Ihr habt einen kleinen Ministranten an Bord der *Jazz Baby.*« Er runzelte die Stirn. »Ich fände es schlimm, wenn euch etwas zustieße. Hier wird die Luft immer bleihaltiger. Ich möchte, daß ihr mit der *Jazz Baby* zur kubanischen Küste hinunterfahrt. Fischt ein bißchen, wenn ihr wollt. Nette Gegend. Verhaltet euch eine Weile ganz unauffällig. Würde euch das gefallen?«

Natürlich blieb ihnen nichts anderes übrig, als Ja zu sagen. Gus und Olaf war der Ortswechsel so willkommen, als bedeutete er eine Beförderung. Nur David ging es durch den Kopf, daß der Boß ganz andere Gründe haben mochte, sie aus New York wegzuschicken. Gründe, die etwas damit zu tun hatten, daß man Joey The Book tot an der Küste von Coney Island gefunden hatte.

»Nun dann. Dann ist ja alles abgemacht. Fahrt los, sobald es das Wetter erlaubt.«

»Soll'n wir bis dahin weiter mit der *Jazz Baby* ausfahren?«

»Was täten wir denn ohne die *Jazz Baby,* die uns jeden Abend die neuesten Nachrichten bringt?« Der Boß warf David einen Blick zu, der ihn wie ein glühendes Eisen durchbohrte. »Es wird hier sehr still sein, wenn ihr nicht mehr da seid.«

# DIE BERÜHMTE UNGLÜCKSFUHR-WERK-SPUK-SHOW

Es war eine Nacht, in der man erwartete, den Wilden Jäger über die Felder galoppieren zu sehen. Mit zitternder Stimme erklärte Bobby seinem Bruder, er wünschte, Mama hätte ihm die Geschichte niemals erzählt! Er war krank vor Angst, noch bevor sie das Schulhaus erreichten.

Die Wind heulte in den Ästen der Bäume wie tausend gepeinigte Stimmen. Zweige rasselten und knarrten gegeneinander wie Knochengerippe, die über der Straße hingen. Winzige Wolkenfetzen trieben eilig über den mondlosen Himmel. Kein Zweifel, Tommy hatte sich die richtige Nacht ausgesucht, um den meisten seiner Schulkameraden eine Heidenangst einzujagen.

Bobby glaubte hinter jedem Busch die ruhelosen Geister der Schnapsbrenner zu sehen, die ihnen auf den Fersen nachschlichen. Er versuchte, sich an Tommys Jacke zu klammern, aber Tommy stieß ihn beiseite und sagte, er solle sich nicht so zickig anstellen und keine Angst haben; schließlich sei das alles *ihre Show* und nicht Realität. Aber sie hatten die unheimliche Nacht nicht geschaffen, und der heulende Wind war nicht ihr Werk. Sie hatten nicht bewirkt, daß die Schatten so tief und dunkel waren und Dinge in den Straßengräben und hinter den Büschen zu lauern schienen. Es war jetzt bereits eine wirklich *schröckliche* Nacht!

»Niemand wird durch den Friedhof gehen. Ich wette, sie werden alle viel zu viel Angst haben. Vielleicht kommen sie ja überhaupt nicht.« Bobby sah sich nach allen Seiten um, blickte über die Schulter und dann nach oben, als sei etwas im Begriff, sich auf ihn zu stürzen.

»Ha!« Tommy deutete mit ausgestrecktem Arm auf die Schatten. »Denk bloß an Fred Woods! Ha!« wiederholte er. »Der bricht dir sicher nicht den Arm! Der hat viel zuviiiiel Angst!«

Bobby fand den Gedanken nicht sonderlich tröstlich. Er konnte nicht einmal so richtig an die neun Dollar denken, die sie an den Eintrittskarten verdient hatten, oder an die Tatsache, daß sie das gute Briefpapier ihrer Mama gestohlen hatten. Er war überzeugt, daß er inzwischen jede einzelne Sünde begangen hatte, die im Katechismus verzeichnet stand; außer denen im Abschnitt »Für Erwachsene«, über die er noch nicht so gut Bescheid wußte. Er hatte gelogen und gestohlen und nochmal ein bißchen gelogen. Dann hatte er sich heimlich aus dem Haus geschlichen. Und Mama haßte es, wenn jemand etwas hintenherum tat!

»Mir gefällt das alles nicht«, wisperte Bobby. Seine Stimme war beim Heulen des Windes kaum zu verstehen. In der Ferne konnte er das unregelmäßige Geklingel der Schulglocke hören. »Wer läutet die Glocke?«

»Der Wind.« Tommy verlor allmählich die Geduld. »Was glaubst du denn? Die Glocke schwingt im Wind. Das ist *niemand.* Bloß der Wind.«

Als Bobby und Tommy beim Schulhaus anlangten, standen bereits ein paar Kinder auf der Vordertreppe. Sie standen eng zusammengedrängt und warfen ängstliche Blicke hinauf zur Schulglocke, den Wolken und den Bäumen, die vor dem purpurnen Himmel im Sturm schwankten.

Fred Woods und Barney Hocott kamen gemeinsam an, und der kleine Othar tapste hinter ihnen her.

»Unheimlich«, sagte Barney. »Ich hab's in dem Augenblick gespürt, als wir aus dem Fenster kletterten.«

»Mir kann keiner was erzählen, daß es 'n Schwarzen Mann gäb«, sagte Fred in seiner bockigen Art, aber seine Stimme zitterte ein wenig. Tommy sagte mit seiner Gruselstimme, daß es nicht der Wind sei, der die Glocke zum Klingen brachte, sondern die Geister der toten Schnapsbrenner, die alle Kinder von Shiloh zusammenriefen, um Zeugen ihres Untergangs zu sein!

Seine Worte und sein Tonfall jagten der kleinen Versammlung eisige Schauder über den Rücken. Die Mädchen quiekten, und eine begann sogar loszuheulen, sie wollte keinen Untergang sehen! Jedermann, sogar Fred Woods, drängte sich eng an die anderen. Die an der Außenseite des Kreises versuchten nach innen zu gelangen und schubsten diejenigen, die bereits drinnen waren, wieder nach draußen. Der ganze Haufen vibrierte vor panischer Angst. Gut so. Von sechsunddreißig Interessenten waren vierunddreißig anwesend und bereits halbtot vor Angst, bevor sie noch einen Fuß aus dem Schulhof gesetzt hatten!

Der berühmte Zirkusdirektor P.T. Barnum hätte es nicht besser gekonnt. Die Dummköpfe waren reif.

»Okay«, sagte Tommy mit einer Stimme, bei der sogar die größeren Kinder Gänsehaut bekamen. »Denkt alle daran, daß ihr kein Wort sprechen dürft! Kein einziges Wort! Haltet den Mund und bleibt einer hinter dem anderen. Ich übernehme die Führung und Bobby macht den Schlußmann.«

»Was?« stotterte Bobby protestierend. So hatten sie aber nicht gewettet!

Aber es machte sowieso nichts aus. Es gab keinen Schlußmann. Die Gruppe bewegte sich hinter Tommy die Straße entlang wie ein menschliches Rad. Die Arme eingehängt, die Gesichter nach außen gekehrt, rotierten sie langsam die Straße entlang in Richtung des Friedhofs von Shiloh. Bobby klammerte sich einfach irgendwo fest und schloß sich so der Gruppe an. Manchmal marschierte er vorwärts, manchmal rückwärts, aber die Kette blieb ungebrochen.

»Das ist wirklich gut«, sagte Tommy, als hätte er die Sache sorgsam geplant. »So lange wir einander festhalten, kann uns niemand erwischen.«

»Woher weiß er das nur alles?« piepste Martha Milburn mit zitternder, aber respektvoller Stimme.

Bobby wagte nichts davon zu sagen, daß Tommy das alles einfach erfand. Er erklärte auch nicht, daß Tommy Lügen, die schwärzer als die Nacht rundum waren, mühelos über die Lippen kamen.

Fred Woods antwortete: »Na, ist doch klar! Wenn wir einander nicht loslassen ... wenn es einen von uns erwischt, dann erwischt es auch den Rest!«

Das hörte sich ein bißchen an wie *Ich werde nicht sterben, es sei denn, ihr alle sterbt mit mir,* aber die meisten fanden Trost in dieser Erklärung. Wer hatte schon jemals davon gehört, daß eine ganze Schule auf unerklärliche Weise verschwunden war? Niemals. Das einzig Vergleichbare war die Katastrophe gewesen, als ein Tornado eine ganze Schule in Mobile zerstört hatte. Bobby dachte an den Rattenfänger von Hameln, aber das war nur eine erfundene Geschichte; die wirklichen Geschichten von Tornados und Überschwemmungen und dergleichen waren viel besser.

Als sie um die Ecke bogen und sich der Kirche von Shiloh näherten, waren alle eifrig dabei, einander die abscheulichsten, blutrünstigsten Geschichten zu erzählen. Sie hatten Tommys Mahnung, still zu sein, völlig vergessen. Am anderen Ende der Felder begannen J.D.s Hunde zu kläffen, und Tommy erinnerte seine Gefolgschaft daran, daß sie still sein mußten, oder sie würden ein kaum weniger schlimmes Schicksal als die Opfer des Tornados erleiden.

Schweigen breitete sich über die sechsunddreißig. Der Wind heulte lauter, als Tommy das Friedhofstor öffnete. Vor ihnen erhoben sich die steinernen Monumente zu dunklen, monsterartigen Formen.

»Nein! Nein! Nein! Ich geh da nicht rein!« jammerte Sally-Anne Webb, die erst in die zweite Klasse ging.

»Warum hast du sie mitgeschleppt?« fragte Fred ihren älteren Bruder Jed.

»Weil sie sagte, sie würde mich verpfeifen, wenn ich's nicht täte«, antwortete Jed voll Groll.

Fred nahm die Sache in die Hand. »Du kommst mit, Sally-Anne, oder wir lassen dich hier allein und dann kommen *sie* und holen dich!«

»Nein! Nein! Laßt mich nicht hier allein! Bitte!« jammerte sie kläglich. »Ich will nicht, daß sie mich holen!«

Ihr Bruder antwortete: »Okay. Aber halt den Mund, Sally-Anne, oder ich hau dir eine runter! Ich schwör's dir!«

Tommy sagte mit lauter Stimme: »Wenn du jetzt nicht sofort den Mund hältst, dann holen sie dich auf jeden Fall!«

Niemand fragte, wer *sie* waren.

Und so taten sie den ersten Schritt in den Kirchhof. Bei hellem Tageslicht las man auf den Steinen die Namen von Großmüttern und Großvätern und Onkeln und Brüdern – Leuten, die jeder gut gekannt hatte. Aber bei Nacht konnte man sich keinen gefährlicheren von unheimlichen Schemen erfüllten Ort vorstellen.

Der Kreis von Menschen streckte sich und wurde länger, glitt um die Steine herum wie ein Ölfleck auf Wasser. Da und dort zerschrammte sich einer das Schienbein an granitenen Ecken und stieß einen kleinen Schrei aus. Es waren ehrenhafte Wunden, der Beweis großer Tapferkeit. In zukünftigen Tagen würde man sie bewundern, so oft man sich an diese Schlacht erinnerte.

So weit, so gut. Bobby begriff nicht, wie Tommy so furchtlos sein konnte. Er schien ganz unberührt, als er sie schnurstracks auf den jahrhundertealten, halbzerfallenen Grabstein zuführte, der das Massengrab der Opfer der Choleraepidemie markierte.

Die Gruppe marschierte ängstlich am Rand vorbei; sie klammerten sich aneinander fest und zitterten und spähten furchtsam nach allen Seiten, während Tommy ihnen greuliche Geschichten erzählte – Geschichten vom Kampf der Schnapsbrenner gegen die FBI-Agenten und vom Rattern der Maschinengewehre und wie sie sterbend übereinander hinsanken und wie Kienspäne gebündelt in den schrecklichen Unglückswagen verladen wurden. Und von nun an bis in alle Ewigkeit machten sie sich Jahr für Jahr in dieser Nacht, in der sie zu Tode gekommen waren, auf die Suche nach diesem Wagen ...

*Sehr gut!* Er hatte sie weichgekocht. Zwei Bits pro Eintrittskarte waren ein sehr billiger Preis für das nackte Grauen, das die Gruppe in seinen Fängen hielt. Selbst Jungen wischten sich die Tränen aus den Augen.

Tommy streckte sich munter. »Also? Wenn ihr sie sehen wollt, müssen wir noch vor der Geisterstunde die Scheune erreichen!«

Die Menge murmelte: »Oooooh ....«, dann drängelten sie zum Friedhofstor hinaus und eilten voll Angst auf die Farm der Tuckers zu.

Es war die reine Wahrheit. Selbst Bobby glaubte daran. Seine Augen quollen förmlich aus den Höhlen. Er hörte Tommy zu, als wäre jedes seiner Worte Evangelium. Wie alle anderen spürte er sein Herz zweimal so schnell wie üblich in der Brust hämmern. Er dachte gar nicht mehr daran, daß sie den ganzen Nachmittag damit verbracht hatten, Pa's und Jeffs gestohlene Overalls und Hemden mit Stroh auszustopfen! Er hatte vergessen, wie schwierig es gewesen war, die ausgestopfte Puppe an den Dachbalken aufzuhängen, weil der Kopf andauernd wieder herunterfiel! All diese Erinnerungen waren verschwunden, als hätte der Wind sie zu den Ohren hinausgefegt und den letzten Rest klaren Verstandes dabei mit hinausgeblasen. Er versuchte an rote Hündchen und gebrochene Arme zu denken und an Mama mit einer Rute in der Hand. Nichts davon schien so schrecklich wie der Gedanke, seine eigene Scheune zu betreten!

Aber da war sie. Oben auf dem Hügel. Am anderen Ende des Hofes hinter dem stillen, finsteren Haus. Die Lichter in Lilys Kämmerchen waren längst gelöscht worden. Jeffs kleine Hütte im Feld lag in tiefem Schweigen. Die Schaukel am Walnußbaum schlenkerte und drehte sich, als spielte ein unsichtbares Kind darauf. Bobby versuchte zu schlucken, aber sein Mund war staubtrokken. Da und dort stöhnte eines der Kinder im Kreis unglücklich auf. Dann begann Tommy mit seiner gruseligsten Stimme zu sprechen ...

»Seht mal da«, flüsterte er. »Das Scheunentor steht einen Spalt weit offen. Ich wette, sie sind schon drin. Was meinst du, Bobby?«

Bobby – so war es abgemacht – sollte sagen, er würde vorauslaufen und nachsehen. Dann sollte er so tun, als sei er verschwunden, und sich auf dem Heuboden verstecken und unheimliche Geräusche machen. So hatten sie es geplant.

»Tommy ...« keuchte er.

»Geh schon, Bobby. Du spionierst es für uns aus und kommst zurück und erzählst uns, was los ist.«

»Ich geh da nicht rein!« schrie Bobby und klammerte sich fest an den kleinen Othar Hocott.

»Vorwärts!« befahl Tommy streng.

»Wenn du den Schwarzen Mann sehen willst, geh doch selber nachsehen! Ich geh da nicht alleine rein. Du kannst mich meinetwegen hier totschlagen. Mir den Arm brechen. Mama sagen, daß ich Pa's lange Unterhosen gestohlen habe, aber ich geh da nicht rein, aus, basta!«

Schweigen. Ein kollektiver Schauder durchrieselte die Gruppe. Wenn Bobby, der hier wohnte und dem der Unglückskarren gehörte, schon solche Angst hatte, war das alles hier vielleicht viel schlimmer, als sie sich vorgestellt hatten. Vielleicht wollte in dieser Nacht überhaupt niemand in die Scheune gehen.

Tommy räusperte sich und fragte: »Was bist du – ein erbärmlicher Feigling?«

»Ja. Und ich schäme mich nicht dafür«, sagte Bobby. »Aber ich hab dir gesagt, du solltest das bei Tageslicht machen, aber du wolltest ja nicht hören.«

»Ich mag auch nicht reingehen«, sagte Othar.

»Ich auch nicht«, fügte Martha hinzu.

»Ich auch!« stimmte Sally-Anne ihnen zu.

Tommy richtete sich zu voller Höhe auf und blickte die größeren Mitglieder der Versammlung hilfesuchend an. »Na, dann bleibt draußen, ihr kleinen Feiglinge. Wir Großen gehen rein und sehen uns die Sache an.«

Aber die Großen zögerten ebenfalls. »Ich weiß nicht recht«, sagte Fred. »Meinst du wirklich?«

»Kein Geld zurück«, sagte Tommy. »Wenn ihr da nicht reingeht, dann kommt bloß nicht angekrochen und jammert, ihr wollt euer Geld zurückhaben.«

Der Gedanke lockerte die Wurzeln der Furcht, die sie wie angewachsen auf den Fahrweg gebannt hatten. Einer nach dem anderen holten Jungen und Mädchen tief Atem und strafften die Schultern. Die Jüngsten zögerten erst noch, aber als das Rad sich langsam in Richtung Scheune zu drehen begann, mußten sie mitkommen oder allein zurückbleiben.

Das hohe schwarze Scheunentor gähnte wie eine Höhle vor ihnen. Tommy schlüpfte als erster hinein und zog die Türen weit auf. Er nahm die Laterne von ihrem Haken und beugte sich nieder, um das Zündholz vor dem Wind zu schützen. Das Zündholz flammte auf und erlosch. Er versuchte es von neuem. Wiederum beleuchtete der Schein sein Gesicht und erlosch. Er wölbte die

Hand schützend vor dem dritten Zündholz, und diesmal erstrahlte die Laterne in hellem Licht. Er würde die Sache durchziehen müssen, ohne daß Bobby gespenstische Geräusche auf dem Heuboden oben machte, aber der Wind hatte aufgefrischt und erwies sich als nützlicher Helfer, was schauerliche Geräusche betraf.

Die Laterne beruhigte einige Teilnehmer, aber andere preßten die Augen fest zusammen und baten die übrigen, sie sollten ihnen sagen, wenn es vorbei war.

»Kommt weiter«, sagte Tommy mit seiner allerschlimmsten Stimme.

Er trat über die Schwelle des Scheunentors. Die Milchkuh muhte freundlich, und die zartbesaiteteren Mitglieder der Gruppe sprangen bei dem Geräusch vor Schreck in die Höhe. Die Maultiere schnaubten indigniert, weil die Menschenkinder sie im Schlaf störten. Es sah genauso aus wie in jeder anderen Scheune ...

Dann hob Tommy die Laterne.

Licht fiel auf den hellgrünen Lack und illuminierte die verschnörkelten Blockbuchstaben: FAMOUS.

Hier war er also. Darüber hing ein Körper, den der Wind, der durch die Ritzen strich, sanft hin und her schaukelte. Der Strick knarrte unheimlich, während er rhythmisch hin und her schwang. Egal, daß Stroh aus den Ärmeln starrte. Egal, daß ein ausgestopfter Kopf auf dem Boden darunter lag. Die Sache war auf jeden Fall die zwei Bits wert.

Mit gedämpfter Stimme erklärte Tommy, wie sich der erste Besitzer des Fuhrwerks auch in dieser Nacht an den Dachbalken über dem Wagen erhängt hatte. Kein Zweifel, daß er ebenfalls auftauchen würde, wenn die körperlosen Schnapsbrenner herbeischwebten.

»Kommt näher.« Tommy bewegte die Laterne auf das Fuhrwerk zu. »Wartet, bis ihr das hier seht.«

Sie drängten sich näher an das Hinterrad des Wagens heran, umklammerten einander, krallten sich fest, kicherten und schnieften. Tommy zog ein Stück Teerleinwand beiseite und enthüllte ein Durcheinander von Beinen, die wie Feuerholz im Wagenkasten des Unglückskarrens gestapelt lagen.

»Und sooo brachten sie sie ins Leichen-schauuuu-hauuus.«

Er hielt die Laterne höher, und der Haufen ausgestopfter Jeans sah wirklich sehr echt aus. Sehr echt. Allzu echt.

Plötzlich begannen die Beine sich zu bewegen. Das dumpfe, auf- und abschwellende Geheul eines schrecklichen Gespensts erhob sich über ihren Köpfen! Eine Hand kroch aus dem Leichenhaufen im Wagenkasten hervor, und eine dumpfe, grausige Stimme sagte: »WARUM HABEN SIE MICH GETÖTET? ICH HABE NICHTS BÖSES GETAN!«

Das Heulen auf dem Heuboden oben wurde lauter. Jungen und Mädchen kreischten gellend und krallten sich aneinander fest, während sie zur Türe hinausstürzten! Tommy schrie lauter als alle anderen. Er rannte Bobby nieder, als das Ding im Wagenkasten heraussprang und den ausgestopften Strohkopf auf dem Boden packte.

»WAS HABT IHR ALLE HIER ZU SUCHEN?« Das Ding ragte riesenhaft über ihnen auf. »IHR KLEINEN SCHNÜFFLER! IHR KLEINEN SÜNDER! IHR WERDET ALLE EIN EBENSO SCHLIMMES ENDE NEHMEN WIE ICH!«

Wie eine in Panik geratene Kuhherde stürmte die ganze Zuhörerschaft aus der Scheune hinaus und rannte kreischend davon, den Fahrweg entlang und zurück zur Straße.

Tommy und Bobby rannten, stolperten, krochen, rannten wieder zur Vorderveranda, als das riesenhafte DING aus der Scheune kam. *Es trug keinen Kopf auf den Schultern!* Es wandte sich dem Hof zu und holte mit dem strohgestopften Kopf in der Hand aus wie ein Baseballwerfer.

»LASST UNS REIN! OOOH! MAMA! LASS UNS REIN! WIR HABEN DEIN BRIEFPAPIER GESTOHLEN! WIR HABEN UNS HEIMLICH FORTGESCHLICHEN! LASS UNS REIN!«

Im selben Augenblick schleuderte das riesige DING den ausgestopften Kopf mit fürchterlicher Wucht quer über den Hof. Er hüpfte auf der obersten Treppenstufe und prallte dann mit einem dumpfen Aufschlag gegen Tommys Beine.

Als Trudy und Birch schließlich die Türe öffneten, war das DING verschwunden. Aber die fernen Schreckensschreie der gänzlich zufriedengestellten Spuk-Show-Besucher waren immer noch deutlich auf den Feldern von Shiloh zu hören.

* * *

In der Gemeinde von Shiloh und Umgebung waren es ganz verschiedene Eigenschaften, die jemandem den Ruf einer bewundernswerten Person eintrugen. Ein Mann wurde beispielsweise dafür bewundert, daß er etwas von Pferden verstand oder Maultiere abrichten konnte. Einer Frau wiederum machte man Komplimente für ihre Geschicklichkeit bei der Zubereitung von Brandteigkuchen oder für die guten Manieren ihrer Kinder oder ihre Werke christlicher Nächstenliebe. Die Liste hochgeschätzter Charakterzüge war so lang und detailliert wie die Sprüche Salomos und so vielseitig wie die Leute, die in und um Shiloh wohnten. Aber es gab ein Charakteristikum, das auf dieser Liste auf jeden Fall ganz oben stand. Das war *Sinn für Humor ...*

Nichts wurde in Shiloh so sehr bewundert wie die Fähigkeit, jemandem einen wirklich guten Streich zu spielen. Daher hörten an diesem strahlend hellen Sonntagmorgen Männer und Frauen aller Größen, Altersgruppen und Gestalten respektvoll zu, wie ihre immer noch nervlich zerrüttete Nachkommenschaft ihnen die Einzelheiten ihrer Begegnung mit dem Unglücksfuhrwerk in der Scheune der Tuckers schilderte.

*»Diese Tuckers hatten doch immer schon ein besonderes Talent dafür, den Leuten einen Heidenschrecken einzujagen!«* Solche Bemerkungen riefen die Erinnerung an hundert verschiedene derbe Späßchen hoch, die sich die Familie Tucker im Lauf der letzten drei Generationen geleistet hatte. Uralte Mären wurden ausgegraben, neu interpretiert und wiederholt, als hätten sie sich soeben erst zugetragen. Und jedes der Opfer der vergangenen Nacht hatte über dasselbe Ereignis eine andere Geschichte zu erzählen ...

»Dann bin ich in den Straßengraben gefallen, und Fred fing an, ganz fürchterlich zu brüllen ...«

»Sally-Anne verlor ihren Schuh in einem Kuhfladen, und ...«

»Der kleine Othar kletterte auf diesen alten Walnußbaum rauf, als wäre ihm ein Bär auf den Fersen ...«

Jede einzelne Geschichte war gleichzeitig haarsträubend und zum Brüllen komisch. Von ein paar Kratzern und Schrammen und blauen Flecken und fürchterlicher Angst abgesehen, war niemandem ein wirkliches Leid zugestoßen. Jedenfalls kamen die Leute zu dem Schluß, daß diese Tuckers doch bewundernswert spaßige Leutchen waren! Ja, Sir, da würde einer sich schon sehr anstrengen müssen, um diesen Spaß mit dem Unglückskarren zu überbieten!

Die Tatsache, daß Tommy und Bobby zu Opfern ihres eigenen Scherzes geworden waren, machte es Birch um so schwerer, seine Pflicht als Erzieher zu tun. Aber da waren das gestohlene Briefpapier und die verschwundenen Overalls. Es machte auch keinen Unterschied, daß Jefferson im Wagenkasten auf sie gelauert und Lily das gräßliche Geheul auf dem Heuboden veranstaltet hatte.

»Holt mir eine Haselrute, ihr beiden«, sagte Birch feierlich, bevor sie sich zum Frühstück setzten.

Während Tommy und Bobby den Kopf hängen ließen und zum Bach hinuntertrotteten, um Haselruten zu schneiden, brüllten Trudy, Birch, Jeff und Lily im Haus oben vor Lachen und wiederholten ein ums andere Mal in allen Einzelheiten, wie die Kinderschar in heller Panik davongestürzt war. Sie wischten sich die Lachtränen aus den Augen und hielten sich die Seiten, als die Jungen mit düsterer Miene zurückkehrten. Die Erwachsenen schluckten ihr Lachen hinunter und taten ihr Bestes, um recht säuerlich und mißbilligend dreinzusehen.

»In die Scheune, Jungs.« Birch seufzte brunnentief, als wäre er schrecklich enttäuscht über seine Söhne. Sie hatten versprochen, das verschwundene Briefpapier aus ihren Gewinnen zu bezahlen, aber die Pflicht verlangte, daß sie auch mit ein wenig Sitzfleischbrennen bezahlten. Also marschierten sie wie Soldaten zum Standgericht in die Scheune hinaus, um die erwartete und unvermeidliche Tracht Prügel in Empfang zu nehmen.

Trudy flüsterte Birch zu, als er an ihr vorbeiging: »Sei nicht zu hart mit ihnen.« Es war natürlich gar nicht nötig, das noch extra zu sagen. Birch war entschlossen, der Rute gerade so viel Nachdruck zu verleihen, daß sie sich an die lange Liste von *Du sollst nicht* erinnern würden, die sie übertreten hatten.

Am Vormittag saßen die Jungen dann demütig – und vorsichtig – auf den harten Stühlen der Kirche von Shiloh, während die Gemeindeglieder Trudy und Birch zuwinkten und zublinzelten, wenn die Kinder gerade nicht hersahen. Prediger Adams predigte über das drohende Höllenfeuer und den Fluch des Dämons Alkohol. Die Jungen saßen alle still da und nickten feierlich. Die Erscheinung der vergangenen Nacht loderte noch in ihren Gedanken. Aber die ganze Zeit über stupsten die Erwachsenen einander an, stießen einander in die Rippen und sandten fröhliche Signale von einer Kirchenbank zur anderen.

Es war ein seltsamer und wunderbarer Morgen. Als er zu Ende ging, hatten Birch und Trudy nicht weniger als fünf Einladungen erhalten, sich die Radiosendung anläßlich von Thomas Edisons Erfindung des elektrischen Lichts anzuhören. Diese grandiose Erfindung war noch nicht bis nach Shiloh vorgedrungen, aber, wie Trudy sagte: »Die gute Absicht ist es, die zählt.«

# ZWISCHEN LICHT UND FINSTERNIS

Montag abend, der 21. Oktober, wurde in aller Welt als der Fünfzigste Jahrestag des Lichts angekündigt. Der Nachthimmel über New York erstrahlte in künstlichem Licht. Die Lichtbündel der Scheinwerfer wirbelten über die Schluchten der Wall Street und spielten Verstecken in den Wäldern von Manhattan.

Die Fifth Avenue wurde zu Ehren Edisons und des Zaubers, den er in die Welt gebracht hatte, des Lichts, das die Finsternis vertrieb, von speziellen goldfarbenen Kugeln erleuchtet. Der Broadway war von der Vierunddreißigsten Straße bis zum Columbus Circle in goldenen Glanz getaucht. Damit auch wirklich jeder Besucher verstand, worum es ging, war eine riesenhafte Anzeigentafel an der Ecke Broadway – 43. Straße aufgestellt worden. Darauf stand GOLDENES JUBILÄUM DES LICHTS 1879 – 1929.

Hundertdreißig Radiostationen sorgten dafür, daß jeder Bürger der Vereinigten Staaten an dieser historischen Neuaufführung von Edisons Erfindung teilhaben konnte. Die Zuhörer lauschten der Rede Präsident Hoovers bei der Zeremonie in Dearborn, Michigan. Glückwunschtelegramme von Albert Einstein in Berlin, Deutschland und Admiral Byrd in der Antarktis wurden verlesen.

Die Lücken zwischen den Ereignissen füllte Musik aus. Henry Fords Orchester spielte »Oh, Susanna!«, eine Lieblingsmelodie Edisons. Die Band des Hotels Astor brachte »The Miracle Man«, George M. Cohans neuestes Werk, eine musikalische Opfergabe, die Edison zu Füßen gelegt wurde. Millionen von Amerikanern folgten den Anweisungen und schalteten gehorsam die Beleuchtung aus, um das Drama der ersten funktionierenden Glühlampe noch einmal zu erleben.

Die Lichter waren auch in Damon Phelps Zimmer im Plaza Hotel ausgeschaltet, und das RCA-Victor-Radio berichtete getreulich von der Zeremonie in Michigan, aber Phelps war einer der wenigen Amerikaner, die ihm keine Aufmerksamkeit schenkten.

Phelps lag in der Dunkelheit seines Zimmers und durchlebte noch einmal die Erfahrungen, die er an der Börse gemacht hatte. Vor sechs Monaten waren Aktienkäufe eine todsichere Sache gewesen. Fünfzigtausend Dollar aus dem Besitz der Bank, die auf den Aktienmarkt »umgeleitet« wurden, vermehrten sich mühelos auf hunderttausend Dollar.

Aber seit die Äußerungen dieses idiotischen Wirtschaftsprofessors den Markt erschüttert hatten, schien nichts mehr sicher zu sein. Jetzt waren alle seine Gewinne – und noch weitaus mehr – im Rachen des Sabre-Öl-Käuferringes verschwunden.

An diesem Tag hatte es wieder starke Schwankungen an der Börse gegeben. Sechs Millionen Aktien waren verkauft worden. Papierfetzen, die den Besitz von Anteilen an neunhundertzwanzig verschiedenen Firmen repräsentierten, hatten den Besitzer gewechselt. Noch nie waren Anteile so vieler Firmen an einem einzigen Tag gekauft und verkauft worden, und fast alle zu niedrigeren Preisen als in der vergangenen Woche.

Sabre-Öl war um zwei Dollar gefallen. Kein großer Verlust, aber die Aktien hätten doch *steigen* sollen! Trotz all der Käufe von Mitgliedern des Ringes und den lobenden Artikeln bestochener Journalisten in der *World* und dem *Globe* war der Kurs gefallen!

Hastige telefonische Konferenzen mit Keenan hatten jeden einzelnen der Verschwörer wieder beruhigt: nur keine Sorge ... die Sabre-Aktien notieren immer noch höher, als wir sie ursprünglich gekauft haben ... der Ring hat genug Geld, um sogar noch mehr Aktien zu kaufen, die Preise noch weiter in die Höhe zu treiben.

Und was war mit Meyer? Wo war sein Zeitungsartikel? *Noch nicht* hieß die Antwort. *Wir wollen unseren Trumpf nicht zu früh ausspielen. Die Wahl des richtigen Zeitpunkts ist hier entscheidend, und es wird noch weitaus plausibler klingen, wenn unsere Empfehlung, Sabre-Öl zu kaufen, erst nach dieser kleinen Kurskorrektur erfolgt. Wartet nur ab.*

Wartet nur ab! Phelphs warf und wälzte sich ruhelos auf dem Bett herum. Der Strahl eines riesigen Scheinwerfers glitt über sein Fenster und erinnerte ihn höchst unbehaglich an die Scheinwerfer der Wachttürme rund um das Staatsgefängnis von Oklahoma.

* * *

Alle Welt lauschte der NBC-Radiosendung, die das Goldene Jubiläum des Lichts feierte. Ganz New York war vom Rausch des Jubiläums erfaßt.

Max hatte Edith's Einladung abgelehnt, sie zum Kerzenlicht-Ball im Ritz zu begleiten. Er hatte sie angelogen und ihr erzählt, er habe dringende Arbeiten zu erledigen. Sie wußte, daß er sie anlog, und knallte den Hörer auf die Gabel, aber eine Minute später rief sie ihn wieder an. *»Du weißt doch, das Leben ist mehr als nur Arbeit ...«*

Max gewann den Eindruck, als betrachtete Edith es als ihre Lebensaufgabe, ihm beizubringen, daß es im Leben mehr als nur Arbeit gab. Aber heute nacht hatte er auf dieses Spielchen keine Lust. Und ebensowenig gelüstete es ihn nach Musik oder dem schrillen Lachen der Damen der feinen Gesellschaft von Manhattan oder optimistischen Gesprächen über die Börsenkurse mit reichen Bankiers, die ihr Leben damit zubrachten, den Amerikanischen Traum zu kultivieren.

Max verließ seinen Arbeitsplatz frühzeitig und ging zu Fuß durch die Stadt, bis er entdeckte, daß sein Weg ihn zur Brooklyn Bridge führte. Verkehr donnerte über den Bogen, als die Leute nach Hause eilten, um ihre Radios einzuschalten. Am jenseitigen Ende von Max' Brücke lag Brooklyn, ungeheuer groß und, von seinem Standpunkt aus betrachtet, unpersönlich. Tausende von Wohnungen hingen an Telegrafendrähten. Brooklyn war ein Ort, den seine Bewohner bei Tagesanbruch verließen und wohin sie nur zurückkehrten, um Radio zu hören und zu schlafen. An diesem Nachmittag schien der Verkehr dichter als gewöhnlich, alles eilte ungeduldig auf Häuser zu, die alle gleich aussahen, um den Abend mit dem überall gleichen Zeitvertreib zu verbringen. War dies das *goldeneh medina*? Das Gelobte Land?

Max wandte Brooklyn den Rücken zu und blickte zu den himmelstürmenden Höhen Manhattans hinüber. *Seine Welt ...*

Es hatte Monate gedauert, bis er die Grandiosität Londons wirklich erfaßt hatte und Wochen, bis er die Stadt Paris begriffen hatte. Aber wie er da in der Mitte der Brooklyn Bridge stand, erfaßte Max die ganze Stadt New York in weniger als einer Minute. Er spähte hinauf in das Netzwerk von Drahtseilen, Strängen und Streben, die den Himmel über der Brücke durchkreuzten. Dann blickte er lange und eindringlich die Stadt an, die er einst mehr geliebt hatte als alle anderen Städte der Welt. Die Gebäude schienen den Himmel zu attackieren. In New York gab es nur bergauf oder bergab, nichts anderes. Und der Pulsschlag dieses gigantischen Babylons war das Steigen und Fallen der Börsenkurse.

Hatte Max je zuvor bemerkt, daß jede Hauptstraße in einer Sackgasse am Ufer endete? Bergauf. Bergab. Sackgasse. Das war alles, was die Stadt seiner Träume ihm jetzt noch bedeutete. Und so stand er auf der Brücke über dem Wasser. Er erinnerte sich, wie er mit Irene hier gestanden hatte, als alle seine Träume noch frisch und neu und zum Greifen nahe gewesen waren. Damals war ihm der Gedanke an Sackgassen nie gekommen. Damals hatte er nie daran gedacht, daß alles, was bergauf geht, auch wieder bergab muß.

Und damals, vor so langer Zeit, hatte er sie so sehr geliebt, daß er alle seine Träume aufgegeben hatte, um sie für immer sein eigen zu nennen. Hätte er nur damals schon gewußt, daß er eines Tages hier im Wind stehen und auf seine Stadt hinabblicken und sie verfluchen würde, weil sie seinen Sohn vor ihm verbarg!

Max schlug mit der Faust auf den Stahl und schrie in den Wind: »WO BIST DU, DAVID? WO?«

* * *

Der Mond schwebte als dünne Sichel über den fernen Lichtern der Großstadt. Auf dieser letzten Fahrt hinaus zur *China Doll* saß David auf einer Taurolle und blickte zu dem Ort zurück, den seine Mutter Irene und sein Vater Max einst ihr Zuhause genannt hatten. In der ganzen Zeit, die er schon in New York verbracht hatte, war David noch immer nicht über die Brooklyn Bridge gegangen oder hatte einen von Nathans berühmten Hot Dogs in Coney Island gegessen. Und nun würde er auch niemals mehr Gelegenheit dazu haben.

»He, Mice«, überschrie Gus das Dröhnen des Motors. »Wat hältst du davon? Wir fahren in 'ne Gegend, wo es so warm ist, dat wir sogar im Winter keinen Mantel anziehn müssen!«

»Wir fahren nach Havanna!« freute sich Olaf. »Wat hältst du davon, sag schon, Mice! Dort kannste jederzeit schwimmen gehn! Dort ist dat Wasser so klar, daß du die Fische sehen kannst, mit denen du um die Wette schwimmst!«

»Geht ihr mit mir schwimmen, Gus? Olaf?« fragte David. Er kannte die Antwort, bevor sie den Mund aufmachten.

»Wir können nich' schwimmen! Dat weißt du genau! Wir schwimmen auch nich gerne. Fischer solln fischen, nicht zwischen den Eisbergen rumschwimmen!«

»Ich bring's euch bei«, versprach David. »Ich und Kabeljau, wir zeigen euch, wie's geht. Es ist so einfach wie ein Bad zu nehmen.«

Das entlockte ihnen ein gewaltiges Gelächter. »Wir nehmen doch kein Bad!«

Seit Gus und Olaf gehört hatten, daß sie nach Havanna geschickt werden sollten, hatten sie unablässig versucht, David aufzuheitern. Sie sprachen von dem warmen, klaren Wasser, dem weißen Sand der kubanischen Strände. Der Sonne, den Sternen, der lateinamerikanischen Musik. Es wäre der Himmel auf Erden für kleine Jungen, versprachen sie ihm. Ein Paradies, das das ganze Jahr über geöffnet hielt. Sie würden ihm beibringen, wie man wirklich große Fische fing, und er würde niemals wieder zu den kalten Küsten Nordamerikas zurückkehren wollen.

Hätte die Reise nach Kuba nicht das Ende aller Träume für David bedeutet, so wäre es ein wundervolles Abenteuer gewesen, auf das er sich freuen konnte. Aber er war Mrs. Crowley und Pater Johannes nicht davongelaufen, um nach Kuba zu fahren. Er wollte nach New York. Der Ort, von dem alle Geschichten seiner Mutter handelten. Die große Stadt, in der der Mann namens Max Meyer lebte und arbeitete und keinen Augenblick daran dachte, daß er einen Sohn haben könnte.

»Wie weit von hier ist 'ropa?« fragte David.

»Sehr weit weg.«

»Unheimlich weit weg.«

»Weiter weg als Kuba?«

»Wir kommen aus Europa. Es ist viel zu weit weg, um dorthin zurückzufahren. Und außerdem ist es dort sehr kalt. Furchtbar kalt. Du kriegst eine blaue Nase vor Kälte, wenn du im Winter zum Fischen rausfährst!«

»Warum fahren wir nicht lieber dorthin?« fragte David und dachte an Max. Wenn Max in Ropa war, wie sollte David ihn da jemals finden? David wollte nicht nach Kuba, auch wenn das Wasser dort noch so warm und klar war.

»Wir verdienen dort nichts, Mice. Wir waren einfach zu arm, und hungrig obendrein. Eines Tages werden wir schwerreiche Alkoholschmuggler sein, und dann fahren wir zurück. Und dich nehmen wir mit.«

Das war es also ... *eines Tages.* Eines Tages würde David mit den Svenson-Brüdern nach Ropa zurückfahren, und vielleicht würde er dann seinen Vater finden. Was hatte es jetzt noch für einen Sinn, in New York zu bleiben? Es war nur ein großer, leerer, einsamer Ort. Max war abgehauen. Der Boß blickte David an, als sei er eine Wanze, die man zerquetschen mußte. Da war diese kleine Sache mit Joey The Books Leiche, die in Coney Island angespült worden war. Da konnte einen jeder Appetit auf Nathans Hot Dogs mit einem Schlag vergehen. Und wie stand es mit der Brooklyn Bridge? Er hatte absolut keine Lust, jetzt dort hinaufzugehen, nach allem, was er über den armen Joey und Boß Quinn wußte. *Ein kleiner Stoß, und ...*

Solche Gedanken ließen ihn heftiger schaudern als der rauhe, kalte Nordwind. Gründe genug, um New York zu verlassen und nie mehr zurückzukehren.

Warum wandte David also den Blick zurück? Warum starrte er das Netz von Lichtern in Manhattan an und grübelte? Warum dachte er an seinen wirklichen Vater, als hätte er ihn sein Leben lang gekannt?

»Also? Wat meinst du, Mice? Uns wird's doch großartig gehen, ja? Gut wird's uns gehen, und wie!«

»Klar«, erwiderte David, obwohl ihm das Herz schwer war. »Großartig wird's uns gehen, Gus.«

* * *

Birch, Trudy, Bobby und Tommy waren in ihren Sonntagskleidern in ihrem FAMOUS-Fuhrwerk nach Hartford gefahren, um die Fünfzig-Jahr-Feier des Elektrischen Lichts in Winters Drugstore und Erfrischungsstand zu besuchen.

Lily blieb im Haus, um Baby Joe zu beaufsichtigen, der an einer leichten Erkältung litt. Jeff war in der Scheune, wo er sich um eine Jungkuh kümmerte, die mit großer Wahrscheinlichkeit in dieser Nacht noch kalben würde.

Jefferson hatte bemerkt, wie Trudys Augen glänzten, als sie ihm eingeschärft hatte, im Haus zu essen. *»Lily ist eine so gute Köchin«*, hatte sie zu ihm gesagt. *»Sie hat einen Apfelkuchen für uns gebacken, den wir zu der Party heute abend mitnehmen werden, und einen zweiten extra für dich ...«*

Nun, Jefferson Canfield hatte durchaus etwas übrig für Apfelkuchen. Aber es gefiel ihm nicht, wie Miz Trudy beständig versuchte, ihm Lily schmackhaft zu machen. Er suchte keine Frau. Schon der bloße Gedanke daran erschien ihm wie eine Herabwürdigung von Latishas Angedenken. Mochte Lily so hübsch sein, wie sie wollte, mochte sie noch so gut kochen, mochte sie noch so hübsch singen, wenn sie nicht wußte, daß er ihr zuhörte, und mochte sie Jesus noch so sehr lieben – *nein, Sir!*

Jefferson blieb in der Scheune und legte sich auf dem Heuboden schlafen, obwohl die Zeit zum Abendessen vorbeiging und nichts darauf hindeutete, daß die Kuh bald kalben würde. Er war kein Narr. Lily war eine wunderschöne Frau.

Man hätte ja blind wie ein Maulwurf sein müssen, um es nicht zu bemerken. Aber Jefferson wollte es nicht bemerken; wollte nicht den Schmerz des Verlangens erwecken, den er allein in seinen Träumen von Latisha fühlte. Nicht einmal Latishas Tod hatte sein Herz von dem ihren scheiden können. Wenn selbst der Tod ihn nicht von ihr scheiden konnte, so wollte Jeff schon gar nicht, daß der Gedanke an eine andere Frau ihn von ihr ablenkte.

Der Duft eines Grillhähnchens drang in die Scheune und kündigte an, daß Lily ihm sein Abendessen brachte.

»Jeff Canfield?« Sie warf einen Blick auf die Kuh, die zufrieden wiederkäute. »Warum kommst du nicht rein und ißt? Diese Kuh hat ebensowenig vor, heute ihr Kleines zu kriegen, wie ich selber.«

Er blickte Lily nicht in die Augen, aber er blickte vom Heuboden auf die Kuh hinab. »Es ist ihr erstes Kalb. Wäre nicht klug, sie jetzt alleinzulassen.«

Lily schnaubte durch die Nase. »Wenn diese Kuh sprechen könnte, würde sie sagen: ›Was macht der dumme Kerl da oben auf dem Heuboden? Jetzt passiert doch noch gar nichts.‹« Sie streckte ihm ein zugedecktes Tablett entgegen. »Komm runter und hol dir dein Abendessen. Ich bin nicht imstande, daß ich die Leiter raufklettere und dir das bringe, Mann.« Sie tätschelte ihren Bauch. »Falls du's noch nicht bemerkt hast, diese Kuh und ich haben etwas gemeinsam.«

Jeff bewegte sich nicht rasch genug für ihren Geschmack. »Ich hab's schon bemerkt«, murmelte er.

»Na, dann komm runter. Miz Trudy sagte mir, ich sollte für dich sorgen. Sie sagte, manchmal träumst du und dann bist du ganz gedankenverloren und ißt überhaupt nichts. Nicht einmal genug, daß ein Spatz davon leben könnte, sagt sie.« Lily machte ein grimmiges Gesicht, als er Sprosse für Sprosse die Leiter herabstieg. »Ich hab Buttermilchplätzchen gemacht, aber du bist nicht gekommen, als ich gerufen habe, und jetzt sind sie kalt.«

»Ich brauch niemand, der für mich sorgt«, sagte er. Er wandte ihr den Rücken zu, als er von der Leiter stieg. »Ich hab lange Jahre Schlimmeres gegessen als kalte Plätzchen und war dankbar dafür.«

»Nun, jetzt brauchst du keine kalten Plätzchen mehr zu essen, Jeff Canfield. Es sei denn, du hättest dich so ans Leiden gewöhnt, daß es dir inzwischen Spaß macht.«

Ihre Bemerkung brannte ihm in der Seele. Er fuhr heftig herum. »Du weißt nicht, was Leiden ist, wenn du so reden kannst.«

»Ich weiß genug. Manchmal denkt man, man verdient's gar nicht, glücklich zu sein, also warum sollte man es überhaupt noch versuchen? Ich hab auch schon mal gedacht, ich würde sowieso keinen guten Tag mehr erleben, und es wär vielleicht besser, gleich zu sterben.« Sie hob trotzig das Kinn. »Aber Miz Trudy sagte mir, ich müßte für dieses Kind leben. Ich müßte mich zwingen, ans Leben zu denken und es mir gutgehen zu lassen, damit ich dieses Baby hier zur Welt bringen und ihm ein gutes Leben bieten kann.« Sie legte die Hand auf den Leib und lächelte. »Siehst du? Es ist ganz meiner Meinung ... gerade hat es mich getreten, und wie!«

Jefferson vergaß die Kuh und das Essen und die Tatsache, daß Lilys Anblick eine Augenweide war. Er starrte fasziniert auf die offenkundigen Bewegungen des hochschwangeren Leibes, der sich aus Lilys Mantel hervordrängte. Einen Augenblick lang bewegte er die Hand, als wollte er das Baby berühren, wie er es in dem Traum getan hatte, in dem ihm Latisha erschienen war. Dann beherrschte er sich und legte die Hände hinter dem Rücken zusammen.

»Miz Trudy ... sie hat eine gute Hand für Kinder.« Er wechselte das Thema, dann hob er die Serviette, um das Essen auf seinem vollgehäuften Teller zu betrachten. »Mhmm. Sieht gut aus.«

»Das ist auch gut. Und es wäre noch viel besser, wenn du zu träumen aufhören und essen wolltest, solange es heiß ist.« Sie bedeutete ihm, sich auf einen Futtersack zu setzen. »Setz dich. Ich werde dir Gesellschaft leisten, dir und der Kuh da hinten. Das Baby schläft tief und fest.« Sie blickte zum Fenster seiner Schlafkammer hinüber. »Du hast noch keine drei Worte mit mir gesprochen, Jefferson Canfield, seit wir die Jungen hier in der Scheune erschreckt haben. Ich hab mich schon gefragt, ob ich was falsch gemacht hätte oder ...«

Er blickte sie nicht an, während er kräftig von dem Brathähnchen abbiß. Aus dem Augenwinkel konnte er sehen, daß das Licht der Laterne sie umfloß wie ein Heiligenschein. »Wirklich gut«, sagte er und leckte sich die Finger ab. Und es war tatsächlich köstlich. Sie war eine gute Köchin. Daß sie ein verführerischer Anblick war, hieß noch lange nicht, daß er das gute Essen vernachlässigen mußte. »Genau so gut, wie meine Mama gekocht hat.« Ein weiterer Bissen. »Miz Trudy ist eine feine Frau, aber vom Hähnchengrillen versteht sie nun wirklich nicht viel.« Er blickte geradewegs auf ihren Bauch, während er redete und aß. Geradewegs auf dieses Baby, und er fragt sich, ob es wohl ein Junge oder ein Mädchen war. Nach einer Weile erzählte er Lily von seinen Schwestern und seinen Leuten und ein bißchen von Tisha. Dann erzählte sie ihm von William und daß er nicht weit von hier begraben lag und wie sie zurückgekehrt war, um neben seinem Grab zu sterben.

»Dann fiel's mir ein. Wie Miz Trudy sagte, ich muß an das Kind hier denken, Jeff. Er muß zu einem Ebenbild seines ...« Ihre Stimme versagte, als sie den wunderlichen Blick in Jeffersons Augen bemerkte.

»Ich hab diese Worte gehört.« Er runzelte die Stirn und legte seine Serviette auf den leeren Teller.

»Was?«

»›Man muß an das Kind denken, Jeff.‹ Sie sagte das ... genau so.«

»Was sagst du da?«

Er saß schweigend da und rief sich den Traum ins Gedächtnis zurück. »Es ist nur ... ich hab diese Worte schon früher gehört. Jemand sagte sie zu mir.«

»Welche Worte?«

»Über das Kind. Es ergab damals gar keinen Sinn für mich ... brach mir nur das Herz. Ich hab lang' darüber nachgedacht. Versuchte es zu vergessen, weil es ja doch nie sein sollte. Nicht für mich, verstehst du?«

Lily rieb sich das Kinn und zog die Augenbrauen hoch. »Du redest, als hättest du einen Sonnenstich. Bloß daß gar keine Sonne scheint.« Sie lachte. »Wenigstens hast du dein Abendessen aufgegessen. Das ist ein gutes Zeichen.« Sie sammelte Teller und Besteck ein. »Ich muß jetzt wieder zurück.«

Jefferson legte ihr die Hand auf den Arm und hielt sie zurück. »Bitte ... eines noch.«

»Was willst du denn jetzt noch?« spöttelte sie.

»Ich will nicht aufdringlich sein ...« Seine Hand blieb auf ihrem Arm liegen, sein Blick hing an ihrem Bauch. Er streckte die Hand aus und berührte das Kind, das ihm sofort den Gefallen tat und gegen seine Handfläche trat. Ein melancholischer Ausdruck breitete sich über die zerschlagenen Züge des Riesen. Lily rührte sich nicht. Irgendwie ging das hier nur Jefferson und das Baby etwas an.

»Dank dir schön«, flüsterte er. »Ich weiß, es ergibt keinen Sinn für dich. Aber ich hatte diesen Traum. Ich hab zehn Jahre lang nur von Träumen gelebt. Ich wollte mich nur vergewissern, daß es Dinge gibt, die kein Traum sind.«

Lily nickte, als er die Hand zurückzog. Sie berührte seinen Scheitel, wie er da vor ihr saß. Die Berührung war wie eine Segensgeste. Dann kehrte sie ins Haus zurück und überließ ihn seinen Träumen.

* * *

Trudy warf nur einen flüchtigen Blick auf die Schlagzeilen, die über den unruhigen Tag an der Wall Street berichteten. Von der Tatsache abgesehen, daß Max irgendwie in das alles verwickelt war, interessierte sie sich nicht sonderlich dafür. Heute nacht spielten sich andere wichtige Ereignisse ab.

Trudy empfand ein Zusammengehörigkeitsgefühl wie nie zuvor. Die ganze Gemeinde der Kirche von Shiloh war zu den Festlichkeiten nach Hartford gefahren. Sie und Dutzende weiterer Farmer von den außerhalb liegenden Weilern versammelten sich in Winters Drugstore und Erfrischungsstand, um die internationale Feier auf ihre Weise zu begehen. Jedes elektrische Licht in Hartford und in ganz Amerika war anläßlich des feierlichen Ereignisses ausgeschaltet worden. Die Menschenmenge drängte sich in der Dunkelheit zusammen und dachte darüber nach, wie die ganze Welt vor fünfzig Jahren ausgesehen hatte, vor Thomas Edisons Erfindung der lichtspendenden Glühbirne.

Mr. Winters hatte sein riesiges Majestic-Radio in den Laden hinuntergeschleppt, und nun dröhnte die Stimme des Radiosprechers der NBC durch den Raum, der live vom Schauplatz in Greenfield Village in Dearborn, Michigan, berichtete.

*»Aus dem Fenster des ersten Stockwerks sehe ich nun Mr. Edison in einer altmodischen Pferdekutsche heranfahren. Die Straßen des Menlo Park sehen heute genauso aus wie in alter Zeit. Lassen Sie mich die Szenerie schildern, in der sich diese einzigartige Wiederholung der Ereignisse von vor fünfzig Jahren abspielt. Hier befinden wir uns in dem Laboratorium, in dem die erste Glühbirne das Licht der Welt erblickte …«*

Obwohl die elektrische Beleuchtung noch nicht bis Shiloh vorgedrungen war, kauerten sich die Bauernfamilien dennoch im Laden zusammen und lauschten ehrfürchtig dem historischen Drama, dessen Zeugen sie via Radio wurden.

*»Unter mir, im ersten Stock, befindet sich das alte Büro ... Nun lassen Sie mich ein Wörtchen über die Stiegen hier sagen, meine Damen und Herren. Heute nachmittag entdeckte ich einen kleinen Schrankraum unter dieser Treppe, und man sagte mir, diese kleine finstere Nische sei Mr. Edisons Lieblingsplätzchen gewesen, wenn er sich zu einem kleinen Nickerchen zurückziehen wollte ...«*

Amüsiertes Gemurmel in der Menge war die Antwort auf diese persönliche Enthüllung aus dem Leben des großen Erfinders. Wer hätte gedacht, daß berühmte Erfinder ein Nickerchen unter der Treppe machten?

*»Hier kommt nun Mr. Edison an, begleitet von Präsident Hoover und dem Rest der offiziellen Delegation ... Können Sie sich vorstellen, wie diesem grandiosen alten Mann zumute sein muß, da er nun ein halbes Jahrhundert nach dem Augenblick an die Stätte seines großen Triumphs zurückkehrt?«*

Trudy lehnte im Dunkel den Kopf an Birchs Schulter und lächelte, als er ihre Wange streichelte und sie auf die Stirn küßte. Dann flüsterte er: »Du erzeugst so viel Spannung, wie ich nur ertragen kann.«

Sie erinnerte sich an die Nacht, als er sie im Electric Park von Fort Smith das erste Mal geküßt hatte. »Das wird vermutlich auch das einzige bleiben, was dich in Shiloh elektrisiert.«

»Das reicht schon«, murmelte er ihr ins Ohr, während das Radio weiterplärrte und all die Mirakel der modernen Zeit aufzählte, während Shiloh unberührt, ungestört und in ruhiger Vollkommenheit im Kerzenschein lag.

* * *

Das Firmament schien beinahe eine feste Masse zu bilden, so dicht drängten sich die Sterne der Milchstraße aneinander. Die pechschwarzen Fluten des Atlantiks waren fast unsichtbar. Die *Jazz Baby* schwebte im leeren Raum zwischen New Yorks elektrischem Jubelfest, den Lichtern der Rumflotte und all diesen Millionen Sternen.

Ringsum konnte David das Summen und Rattern anderer Küstenboote hören, die zu ihren Mutterschiffen hinausfuhren, aber in dieser tiefen Finsternis konnte er weder Form noch Größe der Fahrzeuge ausmachen. Waren es *Picket-Boote? Küstenwache? Rumfahrer? Piraten?*

Fünfzig Yards voraus blinkte ein Licht auf und fegte über den Bug der *Jazz Baby*. Der Laderaum des Kutters war noch leer. Es gab keinen Grund, Patrouillen der Prohibitionsflotte oder Piraten zu fürchten. Keiner von beiden war daran interessiert, einen Schnapstransporter zu fassen, bevor der Laderaum zum Bersten voll mit illegalem Alkohol und das Schiff auf dem Rückweg zur Küste war.

Bei dem Gedanken daran verlangsamte Gus die Fahrt, als das fremde Schiff ein Notsignal aufblinken ließ.

»Es ist eines unserer eigenen Schiffe, denke ich«, sagte Gus. Olaf erwiderte das Signal, das nur die Schwesternschiffe der Flotte kannten, die dem Boß gehörte. Ja. Da, vor ihnen, trieb ein kleines Fahrzeug mit abgestelltem Motor im Wasser.

»Ahoi! Ist dort die *Jazz Baby*?« dröhnte Jumbos Stimme.

»Aye«, antwortete Olaf. »'s is' die *Lollypop*«, sagte er.

»Wir haben Maschinenschaden! Unser Motor hat schlappgemacht. Könnt ihr uns zur *China Doll* hinaus ins Schlepptau nehmen?«

Die *Jazz Baby* schob sich backbords heran, als würde sie von Jumbos Stimme dirigiert. Kabeljau witterte den Körpergeruch seines alten Erzfeindes in der Luft und begann ein kontinuierliches, wütendes Grollen von sich zu geben.

»Mice!« befahl Olaf. »Halt Kabeljau von Jumbo fern. Er beißt ihm die Nase ab, wenn Jumbo ihn nicht vorher erschießt. Sieh zu, daß er hinter der Kabine außer Sicht bleibt und die Schnauze hält, verstanden?«

Kabeljau war darauf dressiert, ein fürchterliches Gekläff von sich zu geben, sobald sich ein eventueller Eindringling blicken ließ. Aber der Hund empfand echten Haß für Jumbo und seinen Gefährten, Billy Black. Der kleinste Anlaß hätte genügt, und Kabeljau hätte Jumbo mit Freuden den Arm abgebissen, sobald der übelriechende Seemann die Hand nach der Strickleiter ausstreckte.

David saß mit dem Rücken zur Kabine neben dem riesenhaften schwarzen Tier. Die *Jazz Baby* schob sich backbord an die *Lollypop* heran. David schob die Hand unter das Halsband des riesigen Hundes und flüsterte ihm beschwichtigend ins Ohr, während das Gespräch zwischen den beiden Schiffen weiterging und die Maschinen der *Jazz Baby* lärmend stoppten.

»Wat is'n los?«

»Wasser im Tank, glaube ich. Vor einer Stunde hat der Motor zu arbeiten aufgehört und wir hofften, ihr würdet hier vorbeikommen. Ist's recht, wenn wir an Bord kommen?«

Die *Lollypop* stieß gegen die *Jazz Baby.* David spürte, wie der Kutter schaukelte, als Jumbo und Billy Black an Bord kamen.

»Wo ist euer Höllenhund?« fragte Billy.

Olaf lachte. »Kommt lieber hier rauf.«

Ein paar Augenblicke vergingen, während Jumbo und Billy auf die Kommandobrücke hinaufkletterten. Die *Jazz Baby* nahm wieder Fahrt auf, und plötzlich änderte sich Jumbos Tonfall. Seine Worte gingen fast im Donnern der Maschinen unter. Dann stoppte die *Jazz Baby* wieder. Kabeljau setzte sich auf die Hinterhand und jaulte auf. David zerrte an seinem Halsband und hielt ihn an seinem Platz fest.

»Wo ist der Junge?«

»Der is' nich' da ...« Olafs Stimme klang ängstlich und zornig zugleich. »Wat machst du da, Jumbo? Wir haben keine Fracht an Bord! Du willst doch nicht etwa die *Jazz Baby* hijacken? Wir haben keine Fracht an Bord, wenn ich dir's doch sage!«

Was war das? Ein Piratenüberfall? Die Entführung eines unbeladenen Schiffes auf dem Weg zur Schnapsflotte? Was sollte das bedeuten? Warum taten sie das?

»Ihr habt die Falschen erwischt!« schrie Gus. »Leg das Ding weg, Jumbo! Ich sag euch doch, wir haben keine Fracht an Bord!«

»Wo ist der Junge?« schrie Jumbo. »Der Boß will dem kleinen Bettler Betonschuhe verpassen!«

»Mice? Wat sagst du da? Der Boß will Mice haben? Er ist doch bloß ein Kind! Er hat niemand was getan! Wat sagst du da, Jumbo? Biste übergeschnappt?«

»Hat mit mir nichts zu tun«, antwortete Jumbo. »Kommt direkt vom Boß. Er weiß *alles,* verstehste! Er weiß genau, daß ihr Svenson-Brüder mit Joey The Book unter einer Decke gesteckt habt!«

»Joey? Wat haben wir denn mit Joey The Book zu tun?« Gus konnte es nicht glauben.

»Ja!« lachte Jumbo. »Der Boß bildet sich eben ein, daß ihr beide und Joey unter die Piraten gegangen seid. Und so weiter. Der Boß will euch tot sehen. Kapiert? Weiter nichts. Er mag's nun mal nicht, wenn die Leute ihn beklauen. Er will euch umgelegt haben *und den Jungen dazu!* Und ... wo ist der Hund? Wo ist der Junge?«

»Beide warten am Dock auf uns. Wir haben sie heute nich' mitgebracht ... *Bitte!* Gib das Ding weg. Wir haben nichts getan! Wir fahren nach Kuba! Wir müssen mit dem Boß reden! Wir müssen ihm sagen, daß wir ihm sicher nichts gestohlen haben! Wir wissen *überhaupt nichts* von Joey The Book!«

»Nein? Dummkopf von einem Schweden! Das wißt ihr nicht, daß der Boß ihn umgenietet hat? Das wißt ihr nicht, daß eure kleine Kanalratte von einem Jungen die ganze Zeit in der Toilette des Lagerhauses rumspionierte? Das wißt ihr alles nicht, nein?« Er lachte grausam. »Und ihr habt wohl auch noch nicht kapiert, daß wir nicht hier aufgetaucht sind, um eure Ladung zu klauen! *Wir haben vor, euch umzupusten! Nichts weniger!«*

»Nein! Jumbo! Billy Black!«

Zwei Schüsse krachten. Etwas Warmes, Nasses fiel wie schwere Regentropfen von der Kommandobrücke herunter auf Davids Gesicht. Blut. David vergrub das Gesicht in Kabeljaus Fell. Der Hund stellte die Haare auf und knurrte leise und drohend – als wollte er jedem die Kehle herausreißen, der auf dieser Seite des Schiffes auftauchte.

Davids Herz hämmerte wie die Zylinder der alten Motoren. »Nein, Kabeljau«, vermochte er gerade noch zu flehen.

»Durchsuchen wir die Badewanne gründlich, bevor wir sie in Brand stecken«, rief Jumbo. »Schütt' ein bißchen Benzin auf ihre Leichen. Die beiden verpfeifen niemand mehr bei den Coppers. Sieh unten nach. Ich kann diesen Hund riechen ... und den Jungen ...«

Das Stampfen schwerer Stiefel war deutlich zu hören, als Jumbo beide Maschinen der *Jazz Baby* abstellte. In panischer Angst preßte David sich eng an die Kajütenwand und umklammerte Kabeljaus Halsband mit so wilder Entschlossenheit, daß er den Hund würgte.

»Da unten ist nichts!« brüllte Billy Black. »Schau im Bug nach.«

Wohin sollte er sich wenden? Wohin sollte er fliehen? Der Geruch von frisch ausgegossenem Benzin schwängerte die Luft. David hörte das Platschen der Kanister, als die *Jazz Baby* mit Benzin förmlich getränkt wurde. Es rann über den Rand der Brücke und spritze auf David und Kabeljau. Es verätzte Davids Haut und brannte ihm in den Augen.

»Ist doch egal, ob wir ihn finden oder nicht.« Billy Black stieß eine Kiste mit frischen Früchten um, die für die *China Doll* bestimmt gewesen war. »Da unten ist er nicht.«

Jumbo fluchte. »Kleine Lagerhausratte. Hast du mal gesehen, was passiert, wenn ein Lagerhaus in Brand gerät? Die Ratten rennen als erste nach draußen.«

»Was mich angeht, hab ich nichts dafür übrig, 'n Kind abzuknallen. Diese Holzköpfe von Schweden sind mir egal. Aber ich hab nichts dafür übrig, 'n Kind abzuknallen.«

Jumbo kicherte. »Na dann, Billy Black, reiß doch einfach ein Streichholz an, und wir *fackeln* den Jungen ab. Macht's dir Spaß, kleinen Ratten einzuheizen?«

Die *Jazz Baby* schwankte von neuem, als sie von Deck gingen und ablegten. Die Maschine ihres kleinen Fahrzeugs lief stotternd an. Also hatten sie ihr mörderisches Ziel mit einem alten Trick erreicht. *Vertrauen!*

Plötzlich wurde ein Donnern hörbar, als Flammen auf Deck hochschossen und der Ozean rundum plötzlich hell und schaurig erleuchtet war. David sprang auf die Füße, als die *Lollypop* davonbrauste. Er blickte zur Brücke hinauf, wo die Leichen von Olaf und Gus Svenson über die Reling hingen wie brennende Lumpenpuppen, die man zu nahe ans Feuer gelegt hatte. Ein flüssiger Teppich aus Flammen breitete sich zum Bug hin aus und umrundete die Kajüte nur drei Meter von David entfernt.

Er kreischte auf vor Entsetzen, dann stürzte er rücklings vom Deck der *Jazz Baby,* als Kabeljaus gewaltiger Körper gegen ihn prallte. Junge und Hund schlugen im selben Augenblick auf dem Wasser auf, in dem die Flammen die Stelle verschlangen, an der sie gestanden hatten. David rang nach Luft, den Mund voll Salzwasser. Der breite, grinsende Schädel Kabeljaus glitt durch das Wasser auf ihn zu, als seine durchnäßten Kleider ihn in die Tiefe zu ziehen drohten. Die mächtigen Kiefer des Hundes schlossen sich um seinen Arm, zogen ihn hoch, *hielten ihn in die Höhe,* damit er Luft holen konnte!

*»Kabeljau ist'n prächtiger Schwimmer! Dat is der Grund, warum wir ihn Kabeljau nennen!«*

David schrie auf vor Kummer, als er die Augen öffnete und einen letzten Blick auf die *Jazz Baby* und die dunklen Gestalten seiner toten Freunde warf, die die Flammen verschlangen.

Kabeljaus Beine arbeiteten wie wild. Er zerrte David fort von dem Inferno auf Meereswogen. »Kabeljau!« schrie David. »Sie haben sie umgebracht! Oh, Kabeljau! Meinetwegen haben sie sie umgebracht! Laß mich los, Kabeljau!«

Aber der Hund ließ ihn nicht los. Er verstand die Verzweiflung seines kleinen Schutzbefohlenen nicht, er wußte nur, daß er nicht loslassen würde, bis sie beide in den Wellen versanken.

In der Ferne hörte David das Gebrumm von Motoren. Waren Jumbo und Billy Black zurückgekehrt, um die Ratten zu finden, nachdem sie das sinkende Schiff verlassen hatten? Würden sie zwei weitere Kugeln ins Wasser feuern und dem verzweifelten Kampf ein Ende machen?

Wie Motten das Lampenlicht umtanzen, kreisten und manövrierten ein halbes Dutzend Schiffe um die *Jazz Baby.* Die Sirene eines *Six-Bitters* heulte auf und vertrieb die Schnapsfahrer, als das Patrouillenschiff auf den Kutter zufuhr.

Ein näselnder Zuruf erklang aus einem Megaphon. *»Irgendwelche Überlebende? Ahoi!«*

Kabeljau bellte, wobei er David einen Augenblick lang losließ. Er gab noch einmal ein hektisches Kläffen von sich, dann packte er den Jungen von neuem am Kragen.

»Käp'tn! Ich glaub, da is'n Hund! Ein riesiges schwarzes Vieh! Und er hat'n Kind im Schlepptau!«

# DRITTER TEIL

# UND FIELEN TAUSENDE ZU DEINER RECHTEN ...

*»Führe ich gen Himmel, so bist du da;*
*bettete ich mich bei den Toten, siehe, so bist du auch da.«.*

*Psalm 139,8*

# DIE FENSTER ÖFFNEN SICH

Die Schule in Shiloh blieb drei Tage lang geschlossen, weil die Lehrerin, Miß Price, nach Fort Smith gefahren war, um sich die Weisheitszähne ziehen zu lassen. Ihre Abwesenheit wurde um nichts weniger freudig gefeiert als Edisons Jubiläum des Lichts!

Das Einweckglas voll Geld war inzwischen bis obenhin voll, trotz der zwei Dollar Abgang für Mamas Briefpapier, die in der vergangenen Woche an Onkel Max in New York geschickt worden waren. Tommy schüttelte das Glas lärmend bei jedem Schritt, während sie über die Gleise der Rock Island-Linie nach Hartford marschierten. Die Münzen machten ein ratterndes Geräusch wie eine Miniaturlokomotive, und alle paar Schritte ließ Bobby ein lautes: »Huu-huuuh!« hören, um die Wirkung noch zu verbessern.

Natürlich war das rote Hündchen an diesem Tag noch nicht so weit, daß sie es nach Hause mitnehmen konnten, aber die Jungen wollten keinen Zweifel daran lassen, wer es gekauft hatte.

»Pa sagte, wir sollen uns eine Rechnung ausstellen lassen«, erinnerte Bobby seinen Bruder, als sie hastig die Böschung zu der Schotterstraße hinunterkletterten, denn eben kam der wirkliche Rock Island-Zug mit heulender Signalpfeife dahergebraust. »Er sagte, Bruder Williams soll draufschreiben, daß der Kaufpreis für die kleine rote Hündin bezahlt wurde und keinesfalls für einen anderen Welpen.«

Tommy wußte das alles. Er hatte Bobby diese Anweisungen erst vor ein paar Meilen eingehämmert. Er hob das Glas, rasselte mit den Münzen und machte ein Tänzchen auf den Gleisen, als der Wasserturm von Hartford sich über den Bäumen erhob.

Die Sache war die Tracht Prügel wert gewesen. Und den fürchterlichen Schrecken. Und das Fegen und Feuerholzhacken und die Mitarbeit bei der Maisernte.

»Wir werden schwerreich«, erklärte Tommy, als sie am Kinematographen vorbeieilten, ohne einen Blick zurückzuwerfen. Sie empfanden keinen Hauch von Versuchung, hineinzugehen und einen Nickel für einen Film zu verschwenden. Sie hatten wichtige Geschäfte zu erledigen.

Fred Woods brüllte ihnen vom Hintersitz des Fuhrwerks seines Vaters zu: »Hal-lo!« Von einem so prominenten Rowdy wie Fred gegrüßt zu werden, bedeutete, daß alle Barrieren zwischen den Alteingesessenen und den Zugereisten niedergerissen waren.

»Wo wollt ihr hin?« Freds breites, häßliches Gesicht war freundlich.

»Wir wollen unsere kleine Jagdhündin bezahlen«, antwortete Tommy. »Willst du mitkommen und sie angucken?«

Natürlich wollte Fred sie sehen. Er sprang vom Wagen, und bald darauf hatten sich ihnen ein halbes Dutzend Jungen aus der Schule von Shiloh angeschlossen, die ihnen nachtrotteten, um Zeugen dieses grandiosen Ereignisses zu sein.

Bruder Williams war in der Scheune. Sein Hinterteil ragte in die Luft, während er am Motor seines alten Model T arbeitete. Er verfluchte Henry Ford, spuckte Tabaksaft in die Gegend und versetzte der Karosserie einen Tritt. Dann entdeckte er das Häufchen Jungen, die sich an der Scheunentüre zusammendrängten.

Tommy schüttelte das Einweckglas. Beim Geräusch des Geldes leuchteten die Augen des listigen Pferdehändlers auf. Er fuhr grinsend herum und rieb sich die ölverschmierten Hände.

»Hallo! Wie geht's!« rief er. »Kommt ihr zu Besuch oder in Geschäften?«

Im Hintergrund der Scheune brüllte Boomer: »'s sind die Tuckerjungen, Bruder Williams. Ich wette, die kommen sich das rote Hündchen angucken.« Boomer hatte die Gewohnheit, mit Dingen herauszuplatzen, die ohnehin jeder wußte, und verdarb auf diese Weise Bruder Williams die Freude an freundschaftlicher Konversation.

»DAS SEH ICH SELBST, BOOMER«, schrie Bruder Williams ungeduldig. »ICH KOMM SCHON ALLEIN ZURECHT, MIT DEINER FREUNDLICHEN ERLAUBNIS!«

Boomer antwortete: »Aber du sagtest, das rote Hündchen sei das beste von allen und du wünschtest, du hättest sie nicht für'n Pappenstiel verkauft und du würdest versuchen, die Tuckers nochmal zu beschwatzen –«

»GENUG! HALT'S MAUL, DU GESCHWÄTZIGER NARR!«

Tommy streckte ihm das Glas entgegen. »Wir sind nicht nur gekommen, um unsere Hündin zu besuchen. Wir kommen, um sie zu bezahlen, Bruder Williams. Sie und Pa haben sich die Hand darauf gegeben. Zweiundzwanzig Dollar und zwei Bits. Wir haben unsere Hälfte hier, und Pa sagt, wir sollen eine Rechnung für das kleine rote Fräulein verlangen, und er wird seine Hälfte bezahlen, wenn wir sie abholen können.«

Bruder Williams kratzte sich nachdenklich das Kinn und reckte den Hals, als wäre ihm der Kragen zu eng geworden. Allerdings trug er gar keinen Kragen, sondern nur seine langen Unterhosen unter dem Arbeitsoverall. Tommy merkte, daß er verunsichert war, weil Boomer seine Pläne mit dem roten Hündchen verraten hatte. Was sollte er jetzt sagen, wo die Hälfte aller Jungen von Hartford als Zeugen um ihn herumstand? Er schnüffelte unglücklich und murmelte etwas in der Art, daß man Boomer knebeln oder hinter Schloß und Riegel setzen sollte. Er schielte das Geldglas an.

»Wieviel habt ihr Jungs da drin?«

»Die Hälfte. Elf Dollar und dreizehn Cent. Einen Cent mehr als die Hälfte, aber Pa sagt, den schreibt er uns gut.«

»Na ja dann ...« Er zuckte die Achseln. »Lauft nach hinten und seht sie euch an. Der hübscheste Welpe, den ich je gesehen habe. Klug und hübsch obendrein. Tja, nun hab ich schon mal in den Handel eingeschlagen.« Er runzelte finster die Stirn. »Obwohl ihr das Geld ja mit diesem Unglücksfuhrwerk verdient habt, das *ich* euch verkauft habe!«

Hinter der Türe einer Box lachte Boomer voll Schadenfreude ein so unheimliches, irrsinniges Lachen, daß Tommy beschloß, Boomer für ein solches Lachen unter Vertrag zu nehmen, falls er je wieder eine Gruselshow plante.

»Ja, Sir.« Tommy streckte ihm das Glas entgegen. »Wollen Sie zuerst zählen?«

»Nein. Ich schätze, du bist so ehrlich wie deine Eltern.« Er spuckte aus und grinste. »Und so geschäftstüchtig auch, würde ich sagen.«

Boomer konnte es sich nicht verkneifen. »Eben erst hast du geflucht, Bruder Williams, daß du den Karren verkauft hast, statt selbst eine Gruselshow abzuziehen.«

Die Muskeln in Bruder Williams Wangen zuckten, als schmerzten ihn die Zähne beim Klang von Boomers Stimme. »Hältst du jetzt bald die Klappe?«

»Das hast du aber wirklich gesagt, genau so«, winselte Boomer.

Bruder Williams fuhr sich mit der Hand übers Gesicht und griff nach dem Einweckglas, ohne Boomers Kommentare zu beachten. »Na, jetzt hab ich das Geld von der Spuk-Show ja doch noch gekriegt, nicht wahr?«

»Ja, Sir«, sagte Tommy.

»Na dann, okay. Geht euch meinetwegen die Welpen ansehen, während ich die Rechnung ausstelle. Aber faßt sie bloß nicht an! Hebt sie nicht hoch! Emmaline kann's nicht leiden, wenn man ihre Jungen hochhebt!«

»Ja, Sir«, antworteten acht Jungen im Chor und trabten dann nach hinten, um über das Türchen des Pferchs zu spähen, in dem die fetten, kugelrunden Welpen neben ihrer Mama im Stroh lagen.

Und da war die Rote, die mitten unter ihren dunklen Brüdern schlief. Ihre Ohren und ihr Schwanz waren mit anderen Ohren und Schwänzen verschlungen. Ihre Vorderpfote zuckte, als träumte sie bereits davon, Waschbären auf Bäumen in die Enge zu treiben.

»Wird wohl noch einiges an Training brauchen, bis sie wirklich was wert ist«, sagte Tommy mit ernster Stimme und bemühte sich nach Kräften, nicht allzu stolz zu klingen.

Sie standen alle lange Zeit da, in die Betrachtung der schlafenden Welpen versunken, bis Bruder Williams sie zur Vorderseite der Scheune rief, wo er einen alten Schreibtisch sein Büro nannte.

Die Zeugen umringten sie, während die Kaufbedingungen laut vorgelesen und dann von Bruder Williams und den Jungen unterzeichnet und datiert wurden.

Und so geschah es. Das rote Hündchen hatte offiziell neue Besitzer gefunden.

Es war ein wunderbarer Tag, den sie in Hartford verbrachten. Trudy hatte jedem der beiden Jungen einen Nickel mitgegeben, für den sie sich in Winters Drugstore und Erfrischungsstand etwas zu trinken kaufen sollten. Sie breiteten die Rechnung auf der Ladentheke aus und starrten sie schweigend an, während Mr. Winters zwei schaumgekrönte Eiscreme-Soda zubereitete. Die ganze Zeit plauderte Mr. Winters über den Unglückskarren und daß sich die Geschichte inzwischen schon bis Booneville herumgesprochen hatte.

Die Ladenglocke über der Türe schellte, als ein neuer Gast eintrat. »Das sieht man auf den ersten Blick, daß die beiden Jungen hier meinem Cousin Birch gehören, was, Mr. Winters? Obwohl ich manchmal glaube, den Geschäftssinn haben sie von ihrer Mama geerbt! Sie wissen schon, was ich meine!« Es war J.D. Er hievte sich auf den Barhocker neben Tommy und winkte dem Besitzer des Drugstore mit großer Geste zu. Mr. Winter schien die Bemerkung, die J.D. gemacht hatte, nicht sonderlich zu gefallen.

*Was meinte er wohl damit?* fragte sich Tommy.

»Hallo«, begrüßten Bobby und Tommy J.D.

»Was treibt ihr beiden hier? Seid ihr ohne eure Eltern den weiten Weg in die Stadt gelaufen? Wollt euch wohl einen Film ansehen, was?«

»Quatsch.« Tommy schob die Rechnung über den Ladentisch, so daß J.D. sie sehen konnte. »Wir haben einen Welpen gekauft.«

J.D. schnaubte verächtlich. »Von Williams? Der alte Halsabschneider. Die Hunde sind keinen Schuß Pulver wert. Er sollte sie verschenken.«

Mr. Winters warf ihm einen harten Blick zu und stellte die Frappé-Gläser mit hörbarem Klirren nieder. »Diese Jungen haben was zu feiern, J.D. Darauf haben sie ein Recht. Warum verziehst du dich nicht?«

J.D. legte einen Arm schützend Arm um Tommys Schulter. »Na hör mal, diese Jungen sind meine Verwandten. Meinst du etwa, sie hätten keine Lust, mit dem guten alten J.D. ein Soda zu trinken?«

Winters zuckte die Achseln und wischte den Tresen blank. Tommy wünschte, J.D. würde sich verziehen, wie Mr. Winters gesagt hatte.

»Sagt bloß, ihr habt auch noch gutes Geld bezahlt für einen von diesen klapprigen kleinen Kötern, he?« bohrte J.D. und knallte einen Nickel auf den Tresen. »Ein Erdbeer-Soda für mich, Mr. Winters.«

Wiederum funkelten die Augen des Drugstore-Besitzers. Er zögerte, als wollte er etwas sagen, aber er überlegte es sich dann doch anders und bereitete J.D. sein Soda zu.

»Sie ist nicht klapprig«, gab Bobby gereizt zurück. »Sie ist die beste des ganzen Wurfs.«

»Die beste aller miesen Kläffer, was?« lachte J.D. Dann: »Sagt eurem Pa lieber, er soll jeden Cent zweimal umdrehen, bevor er ihn ausgibt, statt sein Geld für einen solchen Flohbeutel –«

»Wir haben das Geld selbst verdient.« Tommy war jetzt zornig – und verletzt. Sein Soda schmeckte ihm nicht mehr. Er wünschte, J.D. möge gehen.

»Ich fürchte, eure Eltern werden bald jeden Cent bitter nötig haben, den ihr für den Flohbeutel bezahlt habt, nach allem, was ich so gehört habe.« Er lächelte. Die Macht, die er über die Jungen ausüben konnte, bereitete ihm offensichtlich Vergnügen. Es war, als genieße er es, ihre Hoffnungen mit dem Hinweis auf irgendein drohendes Unglück zu zerschmettern.

Im selben Moment stieß Mr. Winters das Glas mit J.D's Soda um. Er wandte sich um und sagte: »Na, jetzt ist's passiert! Du bist doch nicht mehr auf ein Soda hier hereingekommen, seit du angefangen hast, oben auf dem ›Zuckerhut‹ Schnaps zu brennen. Und du würdest einen guten Jagdhund nicht mal erkennen, wenn er dich am Hosenboden hätte. Das einzige, was deine Hunde je gelernt haben, ist, deinen Destillierapparat zu bewachen. Und was die Familie Tucker angeht, hab ich nicht den Eindruck, daß ihr irgendwas gemeinsam habt. Hat Birch eigentlich nie nachgefragt, wer seinen armen Alten mit Schnaps hat vollaufen lassen? Ich rat dir's gut, belästige die Jungen nicht noch mal hier in meinem Laden, sonst rück ich mit ein paar Geschichten über dich raus! Ich bitte dich jetzt höflich, daß du hier verschwindest. Heute ist ein guter Tag. Ein *stolzer* Tag! Ich hätt' diese kleine rote Hündin selbst gekauft. Sie ist die beste, die man weit und breit findet.«

Mr. Winters schob zwei Nickel über den Tresen hinweg den beiden Jungen zu, die sprachlos und mit großen Augen dasaßen. »Ich lad euch ein auf eure Eiscreme-Sodas, Jungs«, sagte der Besitzer des Drugstores mit fester Stimme. J.D. knallte die Ladentüre so fest hinter sich zu, daß um ein Haar das Glas zersplittert wäre.

* * *

Das neue Kälbchen hatte eine Farbe wie ein Reh: ein weiches Braun mit einem schwarzen Maul und großen, vertrauensvollen braunen Augen.

»Das hast du fein gemacht.« Jefferson tätschelte die Mutterkuh und rückte den Melkschemel beiseite. »Mein Papi hatte große Hochachtung für eine gute Jersey-Milchkuh, das kannst du mir glauben. Obwohl meine Mama immer zu sagen pflegte, für Leute von ihrer ... und meiner ... Körpergröße hättet ihr zu kurze Beine.« Er stellte den Eimer hin, bückte sich tief und begann zu melken. »Sie hatte schon recht, Little Bess. Aber keine andere Kuh auf Erden gibt solche Milch wie du.« Das *Zing, zing, zing* warmer Milch, die in den Eimer spritzte, klang wie Musik. »Ich hatte da einen Traum ...« Jeffersons Worte wurden zu einem Singsang vor den Ohren der gelassenen kleinen Kuh im ihrem Verschlag. *»Kauf mir eine kleine Milchkuh ... ha-humm ... melke sie abends und morgens ... ha-humm ... dann gibt's frische Milch mit Beeren ... ha-humm ...«*

Das Kälbchen betrachtete ihn in aller Ruhe. Es machte ihm nichts aus, sein Essen mit dem großen Mann zu teilen. Jefferson blinzelte ihm zu. »Mein Pa sagte immer, man sollte singen und schwatzen, während man melkt, davon wird die Milch süßer.«

Das Kalb blinzelte zurück, als sei es ganz seiner Meinung.

»Eines Tages, kleines Fräulein, wirst du so süß sein wie deine

Mama da. Preist den Herrn, ja, meine Seele, preise den Herrn!« Er begann wieder zu singen, als strömte die Musik ohne sein Zutun aus ihm heraus. *»Der Herr schenkt seinen Kindern Milch und Honig, ja! Hab keine Sorgen, hab keine Plage, leb allezeit von süßer Milch und Honig, ja ...«*

Es war ein gutes Lied. Die süße Milch floß reichlich, der Eimer war voll bis obenhin. Genug für Birch, Trudy und die Jungen und Lily und Jefferson, und für die Schweine blieb auch noch was übrig. Sie würden sogar genug haben, um das kleine rote Hündchen zu füttern, wenn es endlich ankam. Und Lilys Baby auch.

»Das Leben könnte nicht schöner sein, Herr«, sagte Jefferson. »Hab alles, was ein Mensch sich nur wünschen kann ... *ja, alles ...«* Er wandte sich um und sah Lily in der Scheunentüre stehen. Das Licht umfloß sie wie ein Heiligenschein, wie es schon in der vergangenen Nacht geschehen war.

»Hallo«, sagte sie leise. Sie lächelte, als hätte sie jedes Wort gehört, aber sie lachte Jefferson nicht aus. Sie lächelte nur, als hätte sie ihre Freude daran. »Singst du immer beim Melken?«

Jefferson warf einen Blick auf den randvollen Eimer. »Ja, stimmt.« Keine Entschuldigung. »Es klappt auch.« Ein wenig Milch spritzte auf seine Stiefelkappe.

»Meine Mama schwor auch darauf«, nickte Lily. »Die Tiere haben es gern, wenn die Menschen für sie singen. Und sie mögen's auch, wenn Menschen beten und so. Meine Mutter sagte immer, die Tiere könnten Dinge sehen, die die Menschen nicht sehen können – Engel und so. Und wenn wir den Herrn preisen, dann kommen die Engel herbei und sitzen rund um die Scheune auf den Heuschobern und den Futterkisten und hören zu. Dann sehen die Tiere all diese *leuchtenden Gestalten* in ihren glänzenden Heiligenscheinen, und die Tiere haben es gerne! Davon wird die Milch süßer, sagte meine Mama immer ...«

Jefferson trat einen Schritt auf sie zu. Wie hell das Licht sie umleuchtete! »Das sagte meine Mama auch immer«, stimmte er zu. »Sie sagte, die Menschen seien blind. Ihre Seelen seien blind, sagte sie. Aber wenn sie Gottes Lob singen, dann öffnen sich die Fenster, und das Licht strömt herein ...«

»Meine Mama sang gerne.«

»Meine auch.«

»Naja ... hat das nicht etwas zu bedeuten?« Sie legte eine Hand auf den Leib. »Ich singe auch für das Kind hier, obwohl es noch eine ganze Weile dauern wird, bis es geboren wird. Mama sagte, in der Hinsicht seien kleine Kinder wie die Tiere ... vielleicht können sie auch die Engel sehen, wenn die Menschen singen.«

»Kann schon sein.« Jefferson nickte nachdenklich. Er blinzelte, als das Licht um Lily immer heller wurde. War das wirklich nur das Tageslicht, das durch das Scheunentor strömte?

»Naja dann ...« Sie schwieg für einen Augenblick. »Jetzt hätte ich fast vergessen, warum ich hergekommen bin. Miz Trudy sagt, sie möchte nicht, daß du heute nacht in deiner Hütte schläfst, Jeff. Sie möchte, daß du ins Haus raufkommst und auf der Hinterveranda schläfst.« Sie deutete über die Schulter nach hinten. »Sie sagt, sie hätte im Leben noch keinen schwärzeren Himmel gesehen! Die Wolken türmen sich nur so! Wir kriegen heute nacht ein fürchterliches Unwetter, so viel steht fest.«

»Die Sonne scheint doch – oder -?«

»Was, Mann? Was redest du da? Der Himmel ist so schwer und schwarz, daß es jeden Augenblick hageln wird!«

Jefferson runzelte die Stirn und trat einen Schritt auf Lily zu. Ein Unwetter braute sich zusammen? Dunkler Himmel? Aber rund um sie war es strahlend hell, das Licht umströmte ihre Schultern wie flüssiges Gold! Jenseits dieses Lichts schienen das Haus und der Hof im Schatten eines herannahenden Unwetters zu liegen.

Jefferson begriff plötzlich, daß er, wie die Tiere und die neugeborenen Kinder, *etwas Besonderes sah!*

»*Was sagst du zu mir?*« Es war jetzt nicht mehr Lily, zu der er sprach. »*Ich kann es nicht hören.*«

»Ich sagte, Miz Trudy macht sich Gedanken wegen des Daches. Sie sagte, sie möchte nicht, daß du da unten in deiner Hütte bist, wenn es zu hageln beginnt. Und hineinregnen würde es auch ...« Ihre Stimme versagte, als er auf sie zutrat und so nahe herankam, daß er sie anrühren konnte.

Jefferson stand ganz still und bewunderte das Licht. Er hatte Angst, es würde verschwinden, wenn er ein Wort sprach. Es umhüllte Lily wie ein Mantel, warm und friedvoll. Sah sie es denn nicht? Fühlte sie es nicht?

»Ist alles in Ordnung, Jeff?« fragte sie. »Was ist denn los?«

»Salomon in all seiner Pracht war nicht gekleidet wie eine von ihnen«, flüsterte er, als er an die Worte des Herrn über die Lilien auf dem Felde dachte. »Ich glaube, der Herr hat seine Hand auf dich gelegt, Lily.«

Ihre Augen nahmen bei seinen zärtlichen Worten einen melancholischen und hoffnungsvollen Ausdruck an. »Das sagte meine Mama auch immer.«

»Ich glaube, ich habe dich soeben in ganz neuem Licht gesehen.«

»Was meinst du, Jeff?«

»Ich glaube, derselbe Gott, der auf die Spatzen auf dem Dach achtet und die Lilien kleidet, hat deine Schritte hierher gelenkt.«

»Das glaube ich auch.«

»Und nun sagt er: *Höre meine Worte!* Ja, Herr. Ich höre. Ich dachte nicht, daß ich das noch einmal hören würde, Herr. Aber ich höre, was du mir sagst. *Sieh diese Lilie ...«*

Ihre Augen füllten sich mit Staunen. Sie blickte zu ihm auf. »Aber Jeff!« sagte sie mit verblüffter Stimme. »Die Sonne muß zurückgekehrt sein! Was ist das für ein Licht hinter dir?«

Jefferson beugte sich lächelnd zu ihr herunter. Ein Gefühl von Wärme überkam ihn. »Ich glaube, die Fenster haben sich ein klein wenig geöffnet, Lily«, flüsterte er, während er sich bückte, um sie zärtlich zu küssen.

# EINE STIMME AUS DEM GRAB

Es war, als hätte das erneute Aufflammen von Edisons Zauberleuchte auch in der Wall Street einen Funken gezündet. Nach dem Kursverfall am Montag hatte sich der Markt erholt, wenn auch nur in bescheidenem Ausmaß. Stahlaktien stiegen um zwei Dollar, Westinghouse um sechs und Sabre-Öl um etwa fünfzig Cent.

Am Mittwoch waren mehr als sechs Millionen Aktien verkauft worden – die zweitgrößte Menge an Aktien, die je an der Wall Street gehandelt worden war. Einige Kurse waren jedoch dramatisch gefallen; der Preis für Anteile an General Electrics war um zwanzig Dollar pro Aktie gefallen und Westinghouse um fünfundzwanzig Dollar. Sabre war unverändert geblieben, aber andere hatten Zugewinne gemacht. Die Anteile an neunhundertsechzig verschiedenen Firmen wurden gekauft und verkauft. Die Fundamente des Marktes waren erschüttert.

Am Donnerstag, dem 24. Oktober, befand sich Max Meyer an seinem üblichen Platz in der Presse-Abteilung der Besuchergalerie über der Halle der New Yorker Börse. Es dauerte noch fünfzehn Minuten, bis die Glocke die Eröffnung der Börse um zehn Uhr anzeigte, aber er beobachtete die Mitspieler, die sich allmählich versammelten, um herauszufinden, was an diesem Tag vor sich gehen würde.

Alle Arten von Gerüchten waren im Schwange: Präsident Hoover würde Schritte unternehmen, um der Vertrauenskrise Einhalt zu gebieten, die Börse würde geschlossen werden, eine Schiffsladung Gold war von Anlegern in England unterwegs. Aber das heimtückischste Gerücht in Max' Augen war jenes, das von einer

»organisierten Kaufunterstützung« sprach. Der Börsenjournalist war überzeugt, daß dieser Slogan nichts weiter als ein optimistisches Märchen war. Die kleinen Fische machten sich Hoffnungen, daß die reichen Bankiers und Makler ihnen zu Hilfe eilen und den Aktienmarkt mit einem massiven Kapitalzufluß unterstützen würden. »He, Harry«, rief er Harry Beadle zu, »was bedeutet eigentlich ›organisierte Kaufunterstützung‹?«

Harry sah überrascht aus. »Du machst wohl Witze, was? Jeder hier weiß, daß die Nationalbank und das Haus Morgan eine Preisunterstützung in Höhe von hundert Millionen Dollar vorbereiten.«

Max seufzte und ging wieder daran, die Makler und Händler zu beobachten. In der nächsten Stunde mußte die Wahrheit ans Licht kommen, wie immer sie aussah. Max erkannte Mike Keenan am Platz Eins. Der Makler eilte von einem seiner Assistenten zum anderen und erteilte Instruktionen wie ein Oberbefehlshaber, der seine Truppen zum Kampf formiert.

Der Direktor der Börse eilte zum Podium und machte sich bereit, den Gong zu schlagen, der die Eröffnung des Börsenbetriebes anzeigte. Als Max das Gebäude betreten hatte, hatte sich draußen erwartungsvolle Stille über die Menge der Anleger gesenkt, die schweigend abwarteten, was geschehen würde. Drinnen jedoch herrschte kein erwartungsvolles Schweigen. Der Lärm war bereits gewaltig, und obwohl Max den genauen Augenblick *sah*, in dem die Glocke angeschlagen wurde, hörte er ihr Läuten nicht. Das Gebrüll der Käufer und Verkäufer überschwemmte wie eine Flutwelle den Klang des Gongs.

Max beobachtete, wie der Markt mit höheren Preisen eröffnet wurde. Nationals Foods stieg um fünfzig Cents pro Aktie, Consolidated Copper um elf Dollar, Sabre-Öl um einen Dollar.

Der Optimismus, den die Jagd nach günstigen Schnäppchen ausgelöst hatte, hielt genau fünfundzwanzig Minuten an. Dann geriet alles ins Schleudern.

General Electric fiel um weitere fünfundzwanzig Dollar, Westinghouse um weitere zwanzig. In der Halle brachen Entsetzen und Verwirrung aus. Die Spezialisten saßen wie Gefangene auf ihren Plätzen, während eine Flutwelle von Händlern, in Reihen von vier oder fünf Mann hintereinander, mit Befehlen auf sie einstürmte. Das verwirrte Durcheinanderschreien machte einen Großteil der Zurufe völlig unverständlich, aber gelegentlich führte ein bizarrer Zufall dazu, daß ein Dutzend Stimmen alle im gleichen Augenblick das gleiche schrien. In solchen Augenblicken widerhallte die Besuchergalerie von dem gellenden Schrei: »Verkaufen Sie!« Anteile an neunhundertundvierundsiebzig Firmen wurden verkauft – der dritte neue Rekord in dieser Woche.

Um zwölf Uhr geleiteten Sicherheitsleute der Börse den Direktor in die Presseloge. Mit höflicher, aber fester Stimme erklärten sie, die Galerie würde geschlossen. Die Presseleute wurden aufgefordert, die Börse zu verlassen. Max wußte, warum. Unten in der Halle tauchten die ersten Meldungen »Kein Angebot« auf. Makler, die um jeden Preis zu verkaufen versuchten, fanden keinen einzigen Interessenten mehr.

Am Nachmittag mischte sich ein Komitee von New Yorker Banken in die Börsenschlacht ein. Obwohl in der Öffentlichkeit allseits erklärt wurde, daß ihre Bemühungen darauf abzielten, die Aktienpreise auf ihr früheres, hohes Niveau zu heben, hatten sie in Wirklichkeit nur die Absicht, den völligen Zusammenbruch des Marktes zu verhindern. Niemand hatte auch nur das geringste Interesse daran, die kleinen Anleger zu retten, und wenn er oder sie den optimistischen Worten der Bankiers Glauben schenkte – nun, das war ihr Pech!

Max beschloß, für die kleinen Leute mit den einzigen Waffen zu kämpfen, die ihm zur Verfügung standen. Er eilte zurück in sein Büro und begann einen Artikel zu schreiben. Darin attackierte er den falschen Optimismus, den einige Makler schürten. Er griff besonders heftig die Käuferringe an, wobei er Sabre-Öl als Beispiel nannte. »Wenn Sie an der Börse spekulieren«, schrieb er, »dann ziehen Sie sich jetzt zurück. Sonst ziehen sich die Käuferringe wie eine Schlinge um Ihren Hals zusammen.«

* * *

Der katastrophale Tag an der Börse hatte bereits den Beinamen *Schwarzer Donnerstag* erhalten. Aber die Wall Street hatte schon Schlimmeres überstanden. Kein Zweifel, morgen würde die Sonne wieder scheinen, so lange man sich nur seinen Optimismus bewahrte ...

*»Kommt überhaupt nicht in Frage!«*

Damon Phelps Stimme gellte kreischend durch die Jugendstilhalle des Plaza-Hotels. Der Rezeptionist wollte schon dem Manager, Mr. Derby, von der Störung berichten, aber dann dachte er daran, daß es bei dem telefonischen Gebrüll um Aktien ging. Wer konnte in diesen Tagen einem Investor Vorwürfe machen, wenn er seinen Makler anbrüllte? Schließlich schlich sich ja der Empfangschef auch jede halbe Stunde davon, um seinen eigenen Makler anzurufen.

»Nein, mit Ihnen rede ich nicht!« schrie Phelps den Assistenten Riley an. »Holen Sie mir Keenan an den Apparat!«

Der Hotelangestellte spitzte die Ohren, als Keenans Name fiel. Jeder kannte das Irische Wunder. Der Empfangschef gebot seinem Assistenten Schweigen und wies ihn an, nicht mit den Wirtschaftsseiten der *New York Times* zu rascheln.

»Keenan!« kreischte Phelps. »Sind Sie wahnsinnig geworden? Noch eine Million in diesen Höllenrachen? Was soll das heißen, wir müßten unser Teil tun? Das Haus Morgan kauft Aktien für *wieviel sagten Sie*? Fünfzig Millionen!«

Phelps Stimme wurde plötzlich ganz leise. So angestrengt die beiden Angestellten auch lauschten, sie konnten kein Wort mehr verstehen. Aber was sie bereits gehört hatten, war genug. Sie würden ihre Aktien behalten und vertrauensvoll abwarten, bis der Markt sich erholte.

* * *

Im Büro der First Petroleum Bank in Tulsa starrte Vizepräsident Penner den Telefonhörer an, den er in der Hand hielt, und deutete damit auf den Fernschreiber mit den Börsennachrichten. »Wie stellt sich Mr. Phelps das bloß vor?« stöhnte der eulenhafte kleine Mann. Er versuchte die Hände zu ringen und stellte fest, daß er dabei auch den Telefonhörer rang.

»Was hat er genau gesagt?« fragte Tell.

Penner holte tief Luft und versuchte den Blick von den Papierstreifen des Fernschreibers loszureißen, der eine Flut von schlechten Nachrichten auf den Fußboden spie. Natürlich war es um nichts tröstlicher, in Tells leichenhaftes Gesicht zu blicken. »Mr. Phelps sagt, wir müssen ihm augenblicklich eine weitere Million Dollar telegrafisch überweisen. Er sagt, die organisierte Kaufunterstützung bringt alles wieder in Ordnung, und jetzt sei der richtige Zeitpunkt, sich bei Sabre-Öl an den Schalthebeln der Macht einzukaufen.«

»Aber die Kurse stehen alle so schlecht ...« Tells Stimme klang wie ein Flüstern in einem Brunnenschacht, wie das Echo, das eine offene Grabkammer zurückwirft. Penner lief ein eisiger Schauder über den Rücken.

»Aber er besteht darauf«, sagte der kleinere der beiden Männer. »Er sagt, wir sollten alle Sparguthaben schließen, auf denen es in den letzten zwei Monaten keine Ein- und Ausgänge gegeben hat, und das ganze Geld an ihn schicken. Wir sollen ihm außerdem einen Kredit auf den Namen von Phelps Petroleum in der Höhe von einer halben Million Dollar einräumen.«

»Solche Kredite können wir nicht vergeben!«

»Er sagt, Mr. Keenans Bankverbindungen würden das alles in Ordnung bringen«, jammerte Penner. Er hörte sich an, als würde er gleich in Tränen ausbrechen.

»Was ist mit den Überweisungen, die wir verzögert haben?«

»Wir sollen sie nur bezahlen, wenn sie zugunsten einer Bank ausgestellt sind, wie diese hier von der First Omaha Bank«, antwortete Penner und wedelte mit einem Papier, auf dem DRINGEND – DRITTE FORDERUNG stand.

»Und Privatguthaben wie dieses hier – von einem Kerl namens Tucker, dessen Bank in Omaha mich andauernd nervt?«

»Mister Phelps sagt, wir sollen die Unterlagen verlieren.«

In Phelps Privatbüro breitete sich tiefes Schweigen aus, das nur vom gleichmäßigen Rattern des Fernschreibers unterbrochen wurde.

Zuletzt fragte eine Stimme wie aus dem Grabe: »Was hat er gesagt?«

»Stimmt schon.« Penners Stimme klang schrill. »Er sagte, wir sollen die Unterlagen vernichten. Von Bankkonten außerhalb unseres eigenen Staates haben wir nie etwas gehört.«

# HAIE UND KLEINE FISCHE

Dampf stieg aus dem großen Waschkessel auf, der hinter dem Haus auf einem offenen Feuer kochte. Lily, die ihr Haar mit einem leuchtendroten Kopftuch zurückgebunden hatte, summte leise vor sich hin, während sie die Brühe voll Sonntagshemden und Leintüchern umrührte. Sie hatte Trudy erzählt, daß sie fürs Leben gern die Wäsche wusch. Trudy hatte erst gewisse Zweifel an diesen Worten gehabt, aber auf Lilys Gesicht malte sich echte Freude, während sie die Socken, die Overalls und die Unterwäsche auf die Wäscheleine hängte. Vielleicht erschien ihr die Wäsche als leichte Arbeit im Vergleich zu der Plackerei, an die sie gewöhnt war.

Trudy hatte nichts dagegen, Lily den Kochkessel, das Waschbrett und die Laugenseife zu überlassen. Sie war zufrieden damit, in der Küche zu bügeln und träumerisch aus dem Fenster zu starren, während das Bügeleisen mit regelmäßigem Rhythmus auf dem Bügelbrett hin und her glitt.

Die Blätter waren von den Bäumen gefallen, so daß die Berge braun und öde wirkten. An den Walnußbäumen hing noch ein wenig Gold, aber der Winter war sehr nahe.

Es schien Trudy, als hätten sie ihr ganzes Leben lang in Shiloh gelebt. All die angenehmen Erinnerungen, die Birch hegte, waren zu ihren eigenen Erinnerungen geworden, als hätte sie alle die zweiunddreißig Herbste ihres Lebens an diesem Ort verbracht. Sie hatte ihr Zuhause gefunden,

An diesem Morgen war Birch mit dem FAMOUS-Karren losgefahren, um eine Ladung Kohle zu holen. Jeff arbeitete allein im Feld, mit einem so intensiven Eifer, als könnte er sich nicht vorstellen, noch einen Tag lang ohne einen Antwort auf seinen Brief nach Little Rock zu bleiben. War seine Mutter noch am Leben? Sein Vater? Seine Schwestern? Trudy hatte beobachtet, wie Jeffersons Herz mit jedem Tag, der vorüberging, unruhiger wurde. Shiloh war schließlich nicht sein Zuhause. Bevor er seine Familie nicht gefunden hatte, gab es vielleicht überhaupt keinen Ort auf Erden, den er als seine Heimat betrachtete. So etwas Ähnliches hatte er gesagt, als Tommy ihn gebeten hatte, doch für immer bei der Familie zu bleiben.

»Für immer ist eine lange Zeit, Junge. Eine sehr lange Zeit, wenn man seine Familie nicht bei sich haben kann ...«

Durchs Fenster drang das Klirren des Zuggeschirrs. Jeff mühte sich dort draußen mit dem Gespann ab, um einen hartnäkkigen Baumstamm aus der Erde zu ziehen. Trotz des kalten Tages arbeitete er ohne Jacke. Trudy bemerkte, wie Lily ihn ansah. Sie runzelte die Stirn, während sie ein dickes Flanellhemd betrachtete, das an der Wäscheleine hing. Es war noch nicht trocken, aber es war ganz offenkundig, daß Lily nichts davon hielt, Jeff in Hemdsärmeln bei der Arbeit zu sehen.

Sie trabte schwerfällig zur Kuppe des Hügels hinauf und legte die Hände an den Mund, um gehört zu werden. »JEFF! JEFF! ZIEH DEINE JACKE AN! MEIN WILLIAM HAT SICH AUF GENAU DIESELBE ART 'NE ERKÄLTUNG GEHOLT UND LEGTE SICH HIN UND STARB! ZIEH DEINE JACKE AN!«

Jefferson hielt einen Moment lang inne, blickte zu ihr hinauf, bedachte ihre Warnung und gehorchte dann. Er holte seine zerschlissene Jacke, die auf einem entwurzelten Baumstamm hing, zog sie an und salutierte vor Lily.

Gut so! Trudy lächelte vor sich hin. Er hatte Lily die Flikkendecke gegeben, und jetzt sagte sie ihm, wie er sich anziehen sollte. Das sah recht vielversprechend aus. Trudy konnte Lily draußen lachen hören, ein perlendes, wirklich glückliches Lachen. »Gut so!« sagte Trudy noch einmal laut. Sproßte da etwas in einem öden Feld?

So ging der Morgen vorbei, während Trudy Jefferson und Lily beobachtete. Kein Zweifel, Trudy hatte etwas von einer Heiratsvermittlerin an sich. Birch hatte ihr das auf den Kopf zugesagt, ebenso wie Cousin Max und ihre eigene Mutter.

Trudy träumte sich gerade ein Happy-End für die beiden einsamen Leute dort draußen zusammen, als das Geratter eines Model T sie aus ihren Träumen riß.

Das unverkennbare Gejodel von Cousin J.D. widerhallte im Hof. Trudy schnitt ein Gesicht und stellte das Bügeleisen auf die Ofenplatte. Sie war fest entschlossen, nicht zu dulden, daß er durch die Vordertüre eindrang und ihr den ganzen Tag verdarb!

Aber es sollte nicht sein. Ein Klopfen an der Vordertüre und gleich darauf das Knarren der Angeln verkündete, daß J.D. nicht darauf gewartet hatte, bis er hereingebeten wurde. Trudy hielt inne und starrte ihn feindselig an, als er beiseite trat und dann Delbert Simpson, den feisten kleinen Assistenten des Bankdirektors, in den Salon komplimentierte, als gehöre das Haus ihm.

»J.D.«, sagte Trudy in frostigem Ton, »Birch ist nicht zu Hause, und –«

»Nicht zu Hause? Nun, Delbert hat den ganzen weiten Weg von Hartford bis hierher gemacht, um mit ihm zu sprechen.«

»Guten Tag, Mr. Simpson. Sie haben die Fahrt umsonst gemacht. Birch ist nicht –«

»Macht nichts.« J.D. winkte ihr mit einer Handbewegung, sie solle sich nicht länger einmischen. »Delbert, sieh dir mal das Haus an. Es ist nicht mehr das, was es einmal war, aber die Bausubstanz ist noch in bester Ordnung.«

Delbert hatte bislang noch kein Wort gesagt. Den Hut in der Hand, nickte er und betrachtete das Haus von oben bis unten, als sei Trudy überhaupt nicht anwesend. »Hübsch. Wirklich hübsch.«

»Danke«, antwortete Trudy kühl.

Delbert blickte sie an, als hätte sie kein Recht, auf sein Kompliment zu antworten. »Was ich damit sagen will, Missus Tucker, ist, daß das Haus eine ganz gute Sicherstellung für einen Kredit ist. Mister Smith wird Ihnen gerne –«

»Sicherstellung?« Trudy trat einen unsicheren Schritt vor. »Was wollen Sie damit –«

J.D. mischte sich ein. »Delbert wollte damit sagen, daß euer Kredit –«

»Kredit? Wir haben nicht ... wir würden nicht ... dieses Haus gehört uns, und wir haben keinen Cent Schulden!«

Delbert zog die Augenbrauen hoch und gleichzeitig die Mundwinkel abschätzig nach unten. »Das stimmt aber ganz und gar nicht. Ich wollte, Birch wäre hier, damit ich die Sache mit ihm selbst besprechen kann.« Er zuckte die Achseln. Er konnte es einfach nicht erwarten, ihr die schlechte Nachricht zu überbringen. »Der alte Sam Tucker hat eine Menge Steuerschulden hinterlassen. Inzwischen fast fünfhundert Dollar. Wir sahen uns die Unterlagen über Ihren Besitz an, falls Ihr Geld von der First Petroleum Bank in Tulsa nicht rechtzeitig überwiesen wird, und da entdeckten wir alle diese Steuerrückstände. Die Kreditabteilung fragte bei der Provinzbehörde nach, und wenn diese Steuern nicht bezahlt werden, wird das Haus versteigert.«

Trudy spürte, wie ihr das Blut aus den Wangen wich. Sie griff nach einer Sessellehne, um sicheren Halt zu haben. »Aber ... wie denn?« Sie blickte J.D. an, der ganz unberührt von dieser Hiobsbotschaft schien. Und auch keineswegs überrascht.

»Nun, Missus Tucker, Sie haben unterschrieben, daß Sie uns diese Farm als Pfand anbieten. Als Sicherstellung für den Kreditbrief, um den Sie ansuchten –«

»Nein! Nie im Leben!«

Delbert knallte einen dicken Briefumschlag auf den Tisch. »Und ob ihr das getan habt. Hier: Unterschrieben von Birch Tukker, klar und deutlich.«

»Aber unser Guthaben sollte doch ... überwiesen werden. Von der First Petroleum Bank. Tulsa.«

»Das ist die langsamste Bank, die ich je gesehen habe.« Delbert schüttelte den Kopf. »Zwei Briefe haben wir bereits geschrieben, und sie haben nicht einmal so viel Manieren, daß sie uns wenigstens antworten würden! Ich muß schon sagen. Unser Bankdirektor ist kurz vorm Ausflippen. Er hat Ihnen eine Unsumme Geld zur Verfügung gestellt, und es sieht keineswegs so aus, als wäre –«

»Warten Sie!« rief Trudy. Sie kramte nach ihrer Handtasche und dem Sparbuch der First Petroleum Bank. »Da. Hier ist es. Jede einzelne Einzahlung.« Sie wollte es Delbert geben, aber er schüttelte den Kopf und zuckte die Achseln. »Da, sehen Sie selbst. Zehn Jahre lang haben wir gespart –«

»Die haben aber kein Geld geschickt. Also haben wir keinen Gegenwert für unseren Kreditbrief. Mr. Smith sagte, er hätte sich gleich gedacht, daß es so kommen würde, und so haben wir unsere Ansprüche angemeldet, um gleich zur Stelle zu sein, wenn diese Sicherheit fällig wird –«

»Wann ist es soweit?« Trudy zitterte am ganzen Leib. »Wann wird das fällig?«

»Sie haben zehn Tage Zeit, Missus Tucker. Aber da ist außerdem noch diese kleine Sache mit den Steuerschulden. Wir werden uns das nämlich zweimal überlegen, bevor wir ein Stück Land übernehmen, auf dem so viele unbezahlte Steuern lasten.« Er stieß J.D. mit dem Ellbogen an. »Aber J.D. sagte gestern, er würde eventuell diese Steuern bezahlen. Die Hypothek auf dem Haus ist nicht so hoch, daß man sie nicht abarbeiten könnte.«

Trudy starrte wütend J.D. an, der sehr zufrieden mit sich schien. »Wenn das Haus mal mir gehört, laß ich euch selbstverständlich als Pächter hier wohnen, bis ihr die Hypothek abgearbeitet habt. Das kann ich für euch tun ...«

Trudy hob den Briefumschlag auf und zog das Dokument hervor, das er enthielt. Und da war es, genau wie Delbert es gesagt hatte. Birch hatte die Farm als Sicherheit für einen Kreditbrief angeboten. Wenn der Kredit nicht bis 2. November zurückbezahlt wurde, dann ging die Farm in die Zwangsverwaltung der Hartford National Bank über. Die Zahlungen würden am 30. November 1929 beginnen.

»Birch«, flüsterte Trudy, während sie das Papier auf den Tisch legte. Sie sah sich um, als gehörte das Haus plötzlich jemand anderem. Dann straffte sie die Schultern. »Wir werden persönlich Kontakt mit First Petroleum aufnehmen, Mister Simpson«, sagte sie mit fester Stimme. »Es muß sich um ein Versehen handeln. Sie müssen die Papiere einfach verlegt haben. Das Geld ist da, und Sie werden es am 2. November bekommen.«

Delbert neigte den Kopf zur Seite. »Das mag schon sein, Missus Tucker, aber wie ich schon sagte, das Problem sind die Steuerschulden. Die Bank borgt Ihnen kein Geld, um Besitzsteuern damit zu bezahlen. Das wäre ein schlechtes Geschäft. Und diese Steuern sind längst überfällig. So einfach ist das. Und wir wollen doch, daß die Farm als Sicherstellung noch etwas wert ist. Wir werden Ihren Kredit auf J.D. überschreiben.«

Trudy biß sich auf die Lippen und versuchte zu begreifen, was Delbert Simpson da zu ihr sagte. Hatte J.D. bereits die Steuern bezahlt? Hatte irgend jemand ihm die Farm bereits offiziell überschrieben? »Sie können nicht ... das Gesetz erlaubt nicht ..« bluffte sie, ohne zu wissen, wovon sie redete. Wie hatte das alles nur geschehen können? J.D. stand da selbstzufrieden und überlegen mitten in ihrem Salon. Kein Wunder, daß er sich benahm, als gehörte das Haus ihm. In Kürze würde es tatsächlich ihm gehören.

»Ich muß Sie bitten ... zu gehen.« Sie bewahrte ihre Fassung, aber ihre Stimme zitterte.

»Ich setze euch schon nicht auf die Straße«, sagte J.D. in gekünstelt fröhlichem Ton, wie man ihn einem knurrenden Hund gegenüber anschlägt, an dem man vorbeimuß.

»Gewiß nicht!« fuhr Trudy ihn an. »Aber im Augenblick ist das hier immer noch mein Haus ... unser Haus ... und ich habe das Recht, dich auf die Straße zu setzen. ALSO HAU AB, J.D.! Das wollte ich dir schon tausendmal sagen, und jetzt tu ich's. Verschwinde aus meinem Haus!«

* * *

»Ich dachte, wir hätten Max Meyer auf unserer Seite«, beschwerte sich Phelps. »Ich dachte, auf die Times könnten wir zählen. Wie konnte er uns das antun?«

Die Verschwörer des Sabre-Öl-Ringes waren im Speisezimmer von Mike Keenans Landgut versammelt. Nachdem sie die Dienerschaft davongejagt und alle Türen verriegelt hatten, hatten sie die Freitagnachmittag-Ausgabe der New York Times auf dem langen Speisetisch ausgebreitet. Keenan, Phelps, Edith Rutger und Boß Quinn zogen ihre Kreise um die verschiedenen Berichte über den Kursverfall vom Donnerstag wie Planeten von Börsenspekulanten um die Sonne der Hochfinanz.

Den Mittelpunkt ihrer Aufmerksamkeit bildete Max Meyers

Kolumne. Max' Schlagzeile entlockte ihnen immer wieder neue Blitze von Zorn, Frustration und Furcht: DER SABRE-ÖL KÄUFERRING – EINE FALLE FÜR SORGLOSE ANLEGER. Die Story attackierte Käuferringe im allgemeinen und bezeichnete sie als Fallgruben für ungeschickte und profitgierige kleine Anleger, hob jedoch Sabre als eines der übelsten Exempel hervor. Max wies auf die Kursstürze vom Donnerstag hin, die dazu geführt hatten, daß die Sabre-Aktien um 20 Prozent ihres Wertes gefallen waren, und nannte sie ein Beispiel dafür, wie schnell Gedankenlosigkeit und Ungeschick zum Verlust aller Ersparnisse führen konnten. Das Schlimmste war jedoch seine Warnung, daß der Donnerstag nur »ein Schatten des wirklichen Zusammenbruchs sei, der sich immer deutlicher am Horizont abzeichne«.

»Aber heute haben wir drei Dollar Anstieg verzeichnet«, protestierte Phelps.

»Niemand hat Meyers Geschichte schon so früh am Tage gesehen, daß sie sich bereits auf die heutige Situation auf dem Aktienmarkt ausgewirkt hätte«, warnte Keenan. »Wir könnten immer noch Ärger bekommen.«

»Ihr habt es offensichtlich noch nicht ganz mitgekriegt, was hier wirklich läuft«, behauptete Quinn. »Meyer hat keinen Schnitzer gemacht. Er ist ein Verräter.«

»Bedeutet diese Kolumne überhaupt etwas?« fragte Edith Keenan. »Ich meine, bedeutet sie wirklich etwas? Alle anderen klingen so positiv. Vielleicht lachen sie ihn einfach nur wiederum aus.«

Keenan neigte dazu, ihr recht zu geben. »Hört euch das an«, sagte er. Er zitierte von der Titelseite der Times: »Wall Street optimistisch nach stürmischem Tag.«

Phelps, der sich ebenfalls bemühte, positive Nachrichten zu finden, berichtete voll Enthusiasmus: »Da seht mal, Morgan und Company sagen, die Grundlagen des Aktienmarktes seien solide ... der Kursverfall sei in erster Linie auf technische und nicht auf grundsätzliche Probleme zurückzuführen gewesen.«

Boß Quinn sagte: »Ich möchte den Vorschlag unterbreiten, daß wir unserer kleinen Geschäftssache so rasch wie möglich ein Ende machen sollten.«

»Aber alle meinen, jetzt sei der richtige Zeitpunkt, ein paar Schnäppchen zu machen«, wandte Keenan ein. »Ein paar zusätzliche Käufe, und die Sabre-Aktien steigen himmelhoch.«

Phelps krümmte sich innerlich bei der Formulierung EIN PAAR ZUSÄTZLICHE KÄUFE.

»Macht nicht den Fehler, nur die Nachrichten zu lesen, die ihr gerne hört«, warnte Quinn, »so wie wir es von unseren Gimpeln erwarten. Seht euch das hier an, die Haltung dieses Mannes gefällt mir gar nicht.« Er las vor: »Senator King aus Utah sagt, 'Spekulationen an der Börse seien eine Volkskrankheit geworden.' Das rückt uns nicht gerade in ein günstiges Licht.«

»Noch eine Woche?« schlug Keenan vor.

Phelps sah sich selbst hinter Gittern, es sei denn, der Ring scheffelte genug Gewinne, um das Chaos in der Bank zu bereinigen. Er hielt den Atem an, bis Quinn zustimmte.

»Und Max?« fragte Edith.

»Wir können keine weiteren Eselstritte in der Presse brauchen, oder? Ich glaube, Meyer sollte eine schriftliche Entschuldigung vorbringen und eine – wie nennt man das doch?«

»Eine Entgegnung?« schlug Edith vor. »Aber Max wird nie damit einverstanden sein, so etwas zu tun. Selbst ich könnte ihn nicht dazu bringen –«

»Ich habe bereits begriffen, daß weder Sie noch Mr. Keenan bislang imstande waren, die Sache ordentlich zu handhaben, was Meyer angeht. Er war die ganze Zeit ein Risikofaktor, und ich mag keine Risikofaktoren. Deshalb übernehme ich jetzt die Angelegenheit. Und nun«, schloß Quinn, »habe ich andere dringende Geschäfte. Aber ihr könnt sicher sein, daß Meyer in der Montagsausgabe ein hübscheres Liedchen pfeifen wird, was Sabre-Öl angeht.«

Als der Alkoholschmugglerkönig den Raum verließ, riß er ein kleines Stückchen von einer Innenseite der Zeitung ab. Es stammte aus einer Sparte, die nicht das Geringste mit Finanzen zu tun hatte und ihm nur zufällig aufgefallen war.

Die kleine Annonce lautete: »DIE POLIZEI SUCHT DIE ELTERN ODER GESETZLICHEN VERTRETER EINES JUNGEN, ETWA NEUN BIS ZEHN JAHRE ALT, VERMUTLICH DER EINZIGE ÜBERLEBENDE DES FEUERÜBER-

FALLES AUF DEN SCHNAPSFAHRER ›JAZZ BABY‹. DER JUNGE IST BEWUẞTLOS UND LIEGT VERLETZT IM SPITAL. SACHDIENLICHE HINWEISE WERDEN ERBETEN AN …«

# AM VORABEND DES WELTUNTERGANGS

Die Gerüche weckten David aus seiner Bewußtlosigkeit. Krankenhausgerüche. Desinfektionsmittel. Zu lange gekochtes Essen. Chlorbleiche. War er wieder im St. Francis-Krankenhaus? War er im Krankenzimmer seiner Mutter eingeschlafen und hatte das alles geträumt?

Bei dem Gedanken riß er die Augen auf, voll Hoffnung, sie zu sehen. Es mußte tatsächlich so sein. Weiße Zimmerdecke. Weiße Laken. Weißer Vorhang rund um den Platz, an dem er schlief. Manchmal, wenn er am Krankenbett seiner Mutter eingeschlafen war, hatte Schwester Anne ihn in das leere Bett neben ihrem gelegt.

Bei diesem zweiten Gedanken öffnete David den Mund und krächzte: »Mutter? Mama?« Warum schmerzte seine Kehle so sehr? So schlimm, daß er nicht schlucken konnte. Und sein Mund war so ausgedörrt, als hätte er seit tausend Jahren nichts mehr getrunken. »Mama?« rief er von neuem.

Aber seine Mutter gab keine Antwort. Manchmal, fiel David ein, schlief sie und konnte nicht antworten. Wenn das der Fall war, konnte er immerhin mit Pater Johannes, Schwester Anne oder den Pflegerinnen sprechen. David hörte Gläser und Besteck auf Essenstabletts klirren. War es Frühstückszeit? Hatte er die ganze Nacht durchgeschlafen? Er war immer noch so müde. So furchtbar müde. Und sein Hals tat weh.

»Schwester Anne«, versuchte er mit lauter Stimme zu rufen, aber der Name drang nur als Flüstern über seine Lippen. »Pater Johannes?« Und dann noch einmal: »Mama?«

Eine Männerstimme rief ihm durch den Vorhang hindurch zu: »Hallo, Kleiner! Bist du wach?«

Es hörte sich nicht nach Pater Johannes an, aber wer sonst sollte am Bett seiner Mutter sitzen? »Pater Johannes?« flüsterte David.

»Der Kleine ist wach. Holt einer die Schwester, ja? Der Kleine ist wach.«

David wollte fragen, ob er aufstehen und zur Schule gehen mußte, obwohl er so müde war, aber er schloß die Augen und ließ zu, daß der sanfte Trost des Schlafes ihn von neuem umhüllte.

Alles war wieder gut. Er hatte bloß geträumt. So schreckliche, endlose Träume. Träume vom Tod seiner Mutter. Von Brian. Vom Kinderheim. Von Weglaufen nach New York und Olaf und Gus und Kabeljau und dem brennenden Schiff. Alles nur Träume?

Davids Augen klappten wie von selbst von neuem auf. »Ich will zu meiner Mutter«, sagte er mit lauter, unglücklicher Stimme, als könnte er damit die Visionen seiner Träume verscheuchen.

»Klar, mein Junge«, sagte der Mann auf der anderen Seite des Vorhangs. »Klar. Die Schwester ruft deine Mama an. Sie kommt schon, Jungchen. Sie bringt deine Mama zu dir ...« Dann schrie er: »He, Leute, holt doch die Schwester! Der Kleine will zu seiner Mama.«

Der Vorhang teilte sich, und durch den weißen Nebel tauchte ein bleiches, runzliges Gesicht in seinem Blickfeld auf. Eine Krankenschwester. Sie schien mit dem Vorhang zu verschwimmen, ihr Gesicht ausgenommen, das sehr groß wirkte, als sie sich tief über David beugte. »Nun, hallo, junger Mann.« Sie lächelte, wobei sie schiefe Zähne zeigte, und ergriff seine Hand. »Endlich wach?«

»Wo ist meine Mutter?«

»Du suchst deine Mutter. Ein gutes Zeichen. Wie heißt sie?«

Wer war diese Schwester? Jeder im St. Francis-Krankenhaus kannte Irene O'Halloran. »Sind Sie neu hier?« fragte David.

Sie kicherte und trat aus seinem Blickfeld. »Du meine Güte, nein. Sag mir, wie du heißt.«

»David. Wußten Sie das nicht?«

»David. Was für ein hübscher Name. Und wie heißt du mit Familiennamen?«

David versuchte sich zu erinnern. War es O'Halloran? Oder war es dieser andere Name? Der Name in seinen Träumen? »O'Halloran.«

»Und wie heißt deine Mutter?«

David war sehr müde. So viele Fragen. »Irene.«

»Irene wie?«

»Auch O'Halloran. Haben Sie das nicht gewußt? Wo sind Pater Johannes und Schwester Anne? Muß ich heute in die Schule gehen?«

»Wo wohnt deine Mutter, David? Wir müssen es wissen, damit wir ihr sagen können, daß du in Sicherheit bist.«

Er hob schwerfällig eine Hand und deutete auf den Vorhang. Seine Mutter wohnte jetzt hier, dort drüben im Bett nebenan, und sie würde den Rest ihres Lebens hier wohnen. Wie kam es, daß die Schwester das alles nicht wußte? »Dort ist sie doch. Mutter?«

»Welche Straße, mein Kind?« Die Schwester tätschelte seine Hand. »Damit wir sie hierherbringen können.«

»St. Francis-Krankenhaus«, antwortete er.

»Nein, David. Hier ist das General Hospital. Wo ist deine Mutter?«

»St. Francis ...«

Jemand kam herein und trat neben die Krankenschwester. Ein großer Mann, kahlköpfig, der einen weißen Mantel trug und eines der Dinger, mit denen man den Herzschlag abhören kann, um den Hals. David konnte sich nicht erinnern, wie man diese Dinger nannte, aber der Mann war ein Doktor. Er murmelte der Schwester etwas zu, etwas von Pulsfrequenz und ob David sich an irgendetwas erinnern könne.

»Hallo, David«, sagte der Doktor, dessen Atem nach Kaffee und Zigaretten roch. »Wie fühlst du dich?«

»Schläfrig. Ich will meine Mama.«

»Wie heißt deine Wohnadresse, David? Kannst du uns das sagen?«

David fuhr sich mit der Zungenspitze über die Lippen. Er war durstig. »Eins-Null-Drei Third Street. Philadelphia.«

Der Arzt und die Krankenschwester schwiegen einen Augenblick. Die Schwester wiederholte alles, was David gesagt hatte. Sie erzählte dem Arzt vom St. Francis-Krankenhaus und nannte ihm den Namen von Davids Mutter und dann seinen vollen Namen. »Und er fragte nach Pater Johannes und Schwester Anne.«

»Philadelphia. Dann ist er also von zu Hause fortgelaufen«, sagte der Arzt. »Kontaktieren Sie seine Mutter. Nein. Kontaktieren Sie lieber zuerst die Polizei von Philadelphia. Die können dann mit seinen Leuten reden. Sollen ihnen sagen, daß wir ihn gefunden haben.«

Gefunden? David war verwirrt. »Wo bin ich?«

»General Hospital, Liebes«, beruhigte ihn die Schwester. »New York City.«

David schloß krampfhaft die Augen. Er stieß einen tiefen, unglücklichen Klagelaut aus. »Ist das ein Traum?« Er begann zu weinen. Plötzlich hatte er schreckliche Angst, denn vielleicht war er immer noch mitten in dem Alptraum, und sein wirklicher Vater war verschwunden, und Olaf und Gus waren tot und der Boß war ihm auf den Fersen ...

»Nein, David.« Der Doktor strich dem Jungen mit einer kühlen, angenehmen Hand das Haar aus der Stirn. »Du bist in Sicherheit. Du hast Schreckliches mitgemacht, aber du wirst bald wieder gesund sein. Aber wir müssen mit deiner Mutter in Philadelphia Kontakt aufnehmen.«

»Nei-ei-ei-ein«, stöhnte David. »Ich erinnere mich. Kein Traum. Mama ist tot. Sie ist gestorben! Und ich bin hierher gekommen, um herauszufinden ... um ihn zu finden ....«

»Wen zu finden, David? Wir müssen wissen, wen du finden wolltest.«

»Meinen Pa. Meinen ... Vater ... Max Meyer. Verstehen Sie? Ich kam hierher, um ihn zu finden. Aber er war fortgefahren nach 'ropa, und Gus und Olaf und Kabeljau ...«

Wieder tauschten Arzt und Krankenschwester flüsternd Bemerkungen. »Das heißt doch wohl nicht, daß er von dem berühmten Max Meyer redet? Dem Kolumnisten?«

»Ich lese jeden Tag seine Kolumne ...« Der Arzt beugte sich tief zu David hinunter. »Was arbeitet dein Papa denn?«

David konnte sich nicht erinnern. Ihm wurde alles zuviel. Warum ließen ihn diese Leute nicht schlafen? Seine Mutter war wirklich tot. Olaf und Gus ebenfalls. Das Schiff war in Flammen aufgegangen, und Kabeljau hatte ihn weggeschleppt. Wo war Kabeljau? »Mein Hund«, sagte David. »Ich will Kabeljau.«

»Er redet von dem großen Hund, der ihn zum Boot schleppte. Die Zeitungen machten ein ziemliches Getue darum«, sagte die Krankenschwester.

»Na also, und wo ist das Tier?«

»Im Tierheim, nehme ich an. Ich habe nicht weiter danach gefragt.«

»Finden Sie es heraus. Und rufen Sie das Büro der Times an, und fragen Sie nach Max Meyer. Wahrscheinlich ist es gar nicht derselbe Max Meyer, aber versuchen Sie's trotzdem.«

* * *

Der Mann im dunkelbraunen Zweireiher füllte den Türrahmen der Wirtschaftsredaktion der New York Times. Es war nicht so, daß er einfach nur in der Türe stand. Er füllte sie buchstäblich aus, seine Schultern streiften links und rechts die Pfosten, und sein weicher Filzhut berührte den Türsturz. Miß Morgan dachte, wenn er sich zu rasch umdrehte, könnte er in der Türöffnung eingekeilt steckenbleiben.

»Was kann ich für Sie tun?« fragte sie.

Der Mann atmete laut durch eine vielfach zerschlagene Boxernase. Das Geräusch verlieh seinen Worten den unheildrohenden Klang mühsam beherrschter Gewalt, wie das Pfeifen eines bösartigen Frachtzugs auf einem Nebengleis. »Wir wollen Max Meyer sprechen, Puppe«, sagte er.

»Wir?« fragte Miß Morgan. Sie dachte, daß er möglicherweise von sich selbst im Plural rede.

»Ich und mein Partner, kapiert?« Die Hand, mit der er in den Flur hinausdeutete, war von der Größe und Substanz eines Fußballs. Miß Morgan konnte den Partner nicht wirklich sehen, aber sie war bereit, den Worten des Besuchers Glauben zu schenken.

»Also, ist er da, Püppchen?«

»Nein, ist er nicht. Ich erwarte ihn heute auch nicht mehr zurück.«

»Hat er gesagt, wo er hingefahren ist?«

»Tut mir leid, aber – wie sagten Sie, heißen Sie, und was wünschen Sie von Mr. Meyer?«

Der Riesenkerl gab keine Antwort auf die Frage. Statt dessen sagte er über die Schulter hinweg: »Was sagst du dazu, Sal? Unser lieber alter Freund Max hat unsere Dinnerparty ganz vergessen.«

Als Miß Morgan keine Antwort vernahm, dachte sie, diese Fleischmasse blockiere nicht nur die Gestalt des zweiten Mannes, sondern auch den Klang seiner Stimme. »Dann kennen Sie Mr. Meyer also?«

»Na klar, Puppe. Wir waren doch zusammen im Krieg. Da drüben, und so weiter. Sal und ich kamen in die Stadt, um unser Wiedersehen zu feiern, was?«

»Ich kann Mr. Meyer eine Nachricht hinterlassen. Wie war doch Ihr Name? Lassen Sie ihn wissen, wo Sie zu finden sind. Wie hießen Sie doch?«

»Schon gut, Puppe. Er soll kein schlechtes Gewissen haben, weil er uns vergessen hat, nicht wahr, Sal? Nein, keine Nachricht. Wenn er anruft, sagen Sie ihm gar nichts davon, daß wir hier waren. Wir wollen ihn später überraschen. Kapiert?«

Als die beiden Männer das Plaza Hotel erreichten, hielt Sal den großen Mann auf dem Gehsteig draußen zurück. »Freiwillig läßt er uns sicher nicht rein, was, Ham? Wir stürmen einfach rein, stimmt's?«

»Überlaß das mir, Sal«, beschwichtigte ihn sein Partner. »Überlaß das alles nur mir.«

Der Geschäftsführer des Plazas warf einen eingehenden Blick auf die drohende Zwei-Meter-Gestalt Hams und den kleineren, mageren, aber sinistren Sal. Der Vergleich mit einer Doppelaxt und einem Springmesser fiel ihm ein.

»Entschuldigen Sie, meine Herren«, sagte der Geschäftsführer mit – wie er hoffte – höflicher Autorität. »Kann ich Ihnen behilflich sein?«

»Aber gewiß«, antwortete Ham milde. »Mein Freund und ich sind hier auf Ersuchen Mr. Keenans. Wir sollen Max Meyer besuchen, den Finanz-ko-lum-nisten.«

Der Geschäftsführer war beeindruckt. Trotz ihres verdächtigen Aussehens hatten diese beiden offenbar die besten Verbindungen. Nicht viele Leute wußten, daß Keenan Max' Unterbringung in der Suite im Plaza arrangiert hatte. Die Sache mußte wohl ihre Richtigkeit haben.

»Aber gewiß«, sagte er. Dann wandte er sich in beflissenem Tonfall an den Liftboy: »Bringen Sie diese Herren sofort zu Mr. Meyers Suite.«

Als die beiden vor Max' Türe anlangten, machten sie sich gar nicht erst die Mühe, zu klopfen oder zu klingen. Ham schmetterte weder die Faust durch das Türblatt noch trat er die Türe ein. Nichts so Dramatisches geschah. Der Riese zog einfach einen Schlüssel aus der Manteltasche und sperrte die Türe auf.

Sie schlossen die Türe hinter sich und durchsuchten die Räume gründlich, aber sie fanden weder Max selbst noch irgendeinen Hinweis auf seinen Aufenthaltsort. »Er wird sicher nicht lange wegbleiben«, bemerkte Sal. »Schau mal, Ham, bloß einer seiner Anzüge fehlt. Alle seine anderen Sachen sind noch da.«

Die beiden benahmen sich so locker wie gern gesehene Gäste, die übers Wochenende zu Besuch kommen. Sie schlüpften aus ihren Jacketts, zogen die Schuhe aus, nahmen die Schulterhalfter ab und machten es sich bequem, um auf Max zu warten.

* * *

Es war, als wollte die Welt untergehen. An jeder Straßenecke von Manhattan sah man düstere, säuerliche oder verängstigte Gesichter. An diesem Freitag wurde jeder Mann und jede Frau von ihrem ganz eigenen, finsteren Gespenst begleitet. Am Vortag waren für viele von ihnen die Träume von zukünftiger Herrlichkeit in Trümmer gestürzt. Über Nacht gewonnener Reichtum war über Nacht auf die Hälfte zusammengeschrumpft. Der heutige Tag war ein wenig freundlicher gewesen, aber es hatte sich gezeigt, wie leicht die glitzernde Seifenblase zum Platzen gebracht werden konnte.

Wie sollte es jetzt weitergehen?

In der Halle des Plazas schluchzte ein Mann still vor sich hin, während ein besorgt aussehendes junges Mädchen ihm die Schulter tätschelte und ins Leere starrte. Andere drängten sich eng zusammen und unterhielten sich in gedämpftem, hastigem Flüstern, als befänden sie sich bei einem Begräbnis. So hörten sich die Geräusche der Unsicherheit an. Im übrigen herrschte feierliches Schweigen.

Max beeilte sich, am Empfangschef vorbeizugelangen, wurde aber mit lauter Stimme angerufen.

»Mister Meyer!« Der Angestellte hielt einen Briefumschlag in die Höhe. »Eine Nachricht, Sir.«

Als Max' Name fiel, wandten sich hundert Paar zorniger Augen ihm zu. War er nicht zumindest teilweise an der Katastrophe schuld? Der Pessimismus der Medien hatte den Zusammenbruch der Wall Street verursacht. Der schluchzende Mann hob den Kopf und unterbrach sein Weinen lange genug, um die Worte zu murmeln: »Dreckiger roter Jude! Bolschewikenschwein! Solche Leute ruinieren das Land ...«

Max nahm die Nachrichten vom Nachtportier entgegen und versuchte, nicht auf die Blicke zu achten, die sich in seinen Rücken bohrten.

»Von Ihrem Büro, Mr. Meyer.« Der Angestellte schien sich unbehaglich zu fühlen, weil er überhaupt mit Max sprach. Er blickte zu Boden, als redete er im Grunde gar nicht mit dem Unheilspropheten der Wall Street. »Sie sagen, es sei äußerst dringend.«

Max nahm die Nachrichten achselzuckend entgegen. An einem Tag wie diesem war alles dringend. Die letzten zwölf Stunden hatte Max damit verbracht, Gerüchten nachzuspüren, denen zufolge die größten Namen der Wall Street einen weiteren Plan ausgebrütet hatten, am kommenden Montag Millionen auf den Markt zu werfen, um einen weiteren Kursverfall zu verhindern. Sein Notizbuch war vollgestopft mit genug Informationen, um sechs Monate lang Artikel zu schreiben, und jetzt wollte sein Büro zweifellos das Manuskript haben, um es rechtzeitig in die Setzerei zu bringen. Max hatte bereits beschlossen, daß er absolut nicht in der Laune war, eine weitere dringende Nachricht entgegenzunehmen.

Dann läutete das Telefon am Empfang des Hotels. Mr. Derby steckte den Kopf hinter der Trennwand hervor. »Ah! Mister Meyer!« rief Derby fröhlich. »Ich dachte schon, ich höre Ihre Stimme!« Er hielt ihm ein Telefon entgegen. »Ein Anruf für Sie. Dringend, sagt er.«

Max fühlte sich in der Falle. Stirnrunzelnd nahm er das Telefon entgegen. »Meyer am Apparat.«

Die Stimme am anderen Ende war ihm fremd. Weder Beadle noch Miß Morgan, deren Anrufe er erwartet hatte.

»Max Meyer?«

»Stimmt.«

»Mein Name ist Dr. Oates. Am New York General Hospital. Ihre Sekretärin sagte mir, ich könnte Sie in Ihrem Hotel erreichen. Natürlich habe ich den Zweck meines Anrufs nicht angegeben ...«

Max wurde allmählich ungeduldig. Kein Zweifel, daß der Bursche einen Ratschlag für den Börsenmarkt brauchte.

»Verkaufen Sie«, sagte Max.

»Verzeihung? Wie bitte?«

»Das ist mein Rat. Ich stehe zu dem, was ich geschrieben habe.«

»Mr. Meyer, ich rufe Sie an, weil .. es erscheint Ihnen vielleicht seltsam, aber ich rufe Sie an, weil wir einen kleinen Jungen hier haben. Er heißt David. Er sagt –«

Mr. Derby runzelte die Stirn, als Max Meyer das Telefon fallen ließ und zum Hotel hinausstürzte, ohne sich um den Stapel der anderen Nachrichten zu kümmern, die an der Rezeption zurückblieben.

»Was ist denn in den gefahren?« sinnierte der Angestellte.

»Vermutlich dasselbe, was in alle Leute gefahren ist«, sagte Derby. Er deutete auf die Männer und Frauen in der Hotelhalle. »Wir warten doch alle darauf, daß die Welt untergeht, nicht wahr?«

# STURM AM HORIZONT

»Weißt du nicht, was sich an der Börse tut? Daß es dort drunter und drüber geht?« Delbert Simpson trommelte mit den Fingerspitzen auf seinen Schreibtisch in der Hartford Bank. »Das ist wirklich kein günstiger Tag für ...«

»Was hat das mit uns zu tun? Mit unserem Geld?« fragte Birch.

»Wir haben heute einfach keine Zeit mehr, uns um die Sache zu kümmern, das ist es.«

Von seinem Ausguck auf der Galerie oben warf der Präsident der First National Bank finstere Blicke auf Birch und Trudy, die zusammengekauert vor Delberts Schreibtisch saßen. Er raschelte ungeduldig mit seiner Zeitung.

»Ich kann absolut nichts mehr für dich tun, Birch.« Delbert stand der Schweiß auf der Stirn, während er mit der Hand auf die Telegramme und Formulare deutete, die auf seiner Schreibunterlage ausgebreitet lagen. »Die First Petroleum Bank in Tulsa sagt, es gäbe da ungeklärte Fragen, was eure Unterlagen angeht, und sie könnten euer Geld nicht überweisen, bevor das nicht alles aufgeklärt ist.«

»Aber sie geben zu, daß sie unser Konto haben!« Birch beugte sich vor und hieb mit der Faust auf den Schreibtisch.

»Das wissen sie offenbar nicht genau.«

»Warum kannst du nicht einfach unseren Kredit erhöhen, damit wir die Steuerschulden bezahlen können?«

Präsident Henry V. Smith räusperte sich laut und sandte seinem Assistenten damit die Nachricht AUF KEINEN FALL. Delbert warf einen hastigen Blick zum »King« hinauf. Er nickte kurz, dann antwortete er.

»Wir haben nur euer Wort, daß ihr so viel gespart habt.«

»Unser Wort.« Trudys Stimme zitterte. »Und das hier.« Sie hielt Delbert das Sparbuch der First Petroleum Savings Bank unter die Nase. »Jede Einzahlung, die wir jemals getätigt haben. Sie werden die Sache zweifellos in Kürze bereinigt haben. Es war Vizepräsident Tell selbst, der uns vorgeschlagen hat, unser Guthaben auf elektronischem Weg zu transferieren. Auf moderne Art, sagte er. Sicher, sagte er. Niemand könnte es uns stehlen, wenn wir –«

»Das ist alles schön und gut.« Delbert hob die Hände, um sie zu unterbrechen. »Und sobald das Geld überwiesen ist –«

»Wenn Sie den Kreditbrief nicht erweitern, dann verlieren wir unser Haus wegen dieser unbezahlten Steuern«, antwortete Trudy dringlich.

»Und wenn wir euch das Geld vorschießen, zusammen mit den neunhundert, die ihr bereits an Krediten verbraucht habt, dann – das ist jedenfalls die Meinung von Mr. Smith und dem Direktorium – haben wir mehr Geld in eure Farm reingesteckt, als sie wert ist.«

Birch schnaubte wütend bei dieser Bemerkung. »Wir haben jeden Cent dafür verwendet, zu verbessern, was bereits vorhanden war. Landwirtschaftliche Ausrüstung, Maultiere, Saatgut, Bauholz, Lack, Möbel. Die einzigen Schulden auf der Farm sind die fünfhundertelf Dollar rückständige Steuern, die mein Pa nicht bezahlt hat. Das Land ist bei weitem mehr wert als das, Delbert! Das weißt du sehr gut.«

»Heute vielleicht, aber die Preise für Ackerland fallen. Die Wirtschaft steht auf schwachen Füßen. Wir müssen an die Zukunft denken.« Delbert gab keinen Fußbreit nach. Er richtete sich in seinem Sessel auf. »Daß die First Petroleum Bank euer Konto irgendwie vermurkst hat, heißt doch noch lange nicht, daß unsere Bank euch den Karren aus dem Dreck ziehen muß. Du bist stinksauer auf uns, Birch, aber WIR sind nicht schuld! Sieh dir das an! Ich hab den Kerlen extra noch einen Brief geschickt! Sie tun, als hätten sie noch nie von euch gehört, Birch! An UNS liegt es nicht!«

»Wir haben neunhundert Dollar auf diesen Kreditbrief bezogen«, versuchte es Birch von neuem. »Du hast gesagt, wir könnten bis zu zweitausend Dollar haben! Du brichst dein Wort. Du leihst uns diese fünfhundert für die Steuern nicht, und ich verliere mein Vaterhaus!«

Delbert schwieg. Er saß mit versteinerter Miene da und starrte die Dokumente an. Er trommelte ungeduldig mit den Fingern auf die Mappe mit den Kreditpapieren. Er würde kein Wort mehr sagen, keine Silbe mehr. Die Sache war längst entschieden. Wenn J.D. die Farm für die fünfhundertelf Dollar rückständiger Steuern kaufte, dann beschränkte sich das Risiko der Bank auf den Betrag, den Birch bislang verbraucht hatte. Wenn die Bank aber Birch das Steuergeld lieh, dann war das Risiko um so höher.

»Du verkaufst unseren Lebenstraum, Delbert. Verstehst du das nicht? Bitte. Leih uns das Geld für die Steuern.«

Delbert blickte das Paar nicht an. Die Uhr in der Halle tickte laut. Es gab nichts mehr zu sagen.

* * *

»Was soll das heißen, er kann jetzt nicht mit mir reden?« Birch brüllte so laut, daß seine Stimme klar und deutlich durch die Glaswand der öffentlichen Telefonzelle in Winters Drugstore und Erfrischungsstand drang. »Es ist dringend! Sagen Sie ihm ... jawohl! Birch Tucker! Ich muß Vizepräsident Tell sprechen! Ich rufe aus Hartford, Arkansas an!«

Trudy stand vor einem Regal mit Abführmitteln und starrte blicklos die Schachteln und Fläschchen an. Die anderen Leute im Laden warfen ihr und Birch nervöse Blicke zu. Sie sprachen leise und tonlos, während sie ihre Einkäufe bezahlten und dann noch ein wenig herumlungerten, um zu hören, wie die Geschichte ausging. Trudy war überzeugt, daß inzwischen jeder in Hartford und Shiloh wußte, daß ihr Kreditbrief fällig geworden war. Die First Hartford Bank war nicht mehr bereit, für Käufe gutzustehen, die die Familie Tucker tätigte. Jeder Kaufmann, der ihnen etwas verkaufte, tat das auf sein eigenes Risiko.

»Wissen Sie, wie egal mir seine Sitzung ist? Ich sage Ihnen – holen Sie ihn an den Apparat! Holen Sie mir Tell an den Apparat, oder – nein! Ich rufe von einer Telefonzelle aus an! Ich bin seit zehn Jahren Kunde bei der First Petroleum Bank, und jetzt wollen

Sie mir erzählen, ich könnte nicht über mein Geld verfügen, weil ich in einem anderen Staat wohne! Und es war Tell, der mir sagte ... na schön, dann holen Sie ihn mir an den Apparat! Sofort! Oder ich komme zurück nach Tulsa!«

Alles drehte die Köpfe, als Birchs Stimme durch den Laden dröhnte. Trudy stand in würdevoller Haltung da, aber sie spürte, wie ihr die heiße Röte der Demütigung in die Wangen stieg. Hatte die ganze Stadt bereits von den unbezahlten Steuern gehört? Wußte bereits jeder, daß J.D. ihre Farm um diese Steuern kaufen wollte, daß die Provinzbehörde ihm das Recht dazu eingeräumt hatte, weil er Birchs nächster Verwandter war? Hatten sie auch schon gehört, daß J.D. sich geweigert hatte, Birch das Geld zu leihen, aber ihm angeboten hatte, ihn als Pächter auf seinem Land zu belassen?

Trudy hob den Blick und sah Mr. Winters schmerzlichen Gesichtsausdruck, während er Mrs. Hocotts Einkäufe in die Ladenkasse tippte. Es war offenkundig, daß der Drogist in allen schrecklichen Einzelheiten darüber Bescheid wußte, wie Birch Tucker von seinem eigenen Cousin verraten und verkauft wurde. Und niemand konnte es ändern.

Der Hörer in der Telefonzelle wurde krachend aufgelegt. Birch stand reglos und starrte volle zwei Minuten lang das Telefon an, als rekapitulierte er in Gedanken das ganze Gespräch. Niemand im Laden sprach ein Wort. Trudy griff gedankenlos nach einem Fläschchen Aspirin, als wollte sie es kaufen. Aber jetzt hatte sie natürlich nicht einmal genug Geld, um Aspirin zu kaufen. Sie stellte die Flasche ins Regal zurück und ging zur Telefonzelle. Im selben Augenblick trat Birch heraus.

Er ergriff ihre Hände. »Wie oft können wir noch anrufen, Trudy? Immer heißt es, er sei in einer Sitzung. Oder gerade ausgegangen.« Er schüttelte den Kopf. »Wir müssen einfach wieder nach Tulsa fahren. Wir müssen das Haus und die Kinder Lily und Jeff anvertrauen. Wir müssen diese Sache in Ordnung bringen, oder ...« Er schüttelte erneut den Kopf. »J.D. ...«

Trudy zog ihn nach draußen und um die Ecke des Gebäudes. Er sah aus, als würde er jeden Augenblick zusammenbrechen. »Sie bringen das sicher in Ordnung.« Sie strich ihm das Haar aus der

Stirn. »J.D. kriegt dein Haus nicht ... unser Haus. Er hat ohnehin schon so viel ...«

»Er wollte immer alles haben, True. Immer schon. Als Kind mußte er jedes Wettrennen gewinnen. Der schnellste Schwimmer sein. Der beste Jäger. Er konnte es nicht vertragen, wenn ich ihn irgendwo übertrumpfte. Er will einfach alles haben. Er braucht es gar nicht, aber ich glaube, er hatte immer Spaß an dem Gedanken, alles zu besitzen, was ihm unter die Augen kommt.«

Hinter Birchs Rücken fügte die Stimme von Mr. Winters hinzu: »Stimmt haargenau, Birch Tucker.« Und dann erzählte er ihnen, wie J.D. in der ganzen Stadt damit geprahlt hatte, daß Birchs Vater ihm die Tuckerfarm hinterlassen würde. »Der alte Doc Brown sagte deinem Vater, er müßte mit dem Saufen aufhören oder sterben. Und was meinst du wohl, wer deinem Vater flaschenweise Whisky ins Haus brachte? J.D. sorgte dafür, daß Sam Tucker immer halb verrückt und völlig auf ihn angewiesen war. Nach seinem Tod fiel J.D. aus allen Wolken, als er deinen Namen im Testament las. Birch Tucker würde diese Farm kriegen statt J.D. Das paßte ihm überhaupt nicht. Und dann, als Richter Harding deinen Aufenthaltsort ausfindig machte, verbiß er sich richtig in die Idee. J.D. sagte, du würdest einen einzigen Blick auf das Haus werfen und auf dem Absatz kehrtmachen. Er sagte, es sei eine solche Ruine nach all der Zeit, in der Sam Tucker es vernachlässigt hatte, daß du nichts kriegen würdest als Dreck und Ratten.«

»Ich nehme an, er ist ganz wild auf dieses Land.« Birchs Schultern sanken kraftlos nach vorne. »Das hätte ich nicht von ihm gedacht.«

»Ihr beide seid als Jungen zusammen aufgewachsen. Er war wie ein Bruder für dich. Er stand dir näher als dein eigener Bruder, so wie ihr zwei zusammen rumgezogen seid. Aber er war immer schon schlecht bis ins Herz hinein. War immer schon ein gemeiner Kerl. Du standest ihm einfach zu nahe, um es zu merken.« Mr. Winters trat einen Schritt zurück, als überraschte ihn seine eigene Ehrlichkeit. »Ich wollte mich nicht in die Sache reinmischen, Birch. Das weißt du. Deine Mama war eine gute Frau. Wir hatten alle große Hochachtung vor ihr und wie sie euch Jungen trotz allem so gut erzog. Mir tut es im Herzen weh, zusehen zu müssen, daß es so weit kommen konnte.«

Birch schüttelte den Kopf und sagte: »Nun, dann bleibt uns nichts anderes übrig, als nach Tulsa zu fahren. Das ist das einzige, was wir noch tun können.«

* * *

Birch jagte den kleinen Model-T in wütender Hast von Hartford zurück nach Shiloh. Gemeinsam bemühten sich er und Trudy, sich einen Reim auf die unheilvollen Ereignisse des Tages zu machen.

Zum ersten Mal erschien es Trudy, als hätte möglicherweise das ferne Erdbeben in der Wall Street auch den Boden ihrer kleinen Welt in Shiloh zu erschüttern vermocht. Sie kaufte eine Zeitung und ließ den Blick über die Seiten schweifen, um irgendeinen Hinweis zu finden, was in New York geschah und warum es Auswirkungen auf die Entscheidungen hatte, die in der kleinen Bank in Hartford getroffen wurden.

»Hier steht«, las sie Birch vor, »daß der Kurssturz nichts weiter als eine Anpassungsphase des Aktienmarktes ist. Selbst der Präsident, Mr. Hoover, sagt, es sei alles in bester Ordnung. Es gäbe keinen Anlaß zur Sorge.«

»Na, das sag mal King Henry V.« Birch war zornig. »Hatte keine Zeit heute, an uns und unsere Farm zu denken, der alte Schwachkopf! Hockt da oben in seiner Bank wie ein alter Geier, der's nicht erwarten kann, unsere Knochen abzupicken! Hält sich für weiß-ich-wie wichtig ... tut, als müßte er an irgendein grandioses Tralala in New York City denken, das überhaupt nichts mit uns oder unseren Ersparnissen oder der Realität zu tun hat.«

»Ich wünschte, ich könnte mit Max sprechen«, jammerte Trudy. »Der könnte das alles wieder ins reine bringen.«

Birch knurrte und steuerte den Wagen über eine tiefe Karrenspur. »Ja, klar«, schnaubte er. »Der liebe alte Max. Der hat ja immer auf alles eine Antwort! Sooft er in Paris sein großes Maul aufriß, war einer zur Hand, der es ihm stopfen wollte. Ich werde dir sagen, was hinter all dem steckt –«

»Nun? Was denn?«

Birch schwieg, während der Ford weiterratterte, wie die Gedanken in seinem Kopf dahinratterten. Schließlich zuckte er die Achseln. »Vielleicht weiß ich's auch nicht«, gab er schließlich zu. »Aber ich hab vor, es herauszufinden. Du und ich, wir werden auf den Eingangsstufen der First Petroleum in Tulsa stehen, wenn sie am Montag öffnen. Und ich werde diesen kleinen Schleimer von einem Bankier, Mister Tell, fragen, was zum –«

»Wir können es nicht bis Montag schaffen.«

»Doch, das können wir, wenn wir die Nacht durchfahren. In einem Tag und einer Nacht können wir es schaffen, unser Geld abholen und wieder nach Hause fahren, dorthin, wo ein Farmer hingehört. Sollen die Bankiers ihre Suppen doch selbst auslöffeln! Ich will mir über nichts weiter Sorgen machen als über das Wetter und die Baumwollpreise.« Er starrte wütend durch die Windschutzscheibe hinaus. »Ich sag dir was, Trudy, mein alter Opa hatte recht, was Banken angeht! Traue niemals einer Bank, sagte er! Er hatte all sein Geld einer Bank in Atlanta anvertraut, während des Krieges ... des Bürgerkrieges, meine ich ...«

»Den hat meine Familie verpaßt.« Trudy zog in grimmigem Vergnügen die Augenbrauen hoch. Ausgerechnet diesen Augenblick mußte er sich aussuchen, um die alten Familiengeschichten von Armut und Hunger im Lager der Rebellen wieder auszugraben!

»Glück gehabt.«

»Meine Großeltern waren damals noch in Deutschland und rannten vor dem Kaiser davon.«

»Kann nicht halb so schlimm gewesen sein wie diese konföderierten Bankiers. Jeder Cent, den die Familie Tucker besaß, lag auf dieser Bank, und was glaubst du? Traue niemals einer Bank, pflegte mein alter Großpapa zu sagen! Steck dein Bargeld in Grundstücke, sagte er. Oder in Gold. Und vergrab es tief, denn kein Dieb ist so schlecht wie ein stinkvornehmer Bankier, der Böses vorhat.« Er schüttelte den Kopf. »Dieser Stutzer in Atlanta machte sich mit einer halben Million in Gold aus dem Staub, als die Stadt sich den Yankees ergeben mußte. Kaufte sich die Überfahrt auf einem Blockadebrecher und lebte hinfort in Frankreich.

Großpapa hat's den Banken niemals verziehen, und jetzt siehst du, warum. Damals war ganz Atlanta ruiniert. Und mein anderer Großpapa, Sinnickson, behauptete, er hätte im Leben noch keiner Bank getraut.«

»Das ist wohl kaum dasselbe«, tröstete Trudy. »Oh, Birch, es ist gewiß nur ein Versehen.«

»Ha! Versehen? Dieser feine Mister Tell wird aus zwei blauen Augen sehen, wenn ich nicht mit meinen Ersparnissen in der Tasche aus Tulsa zurückkomme! Der soll nur wagen, zu behaupten, daß er uns nicht kenne und zweitausend Dollar verlegt hätte! Da ist der Bürgerkrieg ein Klacks dagegen, was dann passieren wird!«

Schwere Sturmwolken türmten sich im Süden über dem Zuckerbrot-Berg. Vielleicht sollten sie ihrer Seele eine Warnung kommenden Unheils übermitteln, dachte Trudy, während sie sich vom Fenster abwandte und einen Stapel von Birchs frischgewaschenen Hemden in den braunen Koffer legte.

»Miz Trudy?« Lily drückte sich draußen vor dem Schlafzimmer herum, als wollte sie sich nicht in Trudys Gedanken drängen.

Trudy brachte keine Antwort über die Lippen. Was sollte sie Lily sagen, die aus dem Nichts aufgetaucht war und hier Hoffnung gefunden hatte? Wie konnte sie ihr erklären, daß vielleicht alles verloren war und Lily dann keine Hoffnung mehr hatte, hier bleiben zu können?

Lily ging nicht weg. Sie blickte den Koffer und die Kleidungsstücke an, als wüßte sie bereits Bescheid. »Miz Trudy«, begann sie von neuem, »vielleicht geht es mich ja nichts an.« Sie hielt inne. »Ich weiß, daß Sie und Mister Birch vielleicht das alles hier verlieren. Das schöne Haus und all das. Ich weiß das, Miz Trudy, und es tut mir furchtbar leid.«

»Danke.« Trudy blickte sie nicht an, sondern tat sehr geschäftig damit, Unterwäsche und Hosen zusammenzufalten. »Ich weiß das zu schätzen, Lily.«

Aber das war noch längst nicht alles, was Lily ihr sagen wollte. Sie blieb wie angewurzelt in der Türe stehen. »Was ich eigentlich sagen wollte, Miz Trudy ... ich meine ... selbst wenn Sie die Farm hier verlieren, haben Sie immer noch alles. Sie haben Ihren

Mann. Ihre Kinder. Leute wie diesen Mister J.D. gibt's, seit die Welt besteht ... Leute, die andere betrügen, die einen Schatten über das Leben werfen. Ich hab sie auch kennengelernt. Aber was ich sagen will ... wenn es da oben in Tulsa nicht so klappt, wie Sie sich's vorstellen, dann erinnern Sie sich doch hoffentlich daran, daß der Herr ein Auge auf Sie hat, Miz True. Ja, Ma'am. Da glaube ich ganz fest daran – daß der Herr auf Sie sieht.«

Trudy senkte den Kopf und preßte Birchs Hemd an die Brust. »Das weiß ich alles, Lily«, antwortete sie leise. »Es ist bloß, daß wir immer davon geträumt haben, einmal unser eigenes Haus zu besitzen. Unsere Kinder hier aufwachsen zu sehen ... oder sonst irgendwo ... an einem Ort, den sie wirklich Zuhause nennen können.«

»Ich kenne diese Träume. Der Herr schenkt den Menschen solche Träume, nehme ich an. Er hat nichts dagegen. Er will bloß nicht, daß seine Kinder ihr *Vertrauen* in Dinge und Orte setzen, nehme ich an. ER will nicht, daß sie ihr Vertrauen auf irgend etwas anderes setzen als darauf, daß Er für sie sorgen wird.«

Trudy lächelte sie an. Sie erinnerte sich an die zerlumpte Besucherin, die auf der Hinterveranda aufgetaucht war. »Wie alt bist du denn, Lily?«

»Ungefähr zwanzig, so weit ich's mir ausrechnen kann, Miz True.«

»Wo hast du das alles gelernt?«

»Ist mir bloß so durch den Kopf gegangen, Miz True. Ich hab niemals etwas mein eigen genannt außer meiner Seele. Lange Zeit hab ich mich an meine Seele geklammert. Ich sagte: ›Das hier gehört mir! Da hat niemand anderes ein Recht drauf!‹ Dann hab ich eines Tages meine Seele Jesus zurückgegeben. Ich sagte ihm, ich könnte Leib und Seele nicht länger zusammenhalten, wenn ich also weiterleben wollte ... nun ja, dann würde ER sich um die Angelegenheit kümmern müssen! Alles, was ich habe, gehört meinem Herrn, Miz Trudy. Ich habe nichts, worum ich mir Sorgen machen müßte. Ich setz mein Vertrauen auf nichts außer Jesus, ob ich lebe oder sterbe, ob mein Bauch satt oder hungrig ist. Nun, Miz Trudy, jetzt fahrt ihr alle nach Tulsa und kümmert euch um die Sache da. Aber versucht, auf nichts anderes zu vertrauen als auf Jesus. Er ist getreu. Ja, Ma'am, ER ist getreu.«

Trudy dankte Lily, die zu ihrer Arbeit in der Küche zurückkehrte. Trudy hörte sie leise vor sich hinsummen, als wäre heute nichts anders als gestern, als drohten keine Sturmwolken in der Zukunft. Sie fand keinen Trost in Lilys Worten. *Vertraue allein auf den Herrn!* War das eine Lektion, die man nur lernen konnte, indem man alles verlor? Wenn man nichts in diesem Leben mehr besaß, was man Gott hätte zurückgeben können, als seine Seele?

Trudy wollte das nicht wahrhaben. Sie hob den Blick zu den dunklen Sturmwolken, und ein dumpfes Angstgefühl lastete auf ihrem Herzen.

* * *

Max zitterten die Hände, als er Davids Foto in Dr. Oates' Hände legte. *Freundliches, lächelndes Gesicht, unverschämtes Grinsen, ein koboldhafter Ausdruck auf dem Gesicht des Neunjährigen ...* Der Arzt betrachtete das Bild einen Augenblick, als sei er nicht sicher, ob das Kind im Krankenzimmer derselbe Junge sei. »Niedlicher Junge«, sagte er, während er Max den Schnappschuß zurückgab. »Das ist wirklich tragisch. Tragisch.« Dann: »Wann haben Sie Ihren Sohn denn das letzte Mal gesehen, Mr. Meyer?« Er schloß die Türe zu seinem Büro und deutete Max, er solle in dem burgunderroten Ledersessel vor seinem Schreibtisch Platz nehmen.

Wie konnte Max eine solche Frage beantworten? Wie konnte er zugeben, daß er David noch nie gesehen hatte? Daß er fast zehn Jahre seines Lebens verschwendet hatte bis zu dem Augenblick, in dem Pater Johannes ihm dieses Foto gegeben hatte. Und nun, wo er David wiedergefunden hatte, würde er ihn wieder verlieren?

Max öffnete den Mund und versuchte eine Erklärung vorzubringen, aber die innere Bewegung schnürte ihm die Kehle zu. Er preßte die Lippen hart zusammen und schüttelte statt einer Antwort nur den Kopf – eine Gebärde des Kummers, die der Arzt instinktiv erfaßte. Kummer, der keiner Worte mehr fähig war. Reue, die keinen Ausdruck zu finden vermochte. Furcht, es möge zu spät sein, die verlorenen Jahre wiederzufinden.

»Ich verstehe«, sagte Doktor Oates. »Da lebten Sie also von der Mutter des Jungen getrennt?«

Max nickte. *Irene!* Er brachte es nicht übers Herz, von ihr zu sprechen. Gab es denn Worte, um all das auszudrücken? Er wiegte Davids Foto in den Händen und starrte einfach nur die Augen an, die Irenes Augen so ähnlich waren, und das Grübchen im Kinn ...

»David hat uns ein bißchen über sich erzählt. Seine Mutter?«

»Tot.«

»Er kam also hierher, um Sie ausfindig zu machen, nicht wahr?«

Max nickte. Er hatte Angst, Dr. Oates forschendem Blick zu begegnen.

Der Arzt räusperte sich. »Ihr Sohn ist eine Kämpfernatur.« Hoffnung lag in den Worten.

»Erzählen Sie mir etwas über ... ihn.« So war das also. Ein völlig Fremder wußte mehr über David als Max. So war es neun Jahre lang gewesen. Max gierte nach einem Tropfen Erkenntnis wie ein Verdurstender in der Wüste. Wer war dieser Junge, dem er noch nie begegnet war? Wie kam es, daß er sich hier befand? »Eine Kämpfernatur. Wird er überleben?«

»Er hatte ziemlich viel Meerwasser in der Lunge. Bis heute morgen hatte ich keine Hoffnung, daß er am Leben bleiben würde. Aber er kam lange genug zu Bewußtsein, um uns von seiner Mutter zu erzählen. Und dann sprach er von Ihnen. Nun, ich bin ein eifriger Leser Ihrer Kolumne. Ich konnte mir nicht vorstellen, daß der Junge wirklich ausgerechnet von *Ihnen* redete, aber wir riskierten es einfach und riefen die *Times* an.« Ein schwaches Lächeln. »An einem Tag wie heute ... einem solchen Tag ... aber die Vermittlung schaffte es, uns zu Ihrer Sekretärin durchzustellen. Sie wußte sofort, von wem die Rede war, als wir David erwähnten.«

»David.« Max sprach den Namen laut aus. Ja. Er paßte zu dem Gesicht.

»Er nannte sich David O'Halloran, aber er sagte, sein Vater sei Max Meyer. Das machte er uns ganz nachdrücklich klar. Er regte sich ein bißchen auf, als ich ihm sagte, Sie würden herkommen. Das war vor Stunden. Stunden. Als Sie nicht kamen, dachte ich, Sie steckten wahrscheinlich mitten in dem Chaos an der Wall

Street. Ich dachte, Ihre Sekretärin würde Sie gar nicht erreichen können. Es heißt, an der Börse ginge die Welt unter. Und so ... ich sagte dem Jungen, Sie würden kommen, aber er müsse schlafen und zu Kräften kommen. Er schien ganz zufrieden damit, solange er nur wußte, daß Sie wirklich kommen würden.«

»Jetzt bin ich hier«, brachte Max über die Lippen. »Neun ... nein, zehn Jahre zu spät.«

»Aber vielleicht noch nicht allzu spät.« Das Licht glänzte auf dem kahlen Kopf des Arztes wie ein Heiligenschein. Mit gütiger Stimme fragte er: »Möchten Sie jetzt Ihren Sohn sehen, Mister Meyer? Ich weiß, daß er auf Sie gewartet hat.«

* * *

Der Junge lag klein und bleich unter dem Sauerstoffzelt. Das Bett schien seine zierliche Gestalt zu verschlingen. Max saß reglos da und beobachtete seinen Schlaf. Er wandte die Augen nicht von dem aschbleichen Gesicht, aus Furcht, David könnte vor seinen Augen verschwinden.

Dr. Oates ließ Max allein, nachdem er ihm Anweisung gegeben hatte, nach der Schwester zu klingeln, sobald David erwachte. Das war vor zwei Tagen gewesen. Schwestern kamen ins Zimmer, überprüften Puls und Blutdruck und Temperatur, und immer noch schlief der Junge. Es war spät am Sonntagabend, aber Max war noch nie so hellwach gewesen. Er saß auf der Sesselkante und atmete im selben Takt wie sein röchelnder Sohn. So oft ein unbewußter Schmerz oder ein quälender Traum die Züge des Kindes überschattete, verkrampfte sich Max, als wäre es sein eigener Schmerz, sein eigener Alptraum.

Er sah zu, wie der Junge gegen den Tod ankämpfte. Es war, als beobachtete er seine Geburt. Max betete zu dem namenlosen, gesichtslosen Gott, an den er niemals geglaubt hatte. Er flehte, er möge das Leben seines Sohnes verschonen, er bat um Zeit, er handelte mit dem Himmel und bot ihm alle seine Träume als Opfer an, wenn nur dieser eine kleine Traum wahr werden durfte ...

Max wußte, daß die Welt jenseits der Mauern des Krankenhauses tatsächlich in Trümmer fiel. Und dennoch lag hier vor ihm die einzige Welt, die ihn wirklich interessierte. Mochte doch die Wall Street stürzen wie ein modernes Jericho, wenn nur David die Augen öffnen und Max »Vater« nennen wollte!

# DER VATER

Die Scheinwerfer des Model T glitten über das Straßenschild SILOAM SPRINGS 3 MI. Es würde immer noch eine harte Tagesfahrt über schlechte Straßen erfordern, um von Siloam Springs nach Tulsa zu gelangen, aber Birch hatte sich ausgerechnet, daß sie es bis Montagmittag schaffen konnten, wenn sie die Nacht über Glück hatten.

Trudy lag schlafend im Fond des Wagens, während Birch im Nieselregen über die einspurige Straße fuhr. Er trank kleine Schlucke aus einer Thermoskanne voll kalten Kaffees, den sie vor ein paar Stunden in Fayetteville gekauft hatten, und bemühte sich, die Augen offen zu halten. Er schätzte, daß sie bei Einbruch der Dämmerung aus dem Hügelland mit seinen kreuz und quer führenden Straßen draußen sein würden und dann auf dem glatt asphaltierten, schnurgeraden Highway direkt nach Tulsa fahren konnten. Sie würden das Durcheinander in der First Petroleum Bank in Ordnung bringen, ein paar Stunden schlafen und dann wieder nach Hause fahren.

Die Rückfahrt würde nicht halb so schlimm werden wie diese Fahrt jetzt, denn Birch war fest entschlossen, jeden Cent seiner zweitausend Dollar in der Hand zu haben, wenn er zurückfuhr. Er würde die Steuern bezahlen, er würde die Bank von Hartford bezahlen. Es würde noch reichlich übrigbleiben, um davon zu leben, bis die Farm ihnen genug einbrachte.

Er probte im Geist ein Dutzend verschiedene Predigten, die er diesem Schleimer Delbert und King Henry V. in der Bank halten würde. Er stellte sich vor, wie er J.D. einen Packen Rechnungen in den Hals stopfte, bevor er ihn unangespitzt in die Erde schlug. Er überprüfte diese Vision mehrmals hintereinander, entschloß sich dann, die Rechnungen wegzulassen und entschied sich für eine Neufassung, bei der er J.D.s Destillierapparat mit der Axt zertrümmerte, während J.D. um Gnade winselnd auf der Erde herumkroch!

Jetzt war die Katze aus dem Sack, trotz J.D.s warmherzigem, gefühlsduseligem Willkommen-zu-Hause! Der Whisky und J.D. hatten Hand in Hand gearbeitet und Birch seines Vaters beraubt. Und jetzt hatte J.D. vor, sich auch noch die Farm unter den Nagel zu reißen.

Ein paar Stunden noch, und Birch würde alles in Ordnung bringen. Er würde Tulsa nicht wieder verlassen, bevor er nicht das Geld in Händen hatte, das sein Vaterhaus von J.D. und der Bank von Hartford loskaufte!

* * *

Das Glitzern der Scheinwerfer auf der nassen Straße verbarg das tiefe Schlagloch. Birch ging vom Gas, als die Vorderräder einsanken und Schlamm über Kühlergrill und Schutzbleche spritzte. Der Motor heulte auf, als das linke Hinterrad bis zur Radnabe einsank und der kleine Ford mit einem Ruck stehenblieb. Er steckte im Sumpf.

Alle Hoffnung, Tulsa und die First Petroleum am Montag zu erreichen, erlosch mit einem Schlag. Das kleine Fahrzeug schauderte und strengte sich an, der Schlammfalle zu entkommen, aber es hatte keinen Zweck.

»Oh nein«, sagte Trudy und setzte sich auf. Das Unglück hatte sie augenblicklich aus dem Schlaf geweckt. Sie brauchte keine Erklärung, und es wurde auch keine abgegeben.

Birch saß wie zu Eis erstarrt hinter dem Lenkrad, während der steckengebliebene Ford noch weiterratterte. »Nicht *jetzt!*« schrie er.

Trudy spähte zum Fenster hinaus und konnte sehen, wie die schlammverschmierten Radspeichen sich sinnlos im Schlamm drehten. Nur ein Maultiergespann konnte sie wieder flottmachen. Sie hatte dergleichen schon früher erlebt, und sie wußte, daß nicht die geringste Hoffnung bestand, sie selbst könnten tief genug graben oder genügend Kraft aufbringen, um sich zu befreien.

»Wir brauchen ein Maultiergespann, Birch«, sagte sie trocken.

Er nickte und stellte den Motor ab. Mit einem erschöpften Seufzer lehnte er sich im Sitz zurück und stöhnte: »Warum gerade jetzt?«

Trudy sprach kein Wort. Der Regen trommelte mit leisem Klang auf das tuchbespannte Dach des Wagens. Die Luft roch frisch nach Fichtennadeln. »Du brauchst Schlaf«, sagte sie leise.

»Oh, True! Ich muß fahren! Wir müssen morgen in Tulsa sein!«

»Du mußt dich ausruhen.« Sie berührte seine Schulter. »Du hast seit Tagen nicht mehr geschlafen, Birch.« Sagte sie das, weil sie selbst so müde war, daß jeder Atemzug ihr als unerträgliche Mühe erschien?

»Wie spät ist es?«

Sie warf einen Blick auf ihre Armbanduhr und versuchte, die Zeiger im Dunkeln zu sehen. »Fast vier Uhr morgens, glaube ich.«

»In ein paar Stunden wird es hell sein. Dann mache ich mich auf den Weg und werde versuchen, einen Farmer mit ein paar kräftigen Maultieren zu finden.« Seine Zunge war schwer. Er war wie betrunken vor Müdigkeit.

»Komm schon«, sagte sie aus der Wärme der Decken auf dem Rücksitz heraus. »Wir schlafen ein bißchen.«

Birch schleppte sich nach hinten und streckte seine langen Beine über den Vordersitz. Er lehnte den Kopf an ihre Schulter und sank mit einem langen Seufzer in den Schlaf.

* * *

Jemand schlief im Spitalbett neben David. Nein. Nicht *im* Bett. Neben dem Bett. Auf dem harten, geradlehnigen Stuhl saß ein Mann und schlief, die Arme verschränkt, das Kinn auf der Brust. Ein dunkelbrauner Filzhut war tief in die Stirn gezogen und warf einen Schatten über sein Gesicht. Im trüben Licht des frühen Morgens konnte David nicht erkennen, ob der Mann jung oder alt war. Er konnte nur erkennen, daß er da war. Er trug einen dunklen Geschäftsanzug, seine Krawatte hing offen herab, sein Atem ging tief und gleichmäßig.

Kein Wächter, überlegte David. Der Mann trug keine Uniform – und außerdem, was wäre das für ein Wächter gewesen, der neben seinem Gefangenen einschlief?

David runzelte die Stirn, als er daran dachte, daß all die Schläger in Boß Quinns Diensten solche Hüte und Anzüge trugen. Aber wenn Boß Quinn den Burschen hierher geschickt hatte, warum hatte er David dann nicht längst die Kehle durchgeschnitten und war wieder davongeschlichen?

Vielleicht ein *G-Man* des FBI? David wußte, daß die Agenten der Bundesbehörde mit ihm sprechen wollten. Das hatte er jemanden an Bord des Schiffes der Küstenwache sagen hören. Irgendein Matrose hatte gesagt, es wäre doch ein echter Jammer, wenn das Kind – womit er David meinte – sterben würde, bevor die G-Men ihn befragen konnten.

Nun, David war nicht gestorben. Er fühlte sich nicht einmal besonders schlecht. Sein Hals schmerzte, und sein Bauch schmerzte, als hätte er Hunger. Wie lange war es her, seit er zuletzt gegessen hatte? Die letzte Mahlzeit, an die er sich erinnerte, hatte er an Bord der *Jazz Baby* gegessen – mit Gus, Olaf und Kabeljau.

Er schloß die Augen, als die Gesichter seiner Freunde blitzartig vor ihm auftauchten und ein schmerzhafter Krampf sein Herz zusammenpreßte. *Tot!* Und nun würde ihn dieser FBI-Agent ausfragen wollen. Sie würden ihn dem Dritten Grad unterziehen. David hatte bereits davon gehört. Tagelanger Schlafentzug, nur Brot und Wasser, und grelles Lampenlicht, das unbarmherzig in sein Gesicht schien! David wußte Bescheid; die Jungs hatten oft genug davon geredet.

Er starrte mit feierlich gerunzelter Stirn den schlafenden G-Man an. Ein Schauder überlief ihn, während er sich fragte, ob es irgendeinen Fluchtweg aus dieser Klemme gab. Aber wohin sollte er sich wenden, wenn er hier abhaute? Selbst wenn es ihm gelang, die FBI-Leute abzuschütteln, waren da immer noch Boß Quinn und seine Schläger. *Sie waren überall!* Und diese Kerle waren weitaus schlimmer als die G-Men. Was war das schon, der Dritte Grad und Brot und Wasser und ein Leben im Staatsgefängnis Sing-Sing! Wenn Boß Quinn seine Spur fand, würde er David Betonschuhe verpassen und ihn in den East River werfen. Und eines Tages würde er vielleicht freikommen und an die Oberfläche steigen wie der arme Joey The Book. »*'s ist der kleine Gangsterjunge ... Mice nannten sie ihn. Gütiger Himmel! Das sieht ja zum Kotzen aus!*«

David bedeckte die Augen mit den Händen, als er plötzlich seinen eigenen Leichnam vor sich zu sehen glaubte. Er sah wirklich ganz grausig aus – ein einziger Sauhaufen! Und was für einen schrecklichen Sauhaufen hatte er aus seinem Leben gemacht! Was würde seine Mutter sagen, wenn sie ihn jetzt sehen könnte? Der letzte Gedanke war so schrecklich, daß er ihn nicht weiterdenken wollte, aber er tat es trotzdem. Was würde Pater Johannes zu all dem sagen? David hätte in Philadelphia bleiben sollen, das würde er sagen! Jetzt wünschte David wirklich, er wäre in Philadelphia geblieben. Er hatte diese wunderbaren Karten für den Weltcup verkauft und war nach New York gekommen, um Verbrecher zu werden! Schnapsschmuggler! Gangster im Kleinformat und Zeuge eines Mordes. Zweier Morde! Jetzt hatte er keinen Freund mehr auf der Welt, außer vielleicht Kabeljau. Aber wo war Kabeljau? Wie kam es, daß Kabeljau ihn noch nicht besucht hatte?

Ein ersticktes Schluchzen drang aus Davids Kehle. Nicht einmal beim Tod seiner Mutter hatte er sich so elend und einsam und verängstigt gefühlt! Er versuchte, seinen Jammer hinunterzuschlucken, damit er den G-Man nicht aufweckte, aber je mehr er sich darum bemühte, sich still zu verhalten, desto schlimmer schmerzte seine Kehle!

Nun ja – früher oder später würden sie ihn erwischen. Er konnte nicht ewig schlafen. Vielleicht war er der schlimmste flüchtige Verbrecher Amerikas, aber er war immer noch ein kleiner Junge. Er ließ alle Selbstbeherrschung fahren und gab ein klägliches Jammergeheul von sich. Der Mann im Anzug sprang auf und starrte mit verschlafenen Augen um sich.

»Ich ... will ... KABELJAU!« schluchzte David.

»Kab -? Kabeljau?«

»Ich will meinen Hund, du lausiger Bulle!« David strengte alle seine Kräfte an, um sich aufzusetzen. »Was habt ihr mit meinem Hund gemacht, du stinkender Bulle?«

»Weiß nicht.« Der Mann wirkte ganz durcheinander. Er tastete nach dem Lichtschalter. »Bist du wach?«

»Ich will Kabeljau!«

»... Ein Alptraum?« Das Licht sprang mit einem Klicken an, und das erschrockene Gesicht des G-Man starrte David blinzelnd an. David starrte zurück.

Das Gesicht war ihm vertraut. Braune Augen, warm und feucht, blickten mit besorgtem Ausdruck unter der Hutkrempe hervor. Auf den Wangen zeichnete sich Bartschatten ab. Er zog einen Mundwinkel herab, während er David anstarrte. Dann füllten sich auch seine Augen mit Tränen.

»Sind Sie ... ein Bulle?«

»Nein, David.« Er sprach den Namen mit einiger Mühe aus.

»Woher kennen Sie meinen Namen? David. Wie konnten Sie das wissen?«

»Doktor Oates ... hat mich gerufen.«

»Wenn Sie kein Bulle sind, was sind Sie dann?«

Der Mann drückte das Kinn an die Brust und preßte die Lippen fest zusammen, als wollte er ein Wort aussprechen, das er nicht über die Lippen brachte. »Ich bin ... *Vater.*«

David verzog argwöhnisch das Gesicht. »Pater? Wieso haben Sie dann keinen weißen Kragen, wenn Sie ein Priester sind? Pater Johannes hat einen.«

Der Mann lächelte leise. Er nahm den Hut ab, und das Licht schien strahlend hell auf sein Gesicht, als wäre es ein Foto. »Nicht diese Sorte Vater, David.«

David begriff. Er wußte jetzt, wer das war. Er biß sich auf die Lippen und betrachtete eingehend den hoffnungsvollen Ausdruck auf Max Meyers Gesicht. »Du siehst viel älter aus als auf Mamas Bild«, wisperte David.

»Ich glaube, ich bin in den letzten paar Tagen stark gealtert.« Seine Stimme klang rauh, als bemühte er sich genauso angestrengt, das Weinen zurückzuhalten, wie David es zuvor getan hatte.

»Ich hab dich gesucht.«

»Ich hab's gehört. Ich hab dich auch gesucht.«

»Du ... und meine Mama ... hast du sie liebgehabt, hm?«

»Ja, sehr«, brachte Max hervor. Wieder preßte er das Kinn an die Brust. Er wischte sich die Nase.

»Da bin ich froh«, sagte David. Er empfand Mitleid mit diesem erwachsenen Mann, der sein Vater war. Der wirkliche Max Meyer. Hier war er, nach so langer Zeit und so viel Schwierigkeiten, und wußte nicht, was er tun sollte.

Schweigen breitete sich im Raum aus – eine sehr lange Zeit, wie es schien. Im Korridor draußen klirrte ein Wägelchen.

Wenn einer von ihnen das Schweigen brechen sollte, mußte es David sein. »Weißt du, was sie mit meinem Hund gemacht haben? Mit Kabeljau?«

Die Frage brach den Bann. Max' Gesichtsausdruck hellte sich auf. »Ich werde es für dich herausfinden.« Max eilte aus dem Krankenzimmer. Die Türe schloß sich mit einem leisen Klicken, und einen Augenblick später konnte David hören, wie er draußen in der Halle leise weinte.

# FALLGRUBEN

Das Klirren eines Maultiergeschirrs zog Birch widerstrebend ins Bewußtsein zurück.

*»Hallo da drinnen! Ist da jemand in dem Wagen? Hallo da drinnen!«*

Birch taten alle Knochen und Muskeln im Leibe weh. Ihm war zumute, als hätte er die Nacht in einem Faß verbracht.

*»Hallo! Ich sagte ...!*

Birch öffnete die Augen, und dann fiel ihm alles wieder ein. *Siloam Springs. Der Wagen steckte fest. Tulsa war immer noch eine Tagesreise entfernt, und es war bereits Montag.*

Die Sonne schien; sie erwärmte das Innere des Fords und leuchtete durch die schlammige Windschutzscheibe. Er schnitt eine Grimasse, während er seinen steifen Rücken streckte und dann einen Blick auf die Uhr an Trudys schlaffem Handgelenk warf.

»Morgen, Leute! Seid ihr steckengeblieben?«

»Trudy!« Birch schüttelte ihre Schulter. »Wach auf. Es ist Montag. Es ist schon halb acht. True? Wach auf.«

Zerknittert und zerrauft und aus einem Auge schielend, schaffte Trudy es, sich aufzusetzen und durchs Fenster dem Farmer entgegenzublicken, der mit seinem Gespann grauer Maultiere näherkam.

»Guten Morgen, sag ich! Wie geht's, Ma'am? Im Sumpf steckengeblieben?«

Trudy kehrte urplötzlich ins Leben zurück. »Oh, ja! Letzte Nacht sind wir direkt reingefahren. Wir brauchen ein Gespann, das uns rausholt. Oh, Birch, schau nur! *Maultiere!*«

Der kleine Farmer in seinem schlammverschmierten Overall strahlte, während er das Kuddelmuddel betrachtete. »Hier ist's schlimm, ja. Seit letztem März nach dem starken Regen hab ich kein Auto mehr gesehen, das so tief eingesunken war. Hab natürlich letzte Woche erst zwei rausgezogen. Wahrscheinlich ist der Straßenbelag deshalb so weich geworden. Muß wohl der Grund sein, warum ...« Er betrachtete das Rad eingehend und schnalzte mit der Zunge, während Birch auf das Trittblech hinauskletterte.

»Wir sind ehrlich froh, Sie zu sehen, Mister«, sagte Birch. »Wir müssen nach Tulsa.«

Der kleine Farmer schnalzte neuerlich mit der Zunge. »Auf dem Weg kommen Sie niemals nach Tulsa, Mister. Sie müssen rundum fahren. Das heißt, wenn Sie nicht überhaupt 'n Achsbruch haben. Gefällt mir gar nicht, wie's da aussieht. Nein, Sir. Und ich hab genug von der Sorte gesehen. Sie müssen voll reingedonnert sein.«

Birch zog die Schuhe aus und warf sie in den Wagen. Er sprang auf den festen Grund der Straße und betrachtete das Unglück. Der Model T-Ford saß bis zur hinteren Stoßstange im Dreck. Das Nummernschild war völlig davon bedeckt, und das linke Hinterrad war beinahe verschwunden.

»Die meisten Leute fordern das Unglück nicht gerade heraus«, schnüffelte der alte Farmer. »Die fahren nicht in stockfinsterer Nacht im Auto hier herum, nein, die nicht!« Er blickte seinen Maulesel an, als erwartete er eine Antwort von dem Tier. »Nein. Die Leute fahren diese Straße nicht bei Nacht. Wenn sie ein bißchen Hirn im Schädel haben, warten sie, bis es Tag ist. Dann kann nämlich jeder Dummkopf sehen, daß es kein Auto aus eigener Kraft durch diesen Sumpf hier schafft. Ein paar probieren's zwar, aber es endet immer damit, daß sie an meiner Türe stehen und um Hilfe bitten.« Er grinste stolz. »Nun ja, wenn einer ein bißchen Verstand hat, dann sieht er dieses Sumpfloch hier und sieht meine Maultiere drüben auf der Weide, und dann spann ich an und zieh die Leute sicher auf den festen Grund rüber.«

Birch warf einen Blick über die Felder zu dem kleinen Bauernhaus hinüber, von dem aus man die Straße überblickte. Man konnte ganz deutlich von der Vorderveranda zu dem Schlammloch sehen. Die Straße weiter vorne war kreuz und quer voll Reifen- und Mauleselspuren. Der alte Farmer hatte da einen einträglichen Nebenerwerb, wie es schien.

»Wir haben es eilig, nach Tulsa zu kommen«, sagte Trudy mit einer Stimme, die voll Dankbarkeit war, bevor sie noch Grund dazu hatte.

»Tja nun.« Der alte Farmer spuckte in den Schlamm. »Jeder Narr, der hier steckenbleibt, hat's furchtbar eilig, irgendwohin zu kommen.«

»Können Sie uns helfen?« fragte Trudy.

»Klar. Aber das kostet eine Kleinigkeit.« Der Farmer grinste. »Das hier ist nämlich eine *Mautstraße.*«

Birch hatte das bereits nach den ersten paar Sekunden begriffen. Trudy brauchte noch gut eine Minute, bis ihr klar wurde, daß es sich um eine Art Straßenräuberei handelte.

»Ja, Sir, das kostet euch fünf Dollar, euer Auto aus dem Loch hier wieder rauszukriegen.«

»Fünf Dollar!«

»Stimmt genau. Hätte euch nur zwei gekostet, wenn ihr gleich zu mir gekommen wärt, damit ich euch auf die andere Seite rüberziehe. Auf die Art werd' ich nämlich nicht so dreckig, verstanden? Und Bill und Jeb müssen sich nicht so anstrengen.« Er tätschelte liebevoll seine Maultiere. »Aber das hier ist die reinste Katastrophe. Wird eine Unmenge Arbeit machen, das Auto da wieder rauszuholen.«

»Aber fünf Dollar?«

»Ich verlang noch längst nicht so viel wie die Kerle weiter unten an der Straße. Die fangen die Autos wie Fliegen im Spinnennetz da unten. Ich sagte schon, ihr wärt gut beraten, wenn ihr die andere Straße rund um Siloam Spring nehmt.«

Eine Stunde später und um fünf Dollar ärmer ratterten Birch und Trudy langsam von der Mautstelle von Siloam Springs davon. Sie hatten sowohl Zeit wie auch Geld verloren, und beides konnten sie sich nicht leisten, zu verlieren.

* * *

Lily fegte gerade die vordere Veranda, als J.D. die Zufahrt entlanggeritten kam. Er war ein hochmütiger kleiner Mann, dachte Lily, erschreckend hochmütig. Sie merkte es an der Art, wie er auf seinem Pferd saß. An der Art, wie er den Hut auf den Hinterkopf geschoben hatte und wie er beim Reiten sein Gewehr auf dem Sattelknauf balancierte. J.D. war genauso hochmütig wie jeder Ernteaufseher, der die Pflücker anbrüllte, sich gefälligst zu beeilen.

Er ritt bis unmittelbar an die Treppenstufen heran und betrachtete Lily. Sie fegte weiter, hörte keinen Augenblick damit auf, fegte dieselben Dielen, über die der Besen soeben darübergefahren war.

»Wo ist Mister Tucker, Mädel?«

»Ist nicht da.« Sie wirbelte ein Häufchen Staub zu einer Wolke auf, die um die Beine des mächtigen Pferdes flog.

»Wo ist Missus Tucker?«

»Nicht da.«

»Und? Wo sind sie?«

»Ist nicht meine Sache, zu fragen, wo die Weißen hingehen, oder?« Sie spürte, wie sein Blick auf ihr ruhte. Das Pferd stampfte ungeduldig.

»Ihr Neger wißt immer ein bißchen mehr, als ihr euch anmerken laßt.« Er grinste sie an. »Aber du bist ja bloß eine halbe Negerin, nicht wahr? Ich hab mal ein Mädel wie dich gekannt. Ihre Mama war 'ne Hure in einem Puff in Fort Smith. Die hatte auch so'n hellhäutiges Mädchen. Und soll ich dir was sagen? Das Baby wuchs dort auf und wurde Hure im selben Puff. Du weißt ja, wie so was läuft. Die Kleinen werden immer hellhäutiger, und plötzlich weiß ein Kerl überhaupt nicht mehr, was er da eigentlich erwischt hat.«

Lily blickte ihn nicht an, aber sie spürte seinen lüsternen Blick. »Sie sind nicht da.« Sie tat, als hätte sie seine Bemerkungen nicht gehört.

»Soll das etwa heißen, daß du ganz alleine im Haus bist?«

Lily fegte immer schneller. Sie schielte über die Schulter zur Hintertür. »Nein. Bin ich nicht.«

»Die Jungs sind in der Schule. Der große schwarze Bock ist auf dem Acker. Wer ist denn dann bei dir, Mädel? Etwa das Baby?« Das Sattelleder ächzte, als er sein Gewicht verlagerte.

Der Türknauf war in Griffweite. »Sie sollten jetzt lieber wieder gehen. Mister Birch und Miz Trudy werden jeden Augenblick zurückkommen.«

»Ach ja? Dann macht's ja wohl nichts aus, wenn ich drinnen auf sie warte, Mädel?« Er schwang sich aus dem Sattel und sprang mit einem Satz die Stufen hinauf. Er packte Lily am Arm und lachte, als sie sich heftig zu befreien versuchte. »Ich dachte schon dran, wenn die Sache hier erledigt ist, werd ich vielleicht ein Hausmädchen brauchen ... das die Dinge bei mir ein bißchen in Schuß bringt, du verstehst schon.«

»Lassen Sie meinen Arm los!« Lily wand sich vor Schmerz, als er seine Wurstfinger in ihr Handgelenk krallte.

»Was hältst du davon, Mädel?« Er stieß sie gegen die Wand. »Möchtest du nicht gerne für mich arbeiten?«

»Bitte ... lassen Sie mich los.«

»Erst gib mir ein Küßchen.« Er roch nach Whisky.

Lily schrie auf und hörte, wie Baby Joe drinnen in seiner Wiege zu schreien begann. »Hören Sie auf! Da kommt Mister Birch ...«

»Nein, der kommt nicht«, lachte J.D. »Ich weiß doch, daß sie nach Tulsa gefahren sind. Hast du den guten alten J.D. etwa angelogen, Mädel, hm?«

»Warum sind Sie hergekommen?« Sie wandte das Gesicht ab, als er den Mund auf den ihren zu pressen versuchte.

»Komm schon.« Sein Lächeln war verschwunden. »Du weißt schon, warum ich komme. Mußte immer an die hellhäutige kleine Nutte in dem Puff in Fort Smith denken. Da kriegte ich Appetit. Also bin ich zu Besuch gekommen. Wollte nur ein bißchen freundlich sein. Und wie steht's mit dir? Willst du nicht ein bißchen lieb sein zum guten alten J.D.?« Er drehte den Türknauf und riß die Türe auf. Im nächsten Augenblick stieß er Lily in den Salon.

»Hilfe!« schrie Lily.

»Niemand hört dich schreien, Mädel! Also entspann dich und –«

Eine Stimme donnerte hinter seinem Rücken: »Da haben Sie sich getäuscht!« Jefferson packte J.D. hinten an der Jacke und schleuderte ihn zu Boden, als wäre er ein Kartoffelsack. »Haben Sie mich vergessen, Mister J.D.?« Jefferson hob ihn vom Boden hoch, während Lily sich eilig in Sicherheit brachte.

J.D. schlug einen Augenblick lang um sich, dann brüllte er: »Weißt du, was hier in der Gegend passiert, wenn ein Nigger einen Weißen anfaßt?«

»Ja, Sir. Manchmal kriegt der Weiße dann den Hals umgedreht. Besonders, wenn der Weiße sich einer Dame gegenüber nicht benehmen kann.«

J.D.s Gesichtsausdruck verzerrte sich vor Furcht. Jefferson hielt ihn in der Luft, als wäre er ein kleiner Junge, der gleich eine Tracht Prügel bekommen sollte. »Laß mich runter«, verlangte J.D. Dann, in bittendem Ton: »Laß mich runter.«

Jefferson ließ ihn nicht hinunter. Lily eilte ins Schlafzimmer, um Baby Joe zu trösten, der bei dem Wirbel immer lauter brüllte.

»Ihretwegen weint der Kleine«, stieß Jefferson zwischen zusammengebissenen Zähnen hervor. »Ich glaube, der Kleine mag's nicht, wenn Sie mit Ihrem Whiskyhauch hier rumschleichen. Der mag's auch nicht, wenn Sie Lily belästigen.«

»Wollte nur Spaß machen«, winselte J.D.

»Der Kleine mag die Art und Weise nicht, wie Sie Spaß machen. Er mag Miz Lily nämlich sehr. Sie ist eine gute Christin. Der Kleine mag's nicht, wenn man über sie redet, als käme sie aus einem Hurenhaus.« Jefferson beutelte ihn ordentlich durch, bis ihm der Hut vom Kopf fiel.

»Laß mich runter!«

»Nein, Sir.« Jefferson hob ihn noch höher, wobei er ihm den Schädel grob an die Zimmerdecke stieß.

»Tu mir nicht weh!«

»Sie müssen sich entschuldigen«, sagte Jefferson ruhig, während er J.D. noch einmal den Kopf an die Zimmerdecke rammte, »oder ich stoß Ihnen beim nächstenmal den Kopf direkt durch die Decke. Und vielleicht laß' ich Sie dann los und Ihr Genick bricht ab wie trockenes Zuckerrohr. Dann hängen Sie da oben –«

»Nein! Verzeihung! Ich hab's nicht böse gemeint! Wollte niemand was antun –«

»Sie haben aber jemand was angetan.« Jefferson ließ ihn herunter, bis sie auf gleicher Augenhöhe waren. »Das hier ist *meine* Frau, Mister. Und das hier ist immer noch *Birch Tuckers* Farm. Ich geb Ihnen einen guten Rat, lassen Sie sich hier erst wieder blicken, wenn sie ihm nicht mehr gehört, und dann können wir beide vielleicht noch einmal miteinander plaudern.«

J.D. nickte. Seine blaßblauen Augen waren blutunterlaufen. »Was willst du jetzt tun?«

Jefferson trug ihn mit ausgestrecktem Arm auf die Veranda hinaus und die Stufen hinunter. Mit einem einzigen gewaltigen Stoß beförderte er ihn grob in den Sattel. Dann nahm er das Gewehr vom Sattelknauf, brach es übers Knie und reichte J.D. die Stücke hinauf.

»Raus!« sagte Jefferson. Und J.D. gehorchte.

* * *

Es war der größte Hund, den Max je gesehen hatte. Da saß er, stinkend und sabbernd, den Blick glückselig auf Max gerichtet.

»Kabeljau«, sagte Max. »Sehr erfreut, dich kennenzulernen.« Der Hund gab Pfötchen – ein Handschlag, der ihre Freundschaft für immer besiegelte. Max hatte ihn über die Hintertreppe des Spitals hinaufgeschmuggelt, während Dr. Oates und die Schwestern und Pfleger beschäftigt waren.

Der Kapitän der U.S.-Küstenwache Ronald Geisler schritt in der Teeküche der Schwestern vor Max und Kabeljau auf und ab.

»Die Sache liegt natürlich jetzt nicht mehr in unseren Händen, Mister Meyer, aber wenn das mein Sohn wäre, würde ich ihn so weit wie möglich von hier fortschaffen. Wenn das mein Sohn wäre, würde ich bei der Küstenwache meinen Rücktritt einreichen und mir in Bora-Bora ein Fischerboot kaufen, wenn Sie verstehen, was ich meine.« Er schüttelte seinen weißhaarigen Kopf. »Es war meine Mannschaft, die den Jungen aus dem Meer gezogen hat, und ich kann Ihnen versichern, diese Hijacker meinen es bitterernst. Wenn dieser Hund hier nicht gewesen wäre ... ich glaube, Sie hätten dabeisein müssen, um wirklich zu verstehen, wie ernst sie es meinen. Und nachdem diese kleine Notiz über den Jungen in der Tageszeitung aufgetaucht ist, wissen sie jetzt, daß er nicht mit der *Jazz Baby* untergegangen ist.«

»Wollen Sie damit sagen, die Sache sei noch längst nicht ausgestanden?«

»Ich will damit sagen, daß Sie Besuch vom FBI kriegen werden, und sie werden den Jungen dazu bringen wollen, als Zeuge auszusagen, was er weiß. Und selbst wenn er gar nichts weiß – diese Gangster sind schon deshalb nervös, weil sie wissen, daß er noch am Leben ist. Können Sie mir folgen?«

»Vollkommen. Was meinen Sie, werden sie hierherkommen?«

Der kleine, drahtige Kapitän der Küstenwache sah sich im Zimmer um, als inspizierte er sein Schiff. »Schwer zu sagen. Vielleicht warten sie auch, bis Sie ihn mit sich nach Hause nehmen. Diese Typen sind Strauchritter. Die arbeiten am liebsten im Dunkeln. Schneiden ihren Opfern die Kehle durch, hinterlassen keine Zeugen. Ja, Sir. Die sind ganz schön aus dem Häuschen, weil der Junge noch lebt. Und Sie sind ja eine ziemlich hervorstechende Persönlichkeit, ich meine, mit Ihrem Zeitungsjob und all dem. Leicht zu finden, leicht zu verfolgen. Wie ich schon sagte: Sie sollten sich überlegen, ob ein Fischerboot in Bora-Bora nicht eine gute Idee wäre.«

»Ich bin alles, nur kein Seemann«, nickte Max, »aber ich hab ein paar Wochen Urlaub vor mir.«

»Das ist ein Wort. Und lassen Sie sich von diesen affigen FBI-Agenten nicht beschwatzen hierzubleiben. Lassen Sie nicht zu, daß die den Jungen in die Hände kriegen. Die haben eine unangenehme Art, ihre Zeugen zu verlieren. Ich möchte nicht, daß dem Jungen etwas zustößt. Ich versichere Ihnen, eines Tages erwischen wir den Capo da draußen, und wenn wir den ins Visier kriegen, brauchen wir keinen Gerichtshof mehr. Ein gutgezielter Kanonenschuß mittschiffs – das spart den Steuerzahlern eine Menge Geld und schickt diese elende Ratte dorthin, wo sie hingehört.« Er runzelte die Stirn und erhob sich auf die Zehenspitzen. »Natürlich habe ich Ihnen offiziell kein Wort von alldem gesagt. Nein, Sir. Ich gebe Ihnen keinen Rat. Es ist bloß so, daß ich dabei war. Ich hab gesehen, wozu diese Halsabschneider fähig sind. Und ich sage nur, wenn das mein Junge wäre ...«

* * *

Es machte fast den Eindruck, als wüßte David in allen Einzelheiten über Max' Leben Bescheid! Seine Mutter hatte Max zwar niemals namentlich erwähnt, aber David hatte mehr als genug über die alte Nachbarschaft gehört!

»Mama sagte, auf der ganzen Welt gäb's kein so gutes Essiggemüse wie das von Mr. Finkel.« Der Junge preßte das Kinn auf die Brust und begann die Worte des Gemüsehändlers über das Leben im allgemeinen und das Einlegen von Gemüse im Besonderen zu rezitieren: »*Wenn du willst etwas gut machen, du mußt dir eine Menge Arbeit machen. So ist das Leben eben ...*«

Max lachte vor Verblüffung. Zehn Jahre waren vergangen, und dennoch hatten Max und sein verlorener Sohn dieselben Erinnerungen miteinander gemeinsam wie Max und Irene! Es war ein Wunder und Mirakel, das Vater und Sohn verband, als wären sie niemals getrennt gewesen.

»Hat sie dir auch noch anderes erzählt?«

»Alles.«

»Coney Island?«

»Nathans Famous Hot Dogs.«

»Möchtest du hinfahren?« Wie viele Jahre waren vergangen, seit Max mit der U-Bahn nach Coney Island gefahren war?

David grinste breit. Dann verblaßte sein Lächeln. »Ich will nicht an den Strand«, schauderte er.

»Nun, jetzt ist es zu kalt dazu, aber im Sommer ...«

David warf einen langen Blick auf Kabeljau, der friedlich auf dem Boden schlief. »Nö, daran liegt's nicht. Ich meine ... du weißt doch ... haben sie dir nicht von Joey The Book erzählt?«

»Joey The Book?« Max bemühte sich, sich alle die kuriosen Namen ins Gedächtnis zu rufen, mit denen die Jungen in den alten Tagen in der Orchard Street einander benannt hatten. An diesen Namen konnte er sich nicht erinnern. »Meinst du vielleicht den Freund deiner Mama?«

David schüttelte entschieden den Kopf. »Nein. Joey The Book. Nicht Mamas Freund. Ich kannte ihn. Ich meine – nur flüchtig. Nicht wirklich gut. Und dann erwischte ihn der Boß. Er wurde umgebracht. Er wurde an der Küste angespült und ...« Davids Kinn zitterte. »Ich möchte nicht an den Strand gehen. Möchte nicht nach Coney Island.«

Max nickte. Er hatte Angst, der Junge würde zu weinen anfangen. Max hatte noch nicht genug Erfahrung als Vater, um mit Tränen umgehen zu können.

»Wie wär's dann mit Atlantic City?« scherzte er, aber ein eisiger Schauder durchrann ihn. »Oder mit Bora-Bora?«

»Häh? Bora?«

»Bora-Bora«, sagte Max entschieden. »Stimmt. Großartige Gegend. Der Doc sagt, in ein paar Tagen wirst du vielleicht gesund genug sein, um hier rauszudürfen. Und dann ...«

* * *

Der Tonfall, den der Herausgeber der *New York Times*, Bill Whittaker, anschlug, war keineswegs verständnisvoll. Seine Stimme dröhnte ins Telefon.

»Wo bist du, Meyer? Bist du betrunken? Betrunken oder bloß übergeschnappt?«

»Ich hab noch Urlaub offen. Und ich will ihn jetzt nehmen. Weiter nichts.«

»Du bist ja *übergeschnappt!* Du kannst jetzt nicht fort! Weißt du eigentlich, was sich an der Wall Street tut? Weißt du das, ja? Alles, was du sagtest, das geschehen würde, geschieht vor unseren Augen! Da unten gibt's ein Erdbeben. Du sagtest selbst, daß der Weltuntergang bevorstünde! Jetzt kannst du nicht weg! Da erleben wir das epochalste Ereignis in der gesamten Geschichte der amerikanischen Wirtschaft, und du wirst darüber schreiben! *Eine finanzielle Titanic!*«

Max wartete, bis er Atem holen mußte. »Hör zu, Bill –«

»NEIN! Du hörst mir zu! Das lasse ich nicht zu, daß du sowas tust! Du und dein kleiner Professor Babson! Unheilspropheten haben sie euch genannt! Sicher, ich hab auch über dich gelacht, aber Max ... du hattest recht! Jeden Tag stürzt das Kartenhaus ein Stückchen weiter ein! Die Finanzleute wimmeln herum wie die Ameisen auf ihrem Hügel, und mit jedem Rettungsversuch sinkt der Karren tiefer in den Dreck! Alles fällt in Trümmer! Und du willst mir sagen, du willst *jetzt Urlaub machen?*«

»Ja, Bill. Genau das will ich dir sagen.« Max lächelte, als er dem immer noch hysterischen Chef vom Dienst mitten im Satz den Hörer auflegte. Vielleicht stimmte es, und die Welt ging tatsächlich unter. Nun, dann konnte sie untergehen, ohne daß Meyer die Grabinschrift für die Wall Street verfaßte.

Ein Fischerboot in Bora-Bora. Das hörte sich mit jedem Augenblick besser an.

# DAS KARTENHAUS

Am Montag, dem 28. Oktober, war die Stimmung unter den Sabre-Öl-Verschwörern angespannt, aber hoffnungsvoll.

Die Besuchergalerie der Börse war noch geschlossen, aber Damon Phelps beharrte darauf, daß er auf keinem Fall dem Ort des Geschehens fernbleiben wollte. Keenan war zu zermürbt, um deshalb Streit anzufangen. Noch immer wußte niemand, wo Max Meyer sich aufhielt, und in der Morgenzeitung war keine Entgegnung erschienen. Statt seiner Finanzkolumne war ein kleiner Kasten mit einer Entschuldigung erschienen, daß seine Kolumne ausfallen mußte. Keenan hatte also keine Zeit, sich mit Phelps herumzustreiten, und so begleitete der Makler den Ölbaron zur Börse.

Ein dichter Knäuel von dunklen Anzügen und Aktenkoffern – so marschierten Keenan, Phelps und die Irische Brigade die Wall Street entlang. Lange vor Beginn des Handelstages war die Straße gedrängt voll mit Tausenden von neugierigen Gaffern. Phelps hatte das Gefühl, als warteten die Leute auf ein Sportereignis, eines von der gröberen Sorte wie Football oder Freistilringen. Das übliche Polizeiaufgebot war um fünfzig weitere uniformierte Patrouillen verstärkt worden, zwanzig davon zu Pferde. »Erwarten sie einen Aufruhr oder etwas dergleichen?« fragte Phelps.

Keenan starrte ihn nur an.

Sobald sie einmal im Gebäude drinnen waren, erklärte Keenan dem Direktor der Börse, Phelps sei ein hoher Würdenträger, der Vorsitzende einer großen Bank im Mittelwesten und obendrein ein Ölbaron, der zu Besuch in New York weilte. Er habe aus reiner Nächstenliebe seine Rücklagen Keenans Maklerfirma zur Verfügung gestellt, um den Zusammenbruch des Marktes am vergangenen Donnerstag aufhalten zu helfen. Konnte eine Ausnahme von der strengen Regel, die keine Besucher erlaubte, gemacht werden?

Also fand Damon Phelps sich ganz allein in der Besuchergalerie. Er hatte sein Vergnügen an Keenans honigsüßen Worten gehabt und sie als einen Tribut, den der Makler ihm schuldig war, aufgenommen. Und sie waren ja auch wahr, oder etwa nicht? Natürlich kümmerte sich weiter niemand um seine Anwesenheit, aber auf jeden Fall hatte er den besten Platz im ganzen Haus.

Der Handelstag begann durchaus gesittet, und von gelegentlichen Hinweisen auf Sabre-Öl abgesehen hatte der Fluß der Preise auf den Anzeigetafeln weiter keine Bedeutung für Phelps. Sabre, so bemerkte er voll Freude, stieg um einen Dollar und bald darauf um zwei weitere. Jetzt kam Schwung in die Sache!

Das Symbol des Aktienmarktes für Stahlaktien fesselte Phelps' Aufmerksamkeit. Es war bereits mehrfach aufgetaucht, und Phelps entschloß sich, zu beobachten, ob Stahl ebenso rasant stieg wie Sabre-Öl. Der Ölbaron hatte seinen Spaß daran, sich mit den Fürsten des Aktienmarktes zu vergleichen, Leuten wie den Morgans und Rockefeller, die das Kapital aufbringen konnten, selbst die Stahlkurse zu manipulieren – Aktien, deren Wert in Hunderten von Dollars gerechnet wurde, statt in Zehnern wie Sabre-Öl. Eines Tages würde Phelps in diesem Team mitspielen!

Als das nächstemal der Stahlpreis aufgerufen wurde, war er um drei Dollar gefallen. Phelps sah erstaunt auf, und sein Staunen wandelte sich in fassungslose Verblüffung, als er weitere zwei Dollar absackte und dann noch einmal zwei weitere. Unten in der Halle brach die Hölle los. Sturmwellen von Händlern drangen von allen Seiten auf die Spezialisten ein, und zwar nicht nur an Platz Zwei, wo der Stahl gehandelt wurde. Botenjungen rannten in wilder Hast durch die Halle und prallten zuweilen gegen die Makler, so daß beide in neue Richtungen davonstürmten. In dem Menschengewühl um Platz Zwölf, wo Radioaktien gehandelt wurde, sah Phelps, wie ein Makler einen Boten auf sich aufmerksam zu machen versuchte. Offensichtlich reichten weder Geschrei noch Gebärden aus, damit der junge Mann verstand, was von ihm verlangt wurde, und während Phelps noch zusah, packte der Makler den Boten an den Aufschlägen seiner Uniform, riß ihn in die Höhe und schleuderte ihn zu Boden.

Wie gelähmt von diesem unerklärlichen Ereignis, übersah Phelps beinahe das nächste Auftauchen von Sabre-Öl, aber dann warf er gerade noch aus dem Augenwinkel einen Blick darauf. Auch Sabre war gefallen – der gesamte Gewinn von drei Dollar war bereits wieder verloren.

Phelps packte das Geländer mit beiden Händen und sprang auf. Das mußte ein Irrtum sein! Warum kümmerte sich Keenan nicht darum? Warum unternahm er nichts? Phelps fuchtelte mit den Armen und brüllte und versuchte, Keenans Aufmerksamkeit auf sich zu lenken. Während er noch kreischte und gestikulierte, fiel der Stahlkurs um einen weiteren Dollar und Sabre um weitere zwei Dollar.

Phelps verwirrtes Hirn klammerte sich an die einzige Erklärung, die ihm einfiel: Keenan verkaufte zu früh! Was konnte es sonst für eine Erklärung geben? Phelps mußte den Makler aufhalten, bevor er alles ruinierte!

Als Phelps versuchte, in die Halle hinunterzurennen, hielt ihn ein Wächter auf. »Er verschleudert mein Geld! Er verschleudert mein Geld!« schrie der Ölbaron wie ein Wahnsinniger. »Ich muß ihn aufhalten!«

»Fassen Sie sich, Sir, oder Sie müssen das Haus verlassen.«

Phelps versuchte, sich an dem Wächter vorbeizudrängen, der ihn am Arm packte. Die beiden begannen zu raufen, wälzten sich auf dem Teppichboden hin und her. Zwei weitere Wächter stürzten herbei, und Phelps wurde überwältigt. Seine Augen waren glasig, und er leistete keinen Widerstand, als man ihn wegführte.

Die Wächter wußten nicht recht, was sie mit einem bedeutenden Besucher tun sollten, obendrein noch einem Gast von Mike Keenan, der plötzlich zu randalieren begonnen hatte. Schließlich entschlossen sie sich, ihn in ein leeres Büro zu sperren, bis die Börse für diesen Tag schloß. Ein Wächter blieb zurück, um auf ihn aufzupassen, aber Phelps saß nur da und starrte aus dem Fenster auf das Menschengewühl auf den Straßen hinunter.

* * *

Das Montagnachmittagsgeschäft in der First Petroleum Bank von Tulsa ging seinem Ende zu. Der Erste Vizepräsident Tell hatte eben zwei ältliche Damen zur Türe hinauskomplimentiert und eilte nun entschlossenen Schrittes auf Phelps' Privatbüro zu.

Auf halbem Wege dorthin rief ihn Mrs. Jenkins, die Oberkassiererin, an. Er erstarrte mitten im Schritt. »Mr. Tell, kann ich Sie einen Augenblick sprechen?«

*Bleib freundlich und geschäftsmäßig, alles ganz normal.* Den ganzen Tag hatte sich Tell diese Worte in Gedanken vorgesagt. »Ja, Missus Jenkins. Was gibt es denn?«

Mrs. Jenkins senkte die Stimme zu einem Bühnengeflüster. »Ich muß Ihnen etwas höchst Ungewöhnliches berichten, das sich heute ereignet hat.« Tell konnte spüren, wie seine Augenbrauen immer höher stiegen, allen seinen Anstrengungen zum Trotz, sie wieder herabzuziehen. »Höchst ungewöhnlich«, fuhr sie fort, »und es betrifft Sie.«

»Ach, wirklich?« Tell krächzte seine Antwort in einer Stimmlage, halb Tenor, halb Baß, die man seit seinem vierzehnten Lebensjahr nicht mehr von ihm gehört hatte.

»Ja.« Mrs. Jenkins fuhr mit verschwörerischem Blinzeln fort. »Und glauben Sie bloß nicht, die anderen Kassiere hätten es nicht ebenfalls bemerkt. Schließlich haben die letzten sieben Kunden an meinem Schalter alle genau dasselbe gesagt ... sogar mit denselben Worten.«

»Und was war das?« fragte Tell. Er konnte spüren, wie der Erdboden unter der Bank bebte.

»Alle sieben sagten, sie wären so froh, ihre Ersparnisse in einer ordentlichen kleinen Bank wie dieser hier zu haben, die nichts mit diesem scheußlichen Börsenmarkt zu tun hat. Ist das nicht erstaunlich? Es waren genaugenommen mehr als sieben, aber die letzten sieben kamen einer nach dem anderen. Ich dachte, als leitender Angestellter der Bank würden Sie das gerne hören. Sie werden es sicher Mr. Phelps erzählen wollen, wenn er zurückkommt. Damit er weiß, wie gut wir in seiner Abwesenheit zurechtgekommen sind.«

Tell stieß heftig die Luft aus und schluckte zweimal, bevor er ihr zustimmte. »Ja, Missus Jenkins, das ist wirklich bemerkenswert. Ich werde es Mr. Phelps auf jeden Fall mitteilen. Jetzt entschuldigen Sie mich bitte.«

Obwohl er sich so hastig wie möglich in sein Büro im Hintergrund zurückzog, konnte er dennoch Missus Jenkins Stimme hören. Sie bemerkte einem anderen Kassierer gegenüber mit mitfühlender Stimme: »Armer Mister Tell. Sicher arbeitet er zu viel. Er sieht richtig krank aus.«

Auf der anderen Seite der Eichentüre befand sich der Zweite Vizepräsident Penner. Er hatte den Kopf auf die Hände gestützt, während er den ratternden Fernschreiber anstarrte.

»Nun?« verlangte Tell zu wissen. »Wie ist der letzte Stand?«

Penner sprach noch immer kein Wort. Unter Tells Augen spie der Fernschreiber den letzten Rest seiner Papierschlange aus. Penner machte keine Anstalten, eine neue Papierrolle einzuspannen, und die Maschine schnatterte ziellos weiter, druckte nichts mehr aus. Sie hatte ihre Botschaft längst überbracht.

»Es ist alles weg«, sagte Penner zuletzt.

»Ja, das weiß ich«, wies Tell ihn brüsk zurecht, wobei er auf den Haufen Fernschreiberpapier auf dem Boden blickte.

»Nein«, sagte Penner mit einer Handbewegung, die den Raum, die Bank, Tulsa und die beiden Männer umschloß. »Nein, Sie wissen noch nichts. In der letzten Stunde ist es mit dem Markt immer weiter abwärts gegangen, abwärts, abwärts ... neunhundertfünfundachtzig Firmen, deren Aktien gefallen sind ... es ging immer noch bergab, als die Börse schloß. Ich glaube, morgen wird es noch schlimmer werden.

Tell hatte ihm mittendrin nicht mehr zugehört. »Abwärts, abwärts, abwärts«, murmelte er. »Zwei Millionen Dollar in Luft aufgelöst.«

»Tell«, sagte Penner abrupt. Kein Titel, nicht einmal Mister. »Tell, wieviel Bargeld ist im Tresor?«

»Was macht das noch für einen Unterschied –« begann Tell. Dann unterbrach er sich. Da war etwas in Penners Worten und seinem Tonfall, das ihn innehalten und überlegen ließ.

»Sie haben recht«, sagte er. »Fünfzigtausend Dollar mehr

oder weniger machen jetzt auch keinen Unterschied mehr. Es heißt, Mexiko sei um diese Jahreszeit ganz besonders reizvoll.«

* * *

Der Mann, der vor Boß Quinn in dessen Büro an Bord der *China Doll* stand, wurde Smiley genannt, aber er hatte diesen Namen nicht eines grinsenden Gesichts wegen bekommen. Am Anfang seiner Karriere hatte Smiley verschiedentlich blutige Kämpfe mit rivalisierenden Gangs ausgefochten. Bei einem dieser Kämpfe hatte es jemand beinahe geschafft, ihm den Hals abzuschneiden und dort einen breite Narbe auf seinem Nacken hinterlassen, die wie ein beständiges Lächeln aussah.

Im Augenblick war es das einzige Lächeln im Raum. »Diese Dinge sollten nicht so kompliziert sein«, sagte Boß Quinn eben. »Meyer ist weder in seiner Wohnung noch in seinem Büro aufgetaucht. Das sieht dem Mann überhaupt nicht ähnlich. Überdies ist es mir heute gelungen, den Jungen, Mice, im Krankenhaus ausfindig zu machen, ohne ungebührlichen Argwohn bei den Polizisten zu erregen.« Er seufzte. »Also, Smiley«, fuhr Quinn fort, »jetzt liegt alles bei dir. Da Mr. Meyer so gedankenlos ist, was seinen Aufenthaltsort angeht, bin ich gezwungen, Ham und Sal im Augenblick weiter in seiner Suite zu belassen, wo sie sich zweifellos fühlen wie die Made im Speck. Anderswo sind sie mir nicht von Nutzen.«

Smiley sah nicht gerade glücklich aus. »Ich soll den Job mit dem Kind im Krankenhaus ohne Hilfe erledigen?« fragte er mit einer Stimme, die wie Sandpapier klang.

»Habe ich das gesagt? Hier ist die Zimmernummer des Jungen.« Quinn reichte ihm einen Zettel. »Es gibt dort eine Feuerleiter in einer Hintergasse, die sich als sehr nützlich erweisen könnte, dann das Zimmer des Jungen liegt am selben Korridor. Warte pünktlich um 2 Uhr nachts auf dieser Leiter. Zu diesem Zeitpunkt wird ein Auto unglücklicherweise genau vor dem Spital Feuer fangen. Während alle, die wach sind, aus dem Fenster starren, solltest du keine Schwierigkeiten mit deinem kleinen Job haben.«

* * *

Kabeljau lag den ganzen Montag neben Davids Bett. Max war dreimal mit dem Riesentier spazieren gegangen. Erst jetzt kam er dazu, darüber nachzudenken, was an diesem Tag an der Wall Street geschehen sein mußte. Das alles erschien ihm jetzt fern und unbedeutend. Das einzige, was ihm am Herzen lag, war David.

Schon bevor Max den beiden Männern in Dr. Oates Büro vorgestellt wurde, wußte er, daß sie FBI-Agenten waren. Sie waren tadellos gekleidet; beide trugen Anzüge von der Stange, weder maßgeschneidert wie die Anzüge von Geschäftsleuten noch dandyhaft wie die von Gangstern. Ihre Schuhe waren abgetragen, und die ausgebeulten Stellen unter ihren Jacketts verrieten Max, daß sie bewaffnet waren. Was hatten sie mit David vor? Und warum waren sie hier aufgetaucht, um mit Max zu reden?

Agent Burns schlug einen Aktenordner auf und zeigte ihm das Foto eines Leichnams am Strand. Er ließ das Grauen des Anblicks einen Augenblick lang auf Max wirken, und dann blätterte er die Seite um und präsentierte ihm ein zweites, noch weitaus schrecklicheres Bild von zwei bis zur Unkenntlichkeit verbrannten Körpern.

Max verzog unwillkürlich das Gesicht. »Sieht aus wie die Bilder, die die Kollegen von der Lokalredaktion zum Spaß in der Cafeteria herumzeigen, um uns den Appetit zu verderben.«

Agent Burns lächelte nicht über diesen Versuch, die Dinge auf die leichte Schulter zu nehmen. »Das ist kein Spaß, Mister Meyer.«

»Sollte auch keiner sein.« Max streckte die Hand aus und schloß den Aktenordner. »Ich hab noch nicht gefrühstückt, wenn's Ihnen nichts ausmacht. Kommen Sie zur Sache.«

Agent Allen lehnte sich im Armsessel zurück und lächelte ein professionelles, väterlich herablassendes Lächeln. »Die Sache ist die, Mr. Meyer, daß die beiden gut durchgebratenen Leichen auf dem Foto die der beiden Männer sind, bei denen sich Ihr Sohn in der Nacht aufhielt, in der er aus dem Wasser gefischt wurde.« Er neigte den Kopf ein wenig zur Seite, als er das Aufflackern von Furcht in Max' Augen sah. »Der Klumpen menschliches Fischfutter, den sie auf dem ersten Bild gesehen haben, wurde am Strand von Coney Island gefunden. Muß den Kids, die dort Sandburgen bauten, einen ganz schönen Schrecken eingejagt haben.« Er lächelte. »Man munkelt so allerhand, Ihr Junge wüßte Bescheid in der Sache.«

»Interessiert?« fragte Burns.

»Er ist neun Jahre alt«, platzte Max heraus. »Was kann er schon wissen von ...« Er machte eine Handbewegung zu dem Aktenordner hin.

»Er weiß jedenfalls so viel, daß man einen Killer auf ihn angesetzt hat. Der Gentleman, der das kleine Freudenfeuer für Davids Freunde arrangiert hat, war recht unzufrieden, daß der Junge entwischte.«

»Sehr unzufrieden.«

»Sehen Sie, bei diesem Gentleman handelt es sich um jemand, den wir schon die längste Zeit aus dem Verkehr ziehen wollen.«

»Schlüpfriger Bursche. So oft wir ihm in die Nähe kommen, vielleicht sogar einen Zeugen finden, nun, dann verschwinden diese Zeugen auf die erstaunlichste Art und Weise.« Burns putzte sich die Nägel mit dem Taschenmesser, während er sprach; dann fuhr er sich mit der Klinge über die Kehle. »Verstehen Sie, was ich meine?«

»Gelegentlich werden sie irgendwo angeschwemmt. Wie unser Freund in dem Ordner da. Der arme Kerl hatte zufällig eine Wäschereimarke in seinem Hemd, so daß er identifiziert werden konnte. Joey The Book hieß er. War ein nützlicher Bursche. Hätte uns weiterhelfen können, wenn er länger gelebt hätte.«

»Aber er lebte nicht lange genug.«

»Und es heißt, Ihr Junge wüßte etwas über die Sache.«

Max spürte, wie ein dumpfer Schmerz zwischen seinen Schulterblättern entstand und langsam in seinen Nacken hochkroch, bis er seinen Kopf wie ein Schraubstock umklammert hielt. »Er ist neun Jahre alt«, sagte Max noch einmal. »Zu jung für das alles ...«

»Zu jung, um zu sterben«, sagte Burns.

»Was wollt ihr von ihm?« Max war zornig auf die beiden Agenten, als weigerten sie sich, zu verstehen, daß David noch ein kleiner Junge war. Ein Kind, das Baseball und Murmeln spielen sollte ... und vielleicht in Bora-Bora angeln?

»In erster Linie wollen wir mit ihm reden«, mischte sich Burns hastig ein.

»Sie können ihm das hier nicht zeigen.« Max stieß den Aktenordner von der Tischkante.

»Das brauchen wir auch nicht. Er hat alles gesehen. Die Möglichkeit besteht, daß er die Namen der Männer kennt, die das hier getan haben. Und wenn er das kann, dann besteht seine einzige Überlebenschance darin, uns zu helfen, die Strolche zu verhaften. Dann können wir sie nach Sing-Sing schicken und dort auf den Grill setzen, wenn Sie mich verstehen.«

»Er kann jetzt nicht mit Ihnen reden«, protestierte Max. »Hat Ihnen Dr. Oates das nicht gesagt?«

Die beiden Männer warfen einander frustrierte Blicke zu. »Ja. Aber mit Ihrer Erlaubnis ...«

»Sie werden warten müssen.« Max stand mit einer abrupten Bewegung auf.

»Wir können nicht warten«, gab Burns zurück. »Wenn Sie Ihren Jungen lieben, dann werden Sie doch auch wollen, daß die Kerle verhaftet werden, die ihm ans Leder wollen. Das ist das einzig Vernünftige. Wenn David eine Aussage macht, können wir einen Haftbefehl verlangen. Können die Kerle festnehmen. Dann haben Sie keine Sorgen mehr. Verstanden?« Das professionelle Lächeln breitete sich von neuem über sein Gesicht.

»Er ist noch nicht imstande, so etwas durchzustehen«, protestierte Max. »Wenn Dr. Oates sein Okay gibt, tue ich es auch. Aber David bringt noch keinen vernünftigen Satz zustande. Verstehen Sie?«

»Er braucht nichts weiter tun, als mit dem Finger zu zeigen.« Allan schlug einen zweiten Ordner auf. Ein Verbrecheralbum. »Er braucht nur auf die Männer zu deuten. Ist doch einfach, oder?«

»Ich weiß nicht recht«, sagte Max von neuem. »Er hat schon genug Angst ausgestanden.«

»Er wird bald völlig in Sicherheit sein. Dieser Priester – Pater Johannes, glaube ich – wird ihn nach Philly zurückbringen. Wir holen uns die Aussage des Jungen und husch, ist er aus der Stadt verschwunden.«

»In Ordnung«, stimmte Max schließlich zu, »aber nicht heute. Er braucht zumindest noch eine Nacht ungestörten Schlaf.«

Burns warf seinem Partner einen Blick zu. »Okay«, sagte er, »aber die Sache muß bis spätestens morgen erledigt sein. Ja, okay, Dienstag mittag.«

# FLUCHT IN DIE ORCHARD STREET

Das war's also gewesen. Pater Johannes würde kommen und David nach Philadelphia zurückbringen. Max verschränkte die Arme vor der Brust und betrachtete den schlafenden Jungen. Das honigblonde Haar und die porzellanglatte Haut schimmerten im milden Licht. Er sah Irene so ähnlich, und dennoch konnte auch Max sich ganz deutlich in ihm wiedererkennen. Was sollte jetzt geschehen? Sollte Max einfach den Weg freigeben und die Sache einem Fremden überlassen? Verstand Pater Johannes irgend etwas von Orchard Street oder den Hot Dogs auf Coney Island oder Mr. Finkels Essiggemüse? Konnte der Priester David vor den Männern beschützen, die Joey The Book und die Svenson-Brüder umgebracht hatten? War Philadelphia fern genug, um dort ein sicheres Versteck zu finden?

Kabeljau jaulte und legte seinen mächtigen Kopf auf Max' Knie, um ihm klarzumachen, daß er Gassi gehen mußte. Max streichelte den Hund, rührte sich aber nicht aus seinem Sessel. Er seufzte und überlegte, was er tun sollte. Er erinnerte sich an Kapitän Geislers Warnung. »*Wenn das mein Junge wäre ...*«

»Stimmt«, sagte er laut. »Er gehört mir.« Er starrte das Grübchen im Kinn des Jungen an. »Mein Sohn.«

Kabeljau winselte von neuem, stand auf und streckte sich. Er wedelte erwartungsvoll mit dem Schwanz. Jetzt war doch die Zeit für den üblichen Mitternachtsspaziergang, nicht wahr?

»Hast recht, Kabeljau«, sagte Max. Dann tippte er David sanft auf die Schulter. »David?«

Der Junge blickte zu Max auf und blinzelte, bis sein Blick klar wurde. »Ist es schon Morgen?«

»Nein.«

»Häh?«

»Kabeljau sagt, er muß Gassi gehen. Willst du mitkommen?« Er warf einen Blick auf die Kleider, die die Nachtschwester für David gebracht hatte. Ihrem Jungen waren sie zu klein geworden, hatte sie gesagt, und er müßte ja irgend etwas anzuziehen haben, wenn er von hier fortginge.

David war augenblicklich wach. »Darf ich? Ich dachte, ich dürfte erst am Dienstag aufstehen.«

Max deutete auf seine Uhr. »Es ist bereits Dienstag. Nach Mitternacht. Du kannst mit mir mitkommen. Aber wir müssen aufpassen, daß uns niemand sieht, verstanden?«

»Oh Mann!« David warf die Decken ab und sprang aus dem Bett, aber seine Knie wurden weich, und er wäre fast hingefallen.

»Vorsichtig.«

»Bin schon in Ordnung. Seemannsbeine, weißt du. Olaf und Gus gingen auch immer so komisch, wenn sie an Land waren. Das sind bloß Seemannsbeine.« Er hielt sich am Bett aufrecht, während Max Hosen und Pullover in Reichweite legte.

»Mach langsam«, warnte ihn Max von neuem. Einen Augenblick lang überkamen ihn Zweifel. »Ich bin gleich wieder da.« Er wartete, bis David vollständig angezogen war, nickte ihm zu und drückte dann den Finger an die Lippen – eine Mahnung an David, sich ganz still zu verhalten.

Der Junge nickte und stand mit zitternden Knien neben Kabeljau, während Max aus dem Zimmer schlüpfte und leise auf das Ende des Korridors zueilte, das am weitesten vom Beobachtungsposten der Nachtschwester entfernt lag.

Die Schwester blickte nicht einmal auf, als Max in einen weiteren Korridor einbog. Er betrat ein Zimmer, in dem ein alter Mann laut schnarchte und drückte den Summer, der die Schwester herbeirief. Er konnte das Summen fern im Korridor hören, wo die Nachtschwester über der Zeitung saß und an einem Sandwich kaute. Max eilte in das Krankenzimmer auf der anderen Seite des Flurs und drückte einen weiteren Summer zu Häupten eines schlafenden Patienten. Dann einen dritten Summer im nächsten Zimmer.

Während er gemächlich zu Davids Zimmer zurückschlenderte, traf Max auf die aufgestörte Schwester, die auf die Quelle ihrer Beunruhigung zueilte.

»Guten Abend, Schwester Day«, nickte er der Nachtschwester zu.

»Drei Summer auf einmal!« Sie eilte vorbei. »Das kommt ja dick!«

Max hielt sich unwillkürlich vor Augen, welches Unwetter hier losbrechen würde, wenn Schwester Day feststellte, daß David Meyer entwischt war. Das würde etwa in einer Stunde der Fall sein, wenn sie ihre übliche Runde machte, um Blutdruck und Temperatur zu überprüfen. Davids Vitalwerte waren jetzt völlig normal. Aber natürlich würde sein Verschwinden den Blutdruck einiger Leute in die Höhe treiben.

David und Kabeljau warteten an der Türe. »Vorwärts!« Max hob David auf, warf ihn sich über die Schulter und vertraute darauf, daß Kabeljau mit ihnen Schritt halten würde, als er die Stiegen hinunterraste, der Freiheit entgegen!

* * *

Er mußte es dreimal versuchen, bevor ein Taxi am Straßenrand neben Max, David und Kabeljau hielt. »Habt ihr Geld?« fragte der Fahrer und beäugte argwöhnisch den großen Hund.

»Genug«, erwiderte Max. Ihm wurde bewußt, wie schäbig seine Erscheinung und wie unrasiert sein Gesicht war.

»Dann haben Sie wohl nichts an der Börse investiert, was?« scherzte der Fahrer. »Normalerweise nehme ich ja keine Hunde mit, aber wenn Sie das Fahrgeld haben, sollte ich einem geschenkten Gaul wohl nicht ins Maul schauen, wie man sagt. Wer weiß, wann ich wieder einen in Manhattan finde, der ein Taxi bezahlen kann?« Dann blickte er den Hund von neuem finster an. »Aber das sag ich Ihnen, wenn dieser Hund mir den Wagen versaut, zahlen Sie das extra.«

David trat indigniert einen Schritt vor. »Kabeljau hat fabelhafte Manieren. Er weiß genau, was er zu tun hat.«

»In dem Fall, mein Junge, ist der Köter klüger als die ganze

Wall Street. Die Jungs haben nämlich alles versaut.« Er grinste. »Also steigt ein. Wohin?«

»Orchard Street«, wies ihn Max an. Er zwängte sich neben Kabeljau, der den Kopf aus dem Fenster streckte, als wäre er wieder an Bord der *Jazz Baby.*

Der Fahrer warf einen argwöhnischen Blick in den Rückspiegel. »Orchard Street? Das macht eine Vorauszahlung von fündundsiebzig Cent. Ich zweifle ja nicht, daß Sie das Geld haben, aber üblicherweise fahren Leute, die in die Orchard Street wollen, mit der Straßenbahn, wenn Sie wissen, was ich meine,.«

Max zahlte den Fahrpreis im voraus, dann legte er den Arm um David, der sich an ihn schmiegte und einschlief, sobald das Taxi sich in den Verkehr eingereiht hatte. Er wachte nicht auf, als der Fahrer mit dem Daumen nach hinten zum General Hospital deutete und bemerkte: »Nun sehen Sie sich das einmal an! Da hat der Wagen irgendeines armen Schweins ausgerechnet vor dem Krankenhaus Feuer gefangen! Nach einem solchen Tag wie heute ist das einfach zuviel Unglück auf einen Schlag, meinen Sie nicht?«

* * *

Orchard Street. Mr. Finkels Essiggemüse-Laden. Selbst jetzt, wo die Rolläden herabgelassen waren und alles in tiefem Schlaf lag, roch es hier nach Knoblauch, Nelken und Koriander. Davids Mutter hatte ihm alles darüber erzählt. Selbst wenn er nicht gewußt hätte, daß Max ihn hierherbringen wollte, hätte David doch die Backsteinhäuser mit den eisernen Feuertreppen und den hebräischen Inschriften auf den Schaufenstern wiedererkannt.

David folgte Max eine schmale Hintergasse entlang zur Rückseite von Finkels Laden. Sie kletterten die klapprigen Stiegen einen Stock hoch hinauf, und Max klopfte leise an das dünne Holz der Türe.

»Wer ist da?« krächzte eine dünne, schrille Stimme.

»Max Meyer«, antwortete Max.

Diese Mitteilung löste einige Aufregung auf der anderen Seite der Türe aus. Ein Mann und eine Frau führten eine lebhafte Diskussion. Die Türe wurde weit aufgestoßen und gab den Blick auf ein älteres Ehepaar in Nachthemden frei, das Max ins Innere des Hauses zog.

»Wir haben dich nicht mehr gesehen, seit deine Bubbe letztes Jahr starb, *Gott gebe ihrer Seele Frieden! Und da bist du wieder!* Mitten in der Nacht obendrein! Herbert sagte gerade, eine Menge Leute, die aus der Orchard Street weggezogen sind, würden jetzt wohl wieder zurückkommen, so wie es in der Welt zugeht! Also, Max!« Der kleine Gemüsehändler blinzelte David an. »Was ist denn das? Schau dir das einmal an, Vera! Max hat einen kleinen Jungen mitgebracht ... Mein Gott, Max! Der ist dir ja wie aus dem Gesicht geschnitten, als du zehn Jahre alt warst! Nur mit blondem Haar! Mama! *Sieh dir das an!* Der Junge hier sieht ganz genau so aus wie der kleine Max! Ist das zu fassen?«

David wurde ein Lager in der Wärme eines Radiators bereitet. Kabeljau allerdings durfte nicht in die Wohnung, weil Mrs. Finkel gegen Hundehaare allergisch war. Er wurde am Geländer der Feuertreppe angebunden. Dort winselte der große Hund unglücklich vor sich hin, während Mrs. Finkel Kaffee kochte und Max dem alten Ehepaar Bruchstücke der Geschichte erzählte.

»Und so hat Irene den Jungen der Aufsicht eines katholischen Priesters überlassen. Aber er lief davon, nach New York, um mich zu suchen ...«

»Ist's zu fassen! Der arme Junge!«

»Und jetzt kommt der Priester, um ihn zurückzubringen.«

»*Nein!* Seinem eigenen Vater nimmt man ihn weg? Nicht zu glauben, was es auf der Welt alles gibt!«

»Aber ich möchte ihn eine Weile von hier wegbringen, bis wir alle rechtlichen Verhältnisse geklärt haben.«

»Nicht zu fassen! Hast du auch einen guten Rechtsanwalt? Du weißt doch, Sam Laskys Junge ist Rechtsanwalt! Und er soll ein ganz fabelhafter Rechtsanwalt sein! Allerdings ist er mehr Patentanwalt ... das ist vielleicht nicht so günstig, wenn es um Erziehungsberechtigung geht, aber wer weiß? Wir sollten ihn anrufen.«

»Wir müssen das alles ganz still und leise über die Bühne bringen«, warnte sie Max. »Wenn irgend jemand herausfindet, daß ich den Jungen hier habe, würde die Polizei ihn abholen und ... das wäre das Ende, fürchte ich.«

»Wie scheußlich! Von uns hört niemand ein Wort. *Nicht ein Wort!*«

Max fuhr fort. »Sie hatten doch immer eine so gute Hand mit Kindern, Mister Finkel! Und Missus Finkel, Sie waren doch so eng befreundet mit Bubbe. Ich wußte, es war das einzig richtige, David hierher zu bringen. Bubbe flüsterte es mir heute nacht ins Ohr ... *die Finkels.*«

»Eine feine Frau war deine Großmutter, Gott hab sie selig! Natürlich werden wir das für ihren Enkel tun.«

»Ich kann euch ein bißchen was bezahlen.«

»Was? Keinen Cent würden wir annehmen!«

»Ich muß zurück in mein Hotel. Ein paar Dinge in Ordnung bringen. Ein paar Kleinigkeiten mitnehmen. Ich hab ein bißchen Bargeld in meiner Geldkassette. Das werden wir brauchen, wenn wir eine Weile durchkommen wollen.«

»Du bist doch ein kluger Junge, Max! Erst kürzlich, als ich deine Kolumne las, dachte ich, wie klug du doch bist! Ich hätte mir denken können, daß du ein bißchen Geld für schlechte Zeiten beiseite legst. Deine Bubbe wäre stolz auf dich. *Was für ein guter Junge!* Das sagte sie immer wieder!«

David schlief, als Max am Morgen fortfuhr. Er nahm Kabeljau mit, aber David fühlte sich nicht einsam, als er aufwachte. Er aß *Blintzes* zum Frühstück in der kleinen Küche und hörte stundenlang zu, was Mrs. Finkel ihm aus Max' Kindheit erzählte. Dann holte sie ein altes Fotoalbum und blätterte die Seiten um. Die Bilder waren ihm alle vertraut. Schließlich hatte er dieselben Szenen schon im Fotoalbum seiner Mutter gesehen.

# DIE VERFOLGER

Eine dünne Dampfsäule stieg aus der Kühlerhaube des Model T, und zwei seiner Reifen wiesen frische Flicken auf, als Birch und Trudy schließlich Tulsa erreichten. Die Gebäude aus roten Ziegelsteinen, an denen sie vorbeifuhren, gaben der Stadt einen wohlhabenden Anstrich.

Ein Muskel zuckte in Birchs Wange, und er krampfte die Hände um das Lenkrad des Model T. Trudy wußte, daß die Wut wieder in ihm aufstieg. »Birch«, mahnte sie ihn zur Vorsicht, »tu bloß nichts, was dich ins Gefängnis bringt. Ich möchte nicht den ganzen weiten Weg nach Shiloh ohne dich zurückfahren müssen.«

Birch grinste tölpelhaft, als er merkte, daß man ihm seine Aufregung so deutlich ansah, und entschuldigte sich. »Hab wohl ein bißchen die Stacheln aufgestellt, das stimmt«, sagte er. »Vielleicht genügt's schon, wenn wir nur in der Bank auftauchen, damit dieser Kerl aufhört, uns zu foppen.« Er glaubte seinen eigenen Worten nicht, aber es war ein gewisser Trost, sie auszusprechen.,

Da war noch etwas, was er dachte, aber nicht sagte: Er hoffte, daß der alte Phelps, der Gründer der First Petroleum Bank, nicht in der Nähe war. Er wollte nie wieder etwas mit ihm zu tun haben.

An der Straßenecke, unmittelbar bevor man zur Bank abbog, befand sich eine Kirche. Auch sie war aus roten Ziegeln erbaut und ihr schlanker Kirchturm erhob sich vier Stockwerke über dem sorgfältig instandgehaltenen Hof. »Das ist ganz was anderes als das Kirchlein in Shiloh, was, Trudy?« fragte Birch.

»Da bin ich mir nicht so sicher«, antwortete Trudy. Sie deutete auf eine Ankündigungstafel, auf der das Thema von Pastor Harvey Hines' nächster Predigt verzeichnet stand: *Entscheidet euch am heutigen Tage, wem ihr dienen wollt.* Nur eine einzige Zeile, aber eine ganze Predigt für Trudys Herz.

Als sie einen halben Häuserblock von der Bank entfernt um die Straßenecke bogen, sah Trudy sofort, daß da etwas nicht stimmte. Die Straße vor der Bank war gedrängt voll mit Menschen, und noch mehr eilten aus allen Richtungen den Gehsteig entlang.

Ein Polizist mit Walroßschnauzbart versuchte Ordnung zu schaffen. Er stand mitten auf der Straße und forderte die unruhige Menschenmenge auf, die Fahrbahn freizugeben. Birch hielt den Model T neben ihm an und beugte sich aus dem Fenster. »Ist die Bank überfallen worden?« fragte er, voll Sorge, welche Antwort er bekommen würde.

»Unsinn«, erwiderte der Beamte. »Die Bank ist zur Zeit wegen einer polizeilichen Untersuchung geschlossen. Jetzt schaffen Sie Ihren rostigen Kübel da weg.«

* * *

Am Ende seiner Leine wirkte Kabeljau wie ein riesiger schwarzer Bär, der in die Halle des Plaza Hotels geführt wurde. Hinter der Rezeption riß Derby, der Geschäftsführer, den Mund auf und runzelte die Stirn; dann hob er den Kopf und sah, daß Max Meyer sich am anderen Ende der Leine befand.

Der Manager wischte sich den Schweiß von der Stirn und winkte Max quer durch die fast verlassene Halle zu sich. Kabeljau betrachtete die Topfpflanzen mit einem Interesse, das Max veranlaßte, ihn energisch an sich heranzuziehen, bevor er das Plaza Hotel als sein Territorium markieren konnte.

»Lieber Himmel, Mister Meyer«, hauchte Derby. »Wo waren Sie bloß? Nicht daß es mich etwas angeht, aber seit Ihrem Verschwinden sind Sie der meistgesuchte Gast im Hotel!« Er holte einen ganzen Stapel Nachrichten und Poststücke und reichte Max das Bündel. »Die ganze Welt ist übergeschnappt, absolut übergeschnappt!« Derby schien völlig aus dem Häuschen zu sein. »Lieber Himmel! Sieht so aus, als würde sich alles bewahrheiten. Götterdämmerung. Wie das Ende der Welt. Und alle wollen mit Ihnen reden. Wollen Sie sehen.« Er deutete mit einer blassen Hand auf die allzu stille Halle des Hotels, als wäre sie voll von Gästen, die alle dringend mit Max Meyer sprechen wollten. »Ihre Zeitung hat angerufen. Mister Beadle war ein dutzendmal hier. Miß Rutger hat schon dreimal nach Ihnen gefragt. Alle sind ausgesprochen besorgt.« Er beugte sich vor. »Das Gerücht geht um, die Leute würden reihenweise aus den Fenstern der Wall Street springen, wenn es heute nicht besser wird.«

»Ich bin nicht der Typ dazu, mich umzubringen«, grinste Max.

»Das meinte ich auch nicht, Mister Meyer.« Derbys Gesicht war ausdruckslos. »Ich meinte, eine ganze Reihe von Maklern sagten, sie würden Sie aus dem Fenster stoßen! Sie und diesen Professor Babson und die anderen Wirtschaftsjournalisten, die nicht mit ihnen zusammenarbeiteten. Gütiger Himmel! Kein Selbstmord. Oh nein.«

»Mord. Aha. Das klingt schon anders. Jetzt bringt man also die Propheten um, stimmt's?«

»Sie werden schon sehen, wenn Sie erst die Nachrichten lesen, die für Sie eingegangen sind.« Er seufzte. »Hier geht es ohnehin schon zu wie in einem Leichenschauhaus. Letzte Nacht wurde der Speisesaal früh geschlossen, und das Orchester ging nach Hause. Niemand hatte Lust zu tanzen.«

»Ich nehme an, jetzt lernen sie beten«, bemerkte Max trokken, während er die Nachrichten ungelesen in die Tasche stopfte.

»Oh ja! Was denn sonst? Alles ist ruiniert. Oder fast ruiniert. Alle Welt ist heute morgen in der Wall Street zusammengerannt! Das Ende der Welt, wie ich sagte. Der Gestank des Todes breitet sich über –« Er sog tief die Luft ein und beugte sich über den Empfangstisch. »Was *ist* das für ein scheußlicher Gestank?«

»Kabeljau«, antwortete Max. »Mein irischer Wolfshund. Erinnern Sie sich nicht?«

Max gab dem aufgeregten kleinen Mann kein Trinkgeld. Derby hatte den letzten Rest von vornehmer Zurückhaltung abgelegt, nachdem er zugesehen hatte, wie den Hotelgästen des Plazas in den letzten Tagen der Superreichtum unter den Fingern zerronnen war. Viele der Gäste waren pleite oder nahezu pleite. Wenigstens hatte Mr. Derby noch seinen Job. Er schusselte hinter dem Empfangstisch herum und spähte in die leere Halle hinaus, als wäre er der einzige Überlebende einer grausigen Seuche.

Max warf ihm einen letzten Blick zu, als die Türen des Aufzugs sich schlossen und der Liftboy auf ihn einzureden begann. »Was sagen Sie dazu? Da fahren erwachsene Männer heulend wie kleine Kinder zu ihren Zimmern hinauf und kommen nicht mehr runter. Was sagen Sie dazu?«

Max fuhr sich mit der Handfläche über das stoppelige Kinn. »Ich glaube, ich muß dringend unter die Dusche, bevor ich wieder runterkomme.«

»Da waren diese beiden Herren von Keenan, die ich in Ihr Stockwerk hinaufgefahren haben, Mister Meyer. Die sind auch nicht wieder heruntergekommen. Das ganze Wochenende nicht. Ich glaube, die wollen ein ernstes Wörtchen mit Ihnen reden. Entweder das, oder sie haben sich da oben in Ihrem Apartment umgebracht.«

»Das wäre ein sehr passender Tribut an meine Karriere«, antwortete Max, als der Aufzug in seinem Stockwerk hielt.

»Nettes Hundchen, das Sie da haben, Mister Meyer«, rief ihm der Liftboy nach. »Sie sollten ihm aber lieber auch eine Dusche verpassen.«

»Kabeljau heißt er«, antwortete Max und zog den Türschlüssel aus der Manteltasche.

Die Glocke des Lifts klingelte und die Türen schlossen sich. Im selben Augenblick weigerte Kabeljau sich weiterzugehen. Er blokkierte die Türe zu Max' Apartment. Das dicke schwarze Fell sträubte sich, und ein drohendes Knurren drang aus der Kehle des Tieres.

»Komm schon, Kabeljau.« Max zog mit einem Ruck an der Leine, aber das Tier stemmte sich dagegen. Es preßte jetzt die Schnauze förmlich an die Türe. Wieder ertönte das Grollen, und die Lefzen zogen sich von den Fangzähnen zurück.

Max trat einen Schritt zurück und starrte einen Augenblick lang auf das Türschloß. Der Hund knurrte von neuem, diesmal lauter und angriffslustiger. Er schnüffelte am Schloß, und Speichel tropfte von seinen Zähnen, als Max ihn vom Eingang zurückzerrte.

Was hatte der Liftboy da von Männern gesagt, die in seinem Apartment auf ihn warteten? Männer, die Keenan geschickt hatte? Und was war mit Derbys Bemerkung, Max sollte aus dem Fenster geworfen werden?

Max' Nackenhaare sträubten sich ebenso wie Kabeljaus Fell. Der Hund kannte Max' ungeladene Gäste gut genug, um sie zu verabscheuen.

Die Dusche und die sauberen Kleider waren gestrichen. Max zog sich ins Treppenhaus zurück und verließ das Plaza durch den Lieferanteneingang.

* * *

Mit zweihundert Dollar in der Brieftasche war Max besser dran als die Mehrheit der Leute, die gestern noch die Millionäre der Wall Street gewesen waren. Zusätzlich hatte er zweitausend Dollar in seinem Safe in der Wall Street beiseite gelegt. Max eilte am East River entlang auf die Ecke der Wall Street zu. Der Wind, der vom Fluß her wehte, war kalt und feucht, und ein unerfreulicher Nieselregen fiel aus dem bleiernen Himmel.

Er hatte den Mantelkragen hochgeschlagen, den Hut tief ins Gesicht gezogen und war mit seinem Drei-Tage-Bart kaum wiederzuerkennen. Plötzlich wurde ihm bewußt, daß er mitten durch eine Gruppe seiner Freunde hätte marschieren können, ohne erkannt zu werden.

Falls er noch irgendwelche Freunde hatte. Im Augenblick schienen seine einzigen Freunde der Sohn zu sein, den er in der Orchard Street versteckt hatte, und dieses Ungeheuer von einem schwarzen Hund, das am anderen Ende der Leine zerrte.

Als Max um die Ecke der Wall Street bog, war er immer noch sechs Häuserblocks von der Börse entfernt, aber er kam kaum noch weiter. Von einer Seite der Straße zur anderen war der Boulevard, so weit Max sehen konnte, gesteckt voll mit Menschen. Kein Auto, kein Bus, kein Lastwagen kam durch diese dichtgedrängten Körper. Nicht heute, am 29. Oktober.

Nicht, daß die Leute irgendwohin unterwegs gewesen wären. Sie alle schienen auf irgend etwas zu warten. Die Menge in ihren Wintermänteln, mit ihren Hüten und Schirmen benahm sich in keiner Weise lärmend oder ungebührlich. Sie schubsten und stießen nicht, sie verdienten in keiner Weise die Bezeichnung »Mob«, obwohl sie an die Zehntausend zählen mußten.

Das merkwürdigste daran war, daß Max den Eindruck hatte, er habe dasselbe schon früher einmal erlebt, dieses stumme Warten auf irgendein voll Furcht erwartetes, unvermeidbares Ereignis, die schweigende Qual auf so vielen Gesichtern.

Dann fiel es ihm ein. Im Jahre 1922 war Max in Rom gewesen, als Papst Benedikt XV, der Friedenspapst, gestorben war. Auch dort hatten sich Tausende versammelt, mit derselben stimmlosen, erwartungsvollen Furcht.

Ein Unbekannter stolperte den Gehsteig entlang und kam auf Max zu. Er war noch ein ganzes Stück weit entfernt, aber Max spürte, daß der Mann ihn als Ziel erwählt hatte und genau auf ihn zuhielt. Er versuchte ihm auszuweichen.

Er blickte Kabeljau an und merkte, daß auch der Hund den Näherkommenden bemerkt hatte. Aber obwohl er aufmerksam aufblickte, ließ er durch nichts eine nahende Gefahr erkennen. Der Fremde erreichte Max und packte ihn am Arm, als wäre er ein lange vermißter Freund. »Wußten Sie das?« sagte der Mann. »Ich habe hunderttausend Dollar verloren.« Max zuckte zurück und fragte sich, ob mit der Feststellung ein Vorwurf verbunden war und ob im nächsten Augenblick ein Faustschlag folgen würde.

Die Augen des Mannes waren feucht. »Ich kann mich daheim nicht mehr blicken lassen«, sagte er. »Ich hab hunderttausend Dollar verloren.« Er spähte Max ins Gesicht und schüttelte den Kopf, als würde ihm plötzlich bewußt, daß er Max überhaupt nicht kannte.

Der Mann lockerte widerwillig seinen Griff um Max' Mantelärmel und stolperte davon, dem Fluß zu. Max bemerkte, wie er einen anderen Passanten aufhielt und murmelte: »Wußten Sie das? Ich habe hunderttausend Dollar verloren.«

Der Unbekannte, der in Richtung East River, fort von der Börse, ging, war eine Ausnahme. Wie Eisenspäne, die sich auf einem Magneten zubewegen, floß ein Strom dunkelgekleideter Männer und Frauen die Wall Street entlang, dem Tempel des Mammons zu.

Max hörte da und dort Gesprächsfetzen in der Stille. Eine Frau in einem teuren Pelzmantel wandte sich an alle und niemand mit der Bemerkung, daß sie ihren Makler nach dem neuesten Stand des Marktes gefragt habe. »Der Mann war nicht einmal höflich. Er schnauzte mich an.«

Zwei Männer, die Arm in Arm dahermarschierten, reichten einander ganz offen eine Flasche mit illegalem Alkohol. Sie hatten die Papierstreifen des Börsenfernschreibers wie Girlanden um ihre Hüte gewunden. Einer sagte: »Habt ihr den neuesten Witz schon gehört? Sagt ein Typ zum anderen: ›Mensch, bin ich schlecht dran, ich hab Herzbeschwerden mit fünfunddreißig‹, sagt der andere: ›Das nennst du schlimm? Ich hab RCA-Aktien mit hundertvierzig!‹« Die beiden brüllten vor Lachen und boten den Umstehenden ihre Flasche an.

Als er gegenüber der Nummer 64 der Wall Street ankam, hörte Max, wie ihn jemand beim Namen rief. »He, Mister Meyer.« Es war Joey Fortuna an seinem Schuhputzstand.

Max kämpfte sich durch die Menschenmenge an Joey heran. »Wie hast du mich denn erkannt, Joey?«

»Ganz leicht, Mister Meyer, ich hab nach Ihnen ausgeguckt. Aber was machen Sie hier? Sie sollten nicht hier sein.«

»Was heißt das, Joey? Ich habe früher mal hier gearbeitet, hast du das vergessen?«

»Ja, nun, das ist vorbei. Ich hoffe, Sie sind wirklich so schlau, wie ich denke. Es heißt nämlich, Boß Quinn sei hinter Ihnen her.«

»Quinn? Der Alkoholschmuggler? Warum sollte der hinter mir her sein?«

»Wegen dem Öl-Käuferring, Mister Meyer. Es heißt, Boß Quinn hielte Sie für einen Verräter. Sie müssen hier verschwinden, Mister Meyer. Ich bin nicht der einzige, der nach Ihnen Ausschau hält.«

»Danke, Joey. Du bist ein wahrer Freund.«

»Nichts zu danken. Sie waren immer ehrlich zu mir. Ich wünschte nur, ich hätte auf Sie gehört und wäre an der Börse ausgestiegen.«

»Warum, Joey? Wieviel hast du verloren?«

»Es war nicht allzu schlimm. Ich hab letzten Donnerstag alles verkauft, so hab ich von meinen fünftausend immerhin noch fünfzehnhundert zurückgekriegt.«

Max schüttelte den Kopf. »Tut mir leid für dich, Joey.«

»Ist nicht Ihre Schuld, Mister Meyer. Sie haben versucht, uns zu warnen; wir haben einfach nicht auf Sie gehört.«

Max wandte sich zum Gehen, dann faßte er den Entschluß, daß er Bescheid wissen mußte. »Wie schlimm ist es heute, Joey?«

»Es heißt, so schlimm wie noch nie. Alle Aktien verlieren drastisch an Wert. Mehr als tausend sind im Wert gefallen. Tausend an einem einzigen Tag! Wer hätte das je geglaubt?«

* * *

Birch und Trudy schlossen sich den Leuten an, die sich vor der First Petroleum Bank drängten. Birch entdeckte einen Mann im Overall eines Farmers und trat mit derselben Frage an ihn heran, die er schon dem Polizisten gestellt hatte. »Was ist mit der Bank passiert?«

Der Farmer nahm seinen »stadtfeinen« Strohhut vom Kopf und wischte sich den kahlen Schädel mit einem säuberlich gefalteten roten Taschentusch. »Ein Überfall«, sagte er mit Entschiedenheit. »Gangster.«

Rundum brachen Flüche los, wie sie nur auf den Ölfeldern gehört wurden. Dann hörte man »Entschuldigen Sie, Ma'am«, von einem Mann, von dem der Schwefelgestank des Rohöls ausging. Das Gesicht des Ölarbeiters war fettverschmiert, und seine Arbeitsstiefel hinterließen Teerspuren auf dem Gehsteig. »Das stimmt nicht«, sagte er. »Ich hab's beim Schichtwechsel gehört und bin sofort hierhergekommen. Phelps soll was mit der Frau eines anderen gehabt haben, und der Kerl hat ihn glatt erschossen.«

»Das ist bösartiges Geschwätz«, sagte eine kleine, adrett gekleidete Frau, deren hochgeschlossener Kragen zu ihren hochgeknöpften Stiefelchen paßte. »Mister Phelps ist nicht einmal in der Stadt. Außerdem war er immer ein Mitglied der First Church und eine Stütze der Gemeinschaft. Daß hier geschlossen ist, hat zweifellos mit dem Durcheinander in New York zu tun.«

Diese Möglichkeit erschien den meisten nicht allzu plausibel. Nur wenige konnten sich vorstellen, daß die Schwierigkeiten an der New Yorker Börse Auswirkungen auf eine Bank in Oklahoma haben könnten. Der Farmer sagte: »Na, Miß Pine, Sie wissen doch, daß die Leute hier froh sind, mit diesen schlüpfrigen Typen in New York nichts zu tun zu haben. Und fangen Sie bloß nicht an, Gerüchte in die Welt zu setzen.«

Trudy klammerte sich an Birchs Arm. Sie betrachtete die herabgezogenen grünen Jalousien und das Schild GESCHLOSSEN an der Türe, als könnte sie in ihnen den Schlüssel zur Wahrheit entdecken.

»Vielleicht hat Phelps das Geld geklaut und ist damit abgehauen«, schlug der Ölarbeiter vor.

»Warum hätte er das tun sollen?« fragte eine junge Frau mit einem Kind auf dem Arm und zwei Kleinkindern, die an ihren Röcken hingen. »Warum sollte er denn seine eigene Bank ausrauben? Er ist sowieso schon reich wie Krösus. Aber wann machen die denn endlich auf? Ich will meine hundertzwölf Dollar. Ich muß Gemüse einkaufen.«

Die Menge stimmte sofort ein. »Meine vierunddreißig Dollar.« »Meine sechshundert Dollar.« »Mein Geld fürs Saatgut.« »Wollte ein Auto kaufen.« »Sechsundachtzig fünfzig.« Die Rufe: »Wann wird hier aufgemacht?« und »Ich will mein Geld!« erreichten einen Höhepunkt, als sich die Türen öffneten. Ein schlanker, grauhaariger Mann in einem dunkelblauen Anzug erschien, flankiert von zwei Männern der Nationalgarde.

Der Mann, der nach einem Behördenvertreter aussah, betrachtete die Menge über seine scharfgebogene Nase hinweg, bis der Lärm sich legte. Als schließlich völlige Ruhe eingetreten war, sprach er. »Meine Name ist Lerner«, sagte er. »Bankprüfer.« Ein Stöhnen durchschauerte die Menschenmenge, als wüßten sie alle bereits im voraus, was Mr. Lerner ihnen zu sagen hatte. »Gewisse Unregelmäßigkeiten sind ans Licht gekommen. Der Staat Oklahoma hat die Bank unter seine Aufsicht gestellt, aber bis die Untersuchung endgültig abgeschlossen ist, ist diese Bank geschlossen.«

Daraufhin öffnete sich die Schleuse der Kommentare und Proteste von neuem. »Was ist mit meinem Geld?« »Meinen Ersparnissen?« »Alles, was ich habe, ist ...« »Wovon soll ich denn jetzt leben?« »Mein Mann ist arbeitslos ...«

Lerner stellte sich taub. »Die Bank ist geschlossen«, antwortete er auf all die beschwörenden Fragen. »Gehen Sie fort. Hier gibt es heute nichts mehr zu tun.«

»Mister«, rief Birch mit einer Stimme, in der Verzweiflung mitschwang, »wir sind drei Tage gefahren, um hierherzukommen, und alle unsere Ersparnisse sind in dieser Bank. Kann der Staat oder sonst jemand uns nicht helfen?«

Trudy sah, wie Lerner nur ein Kopfschütteln zur Antwort gab. In ihren Gedanken widerhallten Lilys Worte: *»Vertraut nur auf den Herrn. Er allein ist getreu.«*

* * *

Max spannte alle Muskeln an, um mit einem Sprung die Bank und seinen Safe zu erreichen. »Hör mal, Joey, ich bin hierher gekommen, um ein paar Sachen aus meiner Bank zu holen. Hast du irgendeinen von Quinns Schlägern hier in der Nähe gesehen?«

Der Schuhputzer blickte die Wall Street auf und ab, bevor er Antwort gab. »Ja«, sagte er. »Einen Typen namens Smiley. Ein richtiges Gorillagesicht und eine große Narbe am Hals, wo irgendein Kerl versucht hat, ihm einen extra Mund zu schneiden. Verstanden?«

Das erst kürzlich fertiggestellte Bankgebäude Nummer 40 Wall Street war einen ganzen langen Häuserblock weit entfernt, aber Max konnte es sich nicht leisten, aufzufallen, indem er rannte. Er hielt Ausschau nach allen Leuten, die so aussahen, als beobachteten sie den Eingang der Bank von Manhattan. Alle schienen auf etwas zu warten, aber niemand kümmerte sich darum, wer auf Nummer 40 kam und ging.

Als er eben die William Street überqueren wollte, hörte Max den Aufschrei: »Er springt!«

Augenblicklich wandten sich alle Gesichter nach oben, einem Fenstersims im sechsten Stock von Max' Bank zu. Ein Mann tastete sich dieses Sims entlang. Andere gaben den Schrei weiter: »Er springt!«

In diesem Augenblick starrte die ganze Wall Street nach oben. Alle außer Max. Vielleicht war das die Chance, die er brauchte, um sicher in die Bank zu gelangen. Max kämpfte sich durch die Gaffer, die wie angewurzelt standen. Er dachte daran, daß dieser erste Verzweifelte der Anfang einer ganzen Selbstmordwelle sein mochte. Jetzt wurde deutlich, wie tief die Aktien gefallen waren. Max blickte die nach oben gewandten Gesichter an und fragte sich, wer von ihnen als nächster springen würde.

Dann entdeckte er etwas, das ihn mitten im Schritt erstarren ließ. Da, unter schmalen, tiefliegenden Augen und einem viereckigen Kinn war eine violette, wulstige Narbe, die sich über eine magere Kehle zog. *Smiley!*

Max drehte sich langsam um und schlenderte davon. Der Killer war nur wenige Meter von ihm entfernt. Wenn Max jetzt zu rennen begann, würde er zweifellos die Aufmerksamkeit auf sich ziehen.

Im selben Augenblick sah der Mann oben auf dem Fenstersims, daß sich das Interesse der Menge auf ihn richtete. Er schüttelte energisch den Kopf, dann bückte er sich und hob einen Eimer und eine Maurerkelle hoch. Der Mann war ein Arbeiter, der mit irgendwelchen Abdichtungsarbeiten an der Regenrinne des kürzlich fertiggestellten Wolkenkratzers beauftragt war.

Die Menschenmenge in der Straße seufzte auf wie *ein* Mann, aber niemand lachte über das Mißverständnis. Nichts konnte die Spannung und angstvolle Erwartung dieses schrecklichen Tages erleichtern.

Die Menschenmenge begann sich wieder umzusehen. War Max von hinten erkennbar? Wenn Smiley nun einen Komplizen hatte, der Max bereits erkannt hatte und Smiley bedeutete, sich ans Werk zu machen?

Der halbe Block bis zur William Street war eine einzige Qual. Die Straßenecke schien vor ihm zurückzuweichen. Hasteten da Schritte hinter seinem Rücken heran? Schlängelte sich der Killer durch die Menge, um Max zu überholen? *Dreh dich nicht um! Schau nicht zurück!*

Eine Frau trat Max in den Weg. »Sie kenne ich doch?« sagte sie. »Sind Sie nicht ...«

»Nein, tut mir leid«, erwiderte er, ohne aufzublicken.

Dann eilte Kabeljau auf der einen Seite an einer Laterne vorbei und Max an der anderen, und Max' Füße verhedderten sich in der Leine. Als er anhielt, um sie zu entwirren, fragte er sich, ob er im nächsten Augenblick einen Pistolenlauf an der Wirbelsäule spüren würde. Oder würde der Killer ihn von hinten mit einem Messer erledigen?

Allen seinen guten Absichten zum Trotz begann Max, im Laufschritt die Wall Street in Richtung Fluß entlangzuhasten. Kabeljau bemerkte Max' angstvolle Spannung und zerrte an der Leine. Max war überzeugt, daß die Schritte hinter ihm schneller wurden. Hatte der Gangster vielleicht mehr als einen Killer in der Straße postiert? Was war, wenn Max ihnen nun geradewegs in die Arme rannte?

Als sie Joey Fortunas Schuhputzstand erreichten, rannten sie beinahe. Sie eilten an Joey vorbei, der erstaunt aufblickte, aber Max nicht anrief. Schon waren sie um die nächste Ecke verschwunden, rannten fort von der Wall Street, fort von Max' Ersparnissen – und wohin? Sein Apartment war besetzt, seine Bank bewacht, sein Büro wurde zweifellos beschattet. Wo konnten er und David Sicherheit finden?

Max hielt es nicht mehr aus. Er fuhr abrupt herum, um dem Verfolger ins Gesicht zu blicken. Niemand verfolgte ihn. Nur die immer größer werdende Menge der Trauergäste, die gekommen waren, um den Tod ihrer Träume zu beweinen.

# VOLLER EINSATZ

Wie jeden Tag kletterten Bobby und Tommy den Hügel hinauf, auf dem das Kaufhaus von Shiloh stand, um die Post abzuholen und die neuesten Neuigkeiten von Oma Amos zu hören.

Die alte Frau war im Hinterzimmer, wo sie über ihrem Kassenbuch saß, als die Jungen eintraten.

»Sind das die Tuckerjungen?« flötete sie.

»Ja, Ma'am«, antworteten sie unisono.

»Euer Pa hat aus Tulsa angerufen.« Sie schlurfte heraus, wobei sie mit einem Notizzettel wedelte. »Sie sagten, ich sollte euch allen ausrichten, daß es ihnen gut geht und sie bereits auf dem Heimweg sind. Sagten, es hätte nicht so recht geklappt bei der Bank. Die wär geschlossen und verriegelt gewesen. Konnten das Geld nicht rausholen. Hat irgendwas mit dem ganzen Tohuwabohu zu tun, das diese Yankee-Makler in New York anrichten, hat euer Pa gesagt. Er versteht auch nicht so richtig, was eigentlich los ist, aber sie haben eine Menge Ärger da oben!«

Sie schwatzte und schwatzte. Während sie die Post holte, plapperte sie unablässig und fuchtelte mit der Nachricht herum, während die Jungen geduldig darauf warteten, daß sie zu einem Ende kam.

»Als ich noch ein kleines Mädchen war, nicht älter als ihr beide, da kamen diese Yankees wie der Teufel über Atlanta! Brannten praktisch alles nieder. Es war so schlimm, daß wir zuletzt Rattenfleisch essen mußten. Sie raubten alles, was anständige Leute besaßen. Wir hatten keinen Cent mehr, wir hatten alles für die gute Sache gegeben. Eheringe und Silberzeug – alles hatten wir für die Sache des Südens gegeben. Hat alles nichts genützt. Hört ihr mir zu, Jungs?«

»Ja, Ma'am.«

»Je mehr wir uns für die Sache engagierten, desto mehr forderte sie uns ab. Es war wie ein riesiges, loderndes Feuer. Nie war's genug, wir mußten alles geben, was wir hatten.« Sie hielt einen Augenblick inne, um die Post durchzugehen. »Und ich nehme an, in dieser Wall Street da oben in New York ist jetzt so was ähnliches passiert. Tja, nun ist alles dahin. Kommt nicht wieder. Der Süden wird nie wieder sein, was er mal war.« Sie schnaubte sich die Nase frei und reichte Tommy die Nachricht. »Und diese Bank in Tulsa, die wird auch nicht mehr, was sie mal war.«

Tommy blinzelte zu ihr hoch. War sie fertig? »Nein, Ma'am.«

»Ihr werdet wenigstens kein Rattenfleisch essen müssen. Die Farm werdet ihr wohl verlieren, nach allem, was dieser Mistkerl von J.D. sagt. Aber ihr werdet keine Ratten essen müssen, wie ich und meine Familie es damals in Atlanta tun mußten.«

Tommy überflog die Nachricht. Da stand nur SAGT DEN JUNGEN, WIR SIND UNTERWEGS NACH HAUSE UND GESUND. LIEBE GRÜSSE.

Es war sehr erstaunlich, daß die alte Frau aus einer so kurzen Nachricht eine so lange Geschichte machen konnte. Dann warf sie den Brüdern einen mitleidigen Blick zu, steckte ihre knorrige Hand in das Bonbonglas und holte zwei Zitronenbonbons heraus. Vielleicht wollte sie ihnen damit die Zusicherung geben, daß diesmal noch kein Rattenfleisch auf der Speisekarte stand.

»Danke, Ma'am«, sagten die Jungen beide zugleich. Dann verließen sie hastig das Kaufhaus, bevor sie eine neue lange Geschichte über den Bürgerkrieg anfangen konnte, der, wie sie sagte, ein *richtiger* Krieg gewesen war, jawohl, mein Herr!

Bobby und Tommy interessierte nur eines – daß ihre Eltern nach Hause zurückkehrten. Sie schlenderten gemächlich dahin und lutschten an den Zitronenbonbons, ohne sich viel darum zu kümmern, was Oma Amos über die Bank in Tulsa gesagt hatte. Irgendwie waren die wirklich bedeutsamen Nachrichten völlig in der Geschichte von der Brandschatzung Atlantas durch diese Yankee-Gangster untergegangen.

»Aber was sagte sie da von der Farm? Von Onkel J.D.?« fragte Bobby seinen Bruder.

J.D. selbst war es, der die Frage beantwortete. Er kam im Trab angeritten, als hätte er sich auf die Suche nach ihnen gemacht. Keiner der Jungen freute sich, ihn zu sehen. Verwandter hin oder her, sie waren nicht verpflichtet, ihn zu mögen.

»Na so was, wenn das nicht Cousin Birchs Jungen sind! Tag beisammen!«

»Tag.«

»Ich hab gehört, ihr habt schlechte Nachrichten erhalten.« Er verlangsamte den Schritt seines Pferdes, um auf gleicher Höhe mit ihnen zu bleiben. Er wirkte erschreckend glücklich für einen Mann, der gerade schlechte Nachrichten gehört hat.

»Mama und Pa kommen heim«, ließ Bobby hören. Das war die beste Nachricht, die man sich vorstellen konnte.

»Heim.« J.D. grinste und blickte zu dem Hügel hinüber, hinter dem sich die Tuckerfarm befand. »Nun ja, ihr könnt es wohl noch so nennen. Das Haus wird zwar mir gehören, aber ihr dürft weiterhin dort wohnen. Dürft es weiterhin euer Daheim nennen.«

»Es ist unser Haus.« Tommy schob die plumpe Schulter des Pferdes weg, als es ihm zu nahe kam.

»Nun, ihr müßt wissen, euer Opa war ein fürchterlicher Säufer. Hat sein ganzes Geld versoffen. Hat wahrscheinlich mit dem Steuergeld den Schnaps bezahlt. Und jetzt habt ihr alle kein Geld.«

»Wovon redet der eigentlich?« Bobby war zornig. Er wünschte, J.D. wäre kein Verwandter und kein Erwachsener, dann hätte er ihm nämlich sagen können, was er von ihm hielt.

»Wovon ich rede? Euer Papa und eure Mama sind quer durchs halbe Land gefahren, um das Geld zusammenzukratzen, damit sie ihre Steuern zahlen können. Aber ich werde nächste Woche die Steuern bezahlen, verstanden. Und dann werde ich als erstes diesen schwarzen Riesenkerl von einem Nigger aus dem Haus jagen. Jawohl. Das könnt ihr ihm sagen, wenn ihr nach Hause kommt. Sagt ihm, daß J.D. nach Fort Smith fährt, um diese Steuern zu bezahlen. Und daß ich dann einen gewissen Sheriff in Oklahoma anrufen werde, wegen eines gewissen Niggersträflings, der im James Fork-Bach ertrunken ist. Und wenn ich diesen Anruf erledigt habe, wird dieser gewisse Sheriff aus Oklahoma vielleicht hierherkommen und sich mein neues Haus ansehen wollen. Vielleicht möchte er sich dann euren Nigger ein bißchen näher ansehen.« J.D. richtete sich hoch im Sattel auf. »Vergeßt nicht, ihm zu erzählen, was ich gesagt habe. Und erzählt's auch eurem Papa. Vielleicht interessiert es ihn.«

J.D. spornte sein Pferd zu plötzlichem Galopp an und schwenkte mit einem Freudenjuchzer den Hut.

* * *

Der arme Kabeljau wurde in einen Winkel der Feuertreppe in der Hintergasse gestopft, damit weder Boß Quinns Schläger noch die G-Men des FBI den Hund entdecken und ihr Interesse auf das Haus richten konnten.

Aber Kabeljau war nicht gut genug versteckt, was Mrs. Finkel anging. Sie lag auf dem ächzenden Bett und nieste und stöhnte und nieste von neuem. Mr. Finkel sagte zu Max, es sei genau wie in der alten Zeit, als noch die Brauereipferde die Orchard Street auf und ab getrabt waren. Auch damals hatte die alte Frau diese allergischen Anfälle gehabt.

Es lag also nicht daran, daß sie David nicht gemocht hätten. Es lag nicht daran, daß sie Max in seiner Not nicht hätten beistehen wollen. Es war der Hund. Max, David und Kabeljau würden ein anderes Versteck finden müssen, bis diese Sache mit dem katholischen Kindsräuber erledigt war.

Die Sache sähe natürlich anders aus, falls Max bereit wäre, den Köter fortzujagen. Aber auf der Feuertreppe durfte er nicht mehr schlafen. Überhaupt gehörte er eigentlich in einen Zoo oder dergleichen. Ein Hund von dieser Größe? Das war ja, als steckte man einen Bären in einen Vogelkäfig ...

»Macht euch nichts draus«, sagte Max zu dem deprimierten Gurkenhändler. Max wisse bereits, wo er hinwollte: In das Apartment eines alten Freundes, der gegen nichts allergisch war.

»Und wirst du uns besuchen kommen, David?« fragte Mr. Finkel, während er ihm zum Abschied ein Glas Dillgurken überreichte, die Krone allen Essiggemüses.

Max nickte und umarmte den alten Mann. Kabeljau wedelte mit dem Schwanz und machte Wuff, worauf im Nebenzimmer ein Ungewitter von heftigen Niesen und Husten ausbrach.

»Das ist wunderbar, David«, sagte Mr. Finkel. »Nächstes Mal kommst nur du und dein Papa, ja?«

Und so schlich sich das Trio im Schutz der Dunkelheit aus der Wohnung des Gemüsehändlers, während Mrs. Finkels Niesen ihnen in den Ohren hallte.

Zwei Häuserblocks weiter zeigte Max David da ein Geschäft und dort eine Wohnung und erzählte ihm, wem was gehört hatte. Dann stellte David die Frage:

»Wo gehen wir hin?«

Max blickte den Hund an und warf dann einen Blick hinter sich, den Weg entlang, den sie gekommen waren. »Die Frage heutigentags ist: *Wem kannst du vertrauen?*« Er schüttelte den Kopf und schlüpfte in ein kleines, schäbiges Hotel an der Ecke der Cherry Street. Man nannte es die Triefaugen-Klappe. Als Max noch ein Kind gewesen war, war es die letzte Zufluchtsstätte alternder Prostituierter und chronischer Säufer gewesen. Es würde ihnen die Möglichkeit bieten, ein paar Stunden lang von der Straße zu verschwinden, bis Max sich entschieden hatte, was sie weiterhin tun wollten. Die meisten Gäste sahen genauso schäbig aus wie sie und rochen noch schlimmer. Alle hatten sie Flöhe. Die meisten würden wahrscheinlich glauben, daß der riesige schwarze Hund nur eine Halluzination war, ein Hirngespinst, wie es zu viel selbstgebrannter Schnaps hervorrief. Sozusagen eine Variation von rosa Elefanten.

Mit seinem mehrere Tage alten Bart paßte Max ausgezeichnet dazu.

»Wir brauchen ein Zimmer. Ich und der Kleine. Wir haben alles an der Börse verloren.«

»Ja, man sieht's Ihnen an, daß Sie mal'n Millionär waren«, sagte die fette, zottellockige Frau hinter der Rezeption in der winzigen Halle. »Macht zwei Bits pro Nacht. Zweiter Stock. Einbettzimmer. Toilette am Gangende.«

»Gibt's ein Telefon?«

Die Frau deutete auf die schmierige Telefonzelle gegenüber dem Empfang. »Ein Nickel pro Anruf. Keine Ferngespräche.«

Dann wandte sie sich an David: »Paß auf deinen Alten auf, Kleiner. Du weißt schon, heute springen überall in der Stadt die Bankrotteure aus den Fenstern.« Sie knallte den Schlüssel auf den Tisch.

* * *

Schmierig und übelriechend, wie das Haus war, hielt die Triefaugen-Klappe keinem Vergleich mit Bora-Bora stand. Aber wenigstens gab es dort ein Bett, das Max und David sich teilten. Vor dem Fenster blinkte eine gelbe Neonreklame an und aus und badete den schlafendem Jungen in goldenem Glanz.

Max betrachtete ihn eine Weile und wandte seinen Blick dann der wasserfleckigen Tapete zu, die sich von der Wand schälte, und der Spinne, die in einem Winkel der Zimmerdecke hauste.

Der Junge hatte sich ja wohl den unglücklichsten Zeitpunkt ausgesucht, um in Max' Leben aufzutauchen. Warum war er nicht letzte Woche gekommen? Da hätte Max ihn im Plaza Hotel zwischen seidenen Laken zu Bett bringen können und beim Zimmerkellner Filet Mignon und Vanillepudding bestellen und mit ihm Radio hören können. Oder vielleicht wäre er lieber ins Roxie mit ihm gegangen, um die *Movies* zu sehen?

Jetzt gab es kein Zurück mehr. Boß Quinns Henkersknechte bestellten den Zimmerservice im Plaza Hotel und setzten es auf Max' Rechnung, während sie ihre Revolver putzten und darauf warteten, daß Max zur Türe hereinkam. Kein Zweifel, daß sie hofften, Max und David mit einem Schlag erledigen zu können. Vater und Sohn gemeinsam erschossen. Zu Herzen gehend. Dennoch kein Ereignis, an dem Max unbedingt teilhaben wollte. *Betonschuhe.* War das nicht der Ausdruck, den David gebraucht hatte, als er Max von Boß Quinns Verfahren für Verräter erzählt hatte? Max fand es sehr bemerkenswert, daß man ihm und David zugleich Maß nahm, um ihnen Boß Quinns Spezialschuhe zu verpassen.

Und dann war da die kleine Sache mit dem FBI, gar nicht zu reden von dem Priester aus Philadelphia. Das verdiente wohl, ins Guinness-Buch der Rekorde aufgenommen zu werden. Wieviele Leute konnten sich schon brüsten, auf den Abschußlisten so unterschiedlicher Bevölkerungsgruppen zu stehen?

Das Leben war plötzlich überaus kompliziert geworden. Das Plaza Hotel war Sperrgebiet. Die Bank wurde zweifellos sowohl von Quinns Männern wie auch vom FBI bewacht. Was den Priester anging, so wartete er wohl hinter den Kulissen, um David zu schnappen, sobald sie von der Polizei gefaßt wurden.

Max streckte die Hand aus und berührte das weiche Haar des Jungen. *Was für ein unglaubliches Kind!* Wie ein Stehaufmännchen kam dieser Junge immer wieder auf die Füße und machte sich von neuem bereit, der Welt die Stirn zu bieten!

»Mein Junge«, sagte Max. Plötzlich wallte wilder Stolz in ihm auf. Es war wohl kein Zufall, daß er aussah wie Max und mit demselben selbstbewußten, herausfordernden Schritt durchs Leben ging. »Mein Sohn«, flüsterte Max. Zehn Jahre lang hatte er sich gefragt, was aus dem Kind geworden sein mochte, und nun lag die Antwort hier vor ihm.

Kein Zimmer im Plaza. Keine seidenen Laken. Kein Zimmerkellner. Kein Film im Roxie. Aber das änderte alles nichts daran, was Max für den Jungen sein wollte.

»Ich bin ein Vater«, sagte Max mit dem ganzen ehrfürchtigen Staunen eines Mannes, der zum ersten Mal sein neugeborenes Kind erblickt. »Wir müssen es schaffen, Kleiner«, sagte er mit gedämpfter, aber hoffnungsvoller Stimme.

* * *

Damon Phelps wanderte ziellos durch die Straßen von New York. Er hatte sein Jackett verloren, und seine Krawatte hing offen und schlaff an seinem Nacken.

Passanten hörten ihn vor sich hinmurmeln: »Zwei Millionen Dollar oder zwanzig Jahre Gefängnis. Welches von beiden erwartet mich?«

Ein Polizist in der Nähe des East River sah, wie er in eine Pfütze Motoröl auf der Straße trat und sich bückte, um die Finger einzutauchen. Als er sich wieder aufrichtete, rieb er die Fingerspitzen gegeneinander. Als der Polizist ihn anrief und fragte, was zum Teufel er da treibe, schrie Phelps zur Antwort zurück: »Ich muß heute noch ein Dutzend Quellen bohren, und jede von ihnen wird sprudeln!«

Phelps versuchte – erfolglos – mit dem öligen Fingern zu schnalzen. »Zwei Millionen Dollar? Ein Klacks. Hab früher schon mit dem Öl Geld gescheffelt, werd's eben nochmal tun müssen.«

Phelps strebte auf die Brücke mit ihren hell erleuchteten Pfeilern und Trägerkabeln zu. »Bohrgerüst«, sagte Phelps voll Bewunderung, »und es arbeitet schon.« Er begann auf die Brücke zuzulaufen.

Der Cop winkte einem Feuerwehrauto, das eben von einem Brand zurückkehrte. »Ich glaube, da will einer runterspringen«, sagte er.

Phelps war bereits aufs Brückengeländer geklettert. Er redete mit einem unsichtbaren Arbeiter, als der Polizist ankam. »Noch einmal hundert Fuß tiefer«, befahl er, »und nicht aufhören, bis wir das Öl gefunden haben ... unser Sabre-Öl ...«

Die Feuerwehrleute sahen, wie er zur Spitze des Brückenpfeilers hinaufstarrte und mit einem anderen Unsichtbaren sprach. »Sofort klettern Sie wieder rauf da!« befahl er. »Muß ich selbst raufkommen und Ihnen zeigen, wie man's macht?« Er begann eine klapprige Leiter hinaufzuklettern, bis er eines der Trägerkabel der Brücke erreichte.

Phelps sah sich um, sah die Brückenpfeiler und die schimmernden Fenster der Wolkenkratzer. Er begann jeden einzelnen dieser glitzernden Türme mit dem Namen einer Ölquelle in Oklahoma zu benennen. Als er Old Glory erreichte, die Quelle Nummer Neunundvierzig, hielt er inne und löste die Faust vom Kabel und schüttelte sie gegen den Himmel.

»Wer hat dir gesagt, du solltest da runterkommen?« drohte er mit lauter Stimme. »Du solltest tot sein, nicht mein Junge!« Und er tat den Schritt ins Leere.

* * *

Drei Dollar und 22 Cent waren alles, was in Birchs Brieftasche übriggeblieben war, als sie neben dem kleinen Ford standen und auf die Entscheidung des Autohändlers warteten.

»Mehr als fünfundsiebzig ist er nicht wert.« Der kleine Mann betrachtete eindringlich sein Notizbuch.

»Aber wir haben für das Auto letztes Jahr fast dreihundert Dollar bezahlt!« fuhr Birch auf. Dennoch, dieses Angebot lag um zwanzig Dollar über dem Preis, den der letzte Händler ihnen geboten hatte.

»Das war voriges Jahr«, sagte der Mann mit fester Stimme. Ihre Geschichte berührte ihn überhaupt nicht. »Heute ist heute. Ich glaube, für eine Menge Leute ist dieser heutige Tag der Tag Null in ihrem Leben.« Er schüttelte den Kopf. »Was glauben Sie wohl, wem ich diesen Schrotthaufen verkaufen soll, nach allem, was heute passiert ist? Ich rede gar nicht von der Schließung der Bank. Wenn Sie mir folgen können, Mister: In der Welt ist heute mehr schiefgegangen, als Sie oder ich begreifen können.«

»Fünfundsiebzig?« Birch betrachtete den schlammbespritzten Wagen.

»Schlagen Sie ein oder lassen Sie's bleiben. Morgen wird's mir leid tun, daß ich Ihnen überhaupt so viel geboten habe.« Er versetzte einem geflickten Reifen einen Tritt. »Entscheiden Sie sich rasch, bevor ich mir's anders überlege.«

»Einen Augenblick noch.« Birch wandte sich an Trudy, die dastand und den Sonnenuntergang betrachtete. Um ihre Lippen spielte ein seltsames, fernes Lächeln.

»Was hältst du davon?« fragte Birch.

»Wovon?«

»Fünfundsiebzig. Das sind zwanzig mehr, als uns der Bursche vor ihm geboten hat. Und wir können für zehn Dollar Zugfahrkarten kaufen ... brauchen uns keine Sorgen wegen Reparaturen zu machen.« Birch fuhr sich mit der Hand über das unrasierte Gesicht. »Hilf mir weiter, True.«

»In Ordnung«, stimmte sie ihm zu. Das Automobil hatte eine besondere Bedeutung für sie gehabt, es hatte eine Verbindung zur modernen Welt von 1929 für sie bedeutet. Aber plötzlich hatte das alles keine Bedeutung mehr.

Birch wandte sich um und streckte die Hand aus, um in den Handel einzuschlagen. Das Geschäft wurde abgeschlossen, die Papiere unterzeichnet, und sie verließen den Hof des Autohändlers mit 78 Dollar und zweiundzwanzig Cent in der Tasche.

»Nun«, sagte sie leise, als sie ihre Sitze im Pullman-Wagen

zweiter Klasse einnahmen. »Da sind wir wieder, genau dort, wo wir angefangen haben.«

Birch verstaute das Gepäck im Gepäcknetz über dem Sitz und setzte sich mit einem müden Seufzer nieder. Er starrte in die Landschaft hinaus, über die sich die Dämmerung breitete. »Der Kreis hat sich geschlossen.« Er zuckte innerlich zusammen. »Hat's dir jemals leid getan, True, daß du dich mit mir auf dieses Karussell gewagt hast? Zehn Jahre später erreichst du dieselbe Stelle wieder und bist keinen Schritt weitergekommen.«

»Nennst du etwa drei Söhne und einen gutaussehenden Ehemann *keinen Schritt weitergekommen?*« Sie lächelte. »Ich mußte eben daran denken ... wie wir alles verloren haben ... das, was uns als unser ganzer Besitz erschien. Aber es bedeutet mir überhaupt nichts. Ich habe dich, Birch. Und die Jungen. Und ich trage Jesus in meinem Herzen. Der Rest ist ...« Sie machte eine Handbewegung zum Himmel hinauf. »Wir können nur mehr auf Gott vertrauen. Wie Lily mir sagte: Vertraut auf den Herrn, er allein ist getreu. Das muß ich tun. Und du mußt es auch tun. Er sieht uns, Birch.« Sie blickte zu einem Schwarm Vögel hinüber, der von einem abgeernteten Feld aufflatterte. »Wir können nichts anderes mehr tun, als IHM vertrauen.«

Er lehnte den Kopf an die Sitzlehne und blickte über ihren Kopf ins Leere. »Welche Hoffnungen hatten wir doch! Ach, True ...« Seine Stimme erstickte, als er mit Mühe seine Gefühlsaufwallung bezwang. »Es war ... meine Heimat. Ein Ort, an dem ich meine Jungen aufziehen wollte, mit all der Liebe, die mein Vater mir hätte entgegenbringen sollen. Es war ein Versuch, das Bild meiner eigenen Jugendzeit neu zu malen. Die Birken sollten zum Klettern und Schaukeln und zum Jauchzen vor Freude dasein, nicht, um den Pflug nach ihnen auszurichten oder Ruten für eine Tracht Prügel zu schneiden. Ich wollte ihnen geben ... was mein Pa mir nie gegeben hatte.«

»Aber das hast du getan, Birch! Und zwar ohne die Poteau-Berge oder den James Fork-Bach oder die Birken! Oh, Birch!« Sie nahm seine schwielige Hand in die ihre und küßte seine Finger. »Du hast ihnen ... und mir ... *dich selbst* geschenkt! Deine *Liebe*! Ist das nicht der einzige wirklich sichere Ort, an dem ihre Herzen sich geborgen fühlen können?«

Tränen stiegen in ihm auf. Er wandte den Blick von ihr ab. Wie wunderschön diese Worte klangen. Waren sie die Wahrheit? Irgendwie hatte er seine Liebe zu seiner Familie immer mit dem Traum von einem Vaterhaus in Verbindung gebracht. Jetzt war der Traum dahin, und was war geblieben? Liebe allein.

»Die Liebe genügt, Birch. Und ich denke ... das war es, was Lily mir sagen wollte. Wenn nichts mehr da ist, was wir dem Herrn zum Opfer bringen könnten, dann mußt du den Blick auf das richten, was du hast. Deine Seele. Dich selbst. Und das ist das einzige Opfer, das er von seinen Kindern verlangt. Deine Söhne lieben dich, Birch. Sie vertrauen dir. Das war lange vor Shiloh so. Es wird noch lange nachher so sein. Und vielleicht ist es das, was der Herr von uns will. Daß wir zu ihm aufsehen. Ihm wie einem Vater vertrauen.«

»Mein Vater ...« sagte Birch, »liebt mich. Ich habe ... keine Furcht.« Er schloß die Augen. »Und ob tausend fallen neben dir und zehntausend zu deiner Rechten, so soll es dich nicht treffen.«

»Die Wahrheit«, sagte Trudy, während sie den Platz wechselte, um an seiner Seite zu sitzen. »Die wenigstens haben wir immer noch.«

Der Zug, der von Tulsa nach Osten fuhr, dampfte und ratterte durch die Landschaft. Birch und Trudy hatten nicht mehr das Gefühl, daß er sie zu einem *Ort* nach Hause brachte. Sie fuhren heim zu ihrer Familie. Das war genug. Das war alles.

# IN WEN SETZT DU DEIN VERTRAUEN?

Die Tuckerjungen kauerten dicht nebeneinander auf dem Bett und legten ihre kostbarsten Besitztümer in einer Reihe auf der Flickendecke auf.

»Was meinst du, wieviel kriegen wir dafür?« fragte Bobby. Seine Augen glänzten im Lampenlicht.

Ein Pfennigpfeifchen war bloß ein Pfennigpfeifchen. Ein Taschenmesser zum Steckenschneiden war ein paar Cent wert, schätzte Tommy. Das Vergrößerungsglas hatten sie kostenlos mit den Werbegutscheinen von Quaker-Hafer bekommen. Andere Gegenstände brachten es auf die Summe von etwa einem halben Dollar.

»Was ist damit?« Tommy streckte die Hand unter sein Polster und zog das Stück Papier hervor, um das sich alle seine Träume gedreht hatten: Die Kaufbestätigung.

»Das rote Hündchen«, sagte Bobby und starrte Bruder Williams Unterschrift an.

»Er wird uns unser Geld zurückgeben«, sagte Tommy voll Zuversicht.

»Aber, Tommy ... das ist ... das rote Hündchen. Der beste Welpe in den Hügeln rundum, sagen die Leute.«

»Ich bin froh, daß sie so gut ist. Bruder Williams sollte sich freuen, wenn wir ihn bitten, das zurückzunehmen und uns unser Geld zu geben.«

»Aber was ist mit den Jagdausflügen, die wir vorhatten? Was ist mit all den Dingen, über die wir gesprochen haben?«

»Pa braucht das Geld jetzt, Bobby. Pa braucht unsere Hilfe. Wir brauchen den Hund nicht. Wir müssen Pa helfen, das ist das Wichtigste.«

Bobby starrte lange das Stück Papier an. Der Hund bedeutete ihm nicht halb so viel, wie er Tommy bedeutete. Tommy hatte von nichts anderem mehr reden können. Er hatte im Schlaf von der roten Hündin geredet, hatte mit den Jungen in der Schule darüber geschwatzt, wie es sein würde, wenn die junge Hündin erwachsen war und Tommy sie zur Opossumjagd in den Wäldern mitnehmen konnte. Und jetzt war er bereit, sie aufzugeben. Einfach so.

»Für Pa«, stimmte Bobby ihm zu.

* * *

»Ich kenn' die Sorte von früher.« Jefferson schritt in der kleinen Küche auf und ab. »Ich hab sie gesehen, Lily. Männer wie J.D. brachten meine Tisha um und jagten meine Leute von Haus und Hof.«

»Aber hast du nicht gehört, Jeff, was er zu den Jungen sagte? Er wird diesen Sheriff in Oklahoma anrufen, damit er hierher zurückkommt.«

»Ja, ich nehme an, das wird er tun.«

»Du mußt fort von hier, Jeff.«

»Das ist genau das, was J.D. von mir erwartet – daß ich den Schwanz einziehe und abhaue und euch alle hier sitzenlasse. Und Birch und Miz Trudy verlasse, jetzt, wo sie mich am meisten brauchen.«

»Geh voraus. Ich komme dir später nach.«

Jefferson hatte diese Worte schon einmal in seinem Leben gehört. Er war einmal auf der Flucht gewesen. Er wollte nicht noch einmal fortlaufen.

»Hör mich an, Lily. Ich bin ein Mann. Ich werde meinen Mann stehen. Ich spüre es bis ins Herz hinein. Der Herr sagt zu mir: ›Jeff! Höre meine Worte! Du mußt hier ausharren und den Kampf mit den Mächten der Finsternis aufnehmen! Du mußt beten, bevor das Unwetter losbricht, das hier reinen Tisch macht!‹« Er ballte die Faust und blickte über das dunkle Land von Shiloh hinaus. »Es muß hier Menschen geben, die ausharren und beten. *Etwas kommt auf uns zu, Lily!* Hörst du mich, Mädchen? Noch in dieser Nacht. Wie Daniel in der Löwengrube! Wir dürfen unsere

Knie nicht vor dem Götzen der Furcht beugen! Wir müssen ausharren und beten, Lily, und darauf warten, daß die Hand des wahren Gottes den Löwen die Zähne zieht! Dieser kleine Ort hier hat ein Wunder gewaltig nötig, Lily. Ich kann keine Anzeichen für ein Wunder erkennen. Aber ich werde warten und beten und den Herrn preisen, bis dieses Wunder auf den Schwingen des Windes über die Berge kommt!«

Er nahm den Milcheimer mit, als er das Haus verließ. Lily saß schweigend neben dem Fenster und lauschte Jeffersons dröhnender Baßstimme, die in der Nacht draußen Hymnen sang.

Selbst wenn kein Wunder in Shiloh geschah, so würden ihre Herzen doch für alles bereit sein, was der Morgen bringen mochte.

* * *

Max fand keinen Schlaf.

Er breitete alle seine zerknitterten Poststücke und Telegramme der Reihe nach am Fußende des Bettes aus. Und er stellte sich die Frage: *In wen setzt du dein Vertrauen?*

Da waren ein paar aufgeregte Nachrichten von Edith Rutger: *»Max, mein Liebling! Wo bist du! Hilf mir, damit klarzukommen, was zwischen uns geschehen ist! Edith.«*

Die zweite Botschaft war viel länger. Sie enthielt verhüllte Hinweise darauf, daß sie jeden Cent, den sie besaß, in das Sabre-Öl-Geschäft gesteckt hatte und dringend Max' Rat brauchte.

Die dritte Botschaft strotzte von Vorwürfen. Die Seiten troffen förmlich von Anklagen. Max hatte ihr das Herz gebrochen. Er war kein Kavalier. Er hatte sie verführt und sich dann aus dem Staub gemacht, ohne noch einen Gedanken an sie zu verschwenden ...

Max empfand keinerlei Schuldgefühl, aber als er überlegte, wen er anrufen konnte, dachte er auch an Edith. Er legte ihre Nachrichten in einem säuberlichen Häufchen beiseite.

Da war noch Keenan. Ein Dutzend Botschaften, eine hysterischer als die andere. Inzwischen war Keenan zweifellos völlig bankrott. Möglicherweise tot. Max knüllte seine Memos zusammen und warf sie Kabeljau zu, der danach schnappte, wenn sie durch die Luft flogen.

Ein zweiter dicker Stapel von Mitteilungen stammte von seiner Zeitung. Flehentliche Bitten vom Chef vom Dienst Bill Whittaker steigerten sich zu Warnungen und schließlich zu den Worten DU BIST GEFEUERT. Max kam zu dem Schluß, daß das wohl bedeutete, daß sein bezahlter Urlaub zu Ende war. Whittaker war nicht der Mann, an den man sich in einer solchen Lage wenden konnte.

Max' Sekretärin hatte pflichtbewußt angerufen, um ihn an verschiedene Termine zu erinnern. Wenn Max sie in die Sache hineinzog, wurde die liebenswerte alte Dame am Ende noch gefeuert oder kam als Fluchthelferin ins Gefängnis.

»Leb wohl, Getreue.« Max warf Miß Morgans Mitteilungen auf den zum Wegwerfen bestimmten Stapel mit Rechnungen und den Mitteilungen diverser Damen, die er nie wiedersehen würde.

Ah! Aber da war Harry Beadle! Beadle war schon länger als jeder Chef vom Dienst im Zeitungsgeschäft. Er war ein treuer Freund, immer zur Stelle, wenn Max ihn brauchte. Und er schuldete Max mehr als einen persönlichen Gefallen. Max hatte im letzten Jahr dreimal die Kaution für ihn gestellt und ihn aus dem Gefängnis geholt, als er nach Polizeirazzien in Flüsterkneipen verhaftet worden war. Beadle war nach einem Tag wie dem heutigen zweifellos betrunken wie ein Bürstenbinder, aber er würde alles tun, was in seinen Kräften stand, um Max zu Hilfe zu kommen!

»Ja, Beadle! Du bist mir einiges schuldig, mein alter Junge, und jetzt komme ich kassieren!« Er legte Beadles Nachrichten, die ein Treffen in dem einen oder anderen Schnapskeller vorschlugen, neben Ediths Briefe.

Wer war noch übrig geblieben in der Abteilung *In Wen Setzt Du Dein Vertrauen?*

Er erkannte den Briefumschlag augenblicklich wieder. Das Briefpapier gehörte der lieben Trudy, obwohl die Handschrift zweifellos die von Klein Tommy war. Die Adresse? Die war neu. SHILOH, ARKANSAS.

Während David schlief, öffnete Max den Briefumschlag und grinste, als zwei Dollar aufs Bett herausfielen. Er kicherte gedämpft vor sich hin, während er Tommys und Bobbys Geständnis las, daß sie das Papier zweckentfremdet hatten, das Max Trudy zum Briefeschreiben geschickt hatte. Und würde er wohl so freundlich sein und noch mehr davon kaufen, hier war das Geld dafür, und es sollte noch genug fürs Porto übrigbleiben, so hofften sie jedenfalls.

Dem Brief beigelegt war Trudys Bericht von ihrer Übersiedlung nach Shiloh und die Geschichte der *Berühmten Unglücksfuhrwerks-Spuk-Show* einschließlich des Berichts, aus welchem Papier die Eintrittskarten gemacht worden waren.

Max lachte so laut, daß David sich im Schlaf regte und Kabeljau die Ohren spitzte. Er las die Geschichte noch einmal, dann faltete er den Brief und schob ihn sorgfältig in den Umschlag zurück.

Niemand konnte eine Geschichte so gut erzählen wie Trudy. Das mußte er David laut vorlesen, wie seine Mutter ihm Mark Twain vorgelesen hatte, sobald sie einen ruhigen Augenblick hatten. Max schob die Nachricht in seine Manteltasche und überlegte sich, ob es sehr gefährlich wäre, hinauszuschlüpfen und neues Briefpapier zu kaufen.

Das war das Geringste, was er für die Dame tun konnte, die ganz oben auf seiner Vertrauensliste stand.

# JUDASKUSS

»Edith«, rief Max in das Telefon in der Hotelhalle, »du bist die einzige, der ich vertraue; du mußt mir helfen.«

Sie klang überraschend hellwach am anderen Ende der Leitung. Ihre Stimme war spröde, fast ängstlich. »Aber natürlich, Max, Liebling. Ich tue alles für dich. Absolut alles. Sag mir nur, was du brauchst.«

»Meine Suite im Plaza Hotel steht unter Beobachtung.«

»Aber wer tut so etwas, Liebling?« Wie schockiert ihre Stimme klang! »Was willst du damit sagen? Unter Beobachtung?«

»Ich kann dir das jetzt nicht in allen Einzelheiten erzählen ... nur .. erinnerst du dich, daß ich dir von meinem Sohn erzählte?«

»Ist er bei dir?«

»Ja. Und das ist einer der Gründe, warum ich im Dreck stekke. Ich muß eine Zeitlang aus der Stadt verschwinden. Aber ich komme nicht in mein Apartment hinein. Und da dachte ich, du ...«

»Wo bist du, Liebling? Was brauchst du?«

Max seufzte laut. »Ich kann dir gar nicht sagen, wie großartig ich das finde, daß du immer noch für mich da bist, Edith. Nachdem ich dich in letzter Zeit so vernachlässigt habe! Sag mir als erstes, daß du mir vergibst.«

»Das weißt du doch.«

»Ich danke dir. Ich werde heute nacht besser schlafen, nachdem ich das weiß. Und bis ich nach dir schicke –«

»Wo wirst du sein?«

»Auf einer kleinen Insel, von der man mir erzählt hat. Ein Paradies ...«

Draußen starrte David durch das schmierige Glas der Telefonzelle zu Max herein und preßte eine Hand auf den Magen. Er war hungrig. Seine Lippen formten die Worte: *Beeil dich.*

»Ja, Max, ja. Wie kann ich dir helfen?« Edith war voll Eifer, voll Begeisterung für seinen Plan.

»Du hast doch einen Schlüssel zu meinem Apartment. Ich möchte, daß du dort hingehst. Ein paar Sachen von mir einpackst. Anzüge. Schuhe. Und meine Familienfotos. Komisch. Ich hab sie alle in den Schrank geräumt, aber jetzt, wo ich wegfahre ... würdest du sie für mich einpacken? Und mein Rasierzeug. Eben alles, was man so braucht.«

Ihre Stimme klang gefühlvoll, als hätte es sie berührt, daß er um die Fotos bat. »Du weißt, ich werde das für dich tun.«

»Und, Edith ...« David schnitt jetzt Grimassen. Kabeljau besabberte das Glas. »Leg auch ein Foto von dir dazu.«

»Oh, Max!« Er konnte die Gefühlsaufwallung in ihrer Stimme hören. »Ja. Wo soll ich die Sachen hinbringen? Wo bist du überhaupt, Max?«

Max warf einen Blick auf seine Uhr und nickte David zu. Ja. Edith war bereit, ihnen zu helfen! David deutete OKAY.

»Grand Central Station. Unter der Uhr in der Haupthalle. Wir werden mittags dort sein. Gibt dir das genug Spielraum?«

»Ich werde dort sein«, versprach sie. »Du kannst mir vertrauen, Max.«

* * *

Boß Quinn lächelte, als er das Schlafzimmer von Edith Rutgers Apartment betrat.

Sie saß da und starrte das Telefon an. Schließlich hob sie den Blick und sah den Boß an. »Nun, du hast alles mitgehört.«

Er nickte und setzte sich neben sie. Er küßte ihre Schulter. »Du bist ein Leckerbissen«, sagte er. »Ich war vor allem beeindruckt von seiner Bemerkung über die Familienfotos. Sehr gut. Sehr gut.«

»Du hast jetzt, was du wolltest. Max und den Jungen.«

»Verzeih, wenn ich dir widerspreche, aber ich habe, was ich wollte, erst, wenn ich sie beide in der Hand habe. Und dazu brauche ich dich noch, Puppe. Wenn ich hinzufügen darf: Du wirst nicht schlecht bezahlt dafür.«

Edith langte um ihn herum nach ihrer Kaffeetasse und lehnte sich zurück, um die geschäftlichen Verhandlungen zu beginnen. »Was soll ich als erstes tun?«

»Ich werde Ham und Sal sagen, sie sollen seinen Koffer vom Plaza herbringen. Packen brauchen sie ihn natürlich nicht, denn wo er hinfährt, braucht er keine Kleider.« Quinn lächelte selbstzufrieden bei dem Gedanken. »Aber du wirst den Koffer wie abgemacht in die Grand Central Station bringen. Stell dich dort unter die Bahnhofsuhr und sieh möglichst hübsch und sorgenvoll aus.« Quinn zuckte die Achseln bei dem Gedanken, wie einfach die Sache war. »Dann nehmen wir die Sache in die Hand. Ein Revolverlauf in die Rippen, und er rennt uns nicht weg. Ein Revolverlauf in den Nacken des Jungen, und er wird fügsam wie ein alter Hund sein, wenn du verstehst, was ich meine.«

»Ich möchte nicht, daß er erfährt, daß ich ...« Edith versagte die Stimme.

»Daß du ihn verraten hast?« stichelte Quinn. »Er wird schon keinen Verdacht schöpfen. Obwohl es ihm nach kurzer Zeit völlig egal sein dürfte.«

»Ich will auch in Zukunft in den Spiegel schauen können, das ist alles. Ich will nicht, daß er mit diesem Wissen stirbt.«

Er zuckte lässig die Achseln und strich ihr Haar zurück. »Klar. Wird gemacht.«

»So. Wieviel bezahlst du mir?«

Boß Quinns Lächelns verblaßte keinen Augenblick lang. »Dir geht's schlecht nach allem, was passiert ist. Mir nicht. Ich hab ein Vermögen verloren, aber ich hab immer noch ein Vermögen an Schnaps, den ich verkaufen kann. Verträge. Sichere Geldanlagen. Ich kann dir genug bezahlen, daß du herrlich und in Freuden leben kannst. Sagen wir fünftausend?«

»Fünf? Das ist nichts. Nichts.«

»Oh nein, Puppe, fünf Tausender sind fünf Tausender. NICHTS ist das, was du jetzt in den Taschen hast. Stimmt's?«

»Na schön. Fünf Tausender. Aber ... ich will nochmal fünftausend für den Jungen.«

»Du bist doch eine abgebrühte Geschäftsfrau, Edith Rutger. Mir gefällt das an einer Frau.« Er nickte und schnalzte mit den

Fingern. »Wenn alles gutgeht. Okay. Zehntausend für sie beide. Du kannst dich auf mich verlassen.«

Er hob den Telefonhörer ab und wählte. Es läutete zweimal, dann gab er seine Befehle durch. »Meyer und der Junge werden Punkt Mittag im Grand Central sein. Trommelt die Jungs zusammen! Ein Mann in jedem Eingang. Ihr habt gehört, was ich sage. Ich wäre sehr unzufrieden, wenn er uns durch die Finger schlüpfte.«

* * *

Beadle klang überraschend nüchtern, als er am Telefon beschwörend auf Max einredete.

»Hör zu, Max, alle Welt ist hinter dir her – das FBI und die katholische Kirche und der niederträchtigste Gangster von New York. Hältst du es nicht selbst für das Klügste, dich zu stellen?«

»Ich denke nicht daran, meinen Sohn in Gefahr zu bringen, indem ich mit ihm in New York herumlungere, bis er gegen Boß Quinn aussagen kann!«

»Aber da ist das Kinderheim in Philadelphia. Der Priester, Max! Er sagt, er kann den Jungen dorthin bringen und verstekken.«

»Du weißt genau, daß Boß Quinn auch in Philly seine Verbindungsleute sitzen hat«, erklärte Max. »Ich kann das Risiko einfach nicht eingehen.«

Beadle klang sorgenvoll und unglücklich. »Du solltest das nicht tun, Maxie. Ich rede als alter Freund mit dir. Du solltest den Jungen den Behörden übergeben, bevor sie dich am Wickel haben. Hör auf mich! Habe ich dir schon jemals einen schlechten Rat gegeben? Ich weiß, wovon ich rede, Maxie! Bitte!«

»Du bist mir was schuldig.« Max ließ sich nicht aufhalten. »Wirst du mir helfen?«

Ein langes Schweigen folgte, dann antwortete Beadle mit trübseliger Stimme. »Ich habe keine Wahl. Du bringst mich in eine verteufelte Klemme. Maxie, du weißt nicht, was du tust! Wenn Quinn dich zu fassen kriegt, bringt er dich und das Kind um!«

»Wirst du mir helfen?«

Ein widerwilliges Grunzen. »Ja.«

»Okay. Hör zu: Auf der Unterseite meiner Schreibtischschublade klebt ein Zweitschlüssel zu meiner Safe-Kassette in Wall Street Nummer 40.«

»Bank von Manhattan.«

»Stimmt. Kassette Nr. 242. Dein Name steht auf der Karte. Ich hab das veranlaßt, falls mir jemals etwas zustoßen sollte.«

Beadles Stimme zitterte bei dieser Enthüllung. »Danke, Max. Ich meine ... wumm.«

»Ich vertraue dir, daß du meine Kohlen da rausholst und alles andere, was ich dort deponiert habe. Steck alles in eine Tasche und warte heute Punkt Mittag unter der Bahnhofsuhr im Grand Central auf mich.«

»Oh, Max! Warum kommst du nicht einfach zurück? Die G-Men werden sich um dich kümmern! Komm zurück! Mit Whittaker kann man reden. Er wird dir sicher deinen Job zurückgeben!«

»Beadle!« sagte Max scharf. »Machst du es oder nicht?«

Lange Zeit herrschte Schweigen, dem schließlich ein unglücklicher Seufzer folgte. »In Ordnung, Maxie. Aber denk daran, ich wollte das nicht tun. Denkst du daran, ja?«

»Großartig. Zwölf Uhr mittags unter der Uhr im Grand Central.« Max hängte ein und lehnte sich erleichtert an die Wand, als David von neuem gegen das Glas klopfte.

»Können wir jetzt essen gehen?« fragte der Junge. »Hast du alles arrangiert?«

»Wir sind schon unterwegs, David!«

* * *

FBI-Agent Burns holte den Schlüssel der Wertdepot-Kassette von der Unterseite der Schreibtischlade hervor und reichte ihn Agent Allen. Pater Johannes beobachtete voll Befriedigung, wie der Schlüssel Beadle überreicht wurde, der todunglücklich das Telefon anstarrte.

»Nehmen Sie ihn«, sagte Burns mit befriedigtem Lächeln.

Beadle starrte den winzigen Schlüssel finster an. »Nach allem, was Max für mich getan hat – jetzt das. Er wird kein Verständnis dafür haben. Er wird mir nicht glauben, wenn ich ihm sage, daß Sie das alles am Nebenanschluß mitgehört haben. Er wird glauben, ich habe ihn reingelegt, damit er samt dem Jungen geschnappt wird.«

Pater Johannes runzelte voll Mitgefühl für Beadles Gewissensqualen die Stirn. »Eines Tages wird er Ihnen dafür dankbar sein, Mister Beadle.«

»Das glaube ich nicht, Pater. Aber mir wäre wohler, wenn ich es glauben könnte.« Er nahm den Schlüssel entgegen.

Burns ragte über ihm auf. Er rief Allen mit barscher Stimme den Befehl zu, telefonisch zwei Dutzend G-Men anzufordern, die Max und David in der Grand Central Station festnehmen sollten.

Burns wandte seine Aufmerksamkeit wieder Beadle zu. »Wir werden Sie zur Bank begleiten. Es ist besser, wenn wir das Geld zur Hand haben, falls er den Jungen irgendwo versteckt hält, bis er das Geld bekommt. Wenn der Kleine nicht bei ihm ist, können wir mühelos seiner Spur folgen.«

»Soll das heißen, ich muß dabeisein?«

»Er wird nie erfahren, welche Rolle Sie bei seiner Verhaftung spielten.«

Beadle krümmte sich. »Wie Judas. Ich muß dabeisein.«

»Er wird Ihnen noch dankbar sein«, sagte Pater Johannes von neuem, aber Beadle glaubte kein Wort davon.

# DER TOD EINES TRAUMES

Tommy hatte das rote Hündchen noch nie in den Armen gehalten. Die Rote war mit ihrer Mama und ihren Brüdern in der Box hinter dem Viehstall eingesperrt, und der alte Bruder Williams hatte das Schild NICHT BERÜHREN! an die Türe gehängt.

Also berührte auch niemand die Welpen, Leute ausgenommen, die eine spezielle Erlaubnis vorweisen konnten. Jetzt war Tommy froh über diese Beschränkung. Es wäre schrecklich gewesen, sie schon einmal zärtlich in den Armen gehalten und die feuchte Hundeschnauze an der Wange gespürt zu haben und das alles für immer aufgeben zu müssen. Er hatte all das nur geträumt. Nur in seiner Fantasie war er über die Felder von Shiloh gerannt, während sie hinter ihm herhetzte.

Es war ein Traum, den er aufgeben konnte ... für Pa.

Noch vor Tagesanbruch erwachte er aus seinen Träumen von der Opossumjagd im Dattelpflaumengebüsch. Er setzte sich auf, ein Lächeln auf den Lippen, weil das rote Hündchen sich als das beste im ganzen County erwiesen hatte. Dann fiel ihm alles wieder ein.

Er streckte die Hand nach seinen Füßen aus und tastete nach seinem Overall, den er unter die Bettdecke gestopft hatte, um ihn warmzuhalten. Bobby hatte seine Kleider über dem Sessel hängenlassen, und sie würden eiskalt sein, wenn er sie anzog.

»Wach auf!« Tommy rüttelte seinen Bruder aus tiefem Schlaf.

»Was? Was willst du? Es ist noch nicht einmal hell.«

»Wir müssen nach Hartford.« Tommy war bereits angezogen, bevor er die Füße auf die eiskalten Dielenbretter setzte.

»Steh auf, oder ich geh ohne dich.« Er warf Bobby seine Kleider zu.

Bobby zitterte und greinte: »Es ist so kalt ...«

»Steh auf.«

»Warum müssen wir so früh raus?«

Darauf wußte Tommy keine andere Antwort, als daß er die Sache so rasch wie möglich erledigen wollte, bevor Mama und Pa nach Hause zurückkehrten. Er wollte, daß das Einweckglas mit dem Geld gefüllt war und daß er ihnen sagen konnte, daß Bobby und er mithelfen wollten, die Steuern zu bezahlen.

Bobby zog sich im trüben Licht der ersten Dämmerung an. Er keuchte und schauderte, als die Berührung von kaltem Jeansstoff an den nackten Beinen ihn vollends weckte.

Sie konnten Lilys leisen Atem im benachbarten Schlafzimmer hören, als sie durch die Küche schlichen. Lautlos schlüpften sie zur Hintertüre hinaus und eilten die Straße entlang, auf das fünf Meilen entfernte Hartford zu.

* * *

»Das ist ein schwarzer Tag«, sagte Bruder Williams und blickte die Kaufbestätigung an, die wie ein Blatt im Wind in Tommys ausgestreckter Hand zitterte.

*»Ja, Sir, das kann man wohl sagen!«* schrie Boomer aus der Sattelkammer, wo er Zaumzeug putzte. *»Ein richtig schwarzer Tag! Sieht aus, als sollten wir 'n gewaltigen Sturm kriegen, Bruder Williams!«*

»HÄLTST DU BALD DIE SCHNAUZE?« schrie Bruder Williams zurück. »Ich rede von einem ganz anderen schwarzen Tag, alter Schwachkopf!«

*»Ist doch egal«*, fuhr Boomer fort. *»Großer Sturm. Schwarze finstere Wolken. Groß schwarz dunkel ... größter schwärzester dunkelster ...«*

Bruder Williams schloß mit einem Fußtritt die Tür der Sattelkammer und schnitt Boomers Wetterbericht mitten im Wort ab.

»Wie ich euch Tuckerjungen schon sagte –« Der Alte seufzte und schüttelte den Kopf. »Wir alle haben gehört, was bei euch passiert ist. Dreckige Geschäfte! Dieser lausige Nichtsnutz von einem Cousin eures Pa hatte ein Auge auf das Haus geworfen seit ... ach, solange ich mich erinnern kann. Und jetzt das.«

»Wir wollen helfen«, sagte Bobby. »Elf Dollar und dreizehn Cent. Wir dachten, das würde helfen, die Steuern zu bezahlen.«

»Wieviel ist denn offen?« Bruder Williams hatte nicht die Absicht, neugierig zu sein. Er war von Natur aus neugierig. Tommy hatte seinen Vater eine Bemerkung in dieser Richtung machen gehört und so machte er Bruder Williams keinen Vorwurf daraus, daß er alles wissen wollte; wo es doch von Natur aus seine Art war, neugierig zu sein.

»Wir wissen's nicht genau«, antwortete Tommy wahrheitsgemäß. »Aber Pa und Mama sind nach Tulsa gefahren, um ihr Geld zurückzuholen –«

»Ich hab's gehört!« Er schüttelte den Kopf und schnalzte mit der Zunge. »Sie haben es im Radio durchgesagt. Bin extra in Mr. Winters Laden gegangen, um es mir anzuhören. Ich hab ihm gesagt, das sei ja genau die Bank, zu der eure Eltern gefahren sind, um ihre Ersparnisse zurückzuholen. Was soll man da sagen! Seit Hiob ist nicht mehr so viel Unglück über Leute gekommen, die's nicht verdient hatten. Herr du meine Güte!« Er blickte sich in seinem Büro um, als sehe er Spukgestalten. »Da läuft es einem ja eisig über den Rücken, wenn man dran denkt, was einen alles unversehens überraschen kann! Bin wie zu Eis erstarrt, als ich's hörte. Den Leuten hier tut ihr leid.«

»Kommt schon wieder in Ordnung«, tröstete Bobby den alten Pferdehändler. »Wir brauchen bloß unsere elf Dollar und dreizehn Cents, dann kriegen wir die Sache schon hin.«

Bruder Williams betrachtete die Jungen, und seine wäßrigen blauen Augen schimmerten traurig. »Ihr Jungen ...« Seine Stimme klang, als hätte er einen Kloß im Hals. »Dieser Birch Tucker muß der reichste Mann sein, den ich kenne, auf Ehre und Gewissen!«

Er nahm die Kaufbestätigung zurück. Er zählte ihnen die Münzen hin und füllte das Glas damit, obwohl es leichter gewesen wäre, ihnen Papiergeld zu geben. Bruder Williams wußte, daß Jungen lieber ein schweres Glas voll Münzen mit sich herumtragen als Papiergeld jedweder Sorte.

Das Glas war beinahe voll, als die jungen Hunde hinten in ihrer Box in spielerischem Kampf zu knurren begannen. Bobby starrte auf seine Schuhspitzen nieder, und Tommy fühlte, wie ihm die Farbe in die Wangen stieg. Er wäre so gern zurückgegangen und hätte das Hündchen betrachtet. Es gab nichts, was er mehr wünschte. Er wollte die Hündin hochheben und ihre schlabberigen Welpenküsse auf dem Gesicht spüren, aber es sollte nicht sein. Vom Darandenken wurde es auch nicht anders. Einen letzten Blick auf sie zu werfen würde alles nur noch schlimmer machen.

Er hob das Kinn und lauschte Boomer, der hinter der Türe immer noch vom Wetter brabbelte.

*»Riecht nach Regen ... nein ... ist kein Regen ... riecht nach größten schwärzesten Wolken! Möchte jetzt nicht draußen im Freien sein. Nein, Sir. Möchte niemand, jetzt da draußen im Freien sein in diesem Sturm. Wind. Wu-huuuuu!«*

Bruder Williams sah richtig böse aus. »HALT'S MAUL, BOOMER! 'S IST ZU FRÜH AM TAGE FÜR SOLCHES AFFENGESCHWÄTZ!« Er versetzte der Türe einen weiteren Fußtritt und fuhr dann fort, Münzen auf den Tisch zu zählen, als sei weiter nichts Besonderes geschehen.

Und dann war alles erledigt. ».... und dreizehn Cents. Da habt ihr euer Geld, Jungs. Jeden Cent.« Er betrachtete sie beide einen Augenblick lang. »Habt ihr beide schon euer Frühstück gehabt?«

Bobbys Augen leuchteten auf. Tommys Magen knurrte. »Nein.«

»Das hab ich mir gedacht.« Sein Mund verzog sich zu einem auf dem Kopf stehenden U. »Lauft rüber zu Zeldas Café und bestellt euch Frühstück.«

Tommy stieß Bobby in die Rippen – ein entschlossenes Nein. Sie konnten jetzt nicht daran denken, gutes Geld für ein Frühstück auszugeben.

»Tja nun«, sagte Bruder Williams, »wenn ich euch Geld fürs Frühstück gäbe, würdet ihr doch kein Essen dafür kaufen. Also ...« Er ging zum Telefon und gab Zelda im Café Anweisung, den Tuckerjungen das beste Frühstück vorzusetzen, das sie zu bieten hatte, und es auf die Rechnung des Viehhändlers zu setzen. Wenn er sie schon ohne ein rotes Hündchen nach Hause schickte, dann wollte er sie wenigstens nicht bis Shiloh mit leerem Magen laufen lassen!

* * *

Miß Zelda wischte die Theke ab und blickte bewundernd die blitzblanken Teller der Tuckerbrüder an.

»Ihr Tuckerjungen habt einen Appetit wie euer Vater. Das ist ein Mann! Wenn seine Mama beim Kirchenpicknick sagte: ›Nun iß mal sauber auf‹, dann brauchte sie sich nie Sorgen zu machen, daß noch Sauce auf seinem Teller zurückbleiben könnte. Nein, meine Herren.«

»Danke, Ma'am«, antwortete Tommy. »Wir hatten schon ordentlich Hunger.«

»Ihr seid ein schönes Stück Weges schon vor Sonnenaufgang marschiert, sagte mir Bruder Williams.« Sie lächelte traurig. »Wirklich anständig von euch Jungen, euren Eltern auf diese Weise zu helfen. Eine Schande, was da passiert ist.« Sie holte ihre Teller.

»Ja, Ma'am«, stimmte Tommy ihr zu, obwohl er nicht darüber sprechen wollte, was vorgefallen war. Er hob das Glas mit dem Geld auf. »Sie kommen heute morgen nach Hause. Vielleicht läßt der Lokführer der Rock Island sie beim Wasserturm unten aussteigen. Wir müssen uns jetzt beeilen, damit wir zu Hause sind, wenn sie ankommen.«

Miß Zelda richtete sich auf und deutete mit dem Geschirrtuch zum Fenster. »Bleibt lieber noch ein Weilchen hier. Sieht so aus, als wäre ein schlimmer Sturm im Anzug. Ihr solltet nicht auf der Straße draußen sein, wenn er losbricht.«

»Danke, Ma'am.« Tommy schob das Glas hin und her und schnitt eine entschuldigende Grimasse, weil er Miß Zelda widersprach. »Aber wenn's wirklich zu stürmen anfängt und Bobby und ich sind nicht zu Hause, und wenn Mama und Papa heimkommen und merken, daß es stürmt und wir nicht zu Hause sind ... verstehen Sie? Sie würden sich furchtbar Sorgen machen.«

»Wir würden Prügel kriegen«, fügte Bobby entschieden hinzu. »Wir werden uns beeilen, Miß Zelda.«

»Es regnet noch nicht einmal«, beschwichtigte Tommy die große, rotgesichtige Frau, die sie zweifelnd betrachtete.

»Nun ... ich möchte nicht, daß ihr Jungs Schläge bekommt. Also lauft so rasch wie möglich nach Hause. Aber wenn ihr klitschnaß vom Regen werdet, dann denkt daran, daß ich es euch gleich gesagt habe.«

»Ja, Ma'am.« Die Jungen zogen sich rücklings zur Türe zurück, dankten ihr ein letztes Mal und sausten dann hinaus, über die Straße und das Gäßchen entlang, das in Richtung Shiloh führte. Der Himmel glühte gelb unter den Wolken.

* * *

Es war ein geschäftiger Morgen in der Grand Central Station. Die Eisenbahnaktien waren in der vergangenen Woche ins Bodenlose gefallen, aber immer noch kamen und gingen die Züge. Die Lautsprecher verkündeten immer noch Ankunft und Abfahrt. Die große Uhr in der Halle tickte immer noch der Mittagsstunde New Yorker Zeit entgegen.

Mitten unter die Menge der Reisenden mischten sich die Killergarde Boß Quinns und die Detektive des FBI mit Polizisten in Zivil der New York City Police, die ihnen im Notfall zu Hilfe eilen sollten. Jeder trug ein Foto von Max Meyer und David O'Halloran Meyer bei sich. Wie Geier und Hyänen lauerten sie auf ihrem Ausguck und warteten darauf, daß ihre Beute das Gebäude betrat. Ihre Augen huschten von den Eingängen zu der Stelle unterhalb der Uhr und wieder zurück. Bald würde Edith Rutger dort ihren Platz einnehmen. Quinns Leute hatten Anweisung, auf die Puppe achtzugeben, falls es zu einer Schießerei kam. Boß Quinn hatte Gefallen an ihr gefunden und wünschte nicht, daß sie beschädigt wurde.

Auch Beadle würde bald eintreffen. Allen und Burns waren bereits übereingekommen, daß der arme Beadle einen ordentlichen Schluck brauchte, sobald die Sache ausgestanden war. Sie würden ihn auf einen Drink einladen.

* * *

Der winzige Papierladen lag in einer Seitengasse, nur zwei Häuserblocks von der gewaltigen Kuppel des Bahnhofs entfernt. Auf dem Schaufenster stand in alt-englischen Lettern geschrieben: BRITANNIA FEINES ENGLISCHES BRIEFPAPIER.

David und Max hatten noch Zeit genug vor Abfahrt ihres Zuges, dort vorbeizuschauen und das Spezialbriefpapier zu kaufen, das Max seit zehn Jahren hier für Trudy besorgte. Kein anderes konnte es ersetzen, hatte Max erklärt. Und nachdem sie New York für sehr lange Zeit verließen, wußte Max nicht, wann er jemals wieder Gelegenheit haben würde, Trudys Briefpapier zu erstehen.

Der kleine englische Verkäufer erkannte Max aufs erste nicht. Er warf ihm über den Rand seiner Brille hinweg einen Blick zu und schielte dann Kabeljau auf recht unfreundliche Weise an.

Max schob den Hut in den Nacken und lächelte. »Ich bin's, Mister Fuller. Max Meyer.«

Überrascht beugte sich der kleine Mann weiter über den Ladentisch, als erkenne er das zerfurchte Gesicht eines seiner treuesten Kunden nicht wieder.

»Du liebe Zeit! Was ist geschehen?« Er hob die Hand. »Nein, nein! Ich weiß, was geschehen ist. Dasselbe, was allen widerfahren ist. Der Börsenkrach. Ein schwarzer und bodenloser Abgrund heute morgen, höre ich. Kursstürze ins Bodenlose. Ich fürchte, ich werde meine besten Kunden verlieren. Wer wird nach alldem noch Geld für Luxuswaren haben?« seufzte er. »Jetzt wird der Gentleman, der Schweizer Füllhalter bei mir kaufte, an einer Straßenecke Bleistifte verkaufen.« Er runzelte die Stirn. »Und was meinen kleinen Laden angeht ... nun ja. Ich nehme an, ich kann genausogut Bleistifte verkaufen.« Er brachte ein halbes Lächeln zustande. »Aber solange er andauerte, war er doch hübsch, mein amerikanischer Traum.«

Max hatte nicht viel an die Wall Street gedacht und auch nicht daran, wie der Krach sich auf die kleinen Unternehmen auswirken würde, aber dies hier war zweifellos die letzte Gelegenheit, Trudys spezielles Briefpapier zu kaufen. Das wohlhabende, elegante Jahrzehnt der zwanziger Jahre war soeben zu Ende gegangen.

Bei dem Gedanken daran legte er zwei zusätzliche Dollar auf den Ladentisch, auf dem bereits Bobbys und Tommys finanzieller Beitrag lag.

»Wahrscheinlich muß sie eine ganze Weile damit auskommen«, sagte Max. »Zweihundert Blatt Berkshire-Büttenpapier. Hundert Umschläge. In der Schachtel. Machen Sie sich nicht die Mühe, es einzuwickeln. Wir müssen unseren Zug erreichen.«

# SCHWARZER STURM ZIEHT AUF

Jefferson wußte, daß hinter den drohenden Wolken die Sonne schien. Er arbeitete vor dem Frühstück im unteren Feld, wo er geschnittenes Feuerholz in den FAMOUS-Karren lud. Er roch den Duft des gebratenen Specks, der sich mit dem Duft von Holzrauch mischte. Er hielt einen Augenblick in seiner Arbeit inne und blickte zum Haus hinüber, als der Rauch, der aus dem Schornstein stieg, dichter wurde.

Lily war aufgestanden. Bis er zum Haus hinaufkam, würden die Jungen bereits am Tisch sitzen und die Teller vollbeladen sein mit Eiern, Weizenkuchen und wahrscheinlich einer dicken Scheibe Schinken zusätzlich zum Speck.

Er hatte gehofft, er würde mit dem Holzaufladen fertig sein, wenn sie ihn zum Essen rief, aber jetzt würde das Holz noch ein Weilchen warten müssen. Er wischte sich den Schweiß von der Stirn und blickte zu den Hügeln unter dem schweren Himmel hinüber. Am Morgen war es kalt gewesen, aber eine seltsame, schwüle Atmosphäre breitete sich über das Land.

»Kommt 'n schlimmer Sturm«, murmelte er und warf einen bedauernden Blick auf den Holzstapel. Wenn er jetzt seine Arbeit unterbrach, um zu essen, würde es regnen, bevor er all das Holz ins Trockene gebracht hatte. Selbst wenn er sich tüchtig anstrengte, gab es keine Garantie, daß das Holz nicht in einen Platzregen geriet.

»Jefferson!« rief ihm Lily von der Veranda aus zu. »Jeff! Frühstück steht auf dem Tisch!«

Er winkte mit beiden Armen und warf ein weiteres Stück Holz auf den Karren. »Komme schon!«

»Sind die Jungs da unten bei dir?« rief sie zurück.

»Nein, sind sie nicht.« Die Hände auf die Hüften gestemmt, ließ er den Blick über die Felder schweifen. *Wo konnten sie nur hingeraten sein?* fragte er sich. Es waren noch mehrere Stunden bis Schulbeginn.

»Tommy! Bobby!« Lily wölbte die Hände vor dem Mund und rief nach ihnen, bis das Tal von ihren Namen widerhallte.

Jeff warf sich die Jacke über die Schulter und eilte zum Haus zurück. Keine Spur der beiden war im Dattelpflaumengebüsch zu entdecken. Keine Spur unter den Birken. *Vielleicht in der Scheune?* Er warf einen Blick in die Scheune und rief nach den Jungen. Die Jersey-Kuh muhte eine Antwort.

»Nicht da?« fragte Jeff, während er sich an den reichlich gedeckten Tisch setzte. »Du weißt doch, wie Kinder sind. Dachten wahrscheinlich, sie könnten noch rasch einen Fisch vor dem Frühstück fangen.«

»Eine Tracht Prügel werden sie abfangen, wenn sie nicht zurück sind, bevor die Weizenkuchen kalt werden. Sieht ihnen gar nicht ähnlich, das Frühstück zu verpassen, Jeff.« Sie blickte zum drohenden Himmel auf. »Nicht die beiden. Die legen großen Wert auf ein gewaltiges Frühstück.«

»An einem Tag wie heute fangen sie ohnehin keinen Fisch. Nicht, wenn der Himmel so aussieht wie jetzt. Ein Sturm zieht auf ...«

Ein Blitz zuckte und zerriß den düsteren Himmel über Shiloh mit gleißendem Licht. Donner rollte über den Bergen, daß die Fenster des Farmhauses klapperten und Baby Joe von dem Weizenkuchen aufblickte, mit dem er spielte.

Jeff saß einen Augenblick ganz still, als das Rumpeln schließlich erstarb. »Das gefällt mir nicht, Lily.« Er stand auf und kehrte auf die Veranda zurück. Er wölbte die Hände um den Mund und schrie mit einer Lautstärke, als wäre der Donner zurückgekehrt: »TOMMY! BOBBY! KOMMT SOFORT ZUM HAUS ZURÜCK!«

Keine Antwort. Wiederum blitzte es in der Ferne. Die Wolken über ihren Köpfen bewegten sich, und dennoch war es völlig windstill. Kein Vogel sang. Shiloh schwieg, wartete auf irgend etwas. Wartete es auf das Wunder, um das Jeff gebetet hatte? Oder auf eine Katastrophe?

Lily kam heraus. Sie trug Baby Joe im Arm. »Gefällt mir nicht, wie das aussieht, Jeff«, flüsterte sie. »Ich hab so' n Himmel schon einmal gesehen, Jeff. Drunten in Texas. Wirbelsturmwetter, Jeff. Alles war still und schwer, als hätt' irgend etwas Böses den kühlen Atem des Lebens erstickt.«

Er senkte zustimmend den Kopf. »Ich hab's auch schon früher mal gesehen.« Sein Blick huschte zu einer der fernen Explosionen am Himmel hinauf. Licht zerriß den grauen Hintergrund in Hunderte silberne Adern, bis es schließlich gegabelt in die Erde fuhr. Der Donner folgte wenige Sekunden später. *»Wo sind diese Jungen?«* schrie Jefferson. »Ich hab's letzte Nacht kommen *gefühlt!* Gott weiß, ich hab's gefühlt, Lily! Und ich habe gebetet!« Ein weiterer Lichtblitz unterbrach ihn. »Aber ich dachte, die Jungen würden hier sein, wenn es losbricht!« Er trat in den Hof hinaus. »TOMMY! BOBBY! WO ...« Das Rumpeln des Donners übertönte seinen Ruf.

»Vielleicht zieht es an uns vorbei, Jeff«, sagte Lily voll Hoffnung. »Daß der Himmel so schlimm aussieht, muß doch nicht bedeuten ...«

Jefferson wandte sich um, und der Ausdruck auf seinem Gesicht verriet ihr, daß er etwas sah, etwas *wußte,* das sie noch nicht erkannt hatte.

Er hob den Kopf und sog prüfend die Stille ein. »Erst kommt die Brise.« Er blickte auf und sah, daß die obersten Blättchen des Walnußbaumes erzitterten. »Der große Wind wird bald kommen.«

»Jeff! Was ist los?«

»Ich *muß* diese Jungen finden, Lily.« Sein Blick glitt über den Horizont. »Herr?« rief er. »Nicht auch noch die Jungen! Du mußt mir helfen, sie zu finden, Herr!« Ein einzelner Regentropfen fiel wie eine Träne auf seine Wange. Jefferson wischte ihn nicht ab. »Wir haben nicht mehr viel Zeit, Lily. Du weißt, was du zu tun hast.«

»Du kannst nicht fortgehen. Sie werden von selbst zurückkommen! Jeff! Wenn sie sehen, was sich da zusammenbraut, werden sie wie der Blitz zurückgerannt kommen!«

»Sie kommen nicht zurück, Lily!« sagte er eindringlich. »Hör mir zu, Mädchen! Sag mir, daß du weißt, was zu tun ist!«

»Jeff! Es kommt doch bloß ein Platzregen! Bitte geh nicht! Jeff?«

Baby Joe begann zu weinen, als hätte er gespürt, daß der Wind sich in weiter Ferne über ihnen zu einem Trichter zu drehen begann. Das Kind blickte auf und vergrub das Gesicht an Lilys Schulter.

»Du mußt dich um den Kleinen hier kümmern, Lily. Und um dein eigenes Baby. Bleib hier, Mädchen. Ich wäre kein Mann, würde ich mich nicht auf die Suche nach ihnen machen ...«

* * *

Der Rock Island-Zug ließ einen langen, lauten Klageton hören, als er in die Station Mansfield einfuhr.

Der Schaffner tauchte in der Türe des Pullman-Wagens auf. »Da vorn gibt's schlechtes Wetter, Leute. Wir haben hier fürs erste Endstation.«

»Soll das heißen, wir fahren nicht nach Hartford weiter?« fragte ein Reisevertreter mit grimmiger Miene. »Ich muß aber nach Hartford! Sieht doch gar nicht nach Schlechtwetter aus.« Er deutete zum Fenster hinaus auf den wolkenlosen Himmel.

Birch blickte hinaus und über das Dach der Station hinweg. Der Himmel hatte einen gelblichen Stich, als würde alle Farbe herausgesogen.

»Egal, wie der Himmel hier aussieht, Mister.« Der Schaffner beharrte entschieden auf seinem Standpunkt. »Starker Wind, Regen und Hagel wurden auf der Strecke nach Hartford gemeldet. Tornado-Wetter zehn Meilen voraus, und die Rock Island-Linie ist der Ansicht, besser spät als nie angekommen – wenn Sie verstehen, was ich damit sagen will.«

Birch und Trudy blickten einander wie betäubt an. Birch legte die Hand auf ihren Arm. »Du weißt doch, wie das ist. Führt zu nichts. Sicher ist sicher.«

»Ich wünschte, das Wetter hätte noch ausgehalten, bis wir zu Hause sind. Du weißt, es macht mir nichts aus, mich vor einem Unwetter zu fürchten, solange wir nur alle beisammen sind.«

»Jeff und Lily wissen, was zu tun ist, wenn es so weit kommen sollte. Aber das wird kaum der Fall sein.«

Der Schaffner verkündete: »Für alle Passagiere, die nach Hartford weiterreisen, wird im Mansfield-Café ein Frühstück zur Verfügung gestellt! Wir halten Sie auf dem laufenden, wenn die Lage sich ändert!«

* * *

»Was wollen wir tun, wenn wir dort hinkommen, wo wir hinwollen?« fragte David Max, während sie auf das massive Gebäude des Bahnhofs zuschritten. Die Lokomotiven im Heizhaus bullerten so laut, daß das Dach ratterte. Das Echo der Lautsprecher war noch einen halben Block entfernt ganz deutlich zu hören.

»Vielleicht fischen. Falls du gerne fischst.«

»Oja, klar! Nur ... ich hab's noch nie gemacht. Aber ich weiß, es wird mir Spaß machen.«

»Und wir könnten Baseball spielen ... falls du magst.«

»Baseball ist mir das liebste. Ich hab' Logenkarten für den Weltcup im Shibe Park Stadion gefunden, und dann hab ich sie verkauft, um hierher zu kommen.«

»Du hast Logenkarten für den Weltcup verkauft?« lachte Max verblüfft.

»Ja. Dem Mann am Fahrkartenschalter. Ich bin erster Klasse gefahren und hatte ein Bett im Zug, mit Laken so weiß wie die Bettlaken im Spital. Aber als ich dann ankam, nahm mir der Copper meinen Mantel weg und mein ganzes Extrageld, und ich war eine Zeitlang hungrig, bis Gus und Olaf mich aufnahmen.« David streckte die Hand aus und berührte Kabeljaus mächtigen Schädel. »Und Kabeljau auch. Muß Kabeljau im Gepäckwagen fahren? Dann fahre ich nämlich mit ihm im Gepäckwagen.«

»Nein. Keiner von euch fährt im Gepäckwagen. Wir fahren Erster Klasse. Privates Abteil.«

»Bis nach Bora-Bora?« David lächelte Max voll Staunen an. Den ganzen Morgen über hatte er weder an Boß Quinn noch an die G-Men oder das Kinderheim gedacht. Alles würde großartig sein.

»Ja, bis ganz zur Endstation. Und ich werde mich waschen und mir einen Rasierapparat ausborgen, und wir sehen uns die Welt vom Speisewagen aus an.« Er zwinkerte. »Wie gefällt dir das?«

»Kabeljau auch?«

»Kabeljau wird vielleicht im Abteil bleiben müssen. Aber er bekommt saubere Laken und kann aus einem großen Fenster hinausschauen.« Der Hund wedelte mit dem Schwanz, als wüßte er, daß das Gespräch sich um ihn drehte.

»Gibt es in Bora-Bora Kinder?« fragte David leise. Er hatte seine alten Freunde vermißt, obwohl Gus, Olaf und Kabeljau ihm gute Freunde gewesen waren.

»Jede Menge Kinder. Und eine Schule.«

»Da bin ich froh. Mutter hätte es nicht gefallen, daß ich nicht in die Schule gegangen bin und so viele Grammatikfehler beim Sprechen gemacht habe. Sie sagte immer, das sei fast so schlimm wie Fluchen. Ich hab's mir irgendwie angewöhnt.«

»Das kommt manchmal vor.« Max zeigte Verständnis.

David senkte den Kopf, als stimmte die nächste Frage ihn ein wenig verlegen. »Wirst du ... mir auch vorlesen?«

»Deine Mutter hat dir immer vorgelesen, nicht wahr?« Max nickte. »Laß mal sehen. Was hätte Irene wohl gelesen?« Er zählte eine lange Liste von Buchtiteln auf. Sie begann mit *Oliver Twist* und endete mit *Die Schatzinsel.* Er traf es ganz richtig, hundertprozentig richtig! Es war einfach erstaunlich!

»Wie konntest du das wissen?« hauchte David ehrfürchtig. Das schrille Klagen eines Loksignals erklang, als sie sich dem Gebäude näherten.

»Das gehört zu meinem Beruf, solche Dinge zu wissen. Wie stehts mit *Huck Finn? Tom Sawyer?«*

»Kenn' ich nicht.«

»Das sind schon zwei Bücher, die wir gemeinsam lesen werden.« Er zog einen Briefumschlag aus der Tasche. Das Briefpapier war von derselben Art, wie sie es soeben gekauft hatten. »Aber ich werde mit dem hier beginnen. Die Geschichte der BERÜHMTEN UNGLÜCKSFUHRWERKS-SPUK-SHOW. Hast du davon schon mal gehört?«

»Nein.«

»Das wird sich bald ändern«, sagte Max und blinzelte ihm zu, als sie sich durch die Drehtüre zwängten und die von Lärm widerhallende Bahnhofshalle betraten.

# TORNADO!

*Keine Zeit zu verlieren!* Die sanfte Brise frischte auf und erwachte zum Leben; plötzlich rüttelte sie wütend an den blattlosen Bäumen im Tal. Lily sah Jefferson nach, der die Zufahrt entlangrannte und um die Biegung verschwand. Der Donner dröhnte wie tausend Baßtrommeln.

Baby Joe weinte lauter, als sie ins Haus zurückrannte und ihn in seine Wiege legte. Sie goß einen Kessel voll Wasser über die glühenden Kohlen im Herd. Dampf zischte und erfüllte die Küche. Lily rief Baby Joe beruhigende Worte zu, während sie die Fenster hochzuschieben versuchte. Alte Farbe und frische Farbe verklebten den Rahmen und hielten das Fenster geschlossen.

*»Hilf mir, Herr!«* rief sie. *»Gib mir Kraft, Herr!«* Das widerspenstige Fenster glitt nach oben, und der erste rauhe Luftstoß platzte in die Küche hinein. Als sie zwei weitere Fenster und die Hintertüre aufgerissen hatte, zerrte der Wind an den Vorhängen und krachte gegen die Türe des Wohnzimmers. Lily rannte ins vordere Zimmer, schob die Fenster hinauf und klemmte Trudys Bücher dazwischen, um sie offenzuhalten. *In die Schlafzimmer!* Das Fenster im Zimmer der Jungen ließ sich nicht öffnen, und so schlug Lily es mit ihrem Schuh ein, als eben die ersten Regentropfen auf das Dach trommelten.

Es gab so viel zu tun! »Oh, Herr! Barmherziger Jesus! Hab keine Zeit mehr! Laß es noch nicht anfangen! Noch nicht!«

Die Regentropfen prasselten lauter, als der Sturm in der Ferne tiefkehlig zu heulen begann.

»Denk an Jeff! Denk an die Jungen! Verlaß uns nicht, Herr! Hilf mir jetzt, Jesus!«

Das Donnern hörte sich an wie Geschützfeuer. *Der Tornado kam!* Nichts konnte ihn aufhalten. Lily riß das Kind aus der Wiege und blickte sich dann im Raum um. *Was sollte sie mitnehmen?* Sie zerrte eine Decke vom Bett und nahm Trudys Bibel vom Nachttisch, dann rannte sie aus dem Haus und zum Wurzelkeller im Hinterhof.

Der Sturm schien auf der schweren hölzernen Kellertüre zu lasten. Er peitschte Lilys Kleider und stach die zarte Haut des Kindes wie Nadeln. In der Scheune muhte die Milchkuh in hellem Entsetzen. Lily stemmte die widerspenstige Türe hoch und betete ohne Unterlaß. Schließlich setzte der Sturm eine Zehntelsekunde lang aus, und sie riß den Zugang zur Sicherheit weit auf.

Sie hastete die Stufen hinunter und legte Baby Joe am entferntesten Ende des dunklen, feuchten Kellers auf die Decke. Er kreischte hysterisch, als sie die Stufen wieder hinaufrannte und nach allen Seiten blickte, ob irgendwo ein Zeichen von Jefferson oder den Jungen zu sehen war.

* * *

Die Gewalt des Sturms war wie eine Hand, die Jefferson zurückdrängte. Er stemmte sich dagegen, und jeder Schritt erschien ihm schwerer als der vorhergehende. Er konnte die Kirche von Shiloh nicht sehen, so dicht wirbelte der Staub in der Luft. Aber sie war immer noch da. Die Glocke im Turm schlug gellend an, eine Warnung vor kommendem Unheil.

»TOMMY!« schrie Jefferson, dann: »BOBBY!« Aber er wußte, daß seine Schreie in dem Tumult untergingen.

Die Kirchenglocken schienen Jefferson zuzurufen, er möge kommen und Schutz an dieser Zufluchtsstätte finden.

*»Nicht die Jungen, Herr! Nicht die Kinder! Süßer Jesus, hab Erbarmen mit uns!«*

Hoch über ihm erklang ein dumpfes Poltern aus dem Himmel, wie das Geräusch eines Güterzuges, der sich auf den Gleisen nähert.

Jefferson blickte zum Himmel auf und sah dunkle, fingerähnliche Gebilde aus der Unterseite der Wolken hervortreten. Er konnte ganz deutlich die langsame Drehung sehen, als diese unheimlichen Finger zur Erde zeigten und sich dann zurückzogen, aber gleich wieder herabsanken.

Das wilde Alarmgeschrei der Kirchenglocke gellte noch einmal auf und verstummte dann krachend, als der Sturm die Glocke aus dem Glockenturm riß und gegen eine Eiche schleuderte. Die Glocke hüpfte über den Boden wie ein Stein über einen Teich.

Bäume beugten sich und fuhren wie Peitschen zurück und beugten sich von neuem, brachen entzwei und rissen ab.

Wo waren die Jungen? Jefferson schrie nach ihnen, aber seine Stimme ging im Gebrüll des Sturmes unter. Er blickte zum Himmel auf und rief Gott um Hilfe an. Würde Gottes Hand die Guten zusammen mit den Bösen vernichten? Würde er die Unschuldigen und die Schuldigen gleichermaßen zerschmettern?

»Nimm mich, Herr!« schrie Jefferson. *»Nicht die Kinder! Halt den Sturm zurück, bis ich sie gefunden habe!«*

Hinter den Wolken wurde ein wütendes Grollen immer lauter, als bereiteten sich hundert Güterzüge darauf vor, mit voller Wucht durch Shiloh zu rasen und alles auszulöschen, was in ihrem Weg stand ... *alles!*

Jefferson kämpfte sich weiter voran, obwohl die brausende Sturzflut der Luft ihm den Weg zu versperren versuchte, ihn zurückschleudern wollte wie die zersprungene Kirchenglocke!

* * *

Lily kauerte auf den Kellerstufen und blickte zum schwarzen Himmel hinauf, wo die dunklen Finger sich unter den Wolken drehten und einander immer näher rückten. Einen Augenblick lang dachte sie, sie hörte das verzweifelte Schellen der Kirchenglocke, aber es ging in dem fürchterlichen Gebrüll unter, das die Luft erfüllte.

Es war, als wollte der Sturm ihr den Atem aus den Lungen saugen und sie hochreißen! Die Kellertüre schlug wie der Flügel eines verwundeten Vogels und warnte sie, daß es im nächsten Augenblick schon zu spät sein mochte!

»JEFFERSON!« schrie sie gellend und betete, daß er wie durch ein Wunder mit den Jungen unter den Armen in der Zufahrt auftauchen möge. *»Lieber Gott! Hilf ihm jetzt!«* schluchzte sie, während sie auf Händen und Knien dahinkroch und die Griffe der schweren hölzernen Türe packte. Sie konnte nicht länger abwarten. Baby Joe schluchzte in heller Verzweiflung, als das unheimliche Geheul immer tiefer und schneller wurde.

Und dann schlangen sich die Finger der ausgestreckten Hand in der Wolke ineinander und bildeteten eine zuckende, schwarze Schlange. Der *Tornado!* Er schwankte hoch über der Erde hin und her, als wäre er ein lebendiges Wesen, das Ausschau hielt, was es zerstören konnte.

Der Trichter wandte sich der Farm zu, als könnte er den Keller und Lily und Baby Joe *sehen!* Einen Augenblick hing er so da, dann krümmte er sich, um nach hinten zu blicken, zum Schulhaus und zur Kirche, dann wieder zum Kaufhaus und J.D.s Farm! Er streckte sich aus, zog sich zurück, drehte sich in Spiralen und krümmte sich in häßlichen Zuckungen.

Lily beobachtete ihn, gebannt von der Bösartigkeit der Erscheinung. Und dann begann er auf die Erde herabzusinken. *Zu spät für Jeff! Zu spät für die Tuckerjungen!* Würden Trudy und Birch heimkehren und alle tot finden? Würden sie Lilys und Baby Joes zerschmetterte Leichen finden und sie verfluchen, daß sie zu lange gewartet hatte?

Die gepeinigte Luft bewegte sich, riß die Kellertüre auf und schlug sie mit donnerndem Krach zu, so daß Lily zu Boden gestoßen wurde. Sie stieß einen Schrei aus und brachte es gerade noch fertig, sich aufzurappeln, als das Gedröhn auch schon unglaublich laut wurde! Die Riegel waren nicht geschlossen! Der Tornado konnte sie finden und den Keller leeren wie ein riesiger Staubsauger!

Es war vollkommen dunkel. Sie tastete sich die Stufen hinauf und fühlte nach den hölzernen Riegeln, die man durch die Metallgriffe schieben mußte!

Draußen hörte sie etwas explodieren! Ein hohes, fast menschliches Kreischen ertönte, als hölzerne Bretter von den Grundmauern des Hauses abgerissen wurden und der Tornado die Nägel verächtlich beiseite schleuderte!

*Wo waren die Riegel?* Lily tastete in panischer Angst an dem steinernen Sims entlang. Der Spalt um die Türe herum wurde breiter, dann wurde sie mit einem Krach zugeschlagen, aber wieder klaffte der Spalt! Die Hand des Sturms riß wild an dem kläglichen Schutzschild. *Die Riegel! Die Riegel! Herr! Hilf mir!*

* * *

»Wir hätten auf sie hören sollen!« schrie Bobby, als die ersten Regentropfen scharf wie Nadeln von hinten auf sie losprasselten.

»Möchtest du etwa in dem Café rumhocken? Den ganzen Tag zuhören, wie die alten Weiber klatschen? Wir müssen nach Hause.«

»Wir hätten bleiben sollen, bis der Regen vorbei ist.«

»Wir schaffen es bis nach Hause, bevor es losgeht.« Tommy versuchte, seinen Bruder aufzumuntern. Im selben Augenblick jedoch dröhnte und dröhnte die schwere Artillerie des Donners, sodaß ein Lärm sich auf den anderen türmte und den Boden unter ihren Füßen erschütterte.

Bobby blieb mitten im Feld stehen, wie erstarrt von dem Gebrüll und dem Licht, das auf allen Seiten aufblitzte.

Tommy packte ihn am Hemd. »Komm! Wir laufen zu den Bäumen da rüber!«

Einen Augenblick lang hörte sich das ganz plausibel an – unter den mächtigen Bäumen Schutz zu suchen. Dann brach plötzlich der riesige Ast einer Eiche ab und krachte schnurstracks zu Boden!

Bobby schüttelte angstvoll den Kopf und hielt seine Kappe fest, als das Unwetter immer lauter heulte und die Äste stämmiger Walnußbäume sich krümmten, als wären sie so geschmeidig wie die Birkenzweige auf der Farm.

BUMM! Die Qual des Himmels widerhallte auf den Hügeln. Der Regen wurde zu einer peitschenden, brennenden Urgewalt, die an ihrer Haut und ihren Kleidern riß.

»Wir hätten auf der Straße bleiben sollen!« jammerte Bobby. Plötzlich war er überzeugt, daß es mit ihnen aus war.

Tommy hängte sich bei Bobby ein und schleppte ihn weiter vorwärts. Aber vorwärts wohin? Wo waren sie überhaupt? Wenn irgendwo in der Nähe ein Farmhaus stand, würden ihre Nachbarn ihnen sicher erlauben, dort das Ende des Sturms abzuwarten.

Bobby stolperte und fiel hin. Der Regen prasselte härter herab, beißender, wurde zu Hagelkörnern, erst so groß wie Regentropfen, aber bald so groß wie Mottenkugeln!

Tommy zerrte seinen Bruder weiter, während der Hagel auf den Weg prasselte und sie von allen Seiten umtanzte! »Zu den Bäumen!« schrie Tommy. Besser, sie riskierten den Aufenthalt im Wald, als daß sie auf offenem Feld gesteinigt wurden! Hart wie Steine, kalt wie Eis prasselten die Hagelkörner auf die rennenden Jungen nieder, schlugen ihnen Striemen auf die Rücken und ließen sie vor Schmerz aufschreien.

Bobbys Mütze flog davon. Ein Windstoß packte sie, wirbelte sie in die Höhe und jagte sie dann wie ein dürres Blatt durchs Tal. Weiße Hagelkörner klebten in seinem Haar und rieselten ihm in den Hemdkragen.

»Wir hätten in Hartford bleiben sollen!« schrie er und schüttelte seine kleine Faust gegen den bleiernen Himmel.

Dann hörte er das Rumpeln. Wie ein Zug, der vor ihnen vorbeifuhr, hinter ihnen, über ihnen.

»Es ist der Rock Island-Zug!« schrie Tommy. »Ich kann ihn hören!«

»Aber wo?« Bobby war verwirrt. Er wußte nicht mehr, wo die Gleise waren. Wo ihr Zuhause war. Es gab nur noch den Wind und den Hagel und das Donnern des Zuges, das überall zugleich zu sein schien.

»Wir laufen drauf zu!« rief Tommy seinem Bruder zu. »Dort rüber, glaube ich.« Er wies auf den Wald. Wenn sie es bis zu den Gleisen schaffen konnten, konnten sie zur Farm zurückfinden. Tommy schob seine Hand unter den Trägern von Bobbys Latzhosen durch, und Bobby machte es genauso bei ihm.

»LASS ... AUF KEINEN FALL ... LOS!«

* * *

Die Böschung des Bahndammes erhob sich vor den Jungen wie eine schattenverhangene Mauer. Aber da war kein Zug. Das Gebrüll umgab sie von allen Seiten, ließ Erde, Bäume und Himmel erzittern. Tommy blickte zum Himmel auf und sah, wie die Wolke in vier wirbelnde Kreisel zerriß, die sich ineinanderwickelten und einen krummen schwarzen Strang bildeten.

Wind und Hagel peitschten ihm ins Gesicht, als er sich zu Boden warf und Bobby mit sich riß. Ein schrilles Pfeifen wurde hörbar und dann ein Geräusch wie eine Explosion, als der schreckliche Arm die Erde erreichte und darauf loshämmerte. Wirbelnd, mahlend, donnernd saugte er Felder, Baumäste und Tiere in seinen Trichter. Einen Augenblick lang erschien das Bild einer Kuh und verschwand in der wirbelnden Wut des Tornados! Hoch oben an der Spitze des Trichters sah es aus, als flöge ein Vogelschwarm im Kreis. Aber es waren keine Vögel, erkannte Tommy in einem Augenblick des Entsetzens – die dunklen Objekte waren Teile von Dächern, Zaunpfosten und tausend anderen Dingen, die losgerissen und davongeschleppt worden waren!

Bobby schluchzte. Er konnte den Blick nicht abwenden, als der Tornado über die Landschaft glitt wie ein gewaltiger Dämon, geradewegs auf sie zu!

Tommy konnte die Schreie seines Bruders nicht hören. Er zerrte ihn dichter an den Bahndamm heran, schlang seine Beine um ihn und betete.

*»Laß nicht los! Laß nicht los!«*

# DAS WUNDER

Die Stille, die nun folgte, war allumfassend und unauslotbar. Kein Vogel sang. Kein Kalb blökte. An den Bäumen regte sich kein Blatt.

In der Dunkelheit ihrer Zuflucht lag Baby Joe von Entsetzen erschöpft in Lilys Armen. Sie saß da, den Rücken an die Wand gepreßt, und blickte zu den Lichtfingern auf, die durch die Ritzen der Kellertüre drangen. Sie hatte es nicht geschafft, die Riegel vorzuschieben, und dennoch waren sie selbst und Baby Joe irgendwie immer noch da. Immer noch am Leben.

Das Baby blinzelte ins Licht und steckte den Daumen in den Mund. Es saugte zweimal, dann seufzte es erleichtert auf, schloß die Augen und schlief ein.

Hätte nur Lily auch so leicht wieder Frieden gefunden! Sie starrte ins Licht und versuchte sich die Zerstörung vorzustellen, die sie zweifellos jenseits der Stille ihrer kleinen Zufluchtsstätte vorfinden würde. War der Tornado so rasch wieder verschwunden? War er wirklich weg, oder lauerte er am Himmel über Shiloh, bis sie die Kellertreppe hinaufkletterte und die schützende Türe öffnete?

Lily berührte Miz Trudys Heilige Schrift und schloß die Augen, voll Kummer und gleichzeitig voll Dankbarkeit. Sie hatte es einem Wunder zu verdanken, daß sie Trudy dieses Kind in die Arme legen und zu ihr sagen konnte: »Dieses Kleine ist dir erhalten geblieben! Du kannst weiterleben, selbst wenn es nur noch um eines Kindes willen ist!«

Lily preßte die Hand auf ihren eigenen Bauch, als das Kindchen in ihrem Leib vor Freude strampelte. »Ich hör dich«, sagte Lily. »Ich weiß, was du mir sagen willst. Ich kann auch weitermachen. Selbst wenn du Jefferson zu dir genommen hast, Herr! Ich kann um dieses Kindes willen weiterleben, das du mir gegeben hast. Und für dich, Herr, wenn es dein Wille ist!«

Sie verbarg das Gesicht an Baby Joes schwitzendem Körper und weinte. Einen Augenblick lang gestattete sie sich, den Tränen Raum zu geben. Aber nur einen Augenblick lang ...

Sie legte den Kleinen neben der Bibel auf die Decke und kletterte langsam die steinernen Stufen empor, dem Licht entgegen. Winzige Staubflöckchen wirbelten in den goldenen Lichtfingern, eine sanfte Erinnerung daran, daß eine gewaltige Hand die Felder von Shiloh gepflügt hatte.

Lily stieß gegen die Bohlen der Kellertüre und erwartete, sie würden sich an ihren Angeln öffnen. Sie ratterten aber nur und widerstanden ihr dann, gaben keinen Zollbreit nach. Sie hob beide Hände und stemmte sich gegen die Türe. Etwas Schweres, Unbewegliches lag auf der Öffnung. Lily und Baby Joe waren gefangen. Früher oder später würde jemand kommen und sie befreien. Aber im Augenblick konnte Lily nichts weiter tun, als auf den Stufen zu sitzen, an die kühle Steinwand gelehnt, und zu warten und zu horchen, ob sich irgendwo ein Lebenszeichen regte.

Minuten vergingen und Lily hörte das leise Gackern eines Huhns. Dann noch eines. Nicht alle Hennen, die Miz Trudy besaß, waren also umgekommen. Das war immerhin etwas. Ein schwacher Trost, aber immerhin etwas.

Einen Augenblick später hörte sie das Klappern von Hufen auf heruntergefallenen Planken und dann das Blöken des Kalbes, dem das melancholische Muhen der Jersey-Kuh antwortete. Ein weiteres Wunder!

»Oh, Herr! Herr!« rief sie und klatschte in die Hände.

Wenn Gott die Hennen, das Kalb und die Milchkuh bewahren konnte, konnte er dann nicht auch seine mächtigen Hände schützend über Jefferson, Tommy und Bobby halten?

Zum ersten Mal wagte Lily wieder zu hoffen. Jeffersons Worte fielen ihr wieder ein: *»Wir dürfen unsere Knie nicht vor dem Götzen der Furcht beugen! Wie Daniel in der Löwengrube ... steh auf und bete, Lily, und warte auf die Hand Gottes!«*

Sie gab hörbar Antwort auf diese Erinnerung, wie sie da mitten in ihrer Zufluchtsstätte stand wie Daniel in der Löwengrube und die Hände zu dem einzig wahren Gott erhob.

»Ich kann nicht sehen, was du getan hast, Herr, aber ich höre die Hennen, und ich glaube! Ja, Herr, mein Gott du hast uns nicht bis hierher geführt, um uns zu zerschmettern! Hat nichts zu sagen, was es da draußen noch gibt und was es nicht mehr gibt! *Ich glaube an dich, Jesus!* Du siehst es, wenn ein einziger Spatz vom Dach fällt! Du spinnst Kleider für die Lilien! Du hast dem Löwen die Zähne ausgerissen, und *nichts will ich fürchten!* Ich hab keine Angst mehr vor Hunger! Hab keine Angst mehr davor, arm zu sein! Hab keine Angst mehr davor, was die Menschen mir antun könnten! Hab keine Angst mehr davor, allein zu sein!« Und da war noch eines. »Hab keine Angst mehr vor dem Schrecken bei Nacht noch dem Pfeil, der am Tage fliegt, noch vor Pest oder Seuchen! Nein, Herr! Du hast es uns zugesagt, Herr! Du hast es uns versprochen! Meine Augen werden den Untergang der Gottlosen sehen! *Und wenn tausend fallen, so soll es uns doch nicht anrühren!* Nein, Herr! Du hast es gesagt! *Ich glaube daran!* Keine Heimsuchung soll dir nahen!« Ihr Gesicht strahlte im Licht. *»Halleluja, Jesus! Halleluja! Amen!«*

»AMEN!« dröhnte Jeffersons Stimme von oben. »Hältst du da unten mit Baby Joe deine private Erweckungsversammlung ab, Mädel?« rief er voll Freude. »Dürfen wir uns dir anschließen?«

Bobby und Tommy lachten. »Wir sind okay, Lily! Wir haben auch noch das Geld für das rote Hündchen zurückbekommen!« Das Rasseln von Münzen in einem Glas klang wie ein Tamburin. »Das Haus steht auch noch!«

»Na, dann sagt doch einer Amen!« Jeffersons Stimme sang vor Freude. »Amen und noch mal Amen!«

Lily brachte kein Wort über die Lippen. Sie weinte vor Glück über das unerwartete Wunder. Das Wunder des Lebens, das allen Katastrophen zum Trotz weiterging. Das Wunder des Lachens und zweier kleiner Jungen mit einem Einweckglas voll Geld, das sie ihren Eltern geben konnten.

»Der Herr ist barmherzig, nicht wahr, Jeff?« brachte sie mühsam über die Lippen, während sie Baby Joe aufhob.

»Zieh den Riegel zurück, Mädchen«, rief er ihr zu. »Ich muß den Unglückskarren von der Türe wegschieben ...«

»Sie ist nicht verriegelt. Ich konnte sie nicht verriegeln, Jeff.«

Schwere Räder knarrten auf den Planken. »Dann hat sie der Herr für dich verriegelt, Lily. Er hob diesen Karren vom Feld auf und stellte ihn genau auf die Falltür.« Er lachte. »Sogar das Holz ist noch drin.«

Dann öffnete er die Türe, und das helle Tageslicht schien in das Loch hinab.

Sie tauchte im Licht auf, das immer noch schlafende Baby im Arm. Der FAMOUS-Karren, immer noch vollbeladen mit seiner Fracht, war unbeschädigt. Das Haus schien unberührt. Trudys Bücher hielten immer noch die Fenster offen. Die Scheune lag zum größten Teil in Trümmern, und Jeffersons Hütte im unteren Feld war ebenso verschwunden wie das Plumpsklosett.

»Gott sei gelobt«, flüsterte Lily. »Das schlägt doch dem Faß den Boden aus!« Sie schüttelte fassungslos den Kopf, als ein federloses Huhn durch den Hof marschierte. Der Tornado hatte dem Tier jede einzelne Feder ausgerissen.

»Schon fertig für den Kochtopf«, sagte Jefferson bewundernd. »Wenn du die Sache in die Hand nimmst, Mädchen, dann können wir den Hühnereintopf mit Klößen schon fertig haben, bis Birch und Trudy heimkommen. Und der Herr hat das Huhn schon für uns gerupft!«

»Das schlägt doch dem Faß den Boden aus!«

* * *

In Manhattan war es Zeit zum Mittagessen.

Max kaufte sechs Stück Hot Dogs an dem NATHANS FAMOUS-Kiosk in der Haupthalle des Bahnhofs.

»Vier Stück mit allem für mich und meinen Sohn. Zwei ohne alles für den Hund.«

David starrte feierlich den leeren Raum unter der Uhr am fernen Ende der weitläufigen Halle an. Es war fünf Minuten vor zwölf, aber Edith Rutger war noch nicht mit Max' Koffer erschienen, und Beadle war noch nicht mit dem Sack voll Geld aufgetaucht.

»Es ist fast schon Mittag«, erinnerte David seinen Vater, als Max David seine Hot Dogs reichte und dann die beiden nackten Würstchen in Kabeljaus offenen Rachen fallen ließ.

»Stimmt. Zeit zum Mittagessen. Iß schnell. Unser Zug fährt in fünf Minuten ein.« Er überprüfte noch einmal die Fahrkarten Erster Klasse, die ihm aus der Tasche hingen. »Noch zwei Minuten. Iß auf. Letzte Chance, einen echten New Yorker Hot Dog zwischen die Zähne zu kriegen. Sie sind dazu da, im Laufen gegessen zu werden.«

Kraut, Zwiebeln, Senf, Cocktailzwiebeln und anderes unidentifizierbares Zeug war zwischen die beiden Brötchenscheiben geklemmt. David riß den Mund auf, so weit er konnte, und schloß ihn von allen Seiten um das Ding. Er biß gerade ab, als der Aufruf zum Einsteigen über das Lautsprechernetz kam.

*»Der B&O Washington Express wird auf Gleis Zweiundzwanzig bereitgestellt, bitte einsteigen.«*

»Damit sind wir gemeint«, sagte Max. »Komm schon. Nimm's mit. Wir essen es im Zug.«

David wollte etwas sagen, aber der Bissen füllte seinen Mund; er brachte kein Wort hervor. Er blickte die leere Stelle unter der riesigen bronzenen Uhr am Ende der Halle an. Miß Rutger war noch nicht mit Max' Koffer voll Kleidungsstücken aufgetaucht. Mr. Beadle war noch nicht da mit dem Geldsack. Es fehlten nur noch ein paar Minuten bis Mittag! Wie konnten sie wegfahren? Was wurde mit dem ganzen Kram? David kaute hastig, während Max ihn auf den breiten Korridor zuschob, der zu den Bahnsteigen führte.

ZU ALLEN ZÜGEN verkündete eine große Tafel, und dann wies ein Pfeil auf einen Seitenkorridor, der zum Bahnsteig Zweiundzwanzig führte.

David schluckte und erstickte fast. Hatte Max vergessen? »Was ist mit allen deinen Sachen?« rief David.

»Mach dir deshalb keine Sorgen. Wir können das eine oder andere kaufen, sobald wir Shiloh erreicht haben.«

David ging rückwärts, weil er versuchte, eine Dame mit einem Koffer und einen Mann mit einem Geldbeutel unter der Uhr zu entdecken, aber sie waren nicht gekommen! Max schien es nicht zu kümmern. Er tätschelte Kabeljau.

»Bora-Bora wäre wahrscheinlich zu heiß für Kabeljau, weißt du. Diese tropischen Inseln sind sehr feucht, sehr heiß. Er ist ein Neufundländer, die sind an ein kühleres Klima gewöhnt. Trudy schreibt, das Wetter sei herrlich in Shiloh. Kühl und im allgemeinen mild. Manchmal schneit es ein bißchen, aber längst nicht so stark wie in New York.«

»Aber was ist mit deinen Sachen? Sollte diese Edith-Frau nicht deinen Anzug bringen?«

»Wahrscheinlich, ja. Ja. Aber jetzt haben wir einfach keine Zeit.«

David blickte mit offenem Mund seinen Vater an. Entweder war er ein bißchen bekloppt, oder er steckte voller Überraschungen. »Aber das war erst der erste Aufruf. Wir können noch warten! Du wirst doch nicht deine Kleider hier zurücklassen wollen! Oder?«

»In Shiloh könnten wir sie ohnehin nicht tragen. Dort trägt man nur Latzhosen, sagt Trudy. Sie sagt, die Jungen hätten Birchs Overall geklaut und mit Stroh gestopft.«

David beäugte ihn mißtrauisch und kratzte sich den Kopf. Okay, auf Geschäftsanzüge konnten sie also verzichten. »Aber was ist mit dem Sack voll Geld?« beharrte David, während er die Hot Dogs in der Hand balancierte.

Max hielt mitten im Korridor an, wandte sich um und blickte einen Moment lang nachdenklich zurück. »Nein. Soll Beadle es behalten. Wir würden es sonst niemals bis zum Zug schaffen, David, glaub mir.«

»Aber ... aber ... das ist mehr Geld, als ich je gehört habe. Ich glaube, nur die Schnapsschmuggler haben noch mehr Geld.« Er zog Max am Ärmel. »Ich laufe zurück. Ich kann das Geld holen und dann schnell rennen und dich und Kabeljau noch einholen.« Er blieb stehen, Max blieb stehen und Kabeljau wedelte verwirrt mit dem Schwanz.

»So schnell könntest du nicht rennen, David. Unmöglich.« Max schüttelte entschlossen den Kopf.

»Könnte ich schon. Nur den Koffer könnte ich vielleicht nicht tragen.«

»Das könntest du sicher nicht.« Max blickte auf seine Armbanduhr. »Selbst in einem Taxi würdest du fünfzehn Minuten brauchen.«

David blickte über die Schulter zur Halle zurück und sah dann Max an. »Ein Taxi?«

»Zu Fuß würde es noch viel länger dauern. Glaub mir. Komm, wir steigen in den Zug und fahren nach Shiloh.«

»Aber ...« David deutete, seinen Hot Dog in der Hand, mit wilden Bewegungen auf die Halle und die Stelle unter der Bahnhofsuhr. »Aber es ist doch genau hier! Was für ein Taxi! Sie werden in ein paar Minuten hier sein! Ich hab doch gehört, wie du ihnen gesagt hast, sie sollten dich Punkt Mittag unter der Uhr in der Grand Central Station treffen!«

»Stimmt schon.« Max grinste, zog ein weiteres Würstchen aus dem Brötchen und verfütterte es an Kabeljau. »Dort warten sie ja auch – *in der Grand Central Station* unter der Uhr.«

»Aber ... aber ... aber ...«

»Das hier ist die *Pennsylvania Station,* David!«

»ZWEITER AUFRUF. IN DEN B&O WASHINGTON EXPRESS BITTE AUF BAHNSTEIG 22 EINSTEIGEN!«

Max schritt schneller als zuvor den Korridor entlang. »Komm schon, David, unser Zug wartet auf uns!«

# GROSSVATERS HINTERLASSENSCHAFT

Huhn und Klöße wurden heiß um den Tisch herumgereicht, während die Familienmitglieder der Reihe nach die Geschichten erzählten, wie sie auf wunderbare Weise aus dem Sturm gerettet worden waren.

»Erst sah ich, wie J.D.s Haus explodierte und seine Scheune zusammenstürzte, und der Tornado kam immer näher! Ich entdeckte die Jungen und dann den Abzugskanal unter dem Bahndamm«, sagte Jefferson. »Und der Herr zeigte mir, was ich tun sollte!«

Tommy fiel ein. »Er packte mich und hob mich hoch, und ich klammerte mich so fest an Bobby, daß er uns beide zusammen hochhob und mit uns in den Abzugskanal sprang!«

»Da sprangen wir also rein!« Jefferson klatschte in die Hände. »Und der Tornado schlich genau auf der gegenüberliegenden Seite des Bahndamms entlang, als suchte er einen Übergang!«

»Das Wasser ging mir bis über den Kopf«, sagte Bobby. »Und kalt war es auch.«

»Aber der Tornado saugte das ganze Wasser aus dem Kanal raus!« sagte Jefferson in einer Stimme voll Staunen. »Wie das Rote Meer und die Kinder Israels! Mitten im Kanal standen wir auf trockenem Boden!«

»Nein, nicht zu fassen!« rief Lily aus. »Ich schnappte mir einfach das Kind, die Bibel und eine Decke und rannte los und wußte nicht, was ich mitnehmen sollte oder was am Ende noch übrig bleiben würde! Haben wir nicht alle eine Menge Wunder erlebt?«

Birch und Trudy stimmten ihr zu. Das Wunder, um das sie gebetet hatten, war freilich noch nicht eingetreten. J.D. war verschwunden, aber das Haus würde immer noch versteigert werden, um die Steuern zu bezahlen, soviel stand fest.

Dennoch: Der Herr hatte sie nicht im Stich gelassen.

Birch öffnete Trudys Bibel und entnahm ihr den vergilbten Umschlag des Briefes, den seine Mutter ihm in eben dieser Küche geschrieben hatte, während er in Frankreich im Krieg war. Er legte ihn mitten auf den Tisch, damit alle ihn sehen konnten, und dann klopfte er mit dem Finger auf den Absender und dann auf die Briefmarke. Er drehte ihn um, so daß alle sehen konnten, daß er noch nie geöffnet worden war.

»Die ganze Zeit über habe ich Mamas Brief aufbewahrt, falls mir einmal ein großes Unglück zustieße. Irgend etwas, wo ich denken müßte, ich könnte keinen Schritt mehr weiter.« Er hob den Brief auf. »Deshalb hab ich ihn nie geöffnet. Dieser Brief war für mich wie Geld auf der Bank. Aber jetzt weiß ich, unsere einzige Sicherheit ist der Herr Jesus.«

»Sag' einer AMEN dazu!« rief Jefferson, und die winzige Gemeinde folgte der Aufforderung.

»Nun, es sieht so aus, als sollten wir nicht hier in diesem alten Haus wohnen«, fuhr Birch fort. »Ich nehme an, das soll wohl heißen, daß der Herr uns einen anderen Wohnort zuweisen will. Er wollte nicht, daß wir dieses Geld haben, und mir soll es recht sein. Wo er uns auch hinführt, wir werden ihm folgen.« Er holte tief Luft. »Aber meine Mama schrieb diesen Brief hier. Eine Art Hinterlassenschaft für mich. Ich nehme an, es wird nie einen besseren Zeitpunkt geben, um diesen Brief aufzumachen, als jetzt, wo ich im Kreise meiner Familie und meiner Freunde sitze. Und ich möchte ihn hier vorlesen, als wäre sie bei uns und redete zu uns. Sie war eine wunderbare Frau.« Er lächelte und schlitzte den Umschlag mit dem Buttermesser auf.

Birch entfaltete das linierte Briefpapier und strich es auf dem Tisch glatt. Seine Lippen zitterten, als er die kindliche Handschrift auf der Seite betrachtete. Seine Augen füllten sich mit Tränen. »Hallo, Mama«, flüsterte er. »Wir sind alle hier.« Er war nicht imstande, weiterzusprechen, und so reichte er Trudy den Brief.

Sie lächelte sanft, als begegnete sie einer innig geliebten Freundin. Sie zwinkerte ihren Jungen zu, die mit großen Augen Zeugen dieses Ereignisses wurden. Sie wußten, wie sehr ihr Pa diesen alten Brief wertgeschätzt hatte, wie er ihn sicher aufbewahrt und aufgespart hatte und ihn nur herausgenommen hatte, um den Briefumschlag in schweren Zeiten in der Hand zu halten und dann den Kopf zu schütteln und ihn wieder in die Bibel zu legen.

Trudy begann mit klarer Stimme zu lesen.

*24. September 1918, Shiloh, Arkansas.*

*Lieber Sohn,*
*ich hatt diesen Traum vorige Nacht. Ich hab die Birken bis zum Bach nunter hoch im Mondlicht stehn gesehen ...*

Alle Gesichter wandten sich, um aus dem Fenster zu blicken, zu eben jenen Bäumen hinunter. Das Mondlicht leuchtete hell auf der weißen Rinde. Trudy las weiter.

*Ein gewaltiger Wind wehte, als wollt er die Bäume niederreißen. Dann sagte eine mächtige Stimme aus dem Sturm zu mir: ›Clara, ich habe diese Bäume gepflanzt. Sie haben tiefe Wurzeln. Hab keine Furcht, daß je ein Sturm sie entwurzelt.‹*
*Die Winde wehen rauh in diesen Tagen, mein Sohn. Ich weiß nicht, ob ich noch hier sein werde, wenn Du zurückkommst. Aber ich weiß, wenn Du im Herrn verwurzelt bleibst, so tief wie diese Bäume, wird kein Wind Dich jemals niederwerfen.*
*Vertrau auf nichts anderes, Birch. Alles andere ist Treibsand. Lies den 91. Psalm, wenn Du Angst hast. Er wird Dir alles sagen.*
*Du liegst heut nacht im Schützengraben, ich weiß. Und ich verabschiede mich von Dir mit diesem Gebet aus dem Psalm: »WENN AUCH TAUSEND FALLEN ZU DEINER SEITE UND ZEHNTAUSEND ZU DEINER RECHTEN, SO WIRD ES DICH DOCH NICHT TREFFEN.«*
*Deine liebende Mutter*
*Clara Tucker*

Trudy ließ das Blatt Papier sinken. Tränen glitzerten auf jedem einzelnen Gesicht. Hatte der Herr Clara Tucker eine Vision dieses Tages geschenkt? Hatte Er vor so langer Zeit schon gesehen, wie ihre Herzen sich um diesen Tisch versammelten? Es sah ganz so aus.

Sie saßen lange Zeit schweigend beisammen und dachten an die Birkenbäume unten im Feld und den Wind, der heute über sie hinweggezogen war. Dann meldete sich Bobby plötzlich mit hoher Stimme zu Wort: »He, da steht noch eine Nachschrift auf der Rückseite. Lies die auch noch vor.«

Trudy wandte das Blatt Papier um und las laut vor.

*P.S. Hätte fast vergessen. Dein Opa Sinnickson hielt viel auf diesen Psalm. Sagte immer, der hätte ihn heil und gesund aus Kalifornien zurückgebracht. Übrigens, er gab mir was für Dich, das ich Dir an Deinem einundzwanzigsten Geburtstag geben sollte. Da es jetzt in der Welt so schlimm aussieht, habe ich es für Dich versteckt, Birch. Es ist unter der untersten Stufe im Wurzelkeller.*

*Gott segne Dich, Sohn.*

Birch grinste. »Der alte Mann! Er war schon ein richtiges Original. Andrew Jackson Sinnickson. Er hieß auch nach einem Präsidenten, Tommy! Stopfte mir den Kopf voll mit seinen Geschichten über seine Abenteuer in den Sierras.« Er schüttelte den Kopf. »Nun, jetzt bin ich ja wohl über einundzwanzig, nicht wahr? Sollen wir uns gleich ansehen, was er mir hinterlassen hat? Oder bis zum Morgen warten?«

Bobby und Tommy brachen in Protestschreie aus. Sie erklärten, sie würden auf keinen Fall zu Bett gehen, wenn das geheimnisvolle Geschenk unter der Treppe nicht augenblicklich enthüllt würde.

»Was meinst du wohl, was es ist?« fragte Tommy, während Birch die steinerne Stufe hochwuchtete.

Birch lachte. »Großpapa Sinnickson hatte ein Stückchen von einer Sternschnuppe, das ich immer bewundert habe. Da hing eine lange Geschichte dran. Ich weiß nicht, was nach seinem Tod daraus wurde.«

Das hohle Klappern des Brecheisens kratzte an der Steinplatte, und dann ließ sich der Stein beiseite schieben. Die Jungen drängten sich näher heran, als Birch auf die Knie fiel und den Schmutz von einer blechernen Brotbüchse abwischte. Der Deckel war zugerostet, und Birch versuchte ihn mit seinem Taschenmesser aufzuzwängen, während die Jungen ihn umdrängten. Die Büchse sprang auf.

Sie starrten einen Augenblick lang den Inhalt an. »Wickel es aus, Pa«, drängte Tommy.

Birch schob die Schichten von Wachstuch beiseite und enthüllte ein dickes, in Pappendeckel gebundenes Manuskript. »Na so was«, sagte er.

»Ist das alles?« Bobbys Stimme klang enttäuscht.

»Was ist es denn, Birch?« rief Trudy ihm zu.

Er hob das dicke Papierbündel hoch. »Großvaters Geschichten! Alle für mich niedergeschrieben!« Er fuhr liebevoll mit dem Finger über das aufgeklebte Etikett, auf dem in der zittrigen Handschrift des alten Mannes geschrieben stand:

GESCHICHTEN AUS DER SIERRA
LEBEN UND REISEN
AUFGESCHRIEBEN FÜR ENKEL BIRCH
VON ANDREW JACKSON SINNICKSON

»Was für ein Schatz!« rief Trudy aus.

»Ist das alles?« Tommy schnalzte mit der Zunge. »Wo ist der Stern?« Er griff an Birch vorbei und zog eine Ecke des Wachstuchs in der Blechschachtel hoch.

Birchs freudiges Lächeln wurde breiter, als er in die Tiefe der Büchse hinunterspähte. »Da ist er ... und ... was in aller Welt ...« Er atmete tief durch und blinzelte vor Staunen über den Anblick, der sich ihm bot. *»Halleluja! Preist den Herrn!«* Er hielt einen schwarzen, faustgroßen Steinklumpen in die Höhe.

Tommy fiel ein: »Heißt das, wir können jetzt das rote Hündchen doch kaufen, Pa?«

»Und ob es das heißt«, hauchte Birch.

Bobby streckte die Hand aus und ergriff etwas. »Da schau her, Mama!« rief er. »Urgroßvater hat all sein Geld in Einweckgläsern aufbewahrt, genau wie wir!« Er hob ein Glas hoch, so daß Trudy es sehen konnte. Es war bis obenhin mit glänzenden Goldmünzen gefüllt. »Zwei davon! Zwei große Gläser voll! Sie sind wahnsinnig schwer, Mama!« Bobby schüttelte das Glas, und es klingelte wie ein Tamburin.

Birch stand auf und streckte sich, als eine Leuchtrakete zischend zu Boden fuhr. Er spähte hinter den Sandsäcken hervor und blickte über die öde Landschaft des Schlachtfeldes. Der weiße seidene Fallschirm des deutschen Piloten blähte sich am Rand eines Bombenkraters wie ein Gespenst, das von einer Fangleine an die Erde gefesselt wurde.

Er starrte dieses Erinnerungszeichen des Todes an und wünschte im Stillen, er hätte niemals eine solch schaurige Wette um das Leben dieses Mannes abgeschlossen.

Im diesem Augenblick hörte er eine schwache Stimme unter dem Leichentuch des Fallschirms hervordringen. »Hilf mir, bitte!«

»Wie?«

»Wasser ... Wasser. Bitte ... mein Gott!«

Ein Schauder durchrann ihn. »Sie leben noch?«

»Wasser...« Ein schwaches Stöhnen, das Stöhnen eines Mannes in Qualen. Ein Mann wie Birch. Ein Mann, der um Wasser und Hilfe flehte.

Als Birch über den Rand des Schützengrabens kletterte, die Feldflasche in der Hand, hätte er nicht erklären können, warum er das tat. Er hörte die verblüfften Stimmen seiner Kameraden hinter seinem Rücken, als eine weitere Leuchtrakete die Dunkelheit zerriß und er sich auf die verbrannte Erde niederwarf.

»Birch ... was hast du vor ... wo ist er ... er ist übergeschnappt!«

Dann hörten sie es auch. »Wasser ... bitte ...« Die Leuchtrakete erlosch, und Birch hörte den Lärm, den andere Männer machten, als sie die Wand aus Sandsäcken erkletterten und ihm folgten – durch den zerrissenen Stacheldraht, die zerfurchte Flanke eines kleinen Hügels hinunter, in einen Graben.

Max und Ellis kamen mit. Alle drei übergeschnappt! Ausgeflippt!

Stahlhelme erhoben sich an der ganzen Front entlang. Augen folgten den drei Yankees, die auf die flatternde weiße Seide zukrochen. Hatten sie die Schreie des Sterbenden ebenfalls gehört? Ganz gewiß konnte kein deutscher Soldat die Schreie des Sterbenden hören, der eine halbe Meile von den deutschen Linien entfernt im offenen Feld lag. Es mußte eine amerikanische Feldflasche sein, aus der er zu trinken bekam, ein amerikanischer Sanitäter, zu dem man ihn brachte.

»Weißt du was?« flüsterte Max zwischen den Zähnen. »Wenn wir überleben – und wenn er überlebt – dann hast du deine Wette verloren.«

»Ich dachte mir schon, daß du nur mitgekommen bist, um dein Geld zu retten, Max«, knurrte Ellis.

Der Vorwurf traf Max hart. In diesem Augenblick änderte sich sein Herz für alle Zukunft. »Laß mich ausreden, Strohkopf!« Er schlängelte sich an Birchs Seite. »Vergessen wir die Wette, abgemacht?«

»Hilf mir, bitte...«

Die drei wälzten sich in den Bombenkrater, in dem der deutsche Pilot lag, in die Leinen seines Fallschirms verwickelt. Max setzte dem Mann seine Feldflasche an die Lippen, als sei es von Anfang an seine Idee gewesen. Ellis begann die Leinen des Fallschirms abzuschneiden. Sie benahmen sich, als sei der Deutsche ein so waschechter Amerikaner wie General Pershing.

»Schon gut, alter Junge! Wir holen dich raus hier. Bleib ganz ruhig.«

»He!« versuchte Birch sein Glück, als der Deutsche seinen Dank für das Wasser hervorstammelte. »Sprechen Sie Englisch? Name?«

Der Deutsche keuchte vor Schmerzen, als Max vorsichtig sein verdrehtes Bein gerade hinlegte. Birch und Ellis zischten im Chor: »Nur ruhig, Mann!«

Der Patient stieß durch zusammengebissene Zähne hervor: »Danke.« Dann pochte er sich zur Antwort auf Birchs Frage auf die Brust. »Ich bin Offizier Theo Lindheim.«

Birch blieb der Mund offenstehen. Jeder Soldat kannte den Namen und den Ruf dieses deutschen Fliegerhelden.

*Glitzerte da ein müdes Lächeln in der Dunkelheit?* »Nun denn, Offizier Lindheim«, sagte Birch feierlich, »Sie wurden gefangengenommen von den Soldaten der US-Infanterie Tucker, Meyer und Warne, Company C. Das sind wir, zu Diensten. Und wir wollen zusehen, daß Sie uns keinesfalls sterben!«

hänssler

Michael Phillips/Judith Pella

# Das Stonewycke-Epos

Schloß Stonewycke, ein sagenumwobener schottischer Herrschaftssitz im letzten Jahrhundert. Hier reift Lady Margaret zur Frau heran. Schloß Stonewycke ist das Zentrum ihres Lebens; hierher kehrt sie nach vielen Jahren in der Fremde wieder zurück. In sechs Bänden wird das Leben dreier Generationen einer aristokratischen schottischen Familie erzählt. Eine Geschichte um Liebe und ein großes Geheimnis in der grünen Landschaft des schottischen Hochlandes, geschrieben von Michael Phillips und Judith Pella in der Tradition des Schriftstellers George McDonald.

## Die Erbin von Stonewycke

Gb., 320 S., Nr. 391.556, ISBN 3-7751-1556-0

Zwei Männer machen Maggie, der zukünftigen Herrin von Schloß Stonewycke, den Hof.

## Die Flucht von Stonewycke

Gb., 320 S., Nr. 391.653, ISBN 3-7751-1653-2

Nachdem Maggie heimlich geheiratet hat, gerät sie in Lebensgefahr. Sie flieht nach Amerika.

## Die Herrin von Stonewycke

Gb., 300 S., Nr. 391.665, ISBN 3-7751-1665-6

Ist das Erbe der Familie für immer verloren? Kann die rechtmäßige Erbin es zurückgewinnen?

## Das Rätsel von Stonewycke

Gb., 330 S., Nr. 391.707, ISBN 3-7751-1707-5

Wer wird den legendären »Schatz von Stonewycke« finden?